Von John Katzenbach erschienen bei BASTEI-LÜBBE:

11921 Der Sumpf
11950 Die Rache

JOHN KATZENBACH

DAS AUGE

THRILLER

Aus dem Englischen von
Ari Großkopf

BASTEI-LÜBBE-TASCHENBUCH
Band 11618

1. Auflage 1990
2. Auflage 1992
3. Auflage Februar 1999

Titel der amerikanischen Originalausgabe:
THE TRAVELLER
© für die deutschsprachige Ausgabe by
Gustav Lübbe Verlag GmbH, Bergisch Gladbach
Printed in Germany
Einbandgestaltung: C.C.G., Köln
Satz: hanseatenSatz-bremen, Bremen
Druck und Verarbeitung: Elsnerdruck, Berlin
ISBN 3-404-11618-6

Inhalt

»Also ich habe noch nie gehört, daß der Teuf..., daß Sie die amerikanische Staatsbürgerschaft besitzen«, sagte Daniel Webster voller Überraschung.

»Wer könnte sie mit mehr Recht besitzen als ich?« erwiderte der Fremde mit sardonischem Grinsen. »Als dem ersten Indianer Unrecht geschah, war ich schon da. Als das erste Sklavenschiff zum Kongo segelte, war ich an Deck. Komme ich nicht in euren Büchern, Geschichten und religiösen Überlieferungen vor, seit ihr euch hier niederließet? Spricht man nicht in jeder Kirche von mir? Der Norden hält mich doch wahrlich für einen Südstaatler, und der Süden für einen Nordstaatler, aber ich bin weder das eine noch das andere. Ich bin nur ein einfacher, ehrlicher Amerikaner wie Sie auch, und von bester Herkunft, denn, um die Wahrheit zu sagen, Mr. Webster, mein Name ist, ohne zu prahlen, älter als Ihrer in diesem Land ...«

Stephen Vincent Benet
Der Teufel und Daniel Webster

Für Maddy

1

Warum Mercedes Barren beinahe den Verstand verliert ·
Susan wird gefunden · Es geschah im Namen Allahs

SIE TRÄUMTE UNRUHIG. Sie sah in der Ferne ein trei-
bendes Boot. Es kam immer näher, und plötzlich merkte sie, daß sie in dem Boot saß, überall von Wasser umgeben. Ihr erster panischer Gedanke war, jemandem zu sagen,
daß sie nicht schwimmen konnte. Sie sah sich suchend um,
ihr Sitz im Heck des Bootes wurde immer unsicherer. Die
Wellen trieben das kleine Fahrzeug aufwärts, hielten es se-
kundenlang auf dem Kamm fest, um es dann ruderlos her-
unterzuziehen. Hin- und hergeworfen, sah sie sich nach
einem festen Halt um. Sie griff nach dem Bootsmast, klammerte sich mit aller Kraft daran. Dann hörte sie das durch-
dringende Läuten einer Alarmglocke und erwartete mit
Schrecken, daß nun das Boot gleich leckschlagen und das
Wasser an ihren Beinen hochsteigen würde.

Der Alarm schrillte weiter. Sie kämpfte in dem wild
schlingernden Boot um ihr Leben, wollte schreien, um Hilfe rufen. Da stampfte das Bootsdeck plötzlich auf, und sie
schrie laut los, wie um sich selbst zu warnen: Wach auf,
wach auf, bring dich in Sicherheit!

Sie wurde wach, rang wild nach Luft, versuchte zu Bewußtsein zu kommen, richtete sich auf und umklammerte
den Bettpfosten, als könne sie so Festigkeit gewinnen gegenüber dem quälenden Alptraum.

Dann wurde ihr bewußt, daß das Telefon läutete. Sie
fluchte vor sich hin, rieb sich die Augen.

Sie lebte allein, ohne Mann, ohne Kinder, ihre Eltern waren vor langer Zeit gestorben. Ein mitternächtlicher Telefonanruf hatte nichts Beängstigendes für sie. Andere Leute, die an solche Anrufe nicht gewöhnt waren, mußten das Läuten des Telefons in der Dunkelheit der Nacht mit einer Schreckensnachricht verbinden.

Sie räusperte sich laut, als sie sich meldete: »Was ist los?« Sie erwartete, daß sie für irgendeine kriminalpolizeiliche Untersuchung gebraucht wurde.

»Merce, sind Sie wach?«

»Ja, was gibt's denn?«

»Merce, hier spricht Robert Wills, Mordkommission. Ich ...« Er zögerte.

Sie wartete.

»Wie kann ich Ihnen helfen?« fragte sie.

»Merce, es tut mir leid, daß ich Ihnen das sagen muß ...« Sie hatte plötzlich Bob Wills vor Augen, wie er an seinem Schreibtisch im Mordkommissariat saß. Ein kahles, offenes Büro, ständig mit grellem Neonlicht beleuchtet, gefüllt mit Stahlschränken und orangefarbenen Schreibtischen, die in ihrer Vorstellung befleckt waren von all den Schrecken der Geständnisse aus den tagaus, tagein stattfindenden Verhören.

»Was ist los?«

Sie fühlte eine augenblickliche Aufregung, Furcht überkam sie, die ganz anders war als die Panik des Traums, aus dem sie soeben erwacht war.

Als Wills weiterhin schwieg, war ihr, als breite sich in ihr eine Leere aus, ein Vakuum, das sich plötzlich mit Angst füllte. »Was haben Sie?« fragte sie und war sich bewußt, daß ihre Stimme verändert klang.

»Merce, Sie haben eine Nichte ...«

»Ja, sie heißt Susan Lewis. Sie studiert an der Universität. Was ist denn los, hatte sie einen Unfall?«

Schlagartig traf sie die Erkenntnis: Wills von der Mordkommission! Mord! Mord! Und dann kannte sie plötzlich den Grund des Anrufs.

»Tut mir leid«, sagte er mit einer Stimme, die von weit her zu kommen schien. Einen Augenblick lang sehnte sie sich in ihren Traum zurück.

Mercedes Barren zog sich hastig an und fuhr durch Miamis pechschwarze Spätsommernacht zu dem Ort, den sie sich in einer Schrift notiert hatte, die einem Fremden zu gehören schien; während ihr Herz raste, hatte sie wahrgenommen, wie ihre Hand stetig und fest Buchstaben und Zahlen auf den Notizblock schrieb. Auch hatte sie den Eindruck, daß nicht sie das Telefongespräch mit dem Kollegen der Mordkommission zu Ende geführt hatte. Sie hatte ihre eigene Stimme gehört, die mühsam und gepreßt nach dem Stand der Ermittlungen fragte, nach dem zuständigen Kollegen, nach Einzelheiten des Verbrechens und nach den Spuren, die verfolgt wurden, nach Zeugen, Beweisen, Aussagen. Sie fragte hartnäckig und versuchte, sich nicht durch Wills Ausflüchte und Entschuldigungen ablenken zu lassen. Sie wußte, daß er für die Ermittlungen nicht zuständig war, beharrte aber darauf, alles zu erfahren. Sie blieb kühl und sachlich, obwohl sie tief getroffen war und ihre Gefühle in einem einzigen Schrei aus ihr herausbrechen wollten.

Sie gab sich Mühe, nicht an ihre Nichte zu denken. Während sie auf die Autobahn fuhr, wurde sie plötzlich von den Fernlichtern eines Sattelschleppers geblendet, der hupend gefährlich nahe einscherte. Als sie die Angst vor einem Zusammenstoß abgeschüttelt hatte, tauchte plötzlich das Bild ihrer Nichte vor ihr auf, so wie sie sie vor einigen Wochen gesehen hatte.

Mercedes Barren wohnte in einem kleinen Apartmenthaus direkt am Meer. Als sie beide sich an dem kleinen Swimmingpool sonnten, der zum Haus gehörte, bemerkte Susan den Dienstrevolver, der komisch und unpassend zwischen Handtüchern, Sonnencreme, einer Frisbeescheibe und einem Taschentuch aus der Strandtasche herausstach. Sie erinnerte sich, daß Susan den Revolver unanständig genannt hatte, eine absolut passende Bezeichnung.

»Warum trägst du ihn ständig mit dir herum?«

»Weil wir praktisch immer im Dienst sind. Wenn ich irgendwo ein Verbrechen sehe, muß ich handeln wie eine Polizistin.«

»Aber ich denke, du hast so was bisher noch nie tun müssen.«

»Ich habe bisher noch nicht schießen müssen, ich bin immer erst zum Tatort gekommen, wenn alles schon passiert war.«

»Ist es schlimm Leichen zu sehen?«

»Manchmal ja.«

Susan lachte plötzlich.

»Das würde mir Spaß machen!«

»Was denn, Susan?«

»Von einer Polizistin im Bikini verhaftet zu werden.«

Mercedes sah zu, wie ihre Nichte aufstand und in das dunkelblaue Wasser sprang. Sie beobachtete, wie sie mühelos unter Wasser zum Ende des Schwimmbeckens tauchte und nach einer Wende wieder zurückglitt, ohne Luft zu holen. Einen Moment lang fühlte Mercedes Barren schmerzlich den Verlust ihrer eigenen Jugend, sagte sich aber, daß sie selbst in gar nicht so schlechter Verfassung war.

Susan hing am Beckenrand und fragte ihre Tante:

»Merce, wie kann man bloß so nah am Meer wohnen, ohne schwimmen zu können?«

»Mein Geheimnis«, erwiderte sie.

»Klingt verrückt«, war die Antwort, als Susan aus dem Pool schnellte und das Wasser glitzernd an ihrem schlanken Körper hinablief. Sie fuhr fort:

»Habe ich dir schon gesagt, daß ich im Herbstsemester Meeresbiologie als Hauptfach studieren will? Da lerne ich etwas über schleimige Fische, stachelige Krebse, dicke Säugetiere. Jacques Cousteau.«

»Das finde ich prima«, sagte Mercedes Barren, »du hast immer das Wasser geliebt.«

»Ja, ich freue mich auf das Leben in der Sonne, am Strand, in der tiefen blauen See und auf die Eingeweide von Fischen.« Beide lachten fröhlich.

Susan hat oft gelacht, dachte sie und beschleunigte ihre Fahrt durch die Nacht. Die grelle Helligkeit der Innenstadt brach plötzlich über sie herein und beleuchtete die Umrisse der Hochhäuser, die in den südlichen Himmel hinaufragten. Sie zwang sich zu konzentriertem Fahren und bemühte sich, die Erinnerungen zu verdrängen; sie wollte sie nicht mit dem in Zusammenhang bringen, was sie am Tatort erwartete.

Detective Barren verließ die Route 1 und fuhr durch ein Villenviertel. Es war spät, weit nach Mitternacht, kurz vor der anbrechenden Dämmerung. Sie fuhr schnell, weil die Straßen leer waren, und weil jeder Polizist schnell fährt, wenn es um Leben oder Tod geht. Wenige Kilometer vor ihrem Ziel jedoch bremste sie jäh, bis ihr unansehnlicher Sedan schließlich nur noch durch die Straßen schlich. Sie suchte in den Fenstern der gepflegten Villen nach Anzeichen von Leben. Aber die Häuser waren dunkel wie die Straßen. Sie versuchte, sich das Leben, das tagsüber hinter den ordentlichen Vorstadtfassaden herrschte, vorzustellen. Sie hoffte, ab und zu Licht hinter einem Fenster zu sehen, sie war neugierig, welches Buch, welche Fernsehshow oder welche Probleme, welches Leid jemanden wachhielten. Sie hatte ein überwältigendes Verlangen anzuhalten, an die Tür eines solchen Hauses zu klopfen und diesen Jemand nach den Sorgen und Ängsten zu fragen, die ihn nicht schlafen ließen, um voller Mitleid an seiner Seite zu sein. Sie steuerte den Wagen in die Old-Cutler-Straße und wußte, daß der Eingang zum Park nur noch ein paar Hundert Meter entfernt war. Die Nacht hing schwer im Laubwerk der Kajeputs und Weiden, die mit ihren Blättern und

Zweigen die Straße umhüllten. Mercedes Barren hatte das unheimliche Gefühl, allein auf der Welt zu sein, einzige Überlebende, unterwegs in eine endlose Dunkelheit. Sie konnte das verblichene weiße Schild des kleinen Parkeingangs kaum erkennen. Sie erschrak, als ein Opossum ihr vor das Auto lief, trat auf die Bremse, zunächst voller Angst, dann erleichtert, als sie sah, daß sie das Tier nicht überfahren hatte. Sie drehte das Fenster herunter und sog die salzige Meeresluft ein. Die Bäume um sie herum waren von gedrungenem Wuchs. Die hohen Palmen, die bisher die Ränder der Schnellstraße gesäumt hatten, wurden jetzt abgelöst von den verworrenen knorrigen Äste der Mangroven. Sie fuhr durch eine scharfe Kurve, gleich würde die langgestreckte Biscayne-Bucht vor ihr auftauchen.

Als sie dann vor ihr lag, dachte sie zuerst, daß heller Mondschein über der Bucht lag.

Aber das war es nicht.

Abrupt brachte sie den Wagen zum Stehen und starrte auf die Szene, die sich ihr darbot. Zuerst nahm sie die Laufgeräusche mächtiger Stromgeneratoren wahr, die mit rhythmischem Dröhnen drei Scheinwerferaggregate versorgten. Am Rand eines Parkplatzes schnitt das Flutlicht ein weißes Rechteck aus der Nacht heraus, eine Bühne, auf der sich Dutzende uniformierter Polizisten und Kriminalbeamter behutsam durch die unnatürliche Helle bewegten.

Eine Reihe von Polizeiautos, ein Notfallwagen, weißgrüne kriminalpolizeiliche Laborwagen standen am Bühnenrand aufgereiht. Ihre blauen und roten Signallampen warfen zuckende Farbblitze auf die Leute, die im Flutlicht arbeiteten. Sie holte tief Atem und fuhr auf das Licht zu. Sie stellte ihren Wagen ab und ging auf das Zentrum zu, wo eine Gruppe von Männern stand. Sie sahen auf eine Stelle, die ihrem Blick verborgen war. Sie wußte, was es war, mehr aus Erfahrung als aus dem Gefühl heraus. Das ganze Areal war durch ein breites gelbes Band abgetrennt.

Ungefähr alle drei Meter waren kleine weiße Schilder mit dem Aufdruck »Polizeiliche Untersuchung, Zutritt verboten« befestigt. Sie hob das Band an und schlüpfte darunter durch. Ein uniformierter Polizist verwehrte ihr mit ausgestreckten Händen den Zutritt.

»Hören Sie«, sagte er, »Sie können hier nicht rein.«

Sie starrte ihn an, er schwieg und ließ seine Hände sinken. Mit übertriebener Sorgfalt, bemüht, ihre Erregung zu beherrschen, öffnete sie ihre Tasche und zeigte die Polizeimarke vor. Er warf einen kurzen Blick darauf und trat, eine Entschuldigung murmelnd, zurück.

Ihre Ankunft war von den Männern im Zentrum der Szene beobachtet worden, und einer von ihnen löste sich aus der Gruppe. »Merce, um Gottes willen, hat Ihnen Wills nicht gesagt, daß Sie nicht herkommen sollen?«

»Doch«, antwortete sie.

»Das hier ist nichts für Sie.«

»Verdammt, woher wissen Sie das?«

»Merce, es tut mir leid. Das muß für Sie ...«

Sie unterbrach ihn wütend.

»Was muß das für mich sein? Schwer, traurig, tragisch, was muß es für mich sein?«

»Beruhigen Sie sich doch bitte, Sie wissen, was hier los ist, können Sie nicht noch ein paar Minuten warten? Trinken Sie doch erst eine Tasse Kaffee.«

Er versuchte, sie am Ellenbogen wegzuführen. Sie schüttelte seinen Griff heftig ab.

»Bitte versuchen Sie nicht, mich hier fernzuhalten.«

»Nur ein paar Minuten, dann will ich Ihnen ausführlich berichten ...«

»Ich will Ihren verdammten Bericht nicht, ich will alles selbst sehen!«

»Merce ...«, der Kollege hatte seine Arme weit ausgebreitet, um ihr die Sicht zu versperren, »bitte, Sie lassen mich ...«

Sie holte tief Luft, schloß die Augen und sagte überlegt und mit schneidender Stimme:

»Peter, Lieutenant Burns, zwei Dinge will ich klarstellen, erstens liegt dort meine Nichte, zweitens bin ich eine erfahrene Polizistin. Ich will alles selbst sehen, mit meinen eigenen Augen.«

Burns schwieg und sah sie an.

»Also gut, es dauert nur noch ein paar Minuten, bis der Arzt mit den ersten Untersuchungen fertig ist. Wenn sie sie dann auf die Bahre legen, können Sie hinkommen. Sie können sie dann auch offiziell identifizieren, wenn Sie möchten.«

»Ich werde nicht eine Minute länger warten, ich will sie nicht auf der Bahre sehen. Ich will genau sehen, was man mit ihr gemacht hat.«

»Merce, um Gottes willen ...«

»Ich möchte sie jetzt sehen!«

»Warum bloß, es wird für Sie alles noch schlimmer werden.«

»Ich möchte wissen, was da noch schlimmer werden kann.«

Blitzlichter zuckten hinter dem Lieutenant auf. Detective Barren sah einen Polizeifotografen, der aus verschiedenen Blickwinkeln Aufnahmen schoß.

»Lassen Sie mich jetzt bitte durch«, sagte sie.

Mit einer resignierenden Geste gab ihr der Lieutenant den Weg frei.

»Sie werden Alpträume bekommen, Merce, nicht ich.«

Sie folgte ihm schnell, blieb aber plötzlich abrupt stehen und holte tief Atem. Als sie dann das Lächeln auf dem Gesicht ihrer Nichte sah, schloß sie die Augen. Nach einem weiteren tiefen Atemzug ging sie auf die Leiche zu. Sie besann sich: Ich muß an alles denken! Ich muß es mir genau merken! Sie zwang sich, den Boden abzusuchen, aber sie war noch nicht in der Lage, Susan anzusehen. Schmut-

ziger Sand und Laub. Das gab keinen vernünftigen Fuß-
abdruck her. Mit erfahrenem Blick schätzte sie die Entfernung zwischen dem Parkplatz und dem Ort, an dem der
Körper lag. Sie scheute sich noch, ihn »Leiche« zu nennen.
Zwanzig Meter, eine gute Entfernung, um etwas unauffällig abzuladen. Sie versuchte, analytisch zu denken. Es geschah häufig, daß das Opfer nicht am Tatort aufgefunden
wurde. Waren Tatort und Fundort gleich, gab es immer
die Möglichkeit einer physikalischen Beweisführung. Als
sie fortfuhr, den Boden abzusuchen, hörte sie den Lieutenant hinter sich sagen:

»Merce, wir haben den ganzen Bereich bereits sehr sorgfältig abgesucht, Sie müssen das nicht noch mal machen.«

Sie hörte nicht auf ihn, kniete sich hin und prüfte mit
den Händen den Boden. Wenn irgend etwas vielleicht an
den Schuhen haften geblieben war, könnte man damit etwas anfangen. Ohne sich umzudrehen, sagte sie laut:

»Nehmen Sie bitte Bodenproben von dem gesamten Bereich hier.« Nach kurzem Zögern hörte sie ein zustimmen-
des Knurren. Sie fuhr in ihrer Untersuchung fort und versuchte, innerlich stark zu werden, je näher sie der Leiche
kam.

Los, ermahnte sie sich, sieh dir Susan an, präge dir ein,
was mit ihr heute Nacht geschehen ist, sieh sie genau an,
merke dir jedes Detail, übersieh nichts!

Dann blickte sie auf die liegende Gestalt.

Fest, aber zärtlich rief sie sie beim Namen: »Susan!«

Nur unbewußt nahm sie die Menschen wahr, die sich um
sie herum bewegten, Gesichter von Freunden und Kollegen. Später erinnerte sie sich vergeblich, wer dabeigewe-
sen war. »Susan«, sagte sie noch einmal.

»Ist das Ihre Nichte Susan Lewis?« hörte sie den Lieutenant fragen.

»Ja«, sagte sie und setzte zögernd hinzu: »Sie war es.«

Ihr wurde plötzlich heiß, als ob ein Scheinwerfer sie im

Visier hätte und sie mit intensiver gleißender Helligkeit überflutete. Mit tiefen, ruhigen Atemzügen kämpfte sie gegen einen aufkommenden Schwindel an.

Sie erinnerte sich an den Tag, an dem sie angeschossen worden war. Sie hatte ein Gefühl der Wärme gespürt, als sie ihr Blut fließen sah und mit der gleichen Intensität gegen eine beginnende Ohnmacht gekämpft. Damals wie jetzt hätte sie es für verhängnisvoll gehalten, sich in der dunklen Tiefe einer Bewußtlosigkeit zu verlieren.

»Merce?« Sie hörte jemanden sprechen.

»Geht es Ihnen gut?« Sie war innerlich aufgewühlt. »Brauchen Sie einen Arzt?«

Es gelang ihr, den Kopf zu schütteln.

»Nein«, sagte sie, »mir geht es schon wieder besser« und spürte im gleichen Moment, wie einfältig das klang.

»Sind Sie sicher? Möchten Sie sich hinsetzen?«

Sie wußte nicht, mit wem sie sprach. Wieder schüttelte sie den Kopf.

»Mir geht es gut.«

Jemand hatte sie am Arm gefaßt, sie riß sich los.

»Untersucht ihre Fingernägel, sie hätte sich das nicht gefallen lassen, möglich, daß wir einen Verdächtigen mit Kratzspuren haben.«

Sie sah zu, wie der Polizeiarzt sich über die Leiche beugte, nacheinander behutsam ihre Hände anhob, mit einem kleinen Skalpell unter die zierlichen Nägel fuhr und die Proben in durchsichtige Plastikbeutel füllte.

»Nicht viel vorhanden«, sagte er.

»Sie hätte wie ein Tiger gekämpft.«

»Vielleicht hat er ihr keine Chance gegeben, sie hat eine schwere Verletzung am Hinterkopf, stumpfe Schlagwaffe. Sie war vermutlich bewußtlos, als er ihr das antat.« Der Arzt deutete auf die Strumpfhose, die um Susans Hals zusammengezogen war. Detective Barren starrte einen Moment auf den bläulichen Schimmer der Haut.

»Untersucht den Knoten«, sagte sie.

»Das habe ich schon getan«, sagte der Polizeiarzt, »einfacher Kreuzknoten. Seite eins aus Pfadfinders Handbuch.«

Detective Barren blickte auf die Strumpfhose und spürte das verzweifelte Verlangen, sie zu entfernen. Sie wünschte, daß ihre Nichte so aussähe, als wenn sie schliefe, als wenn man sie in den Schlaf gewiegt hätte und hoffen könnte, sie würde wieder aufwachen.

Sie erinnerte sich an eine Szene aus ihrer Kindheit.

Sie war noch klein, nicht älter als fünf oder sechs, als der Hund, der zur Familie gehörte, überfahren wurde. Sie fragte ihren Vater:

»Warum ist Lady tot?«

»Weil ihre Knochen gebrochen sind.«

»Aber als ich mir mein Handgelenk gebrochen habe, hat der Doktor mir einen Gips darum gemacht, und dann wurde es wieder gut. Laß uns Lady auch einen Gipsverband machen.«

»Sie hat aber auch ihr ganzes Blut verloren«, sagte der Vater. Das Kind hatte den Vater gebeten:

»Laß uns doch das Blut zurücktun.«

»Oh, mein armes Kleines, ich wünsche so sehr, wir könnten es, ich wünsche, es wäre so einfach.«

Er hatte sie mit seinen starken Armen an sich gedrückt, als sie nachts schlaflos in ihrem Bettchen schluchzte.

Sie starrte Susans Leiche an und sehnte sich zurück in diese starken Arme.

»Was ist mit den Handgelenken«, fragte sie, »hat man sie gefesselt?«

»Nein«, erwiderte der Arzt, »Sie wissen, was das bedeutet?«

»Ja«, sagte jemand von der Seite. »Das bedeutet, daß der Kerl sie erst bewußtlos schlug, bevor er seinen Spaß hatte. Sie hat wahrscheinlich nichts mehr gemerkt.«

Ihre Augen folgten der Linie des Nackens hinunter zur Schulter.

»Ist das auf der Schulter eine Bißwunde?«

»Vermutlich«, meinte der Polizeiarzt, »wird mikroskopisch untersucht.«

Ihr Blick blieb einen Moment auf der zerrissenen Bluse ihrer Nichte haften. Susans Brüste lagen frei, sie unterdrückte den Wunsch, sie zuzudecken.

»Macht am Hals einen Abstrich, vielleicht gibt es Speichelspuren.«

»Schon erledigt«, sagte der Arzt, »auch Abstriche an den Genitalien, ich will es aber im Labor noch mal machen.«

Detective Barren suchte die Leiche Zentimeter um Zentimeter ab. Ein Bein lag über dem anderen, es wirkte fast keusch. Auch im Tod wirkte ihre Nichte zurückhaltend.

»Gibt es Anzeichen für genitale Verletzungen?«

»Noch nicht festzustellen hier draußen.«

Detective Barren konzentrierte sich, um alle Einzelheiten wahrzunehmen.

»Merce«, sagte der Arzt leise, »alles ist genauso wie bei den anderen Vier. Todesart, Position der Leiche, Fundort.«

Sie sah elektrisiert auf.

»Die anderen Vier? Welche anderen Vier?«

»Hat Ihnen das Burns nicht gesagt? Die meinen, das ist der Campus-Killer, so heißt er in den Zeitungen. Ich dachte, man hätte Ihnen das erzählt.«

»Nein, keiner hat mir davon was gesagt.« Sie versuchte, sich zu beruhigen.

»Aber es paßt wohl gut zu diesen Fällen.« Ihre Stimme versagte.

Sie hörte den Lieutenant sagen: »Vermutlich seine erste in diesem Semester. Natürlich ist das nicht sicher, aber das Grundmuster ist bei allen gleich. Wir werden die Sache der Sondereinheit übergeben. Wird das nicht das beste sein, Merce?«

»In Ordnung.«

»Haben Sie genug gesehen? Wollen Sie jetzt mitkommen?

Ich kann Ihnen dann genau sagen, was wir bis jetzt wissen.«

Sie nickte und wandte sich von der Leiche ab. Sie hoffte, daß man Susan bald wegbringen würde. Wenn man sie aus dem Unrat und dem Schmutz zog, würde sie wieder menschlicher wirken und die Unabänderlichkeit ihres Todes wäre leichter zu ertragen. Sie wartete geduldig bei den Autos der Ermittlung und Spurensicherung. Sie kannte diese Kollegen sehr gut, sie hatten die Nachtschicht im gleichen Dezernat wie sie. Sie unterbrachen nacheinander ihre Untersuchungen in dem gelbbebänderten Areal, kamen auf sie zu und sprachen mit ihr, nahmen sie in die Arme oder gaben ihr die Hand. Nach einer Weile kam Lieutenant Burns mit zwei Tassen Kaffee zurück. Obwohl die tropische Nacht um sie herum erdrückend heiß war, umfaßte sie fröstelnd mit beiden Händen die Styroportasse. Er sah zum Himmel auf, an dem gerade die Dämmerung mit trübem grauem Licht den Morgen ankündigte.

»Möchten Sie jetzt mehr erfahren?« fragte er sie. »Vielleicht ist es besser, wenn Sie jetzt ...« Sie unterbrach ihn sofort: »Nein, ich möchte jetzt alles wissen, alles.«

»Also gut«, begann er langsam. Sie ahnte, daß er jetzt mit sich zu Rate ging, ob ihre volle Kenntnis der Tatsachen die Ermittlungen behindern konnte oder nicht. Er fragte sich bestimmt gerade, ob er eine Polizistin oder eine halbverrückte Verwandte des Opfers vor sich hatte. Das Problem ist, dachte sie, daß er es mit beiden zu tun hat.

»Lieutenant«, sagte sie schnell, »ich möchte nur helfen. Ich bin in solchen Sachen ziemlich erfahren, Sie wissen das. Ich will mich nur nützlich machen. Aber wenn Sie meinen, daß ich im Wege bin, will ich nicht stören ...«

»Nein, nein, ich bitte Sie.«

»Also, hören Sie«, fuhr Burns fort, »alles ist noch ziemlich unklar. Offenbar hat sie mit einigen Bekannten die Bar auf dem Universitätsgelände besucht. Die war gerammelt voll, es hingen da eine Menge verschiedener Typen rum. Sie tanzte auch mit einigen von ihnen. So gegen zehn Uhr ging sie Luft schnappen, allein. Kam nicht mehr zurück. Zwei Stunden später, so gegen Mitternacht, machten sich ihre Freunde Sorgen und holten die Wache. Zur gleichen Zeit stolperte hier im Park ein Pärchen, das es in den Büschen getrieben hatte, über die Leiche ...« Er hob verneinend die Hand, »nein, sie haben nichts gehört und gesehen, sind wirklich darüber gestolpert. Der Junge fiel richtig über die Sache drüber.«

»Die Sache«, dachte sie und biß sich auf die Lippen.

»Ein Mädchen verschwindet an der Universität, ihre Leiche wird einige Kilometer weit entfernt in einem Park gefunden, es ist nicht schwer, eins und eins zusammenzuzählen. Wir haben hier übrigens schon mal ermittelt. In der Brieftasche fanden wir Ihre Adresse. Deshalb haben wir Sie gleich angerufen. Das Kind Ihrer Schwester?«

Detective Barren nickte.

»Möchten Sie sie anrufen?« Sie sah ihn erschrocken an.

»Ich mache das, wenn wir hier fertig sind«, erwiderte sie.

»Da gegenüber ist eine Telefonzelle, ich würde nicht länger warten. Es dauert bestimmt noch eine Weile, bis wir Schluß machen.«

Inzwischen hatte der Tag begonnen. Die Umgebung verlor ihre nächtliche Düsternis, und in der aufkommenden Helligkeit zeichneten sich die Umrisse der Häuser ab.

Sie stellte sich vor, wie schwierig das Gespräch mit ihrer Schwester sein würde, das Telefon war dafür überhaupt nicht geeignet. Einen Moment hoffte sie, daß sie kein Kleingeld für den Automaten bei sich hatte, dann, daß das Telefon nicht funktionierte. Vergeblich. Die Zentrale meldete sich wie üblich, unbeeinflußt von der frühen Tageszeit. Sie bat, die Gebühren auf ihre Dienststelle zu buchen. Die Zentrale fragte zurück, ob dort jemand wäre, um die Gebühren zu bestätigen. Sie antwortete, daß immer jemand da sei. Dann hörte sie das surrende Klicken der Telefonwahl, und bevor sie sich ein paar Worte zurechtlegen konnte, klingelte das Telefon im Haus ihrer Schwester.

Denk nach, forderte sie sich auf, finde die richtigen Worte. Dann hörte sie schon die verschlafene Stimme ihrer Schwester am anderen Ende der Leitung.

»Ja, hallo.«

»Annie, ich bin's, Merce.«

»Merce, wie geht es dir, was ist los?«

»Annie, hör mir mal ruhig zu, es ist wegen Susan. Da ist etwas passiert.« Sie suchte nach den richtigen Worten. Ein Unfall? Ein Vorfall? Sie zögerte, unkonzentriert, zwang sich zu einem professionell ruhigen, gleichmäßigen, unverbindlichen Ton.

»Setz dich bitte hin und laß Ben ans Telefon kommen.« Sie hörte ihre Schwester aufgeregt nach ihrem Mann rufen. Unmittelbar darauf war er in der Leitung.

»Merce, was ist los?« Seine Stimme klang ruhig und fest. Sie holte tief Luft.

»Ich weiß nicht, wie ich es dir sagen soll, um die ganze Sache leichter zu machen, deshalb sage ich es dir einfach so: Susan ist tot. Sie wurde letzte Nacht ermordet. Es tut mir so leid.«

Mercedes Barren sah plötzlich ihre Schwester vor sich, ungefähr achtzehn Jahre vorher, unförmig dick, eine Woche vor der Niederkunft. Sie bewegte sich schwerfällig durch die drückende Julihitze, die über dem trockenen Delawaretal hing. Sie war extra gekommen, um ihre Schwester nicht allein zu lassen. Mercedes umklammerte damals die Fahne, die ihr der Kapitän der Ehrengarde überreicht hatte. Alles in ihr war dunkel und leer. Sie versuchte, die Worte des Geistlichen zu verstehen, die vom Feuer der Ehrensalve übertönt wurden. Sie fand keine Worte für irgendeinen der Familienangehörigen oder Freunde, die befangen mit ihr in einer Reihe vor dem Grab standen, wortlos über die Ungerechtigkeit, daß ein so junger und kraftvoller Mann wie John Barren fallen mußte. Zu Hause hatte Annie sich neben sie auf der Couch niedergelassen. Als niemand von den Trauergästen sie beobachtete, nahm Annie die Hand ihrer Schwester, legte sie auf ihren dicken Bauch und sagte mit bewegender Schlichtheit:

»Es war unrecht, daß Gott ihn zu sich nahm, aber hier ist neues Leben. Du darfst deine Liebe nicht begraben, du mußt sie diesem Kind schenken.«

Das Kind war Susan.

Einen Augenblick lächelte sie bei dem Gedanken, daß das Baby damals ihrem Leben Sinn gegeben hatte. Unmittelbar darauf kehrte sie in die Gegenwart zurück und nahm das qualerfüllte Schluchzen ihrer Schwester wahr.

Ben wollte den ersten Flug nach Miami nehmen, aber es gelang ihr, ihn davon abzubringen. Sie machte ihm klar, daß es einfacher sei, wenn sie ein Begräbnisunternehmen beauftragte, die Leiche nach der Autopsie zu überführen. Sie wollte Susans Leiche im Flugzeug zurückbegleiten. Ben übernahm es, einem örtlichen Begräbnisinstitut die Koordinierung zu übertragen. Sie erklärte den beiden vorsichtig, daß die Zeitungen, vielleicht sogar das Fernsehen über den Mord berichten würden. Sie bot an, ihnen dabei zu helfen, den Reportern aus dem Wege zu gehen. Außerdem sagte sie Ben, daß Susan möglicherweise Opfer eines Mörders sei, der im vergangenen Jahr verschiedene Universitäten heimgesucht hatte. Ben fragte, ob sie das auch glaube. Sie erklärte, daß es nicht ganz sicher sei und daß die Fälle von einer Sondereinheit bearbeitet würden. Ben fing an herumzuschreien, dann fiel er in Schweigen. Von Annie hörte sie nichts mehr, sie vermutete, daß ihre Schwester in ein anderes Zimmer gegangen war. Erst wenn sie aufgelegt hätte, würde beiden das Ausmaß ihrer Verzweiflung bewußt werden.

»Das ist alles, was ich euch bis jetzt berichten kann«, sagte sie, »ich rufe wieder an, wenn ich mehr weiß.«

»Merce«, hörte sie die Stimme ihrer Schwester.

»Annie?«

»Ist es wirklich wahr?«

»Ja, Annie.«

»Ich meine, du hast das nachgeprüft, bist sicher, daß ...«

»Annie, ich habe Susan gesehen.«

»Ich mußte es einfach genau wissen.«

»Es tut mir so leid.«

»Mein Gott, Merce ...«

»Annie?«

»Mein Gott.«

»Annie, sei tapfer, du mußt stark sein.«

»Merce, bitte hilf mir. Ich habe das Gefühl, daß sie erst richtig tot ist, wenn ich jetzt auflege. O Gott, wie ist so was nur möglich? Ich verstehe das nicht.«

»Ich verstehe es auch nicht, Annie.«

»O Merce, Merce, Merce ...«

Mercedes hörte sie immer leiser werden. Ihrer Schwester mußte der Telefonhörer aus der Hand geglitten sein. Sie hörte herzzerreißendes Weinen und Schluchzen.

Einen Augenblick lang wartete sie auf das Knacken im Telefon. Sie hielt den Hörer noch eine Weile in der Hand, dann hängte sie ihn behutsam ein wie jemand, der sein Kind nicht im Schlaf stören will. Sie stand eine Weile da und hörte ihr Herz schlagen. Ich muß stark bleiben, dachte sie.

Susans Leiche wurde erst am späten Morgen weggebracht.

Detective Barren hatte am Rande des abgesteckten Areals gewartet und den Kollegen bei ihrer Arbeit zugesehen. Uniformierte Polizisten hielten eine ständig wachsende Menge Schaulustiger zurück, sie war ihnen dankbar dafür. Miamis Nachrichtenmedien waren schon früher gekommen und setzten sich allgegenwärtig in Szene, Kameraleute der Sender filmten die Interviews der Reporter, die Lieutenant Burns und einige andere Kriminalbeamte umlagerten. Sie wußte, daß es für sie fast unvermeidbar war, den Reportern zu entkommen, wenn sie hören würden, daß sie mit der Ermordeten verwandt war. Diese Tatsache wäre das richtige Futter für sie.

Sie drehte sich weg, als zwei Sanitäter Susans Leiche behutsam in einem schwarzen Plastiksack bargen. Sie ging hinüber zu Lieutenant Burns, der mittlerweile mit zwei Kriminalbeamten in modischen dreiteiligen Anzügen sprach. Sie schienen von der schwülen Hitze völlig unberührt. Burns sah Detective Barren kommen und stellte ihr die Herren vor.

»Merce, vielleicht kennen Sie Detective Moore und Detective Perry von der Kreismordkommission. Sie ermitteln in der Sache.«

»Ich habe schon von Ihnen gehört.«

»Ich auch von Ihnen«, erwiderte Detective Perry. Sie gaben sich die Hand und waren einen Moment befangen.

»Es tut mir leid, Sie unter solchen Umständen kennenzulernen«, sagte Perry dann. »Ich bewundere Ihre Erfolge, besonders in dieser Vergewaltigungssache.«

»Danke.« In ihrer Erinnerung tauchte plötzlich das Bild eines pockennarbigen Gesichts mit einer verunstalteten Nase auf. Sie dachte an die zwei Dutzend Aktenordner, über denen sie immer wieder gebrütet hatte, bis ihr plötzlich der Einfall kam, der zur Verhaftung führte. Der muskulöse Täter trug jedesmal eine Strumpfmaske. Beinahe jedes Opfer hatte angegeben, daß er vermutlich an einem heftigen Ekzem auf dem Rücken litt. Ein Dermatologe erklärte ihr, daß Leute mit Ausschlag auf dem Rücken mit Sicherheit den gleichen Ausschlag auch im Gesicht hätten. Sie hatte aber trotzdem die Vermutung, daß die Maske etwas anderes verbergen sollte. So fing sie an, sich öfter in der Nähe der örtlichen Gymnasien und Bodybuilding-Institute aufzuhalten, mehr aus einer Ahnung heraus als aufgrund von Fakten. Beim Gymnasium in der 5. Straße von Miami gab es eine Sportanlage, in der aufstrebende Boxer ihre Karriereträume mit wuchtigen Hieben in die Punchingbälle meißelten. Ihr war dort ein untersetztes, kräftig gebautes Leichtgewicht aufgefallen, pockennarbig auf Rücken und Gesicht, mit einer mehrfach gebrochenen Nase und einer deutlich roten Narbe, die seine Wange verunzierte.

»Intuition sollte man nie unterschätzen«, meinte Detective Perry. »Natürlich stellt daraufhin kein Richter einen Hausdurchsuchungsbefehl aus.«

Alle lächelten vorsichtig.

»Was können wir für Sie tun?« fragte Detective Perry.

»Ist etwas unter der Leiche entdeckt worden?«

»Nichts von augenfälligem Wert, nur ein komisches Stück Papier.«

»Was für ein Papier?«

»So ein Fetzen, sieht aus wie das Oberteil eines Gepäckanhängers, der an den Koffern befestigt wird, wenn man sich am Flughafen eincheckt, nur bedeutend größer. Irgendwie eine Art Etikett.« Er wehrte ab. »Kein Aufdruck vorhanden. Es ist nur das obere Viertel, der Rest muß abgerissen worden sein. Es gibt auch keinen Anhaltspunkt dafür, wie lange der Fetzen dort gelegen hat. Man könnte die Leiche auch draufgelegt haben. Ist wahrscheinlich nur Abfall.«

Das Bild ihrer Nichte, die im Unrat lag, tauchte vor ihr auf. Sie preßte die Hände auf ihr Gesicht, um wieder klar denken zu können.

»Was werden Sie jetzt tun?« fragte sie.

»Wir werden in der Bar ermitteln; vielleicht finden wir jemanden, der gesehen hat, mit wem sie gesprochen hat und wer ihr nach draußen gefolgt ist ...«

Der Kollege sah sie nachdenklich an.

»Es wird einige Zeit dauern.«

»Zeit spielt keine Rolle.«

»Ich verstehe.« Er schwieg eine Weile.

»Hören Sie, Merce, das muß für Sie doch schlimm sein, ich meine, wenn es das Kind meiner Schwester wäre, ich würde verrückt werden. Ich glaube, ich würde den Kerl am liebsten selbst abknallen. Soweit es mich betrifft, können Sie alles, was Sie wollen, über die Ermittlungen erfahren, wenn Sie mir nicht in die Quere kommen oder die Arbeit für mich machen wollen. Einverstanden?«

Detective Barren nickte zustimmend.

»Noch etwas«, fügte Detective Perry hinzu, »wenn Ihnen irgend etwas einfällt, sagen Sie es mir bitte direkt.«

»Aber selbstverständlich«, sagte Detective Barren und fragte sich, ob sie log.

Sie dachte einen Moment nach.

»Eine Frage. Das ist doch der fünfte Mord, oder? Wie ist der Sachstand bei den anderen Fällen? Wissen Sie etwas darüber?«

Die Beamten sahen sich an und zögerten mit der Antwort.

»Gute Frage, wir haben ein paar Spuren, sogar ein paar gute. Am besten, Sie kommen in ein paar Tagen mal vorbei, dann können wir darüber reden. Nachdem Sie sich ein bißchen beruhigt haben, O.K.?«

Arroganter Sack, dachte sie und sagte: »Einverstanden.«

Sie verließ die Männer, die sich weiter unterhielten, und ging zurück zu den Fahrzeugen der Spurensicherung. Ein schlanker, asketisch wirkender Mann verglich gerade die Zahlen, die mit schwarzem Filzstift auf Plastikbeutel geschrieben waren, mit einer Liste, die er auf einer Unterlage in den Händen hielt.

»Hallo, Teddy«, sagte sie.

Der Mann drehte sich zu ihr um. Seine langen, knochigen Hände bewegten sich fahrig.

»Hallo, Merce, ich dachte, Sie wären schon fort, Sie sollten besser nicht hier sein.«

»Ich weiß, warum sagt ihr mir das alle?«

»Tut mir leid, vielleicht, weil keiner weiß, wie er sich richtig verhalten soll. Wir sind es nicht gewöhnt, daß ein Mord uns persönlich berührt. Wenn wir Sie hier sehen, gewinnt der Tod eine andere Bedeutung. Ist das eine Erklärung?«

»Ja.« Sie lächelte ihm zu.

»Merce, ich kann Ihnen gar nicht sagen, wie sehr wir mit Ihnen fühlen. Jeder von uns hat wirklich hart gearbeitet. Ich hoffe, daß irgend etwas uns auf die Spur dieses Schweins bringt.«

»Ich danke Ihnen, Teddy; was haben Sie gefunden?«

»Leider nicht sehr viel. Hier ist die Übersicht.«

Er reichte ihr die Schreibunterlage, und sie überflog die Liste.

1. Blutprobe Kopf d. O.
2. Blutprobe Genitalbereich d. O. (vgl. Skizze)
3. Speichelprobe Schulter d. O.
4. Abstrich Genitalien d. O.
5. Abstrich Schultern d. O. (Gebißabdruck vgl. Skizze)
6. Bodenprobe A (vgl. Skizze)
7. Bodenprobe B (vgl. Skizze)
8. Bodenprobe C (vgl. Skizze)
9. Probe Fingernägel, rechte Hand d. O. (vgl. Skizze)
10. Desgl. linke Hand
11. Unbekannte Substanz, Laubblatt
12. Mögliche Stoffprobe d. T.
13. Blutspur auf Laubblatt
14. Zigarettenstummel (vgl. Skizze)
15. Zigarettenstummel (vgl. Skizze)
16. Benutztes Kondom
17. Benutztes Kondom
18. Benutztes Kondom verpackt (Ramses)

19. Bierdose (Budweiser)
20. Coca-Cola-Dose
21. Sprudelflasche 0,3 l (Perrier)
22. Unbekannte Substanz auf Alufolie
23. Unbekannte Substanz in Plastikbeutel
24. Filmhülse Kodacolor Instamatic
25. Filmhülse Kodacolor Instamatic
26. Patronendeckel Kodak 400 schwarz/weiß Negativfilm
27. Gebrauchte Haarwasserflasche 0,25 l
28. Sonnenschutzlotion 0,2 l
29. Zerknüllte Packung (leer) Zigaretten (Marlboro)
30. Damenhandtasche (Inhalt gesondert aufgelistet)
31. Damenbrieftasche d. O.?
32. Damenohrring
33. Papierrest (gelb), Herkunft unbekannt.

»Was ist mit den Kondomen?« fragte Sie.

Er schüttelte den Kopf.

»Merce, sehen Sie sich das Zeug an. So etwas finden Sie auf jedem Picknickplatz. Die unbekannte Substanz scheint Thunfisch zu sein. Die Kondome sind wahrscheinlich einige Tage alt. Beachten Sie die Fundorte: Bis auf die Haut- und Blutproben ist der ganze Plunder mindestens ein paar Meter weit weg gefunden worden. All der Kram, den man zum Sonnenbaden mitnimmt, nicht zu einem Mord um Mitternacht.«

Sie nickte.

»Das ist nicht einfach für Sie, möchten Sie noch mehr ...?«

»Ja.«

»Bevor wir die Probe nicht im Labor haben, wissen wir weiterhin nichts Genaues. Die Kollegen und ich meinen, daß sie hier abgeladen wurde. Vermutlich hielt der Kerl hier mit dem Wagen und legte sie ein paar Meter weiter ab. Wenn wir seinen Wagen hätten, würden wir ihn packen können. Bestimmt sind Blut- und Hautspuren im Kofferraum. Die kann man nicht entfernen. Aber brauchbare Spuren vom Tatort? Wir können es nur hoffen, ich würde aber nicht damit rechnen.«

Sie nickte wieder.

»Ich sage Ihnen wahrscheinlich nichts Neues.«

»So ist es.«

Sie gab ihm die Liste wieder und sah die im Heck des Fahrzeugs sorgfältig aufgereihten Plastikbeutel an. Sie wußte nicht genau, was sie suchte.

»Was ist das?« fragte sie, auf einen Beutel zeigend.

»Das ist die letzte Ziffer auf der Liste. Eine Art Abschnitt, gelb, er wurde unter der Leiche gefunden.«

Er gab ihr das Fundstück. Sie wendete den durchsichtigen Plastikbeutel hin und her und untersuchte konzentriert das angegraute Stück Papier darin. Was bist du? Was bedeutest du? Was versuchst du mir zu sagen? Wer hat dich dort liegen lassen? Sie spürte plötzlich den Drang, den kleinen Papierfetzen wütend zu schütteln, damit er ihr sein Geheimnis preisgab. Ich werde mich an dich erinnern, sagte sie zu dem Papier. Sie sah auf alle gesammelten Beweisstücke. Ich will mich an jedes einzelne von euch erinnern. Plötzlich wurde sie sich ihrer Besessenheit bewußt und legte den Plastikbeutel zurück in das Fahrzeug.

Man wird mich für verrückt halten, dachte sie bei sich. Sie wußte, daß es einige Zeit dauern würde, alle registrierten Gegenstände zu bearbeiten. Die Wahrscheinlichkeit, daß einer davon die Polizei weiterbrachte, war gering. Sie bekam einen roten Kopf und wandte sich um. Sie sah, wie die Kriminalbeamten in einen Zivilwagen stiegen. Ein Polizeifotograf machte aus der Entfernung Aufnahmen von dem gesamten Areal. Der Notarztwagen fuhr im Hintergrund vorsichtig durch die Menschenmenge. Sie sah einen Fernsehkameramann den Abgang der Akteure von der Bühne filmen. Ein Gefühl der Hilflosigkeit überkam sie; die Routine der Ermittlungen hatte sich während des langen Vormittags wie ein Schutzanstrich über das Geschehen gelegt; jetzt begann er zu verschwinden wie die Kriminalbeamten, die Spezialisten und die Schaulustigen. Sie fühlte sich in diesem Augenblick sehr allein. In ihrer Kehle stieg ein Schluchzen hoch. Sie kämpfte heftig dagegen an und ging zu ihrem Wagen. Als sie die Tür öffnete, spürte sie die aufgestaute Gluthitze, glitt schnell hinter das Lenkrad. Sie saß eingeschlossen in dem kochenden Raum und ließ die Wärme in sich eindringen. Susan kam ihr in den Sinn, auch ihr Traum in der vergangenen Nacht. Wie sie es am Ende des Traums versucht hatte, wollte sie sich warnen: Wach auf, rette dich! Aber dazu war sie jetzt nicht imstande.

Die Verkäuferin im Blumengeschäft hatte Mercedes Barren zunächst einen seltsamen Blick zugeworfen und schließlich gefragt:

»Für welchen Anlaß sind denn die Blumen gedacht?«

Mercedes Barren zögerte mit der Antwort, und die Dame fuhr munter fort: »Ich meine, wenn sie für einen Mitarbeiter oder eine Sekretärin sind, empfehle ich Ihnen dieses Gebinde hier. Sind sie für einen Häftling oder einen Invaliden bestimmt? Dann würde ein Strauß wie dieser hier sich gut machen. Oder haben Sie vielleicht jemanden im Krankenhaus? Leute im Krankenhaus freuen sich, wenn sie kleine Topfpflanzen bekommen, sie können zusehen, wie sie wachsen und gedeihen.«

»Die Blumen sind für meinen Liebhaber«, erwiderte Mercedes Barren.

»Oh«, sagte die Dame ein wenig verblüfft.

»Finden Sie das unschicklich?«

»Oh nein, es ist nur ungewöhnlich. Wissen Sie, normalerweise sind es Männer, die die Blumen kaufen, vorzugsweise. Rosen, für ihre, na ja, Gefährtinnen. Bei Ihnen ist es umgekehrt.« Sie lachte.

»Einige Dinge in der Welt verändern sich nie, ganz egal,

wie modern wir werden. Männer kaufen Blumen für ihre Freundinnen und Ehefrauen. Nicht anders herum. Sie kommen in den Laden, stehen ziemlich unentschlossen vor der Auslage herum, starren die Blumen an und erwarten wohl, daß eine von ihnen irgendein Zeichen gibt, daß sie für seine Frau gekauft werden möchte oder für die Freundin. Die jungen Männer von heute scheinen den Wert von Blumen zur passenden Gelegenheit nicht mehr zu kennen. Manchmal denke ich, wir sind so, ich weiß nicht genau, so technisch geworden. Ich vermute, man wird bald zum Valentinstag mit dem Computer gedruckte Glückwunschkarten schicken. Aber, wie ich schon sagte, es sind immer die Männer, nicht die Frauen. Nein, ich kann mich nicht erinnern, daß jemals eine Frau hier reingekommen ist ...«

Mercedes Barren sah die Frau an, die mitten im Satz abbrach und zögernd fortfuhr:

»Oh mein Gott, ich mache mich zum Narren, nicht?«

»Nur ein bißchen«, erwiderte Mercedes Barren.

»Du liebe Zeit«, sagte die Frau.

»Schon in Ordnung«, antwortete Mercedes Barren.

»Sehr freundlich von Ihnen«, sagte die Frau dankbar. Sie strich sich eine graue Haarsträhne aus der Stirn und sammelte sich.

»Ich will noch einmal von vorn anfangen. Was möchten Sie haben, vielleicht Rosen? Sie sind vielleicht nicht so originell, aber wohl immer passend.«

»Gut, Rosen«, sagte Mercedes Barren. »Ein Dutzend?«

»Ausgezeichnet.«

»Ich habe rote, weiße und rosafarbene.«

»Ich möchte rote und weiße.«

»Ausgezeichnet, mit ein wenig Schleierkraut gebunden, schlage ich vor.«

»Ein hübscher Strauß.«

»Ich danke Ihnen.«

Sie bezahlte und nahm den Karton mit dem Strauß an sich.

»Ich werde immer komischer«, sagte die Frau.

»Wie bitte?«

»Wissen Sie, den größten Teil des Tages, den ich hier verbringe, rede ich mit den Blumen und Pflanzen. Manchmal vergesse ich dadurch, wie man mit Menschen redet. Ich bin sicher, daß, eh, Ihr Freund sich freuen wird.«

»Mein Liebhaber«, korrigierte Mercedes Barren.

Sie klemmte sich die Blumen unter den Arm und versuchte sich zu erinnern, wie lange sie nicht an John Barrens Grab gewesen war.

Die Luft in diesem frühen September war noch nicht herbstlich. Es herrschte sommerliche Hitze unter einem Himmel, dessen Bläue nur von ein paar riesigen weißen Haufenwolken unterbrochen wurde. Es war ein Tag, der zum Faulenzen einlud, ein reizvoller Kontrast zum Januar im Delawaretal mit seinem Schnee, der kalten Luft vom Fluß her, dem Eis und den häufigen Schlammstürmen, wie sie von den Einheimischen genannt wurden: eine unheilvolle Mischung von Eis, Graupel, Schnee und Regen, unvorstellbar frostig, glitschig und undurchdringlich. An einen dieser Stürme dachte Mercedes Barren und lächelte dabei. Sie war unterwegs davon überrascht worden. Als sie schließlich völlig zerschlagen und mit durchgeweichten Stiefeln in ihre leere und ungeheizte Wohnung gekommen war, hatte sie sich geschworen, in eine wärmere Gegend zu ziehen, nach Mianu.

Sie legte die Blumen auf den Beifahrersitz, verließ Lambertville und überquerte die Brücke nach New Hope. Nach kurzer Zeit lag der Ort hinter ihr, und sie fuhr langsam durch den warmen Nachmittag eine schattige Straße hinunter zum Friedhof. Sie fragte sich, warum ihre Familie nach Philadelphia gezogen war, wo es doch auf dem Lande so schön war. Das Bild ihres Vaters tauchte plötzlich vor ihr auf, wie er ihre Mutter wild tanzend herumschwenkte, als er von seiner Berufung an die Universität von Pennsylvania erfuhr. Er war Professor für Reine Mathematik und Quantenmechanik, ein Mann von entwaffnender Intelligenz und zugleich der Prototyp des zerstreuten Professors. Sie lächelte. Er hatte nicht verstanden, warum sie Polizistin geworden war. Zwar hatte er die Beweisführungen, die Ermittlungsmethoden, die augenscheinliche Präzision der Polizeiarbeit bewundert, aber er war irritiert und bestürzt über die Realität des Berufsalltags und den ständigen Verschleiß, den der Kampf gegen das Verbrechen mit sich brachte. Er würde gewiß nicht verstanden haben, warum seine Tochter ihren Beruf so liebte, obwohl er die einfache Wahrheit, die ihrer Hingabe zugrunde lag, anerkannt hätte: daß es nämlich die einfachste Art war, etwas Gutes zustande zu bringen in einer Welt, die bevölkert war mit Verbrechern, die achtzehnjährige Mädchen umbrachten, Mädchen voller Lebendigkeit, Hoffnung und Zukunft.

Langsam verflüchtigte sich die liebevolle Erinnerung an ihren Vater, als verschwände sie im Schatten der Alleebäume. Sie versuchte, sich die Person des Mörders wie auf einem Zeichenblatt vorzustellen. So verfehlte sie beinahe die Einfahrt des Friedhofs.

Jemand hatte ein amerikanisches Nationalfähnchen auf John Barrens Grab gesteckt. Sie war sich einen Moment nicht sicher, ob sie das passend fand. Mit Nachsicht dachte sie jedoch an den örtlichen Veteranenverein, der sicher mit diesem Schmuck etwas Gutes tun wollte. Sie konnte den Grabstein und den von verdorrtem Gras verdeckten Hügel nicht ansehen, ohne sich darunter John in seinem Sarg vorzustellen.

Eine Szene kam ihr plötzlich in den Sinn: Der Sarg hatte an einem Griff ein Schild mit der Aufschrift: »Bleibt verschlossen.« Vermutlich wollte man es entfernen, bevor sie es sah, aber sie hatte es bemerkt. Trotz ihres unbändigen Kummers hatte sie sich Gedanken über das Schild gemacht. »Bleibt verschlossen.« Zuerst dachte sie, es sollte bedeuten, daß John unbekleidet wäre und daß die Armee in seltsam puritanischer Einfalt niemanden in Verlegenheit bringen wollte. Sie hätte den Männern, die den Sarg umstanden, gern gesagt: Seid doch nicht so töricht! Selbstverständlich haben wir uns nackt gesehen. Wir haben es genossen. Wir waren ein Paar auf der Highschool, im College, in der Nacht, bevor er gemustert wurde, in den Stunden, bevor er den Wehrdienst antrat und regelmäßig während des zweiwöchigen Urlaubs, bevor er nach Übersee ging. Im Sommer an der Küste von Jersey schlichen wir uns aus dem Haus, nachdem unsere Eltern eingeschlafen waren, und liebten uns in den Dünen.

Bleibt verschlossen.

Sie fand keine Erklärung dafür. Sollte sie John nicht mehr ansehen dürfen? Warum? Was hatten sie mit ihm angestellt? Sie machte aber die Erfahrung, daß die Witwe eines jungen Gefallenen keine aufrichtigen Antworten erwarten konnte. Statt dessen hatte man sie umarmt und ihr erzählt, daß es so besser und auch Gottes Wille und daß Krieg die Hölle sei und so weiter. Ihre zunehmende Ungeduld und Bestürzung brachten jedoch ihre Verwandten in Verlegenheit. Als sie schließlich laut wurde und immer unbeherrschter ihre Frage wiederholte, faßte sie der Begräbnisunternehmer, den sie noch nie gesehen hatte, fest am Arm, sah sie eindringlich an und führte sie, zur Überraschung der Familie, in ein seitlich gelegenes Büro. Er bot ihr einen Stuhl vor seinem Schreibtisch an und begann, geschäftsmäßig in Papieren zu blättern. Sie sah ihm zu und wartete. Schließlich fand er, was er gesucht hatte.

»Man hat es Ihnen wohl nicht erzählt?«

»Nein.« Sie wußte nicht, worüber er sprach.

»Man hat Ihnen nur gesagt, daß er tot sei, nicht wahr?« Sie nickte.

»Nun gut«, sagte er forsch, dann langsamer: »Sie wollen es sicher wissen?«

Sie fragte sich, was sie wissen sollte, und nickte wieder.

»Also«, er legte Trauer in seine Stimme, »Corporal Barren starb auf einem normalen Patrouillengang in der Provinz Quang Tri. Einer seiner Leute neben ihm trat auf eine Mine, auf eine schwere Mine. Sie tötete ihn und zwei andere Soldaten.«

»Aber warum konnte ich ihn nicht ...«

»Weil nicht genügend von ihm übrig war, um es anzusehen.«

»Oh.«

Stille breitete sich im Raum aus, sie wußte nicht, was sie sagen sollte.

»Kennedy hätte uns aus diesem Krieg herausgehalten«, sagte der Begräbnisunternehmer. »Ausgerechnet ihn hat man erschossen, unseren besten Mann. Mein Junge ist auch draußen. Mein Gott, was habe ich Angst um ihn. Jede Woche begrabe ich einen von ihnen. Sie tun mir so leid.«

»Sie müssen Ihren Sohn sehr lieb haben«, antwortete sie.

»Ja, sehr.«

»Wissen Sie, er war nicht ungeschickt.«

»Wie bitte?«

»John war sehr geschickt, ein guter Sportler. Er ... er würde nie auf eine Mine getreten sein.«

Bleibt verschlossen.

»Hallo Liebster«, sagte Mercedes und nahm die Blumen aus dem Karton.

Sie lehnte sich mit dem Rücken an den Stein, in den Namen und Lebensdaten ihres Mannes eingemeißelt waren. Sie sah auf zum Himmel. Die Wolken trieben ruhig und erhaben durch das unendliche Blau. Wie in ihrer Kindheit versuchte sie zu deuten, was die Umrisse der Wolken darstellten, Elefanten, Wale, Nashörner. Susan würde bestimmt nur Fische und Meeressäuger gesehen haben. Es war angenehm sich auszudenken, daß da oben ein Himmel über den Wolken war, in dem John auf Susan wartete. Diese Vorstellung tröstete sie, trotzdem begannen ihre Augen zu schwimmen. Sie wischte eilig die Tränen weg.

Sie war ganz allein auf dem Friedhof. Einen Moment lang fühlte sie sich glücklich, obwohl sie wußte, wie unpassend das war. Ein leichter Wind raschelte in den Bäumen und machte die Hitze erträglich. Sie lächelte traurig und sagte laut:

»Oh Johnny, nun bin ich fast vierzig, du bist schon achtzehn Jahre tot, und ich vermisse dich immer noch.«

Sie zögerte.

»Susan half mir, damit fertig zu werden. Du warst gestorben, sie wurde geboren und war so zerbrechlich, so hilflos und so krank. Koliken, Atemstörungen und Gott weiß was noch alles. Annie war maßlos überfordert. Ben hatte sich gerade selbständig gemacht und arbeitete hart. Und so wurde ich da hineingezogen. Nächtelang habe ich auf sie aufgepaßt, damit Annie ein paar Stunden schlafen konnte. Ich habe Susan gewiegt, auf den Armen getragen, hin und her und her und hin. Verstehst du, all die Schmerzen, die sie hatte, fühlte auch ich. Wenn zwei zusammen leiden, geht es ihnen beiden ein bißchen besser. Ohne sie hätte ich das nicht überstanden. Du dummer Kerl, warum mußtest du dich töten lassen!«

In einer Nacht, als sie eng umschlungen in dem kleinen Bett in Johns Studentenheim lagen, erzählte er ihr, daß er sich nicht vom Wehrdienst hatte zurückstellen lassen, was er als Student ohne weiteres hätte tun können. Es sei nicht fair, wenn alle die Jungen vom Lande und aus den schwarzen Ghettos geopfert würden und die Anwaltssöhne in die Eliteschulen gingen. Ein solches System halte er für schlimm und ungerecht, er sei gegen Ungerechtigkeit. Man solle ihn ruhig einberufen, ihn für tauglich erklären. Keine Sorge, die Armee würde ihn – einen Unruhestifter,

Anarchisten, Aufwiegler – bestimmt nicht nehmen. Ich würde einen lausigen Soldaten abgeben, hatte er gesagt. Sie brüllen ihre Befehle, und ich frage dann: Warum? Wo? Aber wieso? Das müssen wir aber erst mal bereden und dann abstimmen. Sie lachten bei der Vorstellung, daß John eine Gruppendiskussion darüber leitete, ob man sich um den Feind kümmern müßte oder nicht. Hinter ihrem Lachen verbarg sich eine vage Angst. Als dann der Brief kam, der so feierlich mit den Grüßen des Präsidenten begann, bestand sie darauf zu heiraten, weil sie seinen Namen tragen wollte.

»Susan erholte sich zusehends«, sagte sie laut. »Es schien ewig zu dauern, aber es ging ihr immer besser. Plötzlich war sie ein kleines Mädchen, Annie war reifer und stabiler geworden, und Ben mußte nicht mehr so hart arbeiten. Ich meine, es war schon richtig, daß ich mich wieder etwas zurückzog, als Susan selbständiger wurde.«

Dann brach es aus ihr heraus: »Oh mein Gott, und nun hat sie einer ermordet, mein Baby, sie war dir so ähnlich, Johnny, du hättest sie auch geliebt, sie war das Baby, das wir uns immer gewünscht haben. Wie sentimental das klingt, lach mich bitte deswegen nicht aus! Du warst viel sentimentaler. Du hast im Kino immer geheult. Erinnerst du dich an *Tunes of Glory?* An das Alec-Guinness-Festival? Zuerst sahen wir *Ladykillers,* und danach wolltest du den nächsten Film auch noch sehen. Erinnerst du dich? Wie John Mills sich gerade erschossen hat und Guinness beinahe verrückt wird, und wie er an der Spitze der Prozession einen langsamen Trauermarsch spielt? An der Stelle, wo die Melodie des Dudelsacks verklingt, da saßest du tränenüberströmt auf deinem Platz. Sag ja nicht, ich wäre die Sentimentalere! Weißt du noch, wie in dem Endspiel gegen St. Brendan dein Freund Tommy O'Connor nicht in Wurfposition war und dir den Ball abgab, und wie du zum Wurf hochsprangst, zehn Meter vom Korb entfernt, die

Meisterschaft schon fast in der Tasche? Wie die ganze Halle tobte oder den Atem anhielt und du dir zuriefst: Triff! Immer wenn ich später davon sprach, fingst du rührselig an zu heulen. Du gewannst das Spiel und weintest! Ich vermute, daß Susan auch geweint hätte. Kranke gestrandete Wale, Robben, die vor ihren Jägern nicht flohen, Seevögel, die mit ölverklebtem Gefieder starben, all das brachte sie zum Weinen. Du hättest darüber auch geweint!«

Ich werde langsam komisch, sagte sie zu sich und versuchte, sich zu entspannen. Ich rede mit einem toten Ehemann über eine tote Nichte.

Detective Barren zeigte ihre Polizeimarke einem uniformierten Polizisten vor, der hinter einem Tresen alle Besucher der Kreispolizeibehörde in Dade kontrollierte. Sie nahm den Aufzug in den dritten Stock und folgte dem Wegweiser zur Mordkommission. Eine Sekretärin ließ sie auf einem unbequemen, mit Plastik bezogenen Sofa warten. Um sich herum nahm sie die typische Behördenmixtur alter und neuer Büromöbel wahr. Polizeiarbeit wirkte eigenartig auf das Aussehen von Möbeln; sogar wenn Sachen ganz neu waren, verloren sie fast augenblicklich ihren Glanz. Sie fragte sich, ob es eine Verbindung zwischen der Unerbittlichkeit des Berufs und der Unwirtlichkeit der Büros gab. An einer Wand hingen drei Bilder: eines vom Präsidenten, eines vom Polizeichef und eines von einem Mann, der ihr nicht bekannt war. Sie stand auf und betrachtete das Bild des Unbekannten. Unter dem Porträt eines lächelnden, leicht übergewichtigen Herrn mit einer amerikanischen Flagge am Rockaufschlag war eine Plakette aus korrodierter Bronze angebracht: »Bei der Ausübung seiner Pflicht gestorben«, stand darauf.

Mercedes Barren erinnerte sich an den Fall. Vor zwei Jahren hatte der Beamte eine Routinefestnahme nach einem

Totschlag. Ein Streit zwischen Vater und Sohn, beide betrunken. Ein einfaches Tötungsdelikt, der Vater stand schluchzend über der Leiche, als die Polizei eintraf. Er war so mitgenommen, daß die Polizisten ihn einfach auf einen Stuhl setzten, ohne Handschellen. Als man ihn mitnehmen wollte, erwartete keiner, daß er anfangen würde zu toben. Er riß jedoch einem Polizisten die Pistole aus dem Halfter und schoß.

Detective Barren erinnerte sich an das Begräbnis, an die Ehrenuniform, die Fahne auf dem Sarg und die Gewehrsalve; genauso wie sie es bei Johns Begräbnis schon einmal erlebt hatte. Eine sinnlose Art zu sterben, dachte sie, aber welcher Tod ist schon sinnvoll? Sie drehte sich langsam um, als Detective Perry eintrat.

»Es tut mir leid, daß Sie warten mußten«, sagte er. »Gehen wir in mein Büro.«

Sie folgte ihm durch einen Korridor.

»Schlafzimmer, Arbeitszimmer, alles in einem Raum, ein richtiges Büro mit Türen, die man zumachen kann, gibt's nicht mehr, der wahre Fortschritt.«

Sie lächelte, und er bat sie, Platz zu nehmen.

»Was haben Sie?«

»Das möchte ich Sie fragen«, erwiderte sie.

»O.K.«, sagte er, »hier ist etwas für Sie.« Er schob ihr über den Schreibtisch ein Blatt Papier zu. Es war ein Fahndungsbild und zeigte einen lockigen, dunkelhäutigen Mann, der eigentlich gut aussah, doch seine tiefliegenden Augen verliehen ihm einen leichenhaft starren Ausdruck.

»Ist das ...?«

»Besser konnten wir es nicht machen«, unterbrach er sie. »Es ist schon in der Stadt verteilt worden und hängt auch in den Universitätsgebäuden. Es wurde auch schon im Fernsehen gezeigt, als Sie auf dem Begräbnis waren.«

»Schon irgendeine Reaktion?«

»Das übliche. Jeder meint, er sähe seinem Vermieter ähnlich oder dem Nachbarn, der ihm Geld schuldet, oder dem Kerl, der die Tochter verführt. Die werden wir aber langsam aussieben. Vielleicht haben wir Glück.«

»Was sonst?«

»Also, jeder der Mordfälle hat seine unterschiedlichen Merkmale, aber wenn man alles zusammennimmt, sehen sie ziemlich gleich aus. Alle Mädchen wurden in einer Bar oder in einer Studentenverbindung oder in einem Universitätskino angesprochen, besser gesagt, man ist ihnen nach draußen gefolgt. Keiner hat gesehen, wie sich der Kerl seine Opfer wirklich geschnappt hat.«

»Aber ...«

»Kein Aber. Wir haben Leute vernommen. Wir führen verdeckte Recherchen über alle möglichen Personen durch, Gärtner, Studenten, Herumtreiber, um jemanden zu finden, der sich in den Universitäten auskennt, jung ist und Insider genug, um dort nicht aufzufallen.«

»Das kann eine Weile dauern.«

»Wir haben ein Dutzend Leute darauf angesetzt.«

Detective Barren dachte einen Moment nach. Sie wußte nicht genau, was sich abspielte, und konnte sich deshalb kein Bild machen. Detective Perry wirkte zuversichtlich, und das paßte nicht, wenn man noch eine solche zeitaufwendige und frustrierende Beinarbeit vor sich hatte. Sie vermutete, daß man ihr etwas verschwieg, und suchte nach der richtigen Frage, um mehr zu erfahren. Plötzlich kam ihr der Gedanke: »Hat es tätliche Angriffe auf Personen gegeben?«

»Wie bitte?«

»Bis jetzt haben Sie mir gesagt, daß Sie hier ein paar Details wissen, aber nichts Verwertbares für einen Mordfall. Wenn der Kerl tatsächlich schon mehrmals zugeschlagen hat, muß er es seit einiger Zeit versucht haben. Wenn er das schon ein Jahr oder länger macht, muß er auch Fehlschläge gehabt haben. Vielleicht wurde er mal von einem

Studenten überrascht, als er sich ein Mädchen schnappen wollte. Was meinen Sie?«

»Nun«, erwiderte Perry gedehnt, »das ist eine interessante Idee.«

»Ich bin doch bestimmt nicht die einzige, die an so was gedacht hat!«

»Nun«, er zögerte.

»Sie sollten mich nicht für dumm verkaufen!«

»Ich möchte das wirklich nicht.«

»Dann antworten Sie mir auch.«

Er wirkte verlegen, blätterte hilfesuchend in Papieren. »Man erwartet von mir, daß ich mit Informationen zurückhaltend umgehe«, gestand er zu.

»Sagen Sie es mir trotzdem!«

»Ja, aber ich gehe nicht in Einzelheiten.«

Sie nickte zustimmend.

»Also, zwei Fälle sind uns bekannt.«

Sie nickte auffordernd.

»Zweimal hat der Kerl es versucht, zuletzt in der Nacht, bevor Ihre Nichte dran war. Wir haben Teile seines Auto-Kennzeichens und eine Personenbeschreibung.«

»Haben Sie den Namen?«

»Das kann ich Ihnen nicht sagen.«

Detective Barren erhob sich.

»Dann gehe ich zu Ihrem Vorgesetzten oder zu meinem. Ich werde auch zur Presse ...«

Er bat sie, sich wieder zu setzen.

»Wir haben einen Namen. Er wird beobachtet. Wenn wir genug für einen Haftbefehl haben, werden wir Sie benachrichtigen.«

»Meinen Sie, er war es?«

»Nichts ist völlig sicher. Sehen Sie, die Zeitungen haben ständig darüber berichtet und eine Masse Details gebracht. Wir gehen deshalb sehr sorgfältig vor. Wir wollen den Kerl wegen vorsätzlichen Mordes schnappen, nicht nur wegen versuchter Körperverletzung. Wir wollen ihn wegen fünffachen Mordes haben, das dauert einfach seine Zeit.«

»Ich wünsche Ihnen Erfolg.«

Detective Perry lächelte erleichtert.

»Ich habe gehofft, daß Sie das sagen würden«, erwiderte er und erhob sich.

»Der Kerl kommt aus dem Kasten nicht mehr raus. Sein letzter Aufenthaltsort wird eine Neun-Quadratmeter-Zelle an der Raiford-Küste sein ...«

Die Todeszelle, dachte Mercedes Barren und nickte zustimmend.

Mit einem Gefühl der Zufriedenheit stand sie auf und bedankte sich.

»Sie möchten sicher informiert werden, wenn die Falle zuschnappt.«

»Das möchte ich nicht verpassen.«

»Ich werde Sie anrufen.«

»Ich warte darauf.«

Sie gaben sich die Hand. Als sie das Gebäude verließ, hatte sie seit Tagen zum ersten Mal wieder Hunger.

Zwei Tage später fand sie nach einem heißen und stickigen Tag, an dem sie ein Verzeichnis gestohlener Kraftfahrzeugteile aufgestellt hatte, die in einem Spezialgeschäft aufgetaucht waren, auf ihrem Schreibtisch zwei Mitteilungen.

Die erste kam von ihrem Vorgesetzten und enthielt eine Liste der Fundstücke, die man bei Susans Leiche entdeckt hatte. Die zweite war der Autopsiebericht des Gerichtsmediziners. Sie las beide sorgfältig durch:

»An: Det. Mercedes Barren
Von: Lt. Ted March

Liebe Merce, ein Gebißabdruck ist vorhanden, aber zu unregelmäßig für einen brauchbaren Abguß, deshalb kaum beweiserheblich. Die Analyse der Speichelprobe von der glei-

chen Stelle ergibt normale Enzymwerte, Spuren von Alkohol machen es aber schwer, wenn nicht sogar unmöglich, die Blutgruppe zu bestimmen. Der Täter muß ein oder zwei Glas getrunken haben. Alkohol erschwert immer das Geschäft, es brauchen nur ein oder zwei Bier gewesen zu sein. Trotzdem habe ich die Proben noch einmal zurück zum Laboratorium geschickt und denen gesagt, sie sollen es noch einmal versuchen. Die zwei Kondome, die dort gefunden wurden, enthalten verschiedene Arten von Sperma, ziemlich unbrauchbar. Eine Probe brachte A/positiv, die andere 0/positiv. Weitere Laborergebnisse sind unterwegs. Fingerabdrücke haben wir bisher nicht gefunden, aber sie versuchen es mit dem neuen Lasergerät bei den Bierdosen. Sie bekommen die Ergebnisse. Tut mir leid, daß bisher nichts Vernünftiges rausgekommen ist. Wir versuchen es trotzdem weiter.«

»An: Detective Mercedes Barren
Von: Stellv. Gerichtsmediziner Arthur Vaughn

Sehr geehrte Mrs. Barren,
Todesursache der weißen, weiblichen Toten, neunzehn Jahre alt, identifiziert als Susan Lewis, wohnhaft in Bryn Mawr, Pennsylvania, ist eine schwere Verletzung des rechten hinteren Schädelknochens sowie Atemstillstand durch Strangulation des Halses mittels eines Nylongewebes (Einzelheiten siehe Autopsieprotokoll). Genitale Abstriche negativ. Phosphorsäure-Test negativ. Mrs. Barren, sie war durch den Schlag bewußtlos, als sie angegriffen wurde. Vermutlich hat sie das Bewußtsein auch nicht wiedererlangt, als sie erwürgt wurde. Der Sexualakt erfolgte vor dem Tod, jedoch kein Anzeichen für eine Ejakulation. Vermutlicher Gebrauch eines Kondoms.

All das tut mir schrecklich leid. Das Autopsieprotokoll wird einige Ihrer Fragen beantworten. Wenn das nicht reicht, können Sie mich jederzeit anrufen.«

Detective Barren steckte die beiden Papiere in ihre Brieftasche. Sie warf einen Blick auf das Autopsieprotokoll. Es enthielt schematische Darstellungen und ein Wortprotokoll über
den Zustand der Leiche. Größe. Gewicht. »Gehirn: 1220 g
Herz: 230 g Gut entwickelte, geschlechtsreife Amerikanerin.
Keine Abweichungen von der Norm.«

Man hatte Susans Leben reduziert auf Fakten und Zahlen. Mercedes Barren fühlte Übelkeit und war dem Gerichtsmediziner dankbar, daß er bei aller pflichtgetreuen Gründ-
lichkeit vergessen hatte, die Autopsiefotos mitzuschicken.

Als sie an diesem Abend vom Büro nach Hause fuhr, hielt
sie vor einem kleinen Buchgeschäft. Der Verkäufer hatte
kleine runde Augen, rieb sich fortwährend die Hände und
zuckte während des Sprechens mit verschiedenen Körper-
teilen. Mercedes Barren hielt ihn für eine perfekte Imitati-
on von Uriah Heep*.

»Kleiner Ausbruch aus der Realität? Eine Novelle, Aben-
teuerroman oder eine Horrorgeschichte? Ein Liebesroman
oder ein Sciencefiktion? Was darf es sein?«

»Ein richtiger Ausbruch ersetzt eine Realität durch eine
andere«, sagte sie.

Der Verkäufer dachte einen Moment nach.

»Sie sind wohl eher ein Sachbuch-Typ, nicht?«

»Vielleicht, aber im Moment möchte ich etwas Entspan-
nendes.«

Sie kaufte zwei Bücher. Einen Bericht über die englische
Invasion auf den Falkland-Inseln und eine moderne Über-
setzung der *Orestie* von Aischylos. Ein paar Häuser weiter
lag ein Feinkostgeschäft. Sie leistete sich einen Nudelsalat
und eine Flasche Wein, von dem der Händler behauptete,
es sei ein erstklassiger kalifornischer Chardonnay.

---

* Romanfigur von Dickens, nach der sich auch eine amerikanische Rockgruppe
benannt hat.

Sie nahm sich vor, gut zu essen und ein bißchen zu lesen. Sie konnte sich auch ein Football-Spiel ansehen, das nachts vom Fernsehen übertragen wurde, und dann einschlafen. Football war ihre geheime Passion. Ihre Begeisterung dafür verschwieg sie aber den Kollegen, die sich von ihrer fachlichen Kompetenz ohnehin bedroht fühlten. Wenn sie nun auch noch in ihrem Lieblingssport besser Bescheid wußte ... So sah sie sich die Spiele nur heimlich an. Sie kaufte sich Einzelkarten für die abgelegenen Kurven des Stadions oder blieb zu Hause und hockte sich vor den Fernseher. Als Zugeständnis an ihre Weiblichkeit trank sie ein Glas Weißwein aus einem langstieligen Kristallpokal statt Bier aus der Dose. Sie zog sich sogar für ein Spiel um. Immer, wenn die *Dolphins* spielten, holte sie ihr hellblau und orange gestreiftes T-Shirt heraus und schwitzte es beim Zuschauen naß. Ihr Benehmen mochte zwar ein bißchen verrückt sein, aber es verletzte ja niemanden und war sehr bequem. Im vergangenen Jahr war sie an einem Sonntag von ihrer Nichte überrascht worden. Mit atemlosem Vergnügen hatte Susan beobachtet, wie ihre Tante, unfähig still zu sitzen, unaufhörlich fluchend im Wohnzimmer herumlief und ihre augenfällige Wut nur durch einen 49-Yard-Treffer der *Dolphins* in den allerletzten Sekunden des Spiels besänftigen ließ.

Mercedes Barren lächelte bei dieser Erinnerung.

»Wenn die das wüßten ...« war alles, was Susan sagte.

»Pst, Geheimnis«, hatte ihre Tante erwidert. »Erzähl es bitte keinem.«

»Oh, Tante Merce, wie kommt es, daß du immer Dinge tust, mit denen ich nicht rechne?« Sie hatten sich umarmt.

»Warum ausgerechnet Football, warum überhaupt Sport?« wollte ihre Nichte wissen.

»Weil wir in unserem Leben alle ab und zu Siege brauchen«, war die Antwort.

In den folgenden Tagen kämpfte Detective Barren gegen den inneren Zwang an, die Kollegen von der Mordkommission anzurufen. Während sie ihren eigenen Aufgaben nachging, der Aufklärung anderer Verbrechen, stellte sie sich vor, was in Susans Fall lief, wie der Mörder verfolgt wurde, wie alle seine Bewegungen unmerklich beobachtet wurden, während andere Kriminalbeamte seine Aufenthaltsorte überprüften, sein Fahndungsfoto Zeugen vorlegten und all die kleinen Mosaiksteinchen eines Kriminalfalles zusammentrugen.

Ungefähr zehn Tage nach dem Mord an Susan befand sich Detective Barren wegen Mordfalls im Zeugenstand. Aus der Lage von Geschoßhülsen am Tatort hatte sie gerade den Hergang des Mordes an einem Rauschgifthändler und seiner Freundin rekonstruiert. Ihre Zeugenaussage war überzeugend, wenn auch nicht entscheidend, deshalb war auch das folgende Kreuzverhör durch den hochbezahlten Verteidiger des gedungenen Mörders eher eine Belästigung als eine Befragung. Ihr war bewußt, daß ihre Argumentation unangreifbar war, trotzdem strengte sie sich an, um dem Anwalt keine Chance zu geben, die Wirkung ihrer Aussage auf die Geschworenen abzuschwächen.

Der Verteidiger stellte ihr beharrlich eine Frage:

»Also nur weil die Geschoßhülsen hier lagen, schlossen Sie auf den Standort des Täters?«

»Wenn Sie sich bitte an der Skizze des Beweismittels Nr. 12 der Staatsanwaltschaft orientieren, werden Sie feststellen, daß die Hülsen ungefähr sechzig Zentimeter vom Durchgang zum Schlafzimmer entfernt entdeckt wurden. Eine Neun-Millimeter-Browning wirft ihre Hülsen mit einem konstanten Druck aus. Folglich ist es möglich, mit wissenschaftlicher Exaktheit zu berechnen, wo der Schütze stand.«

»Konnten die Hülsen nicht wegrollen?«

»Herr Anwalt, der Teppich in diesem Raumteil hat ein fünf Zentimeter tiefes Langflorgewebe.«

»Haben Sie das ausgemessen?«

»Ja.«

Der Verteidiger wandte sich seinen Akten zu. Detective Barren beobachtete den Angeklagten. Er war ein drahtiger kleiner Columbianer, ungebildet, jedoch perfekt im Geschäft des bestellten Mordes. Nach seiner Verurteilung würde innerhalb kürzester Zeit ein Ersatzmann den nächsten Flug buchen, um seinen Platz einzunehmen. Killer waren die Kleenextücher der Drogenindustrie, sie wurden benutzt und dann weggeworfen.

Sie sah über den Angeklagten hinweg und erblickte Lieutenant Burns von der Mordkommission, der gerade den Gerichtssaal betrat. Einen Moment lang dachte sie, er hätte mit dem gerade verhandelten Fall zu tun. Dann sah sie, daß er ihr heimlich mit hochgerichtetem Daumen ein Zeichen gab. Ihre Phantasie begann sprunghaft zu arbeiten. Sie beobachtete, wie der Lieutenant durch den Mittelgang auf das Gericht zusteuerte und sich über die Barriere beugte, um dem gelangweilt aussehenden Staatsanwalt etwas ins Ohr zu flüstern. Der wandte sich ihm zu und stand auf. Detective Barren sah Burns an, der ihren Blick mit einem kaum angedeuteten Lächeln erwiderte.

»Euer Ehren«, sagte nun der junge Staatsanwalt, »erlauben Sie eine kurze Unterbrechung?«

»Gibt es einen wichtigen Grund dafür?«

»Ich bin dieser Auffassung«, antwortete der Staatsanwalt. Der Verteidiger, der Stenograph und der Staatsanwalt gingen zum Richtertisch, wo die Geschworenen sie nicht hören konnten. Nach einer kurzen Diskussion kehrten alle wieder auf ihre Plätze zurück. Der Richter wandte sich an die Geschworenen. »Wir werden das Verfahren jetzt kurz unterbrechen und anschließend mit der Vernehmung des nächsten Zeugen fortfahren.«

Er sah Detective Barren an.

»Detective, offenbar braucht man Sie für irgend etwas in

Ihrer Dienststelle. Ich lasse Sie unter Vorbehalt jederzeitigen Widerrufs gehen, denken Sie bitte daran, daß Sie in der Zwischenzeit unter Eid stehen.«

Sie nickte. Der Richter runzelte die Stirn.

»Detective, ein Kopfnicken kann der Stenograph nicht festhalten.«

»Ja, Euer Ehren, ich verstehe, ich stehe unter Eid.«

Detective Barren und der Lieutenant eilten aus dem Gerichtssaal. Während sie den Hinterausgang und anschließend einen Metalldetektor passierten, sagte der Lieutenant: »Sie haben den Kerl vor neunzig Minuten geschnappt. Er wird gerade von der Mordkommission des Landkreises verhört. Sie untersuchen seine Wohnung und sein Auto. Haftbefehl wurde heute morgen erlassen. Schade, wahrscheinlich ist das alles passiert, als Sie auf dem Weg ins Gericht waren. Wir haben gleich versucht, Sie zu erreichen, aber Sie waren schon im Zeugenstand. So komme ich selbst, um Sie zu holen.«

Sie nickte.

Sie verließen schnell das Gericht. In Florida war Frühherbst, die lastende Sommerhitze hatte fast unmerklich nachgelassen. Eine leise Brise spielte mit den Fahnen vor dem Gerichtsgebäude.

»Wie sind Sie auf ihn gekommen?« fragte sie.

»Der Beschatter beobachtete letzte Nacht, wie der Kerl zwei Paar Damenstrumpfhosen in einem Bahnhofsladen kaufte. Er verstaute sie zusammen mit einem Schmiedehammer in einem Schrank im Universitätsgebäude von Miami.«

»Wer ist es?«

»Ausländer, ein verrückter Kerl, irgendeine Art von Araber. Er soll Berufsstudent sein. Hörte überall Vorlesungen. Hat sich mit einer Unmenge verschiedener Namen eingetragen. Wir werden bald mehr wissen.«

Der Lieutenant blieb vor seinem zivilen Dienstwagen stehen. »Wollen Sie lieber zum Verhör oder zur Durchsuchung der Wohnung?«

Sie dachte einen Moment nach.

»Lassen Sie uns doch zuerst zu seiner Wohnung fahren und anschließend zur Kreisbehörde.«

»Gut so.«

Die Innenstadt flog an ihnen vorbei, während sie zur Wohnung des Verdächtigen fuhren. Der Lieutenant fuhr schnell und sprach nicht. Mercedes Barren versuchte, sich ein Bild von dem Verhafteten zu machen, doch es gelang ihr nicht. Sie schalt sich, weil gute Polizeiarbeit verlangt, Verdacht und Folgerungen aus Fakten herzuleiten, und sie wußte doch gar nichts über diesen Mann. Warten, beobachten, Fakten sammeln, nur so würde sie ihn kennenlernen. Der Lieutenant bremste den Wagen ab und nahm die Ausfahrt zum Flughafen. Ein paar Häuserblocks vor dem Flughafen bog er in eine Straße ohne Namen ein. Es war eine Gegend mit kleinen Bimsbetonhäusern, in denen hauptsächlich lateinamerikanische und schwarze Familien wohnten. Verschiedene Häuser waren mit Maschendraht eingezäunt, dahinter wachten große Hunde. Das war in solchen Städten üblich. Die größten Hunde wurden in den Randbereichen gehalten, in den Arbeitersiedlungen, die sonst ungeschützt gegen Einbruch und Raub waren, weil Mann und Frau tagsüber arbeiteten. Die Häuser waren zurückgesetzt, und es fehlte jedes Grün. Außer Palmen, die sich überall in der Stadt selbst aussäten, stand kein einziger Baum auf der Straße. Mercedes Barren erschien die Gegend wenig einladend; im Sommer mußte die Straße von einer einmaligen, brennenden und unerträglich staubigen Hitze sein, in der Ärger und Spannungen sich so schnell wie Bakterien ausbreiteten.

Am Ende der Straße, vor dem letzten der kleinen braunen Häuser standen mehrere Polizeifahrzeuge, unter ihnen ein Lastwagen des Tierasyls. Der Lieutenant zeigte darauf.

»Es scheint, daß der Kerl einen ihm treu ergebenen Dobermann hatte, einer unserer Leute mußte ihn erschießen.«

Ein Flugzeug, Landegestell und Bremsklappen ausgefahren, raste erschreckend nahe über ihre Köpfe hinweg und überdeckte alles, was der Lieutenant noch sagen wollte, mit einem ungeheuren Lärm. Detective Barren vermutete, daß sie wahrscheinlich auch zum Mörder würde, wenn sie häufig diesen Krach zu ertragen hätte.

Sie parkten den Wagen und drängten sich durch eine kleine Ansammlung von Neugierigen, die schweigend das Geschehen beobachteten. Detective Barren erkannte ein paar Kollegen von der Mordkommission, die die Nachbarn befragten, in der Hoffnung, einige brauchbare Spuren zu finden, bevor die Presse über sie herfiel. Sie nickte dem Leiter der Einsatzgruppe zu, die das Haus untersuchte, einem ehemaligen Streifenpolizisten, wie sie es auch gewesen war. Er hatte zu lange im Untergrund gearbeitet. In einem seiner letzten Fälle war es zu einer ziemlich ungewöhnlichen Suche nach Geld aus einem Drogenhandel gekommen, das bei einer Razzia gefunden worden war.

Einhunderttausend Dollar in Zwanziger- und Hunderterscheinen waren zusammen mit einem Kilo Kokain bei der Asservatenkammer abgegeben worden. Die zwei Angeklagten waren Schüler aus dem Nordosten. Als sie auspackten, gaben sie an, daß sie mehr als eine Viertelmillion in bar gehabt hätten, als die Razzia begann und davon ungefähr einhundertfünfzigtausend ungezählt zurückgelassen hätten. Eine ziemlich ungeklärte Situation, die dazu führte, daß der Polizist versetzt wurde und die beiden Studenten unter eine wesentlich geringere Anklage gestellt wurden.

Das Geld wurde nie gefunden. Wie viele Polizisten brachte Detective Barren es nicht fertig, den naheliegenden Schluß zu ziehen. Sie war sicher, daß irgendeiner gelogen hatte, wobei sie im stillen hoffte, daß es nicht der Polizist war.

Ein außerordentlich guter Polizist, dachte sie, als sie auf ihn zuging. Sie fühlte sich seltsam erleichtert.

»Wie geht's, Fred?« fragte sie.

»Gut, Merce, und Ihnen?«

»Auch ganz gut, glaube ich.«

»Tut mir leid, die Sache, wegen der Sie hier sind.«

»Vielen Dank, Fred.«

»Wir haben den Kerl, Merce, bombensicher. Sie brauchen nur reinzugehen, und schon fühlen Sie es.«

»Das hoffe ich.«

Er hielt ihr die Tür auf. Es war kühl in dem kleinen Haus. Sie hörte das Rauschen der Klimaanlage. Vermutlich hatten die Beamten sie voll aufgedreht. Einen Moment lang fröstelte sie und fragte sich, ob es nur an dem plötzlichen Temperaturwechsel lag. Auf den ersten Blick machte das Haus den Eindruck einer typischen Studentenbehausung. Die Bücherregale waren aus grauem Bimsbeton und Fichtenbrettern gebaut und vollgepackt mit Taschenbüchern. Die Einrichtung wirkte einfach und bescheiden, eine Couch, mit einem verblichenen indischen Druckstoff überdeckt, um einen Riß im Polster zu verbergen, ein paar plastikbezogene Sessel, ein abgenutzter brauner Holztisch, übersät mit Brandflecken von Zigaretten. An die Wände waren Touristik-Plakate geheftet, die alle bukolische Landschaften aus der Schweiz, aus Irland und aus Kanada zeigten. Detective Barren nahm alles in sich auf, gewann aber keine neuen Anhaltspunkte.

»Ziemlich primitiv, nicht?« Sie drehte sich um.

»Fred, zeigen Sie mir bitte etwas Interessanteres.«

»Sehen Sie sich doch mal genauer um, da drüben die Schreibmaschine.«

Auf dem braunen Tisch stand eine Schreibmaschine mit einem eingezogenen Blatt Papier. Sie stand davor und las, was darauf geschrieben war:

»unrein unrein unrein unrein unrein unrein unrein unrein unrein unrein unrein unrein unrein unrein unrein unrein unrein unrein

GOTT GOTT GOTT GOTT GOTT GOTT GOTT GOTT GOTT GOTT GOTT

Töten

Ich muß die Erde reinwaschen.«

»Wir haben auch seine Trophäensammlung gefunden.«

»Seine was?«

»Trophäensammlung.«

»Ich verstehe nicht ...«

»Ach, entschuldigen Sie, Merce, ich vergaß, daß Sie betroffen sind.«

Der Detective machte eine Pause.

»Offenbar nahm er von jedem seiner Opfer etwas an sich. Zumindest von einigen. Im Schrank fanden wir einen Schuhkarton mit einem Bündel von Zeitungsausschnitten über die Morde, ganz oben den vom Mord an Ihrer Nichte. Im Karton waren noch ein paar Ohrringe und Ringe, ein Damenschuh und ein Slip mit Blutflecken.« Er zögerte. »In so einem Schuhkarton haben wir Jungen früher immer solche Sachen aufbewahrt. Ich weiß nicht, ob diese Beweisstücke reichen, um ihn für alle Morde verantwortlich zu machen, aber für einige wird es schon langen, und das bedeutet, daß der Typ in der Falle sitzt.«

Sie sah ihn an.

»Das hoffe ich.«

»Sie können mir das abnehmen, es gibt keinen Zweifel mehr. Ich bedauere nur, daß wir den Kerl nicht auch für die Morde verantwortlich machen können, die er vermutlich außerdem begangen hat und von denen wir nichts wissen.« Er legte seinen Arm um ihre Schultern und führte sie nach draußen.

»Keine Sorge. Die Durchsuchung ist legal. Die Beweismittel liegen vor. Der Junge packt wahrscheinlich schon aus. Das einzige, was mir nicht gefällt, ist diese seltsame Notiz. Der ist vermutlich verrückt. Sehen Sie ihn sich doch selbst mal an.«

»Vielen Dank, Fred.«

»Habe ich gern für Sie getan, Sie können mich jederzeit anrufen, wenn Sie etwas wissen wollen.«

»Ich bin Ihnen sehr dankbar dafür. Ich fühle mich schon besser.«

Aber so war es nicht. Sie ging zu Lieutenant Burns, der draußen auf sie gewartet hatte.

»Ich möchte den Kerl sehen, leibhaftig.«

Als sie wegfuhren, warf sie keinen Blick mehr auf das Haus. In der Kreispolizeibehörde wurden sie und Burns in einen abgedunkelten Raum geführt, von dem aus der benachbarte Raum durch einen transparenten Spiegel einsehbar war. Sie begrüßte verschiedene Beamte, die von dort aus das Verhör im anderen Raum verfolgten. An der Seite bediente ein Beamter ein Tonbandgerät. Niemand sprach. Die Szene erinnerte sie einen Moment lang an Hunderte von Filmen und Fernsehstücken, die sie gesehen hatte. Jemand bot ihr einen Stuhl an und flüsterte: »Er leugnet bisher alles ab, er scheint standhaft zu sein. Sie bearbeiten ihn jetzt schon zwei Stunden. Vielleicht haben sie ihn in fünf Minuten, vielleicht erst in fünf Stunden. Schwer zu sagen.«

»Hat er einen Anwalt verlangt?« fragte sie.

»Bisher noch nicht.«

Sie dachte an die Notiz in der Schreibmaschine.

»Was für einen Eindruck macht er?« fragte sie, während sie einen ersten Blick auf den Verdächtigen warf. Er war klein und muskulös, kräftig gebaut wie ein Leichtgewicht im Ringen oder Boxen, hatte welliges schwarzes Haar und hellblaue Augen, eine merkwürdige Kombination. Er trug Jeans und ein orangefarbenes T-Shirt mit dem Aufdruck

»*Nationale Football-Meisterschaft der Universität Miami*«.
Er erschien ihr wie eine Schlange. Sie beobachtete das Spiel
seiner Armmuskeln; sie stellte sich vor, wie kraftvoll dieser Arm den kurzen Schlag mit dem Hammer ausführte,
ein greller Blitz im Bewußtsein des Opfers, der im dunklen
Nichts endet.

»Der benimmt sich merkwürdig, zitiert ständig den Koran. Hören Sie mal hin.«

Sie konzentrierte sich auf die drei Männer im Verhörraum. Detective Moore stellte die Fragen, während Detective Perry sich nur Notizen machte, den Verdächtigen jedoch ständig mit starrem, unerbittlichem Blick fixierte
Seine Augen verfolgten jede Bewegung des Verdächtigen,
verengten sich, wenn dieser betete, sich unklar ausdrückte
oder Fragen auswich, sie wurden boshaft und bedrohlich,
wenn falsche Angaben seine Geduld erschöpften. Jedesmal
wenn der Beamte sich in seinem Stuhl bewegte, reagierte
der Verdächtige ängstlich. Detective Barren hielt es für eine
meisterhafte Vorstellung.

»Warum kauften Sie die Strumpfhose?«

»Es war ein Geschenk.«

»Für wen?«

»Für jemanden zu Hause.«

»Wo sind Sie zu Hause?«

»Libanon.«

»Wozu brauchten Sie den Hammer?«

»Um meinen Wagen zu reparieren.«

»Wo waren Sie in der Nacht des achten September?«

»Ich war zu Hause.«

»Hat Sie jemand gesehen?«

»Ich lebe allein.«

»Warum haben Sie alle die Mädchen getötet?«

»Ich habe niemanden getötet.«

»So, und warum haben wir dann in Ihrem Haus den Ohrring einer gewissen Lisa Williams gefunden? Und den rosa

Schlüpfer, die gleiche Sorte wie die, die Andrea Thomas trug, als sie von einem Typ auf dem Universitätsgelände von Miami-Dade geschnappt wurde? Ich vermute, das war auch ein Geschenk? Und Sie haben auch fleißig Zeitungsausschnitte gesammelt, Sie machen das wohl gern?«

»Die Sachen gehören mir! Das sind meine Sachen! Sie haben kein Recht auf meine Sachen! Ich will sie zurückhaben!«

»He, du Wichser, du kannst gar nichts zurückhaben!«

»Sie sind ein Teufel!«

»Kann schon sein, dann kann ich deinen Arsch in der Hölle sehen.«

»Niemals, ich bin ein gläubiger Mensch.«

»Ah, du glaubst wohl an Mord?«

»Es gibt unreine Menschen auf der Welt.«

»Junge Frauen?«

»Gerade junge Frauen.«

»Warum sind junge Frauen unrein?«

»Das wissen Sie doch ganz genau!«

»Sag es mir trotzdem.«

»Nein, Sie sind auch unrein. Ungläubig!«

»Nur ich oder alle Polizisten?«

»Alle Polizisten.«

»Du würdest mich wohl gern umbringen, oder?«

»Sie sind ein Ungläubiger. Im Buch steht geschrieben, daß es heilig ist, einen Ungläubigen zu töten. Der Prophet sagt, das sei ein Weg in den Himmel.«

»Wo du hingehen wirst, Junge, sieht es nicht wie im Himmel aus.«

»Das bedeutet mir nichts, alles Fleisch ist vergänglich.«

»Erzählen Sie mir etwas über das Fleisch.«

»Alles Fleisch ist von Übel. Nur der Geist ist rein.«

»Was machen Sie mit dem unreinen Fleisch?«

»Es muß zerstört werden!«

»Wie oft haben Sie das getan?«

»Viele Male, in meinem Herzen.«

»Und mit Ihren Händen?«

»Das geht nur mich und meinen Herrn an.«

»Wer ist denn das?«

»Wir haben nur einen Herrn, er lebt im Paradies.«

»Woher wissen Sie das?«

»Er spricht zu mir.«

»Häufig?«

»Wenn er befiehlt, gehorche ich.«

»Was befiehlt er?«

»Lerne die Wege der Ungläubigen kennen. Studiere ihre Bräuche. Bereite dich vor auf den heiligen Krieg.«

»Wann beginnt denn der heilige Krieg?«

Der Verdächtige warf sich in seinen Stuhl zurück und lachte großmäulig. Seine Stimme dröhnte und heulte durch den kleinen Raum. Dann begannen ihm Tränen über das Gesicht zu laufen. Er lachte noch einige Minuten weiter, die Beamten unterbrachen ihn nicht.

Detective Barren machte dieses Lachen nervös. Schließlich beruhigte sich der Verdächtige, kicherte nur noch gelegentlich. Er starrte Detective Perry direkt in die Augen und sagte in ruhigem und drohendem Tonfall: »Er hat schon begonnen.«

Perry sprang aus seinem Stuhl hoch und schmetterte beide Fäuste auf den Tisch. Es klang wie ein Schuß, und die Männer im gleichen Raum erschraken.

»Krieg auf kleine Mädchen, was? Gehört das zum Schlachtplan, sie zu vergewaltigen?«

Der Verdächtige sah den Detective erstarrt an. Es war still. Dann sagte er überlegt, fast traurig:

»Ich weiß nichts über Ihre unreinen Frauen.« Er zeigte mit dem Finger auf den Detective. »Mit Ihnen will ich nicht mehr sprechen.« Er schlug mit dem Finger auf ein Blatt Papier, das vor ihm lag. Detective Barren wußte, daß es die Rechtsmittelbelehrung war. Der Verdächtige begann, mit den Fingern darauf zu trommeln. »Ich bin nicht verpflichtet, mit Ihnen zu sprechen.«

Das Trommeln der Finger klang wie die Schüsse einer kleinkalibrigen Pistole. »Ich will einen Anwalt haben.« Das Klopfen wurde immer intensiver. »Bestellen Sie mir einen.« Seine Finger ballten sich zu einer Faust, mit der er auf den Tisch einschlug. »Ich kenne meine Rechte. Ich kenne meine Rechte. Ich kenne meine Rechte.«

Die beiden Detectives waren aufgestanden und starrten verärgert den Verhafteten an.

»Ihr könnt mich nicht einschüchtern«, sagte er. »Gott schützt mich, und ich fürchte keinen von eurer korrupten Justiz. Bringen Sie mir einen Rechtsanwalt, damit ich zu meinem Recht komme. Ich werde mich über meine Rechte freuen, hören Sie! Sadegh Rhotzbadegh will einen Verteidiger!«

Beide Polizisten verließen das Vernehmungszimmer.

»Ich bin ein Strenggläubiger!« schrie er ihnen nach, »ein Strenggläubiger!«

Als sie hinausgegangen waren, drehte er sich dem Spiegel zu und erhob den Mittelfinger in einer obszönen Geste. Das leise mitlaufende Tonbandgerät registrierte noch ein weiteres langanhaltendes rauhes Lachen, bevor ein Beamter es abschaltete und den Inhalt autorisierte.

Detective Barren erhob sich seufzend. Der Mann, der Susan tötete, kann wenigstens hassen. Dieser Gedanke beruhigte sie.

Die Zeit verging und zerrte an ihrer Geduld. Sie nahm ihre Tagesroutine wieder auf. Sie erreichte, daß der libanesische Student in einem relativ unbekannten Gefängnis arrestiert wurde. Es war für sie ein schrecklicher Tag, als sie Susans Studentenzimmer betrat und all die Bücher, Kleider und Papiere zusammenpackte, um sie ihrer Schwester zu schicken. Ihr fiel ein angefangener Liebesbrief an einen

Jungen namens Jimmy in die Hände, geschrieben mit dem Überschwang einer jungen Frau, die eben noch ein Kind gewesen war. Den Adressaten glaubte sie in einem aufgeschossenen schlaksigen Jungen wiederzuerkennen, der während des Trauergottesdienstes befangen hinten in der Kirche und später in der Nähe des Grabes gestanden hatte, unsicher, welche Rolle ihm inmitten des ganzen Kummers zukam; sie konnte ihm nachfühlen, wie verwirrend es für ihn gewesen sein mußte, selbst am Leben zu sein. Sie las: »... Ich kann es kaum noch erwarten. Mitte des Jahres machen wir eine einwöchige Exkursion zu den Bahamas. Wir nehmen das Laborschiff mit und bleiben eine Woche unter Wasser. Ich wünschte mir, wir könnten das zusammen erleben. Ich denke oft an unsere letzten Nächte und wie das war ...«

Mercedes Barren lächelte. In einer seltsamen Anwandlung hoffte sie, daß ihre Nichte wirkliche Leidenschaft und Hingabe erlebt hatte.

Etwas in ihr sträubte sich, weiterzulesen, deshalb legte sie den Brief weg. Sie hatte jedoch ein wenig Freude beim Lesen empfunden, so als ob Susan für eine kleine Weile wieder lebendig gewesen wäre. Trotzdem hatte sie ein leises Schuldgefühl. Sie legte den Brief mit einigen anderen beiseite, um sie an den Jungen zu schicken, und begann wieder, Sachen zusammenzupacken.

Um zu vergessen, stürzte sie sich auf die Arbeit.

Zehn Tage nach der Inhaftierung von Sadegh Rhotzbadegh rief sie Detective Perry in der Kreispolizeibehörde an. Es war Dienstag, spät am Nachmittag, gewöhnlich trat an diesem Wochentag die Strafkammer zusammen. Perry war sehr schnell in der Leitung und entschuldigte sich überschwenglich.

»Du liebe Zeit, Merce, es tut mir leid, daß ich Sie nicht angerufen habe, es war so verdammt viel los hier ...«

»Schon in Ordnung«, antwortete sie, »gehen Sie heute zur Strafkammer?«

»Ja und nein.«

»Was soll das heißen?«

»Ja, wir gehen hin, und ja, wir erwarten heute auch die Anklageerhebung wegen vorsätzlichen Mordes. Aber nicht in Susans Fall und in noch einem anderen.«

»Das verstehe ich nicht.«

»Der Tathergang war bei allen fünf Mordfällen in Dade und in der Universität von Broward gleich. Der Täter belegte überall Kurse für Elektrotechnik, und er hatte auch Zeitungsausschnitte von allen sechs Mordfällen in seiner Wohnung. Seine Blutgruppe paßt zu einer der Samenproben, die in der Nähe von Susans Leiche gefunden wurden, aber nicht zu der anderen. Die positive Probe ist umstritten, weil der Samen sehr alt ist. Er hat außerdem eine sehr verbreitete Blutgruppe. Das Labor rechnet allenfalls mit einer Wahrscheinlichkeit von fünfundzwanzig Prozent.«

»Mehr können Sie nicht nachweisen?«

»Nein, das gleiche gilt für den Fall in Broward.«

»Und sonst?«

»Bei einem der anderen Mordfälle in Dade gibt es nichts außer den Zeitungsausschnitten.«

»Und sonst?«

»Nun, hauptsächlich kriegen wir ihn wegen des Schmucks und der Unterwäsche, die wir in seiner Wohnung gefunden haben, und wegen eines Schuhs, den er, aus welchen Gründen auch immer, aufbewahrt hat, aber leider nur in drei Mordfällen. Kriegen ist nicht der richtige Ausdruck. Wir haben ihn festgenagelt. Das läuft darauf hinaus, daß wir die ganze Sache geklärt haben. Wir wollen aber nur Anklageerhebung in drei Fällen erreichen. Wenn im Laufe des Gerichtsverfahrens Todesstrafe in Frage kommen sollte, können wir die Beweismittel für die anderen Mordfälle einführen, aber das ist jetzt noch nicht zu sagen.«

Detective Barren schwieg und dachte nach.

»Merce, es tut mir leid. Die Sache ist die, der Kerl ist so gut wie geliefert. Vielleicht sogar die Todesstrafe. Das allein zählt doch, oder?«

»Geben Sie nicht auf«, sagte sie.

»Wie bitte?«

»Was ist mit seinem Auto?«

»Bis auf den Ohrring nichts zu finden.«

Sie wollte etwas sagen, aber er unterbrach sie.

»... Nein, ich weiß, was Sie denken. Er gehörte einem anderen Mädchen. Es war nicht der, der bei Susans Leiche gefunden wurde. Sonst wäre alles klar.«

»Geben Sie nicht auf.«

»Merce, das wollen wir auch nicht. Wir werden dranbleiben. Aber Sie wissen ja, wie die Dinge laufen. Ich habe Vorgesetzte, die machen mich verantwortlich für den Aufwand an Personal und Zeit. Für die ist die Kiste gelaufen. Der Kerl wird verurteilt werden, der ist schon fast Vergangenheit. Meine Bürokratie ist verdammt genau die gleiche wie Ihre.«

»Verdammte Scheiße«, sagte sie.

»Ich mache Ihnen keinen Vorwurf.«

»Ich komme mir irgendwie betrogen vor.«

»So müssen Sie das nicht sehen. Denken Sie an die Leute, die jemanden umbringen und nie gefaßt werden. Merce, Sie wissen doch, wie schwer es für uns ist, einen Zufallsmörder so zu packen wie diesen Kerl. Sie können zufrieden sein, wenn wir den Kerl hinter Schloß und Riegel kriegen.«

»Hat er nicht ausgepackt?«

»Nein, dafür ist er zu gerissen und zu verrückt. Er hatte an der Universität Verfassungsrecht belegt.«

»Er hat keine ...«

»Keine Chance. Ich vermute, nein, ich bin sicher, daß sie auf Unzurechnungsfähigkeit plädieren werden, und ich gebe zu, daß der Junge nicht mit offenen Karten spielt. Eigentlich hat er mehr Eisen im Feuer. Ich meine, er ist bestimmt nicht ganz richtig im Kopf. Aber auch, wenn Allah ihm ins Ohr geflüstert hat, diese Mädchen zu ermorden, er hat dem Knaben doch sicher nicht eingeredet, sie auch noch zu vergewaltigen. So arbeitet Allah doch selbst an seinen schlechten Tagen nicht. Und sicher ist auch, daß ein Schizophrener so was nicht tut.«

Sie schwiegen beide eine Zeitlang.

Mercedes Barren fühlte sich elend. Sie hörte wieder Detective Perrys Stimme. »Hören Sie, Merce, zögern Sie nicht, mich anzurufen. Wenn wir irgendwas erfahren, lasse ich es Sie wissen.«

Sie bedankte sich und legte auf.

Es war völlig ungerecht und nicht zu verstehen, aber so funktionierte eben die Justiz. Sie haßte sich, weil sie ständig damit zu tun hatte, mit dem Schacher und der Durchstecherei des Rechtssystems. Vom Standpunkt eines Polizisten aus war das Verfahren gegenüber Susans Mörder völlig einleuchtend. Was sie noch wütender machte war, daß sie auch noch Verständnis dafür hatte.

Sie konnte in dieser Nacht nicht schlafen. Sie sah sich sämtliche Talkshows an, die noch liefen, und las schließlich bis zur Morgendämmerung Aischylos. Als die ersten Sonnenstrahlen in ihr Apartment fielen, begann sie mit den ersten Strophen der *Odyssee,* aber auch die Klassiker konnten ihr keine Ruhe geben. Sie fuhr früh zum Büro und blieb dort sehr lange, bearbeitete fieberhaft Akten, las wieder und wieder Berichte, Analysen und Tatbestände, bis ihre Stellungnahmen so perfekt wie irgend möglich ausfielen. Als es bereits dunkel war, fuhr sie schließlich nach Hause, zog sich bis auf einen Slip und ein T-Shirt aus und legte sich zum Schlafen mit einem Kissen und einer Decke auf den Fußboden. Sie wollte sich keine Bequemlichkeit gönnen.

Sie verlor jedes Zeitgefühl. Über dem Warten, daß irgend etwas wegen Susans Tod geschah, schien ihr Empfinden zum Stillstand gekommen zu sein. Nach der Anklageerhebung wegen vorsätzlichen Mordes in drei Fällen wandte sich Detective Barren an den Leiter der Staatsanwaltschaft und erinnerte ihn schon durch ihre bloße Anwesenheit daran, daß der libanesische Student zwar als Susans Mörder galt, aber dafür nicht angeklagt wurde. Sie achtete aufmerksam auf alle Termine des Gerichts und der beiden jungen Staatsanwälte, denen der Fall übertragen worden war. Immer wieder prüfte sie kritisch und sorgfältig die Beweislage. Sie versuchte Schwachpunkte zu finden, die von den Verteidigern Rhotzbadeghs ausgenutzt werden könnten. Sie übersandte über jede ihrer Schlußfolgerungen kurze Notizen, machte Besuche, führte Telefongespräche, bis sie überzeugt war, daß jedes Schlupfloch verbaut war. Sie wußte, daß ihr Verhalten die Staatsanwälte ärgerte, hauptsächlich durch die peinlich sorgfältige Art, mit der sie jeden Aspekt des Falles beleuchtete. Aber sie hatte zu viele Verfahren erlebt, die durch nachlassenden Einsatz und mangelnde Vorstellungskraft der Staatsanwälte erfolglos blieben. Das durfte hier nicht passieren.

Wenn ihre geistigen Kräfte durch das Verfahren erschöpft waren, fuhr sie zum Gefängnis, in dessen Hochsicherheitstrakt die Einzelzelle des libanesischen Studenten lag. Sie passierte elektronische Schließsysteme, ging durch lange, dunkle Korridore, durch Metalldetektoren und an einem Warnschild vorbei, das erklärte: *Nicht genehmigtes Betreten des Westflügels wird strafrechtlich verfolgt.* Sie setzte sich auf einen Stuhl vor die Zelle, in der der Libanese saß, und beobachtete ihn stumm und eindringlich. Als sie das zum ersten Mal machte, lachte er und warf ihr Obszönitäten an den Kopf. Als sie dadurch völlig unbeeindruckt blieb, entblößte er sich. Er ergriff die Eisenstäbe seiner Zellentür, spuckte, wütete und versuchte, nach ihr zu greifen. Schließlich verkroch er sich in die Ecke hinter dem WC und peilte nur gelegentlich über den Rand, um nachzusehen, ob sie noch da war. Die ganze Zeit schwieg sie und reagierte auf nichts. Sie hoffte, daß ihr Verhalten ihm angst machte.

Sie erzählte niemandem etwas über ihre heimlichen Besuche. Das Gefängnispersonal kannte ihre Gründe und nahm ihr Kommen und Gehen offiziell nicht wahr. Der Captain der Sicherheitswache sagte ihr einmal im Vorübergehen, es sei das mindeste, was man für sie tun könne.

Sie nahm an der Sitzung zur Beweiserhebung teil, in der die Verteidigung versuchte, die Aussagekraft der Gegenstände herunterzuspielen, die in der Wohnung des Studenten gefunden worden waren. Sie saß ganz vorn, und ihre Augen bohrten sich in den Rücken des Angeklagten. Ihr war bewußt, daß er ihren Blick spürte. Zufrieden stellte sie fest, daß er auf seinem Stuhl hin- und herrutschte und jedesmal, wenn er sich umdrehte, ihrem Blick begegnete.

Alle Beweismittel wurden angenommen. Ihrem Kollegen Fred flüsterte sie »gut gemacht« zu, als er seine Zeugenaussage beendet hatte. »Kinderspiel«, erwiderte er und verließ den Gerichtssaal.

Sie nahm an einer Verhandlung teil, in der es um Rhotzbadeghs Zurechnungsfähigkeit ging. Der Verteidiger brachte vor, daß sein Mandant unter Streß Kreislaufbeschwerden hätte. Sie freute sich über die Antwort des Richters, der meinte, das sei normal für jemanden, der mit der Todesstrafe rechnen müßte.

Monate gingen ins Land. In Miami begann der Winter. Die Tage schienen klarer zu werden, die belastende tropische Hitze war verschwunden. Nachts setzte sich Mercedes Barren auf ihren Balkon und genoß die kühle Luft. Sie dachte ununterbrochen an den bevorstehenden Urteilstermin. Ihre einzige Entspannung war der Besuch der *Orange Bowl,* das Ticket für 41e Südkurve in der Hand. Sie schrie Beifall, buhte und fuchtelte mit einem weißen Taschentuch in der Luft herum, wenn die *Dolphins* versuchten, in der Tabelle der Liga vorwärts zu kommen. An einem grauen und regnerischen Tag, an dem Schauer und kalter Wind in die ungeschützten Ränge der Arena fegten, verloren sie den Kampf um die Verbandsmeisterschaft. Wie die anderen Zuschauer, die an sommerlich warmes Wetter gewöhnt waren, hatte sie nur ein T-Shirt an und zitterte vor Kälte. Das vertreibt den letzten Fan, dachte sie.

An diesem Abend trank sie vor dem Einschlafen fast eine ganze Flasche Wein. Kopfschmerzen weckten sie aus einem Traum, in dem die Mannschaft von Los Angeles mit lauter Libanesen spielte.

Eine Woche vor dem Urteilstermin rief abends Detective Perry an. Seine Stimme klang aufgeregt.

»Merce, es geht schon morgen los.«

»Was?«

»Er hat gestanden.«

»Kein weiteres Verfahren?«

»Nein, er hat in den drei Fällen ausgepackt.«

»Was bekommt er dafür?«

»Lebenslänglich, mehr nicht.«

»Wieviel pro Fall?«

»Höchststrafe für jeden, obligatorische fünfundzwanzig Jahre. Das macht zusammen glatte fünfundsiebzig Jahre. Hintereinander. Da er auch einige Überfälle gestanden hat, wird der Richter noch ein paar Jahre dazutun. Da kommen leicht hundert Jahre heraus. Wir können ihm im Raiford-Gefängnis schon das Grab ausheben, denn dort wird er wahrscheinlich auch sterben. Er wird nie wieder rauskommen.«

»Er hat aber die Todesstrafe verdient.«

»Merce, er hat Rule zum Richter. Der alte Bastard hatte

schon ein Dutzend Mordfälle vor Rhotzbadegh. Sie erinnern sich doch an den Fall, als eine Motorradgang Leute folterte, aber er hat noch nie jemanden an den Galgen gebracht.«

»Ja, ich weiß es noch.«

»Folter mit Brenneisen und Feuerzeugen, Merce!«

»Verdammt, ich erinnere mich.«

»Diese Knaben haben nur fünfundzwanzig Jahre bekommen.«

»Das macht mich ...« Er unterbrach sie.

»Sicher macht Sie das rasend. Aber die Familien der anderen Opfer auch. Alles geht eben seinen Weg. Man wird aufpassen müssen, daß der Kerl nicht für unzurechnungsfähig erklärt wird.«

»Scheiße! Dem Kerl muß man die Daumenschrauben anlegen ...«

Er unterbrach sie wieder: »Ich weiß, ich weiß, aber die beiden Jungs, die ihn verteidigen, haben im letzten Jahr sogar den Typ in die Klapsmühle gebracht, der seine Freundin mit dem Häckselmesser zerlegt hat.«

»Ja, aber ...«

»Kein Aber, wollen Sie morgen dabei sein?«

Sie dachte eine Weile angestrengt nach. Bevor sie antworten konnte, ermahnte sie Detective Perry: »Glauben Sie bloß nicht, Sie können sich den Kerl selbst vornehmen. Ich weiß über Ihre Besuche im Gefängnis Bescheid, Merce.«

»Er verdient den Tod.«

»Er wird sterben, Merce.«

»Das stimmt, wir alle müssen sterben.«

»Merce«, erwiderte Detective Perry in sanftem Ton, »Merce, geben Sie doch Ruhe. Der Kerl verschwindet. Er ist schon Vergangenheit. Es ist vorbei, begreifen Sie doch. Warum muß ich Ihnen das alles erzählen. Sie wissen das doch auswendig. Sie haben das doch selbst schon erlebt. Die Sache ist gelaufen. Vorbei. Verstehen Sie?«

»Vorbei.«

»Spätestens morgen früh um neun Uhr.«

»Bis morgen«, sagte sie und legte auf.

Sadegh Rhotzbadegh machte einen verschüchterten Eindruck. Er schien zu frieren, obwohl die Luft in dem mit Zuschauern vollgerammelten Gerichtssaal zum Schneiden dick war. Als er Detective Barren erblickte, die wie üblich in der ersten Reihe saß, rückte er eng an seinen Verteidiger. Der drehte sich um und musterte sie finster. Als der Richter den Gerichtssaal betrat, kehrte augenblicklich Ruhe ein. Er war ein älterer Mann mit einem weißen, zotteligen Haarschopf, der ihm einen leicht skurrilen Anstrich verlieh. Er sah sich schnell im Gerichtssaal um. In den Bankreihen saßen die Familien der Opfer und viele Fernseh- und Rundfunkreporter aufgereiht, teilweise mußten sie sogar in den Gang gequetscht stehen. Es war ein alter Gerichtssaal, von dessen dunklen Wänden die Gemälde unbekannter, ehrwürdiger Richter herabblickten.

»Wir werden zuerst die Sache Rhotzbadegh verhandeln«, eröffnete er die Sitzung. »Es liegt, glaube ich, ein Geständnis vor.«

»Ja, Euer Ehren.« Einer der beiden Staatsanwälte war aufgestanden.

»Um es einfach zu sagen, wir verzichten in allen anhängigen Fällen darauf, die Todesstrafe zu beantragen, weil der Angeklagte ein Geständnis abgelegt hat. Wir gehen allerdings davon aus, daß Herr Rhotzbadegh in jedem Einzelfall die höchste Haftstrafe akzeptiert. Das bedeutet eine Gesamtstrafe von einhundertundelf Jahren.« Er setzte sich wieder. Der Richter sah zur Verteidigung herüber.

»So ist es abgesprochen«, sagte einer der Anwälte. Der Richter wandte sich an den Angeklagten, der sich erhob.

»Herr Rhotzbadegh, haben Ihre Anwälte Sie über die Folgen informiert?«

»Ja, Euer Ehren.«

»Sind Sie mit dem vereinbarten Verfahren einverstanden?«

»Ja, Euer Ehren.«

»Sie haben Ihr Geständnis freiwillig und nicht gezwungen abgelegt?«

»Ja, Euer Ehren.«

»Sie handeln also aus freiem Willen?«

»Ja, Euer Ehren.«

»Ihnen ist bekannt, daß Ihre Anwälte sich auf Ihre Verteidigung vorbereitet haben und daß Sie das Recht haben, die Anklage vor den Geschworenen zu widerlegen, wenn irgendeine Beweisführung des Staates Anlaß zum Zweifel geben sollte?«

»Ich weiß das, Euer Ehren. Sie wollen beweisen, daß ich unzurechnungsfähig bin. Ich bin es aber nicht.«

»Haben Sie den Wunsch, noch etwas zu sagen?«

»Was ich getan habe, habe ich getan, weil es so geschrieben stand und weil es mir befohlen wurde. Das ist meine ganze Schuld. In den Augen des Propheten bin ich ohne Schande. Der Tag wird kommen, an dem er mich zu sich nimmt und wir gemeinsam im Garten Eden wandeln.«

Detective Barren beobachtete, wie die Reporter begierig jedes Wort des Angeklagten festhielten. Der Richter stellte fest: »Ich freue mich, daß Ihr Glauben Ihnen Trost gibt.«

»Das ist gewiß so, Euer Ehren.«

»Gut, ich danke Ihnen.«

Auf einen Wink setzte sich der Angeklagte. Der Richter sah in den vollen Gerichtssaal.

»Sind Verwandte der Opfer anwesend?«

Im Saal war es still. Dann stand ein älteres Ehepaar auf, das neben Mercedes Barren saß. Sie sah, wie sich noch ein anderes Ehepaar erhob, eine ganze Familie sich anschloß, und stand auch auf. Im Gerichtssaal hätte man eine Stecknadel fallen hören. Sadegh Rhotzbadeghs Schultern zuckten, vor Angst, wie sie vermutete. Er hielt seine Augen starr geradeaus gerichtet. »Möchte jemand von Ihnen etwas sagen, für das Protokoll?« Durch die Menge ging ein aufgeregtes Raunen. Eine Flut von Gedanken schoß Mercedes durch den Kopf, Sätze über Susan, über das, was ihre Nichte ihr bedeutet hatte, und welche Zukunft vor ihr gelegen hatte. Aufwallende Gefühle schnürten ihr die Kehle zu, und sie setzte sich wieder. Ein hochgewachsener, schlanker Mann, der einen blauen Nadelstreifenanzug trug und sehr seriös wirkte, ging nach vorn. Seine Augen waren gerötet. Einen Moment lang starrte er schweigend auf den Tisch der Verteidigung, sein Blick ließ die Menge verstummen. Dann sah er den Richter an.

»Euer Ehren, ich bin Martin Davies, Vater von Angela Davies, Opfer ...«

Er zögerte.

»Wir sind mit diesem Handel nur einverstanden, weil wir fürchten müssen, daß das System eher uns im Stich läßt, die wir einen so schweren Verlust erlitten haben, als diesen ...«, er suchte das passende Wort, »als daß es auf diesen Handel verzichtet.« Er machte eine Pause.

»Meine Tochter, Euer Ehren, unser Verlust ...« Seine Stimme brach. Seine letzten Worte hingen bedeutungsvoll im Raum.

Mercedes Barren wußte augenblicklich, warum er aufhörte. Jeder hätte das getan. Wie konnte man den Verlust mit Worten ausdrücken? Während sich ihre Kehle zusammenschnürte, empfand sie plötzliche Panik und fürchtete einen Moment, daß ihr die Luft wegbleiben würde, wenn er weitersprach.

Er sagte jedoch nichts mehr, drehte sich um und verließ den Gerichtssaal. Im Vorraum zuckte ein Gewitter von Blitzlichtern, die den Kummer auf seinem Gesicht festhielten. Als Detective Barren sich umdrehte, hatte sich Sadegh Rhotzbadegh erhoben und stand nun zwischen seinen Anwälten. Nachdem ihm Fingerabdrücke abgenommen worden waren, verkündete der Richter das Urteil, verlas die Höchststrafen und stellte die Gesamtstrafe fest. Als er endete, nahmen zwei schwergewichtige Gefängnisbeamte Sadegh Rhotzbadegh zwischen sich und begannen, ihn mit festem Griff aus dem Gerichtssaal zu führen. Der Richter ordnete eine Sitzungsunterbrechung an und verschwand mit wehender Robe durch einen Seitenausgang. Ein heftiges Stimmengewirr brach aus, als die Reporter mit den Interviews begannen. Eine Familie wehrte sich dagegen, eine andere zog über das Rechtssystem her. Detective Barren sah, wie die Staatsanwälte ihrem grinsenden Kollegen Perry die Hand gaben. Sie trat vor und beobachtete den Verurteilten, der sich kurz vor dem Ausgang umdrehte und nach ihr suchte. Als ihre Blicke sich trafen, sah er sie zum erstenmal nicht ängstlich, sondern voller Trauer an. Er schüttelte nachdrücklich den Kopf, als wenn er sie von etwas Wesentlichem überzeugen wollte. Sie sah ihn Worte formen, konnte aber ihre Bedeutung nicht verstehen.

Dann war er verschwunden, wie verschluckt. Sie hörte nur noch, wie die Tür zuschlug und verschlossen wurde, und hatte ein Gefühl der Leere.

In der folgenden Zeit belastete sie sich bis an die Grenzen ihrer Leistungsfähigkeit. War sie bisher morgens nur zwei Kilometer am Strand entlang gejoggt, rannte sie nun keuchend und nach Atem ringend fünf Kilometer in fünfundvierzig Minuten. Bei ihrer täglichen Arbeit verfolgte sie jedes Detail ihrer Fälle zwei- bis dreimal, sie gab sich nur mit absoluter Perfektion zufrieden. Sie trank auch mehr als früher, um besser einschlafen zu können. Ein Bekannter bot ihr Valium an, doch mit dem letzten Rest ihres Verstandes hütete sie sich vor solchen Drogen. Sie wußte, daß ihr Benehmen merkwürdig war und sie sich in einer Sackgasse befand. Wenn sie überhaupt schlafen konnte, träumte sie wirr von dem Libanesen, von Susan oder von John, ihrem Mann. Manchmal erschien ihr das Gesicht des Jungen, der sie angeschossen hatte, oder das ihres Vaters, mit einem Ausdruck von Trauer. Sie war verzweifelt, daß sie nichts mehr tun konnte. Das Verfahren lief ohne sie weiter. Sadegh Rhotzbadegh würde zuerst in einem Institut, auf seine körperliche und geistige Verfassung hin überprüft werden. Zu gegebener Zeit würde man ihn dann in den Hochsicherheitstrakt nach Raiford bringen, wo er beginnen würde, seine Tage zu Ende zu leben.

Sie konnte es nicht ertragen, daß er weiterleben durfte. In all ihrer Verzweiflung und Trauer erschienen vor ihr ständig Rhotzbadeghs Gesten, sein angedeutetes Schulterzucken und das Kopfschütteln, bevor er den Gerichtssaal verlassen hatte. Vergeblich versuchte sie herauszufinden, was er ihr damit hatte sagen wollen.

Nachts lag sie im Bett und dachte darüber nach. Wie in einer Zeitlupenaufnahme verlangsamte sie die Bewegungen Rhotzbadeghs, um aus den einzelnen Bildern einen Gesamtzusammenhang herauszulesen. Sein Kopf drehte sich zuerst nach rechts, dann nach links, sein Mund öffnete sich, formte Worte, die im Lärm untergingen.

Jedes Wochenende verbrachte sie auf dem Polizeischießstand. Es befriedigte sie, ihre Fertigkeiten im Gebrauch der achtunddreißiger Polizei-Standardpistole zu verbessern. Das Bocken der Waffe in ihrer Hand empfand sie als angenehm und entspannend. Sie kaufte sich eine Neunmillimeter halbautomatische Browning, eine schwere und gefährliche Pistole, und schoß bald auch damit meisterlich. Eines Tages suchte sie Lieutenant Burns auf und bat um Versetzung von der Kriminal- zur Schutzpolizei.

»Ich möchte gern wieder Streifendienst machen.«

»Wie bitte?«

»Normalen Schichtdienst machen.«

»Kommt nicht in Frage.«

»Das ist ein förmlicher Antrag.«

»So, ich soll Sie wohl auf die Straße schicken, um Taschendiebe zu jagen? Sie halten mich wohl für verrückt? Der Antrag ist abgelehnt. Sie können es auch weiter oben versuchen, wenn Sie wollen, ich bleibe bei meiner Meinung.«

»Ich will raus.«

»Nein, das wollen Sie nicht. Sie wollen endlich Ihren Frieden. Den kann ich Ihnen nicht geben. Das schafft nur die Zeit.«

Sie rief Detective Perry an.

»Merce, Sie wissen, daß wir einer Mordanklage wegen Susan verdammt nahe waren. Wir hatten die Zeitungsausschnitte und ein paar Studenten, die ihn in der Bar gesehen haben, wo auch Susan an dem Abend war. Leider haben sie die beiden nicht zusammen gesehen oder bemerkt, daß er ihr nach draußen gefolgt ist. Einer von ihnen erinnert sich genau, den Kerl nach Susans Verschwinden gesehen zu haben. So dicht waren wir dran, aber ...«

»Kann ich die Namen haben?«

»Natürlich.«

Sie notierte sie, um die Studenten aufzusuchen. Das Kopfschütteln des Libanesen verfolgte sie. Was hatte er nur damit sagen wollen?

Sie lag mit offenen Augen im Bett und starrte in die Dunkelheit. Wochen waren seit dem Urteil vergangen, der tropische Frühling mit seiner üppigen Vegetation hatte die Stadt erobert. Sogar in der Dunkelheit der Nacht konnte man das spüren.

Wenn er nun damit sagen wollte, daß er Susan nicht ermordet hat? dachte sie. Mach dich nicht lächerlich, er hat dich gehaßt! Er war verrückt. Allah mal dahingestellt, er suchte irgendwie nach Vergebung. Aber von wem? Von mir? Dazu war er zu ängstlich und zugleich überheblich, was nicht zusammenpaßte. Was hatte er nur sagen wollen? Er hatte nur den Kopf geschüttelt, das war alles. Trotzdem konnte sie es nicht vergessen. Ganz plötzlich überfiel sie eine merkwürdige und beunruhigende Ahnung, als ob sie bisher etwas Naheliegendes übersehen hätte. Sie war einen Moment völlig durcheinander und knipste die Nachttischlampe an. Sie tappte durch das Schlafzimmer zu einem kleinen Schreibtisch, auf dem sie zahlreiche Kopien von Ermittlungsprotokollen und Untersuchungsberichten in Susans Mordfall aufbewahrte. Sorgfältig breitete sie sie vor sich aus. Reiß dich zusammen und benimm dich nicht wie ein Anfänger, forderte sie sich auf und begann, konzentriert in den Papieren zu arbeiten. Da mußte es doch etwas geben, was wichtig war. Und das gab es auch. Es war nur ein kleines Detail und fand sich im Untersuchungsbericht ihres Chefs.

Alkoholspuren.

Sie las: »... Der Täter muß ein oder zwei Glas getrunken haben. Alkohol erschwert immer das Geschäft ...«

»Mein Gott!« sagte sie laut.

Sie lief zu einem Bücherregal im Wohnzimmer, nahm ein Lexikon heraus, schlug unter dem Stichwort *Schiiten* nach, fand jedoch nichts, was ihr weiterhalf. Sie suchte nach einem Vorlesungsverzeichnis, das Susan einmal bei ihr liegengelassen hatte, fand es und blätterte hastig darin. Auf Seite 154 waren Vorlesungen über den Vorderen Orient verzeichnet. Sie unterstrich den Namen des Dekans, griff zum Telefonbuch und fand die Nummer. Mit einem Blick auf die Uhr stellte sie fest, daß es drei Uhr morgens war.

Drei Stunden saß sie bewegungslos vor dem Telefon und versuchte, gegen ihre Erinnerung anzukämpfen. Tut mir leid, dachte sie, als es sechs Uhr war, und wählte die Nummer.

»Ich möchte bitte Herrn Harley Trench sprechen.«

»Mein Gott«, sagte eine völlig verschlafene Stimme. »Sie

haben ihn erwischt. Bitte keine großen Erklärungen, ich habe Ihnen in der Vorlesung doch alles Nötige gesagt.«

»Professor Trench, hier spricht Detective Mercedes Barren von der Kriminalpolizei in Miami. Es handelt sich um eine dienstliche Angelegenheit.«

»Oh, tut mir leid. Gewöhnlich rufen um diese Zeit Studenten an. Die wissen, daß ich Frühaufsteher bin, und nutzen das aus. Wie kann ich Ihnen helfen?«

»Wir haben einen Verdächtigen in einem Mordfall, der aus dem Mittleren Osten stammt. Er sagt, daß er ein schiitischer Moslem sei.«

»Oh, wie dieser schreckliche Kerl, der die jungen Mädchen umgebracht hat?«

»Ein sehr ähnlicher Fall.«

»Gut, was möchten Sie wissen?«

»Wenn wir nachweisen können, daß er getrunken hat, ist er mit Sicherheit unschuldig.«

»Sie meinen alkoholische Getränke?«

»Ja.«

»Bier, Wein oder Gin-Tonic?«

»Ja.«

»Das ist eine einfache Sache, Detective. Wenn er strenggläubiger Schiit ist, so wie dieser verrückte Typ in dem bekannten Fall, haben Sie nicht die geringste Chance.«

»Wie bitte?«

»Eine Todsünde. Kein Schluck Alkohol darf über seine Lippen. Nie und nimmer. Das ist ein Dogma unter den fanatischen Moslems, aber auch bei gemäßigten. Ein gläubiger konservativer Moslem rührt keinen Tropfen an. Vermutlich hat er Angst, daß der Ayatollah persönlich über ihn kommt. Also, wenn es sich um einen Saudi oder einen nordafrikanischen Moslem handeln würde – aber ein richtiger augenrollender, geiselnehmender Schiit? Keine Chance. Beantwortet das Ihre Frage, Detective?«

Sie schwieg eine Weile.

»Hallo?«

»Ja, entschuldigen Sie, ich habe gerade nachgedacht. Vielen Dank, Sie haben mir sehr geholfen.«

Alkoholspuren, dachte sie benommen.

Sie legte den Hörer auf und starrte auf die Papiere vor sich. *Alkoholspuren.* Wie in Zeitlupe sah sie das Kopfschütteln vor sich, hin und her, eindringlich.

Sie hastete in ihr Schlafzimmer zurück und wühlte in den Unterlagen, bis sie auf die Liste der Gegenstände stieß, die man in Rhotzbadeghs Wohnung gefunden hatte. Kein Alkohol. Aber er war in der Bar, dachte sie. Man hat ihn dort gesehen. Aber hat man ihn auch etwas trinken sehen?

Sie ging in das Badezimmer und betrachtete sich einen Moment im Spiegel. Sie sah ihre Augen fragend und ängstlich auf sich gerichtet. Ihr wurde übel, und sie erbrach sich über der Toilette. Nachdem sie sich gesäubert hatte, blickte sie wieder in den Spiegel.

»Mein Gott«, sagte sie zu ihrem Abbild, »er war es nicht, er kann es nicht gewesen sein.«

Eine starke Erregung überflutete sie, und voller Schmerz sagte sie immer wieder: »Oh Susan, Susan, Susan ...«

Zum erstenmal seit jenem schrecklichen Telefonanruf vor einigen Monaten gab sie sich voll ihrem Kummer hin. Alle Barrieren, die ihr Verstand so mühevoll aufgebaut hatte, brachen, und sie weinte hemmungslos.

2

GRELLES SONNENLICHT LAG auf dem Highway, fiel durch die Windschutzscheibe und blendete ihn für ein paar Sekunden. Er dachte immer noch daran, wie sein Bruder zu ihm gesagt hatte: »Weißt du, ich wünschte mir, wir würden uns näher sein, wo wir doch früher immer zusammen waren ...«

Seine schnelle, flachsige, aber zutreffende Antwort: »Wir stehen uns viel näher, als du denkst, viel näher.« Douglas Jeffers fuhr Richtung Süden und erinnerte sich an das matte Licht in der Krankenhauskantine, das Gesicht seines Bruders war ihm konturenlos erschienen. Immer erinnere ich mich zuerst an das Licht. Er trat auf das Gaspedal und sah die Krüppelkiefern und Sträucher zu beiden Seiten des Highways mit zunehmender Geschwindigkeit auf sich zu rasen.

Amerika verwackelt. Laut sagte er vor sich hin: »Hundertfünfzig Sachen« und gab wieder Gas. Er spürte die Beschleunigung des Wagens und beobachtete vergnügt die vorbeirauschende Landschaft. Eine seltsame Stimmung ließ ihn annehmen, daß er still stünde und die Welt hinter ihm schwankend zusammenschlug. Als der Wagen plötzlich schleuderte, ergriff er fest das Lenkrad, wich einem schweren Lastwagen aus und wurde von dem Sog seines Fahrtwindes ergriffen. Das Lenkrad vibrierte in seinen Händen, als wenn es ihn warnen wollte. Aber der Motor brummte mit seinem Baßton auf vollen Touren weiter und fraß die Kilometer. Er sah auf den Tachometer, und als die Nadel hundertachtzig Stundenkilometer anzeigte, nahm er den Fuß vom Gas, bis sich die Geschwindigkeit bei hundertvierzig einpendelte. Er drehte das Autoradio an und empfing nach einigem Suchen Country- und Westernmusik aus Georgia. Mit gedehnter Stimme sagte der Discjockey einen Musikwunsch an: »für alle streikenden Busfahrer in Florence« und legte dann Johnny Paycheck auf mit seinem Lied »... mach doch den Job alleine weiter, ich hab' die Nase voll davon ...«

Jeffers summte den Refrain mit und dachte an den Besuch, den er seinem Bruder vor zwei Tagen abgestattet hatte.

An einem kleinen Tisch in der Ecke der Krankenhauskantine hatte er geduldig gewartet, bis Marty seine Morgenvisite beendet hatte.

»Entschuldige bitte, daß ich dich warten ließ«, fing der Jüngere an, was Douglas mit einem Achselzucken abtat. Ein paar Minuten lang unterhielten sie sich oberflächlich inmitten von Tellerklappern und Stimmengewirr. Kaltes Neonlicht beleuchtete den Raum und ließ die Menschen bleich und krank aussehen.

»Das Licht hier kann einen schon fast verrückt machen«, bemerkte Douglas Jeffers

Sein Bruder lachte.

»Wie lange haben wir uns nicht gesehen?« fragte er zurück.

»Ein paar Jahre, ich glaube drei«, antwortete Douglas Jeffers.

»So lang ist es mir nicht vorgekommen.«

»Nein, wirklich nicht.«

»Viel zu tun gehabt?«

»Das geht uns wohl beiden so.«

»Da hast du recht.«

Douglas Jeffers erinnerte sich, wie selten er seinen jüngeren Bruder hatte lachen hören. Marty war von einer schweigsamen Ernsthaftigkeit. Das erwartete man auch von einem Psychiater, der seine Tage umgeben von den hallenden Geräuschen und den Schreien der Patienten in einer großen Nervenklinik verbrachte. »Warum bist du eigentlich noch immer hier?« fragte er.

Martin Jeffers zuckte mit den Schultern.

»Das weiß ich auch nicht so genau. Es ist eigentlich ganz schön hier, die Bezahlung ist gut, und man hat das Gefühl, daß man etwas Nützliches für die Gesellschaft tut. Es gibt eine Menge Gründe.«

Nichts als Ausreden, dachte Douglas Jeffers, sprach es aber nicht aus. Mein Bruder sieht alles und übersieht das Wesentliche. Immer wenn sein jüngerer Bruder Kaffee trank, stach sein kleiner Finger in die Luft wie bei einer würdevollen älteren Dame, die artig ihren Tee trinkt. Die Hände seines Bruders waren immer mit etwas beschäftigt. Er fingerte ununterbrochen an dem Namensschild, das er an seinem weißen Ärztekittel trug, oder zog einen Bleistift aus seiner Tasche, biß eine Weile darauf herum und steckte ihn wieder ein. Bevor er auf eine Frage antwortete, griff er sich häufig an den Hinterkopf und zwirbelte mit dem Zeigefinger eine Haarsträhne. Erst wenn die Strähne aufrecht stehen konnte, kam eine Antwort.

»Wie laufen denn die Geschäfte? Geht es aufwärts?« fragte Douglas Jeffers.

»Es ist eine Wachstumsbranche«, erwiderte Martin Jeffers »Aber nur den Zahlen nach. Sonst sind es immer die gleichen Geschichten, sie unterscheiden sich nur in der Tonart oder in der Sprache, je nach individueller Spielart. Das ist ganz interessant, obwohl ich dich manchmal um die Abwechslung deines Berufs beneide ...«

Der Ältere runzelte die Stirn.

»So abwechslungsreich ist das nicht«, sagte er. »In gewisser Weise sind die Geschichten für mich auch immer die gleichen. Ich glaube, es macht keinen großen Unterschied, ob Aufstände in Jonestown oder Salvador oder in Miami stattfinden oder im Spanierviertel von Los Angeles. Es ist immer das gleiche Unglück, ob es sich nun um den Zusammenstoß einer Boeing in New Orleans handelt oder um die Boat people vor den Philippinen. Ein Unglück kommt selten allein. Jede Woche ein Drama. Jeden Tag eine Katastrophe. Darum dreht sich bei mir alles. Ich folge dem Unglück auf den Fersen und versuche, einen flüchtigen Eindruck von ihm zu erhaschen, bevor es einen anderen Tatort ansteuert.«

Er lächelte, weil er diese Selbstdarstellung genoß. Wie zu erwarten schüttelte sein Bruder den Kopf.

»So wie du es schilderst, muß es nicht sehr verlockend sein, eher ziemlich aufreibend.«

»So sehe ich es nicht.«

»Macht dich das nicht fertig? Ich kann wenigstens mit meinen Patienten schimpfen ...«

»Nein, ich liebe die Jagd.«

Sein Bruder schwieg dazu.

Douglas Jeffers sah vor sich die Fahrbahn, die schwarze Asphaltdecke flimmerte in der Hitze. Die Sonne spiegelte sich im Lack der Motorhaube und blendete ihn. Die Straße vor ihm war leer. Er nahm die Farben und Formen der Landschaft Georgias in sich auf. Etwa hundert Meter von der Straße entfernt warfen hochgewachsene Kiefern ihren kühlen Schatten. Er spürte einen Moment das Verlangen, sich unter einen Baum zu setzen. Es würde bestimmt Spaß machen, so etwas Einfaches und Kindliches zu tun. Dann schüttelte er jedoch den Kopf und sah konzentriert auf die Straße, deren langgestrecktes Band vor ihm hügelig in der Ferne verschwand. Die Zeit verging. Vor ihm tauchte ein großer Kombi auf, vollgestopft mit Kindern, Koffern, dem Familienhund und den Eltern. Lose Enden einer Leine, mit der das Gepäck auf dem Dach befestigt war, flatterten im Fahrtwind. Douglas Jeffers' Blicke trafen sich mit denen eines Jungen, der entgegen der Fahrtrichtung auf dem Rücksitz saß, als ob er aus der Familie verbannt wäre. Der Junge nickte zaghaft, Jeffers winkte lächelnd zurück, zog den Wagen auf die linke Spur und überholte schnell.

»Kannst du dich an die Bücher erinnern, die wir damals gelesen haben?« fragte ihn sein Bruder.

»Natürlich«, antwortete Douglas Jeffers »Der Hexenmeister von Oz. Robinson Crusoe. Kapitän Kühn. Ivanhoe. Der Hobbit und Der Herr der Ringe ...«

»Der Wind in den Weiden. Die Zauberuhr. Schatzinsel ...«

»Peter Pan. Stell es dir nur vor ...«

»Und schon kannst du fliegen.«

Sie lachten.

»Weißt du, wie ich sie nenne?«

»Wen?«

»Die Männer, die ich behandle. Ein typischer Klinikscherz. Die Leute im Programm für Sexualstraftäter. Sie heißen die Verlorenen Knaben.«

»Wissen sie das?«

Martin Jeffers hob die Schultern. »Sie halten sich sowieso für etwas Besonderes.«

»Das stimmt wohl«, sagte Douglas Jeffers. »Das sind aber doch nicht die üblichen Patienten, oder?«

»Keineswegs.«

Beide schwiegen eine Weile.

Dann fragte Martin: »Was ist für dich das Wichtigste beim Fotografieren?«

Douglas Jeffers überlegte lange, bevor er antwortete. »Für mich muß ein Bild unverwechselbar und ursprünglich sein, beinahe etwas Heiliges. Es darf nicht lügen. Es muß Zeit und Ereignis perfekt wiedergeben. Wenn du bei deiner Arbeit die Erinnerung suchst, mußt du in einer Vergangenheit graben, die unentwirrbar mit Gefühlen, Ängsten und verwickelten Geschichten verknüpft ist. Das ist bei mir anders. Wenn ich die Vergangenheit sehen will, greife ich zu einem Ordner und nehme ein Foto heraus. Das ist klar, eindeutig, wahr.«

»So einfach kann das nicht sein.«

Ist es aber, dachte Douglas Jeffers.

»Ich will dir sagen, was ich überhaupt nicht mag«, entgegnete er dann.

»Die wirklich guten Bilder werden meist abgelehnt. Bildverleger wollen stets die beste Wiedergabe eines Ereignisses, selten das gute Foto. Deshalb hat jeder Fotograf seine private Galerie, seinen geheimen Schatz. Seine gesammelten Wahrheiten.«

Sie schwiegen wieder. Douglas Jeffers wußte genau, was sein Bruder jetzt fragen würde. Er wartete schon lange darauf.

»Warum bist du gekommen?«

»Ich mache eine kleine Reise und will meinen Wohnungsschlüssel bei dir lassen. Geht das in Ordnung?«

»Natürlich, aber ... wohin fährst du?«

»Hierhin und dorthin. Eine Reise in die Vergangenheit. Alte Erinnerungen auffrischen.«

»Willst du nicht eine Weile hierbleiben? Wir könnten von früher reden.«

»Du wirst dich erinnern, daß es nicht unsere beste Zeit war.«

Sein Bruder nickte.

»O.K. Aber wohin willst du?« Douglas Jeffers schwieg.

»Willst du es nicht sagen oder kannst du es nicht?«

»Laß es mich so ausdrücken«, erwiderte er schließlich. »Ich mache eine Art *sentimental journey.*« Seine Worte klangen ironisch. »Wenn ich meine Ziele bekanntgäbe, würde das den Reiz des ... Abenteuers nehmen.«

Martin Jeffers war verwirrt. »Das verstehe ich nicht.«

»Du wirst es eines Tages verstehen.« Douglas lachte laut. Die Leute in der Kantine sahen sich erstaunt nach ihm um.

»Hör mal, ich wollte dir nur auf Wiedersehen sagen. Ist denn das so verwunderlich?«

»Nein, aber ...«

Der Ältere unterbrach ihn. »Laß mich in Frieden.«

»Natürlich«, erwiderte der Jüngere sofort. Die beiden Männer gingen schweigend durch einen langen Korridor. Durch eine Wand aus beschichtetem Glas fiel Licht auf die beiden Gestalten. Als sie den Haupteingang der Klinik erreicht hatten, blieben sie eine Weile schweigend stehen.

»Wann sehe ich dich wieder?« fragte Martin.

»Wenn du mich siehst.«

»Bleibst du in Verbindung mit mir?«

»Auf meine Weise.«

Douglas Jeffers sah, daß sein Bruder kurz davor war, weitere Fragen zu stellen, sich jedoch zurückhielt.

»Vielleicht hörst du von mir«, sagte er.

Der Jüngere nickte.

»Vielleicht hörst du auch etwas über mich.«

»Das verstehe ich nicht.«

Aber der Ältere schüttelte nur den Kopf und boxte seinen Bruder scherzhaft gegen das Kinn. Dann ging er auf den Ausgang zu. Bevor er jedoch die Tür erreicht hatte, drehte er sich um, ergriff mit einer professionellen Bewegung die Kamera, die an seiner Schulter hing, und hob sie an das Auge. Er ging in die Knie, nahm seinen Bruder in den Sucher und schoß eine Serie von Aufnahmen. Dann ließ er die Kamera sinken und winkte unbekümmert. Martin Jeffers versuchte zu lächeln und hob seine Hand nur zögernd zu einem unbeholfenen Gruß.

So hatte er ihn verlassen. Douglas Jeffers erinnerte sich an den Gesichtsausdruck seines Bruders und lachte laut heraus. »Mein armes Brüderchen«, sagte er vor sich hin. »Er sieht hin, aber sieht nichts, er hört hin, aber hört nichts.«

Einen Augenblick lang überkam ihn Trauer. Mach's gut, Marty. Irgendwann wirst du den Schlüssel benutzen und etwas lernen, wenn du das noch kannst. Mach's gut.

Seine Aufmerksamkeit wurde plötzlich auf ein Polizeiauto gelenkt, das unter einer Baumgruppe stand. Er sah schnell auf den Tachometer und stellte fest, daß er nur hundertdreißig fuhr, kaum ein Grund zur Besorgnis.

Wenn er die Sache in Tallahassee hinter sich gebracht hätte, würde er besser auf das Tempo achten müssen. Die Vorstellung, daß sein Trip durch eine Auseinandersetzung mit der Polizei gestört würde, ließ ihn schon jetzt langsamer fahren. Eigentlich fällt ein Schleicher genauso auf wie ein Raser, dachte er. Also halte ich mich am besten in der Mitte. Er langte unter seinen Sitz und tastete nach dem Lederkoffer, den er dort verborgen hatte. Vor ihm erschien das Bild eines kurzläufigen Gewehrs. Es schießt zwar nicht so präzise wie die Neunmillimeter in der Aktentasche und ist auch nicht so zuverlässig, wie die halbautomatische Luger dreißig Millimeter im Kofferraum, aber auf kurze Distanz ist es brauchbar; vor allem paßt es gut in die Jackentasche. Mit einer Flinte, die den Mantel auffällig ausbeult, gehe ich nicht gern über einen Campus.

Ein Hinweisschild zeigte an, daß die Grenze Floridas noch sechzehn Kilometer entfernt war. Ein Gefühl freudiger Erwartung überkam ihn, ähnlich dem Erwachen am ersten Morgen eines Sommerurlaubs. Er drehte das Fenster herunter und ließ den Fahrtwind in den Wagen strömen. Die wirbelnde heiße Luft machte ihn schnell müde. Als ihm unter den Achseln der Schweiß ausbrach, drehte er das Fenster wieder hoch und schaltete die Klimaanlage ein.

Das konzentrierte Fahren auf dem Highway ließ die Erinnerung an seinen Bruder verblassen. Er verließ die Autobahn und fuhr auf den Zubringer zur Landeshauptstadt. Die Bäume an beiden Seiten waren nicht mehr so stattlich, sie wirkten dürftiger, als wenn sie von der Hitze eingeschrumpft wären.

Ungefähr zehn Kilometer vor der Stadt fand er ein Motel. Es war ein heruntergekommenes, nichtssagendes Gebäude, das sich *Happy Nites* nannte. Er war versucht, gegenüber der müden Frau mit grauen, strähnigen Haaren, die hinter dem Empfang stand, eine Bemerkung über die Schreibweise zu machen, besann sich jedoch eines Besseren. Er trug sich unter einem falschen Namen ein, bereitete sich auf eine Nachfrage vor, aber die Frau war uninteressiert. Er zahlte für fünf Nächte im voraus und erhielt den Schlüssel zum letzten Bungalow hinter dem Motel. Dort würde ihn vermutlich niemand stören. Keiner würde hier Fragen stellen. Die Zimmer kosteten nur achtzehn Dollar die Nacht und sahen auch entsprechend aus. Das Bett war wackelig und durchgelegen, die Laken grau und die Bettdecke fadenscheinig. Aber sonst war alles sauber, und der Bungalow war abgelegen genug. Er schob die Waffen unter die Matratze, duschte und machte den Fernseher an. Weil ihn das Programm nach kurzer Zeit nicht mehr interessierte, legte er sich schlafen.

Als er jedoch im Bett lag, war er plötzlich seltsam unentschlossen. Alle Pläne, die in den vergangenen Wochen seiner Phantasie entsprungen waren, ging er von neuem durch. Ursprünglich hatte er an eine Geschichtsstudentin gedacht, sie würde Zusammenhänge erkennen, ein Gefühl für Kontinuität besitzen und in der Lage sein, Handlungen aus übergeordneten Gesichtspunkten zu beurteilen. Aber konnte sie schreiben? Würde sie die geistige Regsamkeit und Wachheit haben, jederzeit festzuhalten, was ihm in den Sinn kam? Er war sich nicht sicher. Vielleicht käme eine Soziologiestudentin in Frage. Sie hätte sicher ein besseres Gespür für gesellschaftliche Entwicklungen. Eine Psychologiestudentin kam nicht in Frage; er würde in einer Art klinischer Exaktheit vorgehen müssen, die ihm nicht lag. Für seine Zwecke brauchte er auch keine Mathematikerin, Musikerin oder Sprachwissenschaftlerin. Sie waren zu sehr in ihren Spezialinteressen gefangen, um Abenteuer schätzen zu können.

Seine ersten Überlegungen waren vermutlich instinktiv die richtigen gewesen; er brauchte entweder eine Literaturwissenschaftlerin oder eine Journalistin. Jemand mit journalistischen Interessen wäre geeignet; er würde mit ihr zahlreiche Ereignisse diskutieren können, in die er verwickelt war, um ihr so die verständliche Angst zu nehmen. Aber auch eine angehende Journalistin wäre nicht in der Lage, die volle Wahrheit zu begreifen; sie würde sich mit einer bloßen Reportage zufriedengeben, ein simples Machwerk produzieren, und das Subtile seiner Ansichten nicht erfassen können. Was ich vorhabe, dachte er, könnte ein Buch füllen, deshalb muß ich mir auch einen Bücherwurm schnappen, am besten eine Anglistin. Seine Entscheidung, die nach sorgfältiger Analyse die ursprünglichen Überlegungen bestätigte, erfüllte ihn mit tiefer Zufriedenheit. Wieder zögerte er jedoch und ermahnte sich zu Vorsicht und Geduld. Ein einsamer, introvertierter Typ wäre eine Katastrophe, jemand, den jeder kennt, würde zu früh vermißt werden. Am besten weder Bücherwurm noch Betriebsnudel, ein sorgfältig ausgesuchter Typ zwischen beiden Extremen müßte es sein.

Er fühlte sich jetzt ruhig und entspannt. Nächtliche Geräusche drangen in das Zimmer: Käfer schlugen gegen die Fensterscheiben, und vom fernen Highway hörte man die Fanfaren sich überholender Fernlaster.

Bleib bei deinem Plan, ermunterte er sich, der Plan ist gut. Mit sich zufrieden schlief er sofort ein.

Helles Sonnenlicht durchflutete das *Mc-Donalds-Restaurant* auf dem Campus der Florida State University in Tallahassee.

Jeffers legte seine Hand auf die Fensterscheibe und fühlte die draußen herrschende Hitze. Geräuschvoll kämpfte die Klimaanlage dagegen an, zusätzlich gefordert durch die warme Abluft von Kühltruhen und dem Dunst von Hamburgern, die militärisch in Reih und Glied auf dem Herd brutzelten. Trotz der frühen Stunde war das Restaurant schon von Studenten bevölkert. Er schlürfte seinen Kaffee und studierte eine Karte des Universitätsgeländes.

Bei der dritten Tasse Kaffee hatte er einige passende Vorlesungen an geeigneten Orten ausgemacht. Er steckte die Karte und das Verzeichnis ein und prüfte sein Erscheinungsbild im Spiegel der Herrentoilette. Er zog die Krawatte fest und kämmte sein Haar zurück. Er trug ein leichtes blaues Sportsakko und khakifarbene Freizeithosen. Niemand wird sich über die dunkle Sonnenbrille wundern, dachte er. Er ordnete die Kugelschreiber in seiner Hemdentasche und zerknitterte sein Jackett leicht. Dann nahm er ein Exemplar von John Fowles' *The Collector** aus seiner Aktentasche und steckte es so in das Jackett, daß jeder den Buchtitel lesen konnte. Das Buch hatte er am Morgen gekauft, hatte sorgfältig Eselsohren in die Seiten geknickt und den Buchrücken so behandelt, daß es vielgelesen aussah. Ich hätte besser mein eigenes Exemplar mitnehmen sollen, dachte er. In die andere Jackettasche stopfte er ein Bündel Papiere. Wohlgefällig betrachtete er sich im Spiegel. Er sah aus wie ein junger Assistent, ein leicht zerstreuter Wissenschaftler, stark von seinen Lehraufgaben beansprucht, aber trotzdem freundlich, nett aussehend und vor allem harmlos.

Er verließ das Restaurant und ging auf die Universität zu, selbstbewußt, zufrieden mit seiner Erscheinung und seinem Plan.

Er schlenderte eine Allee entlang, begegnete einer Gruppe von Studenten, nickte ihnen lächelnd zu, als sie an ihm vorbeigingen, und suchte nach einer Adresse. Er erwartete irgendein Schild an der Hausfront, wie es bei studentischen

---

* Amerik. Thriller, in dem ein Besessener ein Mädchen in seine Gewalt bringt.

Verbindungen üblich war. Das Wetter war außergewöhnlich angenehm, nicht so ermüdend heiß wie sonst im Sommer Floridas. Auf seine Weise ist ein typischer Sommertag in Florida genauso hart wie ein Tag im tiefsten nordöstlichen Winter, dachte er. Kochende Hitze ist genauso bedrükkend und erzeugt das gleiche Gefühl der Eingeschlossenheit wie bittere Kälte. An den schlimmsten Tagen kann man hier wie dort nicht gut umherreisen. In Florida versteckt man sich deshalb hinter den Klimaanlagen. Geblendet schloß er die Augen, als er zur Sonne hochsah, die an einem wolkenlosen Himmel glänzte. Ein Satz von Jack London fiel ihm ein: Ein Mann kann in Florida nicht allein herumwandern, wenn die Temperaturen steigen ...

Douglas Jeffers lächelte vor sich hin und stellte sich eine Weile in den Schatten einer alten Eiche. In einer Seitenstraße hinter einer grünen Rasenfläche erblickte er ein weißgestrichenes zweistöckiges Holzhaus. Zwei Studentinnen traten aus der breiten zweiflügeligen Eingangstür, er verfolgte sie mit seinen Blicken, bis sie auf der gegenüberliegenden Straßenseite vorbeigegangen waren. Die Mädchen lachten über irgend etwas und beachteten ihn nicht. Er beobachtete das weiße Haus weiter. Es hatte viele Fenster und eine Seitentür. Auf dem gepflegten Rasen vor dem Haus stand ein Schild mit zwei griechischen Buchstaben.

Da wären wir, dachte er. Hier ist es also passiert. Mit geübtem Blick prüfte er die Örtlichkeiten. Fang an, forderte er sich auf. Warte, bis das Licht auf die linke Vorderfront fällt. Nur ein paar schnelle Schüsse fürs Familienalbum, aber ohne aufzufallen.

Er hätte gern gewartet, bis jemand aus der Tür herauskam, um auf dem Foto die Größe des Hauses zu verdeutlichen. Aber er wollte das Risiko, gesehen zu werden, nicht eingehen. Er stellte sich den Bildausschnitt vor; eine hohe Eiche am Rande des kurzgeschnittenen grünen Rasens würde dem Foto Höhe geben. Mit ein paar Schritten brachte er sich in die richtige Position. Er sah sich prüfend um, beugte das Knie, als wenn er sich einen Schnürsenkel zubinden wollte, öffnete seine Aktentasche und ergriff schnell die Kamera. Er stellte Geschwindigkeit und Blende ein. Dann brachte er die Kamera in einer schnellen, fließenden Bewegung in Anschlag und richtete sie auf das Verbindungshaus. Er drehte am Objektiv, um die Entfernung einzustellen, und drückte fast gleichzeitig auf den Auslöser. Der Motorantrieb schwirrte, während er eine Reihe von Fotos schoß. Zufrieden ließ er die Kamera in die Aktentasche zurückgleiten, nestelte an einem Schnürsenkel und richtete sich auf. Er sah sich prüfend um, um sicher zu sein, daß man ihn nicht beobachtet hatte, und ging schnell weiter.

Nachdem er mehrere Häuserblöcke hinter sich gelassen hatte, entdeckte er unter einem Baum eine leere Bank. Er ließ sich darauf nieder und stellte fest, daß er schwer atmete. Er führte das weniger auf die Anstrengung als auf seine Aufregung zurück.

»Hast du alles richtig getroffen?« fragte er sich. Er stellte sich vor, daß seine Stimme die verzweifelte Tonlage eines gehetzten Redakteurs haben müßte.

»Meine Fotos sind immer gut«, antwortete er sich selbst.
»Aber sind sie diesmal auch gelungen?«

»Habe ich dich jemals enttäuscht?«

»Sag mir nur, ob sie diesmal auch gelungen sind.«

»Nein, mein Lieber.«

Er lachte laut heraus.

Was bin ich nur für ein Tourist, dachte er. Jeder, der nach Florida kommt, besucht Disney World oder Epcot Center oder fährt zur Küste. Du besuchst eine Gegend, wo ...? Er überlegte. Die meisten Leute würden ein Foto des Chi-Omega-Hauses der Florida State University sofort mit einem Verbrechen in Verbindung bringen, bei dem zwei Studentinnen in ihren Betten brutal ermordet worden waren und eine dritte mit schweren Verletzungen überlebt hatte. Jeffers dachte einen Moment über den Ausdruck »brutal ermordet« nach. Journalistensprache, kein guter Stil. Morde sind immer brutal. Auch Schlägereien sind brutal, selbst wenn man sie nur »wild« nennt. Die Klischees der Zeitungswelt sind eine Art Stenogramm, die Leser haben sich nur den Begriff »brutal ermordet« einzuverleiben; sie wollen nicht unbedingt wissen, daß der Mörder in seinem Blutrausch dem einen Mädchen die Brustwarze abbiß und das andere wie ein Berserker mit einem Eichenknüppel totprügelte. Douglas Jeffers dachte lächelnd an die beiden Studentinnen, die aus dem Haus herausgekommen waren. Er fragte sich, ob sie und ihre Kolleginnen ihre Türen zweimal abschlossen, um damit auch die Erinnerung auszusperren. Jeffers hatte das Haus vor Augen. Es bietet ihnen eine Heimat, für vier Jahre ein Zugehörigkeitsgefühl, aber jetzt ist es ein Symbol für etwas Bedeutenderes, es ist der Ort, an dem ein erfolgreicher Mörder die Kontrolle über sich verlor und sich selbst zur Strecke brachte.

Jeffers erinnerte sich an den kleinen Mann mit welligem braunem Haar, den er zum ersten Mal in einem Gerichtssaal in Miami gesehen hatte, viele Monate nach der Schreckensnacht im Chi Omega.

Was für ein Dilettant!

Sein Gedächtnis gab ihm die Szenerie wie in einer Fotoserie wieder. Klick! Der Mörder wandte sich um. Klick! Der Mörder sah ihn an. Klick! Sie starrten sich an, ihre Blicke hielten einander fest. Jeffers fragte sich, ob der Mann ihm hinter die Maske sah. Klick! Der Mörder versuchte etwas zu sagen, brachte aber nur ein schiefes Lächeln zustande. Klick! Der Mörder wandte sich grinsend wieder um, gab schlagfertige Erklärungen zum Verfahren ab, brachte den Richter in Rage und verunsicherte die Geschworenen, obwohl seine Verurteilung unvermeidlich feststand. Klick! Jeffers hielt das Grinsen des Mannes fest, das beginnenden Wahnsinn und Wut, dann Sarkasmus und Arroganz ausdrückte. Dieses Foto bewahrte er in seiner privaten Galerie auf.

Was für ein Narr! sagte er sich wieder. Bei der Erinnerung daran, daß die Presse diesen Mann intelligent genannt hatte, drehte sich ihm der Magen um.

Jeffers schüttelte heftig den Kopf. Wer ist intelligent und hat seine Gefühle nicht im Griff? Wo bleibt da die Selbstbeherrschung? Ist das überlegt, geplant, einfallsreich, mitten in der Nacht über ein bewohntes Studentenheim herzufallen und die Mädchen so zuzurichten? Völlig außer Kontrolle, wie in einem Rausch? Schwäche, dachte Jeffers, verrückte, laienhafte, maßlose Dummheit.

Er erinnerte sich an seine innere Wut, wenn Kollegen aus Presse und Fernsehen keine Ruhe fanden, sich über diesen Massenmörder aufzuregen, der sich klar und gebildet ausdrücken konnte. Er sieht aus wie wir, er redet wie wir, er benimmt sich wie wir. Wie kann er getan haben, was die Polizei behauptet?

Ein unglaublicher Idiot, dachte Jeffers und spuckte wütend aus. Wie einfältig, wie närrisch, auf ihn hereinzufallen, nur weil er gescheit und sympathisch aussieht! Er will wohl kaum freiwillig in die Todeszelle, aber er hat sie verdient, wegen hochgradiger Dummheit.

Jeffers erhob sich von der Bank, es war inzwischen wärmer geworden. Er beschloß, zuerst im Studentenheim zu essen und dann nach einem letzten Erkundungsgang seine Pläne auszuführen.

Die Mensa war überfüllt, voller Lärm, keiner beachtete ihn. Jeffers trug sein Tablett zu einem Ecktisch und aß langsam. Er hatte die Karte und das Vorlesungsverzeichnis vor sich ausgebreitet und sah ab und zu auf, um das Gewühl der Studenten zu beobachten. Genauso hatte er sich damals verhalten, als er ein paar Monate das College besuchte, bevor er ausstieg, um Fotograf zu werden. Er hatte seine Zeit genauso verbracht wie jetzt. Allein, ruhig, zurückhaltend, mehr Beobachter und Zuhörer. Er dachte daran, wie unbeholfen er sich damals gefühlt hatte, ständig allein in seinem Zimmer, weitab vom unbeschwerten Treiben der Gemeinschaft. An einem eiskalten und grauen Wintertag, der Himmel war schneeverhangen, packte er seine Sachen in eine Plastiktasche, hing sich die Kamera um und verließ den Campus. Mit erhobenem Daumen trampte er westwärts durch das Land und genoß seine Freiheit.

Die Erinnerung an diesen Trip ließ ihn lächeln, eine Woche, nachdem er abgehauen war, verkaufte er sein erstes Foto. Er saß an einem Tisch in einer Armenküche mitten in Cleveland, allein wie immer. Ein alter Penner versuchte, sich an ihn heranzumachen, rieb unter dem Tisch ein Knie an seinem, während er mit altmodischer Geziertheit einen fettigen Eintopf in sich hineinlöffelte. Jeffers hakte seinen Fuß um das Bein des Alten und riß es plötzlich zur Seite, bis dessen knochiges Knie knackte. Der Mann hielt sich am Tisch fest und wollte vor Schmerz schreien. Er hielt sofort ein, als Jeffers ihn warnte: Wenn du ein Wort sagst oder jammerst oder schreist, breche ich dir das Knie und du wirst noch in diesem Winter daran sterben, hast du mich verstanden? Der Alte war schnell zur Seite gerutscht, als Jeffers das Bein losgelassen hatte. Einen Moment später, als er gerade den letzten Rest seines Eintopfs mit einem Stück klitschigem Weißbrot herunterschlang, hörte er das anschwellende Heulen vieler Sirenen, das immer näher kam und plötzlich aufhörte. Er griff nach seiner Kamera und rannte in die Richtung des Alarms los. In einem Mietshaus war Feuer ausgebrochen. Eltern reichten in panischer Angst schreiende Kinder durchs Fenster in die Arme von Feuerwehrleuten. Jeffers fotografierte wie wild alles. Schließlich verkaufte er das Bild eines Feuerwehrmannes, der, Mantel und Hut voller Eiszapfen, einen brüllenden Sechsjährigen umklammert hielt und ihn in ein Laken gehüllt in Sicherheit brachte. Der Bildredakteur von *Plain Dealer* war erst mißtrauisch, erlaubte Jeffers aber schließlich dann doch, die Dunkelkammer zu benutzen. Es war ein Tag, an dem nicht viel passiert war, deshalb war er scharf auf ein gutes Foto für die Lokalseite. Jeffers dachte daran, wieviel Mühe er sich gegeben hatte, als er allein in der Dunkelheit stand, peinlich genau die Chemikalien ansetzte und langsam das Negativ schwenkte, bis sich die ersten Umrisse des Bildes formten. Der Augenausdruck hatte geholfen, das Foto zu verkaufen, die einmalige Mischung von Erschöpfung und Freude in den Augen des Retters und der unsägliche Schrecken in denen des Kindes. Es war ein kraftvolles Foto, und der Redakteur wollte es auf der ersten Seite bringen.

»Verdammt guter Schuß«, meinte er. »Ist einen Fünfziger wert. Wohin soll ich den Scheck schicken?«

»Ich bin gerade auf der Durchreise.«

»Hast du keine Adresse?«

»So ist es.«

»Wohin geht's?«

»Kalifornien.«

»Alle wollen ins Gelobte Land.« Er seufzte. »Reden wie man will, lieben wie man will, Orgien, Drogen, *Haight-Asbury* und scharfer Rock.« Er lachte. »Verdammt, das klingt nicht schlecht ...«

Der Redakteur zog seine Brieftasche heraus und zahlte zwei Zwanziger und zwei Fünfer.

»Warum bleibst du nicht noch 'n bißchen hier und machst 'n paar prima Bilder für uns? Ich zahle gut.«

»Wieviel?«

»Neunzig die Woche.«

Er dachte: In Cleveland ist's kalt und sagte es auch.

»In Detroit und Chicago ist es nicht wärmer. New York ist die Hölle, und Boston kommt erst recht nicht in Frage.

Junge, wenn du's warm haben willst, hau ab nach Miami oder Los Angeles. Wenn du arbeiten willst, bist du hier richtig. Es ist zwar Winter, aber paß auf, du bekommst fünfundneunzig, 'n Parka und lange Unterhosen von mir.«

»Was soll ich denn fotografieren?«

»Keine Blumenausstellung, keine Handelskammersitzung, nur 'n bißchen mehr von dem, was du gerade gemacht hast.«

»Ich will's versuchen«, antwortete Jeffers.

»Großartig mein Junge, aber unter einer Bedingung.«

»Welcher?«

»Für mich is das 'n Lotteriespiel. Das Foto heute ist Klasse, könnte aber 'n glücklicher Zufall gewesen sein. Und wenn ich nicht noch mehr davon kriege, dann eben Schluß damit und du kannst abschwirren nach Kalifornien. Haben wir uns verstanden?«

»Sie wollen mich dann feuern?«

»Hast mich verstanden, willst du immer noch?«

»Natürlich, warum nicht?«

»Junge, mit so 'ner Einstellung wirst du's in dem Geschäft mal weit bringen. Aber noch was, Cleveland ist 'ne Arbeiterstadt. Du mußt dir die Haare kürzer schneiden lassen.«

Elf Monate blieb er in Cleveland, immer mit kurzen Haaren. Er erinnerte sich. Ein demonstrierender Pazifist, der von einem behelmten Polizisten niedergeknüppelt wurde. Teleobjektiv, 1/250 Sekunde, Blende 16, aus einiger Entfernung. Das grobe Korn der Aufnahme machte die Szene noch dramatischer. Dann der Leichenzug für einen Gangsterboß: Ein Leibwächter stürzte voll rasender Wut auf eine Ansammlung von Fotografen und Kameraleuten zu. Jeffers hatte sehr schnell reagiert, sich erst in letzter Sekunde geduckt und den schwarzgekleideten, zähnefletschenden, muskulösen Schlägertyp voll getroffen, 1/1000 Sekunde, Blende 2,4, hochempfindlicher Film. Noch ein anderes Begräbnis, viele Fahnen, ein Kampfflieger, der über Haiphong angeschossen worden war, hatte versucht, seine F 16 zum Flugzeugträger im Golf von Tonkin zurückzusteuern, war aber beim Anflug abgestürzt und ertrunken. Seine Familie war wie versteinert, so schien es Jeffers, kaum einer weinte. Er hatte sie fotografiert, als sie wie in einer Parade aufgereiht standen und in das Grab hinabstarrten, 1/15 Sekunde, Blende 22, er ließ den Abzug ein wenig länger im Entwickler, um den Himmel im Hintergrund noch düsterer erscheinen zu lassen. Er erinnerte sich auch an die steifgefrorene Leiche eines Fixers, den es in einer Februarnacht draußen erwischt hatte. Er lag am Flußufer, das Foto nutzte das vom eiserstarrten Cuyahoga reflektierte Licht, 1/500 Sekunde, Blende 5,6.

Seine wichtigste Erinnerung aber war das Mädchen: Er arbeitete gerade in der Dunkelkammer, ein kleines Transistorradio, das er von seinem ersten Gehalt bezahlt hatte, füllte den Raum mit dem rauhen lyrischen Gesang der Doors. Fast immer, wenn er das Radio einschaltete, hörte er ihren Song *Light My Fire*. Zwei heiße Sommertage lang hatte er in der Frühe mit einem der letzten Schutzpolizisten zu Fuß einen Streifengang durch das Revier gemacht. Die Fotoausbeute war reine Routine, nicht packend genug. Der Polizist war überall beliebt, er stand kurz vor der Pensionierung. Wohin er auch kam, er wurde begrüßt und gefeiert. Jeffers ärgerte sich über die Fotos, kein Biß, keine Spannung. Er wünschte sich, jemand hätte auf den Polizisten geschossen. Mit dieser stillen Hoffnung beschloß er, einen weiteren Tag für einen Streifengang zu opfern.

Versponnen in seine Pläne und im Dunkeln eingehüllt von Musik, hörte er kaum den Redakteur, der nach ihm schrie.

»Jeffers, du lahme Schnecke, komm raus!«

Der Redakteur kannte nur zwei Seelenzustände, Langeweile und Panik.

Jeffers räumte sorgfältig und bedächtig seine Sachen auf.

Jim Morrison sang gerade: »I know that it would be untrue ...«

»Was ist los?« fragte er, als er aus der Kammer kam.

»Eine Leiche, Jeffers, hundertprozentig tot, draußen vor der Stadt. Hübsches, weißes Mädchen aus 'ner guten Gegend, völlig mausetot. Los, hau ab, beeil dich!«

Er war ziemlich nervös bis zur Absperrung der Polizei vorgedrungen, hatte allein in der Nähe einer Gruppe von Presse- und Kameraleuten gestanden, die sich die Zeit mit Witzen vertrieben und geduldig darauf warteten, daß ein Polizeisprecher sie gemeinsam über den Fall informierte. Wo ist das Motiv? fragte er sich. Er suchte links und rechts von sich nach einem Standort, von dem aus er das beste Licht hatte, und schwang sich schließlich, als keiner hinsah, auf einen hohen Baum, um einen besseren Überblick zu bekommen. Wie ein Heckenschütze auf einem mächtigen Ast liegend, drehte er ein Teleobjektiv auf seine Kamera und peilte hinunter auf die Kriminalbeamten, die sorgfältig die Örtlichkeit um die Leiche des jungen Mädchens herum absuchten. Er mußte heftig schlucken, als er zuerst ein nacktes Bein sah, das der Mörder zur Seite gezerrt hatte. Er zwang sich jedoch hinzusehen, richtete die Kamera auf das Opfer und schoß fieberhaft eine Aufnahme nach der anderen. Zwanghaft sah er auf ihre Brüste, ihre Haare und ihren Unterleib; er prüfte Bildausschnitt und Entfernung nach und schoß mit der Kamera weiter, wie mit einer Waffe, mit der er sich drehend und wendend die Leiche immer näher in das Visier nahm. Er wischte sich den Schweiß von der Stirn und drückte weiter auf den Auslöser, fluchte, wenn ihm ein Kriminalbeamter die Sicht nahm, und ließ den Motoraufzug wieder surren, wenn er freies Schußfeld hatte.

Er behielt diese Aufnahmen für sich.

Die Zeitung brachte drei andere Bilder: Das Foto von zwei Sanitätern, die die in einen Plastiksack gehüllte Leiche des

Opfers auf einer Bahre wegtrugen; ein Telefoto, dicht über den Boden geschossen, das zwei Kriminalbeamte zeigte, die sich knieend über die Leiche beugten und sie verdeckten, so daß man nur noch einen auffallend schmächtigen ausgestreckten Arm sah, der vorsichtig von einem Polizisten gehalten wurde; eine Aufnahme nervös kichernder junger Mädchen, die voller Angst und Neugier am Rande der Szene standen und überrascht die Leiche anstarrten, als sie aus dem Unterholz gezogen wurde. Die letzte Aufnahme war in seinen Augen die beste gewesen, er hatte die Mädchen vorsichtig angesprochen, ein wenig Süßholz geraspelt und ihre Namen herausbekommen. Die Aufnahme zeigte seiner Meinung nach die typischen Reaktionen auf ein Verbrechen. Das eine Mädchen hatte die Augen erschreckt aufgerissen, während das Mädchen neben ihr die Hände vor das Gesicht preßte und angsterfüllt über die Fingerspitzen hinwegstarrte. Ein drittes Mädchen hatte den Mund weit geöffnet, und wieder ein anderes wandte seinen Blick ab. Der Redakteur hielt es für das beste Foto der gesamten Serie. Es erschien auf der ersten Seite.

»Das wird belohnt werden«, meinte er, aber für Jeffers, der noch voller Erregung war, steckte die wirkliche Belohnung in den Aufnahmen, die er noch nicht entwickelt hatte. Sobald er konnte, zog er sich in die Einsamkeit der Dunkelkammer zurück. Er lächelte. Diese Bilder besaß er noch, fast zwanzig Jahre später. Diese Bilder würden ihm immer gehören.

Er hörte Gelächter einer Gruppe von Studenten, die in seiner Nähe saßen. Sie hänselten einen von ihnen, der dies jedoch gutmütig hinnahm. Jeffers konnte nur wenig von dem Gespräch mitbekommen, es ging um eine Hausarbeit, die der Student eingereicht hatte, nichts von Bedeutung, aber eben typisch. Jeffers sah auf seinen Zeitplan und die Karte und entschloß sich, anzufangen.

Er überquerte zielstrebig den Campus; es war ein Uhr

mittags, und er wollte auf seinem Platz sein, wenn die Vorlesung über »Das soziale Bewußtsein in der Literatur des neunzehnten Jahrhunderts« begann.

Er sprang einige Treppen zum Vorlesungsgebäude hinauf, nahm seine Sonnenbrille ab, als er in eine dunkle Empfangshalle kam, und steuerte zielbewußt, zusammen mit zahlreichen Studenten auf den Vorlesungsraum 101 zu. Der Saal füllte sich stetig; er fand sofort Platz an einem Seitengang weit hinten. Er lächelte eine junge Frau an, die in seiner Nähe saß. Sie lächelte zurück, während sie sich weiter mit einem jungen Mann unterhielt. Er sah sich rasch um; überall wurde gesprochen. Das Stimmengewirr füllte die Leere des weiten, hohen Saals. Rechts von ihm las ein Student Zeitung, ein anderer blätterte in den Seiten eines Paperbacks, viele hatten Schreibblöcke vor sich bereitgelegt. Das tat er auch, dann beobachtete er die Leute in seiner Umgebung, suchte nach einer bestimmten Geste, die ihm eine geeignete Kandidatin verriet.

Er entdeckte ein Mädchen, das allein auf der anderen Seite des Gangs ein paar Reihen vor ihm saß. Sie war in ein Buch vertieft, *Mitten im Leben* vom Ambrose Bierce. Jeffers hob nachdenklich seine Brauen; was für ein außerordentliches Zusammentreffen, ein Schriftsteller, der seine Seele verkauft hätte, und ein neunzehn Jahre altes Mädchen. Sehr interessant, dachte er. Er beschloß, sie während der Vorlesung zu beobachten.

Ein paar Stühle weiter saß eine junge Frau, die träge ein Blatt Papier bemalte. Jeffers konnte sehen, wie unter ihrem Bleistift kunstvolle Formen entstanden. Angeregt dachte er über die faszinierenden Möglichkeiten nach, die ihm ein solches Zeichentalent bieten könnte. Aber konnte sie auch mit Worten so geschickt umgehen? Vielleicht wäre es gut, jemanden zu finden, der Realität in Kunst umsetzen kann, dachte Jeffers Er beschloß, auch sie zu beobachten.

Genau eine Minute nach ein Uhr erschien der Professor.

Er war m den Dreißigern wie er selbst und sehr schlagfertig, stellte Jeffers überrascht fest. Er begann die Vorlesung mit einem Scherz über David Copperfields Schilderung der eigenen Geburt, die er als literarischen Trick, als abgedroschenen Autorenwitz charakterisierte.

Jeffers wollte am liebsten sofort aufstehen und protestieren. Trotzdem blieb er sitzen und beobachtete, ob jemand nicht über diesen Witz des Professors lachte.

Eine Studentin fesselte seine Aufmerksamkeit. Sie saß ein wenig links von ihm und zeigte auf.

»Ja bitte, Miss ... äh?«

»Hampton«, sagte die junge Frau.

»Miss Hampton, Sie haben eine Frage?«

»Wollen Sie damit sagen, daß Dickens, nur weil er für den normalen Leser schrieb, Themen und Stil den Zeitungen anpaßte? Meinen Sie nicht, daß das Gegenteil wahr ist, nämlich daß Dickens genau wußte, was er erreichen wollte, und dies mit einem sicheren Gespür in verständlicher Sprache ausdrückte?«

Jeffers hörte konzentriert zu.

»Nun, Miss Hampton, wir wissen ja, daß Dickens sehr auf Form achtete ...«

»Auf Form mehr als auf Inhalt, Herr Professor?«

Jeffers notierte das in Großbuchstaben und unterstrich es: FORM ÜBER INHALT?

»Miss Hampton, Sie mißverstehen mich, Dickens' Arbeiten zielten natürlich auf politische und soziale Veränderungen ab. Aber was seinen Stil angeht, ist man jetzt kritischer geworden. Haben Sie sich noch nicht gefragt, was von seinen Erzählungen und den bekannt gewordenen Gestalten geblieben wäre, wenn er sich nicht in die Rolle eines Pamphletisten begeben hätte?«

»Nein, Herr Professor, das habe ich nicht.«

»Das war mein Anliegen, Miss Hampton.«

Das reichte nicht, dachte Jeffers

Er beobachtete, wie die junge Frau sich über ihre Aufzeichnungen beugte und schnell einige Notizen machte. Aschblondes Haar fiel ihr wild übers Gesicht, das in Jeffers Augen von einer natürlichen Schönheit war. Dann bemerkte er, daß die Plätze rechts und links von ihr unbesetzt waren.

Er spürte eine unwillkürliche Erregung, bemühte sich, regelmäßig zu atmen.

Er legte verstohlen die Hand auf seine Brust und versuchte, sich zu beruhigen. Du hast nicht erwartet, deinen Biographen schon in der ersten Vorlesung zu finden, sagte er sich, sei sehr vorsichtig. Sie ist begabt. Warte. Paß auf. Er zwang sich, auch die anderen beiden Frauen zu beobachten, die ihm aufgefallen waren. Er hatte plötzlich die Vorstellung, daß er eine unscheinbare dunkle Viper war, die unter einem Felsbrocken verborgen jemandem auflauerte, der des Weges kommen würde. Er lächelte und dachte vergnügt, daß das ein Fortschritt war.

3

Wer ist Boswell? · Anne Hampton wird gefesselt · Der Tod läßt auf sich warten

DIE NACHMITTAGSSONNE DRANG schwach durch die Fenster der Bibliothek. Ein Strahl fiel auf die Notizen, die Anne Hampton vor sich liegen hatte, und machte die blauen Linien auf dem Papier unsichtbar. Sie versuchte, ihre Aufzeichnungen zu lesen, aber vor ihren Augen flimmerten die Buchstaben, wurden undeutlich. Die ganze Seite wirkte verschwommen und leer. Es erinnerte sie an winterliche Schneefelder zu Hause in Colorado. Vor sich sah sie eine lange Abfahrt, die weite, unberührte Schneefläche lag in der Sonne gleißend vor ihr. Es war früh am Morgen; die Helligkeit des reflektierten Lichts, die eiskalte Luft und ein leichter Wind verbanden sich zu einer unendlichen Weite, in schwindelerregender Fahrt spürte sie den aufstaubenden Schnee unter ihren Skiern.

Sie lehnte sich in ihrem Stuhl zurück und sah durch das Fenster auf eine Reihe von Palmen, die sich leicht im Winde bewegten. Palmen spüren jede leichte Brise, dachte sie. Sie bewegen ihre Blätter, als wenn sie jemanden begrüßen wollten.

Sie sah wieder auf die Bücher, die rings um sie ausgebreitet waren. Es müßte einfach sein, Literatur in ihre Hauptrichtungen aufzuteilen. Sie sortierte die Bücher in zwei Stapel. Joseph Conrad, Camus, Dostojewski und Melville auf die eine Seite, Dickens und Mark Twain auf die andere. Schatten und Licht, dachte sie. Sie hatte noch nicht einmal die Hälfte dieser Bücher gelesen und schleppte sie trotzdem die ganze Zeit mit sich herum. Jeden Morgen packte sie sie zusammen mit ihren Papieren in den Rucksack. Vielleicht würde ihr das Gewicht der großen Worte auf dem Rücken irgendwelche Einsichten vermitteln. Sie überlegte, ob sie unbewußt ein Zeitmaß für das Herumtragen schon einmal gelesener Bücher entwickelt hatte. Daraus ließe sich eine Art System zur Literaturbewertung herleiten. Bücher, die sie mehr als einen Monat nach dem Durchlesen bei sich hätte, wären dann wirklich Klassiker. Drei Wochen Tragezeit würden dauerhafte Berühmtheit bedeuten. Zwei Wochen könnten Interesse am Thema, aber nicht am Verfasser anzeigen. Eine Woche dürfte man das mittelmäßige Buch eines bekannten Schriftstellers herumschleppen; und weniger als eine Woche? Unbedeutendes.

Manchmal fragte sie sich; ob Bücher lebten; ob nicht die Personen, die Orte und die Situationen sich nach dem Schließen eines Buches veränderten, ein ganz anderes Leben führten, um an ihren Platz zurückzukehren, wenn das

Buch wieder aufgeschlagen wurde. Sie fixierte das Buch von Camus, das oben auf dem einen Stapel lag. Vielleicht macht Sisyphus Pause, wenn die Seiten geschlossen sind, sitzt schweratmend herum, den Rücken an seinen Felsblock gepreßt, und fragt sich, ob der Stein wie durch ein Wunder jemals oben bleibt. Wenn plötzlich einer das Buch aufschlägt, steht er wieder auf, stemmt seine Schultern gegen den Felsen, fühlt die beruhigende Kühle des Gesteins, spannt seine Muskeln und beginnt wieder zu schieben. Sie lächelte in sich hinein, sah auf und begegnete dem Blick eines Mannes, der ihr schräg gegenübersaß. Er hatte auch gelesen, sie konnte aber den Titel seines Buches nicht erkennen. Er hatte scheinbar im gleichen Moment aufgesehen wie sie. Er lächelte. Sie lächelte zurück. Ein junger Professor, vermutete sie. Sie sah auf ihre Bücher, auf ihre Notizen, dann aus dem Fenster und zurück zu dem Mann, der jedoch inzwischen weggegangen war.

Plötzlich fiel ihr das Gejammer ihrer Mutter wieder ein: »Aber du kennst doch niemanden in Florida!«

»Ich brauche auch niemand zu kennen«, hatte sie geantwortet.

»Aber wir werden dich vermissen ... und Florida ist so weit weg!«

»Ich werde euch auch vermissen. Irgendwann muß ich selbständig werden.«

In den letzten dreieinhalb Jahren hatte sie keinen festen Freund gehabt, obwohl ihr das menschliche Nähe und Wärme gebracht hätte. Pizzafreundschaften, dachte sie, Bierfreundschaften, Strandfreundschaften, Wie-war-deine-Prüfung-Freundschaften, Komm-ins-Bett-Freundschaften. Na ja, so viele waren's auch wieder nicht. Aber es gab genug, die es immer wieder versuchten.

Sie verließ die Bibliothek in der Dämmerung und schlenderte langsam über den Campus. Im Westen über dem Golf von Mexiko tauchte die untergehende Sonne riesige Wolkenbänke in ein tiefes Purpurrot. Sie ging gern um diese Zeit spazieren, das schwindende Tageslicht kämpfte zäh gegen die aufkommende Dunkelheit an und verstärkte die Konturen aller Dinge. »Sterbezeit« fiel ihr ein.

Sie erinnerte sich noch genau daran, wie die letzten Sonnenstrahlen damals auf die Ventile der Sauerstoffflaschen fielen, als der Taucher aus dem Eisloch im Teich ihres Großvaters emporkam und ihren Bruder in den Armen trug. Das Licht reflektierte an dem glänzenden Metall der für sie seltsamen Tauchapparatur und beleuchtete das erstarrte Gesicht des kleinen Jungen. Dann war ihr die Sicht versperrt worden; Tommy war sofort von Sanitätern und Feuerwehrleuten umringt, sie konnte nur noch sehen, wie ein kleiner dunkler Körper hastig den Hügel hinaufgetragen wurde, auf ein blinkendes rotes Licht zu. Sie entdeckte am Boden die Schlittschuhe ihres Bruders, riß sich aus dem erstarrten Griff ihres Großvaters los und nahm sie an sich.

Zu diesem Zeitpunkt war er noch nicht gestorben, dachte sie im Weitergehen, erst zwei Stunden später war er klinisch tot, umgeben von den surrenden, stampfenden und hupenden Geräuschen modernster medizinischer Technik. Die Intensivstation war ein Lichtwunder, erinnerte sie sich; wohin sie auch sah, überall blinkten Lämpchen, jede Ecke, jeder kleinste Winkel war gefüllt damit, als ob man dadurch den Tod zurückhalten könnte. Auf einem medizinischen Diagramm war von einer Krankenschwester die Sterbezeit mit 6.42 Uhr festgehalten worden. Sie hielt das damals für falsch. Wann starb Tommy denn wirklich? Er starb, als sich unter ihm im Eis Risse bildeten. Er starb, als ich ihn warnen wollte und er voller Lässigkeit und Selbstüberschätzung zurückwinkte. Er starb, als er einbrach. Sie erinnerte sich, wie selbstverständlich alles wirkte; gerade glitt er noch mit ausholenden Armbewegungen über das Eis, plötzlich wurde er von einem dunklen Loch verschluckt, das sich unter ihm auftat, er starb, als er in das Wasser sank. Nicht ein einziges Mal kam sein Kopf wieder nach oben. Sie fühlte plötzlich wieder ihre vor Kälte schmerzenden Füße, als sie zum Haus des Großvaters rannte. Ihre Schritte wurden immer mühseliger, der Schnee tiefer und heimtückischer. Immer wieder fiel sie hin, schluchzte vor Verzweiflung. Er war schon tot und ich war nur ein kleines Mädchen, dachte sie.

Ein warmer Windzug spielte mit ihrer Bluse. Sie fuhr sich mit der Hand durch das Haar. Die Sonne war fast verschwunden und mit ihr die Geschäftigkeit des Tages, abgelöst durch sommerliche Mattigkeit.

Sie überquerte den Campus, vorbei an Gruppen von Studenten, die auf dem Wege zum Essen, zu Partys, zu Vorlesungen und Wer weiß was sonst? waren und näherte sich ihrer Wohnung in der Raymond Street. Gedanken an irdische Dinge beflügelten ihren Gang; sie dachte an Joghurt, Hüttenkäse und Obst in ihrem Kühlschrank, überlegte kurz, ob sie sich einen Cheeseburger kaufen sollte, verwarf aber die Idee wieder. Nüsse und Beeren sind gesünder, sagte sie sich.

Sie stellte sich ihre Eltern vor, beide wurden immer dikker. Sie haßte die vermanschten Kartoffeln und die Steaks, die ihr bei ihren seltenen Besuchen daheim vorgesetzt wurden. Sie halten mich bestimmt für magersüchtig, dachte sie. Das bin ich aber in Wirklichkeit nicht.

Sie kam an der Straßenlaterne Ecke der Raymond/Bond Street vorbei, blieb stehen und wunderte sich wie immer über das fluoreszierende Licht, das Haut und Kleider tiefrot erscheinen ließ. Sie fühlte sich als Star eines Horrorfilms der fünfziger Jahre, der durch einen Unfall einer Überdosis geheimnisvoller Strahlung ausgesetzt wird und sich verwandelt in ein ...? Sie fragte sich, in was. In ein unscheinbares Mauerblümchen? In eine großartige Musterschülerin? In eine phänomenal ernsthafte Studentin?

Aus einem offenen Fenster drang rauhes Gelächter zu

ihr, vermischt mit den hallenden Akkorden einer voll aufgedrehten Stereoanlage. Das Sommersemester wird nie ganz ernst genommen, dachte sie. Sie fand das gut, weil ihre Leistungen sich gegen die Versäumnisse der anderen auffällig abhoben.

Sie ging weiter, summte vor sich hin und bog in die Francis Street ein. Sie war noch zwei Häuserblocks von ihrer Wohnung entfernt, als plötzlich der Mann vor ihr stand.

»Entschuldigen Sie, können Sie mir helfen? Ich glaube, ich kenne mich hier überhaupt nicht mehr aus.«

Sie fuhr auf. Der Mann stand halb im Schatten neben der geöffneten Tür seines Wagens.

»Habe ich Sie erschreckt?« fragte er.

»Nein, nein, überhaupt nicht.«

»Das täte mir leid ...«

»Nein, ist schon in Ordnung. Ich war gerade in Gedanken.«

»Waren Sie mit Ihren Gedanken woanders?«

»Ja.«

»Ich kenne das«, sagte er und trat vor. »Ein Gedanke führt zum nächsten, und bevor man es merkt, ist man in der schönsten Träumerei. Tut mir leid, daß ich mich da hineingedrängt habe.«

»Die Wirklichkeit reißt einen sowieso raus«, antwortete sie. Er lachte. Sie sah ihn sich in dem schwachen Schein der Straßenbeleuchtung genauer an.

»Habe ich Sie nicht schon in der Bibliothek gesehen?« fragte sie.

»Ja, ich bin dort gewesen, auf der Suche nach etwas Bestimmtem ...« Sie bemerkte, daß er sie prüfend ansah.

»Sind Sie nicht das Mädchen, Verzeihung, die Dame mit den vielen Büchern? Ich dachte mir, daß Sie nie wieder herauskämen, wenn Sie die alle lesen wollten.«

Sie lächelte. »Einige, nicht alle. Ich habe aber schon ein paar gelesen.«

»Sie studieren bestimmt Literatur.«

»Volltreffer.«

»Das war nicht schwer zu erraten.«

»Nein, wirklich nicht«, sagte sie, »ich dachte mir das gerade.«

»Sieh an, welche Begabung«, erwiderte er.

Sie lächelte ihn an, und er grinste zurück. Einen Moment lang schwiegen sie. Der Mann ist wirklich nett, sagte sie sich, groß, gut gebaut, er hat so eine bestimmte Lässigkeit. Das liegt bestimmt an dem verknautschten Leinenjakkett.

»Sind Sie Professor?«

»So ähnlich«, sagte der Mann.

»Sie sind aber nicht von hier?«

»Nein, ich bin das erste Mal hier. Und ich kann die Garden Street überhaupt nicht finden. Ich habe überall gesucht ...« Der Mann drehte sich um und sah aufmerksam in alle Richtungen.

»Die Garden Street ist sehr einfach zu finden, an der nächsten Kreuzung links herum und dann die zweite Straße rechts. Die Garden Street kreuzt die Straße da ein paar Blocks weiter, ich weiß nicht, wie sie heißt, aber es ist nicht mehr sehr weit.«

»Ich habe hier einen kleinen Stadtplan, keinen sehr guten«, antwortete der Mann. »Würden Sie mir bitte zeigen, welchen Standort ich jetzt habe? Das ist natürlich auch eine philosophische Frage, aber ich meine sie rein topographisch.«

»Sicherlich auch«, erwiderte sie lachend.

Als er den Plan auf dem Wagendach ausbreitete, trat sie näher. Während er in seinem Jackett nach einem Bleistift suchte, murmelte er vor sich hin »ich denke, wir sind jetzt ...« und rief plötzlich: »Verdammt, nicht bewegen!«

»Was ist denn los?«

»Ich habe meinen Hotelschlüssel verloren.« Er bückte sich suchend. »Vielleicht liegt er hier irgendwo ...«

Sie wollte ihm suchen helfen, aber er winkte ab.

»Sehen Sie doch bitte auf dem Plan nach, wo wir hier genau sind.« Sie ging zu dem Wagen und sah sich den Plan an. Sie war einen Moment irritiert, weil es der Stadtplan von Trenton, New Jersey, und nicht der von Tallahassee war.

»Das ist aber der falsche Plan ...«, sie hatte keine Zeit mehr, fortzufahren. Sie nahm noch wahr, daß der Mann zu ihren Füßen ein kleines rechteckiges Gerät in der Hand hatte und gute Nacht Miss Hampton sagte. Bevor sie reagieren konnte, riß er sie an einem Bein zu sich und stieß das Gerät gegen ihren Oberschenkel. Sie hörte noch ein knisterndes Geräusch, dann durchflutete ein unerträglicher Schmerz ihren Körper, als wenn man ihr das Herz herausreißen würde. Sie dachte noch, woher kennt er meinen Namen; dann fielen ihr die Augen zu. Das knisternde Geräusch brach ab, ihr letzter Gedanke war: Hilfe! Das Eis bricht. Dann verlor sie das Bewußtsein.

Der Tod ist doch ganz anders, dachte sie, als sie wieder zu sich kam. Dann aber merkte sie, daß sie noch am Leben war. Sie spürte heftige Schmerzen, jeder Knochen und jeder Muskel schienen bis aufs äußerste strapaziert zu sein. Ihr Herz hämmerte wild, der Schenkel, an dem sie getroffen worden war, brannte höllisch. Sie stöhnte leise und versuchte, die Augen zu öffnen.

Er mußte ganz in der Nähe sein, seine Stimme klang geisterhaft.

»Beweg dich nicht. Bleib ruhig. Versuche dich zu entspannen.« Wieder stöhnte sie.

Sie blinzelte, dachte: Du darfst nicht die Nerven verlieren, obwohl ihre Angst größer war als die Schmerzen. Sie schnappte nach Luft und atmete heftig. Wieder hörte sie die Stimme: »Beruhige dich. Ich weiß, daß dir das schwerfällt, aber versuch es trotzdem. Wenn du ruhig bleibst, verlängerst du dein Leben. Wenn du in Panik gerätst, ich weiß, daß du kurz davor bist, machst du es uns beiden schwer. Atme tief und ruhig.«

Sie gehorchte.

Sie versuchte dann, ihre Lage zu erfassen. In einer Ecke des Zimmers brannte nur eine kleine Lampe, sonst war alles dunkel. Sie sah den Mann nicht, aber sie hörte seinen Atem. Sie konnte sich nicht bewegen, denn sie lag auf dem Rücken in einem Bett, und ihre Hände und Füße waren an die beiden Bettenden gefesselt. Da die Stricke ihr einen kleinen Bewegungsspielraum ließen, drehte sie sich, soweit das möglich war, um festzustellen, wo sie sich befand.

»Ah, neugierig bist du. Gut so, du fängst an zu denken.« Zuerst war Anne verzweifelt über ihr Ausgeliefertsein. Es war, als wenn sie aus großer Höhe fiele, taumelnd, immer schneller. So plötzlich wie sie diese Vorstellung überfallen hatte, verschwand sie auch wieder. Dann wurde sie wütend. Ich will leben, dachte sie, ich will nicht sterben.

Ihre Gedanken wurden von der ruhigen, eisigen Stimme des Mannes unterbrochen.

»Es gibt viele Arten von Schmerz, ich kenne die meisten. Also provozier mich nicht.«

Sie konnte ein Schluchzen nicht unterdrücken, Tränen überschwemmten ihre Augen. Sie begann sich zu fragen, was mit ihr geschehen würde, schob den Gedanken jedoch schnell beiseite. Unwillkürlich sagte sie mit der ihr fremd erscheinenden Stimme eines kleinen, verängstigten Mädchens: »Bitte, bitte lassen Sie mich gehen. Ich mache, was Sie von mir wollen, aber lassen Sie mich doch gehen.«

Er schwieg, und sie wußte, daß ihr Flehen vergeblich war.

»Bitte«, sagte sie wieder, war sich jedoch der Nutzlosigkeit dieses Wortes bewußt.

»Sagen Sie mir doch, was Sie von mir wollen«, bat sie. Sie überlegte, was das sein könnte, wagte aber nicht, ihre Vorstellungen in Worte zu fassen. Sie hörte, wie der Mann langsam und hörbar ausatmete, und fürchtete sich schrecklich.

»Du bist eine kleine Studentin«, sagte er, »und du wirst noch viel lernen müssen.«

Als der Mann zum erstenmal aus der Dunkelheit des Zimmers heraus in ihren Gesichtskreis trat, blieb ihr einen Moment lang fast das Herz stehen. Sie verrenkte ihren Nakken, um ihn anzusehen. Er hatte die Kleider gewechselt; statt des Leinenjacketts und der khakifarbenen Hosen trug er jetzt dunkle Jeans und ein schwarzes Sporthemd. Sie war verwirrt und mußte zweimal hinsehen, um den Mann wiederzuerkennen. Auch sein Gesicht hatte sich verändert; das lässige Grinsen war verschwunden. Er erschien ihr allgegenwärtig. Sie hatte das Gefühl, hilflos seinem starren Blick ausgesetzt zu sein.

»Es lohnt sich nicht zu kämpfen«, sagte er und schwieg wieder. »Wenn du kämpfst, dauert alles nur viel länger. Es wäre klüger, wenn du dich fügst.«

»Bitte tun Sie mir nicht weh«, flehte sie. Sie fühlte, wie kläglich und mutlos ihre Worte klangen. »Ich werde alles tun, was Sie wollen.«

»Natürlich wirst du das.«

Er ließ sie nicht aus den Augen. Die Sicherheit, mit der er sprach, traf sie wie ein Schlag.

»Alles was ich will! Das ist eine nutzlose Phrase. Andressiert. Aber der Unterricht beginnt ja gerade erst.«

Er hielt ihr das kleine rechteckige Gerät vor die Augen. Unwillkürlich und voller Schauder zuckte sie zurück. Als er auf einen Knopf an der Seite des Geräts drückte, sah sie einen Lichtbogen zwischen zwei elektrischen Polen aufzukken.

»Du hast ja schon Bekanntschaft damit gemacht«, sagte er. Plötzlich wurde sie sich wieder ihrer Schmerzen bewußt und stöhnte leise.

»Weißt du, daß man so eine Betäubungspistole in Georgia, Alabama, Missouri, Montana, New Mexico und mindestens in einem halben Dutzend anderer Staaten ohne Lizenz kaufen kann? Du kannst sie dir auch mit der Post schicken lassen, aber das hinterläßt Spuren. Was meinst du, warum jemand so ein Ding kauft?« Er beantwortete seine Frage selber. »Nur um jemandem Schmerz zuzufügen.«

Ihre Unterlippe zitterte, ihr versagte fast die Stimme. »Bitte, ich will alles tun, bitte.« Er ließ das Gerät sinken. »Es wäre nicht fair, es zweimal zu benutzen«, sagte er.

Beinahe dankbar stieß sie einen tiefen Seufzer aus. Doch dann schnappte sie entsetzt nach Luft, als er plötzlich mit dem Gesicht fast an ihres stieß und zischte: »Aber paß auf, es war auf die kleinste Ladung eingestellt, als ich dich zuerst damit traf. Paß ja auf, daß ich es nicht hochdrehe. Stell dir die Schmerzen vor. Es war, als ob dir die Seele aus dem Körper gerissen würde, stimmt's? Also denk immer daran.«

Ausweglose Verzweiflung überkam sie. Sie hörte, wie das kleine Mädchen in ihr antwortete: »Ja, ja, ja, bitte lieber Gott.«

»Du sollst nicht beten«, fuhr er sie an.

»Nein, nein, ich tu's nicht. Alles was Sie wollen. Bitte.«

»Du sollst auch nicht betteln.«

»Ja, ja, natürlich, ja.«

»Du sollst deinen Verstand gebrauchen.«

»Ja, ja.« Sie nickte heftig.

»Gut so, aber denk daran, das Ding ist nie weit weg.«

»Ich denke daran, ganz bestimmt.«

Plötzlich klang seine Stimme besorgt. »Hast du Durst?«

Sie stellte fest, daß ihre Kehle völlig ausgedorrt war, und nickte. Er verschwand aus ihrem Gesichtskreis. Sie hörte, wie Wasser aus einem Hahn lief. Er kam zu ihr zurück und begann, ihr mit einem feuchten Handtuch über die Lippen zu streichen. Sie sog an dem Tuch.

»Ist das nicht faszinierend, wie wirksam so eine simple Sache ist, einfach ein feuchtes Tuch ...?« Sie nickte. »... und daß dieselbe Sache, die uns hilft, uns auch Angst einjagen kann?«

Unvermittelt preßte er ihr das Tuch über Mund und Nase. Sie würgte und rang nach Luft, versuchte zu schreien, aber das Tuch hinderte sie daran. O Gott, dachte sie, jetzt muß ich sterben, ich ersticke. Sie fühlte sich wie eine Ertrinkende und sah plötzlich ihren Bruder, der ihr über das Eis zuwinkte. Ihre Lungen schmerzten, als ob man sie herausrisse. Ihr wurde schwarz vor Augen, in panischer Angst riß sie an ihren Fesseln. Dann ließ er von ihr ab. Sie rang verzweifelt nach Atem.

»So, jetzt kannst du dich erholen.« Er befeuchtete mit dem Tuch ihre. Stirn. Sie schluchzte.

»Was haben Sie denn mit mir vor?«

»Wenn ich dir das erzähle, verliert es seinen Reiz.«

Nach einigen Schluchzern fing sie heftig an zu weinen.

»Warum denn?«

Ungerührt ließ er sie einen Moment weinen. Als ihre Tränen versiegten, sah sie ihn an.

»Noch weitere Fragen?«

»Ja. Nein. Ich kann nicht ...«

»Ist schon gut«, sagte er freundlich. »Ich habe erwartet, daß du neugierig bist.« Er dachte eine Weile nach, die ihr wie eine Ewigkeit erschien.

»Hast du in der Zeitung schon mal eine Story gelesen, eine Kriminalstory, in der jemandem etwas zustößt, aber alles wird nur angedeutet und du mußt dir die Dinge selbst zusammenreimen?«

»Ja. Nein. Ich glaube ja. Bitte, alles was Sie wollen.«

Er sah sie verärgert an.

»Genauso geht es dir jetzt. Du bist in eine solche Geschichte hineingeraten. Du bist die Story ...« Er lachte. »Nur ist sie noch nicht geschrieben. Und die Schlagzeile muß noch gefunden werden. Verstehst du?«

Sie schüttelte den Kopf.

»Das bedeutet, daß du eine Chance hast, am Leben zu bleiben.«

Sie schluchzte wieder und war sich nicht sicher, ob sie ihm dankbar sein sollte. Plötzlich schlug er sie hart auf den Mund, der Raum begann sich um sie zu drehen. Sie schmeckte Blut im Mund, ein Zahn hatte sich gelockert.

»Aber das bedeutet auch, daß du vielleicht keine Chance hast. Merk dir das!«

Er beobachtete die Wirkung seiner Worte. Sie wußte, daß die Angst ihr auf dem Gesicht geschrieben stand. Ihre Lippen zuckten.

»Ich mag das nicht«, sagte er kühl. Dann schlug er sie wieder. Wie in einer Zeitlupe sah sie die Hand auf ihr Gesicht zukommen. Sie war überrascht, daß sie noch Schmerz empfand. Sie versuchte sich zu entspannen. Sie war überrascht, daß sie das noch fertigbrachte. Dann gab sie auf und verlor das Bewußtsein.

Als sie wieder zu sich kam, empfand sie heftige Schmerzen. Ihre Lippen waren geschwollen, sie spürte eine verschorfte Wunde. Sie war immer noch gefesselt, ihre Muskeln und Gelenke taten ihr weh. Sie konnte den Mann nicht hören, wußte aber, daß er in der Nähe war. Sie atmete tief durch, kämpfte gegen den Schmerz an und zwang sich, ihre Umgebung zu beobachten. Ohne daß sie den Kopf bewegte, suchten ihre Augen die Zimmerdecke ab. Dort hing eine einzelne Lampe mit eingeschraubter Glühbirne. Sie brannte nicht. Sie stellte fest, daß der Raum sehr klein war, sie vermutete, daß sie sich in einem Apartment oder einem Hotelzimmer befand. Vorsichtig wandte sie ihren Kopf hin und her, nahm ein paar heruntergekommene Möbel und ein abgedunkeltes Fenster wahr. Jenseits ihres Gesichtsfeldes waren vermutlich der Flur und die Eingangstür. Woher das schwache Licht kam, konnte sie auch nicht sehen, wahrscheinlich fiel es durch die geöffnete Tür eines Badezimmers, in dem Licht brannte. Sie wußte weder, wie spät es war, noch wie lange sie bewußtlos gewesen war.

Verzweifelt stellte sie fest, daß sie auch den Wochentag und das Datum nicht mehr wußte. Am Dienstag habe ich in der Bibliothek gearbeitet, erinnerte sie sich. Es ist Juli, Ende Juli, die letzte Woche. Das Semester dauert nur noch drei Wochen. Oder vier? Sie biß sich auf die Lippen, als ihr die Tränen hochstiegen. Wie lange bin ich schon hier? fragte sie sich. Als ob er ihre Gedanken lesen konnte, antwortete der Mann: »Ich werde von nun an die Zeit bestimmen.« Er sagte das mit einer solchen Endgültigkeit, daß sie die Tränen nicht mehr zurückhalten konnte. Vor Verzweiflung brach sie in ein wildes Schluchzen aus.

Er ließ sie weinen; sie wußte nicht mehr, wie lange es gedauert hatte, Minuten oder Stunden. Als sie sich beruhigt hatte, hörte sie ihn seufzen: »Gut, jetzt können wir weitermachen.«

Sofort versteifte sich ihr Körper. Sie hörte, wie er in einem Beutel herumkramte.

»Was machen Sie jetzt?« fragte sie. Unvermittelt stand er vor ihr

»Keine Fragen«, zischte er aufgebracht und schlug sie ins Gesicht. »Keine Fragen«, wieder schlug er sie. Er schlug sie noch ein drittes Mal. Es geschah so plötzlich, daß sie vor Überraschung kaum Schmerz empfand.

»Nein, nein, entschuldigen Sie ...«

»Noch Fragen?« Sie schüttelte heftig den Kopf. Er lachte kurz auf. »So war das nicht gemeint.«

Wieder begann ihr Herz wie verzweifelt zu hämmern. Ein leises Klicken ließ sie ihren Kopf drehen.

»Zeit zum Ausziehen«, sagte er und hielt eine chirurgische Schere hoch. Sie fühlte das glänzende Besteck kalt auf ihrer Haut. Ihr schauderte. O Gott, jetzt wird es passieren, dachte sie. Ich wußte es.

Vorsichtig, aber gleichmäßig zerschnitt er den Stoff ihrer Jeans, zuerst schnitt er ein Hosenbein vom Knöchel bis zur Hüfte auf, dann das andere. Sorgfältig legte er den Stoff zurück und entblößte ihre Beine. Sie zitterte. Seine Hand fuhr unter ihren Körper, er hob ihr Gesäß an und zog die Jeans unter ihr weg. Sie hörte, wie er die zerfetzte Hose in eine Ecke warf. Sie hatte die Augen geschlossen und fühlte, wie sich die Schere stetig durch ihre Bluse arbeitete. In kurzer Zeit hatte er sie entfernt. Sie kniff die Augen fest zusammen, als ihr Büstenhalter und ihr Slip zerschnitten wurden. Sie war verlegen und verzweifelt, ausgeliefert, gefesselt, verloren. Die Unvermeidbarkeit dessen, was auf sie zukam, machte sie teilnahmslos, sie empfand fast keine Furcht mehr. Sie dachte, mach doch schnell, damit es bald vorüber ist, und wartete, daß er sich auf sie legte.

Minuten vergingen, bis sie zu frieren begann. Sie zitterte, hielt aber weiter die Augen geschlossen. Außer seinem Atem ganz in der Nähe war nichts zu hören. Minuten verrannen und erschienen ihr wie Stunden. Ein schrecklicher Gedanke überfiel sie: Mein Gott, wenn er nun nicht kann? Was macht er in seiner Frustration ...? Sie öffnete langsam die Augen. Er saß ruhig in ihrer Nähe.

»Du weißt natürlich, daß ich alles mit dir machen kann, was ich will?«

Sie nickte.

»Mach deine Beine breit.«

Sie gehorchte, soweit die Fesseln es erlaubten. Dann hörte sie das Sirren eines automatischen Kameraaufzugs, hinter ihren geschlossenen Augen färbte sich die Welt rot, als das Blitzlicht ausgelöst wurde. Er fotografierte sie dreimal. Als sie danach langsam wieder die Augen öffnete, sagte er nur: »Gut so« und steckte die Kamera in einen Beutel. Sie versuchte nervös, ihre Beine wieder zusammenzubringen.

»Wollen Sie jetzt ...«, begann sie, ihre Worte wurden jedoch durch einen Schlag auf ihr Gesicht erstickt.

»Das müßten wir doch schon begriffen haben«, meinte er und schlug noch einmal zu. Sie fing wieder an zu weinen.

»Verzeihung, Verzeihung«, wimmerte sie, »bitte schlagen Sie mich doch nicht wieder.«

»Nun gut, du darfst Fragen stellen.«

Sie schluchzte.

»Frag!«

»Wollen Sie, wollen Sie mich vergewaltigen?«

Er schwieg.

»Sollte ich das?« erwiderte er. Als er seine Hand auf ihren Unterleib legte, bekam sie eine Gänsehaut. Er schlug sie wieder.

»Du hast zu antworten, wenn ich dich etwas frage.«

»O Gott, nein, ja, was Sie wollen, bitte.«

»Gut.« Er stand auf und ging zum Fußende des Bettes. Sie hob ihren Kopf, um zu sehen, was er vorhatte. Er hielt einen kleinen Gegenstand in der Hand, der im Licht blitzte.

»Weißt du, was das ist?«

Sie stöhnte auf vor Entsetzen.

»Ich bin immer wieder fasziniert von so einer einfachen Rasierklinge. Mit ihr kann ich dir den Hals so schnell durchschneiden, daß du es erst merkst, wenn dir das Blut in die Kehle schießt.«

Entsetzt riß sie die Augen auf. Er ließ langsam die Klinge sinken und fuhr damit über die hornige Haut ihres großen Zehs.

»Bitte«, begann sie, doch sein wütender Blick brachte sie sofort zum Schweigen. Er kam an ihre Seite und setzte die Klinge auf ihre Hüfte. Sie spürte nichts, sah aber einen kleinen blutigen Riß auf ihrer Haut entstehen.

»Halte mich für eine Rasierklinge«, sagte er. Er kam noch näher und ließ die Klinge über ihren Unterarm gleiten, der fast außerhalb ihres Gesichtsfeldes war. Sie konnte gerade noch eine weitere blutige Linie erkennen. Um sie herum begann alles zu verschwimmen, sie kämpfte jedoch dagegen an und versuchte, die Kontrolle über sich wiederzufinden, zu schreien oder irgend etwas anderes zu tun. Plötzlich war er an ihrem Gesicht, sie konnte überdeutlich die Klinge zwischen seinen Fingern sehen. Er schlug ihr ins Gesicht und flüsterte drohend: »Soll ich dir ein neues Gesicht machen?«

Wieder verlor sie das Bewußtsein.

Anne Hampton wachte langsam auf, sie dachte an ein ausgedehntes reichhaltiges Frühstück mit Eiern auf Schinken und Toast, Kaffee, vielleicht einen dänischen Käse und dazu in Muße die Morgenzeitung. Essen und Zeitunglesen wurden ihr bestimmt die Alpträume vertreiben, die sie nachts geplagt hatten, Träume über Irre mit Rasierklingen. Schlaftrunken wollte sie sich aus dem Bett rollen. Die Fesseln an Fuß- und Handgelenken brachten sie in die Wirklichkeit zurück. Sie dachte an ihr Gesicht. Sie wollte es berühren, wurde jedoch durch die Fesseln gehindert. Sie versuchte, mit dem Gesicht an ihre Hände zu kommen; alles in ihr schrie danach festzustellen, was er mit ihr gemacht hatte. Eine wilde unbezwingbare Angst überfiel sie. Sie verrenkte sich, um den Schnitt an ihrem Unterarm zu sehen. Zu ihrem Entsetzen spürte sie überhaupt nichts, obwohl sie eine verschorfte Narbe sehen konnte. Sie hatte keine Schmerzen, konnte nichts spüren. Mein Gesicht! Was hat er mit meinem Gesicht gemacht? Sie versuchte, einzelne Teile ihres Gesichts zu kontrollieren. Sie rümpfte die Nase, alles normal. Sie hob langsam ihre Brauen, um zu prüfen, ob sie dort eine Schnittverletzung hatte. Sie streckte ihren Unterkiefer vor, um die Haut des Kinns und der Unterlippe anzuspannen. Weil ihre Lippen noch geschwollen waren, wurde sie unsicher. Sie formte ihren Mund zu einem Lächeln, dann zu einem breiten Grinsen, die Haut ihrer

Wangen fühlte sich fest und unversehrt an. Gleichzeitig versuchte sie, ihre Stirn in Falten zu legen.

Sie konnte die Wirklichkeit nicht mehr von ihren Träumen unterscheiden. Mit geschlossenen Augen betete sie, wieder in ihrer Wohnung zu sein, umgeben von vertrauten Dingen, wenn sie die Augen öffnete. Sie preßte ihre Lider fest zusammen, um sich an ihr Schlafzimmer zu erinnern. Sie stellte sich die auf ihrem Schreibtisch aufgereihten Bilder vor; ihre Eltern, ihre Großeltern, ihr ertrunkener Bruder, der Schäferhund der Familie. Zwischen den Fotos stand ein kleiner, antiker Schmuckkasten aus geschnitztem Holz. Darin bewahrte sie ihre Ohrringe, Ringe und Ketten auf, die zusammen viel weniger wert waren als der Kasten. Sie versuchte, sich an den Heiligen Abend zu erinnern, als sie ihn auspackte und ihre Eltern dafür umarmte und küßte, und auch an die mattglänzende, angenehme Oberfläche des polierten Holzes. Die verschnörkelte Schnitzerei auf dem Deckel war besonders fein und sorgfältig ausgeführt.

Obwohl es nicht kalt war, zitterte sie. Wo mochte er sein? Sie hörte ihn nicht atmen, aber das besagte nichts; er war bestimmt ganz nahe. Sie hob den Kopf und sah ihre Umgebung in den immer noch gleichen schwachen Lichtschein getaucht.

Zu ihrer Überraschung hatte er sie angezogen. Sie trug einen Slip, Hosen, einen neuen Büstenhalter und ein T-Shirt.

Er behandelt mich wie ein Kind, dachte sie und weinte.

Erst nach einigen Minuten nahm sie wahr, daß der Mann gleich hinter ihrem Kopf auf einem Stuhl saß. Als sie aufhörte zu weinen, betupfte er ihre Lippen wieder mit einem angefeuchteten Waschlappen. Dann begann er, freundlich und sorgfältig ihr Gesicht zu waschen. Sie bekam langsam ihre Angst in den Griff, konzentrierte sich auf die Empfindungen, die das Tuch auf ihrer Haut auslöste und war darauf gefaßt, durch einen Schmerz angezeigt zu bekommen, wo die Rasierklinge ihr Werk getan hatte. Als sie nichts spürte, war sie erleichtert. Ihre Muskeln entspannten sich, sie versuchte sich stark zu machen für das, was noch auf sie zukommen würde.

Ihr wurde bewußt, daß ihr Verstand keine Kontrolle mehr über ihren Körper hatte. Die Furcht und Anspannung der vergangenen Stunden hatten einen Teil ihres Selbstbewußtseins geraubt.

Er begann sanft auf sie einzureden. Sie haßte diese Stimme, konnte aber ihre Wirkung nicht verleugnen.

»So ist's richtig, entspanne dich, atme ruhig.« Er schwieg wieder.

»Mach die Augen zu und sammle deine Kräfte.«

Das kann er doch nicht so meinen, dachte sie. Er will sie mir doch nehmen.

»Hör auf deinen Herzschlag, du lebst noch. Du hast durchgehalten, du machst Fortschritte.«

Sie hatte hundert Fragen, hielt sie aber zurück.

»Sei ganz ruhig«, sagte er.

Ihre Atemzüge waren regelmäßiger geworden und ihr Herz schlug langsamer. Sie schloß die Augen.

»So ist's gut. Mach die Augen zu.« Seine Stimme war freundlich und gleichmäßig. Er berührte leicht ihre Stirn.

»Hast du gedacht, ich will dich verletzen?« fragte er sanft.

»Nein«, antwortete sie langsam mit geschlossenen Augen.

»Da irrst du dich«, erwiderte er sanft.

Blitze explodierten hinter ihren Lidern, als er sie schlug. Seine Hand traf sie hart und schmerzhaft auf die Wange. Überrascht und voller Schrecken rang sie nach Luft. Mit aufgerissenen Augen sah sie, wie er die Hand zu einem weiteren Schlag gehoben hatte, sie erschien ihr als der einzige ruhende Pol in einer sich wild drehenden Welt.

»Nein, nein, nein, nicht noch einmal, bitte.«

Wieder trat Ruhe ein. Anne war völlig durcheinander. Sie

dachte nur daran, wie sie die furchtbaren Schmerzen verhindern könnte. Nach einer Weile sprach er wieder.

»Ich schulde dir noch einen Schlag, denk daran.«

Dann entfernte er sich und verschwand in der Dunkelheit des Raums. Sie hielt die Augen geschlossen, fühlte sich völlig verlassen, weiteren Demütigungen hilflos ausgeliefert.

Sie befand sich in einem Zustand, in dem sie nicht mehr unterscheiden konnte, ob sie schlief oder wach war. Sie fragte sich, ob die Schwelle zwischen Leben und Tod auch so verschwommen war. Dieser Gedanke erschreckte und ermutigte sie gleichzeitig. Sie dachte: Noch lebe ich! Wenn er mich wirklich töten wollte, hätte er das schon getan, gleich zu Beginn. Er würde mich doch nicht leben lassen, mich quälen, um mich am Ende zu töten.

Nein, er braucht mich, und das bedeutet Leben.

Genauso schnell versank sie wieder in Verzweiflung, denn sie konnte sich auch irren. Vielleicht brauchte er sie gerade für das, was er mit ihr anstellte, als gefesseltes Opfer. Vielleicht wollte er das zu einem Höhepunkt treiben und was dann? War sie dann entbehrlich? Sie stellte sich Szenen vor, wie sie ihr aus Presse und Fernsehen bekannt waren: Eine aufgeregte Horde von Kameraleuten, eine Gruppe von Kriminalbeamten und eine wogende Menge von Schaulustigen, alle versammelt um ihren nackten Körper. In ihrer Vorstellung wollte sie der Menge zuschreien, daß sie noch am Leben war, daß sie atmete und weinte und denken konnte, aber man achtete nicht auf sie. Für die Masse war sie tot, obwohl sie ihr laut das Gegenteil bewies; sie wurde auf eine Bahre geladen, um in das Leichenhaus gebracht zu werden. Ihre Schreie verhallten ungehört. Der Mann unterbrach ihre Wachträume. In der Hand hielt er einen Revolver.

»Ich habe noch andere Waffen«, sagte er ruhig. »Heb deine Hüften hoch.«

Sie gehorchte.

Er legte den Revolver nieder und zog ihr die Hosen und den Slip herunter.

»Ein Revolver ist ein sehr kühler Gegenstand«, sagte er und legte die Waffe auf ihren Leib. Sie fühlte das Gewicht und die Glätte des Metalls. Er ließ sie einen Moment liegen, nahm sie dann wieder an sich.

»Wenn du deine Persönlichkeit zerstören wolltest, würdest du dir nicht zuerst in den Unterleib schießen?« Er zielte mit der Waffe zwischen ihre Beine.

»O Gott, nein!« schrie sie.

Sie hörte den Hahn klicken, als er den Revolver spannte und sie über den Lauf hinweg anblickte. Sie warf sich wild auf dem Bett hin und her, versuchte die Fesseln zu zerreißen, sah dann, wie der Mann sie langsam ins Visier nahm. Entsetzt starrte sie in das schwarze runde Loch des Revolverlaufs. Einen Augenblick lang hatte sie die Vision eines Geschosses, das langsam auf sie zuflog. Der Mann sah auf sie nieder, zögerte einen Moment und drückte ab. Der Schlagbolzen klickte. »Leer«, sagte der Mann. Er zog wieder am Abzug. Es klickte erneut. Sie glaubte zu ersticken, es war, als ob Tonnen auf ihren Brustkorb drückten, und sie rang wild nach Luft.

Er beobachtete sie aufmerksam. Dann zog er eine Handvoll Patronen aus der Tasche und begann langsam, den Revolver zu laden.

»Bitte«, wimmerte sie, »ich muß mich übergeben.«

Er kam schnell zu ihr, legte die Waffe beiseite und stützte mit der Hand ihren Nacken. Er hielt ihr einen kleinen Papierkorb aus Plastik vor. Sie würgte, konnte sich aber nicht erbrechen. Er ließ ihren Kopf langsam auf das Kissen zurücksinken und strich ihr mit dem feuchten Waschlappen über die Lippen. Schluchzend saugte sie an dem Tuch.

»Heb deinen Hintern.«

Sie gehorchte wieder. Er zog ihr geschickt Slip und Hosen hoch. Dann nahm er den Revolver und hielt ihn ihr vors Gesicht.

»Ich bin auch darin Experte, aber du wußtest das ja, oder?«

Sie nickte.

»In der Kunst des Tötens bin ich außerordentlich versiert. Erfahrung. Aber das brauch' ich dir ja nicht noch einmal zu sagen, oder?«

Sie schüttelte den Kopf.

»Du fängst an zu lernen.« Er sah auf sie nieder und machte eine kleine Pause, bevor er fortfuhr.

»Du hast doch bestimmt deinen Dostojewski gelesen?« Sie nickte. »Verschiedenes von ihm ...«

»*Schuld und Sühne? Die Brüder Karamasow? Aus einem Totenhaus?*«

»Ja.«

»Auch *Der Idiot?*«

»Ja.«

»Wann?«

»Letztes Jahr, im Anfängerkurs.«

»Kannst du dich noch erinnern, was man mit diesem berühmten Schriftsteller machte, bevor man ihn in ein sibirisches Arbeitslager steckte?«

Sie schüttelte den Kopf.

»Er wurde mit anderen Verurteilten vor dem Erschießungskommando des Zaren an die Wand gestellt. Fertigmachen, schrie der Offizier, die Verurteilten zitterten vor Angst. Zielt, befahl er, seine Opfer sagten schnell ihre letzten Gebete und sahen hilflos ihre Mörder an. Der Offizier hatte seinen Säbel erhoben, aber bevor er ihn senken und den Feuerbefehl geben konnte, galoppierte ein Reiter auf ihn zu, der heftig ein Papier schwenkte. Es war der Gnadenerlaß des Zaren. Die Männer fielen vor Dankbarkeit auf die Knie. Einige stammelten verwirrt vor sich hin, sie hatten den Verstand verloren, als sie dem Tod ins Auge sahen. Andere starben einfach so, weil ihr Herz das nicht aushielt.

Alle anderen wurden in die Lager verfrachtet. Wie konnten sie dort am Leben bleiben?«

Anne brauchte einen Augenblick, bis sie merkte, daß ihr eine Frage gestellt worden war. In der Erinnerung war sie plötzlich wieder in einem kleinen Seminarraum, zusammen mit neun anderen Studenten; sie hatten sich getroffen, um über russische Literatur zu diskutieren.

»Durch Gehorsam«, erwiderte sie.

»Gut. Meinst du, daß das auch für dich gilt?«

Sie nickte.

Nach kurzem Zögern fragte er sie sanft: »Erzähl mir, was von allem das Schlimmste für dich war. Wovor hattest du die größte Angst? Was hat dir am meisten weh getan?« Er saß auf dem Bettrand und wartete auf ihre Antwort.

Seine Frage ließ sie verzweifeln. Mit einem bitteren Geschmack im Mund dachte sie an den Revolver, den er auf ihren Unterleib richtete, an den grausamen Schmerz durch den Stromschlag, an die Rasierklinge auf ihrem Gesicht, an das Gefühl des Ertrinkens, als er ihr das Tuch auf Mund und Nase preßte und an die Willkür seiner Schläge. Warum will er das von mir wissen? Was für eine seltsame Freundlichkeit! Vielleicht wollte er nur die für sie schlimmste Behandlung erfahren, um sie dann an ihr zu vollziehen. Was sollte sie nur antworten?

»Los, sag es mir«, verlangte er mit Ungeduld. »Was ist am schlimmsten?«

Sie zögerte. Bitte hilf mir, betete sie.

»Nun?«

»Die Rasierklinge.« Sie begann zu weinen, die Tränen rannen ihr über das Gesicht.

»Die Rasierklinge?« wiederholte er. Als sie weiter schluchzte, stand er auf. Er verschwand aus ihrem Gesichtskreis, als er zurückkam, hatte er eine Rasierklinge in der Hand.

»So eine Rasierklinge?« fragte er.

»Ja, ja, bitte, bitte nicht.«

Er brachte sie näher an ihr Gesicht. »Das macht dich am meisten fertig?«

»Bitte, nicht ...«

Er hielt die Klinge dicht über ihre Nase. »Kannst du wohl nicht ertragen, was?«

Völlig aufgelöst schluchzte sie weiter.

»Gut«, antwortete er darauf nur.

Sie sah ihn durch einen Tränenschleier an.

»Gut, ich brauche jetzt die Klinge nicht mehr«, sagte er und nach einer kurzen Pause: »Nur noch, um mich zu rasieren.« Er lachte und forderte sie auf: »Du darfst auch lachen, das war ein Scherz.«

Sie hörte nicht auf zu weinen. Er schwieg, bis sie sich wieder beherrschen konnte, und sagte dann: »Möchtest du gern ins Badezimmer?«

Sie nickte.

»In Ordnung.« Er begann, ihre Fesseln zu lösen. Während er die Handgelenke losband, sah er sie intensiv an.

»Muß ich dir die Spielregeln erklären, oder hast du sie inzwischen begriffen?«

Sie war verwirrt, verstand nicht, wovon er redete.

»Ich glaube, du weißt, wie du dich zu verhalten hast. Das Badezimmer ist rechts um die Ecke. Es hat ein Fenster, das dich in Versuchung bringen wird. Vielleicht bedeutet ein offenes Fenster für manchen Freiheit. Aber ich versichere dir, für dich gilt das Gegenteil. Du wirst erst dann frei sein, wenn ich es will. Das solltest du begreifen. Trotzdem ist da ein Fenster, und du hast die Wahl.«

Als er sie losgebunden hatte, schwang sie ihre Beine über den Bettrand und versuchte, aufzustehen. Doch ihr Kreislauf versagte, ihr wurde plötzlich übel. Sie hielt sich am Bettgestell fest.

»Laß dir Zeit, sonst fällst du hin.« Er blieb ruhig sitzen.

Als sie sich erhob, schmerzte jede Faser ihres Körpers. Sie machte vorsichtig einen Schritt nach dem anderen.

»Babyschritte«, meinte er. Mit einer Hand gegen die Wand gestützt, ging sie durch den Flur in das Badezimmer. Weil das Licht sie blendete, hielt sie eine Hand vor die Augen. Dann suchte sie zuerst den Spiegel und sah hinein, um nach Verletzungen zu suchen. Aber sie entdeckte nur eine geschwollene Lippe und eine Beule an der Stirn, die sie sich nicht erklären konnte. Auch ihr Kinn war gerötet und von den Schlägen geschwollen. Sonst war sie unverletzt. Dankbar atmete sie auf. Mit zitterigen Händen ließ sie Wasser in das Becken laufen und spritzte es sich ins Gesicht, als wenn sie dadurch ihre Wunden wegspülen könnte. Plötzlich spürte sie großen Durst und trank Wasser aus der Hand, doch davon wurde ihr übel, und sie erbrach sich heftig.

Als sie sich besser fühlte, fiel ihr Blick auf das Fenster. Wie er gesagt hatte, war es offen. Nur einen kurzen Augenblick dachte sie an Flucht. Sie spürte mit absoluter Gewißheit, daß er auf der anderen Seite wartete. Trotzdem ging sie zum Fenster, berührte es mit der Hand und atmete die kühle Nachtluft ein. Er ist bestimmt da, dachte sie, als sie in die Dunkelheit blickte. Gerade noch sichtbar für sie bewegte sich ein Schatten. Zweige von Bäumen wiegten sich leise im Wind, sie wußte, daß er in der Nähe war, wartete. Er wird mich bestimmt töten, dachte sie, obwohl sie mit dem Wort nicht soviel verband, wie mit Furcht und Schmerzen. Sicher würde er ärgerlich sein, wenn sie zu lange brauchte. Sie besprengte sich schnell noch einmal das Gesicht und trank einen Schluck Wasser; nur alles tun, was er wünscht. Sie hielt sich an der Wand fest und schlich in das Zimmer zurück.

»Ich warte«, hörte sie ihn sagen.

Sie wankte zum Bett, legte sich hin und streckte ihm unaufgefordert die Arme hin, um sich fesseln zu lassen. Er band sie auch wieder an den Beinen fest.

»Geht es dir besser?«

Sie nickte.

»Möchtest du schlafen oder mit mir reden?«

Sie fühlte sich entsetzlich müde, der Gang zum Badezimmer hatte sie angestrengt wie eine Bergtour.

»Schlaf ruhig«, hörte sie ihn noch sagen, dann war sie schon eingeschlafen.

Als sie erwachte, saß er am Fußende des Bettes.

Sie fragte: »Wie lange habe ich ...«, aber er unterbrach sie: »Fünf Minuten, fünf Stunden, fünf Tage, was macht das für einen Unterschied.«

Sie nickte. »Darf ich Sie jetzt etwas fragen?«

»Ja.«

»Wollen Sie mich töten?« Sofort bereute sie ihre Frage.

»Nicht, solange du mich nicht dazu zwingst«, erwiderte er. »Du siehst, nichts hat sich geändert, du hast dein Schicksal selbst in der Hand.«

Es fiel ihr schwer, das zu glauben. »Ich verstehe nicht, warum Sie das alles mit mir machen.«

»Ich habe einen Job für dich, und ich will wissen, ob du dafür zu gebrauchen bist. Ich muß dir vertrauen können.«

»Ich will tun, was immer Sie wollen. Fragen Sie ...«

»Ich verlasse mich nicht auf Worte. Es ist wichtig, daß du erfährst, wie weit ich gehe und wie wenig wert mir dein Leben ist.«

Er erhob sich, band ihr die Arme vom Bett los und fesselte ihr die Handgelenke zusammen.

»Ich werde jetzt weggehen, bin aber bald zurück. Ich brauche dich wohl nicht daran zu erinnern, was ich von dir erwarte.« Er ging auf die Tür zu.

»Bitte, lassen Sie mich nicht allein.« Der Ton, in dem sie das sagte, überraschte sie mehr als ihre Worte.

»Ich bin bald wieder da, es wird dir schon nichts passieren.«

Als er den Raum verließ, fing sie wieder an zu weinen.

Einen Moment sah sie die Dunkelheit draußen, es war Nacht.

Allein gelassen sah sie sich um. Alles war so wie vorher, aber ohne den Mann hatte sie plötzlich mehr Angst. Sie zitterte und dachte gleichzeitig, du bist verrückt. Er ist es doch, der dir das alles antut. Sie fürchtete sich noch mehr, als sie sich erinnerte, daß der Mann die Tür nicht abgeschlossen hatte. Es könnte jemand einbrechen und sie antreffen. Der Gedanke, daß sie dann vergewaltigt werden könnte, erschreckte sie. Der Mann würde sich bestimmt darüber aufregen und sich ihrer entledigen wie einer wertlosen Sache.

Sie saß auf dem Bett wie festgewurzelt. Mach die Fesseln ab, hörte sie sich sagen. Lauf weg! Aber wohin? Wo bin ich überhaupt? Wohin soll ich? Er wird mich töten. Er wird es bestimmt tun, wenn ich versuche, wegzulaufen. Er ist direkt vor der Tür und wartet nur darauf. Ich komme keinen Meter weit. Doch, lauf! Nein, lauf nicht!

Sie versuchte, an ihre Schule, ihre Familie, ihre Freunde zu denken. Alles erschien ihr sehr fern und flüchtig. Das einzig Reale war der Raum, in dem sie sich befand. Um sich zu beruhigen, sang sie leise ein Kinderlied: »Lavendel blau, Lavendel grün ...« Immer wenn sie dieses Lied ihrem Bruder vorgesungen hatte, war er gleich eingeschlafen. Bei dieser Erinnerung kamen ihr die Tränen. Aber er war tot. Sie legte ihren Kopf in das Kissen zurück und wartete auf den Mann. Sie versuchte, an nichts zu denken, doch ihre Vorstellungen und Ängste ließen sich nicht zurückdrängen. Sie stellte fest, daß sie nicht mehr in der Lage war, die Zeit einzuschätzen. War der Mann vor einer Stunde weggegangen oder vor fünf Minuten? Die Stille war quälend, die Dunkelheit bedrohlich und furchterregend. Sie wartete auf ein Geräusch, das seine Rückkehr ankündigte, hörte aber von draußen keinen Laut. Mit gebundenen Händen hielt sie sich die Augen zu, preßte die Lider fest zusammen und versuchte, dadurch einen Halt zu finden. Sie bemühte sich, an alltägliche vertraute Dinge zu denken, die an ihre Vergangenheit anknüpften und ihr Stärke für die Bewältigung der Zukunft verleihen könnten. Ihre Eltern daheim in Colorado erschienen ihr schemenhaft. Sie zwang sich, das Gesicht ihrer Mutter deutlich werden zu lassen, als wenn sie ein Porträt von ihr malen wollte. Die Augen, der Mund, das Lächeln ihrer Mutter tauchten auf, aber sie wußte nicht mehr, ob diese Erinnerung Traum oder Wirklichkeit war.

Schwer atmend fuhr sie auf. Das Gesicht des Mannes schwebte über ihr.

»Ich habe Sie gar nicht hereinkommen hören.«

Mit unbewegtem Gesicht starrte er sie einen Moment an.

»Das ist jetzt wieder Realität«, sagte er und schlug sie kräftig ins Gesicht. »Merkst du das?«

»Ja, bitte«, erwiderte sie.

Er traf sie ein drittes Mal.

»Ja, ja«, wimmerte sie.

Ein vierter Schlag traf ihr Gesicht, dann schlug er ununterbrochen mit beiden Händen auf sie ein.

Sie versuchte ihn immer wieder zu bitten, daß er aufhörte; als aber seine Fäuste sie weiter trafen, gab sie auf, erhob nur demütig ihre gefesselten Hände und weinte.

Als er von der Anstrengung kurzatmig wurde, ließ er von ihr ab. Er setzte sich auf das Bett, beruhigte sich, während sie weiter weinte.

In distanziertem Ton sagte er nach einer Weile: »Du enttäuschst mich.« Er zog ihr plötzlich die Hosen herunter, bis ihr Unterleib bloßlag.

»Hörst du mir überhaupt zu?«

»Ja, ja«, antwortete sie, öffnete die Augen und sah ihn an. Er hatte den Revolver in der Hand.

»Du machst mir zu viele Probleme«, stellte er fest. »Ich habe auf dich gesetzt, sehe aber, daß du nicht lernfähig bist.

Ich werde dich jetzt bumsen und dann abknallen. Das hätte ich schon längst mit dir machen sollen.«

Entsetzt fuhr sie hoch. »Bitte, nein, nein, nein, ich will alles tun, geben Sie mir doch eine Chance, sagen Sie mir, was Sie von mir wollen, ich will alles tun, bitte, bitte, was Sie wollen, alles, bitte, bitte, nur eine Chance, ich werde gehorsam sein, Sie brauchen es nur zu sagen, bitte, ich war dumm, bitte, alles was Sie wollen, alles ...«

Er stand am Bett und richtete den Revolver auf sie.

»O Gott, bitte, bitte«, schluchzte sie heraus. Sie wollte in ihrer letzten Sekunde an etwas anderes denken, aber alle ihre Gedanken wurden beherrscht von dem Anblick der auf sie gerichteten Waffe. Als die Zeit verrann, stöhnte sie verzweifelt.

»Wirklich alles?« fragte er schließlich.

»O ja, alles ...«

»Na gut, wir werden sehen.« Er verschwand einen Moment aus ihrem Gesichtsfeld. Als er wiederkam, hielt er das elektrische Betäubungsgerät in der Hand. Er gab es ihr und sagte: »Los, probier es mal selbst an dir.« Er deutete auf ihren nackten Unterleib. »Genau da.«

Alle Qualen, die sie bisher erlitten hatte, erschienen ihr plötzlich unbedeutend. Blankes Entsetzen lähmte sie, aber durch den Strudel ihrer Gefühle brach sich ein klarer Gedanke Bahn: Du mußt es tun!

Sie richtete das Gerät auf sich und wartete auf den Schmerz, aber sie spürte nichts.

Verwirrt sah sie auf.

»Ausgeschaltet«, sagte er und nahm ihr das Gerät aus der Hand. »Ein Gnadenerlaß, vom Zaren.« Er lachte.

Sie fing wieder an zu weinen.

»Du kannst wieder hoffen, so wie Dostojewski.«

Er verschwand in der Dunkelheit und ließ sie weinen.

Als sie sich beruhigt hatte, fühlte sie sich wie ein Bergsteiger, der auf einem Gletscher ausgerutscht, in eine Spalte hinabgestürzt und ruckartig von seinem Sicherungsseil aufgefangen worden ist. Sie war zwar noch in Gefahr, aber doch zunächst gesichert. Sie sagte sich zum erstenmal, daß sie eine Chance hatte, am Leben zu bleiben, wenn sie mitspielte. Sie wollte dafür alles tun, was ihr nur möglich war.

Als sie aufblickte, starrte der Mann ihr ins Gesicht. Er nickte ihr zu, als ob er ihre Gedanken lesen könnte.

»Die brauchen wir erstmal nicht«, meinte er und machte ihr die Fesseln los. »Zieh deine Sachen aus.«

Sie gehorchte und machte sich nichts daraus, daß er dabei ihren Körper betrachtete.

»Warum gehst du nicht mal unter die Dusche, du wirst dich danach besser fühlen«, sagte er.

Sie nickte und ging zögernd auf das Badezimmer zu. Als sie die Tür erreicht hatte, drehte sie sich um. Der Mann war sitzen geblieben und studierte im Dämmerlicht konzentriert eine Straßenkarte.

Als das Wasser sie überströmte, genoß sie intensiv die Wärme und den Geruch von Seifenschaum. Sie hatte gar nicht gemerkt, wie kalt ihr vorher gewesen war. Durch das geöffnete Fenster sah sie das fahle Licht des dämmernden Tages.

Als sie das Wasser abdrehte, war ihr merkwürdig traurig zumute, etwas Altvertrautes erschien ihr wie weggewaschen. Sie trocknete sich schnell ab und drehte ein Handtuch zu einem Turban um den Kopf, ein anderes legte sie sich um die Hüfte.

Der Mann sah auf und bemerkte: »Sei vorsichtig, rutsch nicht aus. Es wird noch eine Zeit dauern, bis du wieder ganz in Ordnung bist.«

Sie setzte sich auf das Bett. Er hielt ihr eine Pille und ein Glas Wasser hin. »Nimm das«, sagte er.

Sie zwang sich, nicht zu fragen, sondern schluckte die Tablette schnell hinunter. Er durchschaute ihre Gedanken.

»Nur eine Schmerztablette, mit Codein, damit du besser schlafen kannst.«

»Danke«, erwiderte sie. Mit einem Blick auf die Karte fragte sie: »Wann fahren wir los?«

Er lächelte. »Heute abend. Ich muß auch noch ein bißchen schlafen.«

»Natürlich«, sagte sie und legte sich auf das Bett.

Er kramte im Beutel herum, in dem er seine Waffen aufbewahrte, und zog Handschellen heraus.

»Die sind ein bißchen bequemer als die Fesseln. Setz dich hin.«

Sie gehorchte.

Er schloß eine Handschelle um ihr, die andere um sein Handgelenk.

»Leg dich hin.«

Sie ließ ihren Kopf zurücksinken, er legte sich direkt neben sie und sagte: »Träum schön.«

Sie schliefen ein wie ein erschöpftes Liebespaar.

Anne Hampton wurde vom Rauschen der Dusche geweckt. Sie war mit der Handschelle an das Bettgestell gefesselt. Soweit es ihr möglich war, hockte sie sich mit angezogenen Knien hin und wartete. Das Handtuch um ihre Hüften war verschwunden. Sie fragte sich, ob sie der Mann vielleicht vergewaltigen würde, diese Vorstellung verflüchtigte sich jedoch und machte einer teilnahmslosen Ergebenheit Platz.

Sie hörte, wie die Dusche abgestellt wurde, der Mann erschien. Er war nackend und trocknete sich gerade ab.

»Tut mir leid, ich mußte mir dein Handtuch nehmen, das ist ein zu billiges Hotel, sie knausern furchtbar mit sauberer Wäsche.«

Sie wartete.

»Es ist Zeit aufzubrechen«, sagte er nach einer kleinen Pause.

Sie nickte.

»Gut«, stellte er fest.

Er zog sich Unterwäsche, Jeans und ein Sweatshirt an. Untätig sah sie zu, er schien in außergewöhnlich guter Form zu sein. Er kämmte schnell sein Haar, setzte sich dann auf das Bett und schlüpfte in Tennissocken und Turnschuhe. Während der Mann seine Sachen zusammenpackte, wartete sie ergeben auf seine Befehle. Er warf das Betäubungsgerät und den Revolver in einen Matchbeutel. Dann zog er einen kleinen schwarzen Koffer unter dem Bett hervor. Anne sah, wie er sein helles Leinenjackett sorgfältig faltete und hineinlegte.

»Bin in einer Minute zurück«, sagte er und verließ ohne weitere Erklärungen das Zimmer.

Es war Nacht. Nach kurzer Zeit kam er wieder; er trug einen mittelgroßen roten Matchbeutel mit mehreren Fächern.

»Tut mir leid«, sagte er munter, »aber ich konnte Farben und Größen nur schätzen. Aber in solchen Sachen bin ich ziemlich sicher.« Er machte die Handschellen los, trat zurück und beobachtete sie.

Der Beutel war mit Kleidung vollgestopft, einer Leinenhose, Jeans, Shorts, einem Anorak, einem Pullover und einem Sweatshirt. Es waren auch zwei Seidenblusen darin, eine mit einem Blumenmuster und ein dazu passender Rock. Sogar an ein modisches Seidenkleid hatte er gedacht. In einem Fach steckten Unterwäsche, in einem anderen Strümpfe und Socken.

»Zieh dir Jeans an«, sagte der Mann. »Oder die Leinenhose, wenn dir das lieber ist.«

Von irgendwo her tauchten zwei Schuhkartons mit Sandaletten und Turnschuhen auf.

»Nimm die eleganten«, befahl der Mann und sah zu, wie sie sich anzog.

Als sie dann fertig vor ihm stand, meinte er: »Du siehst gut aus.«

»Dankeschön«, erwiderte sie mit einer Stimme, die einer

131

anderen Person zu gehören schien. Er gab ihr einen Papierbeutel mit dem Aufdruck einer Apotheke. Er enthielt eine Zahnbürste, Zahnpasta, Make-up, eine Sonnenbrille und eine Schachtel mit Tampons. Sie nahm die blaue Schachtel heraus und schaute sie ganz irritiert an. Angst stieg in ihr hoch.

»Aber ich habe keine ...«

»Aber du wirst sie kriegen, bevor wir alles erledigt haben«, unterbrach er sie.

Sie wollte wieder weinen, biß sich aber auf die Lippen und nickte.

»Mach dich fertig und laß uns gehen.«

Vorsichtig ging sie in das Badezimmer. Zuerst putzte sie sich die Zähne, dann verrieb sie etwas Make-up auf ihrem Gesicht, um die Schwellungen abzudecken.

Er stand im Türrahmen und sah ihr zu.

»Die sind in ein paar Tagen weg.«

Sie antwortete nicht.

»Fertig?« fragte er.

Sie nickte.

»Geh noch mal auf die Toilette, wir werden nämlich eine ganze Weile fahren.«

Sie fragte sich, wo ihr Schamgefühl geblieben war, und hatte wieder den Eindruck, daß der Mann nicht ihr, sondern einem Kind zusah, das auf der Toilette saß.

»Trag deinen Beutel selber«, sagte er.

Sie steckte die Zahnbürste und die anderen Sachen in eines der Fächer. Dann hing sie sich den Beutel über die Schulter und sagte: »Ich kann noch mehr tragen.«

»Hier, aber sei vorsichtig.« Er reichte ihr eine abgenutzte Kameratasche und hielt die Tür für sie auf.

Anne Hampton trat hinaus in die Dunkelheit. Die nächtliche Wärme Floridas hüllte sie ein. Sie fühlte sich schwindelig und blieb stehen.

Der Mann legte ihr die Hand auf die Schulter und führte sie zu einem dunkelblauen Chevrolet Camaro, der vor dem kleinen Motel geparkt war. Der Himmel war voller Sterne. Sie suchte nach dem Großen Bären, dann nach dem Kleinen Bären und dem Orion. Ihr wurde plötzlich ganz warm, sie fühlte sich wie im Mittelpunkt der Gestirne. Sie suchte sich einen Stern in dem unzahlbaren Gefunkel und stellte sich vor, daß sie war wie er: allein, bindungslos, schwebend.

»Los komm«, forderte sie der Mann auf. Er stand am Auto und hielt ihr die Tür auf.

Sie ging zu ihm und sagte: »Eine wunderschöne Nacht.«

»Eine wunderschöne Nacht, Doug«, verbesserte er sie.

Sie sah ihn verwirrt an.

»Sag das.«

»Eine wunderschöne Nacht, Doug«, erwiderte sie.

»Gut. Nenn mich Doug.«

»Ja.«

»So heiße ich. Douglas Jeffers«

»Ja. Ja, Doug. Douglas. Douglas.«

Er grinste. »Ich mag Douglas. Das klingt für mich besser als Doug, aber du kannst mich nennen, wie du willst.«

Weil sie ihn irritiert ansah, lächelte er und fuhr fort: »Das ist mein richtiger Name. Ich habe nicht vor, dich anzulügen. Keine Unwahrheit. Nur die reine Wahrheit oder was immer dafür gilt.«

Sie nickte und zweifelte nicht einen Moment an dem, was er sagte.

»Wir haben noch ein Problem zu lösen«, sagte Jeffers.

Die Drohung in seiner Stimme ängstigte sie.

»Nein, nein, nein, keine Probleme«, antwortete sie hastig.

Er sah zum Himmel auf, als ob er angestrengt nachdächte.

»Ich meine, du brauchst einen neuen Namen. Ich mag deinen alten nicht. Er ist aus der Vergangenheit, du brauchst aber einen für jetzt und die Zukunft.«

Sie nickte und war gleichzeitig überrascht, daß sie das für eine vernünftige Idee hielt. Er deutete auf den Wagen, und sie setzte sich hinein.

»Anschnallen«, befahl er.

Sie gehorchte.

»Du wirst Biographin werden«, sagte er dann.

»Biographin?«

»So ist es. Im Handschuhfach findest du Hefte und Bleistifte. Du mußt sie immer bereit haben, um genau aufzuschreiben, was ich dir sage. Und wehe, wenn du etwas ausläßt!«

»Das verstehe ich nicht ganz«, erwiderte sie. »Was wollen Sie von mir?«

»Ich werde dir das erklären, wenn wir fahren.« Er sah lächelnd auf sie herunter.

»Du heißt von jetzt an *Boswell*.«* »Boswell?«

»Ja, Boswell. Ein kleiner literarischer Scherz, wenn du so willst.«

Er schloß die Tür, ging um den Wagen herum und setzte sich auf den Fahrersitz. Er schnallte sich an und startete den Wagen.

»Versuch deine Tür zu öffnen«, forderte er sie auf.

Sie zog erfolglos am Türgriff.

»Ein bemerkenswerter Vorteil dieses Wagentyps ist, daß die Türgriffe so einfach außer Funktion zu setzen sind. Immer wenn wir halt machen, mußt du warten, bis ich dich rauslasse. Verstanden?«

Sie nickte.

»Ich habe das in einem Prozeß in Cleveland kennengelernt. Angeklagt war ein Footballspieler, der immer Nutten mitnahm und dann die Hosen runterließ. Wenn die raus-

---

* Englischer Autor des 18. Jhs., der vor allem durch seine Tagebücher und Reiseberichte berühmt wurde.

wollten, hatten sie Pech. Das gab ihm dann den richtigen Kick.«

Er sah sie an. »Das mußt du alles aufschreiben.« Er deutete zum Handschuhfach.

Sie hatte plötzlich wieder Angst und wollte hastig das Fach öffnen. Er hielt sie aber mit einer Geste zurück.

»Ist schon gut, ich wollte dir das nur erklären. Boswell schreibt immer alles ganz genau auf.«

Sie nickte.

»Gut, Boswell.«

Er fuhr an, beschleunigte behutsam und lenkte den Wagen auf die nächtliche Autobahn. Sie lehnte sich zurück und sah zu den Sternen hoch. Ein Kinderreim kam ihr plötzlich in den Sinn:

»Sternenlicht, Sternenpracht,
der erste, den ich seh' heut' nacht,
der hat bestimmt an mich gedacht,
erfüllt mir einen Wunsch heut' nacht.«

Leben, das war ihr einziger Wunsch.

4

*Die Schule der Verlorenen Knaben · Martin Jeffers denkt
an seinen Bruder · Eine Polizistin tritt auf den Plan*

OBSZÖNITÄTEN FLOGEN HIN und her, aber er achtete nicht darauf. Er sah immer noch seinen Bruder mit jenem unbekümmerten Grinsen in der Kantine sitzen, das eher zu einem Jugendlichen paßte und seinem Gesicht etwas Beunruhigendes verlieh. Er versuchte, sich an den Ablauf seiner Gedanken zu erinnern, kam aber immer wieder auf den Moment zurück, in dem er mit einfältiger Aufrichtigkeit gesagt hatte: »Weißt du, ich wünschte mir, wir würden uns näher sein ...« Die Antwort seines Bruders darauf war ebenso grausam wie rätselhaft und unergründlich: »Wir stehen uns viel näher als du denkst, viel näher.«

Wie soll ich ihm nahestehen? fragte sich Martin Jeffers Zu seiner Rechten waren zwei Stimmen immer lauter geworden, sie schienen kurz vor einem Wutausbruch zu stehen. Jeffers wandte sich wachsam und vorsichtig den beiden Männern zu, um das Thema und die Art des Disputs festzustellen. Konfrontation war zwar integraler Bestandteil der Therapie, aber es waren schließlich Gewalttäter, und er wollte es nicht darauf ankommen lassen, daß sie ihre Roheit aneinander ausließen. Ein ungewöhnlicher Vergleich schoß ihm durch den Kopf, die Stimmen klangen wie das Geschnatter aufgeregter Großmütter, denen es weniger um Argumente ging, als um den Spaß an einer Auseinandersetzung. Er beschloß, in die Diskussion einzugreifen.

»Sie sagen doch nicht, was Sie wirklich denken.«

Das war eine seiner üblichen Bemerkungen. Die Männer waren, wie er wußte, von seinen versteckten Andeutungen irritiert; die meisten von ihnen kannten eher konkrete Vorstellungen und Gefühle. Er wollte erreichen, daß sie abstrakt denken und empfinden lernten. Erst wenn sie Einfühlungsvermögen haben, kann man sie richtig behandeln, sagte er sich.

Er erinnerte sich an einen Professor, der in einer Vorlesung zu seinen Studenten sagte: »Stellen Sie sich eine Krankheit vor. Überlegen Sie, wie sehr dadurch unsere Sinne und Emotionen beeinträchtigt werden. Und denken Sie immer daran, es spielt keine Rolle, für wie fähig Sie sich als Arzt halten, Sie sind nur so gut wie Ihre letzte Diagnose.«

Heute, zehn Jahre danach, würde ich hinzufügen: und Ihre Therapie, dachte Jeffers.

Er beobachtete die beiden Streithähne.

»Leck mich ...«, sagte der eine und winkte herablassend Jeffers zu.

»Leck dich selbst«, unterbrach ihn der andere. »Mach dir ein Vergnügen draus, du wirst ziemlich lange kein anderes mehr haben.«

»Sieh mal einer an, wer da quatscht.«

»So ist's richtig, sieh ma' hin, wer da quatscht, du Zwerg.«

»Hilfe, guck mal, wie ich vor dir zittere, wie meine Hände zittern. Sie zittern vor Angst.«

Jeffers beobachtete beide Männer aufmerksam. Er achtete darauf, ob die Beleidigungen einen der beiden vom Sitz reißen würden. Wegen dieser Wortwechsel machte er sich im allgemeinen kaum Sorgen, Bryan und Senderling hatten fast immer den gleichen. Solange sie sich Beleidigungen an den Kopf warfen, redeten sie wenigstens miteinander. Jeffers vermutete, daß sie unter anderen Umständen gute Freunde wären. Er machte sich nur Sorgen, wenn sie schwiegen. Manchmal hören sie auf zu reden, dachte er. Sie schweigen nicht, weil sie nichts zu sagen haben oder aus Langeweile, sondern weil sie Wut im Bauch haben. Wenn jemand dann mit verengten Augen seinen Gegner fixiert oder auch nur unbewußt die Muskeln anspannt, kann es zu Tätlichkeiten kommen.

Jeffers verbrachte seine Zeit häufig damit, auf Hände zu achten, die sich um Armlehnen krampften. Er erinnerte sich, daß einmal ein Mann in seiner Gruppe gewesen war, der ständig auf der vorderen Stuhlkante saß und seine Beine stets gekreuzt hielt. Als der Mann eines Morgens diese Haltung plötzlich änderte, war Jeffers schon auf den Beinen, um ihn von einem tätlichen Angriff abzuhalten. Im Laufe der Zeit hatte Jeffers jeden in seiner Gruppe nicht nur durch dessen Erinnerungen und Erfahrungen kennengelernt, sondern auch durch die Eigenheiten der Körperhaltung. Natürlich gab es zwölf Karteien voller Aufzeichnungen hinten in seinem Büro. Aber um zu den Verlorenen Knaben zu gehören, mußte noch etwas hinzukommen: Entwurzelung und die Unfähigkeit, mit dem Leben fertig zu werden.

»Leck mich!«

»Du mich auch!«

Obszönitäten waren die Währung, die Gruppe warf damit um sich wie mit kleiner Münze. Jeffers fragte sich im stillen, wie oft er sich das Wort »Leck mich« jeden Tag anhören mußte. Hundertmal? Sicherlich häufiger. Vielleicht tausendmal. Der Ausdruck hatte keinerlei Beziehung zur eigentlichen Bedeutung mehr. Statt dessen wurde er von der Gruppe als eine Art von Interpunktion benutzt. Es gab eben Menschen, die »Leck mich« gebrauchten wie andere Kommas. Er dachte an die Masche des berühmten Komikers Lenny Bruce, der, wenn er auftrat, zuerst in das Publikum blickte, sich dann erkundigte: »Wieviel Nigger sind eigentlich heute hier?« und weiter nach Katholen, Itzigs, Spaghettifressern und Tommies fragte. Er verallgemeinerte seine Beleidigungen so hintergründig, daß sie unabsichtlich und harmlos erschienen.

Ähnliche Prozesse spielen sich auch in der Gruppe ab, dachte Jeffers. Die Männer sagen so häufig »Leck mich«, daß es keinerlei Bedeutung mehr hat. Ein solches Reden steht auch in keinem Zusammenhang mit ihren Straftaten.

»Geh zur Hölle!« sagte Bryan. Er wandte sich an Jeffers.

»Hallo, Doc, können Sie diesem blöden Bastard nicht mal den Kopf zurechtsetzen? Er weiß immer noch nicht, warum er hier ist.«

»Hör mal, du Arschloch«, erwiderte Senderling. »Ich weiß genau, warum wir hier sind. Ich weiß auch, daß wir hier nicht so schnell wieder rauskommen. Und wenn überhaupt, dann nur um 'ne Zeit im Kittchen abzureißen.«

Ein anderer mischte sich in das Gespräch ein, indem er zuerst seinen Mund zu einem Kuß formte und dann mit einem lauten Schmatzer die Aufmerksamkeit auf sich zog.

Es war Steele, der Jeffers schräg gegenübersaß und sich besonders gern über Bryan und Senderling lustig machte.

»Und ihr Herzchen wißt ja, wie sehr man dort auf solche Knaben wie euch wartet.«

Alle drei waren wütend und blickten Jeffers hilfesuchend an. Sie erwarteten eine Reaktion von ihm. Er wünschte, besser hingehört zu haben.

»Sie alle kennen ja die Bedingungen hier!« Mit dieser Bemerkung erntete er verdrossenes Schweigen. Das erste, was ein angehender Psychiater lernen muß, ist, im Zweifel lieber gar nichts zu sagen, dachte er.

Jeffers blickte jedem der Männer in die Augen, einige erwiderten den Blick, andere wichen ihm aus. Er sah gelangweilte, verwirrte, geistesabwesende Gesichter, auch gelassene, erwartungsvolle, wißbegierige. Er dachte eine Weile über seine Gruppe nach. Zu den Verlorenen Knaben gehörten zwölf Männer, jeder einmalig bei der Ausführung von Straftaten, die letztlich jedoch alle auf das gleiche hinausliefen. Sie alle waren Opfer ähnlicher Verhältnisse: Irgendwann einmal waren sie in der Kindheit aufgegeben worden, verloren gewesen.

Unglück in der Kindheit, Ausweglosigkeit und Grausamkeit in der Jugend; die meisten Menschen werden erwachsen, sind zwar für immer gezeichnet, lernen aber, das zu verarbeiten, dachte er. Die Verlorenen Knaben können das nicht. Die Rache, die sie an der Welt der Erwachsenen geübt haben, ist furchtbar.

Zwölf Männer. Zusammen waren sie fast für hundert aufgeklärte Verbrechen verantwortlich, darüber hinaus vermutlich für die gleiche Menge an unbekannten, nicht aufgeklärten, nicht zurechenbaren Straftaten, von Sachbeschädigung und kleinem Diebstahl bis zur Vergewaltigung. Drei der Verlorenen Knaben waren Mörder, sie hatten Leute umgebracht und dafür nach den eigenartigen Bewertungskriterien der

Strafjustiz sehr unterschiedliche Strafen bekommen, als ob es unterschiedlich wertvolle Leben gäbe. Jeffers konnte manchmal den Unterschied zwischen Totschlag und vorsätzlichem Mord nicht verstehen, vor allem vom Standpunkt der Opfer aus.

Die Stille im Raum hielt an. Jeffers dachte wieder an seinen Bruder. Das ist typisch Doug, in einem Moment anrufen und im nächsten aufkreuzen. Drei Jahre lang keinen Besuch, Monate zwischen gelegentlichen Telefongesprächen, als ob das alles selbstverständlich ist. Gibt einfach seinen Schlüssel ab, sagt einem nicht, was los ist. Typisch.

Was hat er nur vor? Was ist eigentlich typisch für Doug? Daß er keine fertige Antwort darauf fand, machte Jeffers beklommen. Er sah seinen Bruder vor sich sitzen, Sonnenlicht auf seinem rotblonden Haarschopf. Doug war locker, frisch und sah gut aus, er war unbeschwert und entspannt, hatte eine Art zu leben, die weniger auf seiner eindrucksvollen Physis beruhte, als auf seiner Unbekümmertheit dem Leben gegenüber. Einen Moment lang beneidete Martin Jeffers seinen Bruder wegen der Ungezwungenheit seines Auftretens in Jeans und Turnschuhen, die er sich als Berufsfotograf erlauben konnte, und ärgerte sich über die steife Förmlichkeit seines Berufs. Er beneidete ihn um das unabhängige Leben, um die Ereignisse, die er hautnah erleben konnte, anstatt nur über sie zu reden. Manchmal kann ich die engen Zimmer, geschlossenen Türen, nichtssagenden Kommentare und bedeutungsvollen Blicke, die meinen Beruf ausmachen, einfach nicht mehr ertragen, dachte er. Doch dann sagte er sich: Natürlich kannst du das alles ertragen, du hast es sogar gern. »Wir stehen uns viel näher als du denkst, viel näher.« Sind unsere Leben wirklich so verschieden? Sicherlich. Er sieht die Ereignisse unmittelbar, ich höre hinterher von ihnen. Jeffers war einen Moment enttäuscht, daß er sich nicht mehr an die erste Kamera seines Bruders erinnern konnte. Doug schien seit der Grundschule immer eine besessen zu haben. Wo hatte er seine erste Kamera nur ergattert? Bestimmt nicht von den Eltern.

Das einzige Konkrete, was sie uns gaben, war Trübsal. Darüber waren sich beide Brüder stets einig gewesen. Er erinnerte sich plötzlich an die Nacht, in der sie im Stich gelassen worden waren, und fragte sich gleichzeitig, warum er so lange nicht daran gedacht hatte. Ein heftiger Regen schlug damals gegen die Scheiben der Polizeistation, und es stürmte. Es war dunkel draußen, er saß auf einer langen, harten Holzbank und klammerte sich an die Hand seines Bruders. Es war spät in der Nacht, sie waren sehr jung. Beide waren auch nicht stolz darauf, daß sie so lange aufbleiben durften, wie etwa am Heiligen Abend, sondern waren verängstigt. Irgendwie fühlten sie, daß etwas Geheimnisvolles passiert war, und daß sie eigentlich um diese Zeit schlafen sollten, um vor etwas bewahrt zu werden, das sie nicht verstanden.

Martin Jeffers' Magen zog sich zusammen, als er sich daran erinnerte, wie er zuerst seine Tante gesehen hatte, ihr unbewegliches, mürrisches und abweisendes Gesicht. Ihre ersten Worte waren: »Eure Mutter ist gestorben, wir haben damit schon lange Zeit gerechnet, ihr sollt bei uns wohnen. Kommt mit.« Sie drehte sich um und ging mit ihrem schmalen und gebeugten Rücken vor ihnen hinaus in den Sturm.

Ich war damals vier Jahre alt, dachte Jeffers, Doug war sechs. Er fragte sich, warum er mit seinem Bruder niemals über ihre wirkliche Mutter gesprochen hatte. Er starrte aus dem Fenster, versuchte, sich das Gesicht der Mutter vorzustellen, aber es gelang ihm nicht. Er erinnerte sich nur, daß sie ohne jede Zärtlichkeit war und ständig voller unterdrückter Wut. Sie unterschied sich kaum von der Tante, die nun ihre Mutter werden sollte. Ihr schütteres braunes Haar war in einem strengen Knoten zusammengebunden, ihre breiten Lippen waren mit einem grellen Rot angemalt und lächelten nie. Während sie mit jämmerlich quietschenden Scheibenwischern durch. den Regen fuhren, drehte sich ihre neue Mutter um und sagte: »Wir sind jetzt eure Eltern, ihr nennt mich Mama, und das da ist Papa, und dabei bleibt es.«

Seine Therapeutin hatte ihn einmal gefragt, was seiner richtigen Mutter zugestoßen sei. Er wußte es nicht. Sie sagte nichts darauf, ihr Schweigen drückte Zweifel aus. Eine klassische Art zu reagieren, die Jeffers selbst schon oft angewandt hatte.

Was ist wohl mit ihr passiert? fragte er sich. Sie war einfach nicht mehr da, tot, weggelaufen, was für einen Unterschied macht das?

Beide Kinder mußten in der Apotheke ihrer Zieheltern arbeiten. Er selbst hatte die Medizinfläschchen zu reinigen und die verschreibungspflichtigen Medikamente ordentlich in den Regalen zu stapeln; dabei fühlte er sich wie ein richtiger Doktor. Doug hatte die Dunkelkammer sauberzuhalten, und als er älter wurde, die Chemikalien für die Filmentwicklung anzusetzen; auf diese Weise wurde er Fotograf. So einfach war das Ganze.

Wir haben uns gut gemacht, sagte Martin Jeffers sich, aber was ist aus uns wirklich geworden?

Das war nicht so schnell zu beantworten. Als er noch Assistenzarzt war, hatte er gelernt, daß Dinge oft verstandesgemäß sehr klar erscheinen, es oft aber nicht sind. Wenn auch die Regeln der Psychiatrie, ihre Theorien, Diagnosen und Therapiepläne sinnvoll erschienen, die Realität menschlichen Verhaltens war für ihn trotzdem immer wieder unerklärlich. Warum die Verlorenen Knaben Sexualstraftaten begangen hatten, konnte er mit wissenschaftlicher Präzision erklären, aber resigniert mußte er erkennen, daß sich ihm der tiefere Sinn, der hinter ihrem Handeln stehen mußte, nicht erschloß. Er konnte sich die psychische Kraft vorstellen, mit der ein Opfer überwältigt wurde, aber nicht die Willenskraft, die dahinterstand. Doug versteht die Wirklichkeit, dachte er. Dagegen verstehe ich nur Theorien. Ich habe irgendwie überlebt, uns beiden ist es gelungen. Aber es ist unverständlich, wie man sich einerseits Wissen über menschliche Schwächen und Leiden aneignen kann und andererseits nicht in der Lage ist, dieses Wissen auf sich selbst anzuwenden.

Du belügst dich selber, dachte er lächelnd, und nicht mal sehr erfolgreich.

Warum hat mich der Besuch meines Bruders so aufgewühlt? fragte er sich.

Ihm war heiß geworden, er stellte fest, daß die Sonne ihm durch ein Fenster auf den Oberkörper schien. Unzufrieden rutschte er auf seinem Stuhl zurück und rückte ihn schließlich zur Seite. Einer der Verlorenen Knaben sagte gerade: »Was ich am meisten hasse ist, wenn man mich ansieht wie eine Mißgeburt in einer Jahrmarktsbude.«

Jeffers sah auf, um zu sehen, wer sprach. Im Augenwinkel nahm er Simon wahr, der als Wärter den Auftrag hatte, auf die Verlorenen Knaben aufzupassen. Simon döste unbeeindruckt von den Gesprächen im Sonnenschein vor sich hin. Er war riesengroß und schwarz, seine kraftvolle Gestalt wurde durch den weißen Kittel verborgen, den alle Wärter trugen. Jeffers wußte, daß er in Karate einen schwarzen Gürtel trug und auch schon als Berufsboxer gearbeitet hatte. Simons Anwesenheit war die letzte Sicherung gegen Tätlichkeiten.

»Mißgeburten sind wir, Mißgeburten.« Meriwether sagte das. Der kleine Mann redete immer über dieses Thema. Er war schwächlich, blaß, in den mittleren Jahren, hatte ein schlechtgehendes Buchhaltungsbüro betrieben und war wegen Vergewaltigung der Tochter seines Nachbarn verurteilt worden. Kurz nachdem er zu den Verlorenen Knaben gestoßen war, hatte Jeffers bei ihm eine zwanghafte Zuneigung zu jungen Menschen festgestellt.

Meriwethers Besserung war zweifelhaft. Jeffers vermutete, daß die Tat, wegen der man ihn verurteilt hatte, nicht seine einzige gewesen war, und glaubte nicht, daß das Programm ihm helfen konnte. Irgendwann wird er sich in einer dunklen Straße einen Jungen greifen, der stärker ist als er und ihm die Kehle für ein Taschengeld durchschneidet, dachte Jeffers. Er schämte sich dieser unwissenschaftlichen Prognose nicht.

»Ich kann nicht ausstehen, wie die uns angucken«, sagte Meriwether.

»Dich angucken«, meinte Miller, der ihm im Kreis gegenübersaß. Miller war Krimineller aus Überzeugung, zusätzlich hatte er jemanden vergewaltigt. Er hatte zwei Menschen bei Wirtshausschlägereien getötet, dreimal wegen Raubüberfällen und Erpressung im Gefängnis gesessen. Jeffers mochte ihn besonders wegen seiner freimütigen Einstellung zu den Therapiesitzungen: Miller haßte sie. Trotzdem hatte er Chancen. Jeffers vermutete, daß dieser Mann es schaffen konnte, niemanden mehr zu vergewaltigen. Übrigbleiben würde jedoch ein Berufsverbrecher.

»Dir können sie irgend etwas ansehen, Kleiner, die merken, daß du unter der Oberfläche schmierig bist. Wir sehen das auch, Kleiner, wir alle hier, da staunste, was?«

Meriwether erwiderte, ohne zu zögern: »Na gut, vielleicht können die bei mir was spüren, aber dir brauchen sie nur einmal ins Gesicht zu sehen, und du bist durchschaut. Sie haben den Durchblick.«

Miller knurrte, lachte dann aber. Jeffers schätzte an ihm, daß er sich nicht herausfordern ließ, obwohl er sich fragte, welche Zurückhaltung er noch wahren konnte, wenn er getrunken hatte.

Die anderen Männer, die in einem lockeren Kreis saßen, lachten auch oder grinsten. Es waren Wright, Weingarten,

Bloom, der Knaben liebte, Wasserman, der der jüngste war und eine Ballkönigin vergewaltigt hatte, weil sie ihm einen Tanz verweigerte, Pope, mit zweiundvierzig Jahren der älteste, eigensinnig, feindselig, grauhaarig, mit der tätowierten Haut eines Fernfahrers. Jeffers vermutete, daß er weit mehr verbrochen hatte, als die Polizei ihm unterstellte. Er war meistens schweigsam und führte die Liste der zweifelhaften Fälle an. Zu den Verlorenen Knaben gehörten noch Parker und Knight. Sie waren einander ebenbürtig, verpickelt, mißmutig, Mitte Zwanzig, beides ausgeflippte Studenten. Einer war Programmierer, der andere teilzeitlicher Sozialarbeiter. Sie feixten über alles, würden aber irgendwann einsehen, daß sie noch eine Chance hatten, rauszukommen. Das allgemeine Gelächter ebbte ab, in die beginnende Stille sagte Meriwether: »Ich mag das trotzdem nicht.«

»Was denn, Kleiner?«

»Wir sind doch nicht bekloppt, was sollen wir denn hier?«
Verschiedene Stimmen unterbrachen ihn.

»Wir sind hier eingesperrt ...«

»Wir sitzen hier das Programm ab ...«

»Du blöder Arsch, wir sind hier, weil wir alle wegen Vergewaltigung verknackt sind. Ist dir das klar, du Schleimer?«

»Mann, vielleicht ist dir nicht klar, warum du hier bist, aber ich weiß das ganz genau ...«

Die letzte Bemerkung löste wieder allgemeines Gelächter aus. Jeffers beobachtete, wie Meriwether abwartete, bis es wieder still wurde.

»Ihr Knaben seid bekloppter, als ich dachte«, begann er und erntete Johlen und Miauen. Meriwether wartete wieder, er grinste verzerrt und genoß es, die Aufmerksamkeit der Gruppe auf sich gezogen zu haben.

»Denkt doch mal nach, ihr Mißgeburten. Wir sind hier zwar in der Klapsmühle, aber ist einer von uns wirklich verrückt? Meint ihr nicht, sie hätten uns längst eingelocht, wenn wir nur Kriminelle wären? Deshalb behandeln sie uns hier mit Zuckerbrot und Peitsche. Mach das Programm mit, sagen sie, lerne, alles richtig zu machen, dich zu hassen für das, was du getan hast. Dann werden wir schon alles wieder in Ordnung bringen und euch ins normale Leben entlassen ...«

Er schwieg einen Moment und beobachtete die Wirkung seiner Worte.

»Wißt ihr, was mir immer passiert? Wenn ich durch unseren Trakt gehe, weicht mir jeder aus, ausgerechnet mir! Da mußt du doch selbst lachen über so was, oder? Miller, du alter Knastbruder. Aber sie sehen es mir an, sie wissen, was los ist.«

Er lachte.

»Jeder von uns hier drin würde denen einen verpassen, wenn kein Psycho hinsieht. Wir hängen hier nur 'ne lange Zeit rum und sagen immer das, was wir sollen ... Dann hauen wir wieder ab. Sie können mich hier nicht anders machen.«

Er wandte sich an Jeffers.

»Ich scheiße auf Ihre Aversionstheorie, ich scheiße auf Ihre Bezugsgruppenzwänge, ich lasse mich davon nicht rumkriegen.«

»Denken Sie wirklich so?« fragte Jeffers

Meriwether lachte.

»Was für eine Wischiwaschi-Frage, merken Sie denn nicht, daß wir alle in unserem Innersten so denken?« Er dachte nach. »Ganz drinnen, da wo Sie nicht hinkönnen?«

Miller brummte wütend. »Sprich lieber über dich selbst, du Arschloch.«

»Das mach' ich doch«, antwortete Meriwether.

Die beiden Männer starrten sich zornig an. Jeffers dachte wieder an seinen Bruder.

Er erinnerte sich, wie überrascht er war, als er beobachtete, wie sich Doug routinemäßig aus der Registrierkasse mit Taschengeld versorgte. Er hielt das damals für verwerflich, nicht weil es Diebstahl war, sondern weil die Konsequenzen fürchterlich sein wurden, wenn es auffiel. Sein Bruder hatte geringschätzig gelacht und behauptet, daß das Geld für ihn nicht alles bedeutete: »Verstehst du denn nicht, Marty? Jedesmal, wenn ich etwas klaue, räche ich mich an ihm. Sein kostbares Geld. Ich nehme ein bißchen hier, ein bißchen da. Ich fühle mich dann nicht so wie sein Opfer.«

Doug war damals dreizehn gewesen.

Er schlug Doug, dachte Jeffers, warum nicht mich? Er vermutete den Grund in der beharrlichen und offenen Aufsässigkeit seines Bruders. Aber war das nicht nur ein Teil der Wahrheit? Gewiß war Doug nicht erpreßbar, aber da war noch etwas anderes in ihm, das ihr Vater wahrnahm und das ihn in Wut und Raserei versetzte.

»Kleiner, du kotzt mich an«, sagte Miller.

»Die Wahrheit paßt dir wohl nicht«, erwiderte Meriwether.

»Sag mir doch mal, was die Wahrheit ist. Du weißt so viel, du kleiner, schneller Nummernschieber, erzähl mir doch mal was über mein Leben.«

Meriwether lachte. »Laß mich mal nachdenken.« Er sah Miller abschätzend an. »Gut«, begann er ruhig und war sich bewußt, daß alle ihm zuhörten, »du warst vermutlich sauer auf deine Mutter ...«

Alle außer Miller lachten.

»Sie hat jeden geliebt, nur dich nicht ...«

Meriwether grinste in die Runde.

»Und jetzt, weil du sie nicht mehr bestrafen kannst, bestrafst du andere.«

Meriwether feixte seine lachenden Zuhörer an und sagte: »Da liegt die Wahrheit auf der Hand.«

Miller blieb ernst. Jeffers versuchte wieder, sich an das Gesicht seiner Mutter zu erinnern, es gelang ihm aber nicht. Wenn er an sie dachte, erschien immer wieder das Gesicht der Apothekersfrau vor ihm, ihre Ziehmutter, die nachmittags immer in irgendeiner Ecke herumsaß, sich Luft zufächelte und Tee trank, egal ob es Sommer oder Winter war.

»Mach ruhig so weiter, blöde Sau«, sagte Miller, »du hast schon eine Menge Scheiße geredet, du kannst dich jetzt auf den Mond schießen.«

Jeffers fragte sich einen Moment, ob Miller gleich explodieren würde, zweifelte aber gleich wieder. Er war zu gerissen. Wenn er vorhatte, sich zu rächen, würde er es tun, wenn sich die Gelegenheit böte. Er würde warten, bis seine Zeit kam. Alle Sträflinge wußten, daß sie Zeit im Überfluß hatten; der Vorgeschmack einer Rache konnte ebensoviel Vergnügen bereiten, wie jemandem die selbstgemachte Messerklinge zwischen die Rippen zu stoßen.

Jeffers machte ein paar Notizen, die den Konflikt zwischen den beiden Männern festhielten.

»Also«, sagte Meriwether, »wie alt war das letzte Mädchen, das du zusammengeschlagen und beklaut hast, und dann – wie wollen wir es nennen? Ganz vornehm natürlich – beglückt hast. Könnte sie zwanzig gewesen sein, oder vielleicht älter. Dreißig vielleicht? Vierzig? Gott, etwa fünfzig? Sechzig? Was haltet ihr von einer Dreiundsiebzigjährigen? Volltreffer!«

Meriwether schloß die Augen und lehnte sich in seinem Stuhl zurück.

»Alt genug, um deine Mutter zu sein, würde ich sagen.« Er schwieg, wandte sich dann an Jeffers.

»Doktor, dafür, daß ich Ihnen die ganze Arbeit abnehme, müssen Sie bezahlen.«

Jeffers erwiderte nichts.

»Nun erzähl uns doch mal, du tapferer Junge, wie es genau war?« fuhr Meriwether fort. Millers Augen hatten sich verengt. Er wartete, bis es wieder still war.

»Du weißt das doch, Großmaul, es war großartig wie immer.«

Er machte eine Pause.

»Ist das so in Ordnung, du Mißgeburt?«

Meriwether nickte. »In Ordnung.«

Jeffers sah sich im Kreis um, er hoffte eigentlich auf Widerspruch, wußte aber, daß es keinen geben würde. Es gab gewisse Themen, die keinen aus der Gruppe frustrierten, eines war die Vorstellung, sich vergnügt zu haben. Er notierte sich einige Beobachtungen für die folgenden Einzelgespräche mit den Männern.

Diese Gruppe macht nichts anderes, als Ideen zu verstärken, die man ihnen während der täglichen Gruppengespräche verständlich zu machen versuchte, dachte er. Manchmal hilft auch Magie. Er fragte Miller: »Haben Sie gerade der Gruppe erzählt, daß die Vergewaltigung einer Dreiundsiebzigjährigen Sie sexuell befriedigt hat?« Mit allen konnte er nicht so grob umgehen, sagte er sich. Miller schüttelte den Kopf.

»Nein, Doktor, nicht so ...« Er grinste höhnisch. »Was ist denn schon sexuelle Befriedigung? Ich wollte sagen, und diese Mißgeburten da haben mich schon verstanden, daß sie eben da war und ich auch und daß es dann passiert ist, nichts Besonderes.«

»Meinen Sie nicht, daß es für die Frau etwas Besonderes war?«

Miller versuchte zu scherzen.

»Vielleicht hat es ihr bisher keiner so gut gemacht.«

Schmetterndes Gelächter erscholl.

»Weiter, Miller, Sie haben einer alten Frau übel mitgespielt. Was für eine Art Mensch macht so etwas überhaupt?«

Miller sah ihn wütend an.

»Sie hören mir nicht zu, Doktor. Ich versuche Ihnen zu sagen, daß sie einfach da war. Keine große Sache.«

»Es war aber trotzdem eine, das ist das Problem.«

»Gut, aber nicht für mich.«

»Wenn es also keine große Sache war, woran haben Sie denn gedacht, als Sie ihr das antaten?«

»An etwas gedacht?« Miller zögerte. »Verdammt, ich weiß nicht. Ich hatte Angst, daß sie mich erkennt, da habe ich ihr die Brille kaputt gemacht, und außerdem war ich sehr vorsichtig, um die Nachbarn nicht zu wecken ...«

»Kommen Sie, Miller, Sie haben überall am Tatort Fingerabdrücke hinterlassen und wurden gefaßt, als Sie den Schmuck der alten Dame losschlagen wollten. Woran haben Sie gedacht?«

»Verdammt, das weiß ich nicht.« Er kreuzte die Arme vor der Brust und starrte stur vor sich hin.

»Versuchen Sie's noch mal.«

»Sehen Sie, Doktor, ich weiß nur noch, daß ich eine Wut hatte, ich war unheimlich sauer. Alles war schiefgegangen. Ich war in verdammt mieser Stimmung. Ich kann mich nur erinnern, daß mich alles ankotzte. Ich hätte schreien können vor Zorn. Ich hatte Lust, jemanden umzubringen. Das war's. Tut mir leid, daß mir das alte Mädchen über den Weg lief. Aber sie war nun mal da, und darauf hatte ich gewartet. Verstanden? Sind Sie jetzt zufrieden?«

Jeffers lehnte sich zurück. Er dachte: Das ist mir wirklich gut gelungen.

»Gut«, fuhr er fort, »reden wir über Wut, will jemand etwas dazu sagen?«

Nach kurzem Schweigen stotterte Wasserman: »Mmmamamamamanchmal dedenke ich, ich bebin immer wüwütend.«

Ein anderer erwiderte: »Wütend auf was?«

Es blieben nur noch ein paar Minuten bis zum Ende der Sitzung. Jeffers wußte, daß die Gruppe auf das Thema anspringen würde. Wut war ein dankbarer Gesprächsstoff. Alle Verlorenen Knaben kannten Wut. Er sah sich im Raum um, er war hell und luftig, weiß gestrichen, die Therapiegruppe konnte durch eine Glaswand beobachtet werden. Die Möbel waren alt und wackelig, wie es sich für eine öffentliche Einrichtung gehörte. Eine zusammengeklappte Tischtennisplatte stand an der Wand, sie wurde selten benutzt. Ein Billardtisch hatte auch schon einmal hier gestanden, war aber wieder entfernt worden, als eines Tages ein Psychopath zwei Wärter mit einem Billardstock krankenhausreif geprügelt hatte. Es lagen Illustrierte herum, die sich bewegten, wenn ein Luftzug durchs Fenster strich. Einen Fernseher gab es auch, er sah aus, als wenn er nur Seifenopern und Stummfilme spielen konnte. Auch ein Klavier stand herum, völlig verstimmt. Ab und an, wenn jemand darauf spielen wollte, hoffte man, daß es durch eine Art von Osmose wieder stimmen würde. Das Klavier ist wie meine Patienten, dachte Jeffers. Wir schlagen auf die Tasten und hoffen, eine Melodie zu finden, hören aber gewöhnlich Dissonanzen. Jeffers liebte den Raum, er hatte einen stillen und freundlichen Charakter. Er dachte manchmal, daß der Raum Streitigkeiten milderte. Für Tätlichkeiten schien er ungeeignet.

Er konnte sich nicht erinnern, daß er jemals mit seinem Bruder gekämpft hatte. Das war ungewöhnlich, alle Brüder stritten sich, waren sie so anders? Er dachte daran, wie Doug ihn einmal gewaltsam an den Armen auf dem Boden festgehalten hatte, aber nur, um ihn davon abzuhalten, hinter ihrer Mutter herzujagen, die sein Zeugnis zu ihrem Mann brachte. Er hatte in einem Fach, Französisch, versagt und schämte sich. Er konnte sich aus dem festen Griff seines Bruders nicht befreien. Doug sagte nichts, hielt ihn nur fest. Er war sich nicht sicher, was er tun wollte. Vielleicht ihr das Zeugnis wegnehmen und zerreißen. Er wußte nur, daß der Apotheker sich mächtig aufregen würde. Eine Woche wurde er nachts in sein Zimmer eingeschlossen. Aber im nächsten Schuljahr bekam er eine gute Note und im letzten eine sehr gute in Französisch.

»Hallo, Pope.« Meriwether sprach wieder. »Los, Pope, du hast jemanden umgebracht. Erzähl uns mal, wie wütend du warst, als du das machtest.«

Jeffers wartete wie die anderen. Das war eine gute Frage, dachte er, weniger vom therapeutischen Standpunkt aus als aus Wißbegierde.

Pope schnaubte verächtlich. Er hatte eng beieinanderstehende schwarze Augen und Schultern, die für seine schmächtige Gestalt zu breit wirkten. Jeffers hielt ihn für außerordentlich kräftig.

»Ich habe nie jemanden umgebracht, auf den ich wirklich Wut hatte.«

Meriwether lachte.

»Ach, komm doch, Pope, du hast den Kerl in der Bar gekillt. Das hast du uns doch schon mal erzählt. Das war doch ein Kampf, erinnerst du dich nicht?«

»Da hatte ich keine Wut, das war nur 'ne Schlägerei.«

»Aber der ist doch gestorben.«

»Das passiert eben, war 'n Glückstreffer.«

»Du meinst ein unglücklicher.«

Pope hob die Schultern. »Von ihm aus gesehen bestimmt.«

»Du behauptest, daß du ihn totgeschlagen hast, ohne auf ihn wütend zu sein?«

»Du verstehst mich wirklich nicht, du schlaues Kerlchen. Natürlich hatten der Typ und ich 'ne Schlägerei. Wir haben zusammen einen gehoben, eins kam zum anderen, er hätte mich nur nicht so beschimpfen sollen. Aber auch das ist nichts Besonderes. Das passiert nachts in jeder Bar. Ich bin noch nie so wütend auf 'nen Mann gewesen, daß ich stocknüchtern rumsitze und überlege, wie ich ihn alle mache. Das mußt du doch kapieren, oder?«

Die Gruppe fand das einleuchtend und schwieg.

»Einmal war ich richtig wütend«, sagte dann Weingarten, der sich die ganze Sitzung über still verhalten hatte. Er hatte fettiges Haar und war als Exhibitionist samt seinem Schaukasten verhaftet worden, als er eine junge Frau beglücken wollte. Sie hatte sich losgerissen, ihn am nächsten Tag aus einem Polizeialbum herausgesucht; nun war er zu den Verlorenen Knaben gestoßen. Jeffers bezweifelte, ob das Programm ihm helfen konnte; er benahm sich nämlich immer absonderlicher. Darüber war er selbst so fasziniert, daß kaum eine schnelle Veränderung bei ihm zu erwarten war.

Die Verlorenen Knaben litten nicht an normalen Krankheiten. Während der Ausbildung als Mediziner hatte man immer wieder gepredigt, Krankheit so früh wie möglich zu erkennen und zu behandeln.

Hier ist das ganz anders, dachte Jeffers. Man kann die Krankheit erst erkennen, wenn sie sich manifestiert hat, dann versucht man, sie zu behandeln. Du bist immer der Verlierer, stellte er trübselig fest. Trotz ständiger Erfolgsmeldungen, die man braucht, um das Programm weiterhin mit öffentlichen Mitteln zu finanzieren.

»Ich wollte jeden umbringen, der mir in den Weg kam.«

»Was ist denn passiert?« fragte Jeffers

»Auf der Highschool gab es einen, der mir in allem über war. Sie kennen bestimmt so einen Typ, der Ihnen vor den Augen der anderen kräftig auf den Fuß tritt, nur damit Sie schlecht aussehen. Er weiß nämlich genau, daß keiner sich wehrt. Sie wissen, was ich meine, so 'n richtiger Sportsfreund.«

»Sieh' mal, wer da was zu sagen hat«, unterbrach ihn Meriwether. Weingarten ließ sich nicht ablenken und fuhr fort: »Zuerst wollte ich ihn abknallen. Mein Vater hatte ein Jagdgewehr, er war leidenschaftlicher Jäger und scherte sich nicht darum, wenn ich mir die Waffe mal nahm. Da war ein wirklich feines Zielfernrohr drauf, ich hatte den Knaben bereits einmal mitten im Fadenkreuz. Ich wollte abdrükken, aber dann habe ich mir überlegt, daß ich es ihm auf die gleiche Weise heimzahlen sollte wie er mir. Perfekt und vor aller Augen. So habe ich noch gewartet bis zum großen Heimspiel. Ich nahm mir vor, ihn bloßzustellen, es war alles sehr einfach. Der Trainer hatte Ausgangssperre verhängt, ich wußte aber, daß der Knabe es mit 'nem Tanzgirl aus dem Verein trieb. Ich bin den beiden zu dem Parkplatz gefolgt, wo die Teenager immer fummeln, und habe gewartet. Es dauerte nicht lange, bis sie zur Sache gingen. Ich habe erst noch ein bißchen zugeguckt, dann ausgeholt und zack mit dem Eispickel in alle vier Reifen gehauen. Sie konnten nicht mehr rechtzeitig nach Hause kommen. Bingo! Er würde bestimmt nicht spielen dürfen. Das Mädchen war nämlich die Tochter des Trainers. Die Sache war idiotensicher.«

»Und was ist weiter passiert?«

»Sie kamen nicht vor vier Uhr morgens nach Hause.«

»Hat der Trainer den Kerl rausgeschmissen?«

Weingarten zögerte.

»Er war der Scheißschlußspieler. Landesliga. Hatte ein Stipendium bei der Scheißhighschool Notre Dame. Es ging um ein Scheißheimspiel. Was denkst du, was passiert ist?«

Die Verlorenen Knaben lachten, und Jeffers schloß sich an. Auch Weingarten lachte.

»Es war eine so gute Idee. Im zweiten Spielviertel hat sich der Kerl wenigstens sein Knie aufgerissen und mußte sein Studium aufgeben.«

»Was ist denn aus ihm geworden?« fragte einer der Männer.

Weingarten grinste. »Mann, war das ein Arschloch, er ist Polizist geworden.«

Gelächter scholl durch den Raum. Jeffers dachte, daß sein Bruder ein hervorragender Sportler gewesen war. Wenn er wirklich spielte, schien ihn der Ball förmlich zu verfolgen. Er war schnell und gewandt und hatte eine geheimnisvolle Kraft, obwohl er nicht so muskulös war wie die anderen. Außerdem konnte Doug, wenn es erforderlich war, den ganzen Tag rennen. Er hatte eine ungeheure Ausdauer. Er machte alles aus Wut. Je mehr die Zieheltern ihn zum Sport nötigten, um so weniger wollte Doug auf sie hören. Das war seine Art versteckter Rebellion.

Eines Nachts hatten sie im Dunkeln in ihren Betten gelegen, und sein Bruder hatte ihm etwas über Haß gesagt. Er war damals überrascht gewesen, wie tief das Gefühl bei seinem Bruder ging: »Ich würde keinen Finger für sie rühren, überhaupt nichts für sie tun, nichts, was ihnen gefällt, gar nichts.«

Jetzt würde ich erwidern können, daß dieser Haltung Selbsthaß zugrundeliegt, dachte Jeffers.

Diese Kindheitserinnerung hatte ihn gepackt. Die Heftigkeit, mit der sein Bruder das gesagt hatte, war in ihm noch lebendig. Er konnte seinen Bruder damals nicht sehen, erinnerte sich aber an die Nacht hinter den Fensterscheiben, den Hof, die Straße, den Mondschein auf den Bäumen. Sie wohnten in einem bescheidenen Haus in einem kleinen Vorort, das äußerlich ruhig erschien, aber zum Bersten mit Wut gefüllt war.

»Die einzige Person, die mich so anwiderte, daß ich sie am liebsten umgebracht hätte, war meine Alte.« Steele hatte sich in das Gespräch eingemischt. »Sie jammerte, Mann, Tag und Nacht. Morgens, mittags, nachmittags. Verdammt, manchmal dachte ich, sie jammert auch im Schlaf ...«

Die anderen lachten. Jeffers sah, wie verschiedene Köpfe nickten.

»Wißt ihr, es spielte keine Rolle, wo wir waren oder was wir gemacht haben. Sie machte mich fertig, ich fühlte mich irgendwie kleiner. Versteht ihr? Kleiner.«

Es herrschte Stille.

Jeffers erinnerte sich an Steeles Akte. Er hatte Überfälle in seiner Nachbarschaft begangen. Als Klempner hatte er die Mittagspause ausgenutzt und Hausfrauen allein angetroffen.

Steele fuhr fort: »Wenn ich mich an ihr irgendwie hätte rächen können, wäre ich vermutlich nicht hier.«

Jeffers notierte sich diese Bemerkung und dachte: Du hast dich trotzdem an ihr gerächt.

Er sah auf die Uhr. Die Sitzung war fast zu Ende. Einen Moment fragte er sich, warum sein Bruder nicht mit ihm zu Abend gegessen hatte oder länger geblieben war. »Nur eine Reise in die Vergangenheit. Erinnerungen besuchen.«

Was meinte er bloß damit? Ärger stieg in ihm hoch. Doug brachte es fertig, in einem Moment von ätzender Schärfe zu sein und im nächsten von unergründlicher Begriffsstutzigkeit. Er fühlte eine plötzliche Leere und fragte sich, wie gut er seinen Bruder kannte.

Mit gewohnter Routine setzte er hinzu, wie gut kenne ich mich selbst? Er sah den Rest des Tages vor sich: Visiten, verschiedene Einzelgespräche, Abendessen allein in seinem Apartment, ein Footballspiel im Fernsehen, ein Kapitel in einem Buch lesen und einschlafen. Am nächsten Morgen das Ganze wieder von vorne.

Routine ist eine Art Schutz, dachte er. Womit mag sich Doug schützen? Und wovor? Das ist leicht zu beantworten. Er sah auf seine Gruppe. Wir schützen uns vor uns selber.

Es war typisch für Doug, zu sagen: »Ich folge dem Unglück auf den Fersen.« Eine gewisse dramatische Umschreibung! Jeffers war plötzlich eifersüchtig, sagte sich dann aber: Vergiß es, wir sind eben, wie wir sind. Er war einen Moment verlegen, weil das ein Gemeinplatz war. Eine Frage quälte ihn weiterhin: Wie nahe stehen wir uns?

Simon, der Wärter rechts neben ihm, rührte sich. Er räkelte sich und stand auf. Die Männer begannen ihre Stühle zurückzuschieben, um aufzustehen. Die Szene erinnerte an eine Klasse, die jeden Moment die Pausenglocke erwartet.

»Genug für heute«, sagte Jeffers. Er erhob sich und dachte wieder: Näher als du denkst.

Martin Jeffers beobachtete, wie sich die Männer erhoben

und einzeln oder paarweise den Raum verließen. Durch die geöffnete Tür hörte er einige von ihnen lachen. Als er allein war, sammelte er seine Notizen ein und machte einige Eintragungen in das Tagebuch. Die Sonne schien ihm warm auf den Rücken, als er durch den Raum ging. Es war ganz still, die Sitzung war für ihn ein Erfolg gewesen: Keine Konflikte, keine unversöhnlichen Feindschaften, obwohl man auf Miller und Meriwether aufpassen mußte. Wir haben kleine Fortschritte gemacht, dachte Jeffers. Vielleicht könnte man an Weinbergers Geschichte anknüpfen. Er beschloß, das nächste Mal über Eifersucht zu sprechen, und zog die Tür hinter sich zu.

Der Korridor war leer, er ging mit schnellen Schritten zu einem der Aufenthaltsräume. Als er durch die Glastür blickte, bot sich ihm die gleiche Szenerie wie an jedem anderen Tag. Ein paar Männer standen herum und redeten miteinander, andere hielten Selbstgespräche. Einige lasen, einige spielten Schach oder Dame.

In einer Nervenheilanstalt wird die meiste Zeit damit verbracht, auf den nächsten Tag zu warten. Die Patienten sind Experten in der Verlängerung der Zeit, die Mahlzeiten dauern endlos. Jede Aktivität wird hinausgezögert. Die Zeit wird professionell vernichtet. Das ist auch verständlich, bei Menschen, für die die Zeit keine Bedeutung mehr hat, dachte Martin Jeffers.

Ein Notizzettel klebte an der Tür, als er sein Büro erreichte. Bitte Dr. Harrisons Büro anrufen. Dr. Harrison war der Verwaltungsdirektor der Anstalt. Jeffers sah den Zettel unschlüssig an und fragte sich, was los war. Er schloß die Tür auf und legte seine Papiere ab. Sein Blick fiel auf ein wakkeliges Regal, das mit Heften, Akten und Büchern überlastet war. An der Wand hing ein Kalender mit Landschaftsbildern aus Vermont. Dort ist es schön, dachte er vergnügt, man kann angeln und campen.

Doug hatte einmal eine Forelle gefangen, sie aber wieder freigelassen, ihr Vater hatte sich darüber amüsiert. »Sie wird sterben«, war sein Kommentar.

»Wenn du sie angefaßt hast, ist der Schleim weg, mit dem der Fisch überzogen ist. Sie wird sich erkälten und eingehen. Du darfst keine Forelle zurückwerfen.« Der Apotheker hatte wieder über Doug gelacht und auf ihn gezeigt. Martin Jeffers fragte sich jetzt, ob er sie belogen hatte. Er war seltsam berührt, weil er bisher sein ganzes Leben geglaubt hatte, daß man eine Forelle nicht mehr ins Wasser zurücksetzen kann, ohne sie gleichzeitig zu töten. Er hatte das nie nachgeprüft. Aber Dr. Harrison war Angler, ihn konnte man fragen.

Er hob den Hörer ab und wählte den Anschluß der Verwaltung. Die Sekretärin meldete sich.

»Hallo, Martha, hier spricht Martin Jeffers. Ich habe Ihre Nachricht bekommen. Was hat der Chef auf dem Herzen?«

»Hallo, Dr. Jeffers, ich weiß nichts Genaues, aber wir haben Besuch von der Polizei. Es ist eine Frau. Sie kommt aus Florida, genauer aus Miami, eine gewisse Detective Barren, sie möchte Sie unbedingt sprechen ...«

Die Sekretärin schwieg einen Augenblick, dann sagte sie: »Ich war noch nie in Miami, ich wollte immer schon mal hinfahren. Herr Doktor, sie hat irgend etwas von Mord gesagt.«

»Ich komme gleich rüber«, antwortete er und legte auf.

5

Ein frommer Schiit trinkt nicht · Die Spur beginnt beim Football · Verfolgung auf eigene Faust

DIE WORTE HALLTEN in ihr nach: *Alkoholspuren.* Ihre Wangen würden wohl von Tränen gezeichnet sein. Mercedes Barren sah in den Spiegel, erwartete rote Flecken im Gesicht, aber es war wie immer. Ihre Augen schmerzten, sie fühlte sich erschöpft. Zunehmende Müdigkeit verdrängte ihre Entschlossenheit und Ausdauer. Durch bewußtes Atmen versuchte sie, drohende Benommenheit und Übelkeit zu bekämpfen.

Sie mühte sich, ihre Gedanken zu sammeln, wurde aber von Gefühlen überwältigt. Mit beiden Händen stützte sie sich auf das Waschbecken, umklammerte es eine Weile und versuchte, sich wieder unter Kontrolle zu bringen. Mit übertriebener Sorgfalt drehte sie den Wasserhahn auf. Sie verbrannte sich zuerst die Hände mit heißem Wasser, dann hielt sie ihre Handgelenke unter kaltes Wasser, wie ihr Mann ihr einmal geraten hatte, als sie sehr aufgeregt gewesen war. Sie spritzte sich Wasser ins Gesicht und sah wieder ihr Spiegelbild an. Ich werde alt, dachte sie. Ich bin dünn, hager, erschöpft und unglücklich. Ich habe Falten auf der Stirn und in den Augenwinkeln, die vor kurzem noch nicht da waren. Sie sah auf ihre Hände und zählte die Adern auf ihren Rückseiten.

Mercedes Barren ging ins Wohnzimmer. Ihr Blick fiel auf Stapel von Berichten, mit Beweismaterial gefüllten Ordnern, Fotografien, Abschriften, psychologischen Expertisen und Presseberichten. Sie waren die eigentliche Substanz einer kriminalpolizeilichen Ermittlung. Sie ging zu ihrem Schreibtisch und begann unlustig, das Durcheinander der Dokumente zu sortieren und sie in eine gewisse übersichtliche Ordnung zu bringen. Das ist nun Susans ganzes Vermächtnis, dachte sie und mußte wieder ihre Tränen zurückhalten.

Sie ging zum Fenster und betrachtete den wolkenlosen blaß-blauen Morgenhimmel. Draußen war es erdrückend heiß, das Meer reflektierte glitzernd die Sonnenstrahlen. Es war ein Tag voller Helligkeit, ohne jedes Anzeichen von Unordnung. Sie legte eine Hand gegen die Fensterscheibe und spürte die tropische Hitze draußen. Einen Augenblick hatte sie das Verlangen, ihre Hand zur Faust zu ballen und damit das Fenster zu durchschlagen. Das Glas sollte klirren und hinunterfallen. Als aber ihre Hand sich wie von selber zur Faust ballte, ließ sie sie erschreckt fallen, verließ das Fenster und sah sich in ihrem Apartment um.

»Gut«, sagte sie laut, »das reicht.«

Sie wischte sich eine letzte Träne aus dem Augenwinkel.

Auf dem Bücherregal stand ein kleines silbergerahmtes Foto ihrer Nichte, sie nahm es in die Hand und sah es an.

»Gut«, sagte sie wieder, »es ist Zeit für einen neuen Anfang.«

Sie stellte das Bild mit einem leichten Anflug von Traurigkeit wieder hin.

»Es tut mir so leid, es tut mir so sehr leid«, murmelte sie, war sich aber nicht sicher, bei wem sie sich entschuldigen wollte.

Der weibliche Polizeioffizier hinter dem Schalter der Landeskriminalpolizei in Dade fragte kurz angebunden: »Haben Sie einen Termin?«

»Nein, ich brauche auch keinen«, erwiderte Detective Barren.

»Tut mir leid, ich kann Sie nicht durchlassen, wenn Sie niemand erwartet. Wen möchten Sie denn sehen?«

Detective Barren fischte laut seufzend ihre Dienstmarke aus der Handtasche.

»Ich möchte Detective Perry besuchen. Und zwar sofort. Rufen Sie ihn in seinem Büro an.«

Die Frau ließ sich das goldene Abzeichen geben und notierte die daraufstehende Nummer sorgfältig in einem Tagebuch. Dann gab sie es zurück und wählte das Mordkommissariat an, ohne aufzusehen. Sie verlangte Detective Perry und teilte ihm mit, daß eine Kollegin von der Stadtkripo ihn besuchen wollte. Nach einer kurzen Pause legte sie auf und sagte: »Dritte Etage.«

»Ich weiß«, antwortete Detective Barren. Der Aufzug brauchte länger als sonst, wie ihr schien. Sie vermißte plötzlich einen Spiegel, um ihr Make-up zu überprüfen und um sich zu versichern, daß alle äußeren Anzeichen ihres Kummers verdeckt waren. Sie ermunterte sich, selbstbewußt aufzutreten. Des Morgens hatte sie mit größerer Sorgfalt als sonst ihre Kleidung ausgewählt, weil sie wußte, daß ihr Erscheinungsbild bei dem, was sie vorhatte, wichtig sein würde. Ihr dunkelblaues und graues Kostüm für Gerichtstermine hatte sie hängen gelassen und statt dessen eine hellbeige Baumwolljacke und eine khakifarbene Bluse angezogen, sie wollte locker, entspannt und ungezwungen erscheinen. Die Jacke war weit geschnitten. Als sie sie damals anprobiert hatte, war solche sackartige Kleidung Mode. Jetzt sah sie eine Nummer zu groß aus. Der Schnitt war jedoch geeignet, den Schulterhalfter mit ihrer Neunmillimeter-Pistole zu verbergen. Das war nicht ihre übliche Waffe. Normalerweise verstaute sie einen kurzläufigen achtunddreißiger Revolver in ihrer Handtasche und vergaß sie tagsüber völlig. Nach dem Anziehen hatte sie sich jedoch plötzlich bedroht gefühlt, als sie vor der Wohnungstür Geräusche hörte. Ohne zu überlegen, hatte sie dann die große Automatik angelegt, die Größe und das Gewicht der Pistole gaben ihr Sicherheit.

Die Aufzugtür öffnete sich quietschend.

»Hallo, Merce, kommen Sie her.« Detective Perry kam ihr entgegen.

Sie ging schnell auf ihn zu, sie gaben sich die Hand. Er forderte sie auf mitzukommen und ging auf sein Büro zu.

»Kommen Sie mit, möchten Sie Kaffee? Wie geht es Ihnen?« fragte er, ließ ihr aber keine Zeit zu antworten.

»Ich habe in den letzten Tagen an Sie gedacht, als wir einen Sexualverbrecher faßten. Das Mädchen drüben in Miami, am Kanal, Sie haben es wahrscheinlich in der Zeitung gelesen. Ich mußte immer an den Boxer denken, den Sie damals festgenommen haben. Sie sagten, Intuition ersetzt keinen Haftbefehl, stimmt's? Ich hatte jedenfalls in meinem Fall das unbestimmte Gefühl, daß der Täter kein Mörder war. Es war zwar eine richtige Vergewaltigung, aber das Mädchen hatte einen Schädelbruch. Der Gerichtsarzt sagt, daß sie bewußtlos gestorben ist. Wenn der Täter das nun nicht gemerkt hat? Vielleicht glaubte er, sie nicht so heftig getroffen zu haben. Deshalb habe ich mir ein paar Jungens mitgenommen und eine Polizistin als Teenager verkleidet. Sie haben letzte Nacht den Ort, an dem der Überfall passierte, überwacht. Das war ein Volltreffer. Wer kam da wohl an, das Gesicht voller Kratzspuren, und quatschte unseren Teenagerkollegen an? ›Willste mit auf 'ne Party?‹ fragte der Kerl. ›Nee, du mußt mit auf meine‹, sagte die Kollegin. Der Knabe packte schließlich nach ein paar Stunden Verhör aus. Wissen Sie was, Merce? Alles wäre umsonst gewesen, wenn der Kerl sich nicht so blöd benommen hätte. Wie Sie sehen, hatte ich eine verdammt harte Nacht. Trotzdem, das Ergebnis ist die Mühe wert.

So, und nun wollte ich schnell noch einen Bericht machen und dann ab nach Hause zu Weib und Kind. Plötzlich stehen Sie vor der Tür. Ist doch kein Notfall, oder? Ach bitte, setzen Sie sich.« Er deutete auf einen Stuhl an seinem Schreibtisch, beide setzten sich.

»Sie sind so still«, sagte er, »war wirklich ein schöner Erfolg.«

Sie mochte Detective Perry und war gleichzeitig bedrückt, weil sie erwartete, daß er sich nach dem Gespräch über sie ärgern würde.

»Das hilft oft«, erwiderte sie.

»Was hilft?«

»Daß viele Täter blöd sind.«

Er lachte. »Sie nehmen mich wohl auf den Arm?« Über seine gestapelten Papiere hinweg sah er ihr in die Augen und fragte freundlich: »Warum wollen Sie mich sprechen?«

Sie zögerte ein paar Sekunden, bevor sie ihm ebenso sanft antwortete: »Er ist nicht der Täter.«

In der darauffolgenden Stille sah Detective Perry sie durchdringend an. Er stand auf und ging im Zimmer umher, sie beobachtete ihn aufmerksam.

»Merce«, antwortete Perry schließlich, »geben Sie doch Ruhe.«

»Er ist nicht der Täter.«

»Hören Sie doch auf damit.«

»Er kann es nicht gewesen sein.«

»Gut, nehmen wir an, er war es nicht. Woher wissen Sie das denn? Was macht Sie so sicher?«

»Alkoholspuren.«

»Wie bitte?«

»Alkoholspuren, die Bißspuren auf Susans Leiche wurden auf Speichelreste hin untersucht. Sie enthielten Alkoholspuren.«

»Ja, ich erinnere mich. Und weiter?«

»Er behauptet, er sei Schiit.«

»Ja und?«

»Ein strenggläubiger Schiit.«

»Sicher, das hat er gesagt, und?«

»Er würde nie einen Tropfen Alkohol zu sich nehmen. Kein Bier, keinen Scotch, keinen Wein.«

Detective Perry ließ sich schwer in seinen Stuhl fallen. »Und das ist alles?«

»Das ist für den Anfang alles.«

»Mehr haben Sie nicht?«

»Noch nicht.«

»Merce, warum tun Sie sich das an?«

»Was denn?«

»Warum wollen Sie sich denn selber bestrafen?«

»Das tue ich ja nicht, ich will nur Susans Mörder finden.«

»Wir haben ihn doch. Er ist für den Rest seines Lebens im Gefängnis. Wenn er stirbt, wird er vermutlich in die Hölle kommen. Merce, geben Sie doch auf!«

»Sie hören mir verdammt schlecht zu. Alkoholspuren.«

»Merce, ich bitte Sie.« Seine Stimme klang traurig und niedergeschlagen. »Ich bin müde, total fertig. Sie wissen doch, daß der Kerl die meisten Mädchen in Bars oder Studentenclubs aufgabelte. Sie meinen, der hat nie ein Bier getrunken? Verdammt. Der war verrückt, Merce, krank und verrückt. Der würde alles getan haben, um an die Mädchen heranzukommen. Der ganze religiöse Scheiß, das war doch bloß Schau. Rechtfertigung. Wahnsinn und was sonst noch alles ...« Detective Perry rollte seinen Stuhl zurück. »Merce, ich bin müde. Ich muß Ihnen doch nicht erklären, daß der Speichelrest auch Alkoholspuren enthalten hätte, wenn der Kerl vor der Tat Mundwasser benutzt hat. Sie wissen das doch genausogut wie ich, verdammt. Sie sind doch vom Fach.«

»Er ist nicht der Täter.«

»Tut mir leid, Merce. Er war es. Er hat sie umgebracht. Er hat auch die anderen umgebracht. Damit müssen Sie jetzt leben. Ich bitte Sie, Merce, geben Sie sich doch damit zufrieden.«

Detective Barren sah ihn traurig an. Die Enttäuschung in seiner Stimme ließ sie schwanken. Sie mußte ihm total verrückt vorkommen. Doch plötzlich stand ihr das verschwommene Bild ihrer Nichte vor Augen, und sie raffte sich auf.

»Wollen Sie mir helfen?«

»Merce.«

»Wollen Sie, verdammt noch mal?«

»Lassen Sie mich doch aus dem Spiel.«

»Sie wollen mir also nicht helfen?«

»Merce, sehen Sie zu, woher Sie Hilfe bekommen. Gehen Sie zum Amtschef, reden Sie mal mit dem Minister. Oder nehmen Sie Urlaub, lesen ein Buch oder machen Sie irgend etwas anderes, aber bitten Sie mich nicht, Ihnen zu helfen.«

»Bitte geben Sie mir dann die Akten.«

»Himmel, Merce, Sie haben schon fast alles bekommen, was wir haben. Ich habe Ihnen doch alles schon vor dem Schuldspruch gegeben.«

»Und Sie halten nichts zurück?«

Perry wurde rot vor Ärger. »Nein, verdammt, was für eine beschissene Frage.«

»Ich mußte das nur wissen.«

»Sie wissen es jetzt.«

Beide waren stumm und sahen sich an. Nach einer Weile sagte Detective Perry langsam und traurig: »Mich bedrückt, daß Sie so denken. Der Mord an ihrer Nichte ist doch von uns aufgeklärt worden. Wenn Sie wirklich einen schlagkräftigen Beweis haben, können Sie immer zu mir kommen, und wir werden zusammen überlegen, was zu tun ist. Aber das ist alles zu spät, Merce. Ich wünschte mir, daß Sie mich auch verstehen.«

Er fuhr nach kurzem Zögern fort: »Es würde wahrscheinlich auch besser für Sie sein, wenn Sie das täten.«

Sie wartete geduldig, bis er aufgehört hatte zu sprechen. »Vielen Dank.«

Er schüttelte den Kopf und wollte etwas sagen, doch Sie unterbrach ihn: »Ich meine es wirklich so. Ich weiß, daß Sie glauben, was Sie sagen. Und Sie waren mir gegenüber immer offen und fair. Ich schätze das.« Sie blickte ihn intensiv an. »Ich weiß, was Sie denken, aber Sie täuschen sich. Ich bin nicht verrückt. Auch nachdem ich ein paar Wochen darüber nachgedacht habe, hat sich meine Meinung nicht geändert. Er kommt für mich als Täter nicht mehr in Frage.«

»Merce, Sie sind nicht verrückt, nur ...« Er konnte das passende Wort nicht finden.

»Schon gut«, sagte sie, »ich habe Verständnis für Ihre Auffassung.«

Sie erhob sich. »Ich mache mir nichts daraus, aber ich werde alles dransetzen, um Susans Mörder zu finden.« Sie zögerte einen Moment. »Ich sage Ihnen Bescheid, wenn ich ihn gefunden habe.«

Sie war sich nicht sicher, was sie ihrem Chef sagen sollte. Daß sie den Araber nicht für Susans Mörder hielt? Daß der Mörder noch frei herumlief? Daß sie nicht eher Ruhe geben würde, bis er gefaßt war? Alle Argumente, die sie in Gedanken formulierte, schienen ihr einfältig, melodramatisch und kaum überzeugend. Rache ist etwas Gewöhnliches, Banales. Sie entspricht zwar einem verbreiteten Bedürfnis zur Bewältigung ungewöhnlicher Ereignisse, macht aber doch gleichzeitig auch schuldig. Mercedes Barren wußte, daß diese Ansicht bedenklich war, konnte aber nicht sagen, warum.

Die Tür von Lieutenant Burns' Büro war angelehnt. Sie klopfte zaghaft und steckte ihren Kopf langsam durch die Tür.

Er saß am Schreibtisch. Um ihn herum waren zwei Dutzend Farbfotos ausgebreitet. Er sah auf und lächelte, als er sie erkannte.

»Ah, Merce, Sie kommen mir wie gerufen. Treten Sie ein und sehen Sie sich das mal an.«

Sie kam langsam herein.

»Kommen Sie doch hier herum, sehen Sie sich mal die Fotos an.«

Sie studierte die herumliegenden Bilder. Sie stellten einen jungen Mann dar, der in Hockstellung in einem Kofferraum lag. Auf den ersten Blick schien er zu schlafen. Auf seiner Brust war jedoch eine große Blutlache zu sehen. Detective Barren war gefesselt von dem seltsam friedvollen Gesichtsausdruck des Toten. Sie hob nacheinander die Fotos auf, die aus verschiedenen Schußwinkeln aufgenommen waren, und nahm auf allen die gleiche Ruhe des Gesichts, das Blut und die Papiertaschentücher wahr. Sie fragte sich, warum der junge Mann sterben mußte, kannte aber intuitiv die Antwort: in Miami waren neun von zehn toten Jugendlichen drogenabhängig.

»Wissen Sie, Peter, mir fällt auf, daß er keine anderen Wunden hat.«

Lieutenant Burns sah sie prüfend an.

»Wir wissen genug über die Physiologie des Todes, um uns ein bißchen Spekulation leisten zu können. Dieser Junge ist mir irgendwie zu entspannt. Wenn man Sie oder mich geschnappt und in einen Kofferraum gesperrt hätte und irgendwo hingebracht hätte ... wohin ist er eigentlich gebracht worden?«

»Zu einer Felsklippe am Strand von South Dade ...«

»Also zu einer Felsklippe und dann mit einer Schrotflinte ... Es war doch eine Schrotflinte, oder? Seine Brust ist fast weggeschossen ...«

»Kaliber 12, nur ein Schuß.«

»Was ich sagen wollte, ist, daß wir eigentlich an ihm alle Anzeichen einer schrecklichen Angst erkennen müßten. Aufgerissene Augen, vermutlich einen erstarrten Gesichtsausdruck, verkrampfte Hände. Sehen Sie mal, seine Hände sind noch nicht einmal gefesselt. Was hat man denn noch gefunden, als man ihn da herausnahm?«

»Wenig Blut, einige Papiertaschentücher.«

»Wenig Blut?«

»Nicht sehr viel.«

»Der Wagen ist fabrikneu, ein BMW?«

»Sechs Monate alt.«

»Ich wette, daß er einem dieser Dealer gehört, keinem

wirklich großen, einem, der so zehn bis zwanzig Kilo pro Monat unter die Leute bringt.«

»Sie liegen richtig.«

»Ist das Auto als gestohlen gemeldet?«

»Das lasse ich gerade prüfen.«

»Also lassen Sie mich einfach mal raten. Ich meine, der arme Junge wurde von irgend jemandem erschossen, dem er vertraute ...«

Lieutenant Burns lachte sarkastisch.

»Dann wurde er schnell in den Wagen verstaut, den man sich kurz zuvor irgendwo gestohlen hatte, und zu der Klippe gebracht. Zu einer Stelle, wo man ihn schnell finden würde, nicht nach draußen in die Sümpfe. Das scheint mir die blödsinnige Idee eines kolumbianischen Drogenhändlers zu sein, um einen Konkurrenten zu treffen. Vielleicht will auch jemand einen Keil zwischen zwei Händlerringe treiben und hat mit dem Jungen die erste Trumpfkarte ausgespielt. Ist natürlich nur alles Spekulation, ich würde jedenfalls keinen Haftbefehl gegen den Kerl beantragen, dem der Wagen gehört.«

»Merce, wissen Sie, warum ich so gerne mit Ihnen zusammenarbeite?«

»Nein, Peter, warum denn?«

»Weil Sie denken wie ich.«

Detective Barren erwiderte lächelnd: »Man hat's halt gern, wenn man bestätigt wird.«

Burns lachte. »Alles, was Sie über die Tat gesagt haben, stimmt bisher. Ich habe die Abdrücke der Turnschuhe des Jungen untersuchen lassen. Kein Sand von den Klippen, aber jede Menge frische Grasflecke. Haben Sie da draußen am Strand schon mal Gras gesehen?« Er sah wieder auf die Fotos. »Denken Sie nicht manchmal auch, daß die Welt den Dealern gehört, Merce? Ich muß direkt lachen, wenn ich sehe, wie sie die neuen Entertainer unserer Gesellschaft werden. Vor ein- oder zweihundert Jahren kamen unsere

Leute ins Land. Sie mußten hart arbeiten, um Wurzeln zu schlagen, und ihre Situation verbesserte sich ständig. Der große amerikanische Traum. Was ist nun aus diesem Traum geworden, Merce? Ein Hundert-Kilo-Geschäft und ein piekfeiner neuer BMW.«

Er erhob sich und sammelte die Fotos wieder ein.

»Ich glaube, ich bin Pessimist, jedenfalls gehe ich jetzt noch mal rüber und rede mit den Jungens von der Mordkommission, will Ihnen sagen, was auf sie zukommt. Ich rufe auch gleich das Rauschgiftdezernat an.«

Dann sah er sie wieder an.

»Aber jetzt zu Ihnen, was kann ich für Sie tun, Merce?«

Detective Barren dachte noch an den Toten auf den Fotos und fragte sich, wie ein junger Mann so töricht sein konnte, sich auf Drogenhandel einzulassen. Aber vielleicht war er auch genauso einfältig wie John, der aus irgendwelchen verrückten Prinzipien in den Krieg gezogen und gefallen war und ihr alles Weitere überlassen hatte. Traurig dachte sie an alle die jungen Männer, die auf so einfältige Art in den Tod gingen, sie fing an, sich darüber zu ärgern. Wie nutzlos das Ganze war! Wie schrecklich nutzlos und egoistisch. Einer ist immer da, der zurückbleibt und sich grämt.

»Merce?«

»Peter, ich brauche Zeit.«

»Wegen Ihrer Nichte?«

»Ja.«

»Wollen Sie nicht lieber einen Anwalt beauftragen und Ihren Job weitermachen? Sie sollten im Geschäft bleiben, wer rastet, der rostet.«

Er lächelte.

»Ich habe nicht vor, mich auszuruhen.«

»Ich würde es bedauern, wenn Sie hier weggingen, um sich in Ihrer Wohnung einzuschließen und den ganzen Tag über den Mord zu brüten. Was haben Sie denn vor?«

Susans Mörder zu finden, wollte sie herausschreien, doch sie hielt sich zurück und zwang sich, gelassen zu antworten.

»Wie Sie wissen, Peter, hat man Rhotzbadegh den Mord an Susan nicht nachweisen können. Ich will damit nicht sagen, daß die Jungens von der Landeskriminalpolizei keine gute Arbeit geleistet hätten. Ich kann das nur nicht so einfach ertragen, will ein wenig herumstöbern und sehen, ob ich noch etwas machen kann. Vielleicht besuche ich auch meine Schwester und helfe ihr. Sie ist sehr mitgenommen.«

Lieutenant Burns sah ihr in die Augen.

»Ich weiß nicht so genau, was ich davon halten soll, daß Sie in dem Fall wieder herumstochern wollen. Der ist doch abgeschlossen. Das andere verstehe ich.«

»Wieviel Zeit geben Sie mir?« fragte sie, obwohl es ihr egal war. Sie wollte weitermachen, auch wenn sie darüber alt, grau und steif würde. Lieutenant Burns zog eine Schublade heraus und blätterte in einem Ordner. Er nahm ein Blatt Papier in die Hand, auf dem ihr Name stand.

»Sie haben noch drei Wochen Urlaubsanspruch und mindestens zwei Wochen Abgeltung für Überstunden, sagen wir drei Wochen. Dann gibt es noch eine Vorschrift über Arbeitsbefreiung in besonderen Härtefällen. Die könnte ich für Sie beantragen, Sie bekommen dann aber weniger Gehalt. Wie lange glauben Sie denn, daß Sie weg sein werden?«

»Das ist schwer zu sagen.«

»Natürlich, ich verstehe.« Er beobachtete sie argwöhnisch. »Warum tragen Sie die Kanone?«

»Wie bitte?« Er deutete auf ihre Jacke.

»Das Riesending. Ist es die Fünfundvierziger oder die Neunmillimeter?«

»Neunmillimeter.«

»Brauchen Sie die, um Fotos anzusehen?«

»Nein.«

»Wozu dann?«

Sie fand keine Antwort. Es wurde still. Der Lieutenant sah wieder in die Akte.

»Geben Sie doch Ruhe, Merce. Es ist alles vorbei. Er sitzt im Gefängnis, wie es sich gehört.« Seine Stimme wurde offizieller. »Das ist eine Weisung, halten Sie sich aus dem Fall raus. Er ist abgeschlossen. Alles, was Sie sich dabei einhandeln, ist noch mehr Kummer. Sie brauchen Zeit für sich, in Ordnung, Sie bekommen sie. Aber nicht, um weiterzumachen. Nur um sich zu erholen. Haben Sie mich verstanden?«

Sie erwiderte nichts.

Burns sagte resignierend: »Also gut, zumindest habe ich Ihnen offiziell meine Auffassung mitgeteilt ...«

Sie lächelte ihm zu. »Vielen Dank, Peter.«

»Merce, tun Sie mir bitte den Gefallen, passen Sie auf sich auf, und kommen Sie bald wieder zu Ihrer Arbeit zurück.«

»Ich werde es versuchen«, antwortete sie.

»Gut, am besten, Sie feiern erst mal Ihre Überstunden ab, dann nehmen Sie Urlaub, wenn Sie ihn noch brauchen. Danach rufen Sie mich an, und wir werden sehen, wie es weitergeht. Ich werde Ihnen das Gehalt an Ihre Adresse überweisen. Ich habe aber eine Bedingung.«

»Welche?«

»Gehen Sie zuerst zum Amtschef, Sie müssen sowieso zu ihm, wenn Sie wieder zurückkommen. Er wird Ihnen einen erholsamen Urlaub wünschen und es begrüßen, wenn Sie wieder da sind.«

Sie nickte.

»Gut, das wäre alles.«

Er stand auf und griff sich den Stapel Fotos.

»Wollen Sie mit mir zur Mordkommission? Diese Brüder müssen immer überredet werden, besonders wenn sie wirklich mal das Büro verlassen und selber ein paar Beweisaufnahmen und Zeugenvernehmungen durchführen müssen.«

»Nein, danke«, erwiderte sie. Wenn ich die das nächstemal sehe, bringe ich ihnen den Mörder, dachte sie sich, oder ich fliege raus.

Die Untersuchung beim Psychologen des Amtes war so oberflächlich, wie Lieutenant Burns es vermutet hatte. Sie schilderte ihm ihre Schlaflosigkeit, Rastlosigkeit, ihr mangelndes Konzentrationsvermögen und ihre Depressionen. Sie erzählte ihm, daß sie sich an Susans Tod mitschuldig fühle und daß sie eine Zeit brauchen werde, um über den Verlust hinwegzukommen. Es war so leicht, glaubhaft zu lügen, indem man die Wahrheit verdrehte. Er fragte sie, ob er ihr Schlafmittel verschreiben solle. Sie lehnte ab. Er meinte, daß sie vermutlich ihre Depressionen nicht loswerden würde, wenn sie sich nicht einer Therapie unterziehen würde, daß er es aber für wichtig halte, eine Zeit auszuspannen. Er wollte eine Beurlaubung aus medizinischen Gründen für sie beantragen, die fast keine Gehaltseinbußen mit sich bringen würde. Sie fragte sich, warum das Gehalt für viele so wichtig war. Sie sollte sich jeden Monat regelmäßig bei ihm melden, er gab ihr gleich den nächsten Termin. Er schrieb ihn auf eine Karte und verabschiedete sie. Sie bedankte sich und warf die Karte weg, nachdem sie sein Büro verlassen hatte.

Alles war viel einfacher gewesen, als sie erwartet hatte. Es dauerte nicht lange, um alles, was sie brauchte, aus ihrem Schreibtisch herauszunehmen, obwohl sie dabei immer wieder von den Kollegen der Beweissicherung unterbrochen wurde, die ihr kondolierten, sie einluden und ihrer Freundschaft versicherten. Sie war gerührt, aufgeregt und gleichzeitig bedacht, so schnell wie möglich wegzukommen.

Als sie aus der Tür der städtischen Polizeibehörde trat,

überfiel sie eine intensive Hitze. Die roten Ziegelsteine des Gebäudes sahen aus, als glühten sie. Sie atmete vorsichtig die heiße Luft ein, sah hinauf zum Himmel. Die intensive Helligkeit blendete sie, sie fühlte sich wie im Scheinwerferlicht. Doch dieses Gefühl wich einer Vorfreude, einer Heiterkeit, die sie seit langem zum ersten Mal aus ihrer Niedergeschlagenheit herausholte. Ich werde jetzt handeln, dachte sie, einen Schritt nach dem anderen machen.

Sie erinnerte sich plötzlich daran, wie sie nachts im Haus ihrer Schwester aufgestanden war, als sie das Baby vor Hunger oder Schmerzen weinen hörte. Es war immer der gleiche Bewegungsablauf, die Decke zurückschlagen, die Beine hinausschwingen, in die Hausschuhe schlüpfen und den Bademantel anziehen, der zu ihren Füßen lag. Dann rief sie: »Ich komme«, laut genug, daß das Baby sie hören konnte. »Ich bin schon da, husch, husch ...«, sang sie leise vor sich hin.

Laut sagte sie: »Ich komme«, aber niemand achtete darauf. Sie summte eine Melodie vor sich hin, während sie die Treppen hinunterging.

Zuerst kaufte sie sich drei preiswerte Pinnwände aus Kork und eine grüne Schultafel. Sie schleppte die Sachen in ihre Wohnung und hängte sie neben ihrem Schreibtisch auf. Auf einen Papierstreifen schrieb sie »Susan« und klebte ihn auf die erste Pinnwand, einen Streifen mit der Aufschrift »Rhotzbadegh« auf die zweite, auf die dritte einen Streifen mit »Andere«. In der Mitte hing die Schultafel. Um Platz für sie zu schaffen, hatte sie ächzend ein Bücherregal umstellen müssen. In die Mitte von Susans Pinnwand heftete sie mit Stecknadeln eine Reihe von Tatortfotos. Dazu kamen die Liste der Beweismittel und die Aussage des Pärchens, das Susans Leiche gefunden hatte. An Rhotzbadeghs Korktafel befestigte sie flink die Liste des Beweismaterials aus seiner Wohnung und Kopien seiner Zeitungsaus-

schnittsammlung. Ein Foto von ihm hing sie so auf, daß sie
es immer im Blick hatte.

Die Aktivitäten gaben ihr Sicherheit. Sie ermahnte sich,
den Fall wie eine gute Polizistin anzupacken. Zunächst hatte sie vor, den Verurteilten als Täter auszuschließen.

Das Innere der Universität wirkte höhlenartig und dunkel.
Es war nicht schwierig, die Studenten zu finden, die mit
Susan in ihrer letzten Nacht zusammen gewesen waren. Da
Examenszeit war, gaben sie zunächst vor, nicht mit ihr reden zu können. Aber sie waren schließlich zu einem Schwätzchen bereit; vermutlich schätzten sie die Abwechslung von
der Plackerei des Studiums, obwohl ihre braungebrannten
Gesichter eigentlich darauf schließen ließen, daß sie sich
mehr in der Sonne als in einer Bibliothek aufhielten.

»Weshalb können Sie sich noch so genau erinnern?« fragte Detective Barren ein schwarzhaariges Mädchen, das die
Angewohnheit hatte, sie beim Zuhören intensiv zu fixieren,
während ihre Blicke beim Antworten wild in der Gegend
herumschweiften. Das muß ihre Professoren verrückt machen, dachte Detective Barren.

»Woher wissen Sie, daß Susan in der Nacht gegen elf Uhr
verschwand?«

»Weil wir vorher verabredet hatten, daß wir um elf Uhr
gehen ... Das war wichtig, denn wir hatten alle am nächsten Tag sehr früh Vorlesungen, und wir hatten uns geschworen, nicht so spät aufzubrechen, so gut es uns auch
gefallen mochte. Wissen Sie, ich sollte auf sie, sie auf mich
aufpassen. Beim Tanzen habe ich sie aus dem Auge verloren. Um halb elf habe ich sie dann gesucht, und eine Viertelstunde später habe ich die Jungens gebeten, mir dabei
zu helfen. Teddy ging sogar zum Parkplatz und suchte draußen nach ihr. Sie hätte sich nicht verstecken können, sogar
wenn der Platz zugeparkt gewesen wäre. Sie fiel überall
auf.«

Das weiß ich, dachte Detective Barren.

»Sie haben sie mit niemandem gesehen, mit irgendeinem Fremden vielleicht?«

»Das Problem war, es war Semesterbeginn. Alle waren noch neu und fremd, Anfänger und Graduierte. Ein paar Leute aus der Fakultät waren auch da, sind aber früh gegangen. Alles war neu, aufregend und sehr nett. Ich habe sie aber mit niemandem gesehen, der verdächtig aussah, wenn Sie das meinen.«

Detective Barren seufzte und wandte sich an einen anderen Studenten, einen muskulösen jungen Mann in einem T-Shirt.

»Woher wissen Sie, daß Rhotzbadegh bis Mitternacht anwesend war?«

»Das habe ich schon den anderen Kriminalbeamten erzählt, aber ich will noch mal überlegen. Das ist ganz einfach, ich hatte mich genau um Mitternacht mit einem Mädchen verabredet.«

»Um Mitternacht?«

»Ja, das klingt romantisch, nicht? Aber sie hatte eine Vorlesung über Filmgeschichte und mußte sich einen alten russischen Streifen ansehen. Einen richtig langen, der war erst nach elf Uhr zu Ende. So vereinbarten wir, auf sie zu warten. Ich hockte mich auf eine Seite der Bar, von wo aus ich den Eingang im Auge hatte. Sie war sehr hübsch, und ich wollte nicht, daß sie mich suchen mußte, wissen Sie. Es gibt so viele Jungens, die da gleich für mich einspringen würden, wenn Sie mich fragen. Also ich komme da mit einem Typ neben mir ins Gespräch. So 'n verrückter Kerl, total bekloppt. Wie der über Mädchen redete, sie wären verrucht. Aber als er das so sagte und ich ihn blöd ansah, haben wir beide lachen müssen, und ich hab' das nicht so ernst genommen. Aber trotzdem war das ein Gespräch, das man nicht so leicht vergißt.«

Detective Barren sah von ihrem Notizblock auf.

»Haben Sie getrunken?«

»Zwei Bier, das reichte. Zwei pro Nase und pro Tag waren in unserer Gruppe erlaubt, wenn man zuviel säuft, haut es einen beim Training aus den Schuhen.«

Die anderen Studenten johlten. »Nur bei mehr als zwölf Gläsern«, sagte der junge Mann, der Susans Freund gewesen war, und fügte hinzu: »Ich habe dich diese Nacht genau beobachtet, Tony, du warst ziemlich hinüber.«

»Na, vielleicht ein bißchen.«

»Das mit den zwei Bier haben Sie wohl Ihrem Trainer erzählt?« fragte Detective Barren. Der junge Mann nickte.

»Was passierte denn am nächsten Tag beim Training?«

»Mir war übel.«

»So, und wieviel haben Sie wirklich getrunken?« Er versuchte zu grinsen.

»Eine Menge.«

»Woher wissen Sie, daß das in der Nacht geschah, in der Susan verschwand?«

»Wegen des Films. Er wurde nur einmal gezeigt.«

»Wie war der Titel?«

Er zögerte, strahlte dann aber.

»Es war über irgendein Schlachtschiff, auf dem Revolution war.«

Detective Barren dachte plötzlich an einen Kinderwagen, der eine lange Treppenflucht herunterrast.

»*Potemkin?*«

»Genau so hieß er.«

»Aber Tony«, unterbrach ihn die Dunkelhaarige, »den haben sie doch am nächsten Abend gezeigt. Als Susan verschwand, lief doch der Film über den Ersten Weltkrieg, weißt du nicht, der mit den Reitern, die ins Eis einbrachen.«

»Den kenne ich nicht«, antwortete er.

»*Alexander Newski*«, sagte Detective Barren und seufzte.

»Sind Sie sicher, daß der Verdächtige seinen Platz nicht verließ?«

»Ziemlich sicher. Das heißt, ich habe ein bißchen getanzt, und ich war kurze Zeit oben. Das war ja 'ne Party, wissen Sie, wenn ein paar neue Jungens kamen, mußte ich aufstehen und sie begrüßen.«

»Sie haben also nicht die ganze Zeit neben ihm gesessen?«

»Also, nicht die ganze Zeit.«

Detective Barren sah auf seine Handgelenke. Großartiger Zeuge, dachte sie. Betrunken, belügt seinen Trainer und vermutlich auch andere. Kann sich nicht an Details erinnern. Weiß nicht genau, welcher Tag es war. Sie sah ihn wieder an. Hoffentlich schafft er sein Vorexamen. Kein Wunder, daß die Kollegen von der Kripo ihm nicht getraut haben. Das Gericht hätte über ihn nur gelacht.

»Tragen Sie eine Uhr?«

»Nee, ist mir im Turnsaal geklaut worden.«

»Dann wußten Sie also nicht genau, wie spät es war?«

»Nicht so genau.«

»Na gut, was trank der Verdächtige?«

»Ich spendierte ihm was. Ein Tonicwater. Ich sagte schon, er war verrückt.«

»Was trank er noch?«

»Nur Tonic mit ausgepreßter Zitrone.«

»Erzählen Sie weiter.«

»Viel mehr weiß ich nicht. Wir haben da zusammengehockt bis Mitternacht, und da kam Cinderella durch die Tür. Ich habe sie mir geschnappt, bevor die Meute sie wahrnehmen konnte. Sie wissen, was ich damit sagen will? Manche Nacht kommen da ziemliche Rowdies hin. Was der Knabe dann gemacht hat, weiß ich nicht. Die Bar wurde immer voller.«

Susans Freund grinste: »Susan wußte das, deswegen wollten wir früher gehen. Wenn wir bis Mitternacht geblieben wären, wissen Sie, das war da immer wie im Zoo. Wir wären da kaum lebend wieder rausgekommen.«

Über diesen Scherz lachten die anderen Studenten.

»Genau das ist Susan passiert«, erwiderte Detective Barren.

Etwa zwei Wochen, nachdem sie ihre Behörde verlassen hatte, fuhr Detective Barren an einem drückend heißen Nachmittag zum Park, in dem man Susans Leiche gefunden hatte. Es war Hochsommer, die Hitze ließ die Luft auf dem Asphalt vor ihr flimmern. Ihre Ermittlungen hatten einen entscheidenden Punkt erreicht. Durch die Tage an der Universität und die Durchsicht der Polizeiakten war sie von zwei Dingen überzeugt: Sadegh Rhotzbadegh kam als Mörder in Frage. Er war anwesend, als Susan verschwand, er hatte die Zeitungsausschnitte über diesen Mord aufbewahrt, der Mord zeigte auch seine Handschrift. Alle anderen Opfer waren ebenfalls verprügelt und erwürgt worden. Wenn sie für den Fall zuständig gewesen wäre, hätte sie sich bemüht, irgendeine wesentliche Verbindung zwischen Susan und Sadegh nachzuweisen. Auch der geringste Augenschein hätte für eine Mordanklage gereicht. Trotzdem war sie genauso sicher, daß er den Mord nicht begangen hatte, in der Hauptsache deshalb, weil keinerlei Verbindung zwischen den beiden nachweisbar war. Außerdem war es ausgeschlossen wegen der Alkoholspuren.

Sie bog in die Straße zum Park ein, der im hellen Sonnenschein nicht so feindselig erschien wie in der Nacht, als Susan ermordet wurde. Sie fuhr auf den Parkplatz und sah die Farben des Meerwassers und des Himmels, die sich zu einem endlosen Blau verbanden. Es war windstill, kleine Wellen glitten auf den Strand, umspülten die Wurzeln verkümmerter Mangroven und plätscherten leise. Familien grillten ihr Mittagessen über offenen Feuern, der Geruch von Essen stieg ihr in die Nase. Das Geschrei spielender Kinder klang leise wie Hintergrundmusik.

Sie parkte und suchte zögernd nach der Stelle, an der

man im Unterholz Susans Leiche entdeckt hatte. Dann stieg sie seufzend aus dem Wagen, schloß ihn ab und ging auf die Stelle zu. Vom Ende der Pflasterung an zählte sie ihre Schritte. Susan wog einhundertachtzehn Pfund. Sie stellte sich vor, Susans Leiche auf der Schulter zu tragen wie ein Feuerwehrmann. Ein Toter wiegt schwerer, ist unhandlich. Der Araber war leichtgewichtig, aber das hatte nichts zu bedeuten, er hatte muskulöse Arme. Er konnte sie leicht tragen. Sie zählte zweiundzwanzig Schritte, bis sie an der Stelle war.

Er hatte sie da schon ermordet, dachte sie, sie hat nicht mehr wahrgenommen, wie er sie einfach wegwarf. Er, wer immer es auch war.

Sie fragte sich, wo die Tat geschehen war. Der Wagen des Arabers war sauber, absolut sauber. Man hatte alle Sitze mikroskopisch untersucht, Proben aus dem Kofferraum waren spektographisch überprüft worden. Keine Blutspuren, kein Haar, keine Hautpartikel, kein Hinweis auf eine Leiche. Sie bückte sich und berührte die Stelle, an der Susans Leiche gelegen hatte. Komm, ermahnte sie sich, laß dir etwas einfallen. Aber sie fühlte nichts. Ihr wurde nur die enorme Hitze bewußt und die spielenden Kinder. Susans Mörder war irgendwo, weit weg.

»Nichts«, sagte sie, »überhaupt nichts.«

Sie überprüfte wieder den Boden und sah im Geiste Susans Leiche vor sich liegen. In schmerzlicher Klarheit erinnerte sie sich an die Strumpfhose, die den Hals einschnitt. An die Blutlache unter dem Kopf und die brutale Art, in der sie einfach weggeworfen worden war, die Beine überkreuzt und den Unterleib nackt.

Wie grausam, dachte sie. Irgendeinen Hinweis muß es doch geben. Sie dachte an die Schlagverletzung an Susans Hinterkopf. Wenn sie nur die Waffe finden könnte, oder die Stelle, wo sie ermordet worden war. Tatorte ließen immer einen Schluß auf die Persönlichkeit des Täters zu. In Gedanken ging sie alle Tests durch, die man an der Leiche durchgeführt hatte. Wenn man nur einen einzigen Anhaltspunkt hätte, könnte man vielleicht eine Spur finden. Als ihr wieder die Strumpfhose einfiel, hatte sie eine Idee. Sie ging zu ihrem Wagen.

Ein kleines Mädchen beobachtete sie. Es hatte blonde Haare und einen schelmischen Ausdruck im Gesicht. Mercedes Barren mußte lächeln, als sie den kleinen Bikini sah. Das Kind aß ein Vanilleeis, sie lächelte scheu mit ihrem verschmierten Mund. Mercedes Barren winkte ihr zu, das kleine Mädchen machte nur eine kleine Handbewegung, bevor sie sich schnell umdrehte und wegrannte. Traue keinem, dachte Mercedes Barren, als das Mädchen durch die Schatten der Bäume auf den Strand zulief. Werde erwachsen und traue niemandem.

Besuche in der Leichenhalle waren ihr schon immer verhaßt gewesen, nicht so sehr wegen der Leichen, die man dort in Stücke schnitt, sondern wegen des gleißend grellen Neonlichts, das die Räume in einen überirdischen Glanz tauchte. Das Licht verschmolz mit dem Geruch von Formaldehyd und Desinfektionsmitteln, der alles überdeckte. Von der Seite aus beobachtete sie, wie der Gerichtsmediziner verschiedene Organe aus einer geöffneten Leiche herauspflückte, während er in das Mikrofon eines Bandgeräts sprach. Seine Stimme klang monoton, bis er etwas fand, das ihn interessierte. Da ging plötzlich seine Stimme hoch, wie die eines kleinen Jungen. Mercedes Barren beobachtete, wie er in der Leiche herumhantierte, schließlich einen kleinen Gegenstand aus der blutigen Masse herausfischte und ihn triumphierend in die Höhe hob.

»Sehen Sie mal, Detective, wie tödlich so was Kleines ist.«

Sie erwiderte nichts. Er ließ den Gegenstand in ein Glasschälchen fallen und diktierte weiter.

»... in der linken Koronararterie, circa drei Zentimeter vom Herzen, Geschoß, kaum verformt, offensichtlich Kaliber zweiundzwanzig, eventuell fünfundzwanzig, ursächlich für Exitus, durchschlug die Arterie, verursachte plötzlichen Blutverlust, Schock, sofortiger Herzstillstand.«

Über die Schulter sah er sich nach Detective Barren um.

»Einfach gesagt, es war ein Blattschuß. Die Zeitungsfritzen lieben Schießereien mit Maschinenpistolen und Schrotflinten und all dem Fernsehscheiß. In den letzten zwanzig Jahren hat sich kaum etwas verändert. Wenn Sie jemanden kühl und professionell umlegen wollen, nehmen Sie am besten ein kleines Kaliber mit starker Ladung und schießen aus kurzer Distanz ins Herz. Erfolgreich ist auch ein Schuß hierhin, in den Hinterkopf.« Er klopfte mit dem Zeigefinger auf eine Stelle an seinem Kopf. »Ein leises Plopp, und der Mann ist Geschichte. Oder die Frau. Keine Hektik, keine Schweinerei. Keiner muß untertauchen, keine Zeugen müssen beseitigt werden. Kein Geräusch. Ich meine, das hat etwas für sich. Nur ein sauberes kleines Loch, genau hier ...«

Er klopfte sich mit dem Daumen hörbar auf die Brust. »Eine Uzi oder eine Ingram machen Hackfleisch aus einem. Kein Stil, überhaupt kein Stil.«

Er sah wieder auf die leblose Masse, die vor ihm auf der Steinplatte lag.

»Das wäre meine Art zu töten, glaube ich. Einfach, schnell und zielbewußt, wenn Sie so wollen.«

Er schüttelte den Kopf und sah Detective Barren an. »Ich habe gehört, Sie sind aus gesundheitlichen Gründen beurlaubt. Was treibt Sie hierher?«

»Ich möchte mit Ihnen reden, über ...«

»... Ihre Nichte, nicht wahr?«

»Ja.«

»Was haben Sie denn auf dem Herzen?«

Der Gerichtsmediziner sah sich nach einem der Assistenten um, der gerade eine verhüllte Leiche in ein Gefrierfach schob.

»Hallo, Jesus, hol mir mal die Akte 86/1114 und beeil dich mal 'n bißchen, die Akte von Susan Lewis.«

Sie sah, wie der Assistent den Raum verließ.

»Er ist gleich wieder da«, sagte der Arzt. »Aber was haben Sie für ein Problem?«

»Susan wurde ...«

»Erdrosselt. Todesursache war Strangulation, Art der Durchführung: Strumpfhose um den Hals. Als es passierte, war sie bewußtlos. Doch das wissen Sie ja alles. Sie waren selbst vor Ort und haben auch den Bericht gelesen.«

»War sie von dem Schlag auf den Hinterkopf bewußtlos?«

»Ich vermute, ja.«

»Aber Sie sind sich nicht so sicher?«

»Nun, sie hatte eine sehr große Verletzung am Hinterkopf. Das allein könnte sie schon getötet haben. Aber für mich ist da immer noch etwas unklar.«

Der Assistent war zurückgekehrt und übergab ihm einen großen Umschlag.

»Richtig, hier steht es.« Er las ihr vor: »Linke Schädelhälfte ... Gewebeschaden, Austritt von Gehirnsubstanz ... Also, mich beschäftigt, daß davon am Fundort nichts zu entdecken war. Bei einer solch schweren Wunde erwartet man das doch.«

»Ich verstehe nicht, was Sie damit andeuten wollen.«

»Sie erhielt zuerst den Hieb und wurde dann erdrosselt. Man nimmt an, daß der Araber sie sich vor der Bar schnappte, ihr einen auf den Kopf gab, sie im Kofferraum verstaute, zum Park fuhr, sie vergewaltigte, erwürgte und dann ablud. Das Ganze ergibt für mich aber keinen Sinn.«

»Warum denn nicht?«

»Ich würde sagen, daß der Schlag auf den Kopf Susan getötet hat. Vermutlich sehr schnell. Das hätte mit Sicherheit Spuren im Wagen hinterlassen. Die hätte er so gründlich gar nicht entfernen können, daß wir sie nicht noch mit dem Spektrographen analysiert hätten. Und wenn sie erst gestorben ist, als er zum Park fuhr, wären Strangulation und Koitus erst nach dem Tod geschehen. Das würde medizinisch aber zu einer ganz anderen Bewertung führen.«

»Ich sehe ...«

»Dann ist da noch eine andere Sache. Unter dem Würgemal, das die Strumpfhose um den Hals verursachte, habe ich kaum sichtbare Quetschungen entdeckt.«

»Darüber wollte ich auch mit Ihnen reden. Sie erwähnten das in einem der Berichte, aber sonst nicht. Wodurch wurden sie verursacht? Könnten die Quetschungen von Fingern stammen?«

»Ich glaube, ja. Wenn Sie mich im Zeugenstand unter Eid fragen, ob diese Quetschungen manuell verursacht wurden, könnte ich das nicht mit genügender wissenschaftlicher Glaubwürdigkeit bezeugen. Damit meine ich, daß diese Quetschungen durch manuelles Erwürgen erklärbar sind, aber nicht mit Sicherheit nachweisbar. Sie waren kaum sichtbar.«

Er schwieg eine Weile und fuhr dann fort.

»Ich hasse solche Situationen. Es ist viel besser, wenn alles zum Tathergang paßt, den die Mordkommission rekonstruiert hat. Wenn Sie dann solche manuellen Verletzungen finden, was soll man da machen?«

»Konnten Sie die Entfernungen zwischen den Quetschmalen feststellen?«

Der Arzt lächelte. »Das ist eine gute Frage. Sie fragen immer sehr klug, Detective. Ich habe das festgestellt, aber ich habe da ein kleines Problem.«

Sorgfältig zog er seine Gummihandschuhe aus und kam auf Detective Barren zu.

»Medizinisch ist es schwierig, die richtige Position der Finger und Hände zu rekonstruieren.«

Der Arzt legte seine Hände um ihren Hals. Er war klein und schmächtig, hatte ein blasses Gesicht und trug eine Brille, die ihm ständig auf die Nasenspitze rutschte. Sie war jedoch erstaunt, welche Kraft er hatte, als sich seine Finger demonstrativ um ihren Hals schlossen.

»Das ist die klassische Hollywoodposition fürs Erwürgen. Auge in Auge. Wenn ich ein bißchen größer wäre ...«, er stellte sich auf die Zehenspitzen, »würde sich der Winkel verändern, das würde auch der Fall sein, wenn Sie sich wehren.«

Der Arzt hielt seine Hände um ihren Hals geschlossen. Sie beobachtete ihn wie jemand, der sich rasieren läßt und dem Friseur nicht traut.

»Und wenn von hinten gewürgt wird, sieht alles wieder anders aus.«

Er ließ seine Hände sinken.

»Ungefähr vierzehn Zentimeter Abstand.«

»Wie gemessen?«

»Ich schätze – das könnte ich aber nie vor Gericht bezeugen –, daß Daumen und Zeigefinger des Mörders ungefähr vierzehn Zentimeter voneinander entfernt sind.«

Der Arzt schnaubte ärgerlich.

»Ich hasse diese Fragen, ich bin manchmal so frustriert dadurch.«

»Meinen Sie, daß es Rhotzbadegh ...«

Er fiel ihr ins Wort.

»Natürlich war er es. Wer denn sonst? Der Kerl war verrückt auf Frauen, war in der Bar, alles paßt zu den anderen Morden. Er hat sie umgebracht, da bin ich sicher.«

»Aber?«

»Aber, es ist nicht so passiert, wie man es ermittelt hat.«

»Haben Sie das jemals gesagt?«

»Natürlich.«

Er wandte sich von ihr ab und ging zu der Leiche auf der Steinplatte zurück. Er sah in den Körper und fuhr fort: »Das Problem ist, es ist nicht exakt zu widerlegen, daß es so geschehen ist, wie sie behaupten. Was für einen Unterschied macht das denn? Er hat es getan, so wahr ich hier stehe und der Junge hier vor mir liegt.« Er pochte ein paarmal mit dem Finger auf die Leiche, wie um sich zu versichern, daß er recht hatte.

»Aber?«

»Aber, aber, aber. Ich bin jemand, der Klarheit liebt. Ein menschlicher Körper funktioniert einfach, nehmen Sie ihm etwas weg, funktioniert er nicht mehr so gut. Wenn Sie sich den Knöchel verstauchen, fangen Sie an zu humpeln. Wenn sie eine Kugel ins Herz kriegen, sterben Sie. Sachen, die nicht klar und in Ordnung sind, sondern kompliziert und unerklärbar, hasse ich. Deshalb halte ich viel von einem präzisen Schuß. Bißchen rumstochern und dann hat man die Kugel. Es gibt keine Zweifel. Er ist tot, und die Ursache ist klar. Ich kann unsichere Fälle nicht leiden.«

Er schwieg wieder.

»Sehen Sie, es macht doch keinen Unterschied. Und vielleicht bin ich völlig übergeschnappt. Das hat mir jedenfalls der Staatsanwalt gesagt.«

Traurig sah er sie an.

»Können Sie sich vorstellen, daß zwei Gerichtsmediziner über denselben Tatbestand gleicher Meinung sind? Sie sind es nicht, darauf können Sie wetten. Wir sind ein streitsüchtiger und widersprüchlicher Haufen. Jeder glaubt, daß wir uns keine extravaganten Diagnosen erlauben dürfen, nur weil wir uns mit Toten statt mit Lebenden befassen. Wir tun es aber trotzdem.«

Er seufzte tief.

»Tut mir leid.«

Er starrte in den aufgeschnittenen Brustkasten der Leiche. Detective Barren schwieg einen Moment, bevor sie fragte: »Vierzehn Zentimeter?«

»Richtig, wenn Sie damit etwas anfangen können.«

Als sie wegging, rief er noch hinter ihr her: »Aber es beweist überhaupt nichts.«

Dann beugte er sich wieder über die Leiche und konzentrierte sich auf seine Arbeit.

Als Mercedes Barren nachts zurück in ihre Wohnung kam, goß sie sich ein Glas Rotwein ein. Sie erinnerte sich, daß der Verkäufer im Feinkostgeschäft ihr versichert hatte, dieser kalifornische Kabinettwein sei genauso gut wie eine doppelt so teure Spätlese. Sie hatte ihm natürlich nicht erzählt, daß sie den Unterschied kaum schmecken würde, daß sie sogar gern einen Eiswürfel in den Wein tat. Nach dem Besuch im Institut hatte sie sich zuerst ausgezogen und lange geduscht. Sie schrubbte sich heftig ab, um den durchdringenden Gestank des Sektionssaales loszuwerden. An ihrem Weinglas nippend stand sie unbekleidet im Zimmer und fühlte, wie der Alkohol sie warm durchströmte. Sie atmete tief aus und hatte einen Moment das Verlangen, alle Lampen auszuschalten und einfach so in der Dunkelheit zu stehen. Sie kicherte wegen dieser Anwandlung, seit langer Zeit hatte sie nichts Spontanes und Ausgefallenes mehr unternommen. Es gab doch noch mehr im Leben als Mord und Totschlag. Sie schüttelte amüsiert den Kopf und schlüpfte in Shorts und ein T-Shirt mit dem Aufdruck ihrer Lieblingsmannschaft, der *Miami Dolphins*.

Barfuß tappte sie ins Wohnzimmer, Glas und Weinflasche in der Hand. Sie ging zum Bücherregal und nahm ein ledergebundenes Fotoalbum heraus, setzte sich in einen Sessel, stellte das Glas auf ein Knie und fing an zu blättern, auf der Suche nach einem bestimmten Bild. Flüchtig sah sie Schnappschüsse von sich selbst, von Susan, ihren Eltern, verweilte einen Moment bei Bildern einer Geburtstagsparty, ihrer Examensfeier. Bilder aus der Vergangenheit tauchten vor ihr auf, die sie entspannten. Schließlich fand sie das Foto, das sie gesucht hatte. Es handelte sich um einen 9x12-cm-Schnappschuß von ihr als Einundzwanzigjähriger, sie stand zwischen John Barren und ihrem Vater. Im darauffolgenden Sommer hatten sie geheiratet, ihr Vater war damals gestorben. Im Hintergrund des Fotos rollten mächtige blaugrüne Wellen majestätisch auf die

Küste Jerseys zu. Alle drei hatten sie Badeanzüge an. Sie erinnerte sich, wie die beiden Männer sie unbarmherzig geneckt hatten, weil sie nicht schwimmen konnte. Trotzdem fühlte sie sich immer hingezogen zum Wasser. Stundenlang konnte sie gelassen und entspannt im Sand liegen. Wenn es ihr zu heiß wurde, nahm sie einen kleinen roten Spielzeugeimer und ging damit zum Wasser. Sie legte sich auf den feuchten Strand und ließ sich von den auslaufenden Wellen umspülen. Das schaumige, kühle Naß rann über ihre Zehen, den Rücken entlang und erquickte sie. Manchmal nahm sie auch das Eimerchen, füllte es mit Meerwasser und goß es sich einfach über den Kopf. John pflegte darüber zu lachen und versuchte, sie immer wieder zu überreden, schwimmen zu lernen. Er meinte es aber nicht ernst, denn er wußte, daß sie standhaft blieb, wie lächerlich das auch sein mochte.

Der Grund für ihre Weigerung war leicht zu verstehen. Sie schloß die Augen und sah sich als kleines Kind, kaum fünf Jahre alt. Wie immer kam mit dieser Erinnerung gleichzeitig eine Welle von Angst auf sie zu. Ihr Herz klopfte rasend, sie fing im Nacken an zu schwitzen, und ihr Magen zog sich zusammen. Diese Angst war übermächtig und hatte sich ihr ganzes Leben lang nicht gemildert. Damals hatte sie mit ihrer Mutter am Strand gesessen, ihr Vater hatte auf den Wellen gesurft und war immer wieder mit jungenhafter Ausgelassenheit auf dem Strand gelandet.

Sie schloß wieder die Augen und erinnerte sich mit absoluter Klarheit an jeden einzelnen Schritt, den sie an dem Tag getan hatte, als sie ihren Vater aus dem Wasser holen sollte. Sie war aufgesprungen und zum Strand gerannt, den Blick auf ihren Vater gerichtet, der auf einem hohen Wellenkamm auf den Strand zuschoß. Als sie nach ihm rufen wollte, sah sie plötzlich, wie sich über ihr eine Welle auftürmte. Das Wasser schlug mit ungeheurer Wucht über ihrem Kopf zusammen, warf sie auf den Rücken und raubte ihr den Atem. Das Meer erschien ihr plötzlich dunkelgrün, dann schwarz, sonst war alles verschwunden. Als sie wild strampelnd versuchte, an die Oberfläche zu kommen, war sie plötzlich von einem großen und schweren Gegenstand unter Wasser gedrückt worden, so daß sie nicht mehr nach oben gelangen konnte. Immer wenn sie sich daran erinnerte, wurde sie unruhig und fühlte wieder, wie der Sand ihren Rücken aufgeschürft hatte. Alles hatte sich um sie gedreht, sie hatte die Augen geschlossen, ihre kleinen Lungen waren ausgepumpt, Angst umklammerte ihr Herz. Sie spürte in diesem endlosen Augenblick die Nähe des Todes. Dann war sie plötzlich aus der Dunkelheit herausgerissen worden. Ihr Vater hatte sie gegriffen. Er war mit seinem Surfbrett über sie hinweggefahren, hatte sie hinuntergedrückt und sie dann aus dem Wasser geholt. Die Sonne trocknete ihre Tränen schnell. An diesem Tag spielte sie nur noch auf dem trockenen Sand. Nachts, als man sie zu Bett gebracht hatte und ihr Zimmer dunkel wurde, weinte sie jedoch bitterlich und schwor sich, nie mehr ins Wasser zu gehen, nie mehr das schreckliche Gefühl zu erleben, daß Wellen über ihrem Kopf zusammenschlugen. Wie halsstarrig, dachte sie. Sie lächelte. Das kleine Mädchen hatte seine Meinung in über dreißig Jahren nicht geändert und würde es vermutlich auch nicht mehr tun.

Ihr Blick fiel wieder auf das Foto. John hatte einen geschmeidigen, muskulösen Körper, der im Sonnenlicht glänzte. Ihr Vater zog ihn immer auf, weil er keine Haare auf der Brust hatte, und hatte mit seiner eigenen wolligen schwarzen Brustbehaarung angegeben und den Strandathleten gespielt. Das war eine wunderschöne Zeit, dachte sie. Auf dem Foto blinzelte ihr Vater im Sonnenlicht, das verlieh seinem Gesicht einen verschmitzten Ausdruck. Sie mußte laut darüber lachen.

»Was würdest du über meinen Fall denken?« sagte sie zu dem Foto.

»Mathematik«, pflegte er mit professoralem Tonfall zu dozieren, »ist die ständige Verdichtung von Daten zu einem erhellenden Schluß.« Das galt jedoch nicht ausschließlich: Manchmal kann man auch eine Theorie absichern, weil widersprechende Informationen fehlen.

Sie spürte plötzlich Verzweiflung, es war nicht zu beweisen, daß Rhotzbadegh Susan nicht ermordet hatte. Ein Negativbeweis, ihr Vater hätte darüber den Kopf geschüttelt und milde gelächelt. Gerade das erforderte wirkliche Intelligenz, reines mathematisches Denken.

Sie war den Tränen nahe, riß sich aber zusammen und nahm einen Schluck Wein. Ärgerlich dachte sie an Beweisregeln. Nur rechtswirksame Beweise bestanden im Gerichtssaal.

Logik ist heimtückisch, dachte sie. Logisch spricht alles für den Araber als Mörder. Wir leben in einer Welt, die Anpassung fordert. Auf jede Aktion folgt eine entsprechende Reaktion. Instinktmäßig spricht aber alles gegen ihn.

Was hatte sie in der Hand? Einen Mord, der nicht exakt so geschehen konnte, wie die Polizei annahm? Ein Verdächtiger, der beinahe perfekt in jede Lücke paßte, die auszufüllen war, bis auf zwei kritische Details.

Fang am Anfang des Problems an, hätte ihr Vater gesagt. Das ist einfach, dachte sie und wußte jetzt, wohin sie am nächsten Morgen zu fahren hatte. Aufgeregt trank sie den Rest des Weins und betrachtete lange das Foto auf ihrem Schoß.

Zwei Wochen nachdem ihre Mutter dieses Foto geschossen hatte, war der Sommer zu Ende gewesen. Sie hatten Wäsche, Badetücher, Sonnenschirme und all die sieben Sachen, die man in die Ferien mitnimmt, in ihren alten klapprigen Kombi geladen. Die Heimfahrt im Wochenendverkehr war entsetzlich, Stoßstange an Stoßstange mit neunzig Kilometern in der Stunde. Ihr Vater fuhr aufmerksam und klagte über Fahrer, die ständig gefährlich ausscherten und überholten. Die reinsten Mordversuche, brummte er jedesmal, wenn sie nach einem Urlaub heimwärts fuhren. Es ist kein Wunder, daß es so viele Tote auf den Highways gibt, klagte er. Sie lassen ihren Verstand am Strand liegen. Nach zwei bis drei Stunden Fahrt bogen sie in ihre Straße ein. Ihr Vater rief dann immer in bester Charles-Laughton-Parodie über das Lenkrad gebeugt: Endstation, Endstation, und die erschöpfte Familie klatschte Beifall. Sie entluden den Wagen, ihre Mutter wandte sich jedesmal an den Vater und sagte: Oh, es ist überhaupt nichts zum Essen im Haus, geh doch zum nächsten Laden und hol uns ein paar Hamburger. Der Vater war wieder in den Wagen gestiegen und hatte gewinkt: Ich bin in einer Viertelstunde zurück.

Aber er war nicht zurückgekommen. Sie und John schleppten gerade das Gepäck aus dem Vorgarten ins Haus, als sie in einiger Entfernung Sirenen von Polizei und Feuerwehr hörten. Sie dachten sich nichts dabei und holten weitere Koffer. Zwei betrunkene Teenager waren bei Rot weitergefahren und seitlich auf den Wagen ihres Vaters aufgeprallt. Er war hinausgeschleudert und von einem anderen Wagen überfahren worden.

Sie lächelte, er hätte vermutlich Sinn für die Ironie dieses Sachverhalts gehabt. Ein Mathematiker, der sich über die statistische Wahrscheinlichkeit von Unfällen im Wochenendverkehr ausläßt, und zu Hause überfahren wird.

Ich vermisse ihn immer noch, dachte sie, auch die anderen. Sie betrachtete wieder das Foto. Ich selbst zwischen den beiden Männern, die damals noch lebten und die Arme um meine Schultern geschlungen hatten.

Bevor ihre Mutter auf den Auslöser drückte, hatten Freund und Vater sich scherzhaft gestritten, wer seinen Arm wie auf ihre Schulter legen durfte. Sie hatten sich beide gemocht. Diese Erinnerung war intensiv, sie fühlte noch das Gewicht und den Druck der beiden Arme und die Wärme der beiden Männer. Endstation, dachte sie. Sie schloß das Album und ging schlafen.

Die Mittagssonne blendete sie, so daß sie fast das kleine grüne Schild am Straßenrand übersah. Es stand ein paar Meter weiter von der Straße weg als übliche Hinweisschilder. Das war wohl ein Zugeständnis an die Abneigung, die man dem Ziel entgegenbrachte. Niemand wollte gern in der Nähe eines Gefängnisses wohnen. Auf dem Schild stand: *Lake Butler Klassifikations- und Bewertungs-Zentrum F. 5. D. O. L. Nächste Straße rechts.*

Ungefähr hundert Meter weiter mündete eine schwarze Asphaltstraße. Sie wurde von zwei Reihen hochgeschossener Kiefern gesäumt, deren Nadeln von der Sommersonne eine bräunlich-grüne Farbe bekommen hatten. Detective Barren bog langsam in die Straße ein und kam an einer riesigen Weide vorbei, die einen mächtigen Schatten warf. Die Straße wand sich durch eine bräunliche Landschaft, in der gemächlich Rinder weideten. Dann tauchten die Umrisse niedriger grauer Gebäude auf, die in der Mittagshitze zu glühen schienen. Ein großes schwarz-gelbes Hinweisschild stand plötzlich vor ihr: *Vorsicht, Personen werden bei Überschreitung der gelben Linie überprüft. Wer verbotene Waren in das L. B. K. B. Z. einführt, wird strafrechtlich belangt.*

Quer über die Straße lief ein breiter gelber Streifen. Detective Barren beschleunigte langsam, vor ihr erhob sich ein dreieinhalb Meter hoher Maschendrahtzaun, der alle Gebäude umgab.

Sie parkte den Wagen auf einem Besucherparkplatz und ging auf eine zweiflügelige Glastür zu. Ein weiteres Schild zeigte an, daß in diesem Gebäude die Gefängnisverwaltung residierte; das Wort Gefängnis wurde allerdings nicht benutzt.

Unser aufgeklärtes Zeitalter liebt Beschönigungen, dachte sie. So sind Gefängnisse nur noch Anlagen, die nicht durch Wärter, sondern durch Offiziere bewacht werden. Wenn wir die Begriffe ändern, erscheint uns die Wirklichkeit wohl weniger schlimm.

Sie trat in einen dunklen, kühlen Flur, der Kontrast zur Helligkeit draußen machte sie zunächst fast blind. Ein uniformierter Sicherungsbeamter durchsuchte sie. Als er ihre schwere Pistole entdeckte, beäugte er sie argwöhnisch, dann brachte er sie in ein kleines Büro, in dem Officer Arthur Gonzales, zuständig für Klassifikationsangelegenheiten, hauste. Der Raum war winzig, zahlreiche Aktenregale, ein mit Papieren übersäter Schreibtisch und zwei Stühle schufen eine qualvolle Enge. Durch ein Fenster konnte man den Gefängnishof überblicken. Detective Barren sah eine Gruppe von Gefangenen, die Basketball spielte. Ihre nackten Oberkörper glänzten vor Schweiß. Da die Fenster wegen der Klimaanlage nicht zu öffnen waren, konnte sie ihre Stimmen nicht hören. Sie kannte aber das typische Geräusch von Turnschuhen auf Zement und von aufeinanderprallenden Körpern. Ihr Mann war ein leidenschaftlicher Basketballspieler gewesen.

»Das ist eine Situation, Merce, wo du irgendwie plötzlich wie im Rausch bist, hatte er immer gesagt. Ich kenne keinen anderen Sport, der dich so anmacht. Du hast das Gefühl, daß jeder Ball, den du auf den Korb wirfst, ein Treffer wird. Du bist richtig unter Strom. Es läßt sich kaum beschreiben, aber plötzlich kannst du höher springen, schneller laufen, der Korb ist näher, seine Öffnung größer; du bist völlig sicher, daß jeder Wurf sitzt. Das überkommt dich unverhofft mitten im Spiel, warum, weiß ich nicht. Und so schnell wie dieses Gefühl da ist, ist es auch wieder weg. Dann geht der Ball daneben, du hast schwere Füße, der ganze Dampf ist raus. Vielleicht hat ihn dann ein Mitspieler. Du bist plötzlich ein ganz gewöhnlicher Sterblicher.

Aber diese Momente der Unsterblichkeit, Merce, dafür tust du alles. Es ist, als ob dich die Muse der Sportler geküßt hat, und bis sich ihre Laune ändert und sie sich einem anderen zuwendet, bist du heiß.«

Sie lächelte bei dieser Erinnerung.

Er hatte sie früh morgens im Sommer immer auf die Außenplätze mitgenommen, wo sie gegeneinander spielten. Zuerst versprach er, nur mit der linken Hand zu werfen. Eines Morgens schlug sie ihn, nachdem sie ständig kichernd hin- und hergerast waren. Natürlich hatte er am nächsten Tag wieder mit der rechten Hand geworfen und sie fertiggemacht. Das war das Signal, daß sich die Regeln für ihr Spiel geändert hatten.

»Betrüger«, hatte sie ihn angeschrien.

»Nein, nein«, war seine Antwort, »ich kehre nur zur angemessenen Ausgewogenheit zwischen den Geschlechtern zurück.«

Sie schüttelte den Kopf und konnte bei dieser Erinnerung ein Grinsen nicht zurückhalten. Sie drehte sich um, als die Tür geöffnet wurde. Ein korpulenter Mann in bräunlichen verknitterten Hosen und einem weißen Trachtenhemd trat ein und gab ihr die Hand.

»Hallo, Detective, was kann ich für Sie tun?«

Er sagte das in einem Ton, der eine sehr geringe Bereitschaft verhieß, ihr zu helfen. Er vergrub sich augenblicklich in seine Akten, wie um ihr zu signalisieren, daß ihre Anwesenheit nur einen kleinen Teil seiner Aufmerksamkeit erforderte. Jeder Detective hat ab und zu mit Gefängnisleuten zu tun, dachte sie. Sie benehmen sich immer so. In ihren Köpfen wälzen sie ständig Verwaltungsprobleme, wo stecken wir den hin, und welches Bett wird ihm zugeteilt? Kein Gedanke an Schuld oder Strafe.

Sie setzte sich ihm gegenüber.

»Sadegh Rhotzbadegh.«

»Er ist einer unserer Kunden.«

Wieder eine Beschönigung, dachte sie.

»Ich würde gern mit ihm sprechen.«

»Gibt es einen dienstlichen Anlaß?«

»Nein, nicht ausdrücklich, es geht nur um gewisse Informationen.«

»Trotzdem muß ich ihm wohl raten, für das Gespräch einen Rechtsbeistand beizuziehen.«

Auf welcher Seite bist du eigentlich? dachte Detective Barren ärgerlich.

»Mr. Gonzales, ich will ihn lediglich etwas fragen. Ich glaube, daß Herr Rhotzbadegh in einen Fall verwickelt worden ist, für den er gar nicht verantwortlich ist. Und ich hoffe, daß die Sache schnell zu klären ist. Er hat natürlich das Recht auf einen Anwalt. Wenn es nötig ist, werde ich ihn über seine Rechte ...«

Sie sah ihn unnachgiebig an.

»Sie haben aber, verdammt, nicht das Recht, ihm irgend was zu sagen, am wenigsten, ihm Ratschläge zu geben. Wenn Sie wünschen, werde ich mit Ihrem Vorgesetzten reden.«

»Das ist in dieser Sache nicht notwendig.«

Er arbeitete wieder in seinen Akten.

»Und nun?« fragte sie.

»Herr Rhotzbadegh ist zur Zeit beschäftigt. Danach hat er vor dem Essen Pause. Sie können dann mit ihm sprechen, falls er einverstanden ist. Er darf sich weigern, das wissen Sie.«

»Sie werden aber alles tun, damit er sich nicht weigert.«

»Dazu habe ich kein Recht.«

»Gewiß haben Sie das. Ich bin doch nicht drei und eine halbe Stunde hierhergefahren, um mir von einem verurteilten Mörder sagen zu lassen: Nein danke, heute nicht. Sie lassen ihn in einen Raum bringen, wo ich mit ihm sprechen kann. Wenn er da nicht bereit ist, etwas zu sagen, ist das mein Problem, nicht Ihres.«

»Ich kann Ihnen den Raum geben, aber ...«

»Aber was?«

»Wir haben ihn gerade getestet, er ist für eine Verlegung Ende der Woche vorgesehen.«

»Und?«

»Er kommt in die Psychiatrische Anstalt nach Gainesville. Wir meinen, daß er nicht zu unserer Belegschaft paßt.«

»Sie meinen, daß er hier gefährdet ist?«

»Nun, er hat Kreislaufstörungen.«

»Sie glauben, er muß beschützt werden?«

»Das ist die Meinung der Klassifikations- und Bewertungsabteilung.«

»Und deshalb schicken Sie ihn in die Erholung?«

»Er kommt in eine Hochsicherheitsabteilung.«

»Sicher.«

»Also da kommt er hin.«

»Ich verstehe das nicht.«

»Detective, wenn wir ihn in ein gewöhnliches Gefängnis stecken, wird ihn jemand umbringen. Er ist, ich kann es kaum beschreiben, unangenehm, beinahe psychotisch. Die anderen mögen sein religiöses Gehabe nicht, seine Selbstgefälligkeit. Auch ohne diese Eigenarten haben Sexualverbrecher schon Probleme genug. Was soll ich sonst sagen?«

»Geben Sie mir bitte den Raum«, sagte sie.

Sadegh Rhotzbadegh starrte wild um sich, als er den Raum betrat. Er schien sich alles in sein Gedächtnis einzuprägen. Nach dieser Untersuchung fiel sein Blick auf Detective Barren, die ruhig an einem Tisch in der Mitte des Raumes saß. Rhotzbadegh starrte sie an, machte einen Schritt auf sie zu, wich wieder zurück, seine Augen verrieten Ärger, dann Furcht, schließlich eine verwirrte Gehorsamkeit. Er stand da, wartete, daß sie etwas tat. Mit einer Handbewegung forderte sie ihn auf, sich auf den leeren Stuhl gegenüber zu setzen. Er hat zugenommen, dachte sie, seine Drahtigkeit hat nachgelassen. Gefängnisküchen machen dick.

Rhotzbadegh setzte sich hin, rutschte auf dem Stuhl herum, bis er schließlich auf dem äußersten Rand zur Ruhe kam und Detective Barren anblickte. Sie hielt seinem Blick stand, bis er ihr auswich. Dann sagte sie: »Ich möchte Sie zunächst über Ihre Rechte informieren. Sie dürfen schweigen, einen Anwalt haben ...«

Er unterbrach sie. »Ich kenne das. Habe es schon oft gehört und brauche es nicht noch mal zu hören. Was wollen Sie von Sadegh Rhotzbadegh? Warum haben Sie ihn aus der Pause geholt?«

»Sie wissen, warum.«

Er lachte.

»Nein, Sie müssen es mir sagen.«

»Susan Lewis, meine Nichte.«

»Ich erinnere mich an den Namen, aber nur schemenhaft. Erzählen Sie mir mehr.«

»September. Das Studentenheim der Universität Miami.«

»Es bleibt weiter ein Geheimnis für mich.«

Er lachte wieder und fuhr fort: »Warum soll ich mich an diese Person erinnern?«

Er kicherte wie eine zwölfjährige Göre.

»Was habe ich davon, wenn ich mich an dieses Mädchen erinnere? Ist sie berühmt, oder was Besonderes? Ich meine nicht. Deshalb gibt es für Sadegh Rhotzbadegh keinen Grund, an diese Person zu denken.«

Er setzte sich entspannt in seinen Stuhl zurück, kreuzte die Arme vor der Brust und grinste selbstgefällig.

Detective Barren atmete tief durch und sah ihm fest in die Augen. Sie wartete einen Moment, bis sie leise, sachlich, aber unnachgiebig zu ihm sagte: »Wenn Sie nicht endlich anfangen sich zu erinnern, werde ich Sie dazu zwingen, und zwar sofort.«

Rhotzbadegh erstarrte auf seinem Stuhl, plötzlich verschreckt.

»Das dürfen Sie nicht tun.«

»Stellen Sie mich nicht auf die Probe.«

Er beugte sich vor, spannte seinen Arm und zeigte ihr die Muskelwülste.

»Sind Sie dafür stark genug?«

Sie unterbrach ihn ungeduldig.

»Glauben Sie mir das etwa nicht?«

Er starrte sie an, versuchte herauszubekommen, ob sie das ernst gemeint hatte. Sie starrte zurück, bis ihre Augen zu Schlitzen wurden. Rhotzbadegh seufzte plötzlich und hielt die Hände vor sein Gesicht.

»Ich habe Alpträume.«

»Die müssen Sie auch haben«, antwortete sie.

»Ich sehe Gesichter, Menschen, aber ich erinnere mich nicht an ihre Namen.«

»Ich weiß, wer sie sind.«

In seinen Augenwinkeln bildeten sich Tränen. Er wischte sie weg.

»Allah hilft mir nicht mehr. Er hat mich verlassen, ich bin allein.«

»Vielleicht war er nicht so sehr mit allem einverstanden, was Sie angestellt haben.«

»Er hat mir das doch befohlen.«

»Sie haben ihn falsch verstanden.«

Rhotzbadegh schwieg. Er holte ein zerknülltes Taschentuch heraus und putzte sich laut schnaubend die Nase.

»Das ist möglich«, antwortete er mit dumpfer Verzweiflung in der Stimme. Er blies wieder in das Tuch.

»Trotzdem«, fuhr er fort, »will ich nach ihm suchen. Ich will seine Bücher studieren und den rechten Weg finden. Dann wird er mich im Garten Eden willkommen heißen, und ich werde ewiges Leben haben.«

»Großartig, das freut mich.«

Er nahm ihren Sarkasmus nicht wahr. »Ich danke Ihnen«, sagte er.

Detective Barren griff in ihre Handtasche und nahm ein kleines Schülerlineal heraus.

»Zeigen Sie mir mal die Hand, spreizen Sie die Finger.«

Rhotzbadegh gehorchte. Sie legte das Lineal an. Die Entfernung zwischen Daumen und Zeigefinger betrug etwa vierzehn Zentimeter. Verdammt, dachte sie, die Würgemale könnten von ihm stammen.

»Meine Hände sind nach Gott ausgestreckt«, sagte er.

»Lassen Sie mich wissen, wenn Sie ihn berührt haben.«

Rhotzbadegh blickte wieder im Raum herum. Dann stieß er seinen Stuhl zurück und stand auf. Er ging zu einer Wand und stellte sich mit dem Rücken dagegen. Dann ging er laut seine Schritte zählend auf die gegenüberliegende Wand des Besucherraums zu, setzte eine strenge Miene auf und kehrte zu seinem Stuhl zurück.

»Zweiundzwanzig Schritte«, sagte er, »zweiundzwanzig ganze Schritte.«

Er sprang wieder auf und schritt die Entfernung zwischen den beiden anderen Wänden ab, ohne sie zu beachten.

»Neunzehn Schritte.«

Er setzte sich wieder hin.

»Meine Zelle hat nur neun mal acht Schritte. Manchmal denke ich, daß mein Herz eingemauert ist.«

Er legte sein Gesicht in die Hände und seufzte.

»Sie lassen mich nicht in den Hof zu den anderen«, greinte er, »sie fürchten um meine Sicherheit. Sie denken, daß man mich umbringt. Ich kann nachts nicht schlafen, ich habe auch keinen Hunger, das Essen schmeckt nach Chemie. Sie tun mir etwas rein, um mich ruhig zu halten. Irgendwann werden sie mich damit töten. Ich habe auf jeden Schritt mit ihnen zu kämpfen.«

»Mit den Mädchen?«

»Das sind die schlimmsten. Sie dringen in meine Träume

ein und helfen diesen Menschen, die mich umbringen wollen.«

»Welche Mädchen?«

»Das weiß ich nicht.«

»Verdammt, denken Sie doch nach, ich will eine Antwort haben!«

Rhotzbadegh sah mit höhnischer Arroganz auf.

»Das sind meine Träume, sie gehören nur mir.«

Detective Barren sah ihn wütend an, innerlich war sie enttäuscht. Alles sinnlos, dachte sie. Ich bekomme ihn nicht dahin, wo ich ihn haben will. Sie langte wieder in ihre Tasche und holte ein einfaches Foto ihrer Nichte heraus.

»Kommt sie in Ihren Träumen vor?«

Rhotzbadegh sah das Bild an. Er nahm es vom Tisch auf, hielt es dicht vor die Augen und streckte es dann in Armeslänge von sich.

»Das weiß ich nicht genau.«

»Was wissen Sie denn?«

»Sie kommt vor, paßt aber nur auf die anderen auf. Sie weint nur, die anderen quälen mich.«

Er lehnte sich vertraulich über den Tisch und sagte mit schwacher Stimme: »Manchmal lachen sie. Aber ich lebe noch, und wer zuletzt lacht ...«

Detective Barren nahm das Bild und hielt es ihm dicht vor die Augen. Ihre Stimme klang herrisch fordernd, beharrlich und furchteinflößend: »Haben Sie diese junge Frau getötet?«

Er schwieg.

»Haben Sie sie auf dem Parkplatz vor dem Studentenheim der Universität von Miami überfallen?«

Er schwieg weiter.

»Haben Sie ihr den Kopf eingeschlagen und sie in den Matheson-Hammock-Park gebracht, wo sie starb?«

Wieder keine Antwort.

Sie ließ das Bild sinken und starrte Rhotzbadegh finster

an. Sie fühlte kein Mitleid, flüsterte nur: »Antworten Sie mir.«

Er hob sein Gesicht, das er in seinen Händen verborgen hatte.

»Ich kann nicht, ich weiß es nicht.«

Er atmete tief, rutschte gequält auf seinem Stuhl hin und her.

»Da ist nur eine schwache Erinnerung. Ich wollte irgend was tun. Da war das Studentenheim, Tanz, Alkohol, Gelächter. Ein schrecklicher Ort. Allah wird ihn eines Tages mit Feuer vernichten. Das weiß ich ...«

»Das Mädchen«, unterbrach Detective Barren.

»Ich bin da gewesen. An diese Körper um mich herum erinnere ich mich. Aber weiter ...«

Er schüttelte den Kopf.

»Ich träume von ihr, aber ich kenne sie nicht so gut wie die anderen.«

»Warum haben Sie die Zeitungsausschnitte gesammelt?«

»Ich mußte doch berichten. Wie sollte Allah sonst wissen, ob ich seinen Befehlen gehorcht habe?«

»Warum brauchten Sie für dieses Mädchen einen Beweis?«

»Das macht mich ja so unsicher«, rief er, »von den anderen hatte ich ja meine ... meine Belohnung, ich kann mich aber an sie nicht erinnern.«

»Wenn Sie von ihr träumen, was sagt sie dann zu Ihnen?«

»Sie sagt gar nichts. Sie steht nur und beobachtet mich. Ich hasse sie nicht so sehr wie die anderen.«

Er schwieg einen Augenblick.

»Ich brauche Schlaf. Allah schenke mir Schlaf, können Sie mir nicht helfen zu schlafen, Detective? Ich bin so müde und kann trotzdem nicht schlafen, ich darf es nicht. Sie kommen dann und peinigen mich in meinen Träumen. Wenn ich meine Augen schließe, verschwören sich meine Feinde. Ich werde am letzten Tag nicht aufgenommen werden.«

Er weinte leise vor sich hin.

»Und das macht Ihnen angst?« fragte Detective Barren.

Plötzlich bewegte er sich, sprang vom Stuhl auf, stand steif vor ihr, die Brust herausgestreckt, die Muskeln gespannt. Er rief laut: »Angst? Sadegh Rhotzbadegh hat keine Angst. Ich habe vor nichts Angst.«

Er schlug sich auf die Brust.

»Hören Sie, vor nichts! Allah steht mir bei. Er beschützt mich. Ich fürchte gar nichts.«

Rhotzbadegh starrte sie finster an. Stille breitete sich im Raum aus. Sie ließ sie eine Weile wirken und erwiderte dann langsam: »Das haben Sie auch nötig.«

Als sie nach Hause kam, war es schon sehr spät. Sie spürte eine große Leere, ein unangenehmes, nicht zu beherrschendes Gefühl, als wenn ihr alle Organe entfernt worden wären. Sie mußte lächeln, als ihr dabei der Gerichtsmediziner in den Sinn kam. Sie hatte plötzlich vor Augen, wie seine Stimme umschlagen würde, wenn er in ihren Körper hineinschaute.

»Was ist denn hier los? Der Blinddarm ist ja woanders, Ihre Milz ist gewandert, Ihr Magen ist verreist, Ihr Herz wurde eingepackt und verschickt!«

Sie mußte laut lachen. Zwei Jahre nach Johns Tod war sie von einem schmächtigen Herrn aufgesucht worden. Er hatte gestottert, aber nur leicht. Er war bei der Army im gleichen Zug wie John gewesen, saß ihr nun in einem Restaurant gegenüber und erzählte ihr von ihrem Mann. »Er war tapfer«, sagte er. »Einmal ist er unter Feindbeschuß losgelaufen, um den verwundeten Zugführer in Sicherheit zu bringen. Die Vietkong schossen zuerst auf den Zugführer, dann knallten sie den Sanitäter ab, weil der immer in Bewegung war, und dann die Männer, um die er sich gekümmert hatte. John war einer unserer Besten.«

Sie hatte genickt und geschwiegen, das mußte man ihr nicht erzählen.

»Ich wollte Sie nur mal kennenlernen.«

Er erhob sich.

»Ich danke Ihnen«, antwortete sie, um ihm eine Freude zu machen. »Sie helfen mir damit.« Das war eine glatte Lüge.

»Ich hoffe es«, antwortete der Mann und zögerte einen Augenblick.

»Ich war sein Zzzzzugführer.«

Sie nickte. »Ich habe es mir schon gedacht.«

Sie hatten sich schweigend angeschaut, dann hatte sie gefragt, was er vorhätte.

»Zurück ins Militärhospital. Wieder mal an den Eingeweiden herumschneiden lassen. Verwundungen sind immer ein Problem. Kugeln richten 'ne Menge an, und Militärärzte neigen zum Improvisieren. Die sind wie die Jungs, die auf der Highschool immer alles wissen, die jede Maschine reparieren können, daran herumfummeln, sie einstellen, bis das Ding läuft. Das hat man mit mir auch gemacht. Sie haben mir die Därme nach Norden verlegt, den Verdauungsapparat nach Süden. Jetzt haben sie vor; alles wieder an die alten Stellen zu versetzen.«

»Und was machen Sie dann?«

Er zuckte die Achseln.

Sie fragte sich, ob John sich auch so verhalten hätte. Er hatte nie im Leben eine Enttäuschung hinnehmen müssen. Nie war er abgelehnt oder entmutigt worden. Man hatte ihn nie zurückgewiesen. Er hatte nie verloren.

Detective Barren warf Notizbuch und Brieftasche auf ihren Schreibtisch und ging in die Küche. Sie holte sich Salat, Käse und Obst aus dem Kühlschrank. Kaninchenfutter, dachte sie. Sie machte sich einen Teller zurecht, ließ ihn auf dem Tisch stehen. Dann ging sie ins Schlafzimmer, ließ ihren Rock auf den Boden fallen, wusch sich Hände und Gesicht und tappte halbnackt wieder in die Küche zurück.

Sie aß, versuchte, nicht an Rhotzbadegh zu denken, um nicht völlig zu verzweifeln. Er könnte sich doch auch klarer ausgedrückt haben, dachte sie ärgerlich. Verdammte Träume. Er sieht sie im Traum, sie quält ihn aber nicht. Was heißt das denn? Daß er sie nicht umgebracht hat? Vermutlich. Traurig lächelnd stellte sie sich Detective Perry vor, wie sie ihm sagte, daß der Kerl davon träumte. Klarer Beweis, daß er sie nicht getötet hat? Ich verschwende meine Zeit mit diesem Araber.

»Morgen«, sagte sie laut, »gehst du zur Mordkommission und arbeitest Parallelfälle durch. Hol dir die Kartei der Sexualtäter. Geh zur Schule und prüf nach, ob Susan Feinde hatte. Jag das Ganze durch den Polizeicomputer, vielleicht auch beim FBI.«

Sie betrachtete Susans Bild im Bücherregal. Sei nicht traurig, ich werde ihn finden, das werde ich. Ihre Augen schwammen.

Draußen herrschte eine tropische Nacht, die Sternenbilder strahlten am Himmel. Mercedes sah plötzlich einen besonders glänzenden Stern über das Firmament schießen und verschwinden.

Oh verdammt, dachte sie, Tränen rannen ihr über das Gesicht.

Nachdem sie eine Weile reglos dagestanden hatte, ging sie zum Fernseher und schaltete ihn ein. Überrascht sah sie zwei lokale Sportreporter, die aufgeregt in die Kamera sprachen. Im Hintergrund konnte sie die *Orange Bowl* in Miami erkennen.

»Also das ist für die *Dolphins* ein besonders spannender Beginn der Vorsaison«, sagte der eine.

»Gleich beginnt das letzte Viertel des ersten Freundschaftspiels in diesem Jahr. Es steht vierundzwanzig zu zwanzig für die *Dolphins,* die *Samts* sind im Ballbesitz.«

Sie hatte den Saisonbeginn der Schaukämpfe völlig vergessen. Das sieht dir gar nicht ähnlich, warf sie sich vor.

Sie griff ihr Weinglas und machte es sich in einem Sessel bequem.

Wie konnte ich das vergessen? Dann rief sie: »*Dolphins,* los geht's« und beobachtete selbstvergessen und vergnügt das Spiel. Ihre schweren Gedanken und Tränen waren verschwunden. Es war ein neuer Anfang, für die *Dolphins* und für sie selbst.

In der Mitte des letzten Spielviertels schossen die *Samts* ein Feldtor und gingen mit drei Punkten in Führung. Eine Minute später ließ ein neuer Spieler der *Dolphins* beim Zurücklaufen den Ball auf der eigenen Dreißig-Yard-Linie fallen. Daraus entstand ein weiteres Feldtor der *Samts,* die jetzt kurz vor Spielende mit sechs Punkten führten. Doch die *Dolphins* rafften in den letzten Spielminuten alle Kräfte zusammen. Verbissen kämpften sie um jeden Meter und waren eine Minute vor dem Schlußpfiff an der One-Yard-Linie der Saints. Das Spiel stand unentschieden.

»Los, verdammt, haut ihnen den Ball rein.«

Sie hieb sich mit der Faust in die offene Hand.

»Los!« Der Quarterback näherte sich der Torlinie.

»Los, rüber damit, hau ihn rüber.«

Beide Mannschaften stellten sich wieder auf, Schulter gegen Schulter, erwarteten den Angriff aus der Mitte. Das liebte sie.

»Haut ihn rein«, schrie sie aus vollen Kräften.

Die beiden Reihen rasten aufeinander zu, sie sah, wie der Quarterback herumwirbelte und den Ball dem Halfback zuspielte, der auf die Mitte zuflog. Das Geschrei der Zuschauer schwoll voller Erwartung an, als es zu einem Zusammenprall kam. Das Stadion tobte, die Zuschauer sprangen hoch und schrien. Mercedes tat dasselbe vor dem Fernseher, sie hatte wie die Zuschauer auch beobachtet, daß der Quarterback den Ball gar nicht abgespielt hatte, er hatte lediglich getäuscht und raste nun verzweifelt kämpfend allein ohne jede Deckung auf die Schlußlinie zu.

Gleichzeitig stürzte der äußere Linebacker der Saints, ein riesiger, kraftvoller Spieler, auf den Quarterback los, schnitt ihm den Weg ab, so daß sie kurz vor dem Tor aufeinandertreffen mußten.

»Lauf, lauf, lauf«, schrie Mercedes Barren. Ihre Stimme ging in dem Gebrüll der Zuschauer unter, das aus dem Fernseher scholl.

»Nimm den Kopf runter.«

Das machte der Quarterback auch, und als er sich über die Torlinie warf, rammte ihn der Linebacker. Beide Spieler flogen durch die Luft und prallten auf eine Gruppe von Fotografen, die von der Torlinie aus ihre Bilder schossen. Die Gruppe wich zurück, um von den beiden Spielern nicht verletzt zu werden. Die Menge brüllte, als der Schiedsrichter mit erhobener Hand einen Treffer anzeigte. Mercedes ließ sich zurücksinken, dachte an nichts anderes als an diesen Sieg. Die Fernsehreporter schrien aufgeregt in ihre Mikrophone.

»Das war vielleicht ein Hammer auf der Torlinie, nicht Bob?«

»Ja, der neue Quarterback ist ein Draufgänger, so lernt er am besten, wie es in der Nationalliga zugeht. Das war ein Profitreffer.«

»Ich hoffe, daß den Fotografen nichts passiert ist.«

»Vermutlich hat der Linebacker von den *Samts* ein paar aufgefressen.«

Beide lachten und schwiegen dann einen Augenblick.

»Weißt du was, ich gehe mal runter zu Chuck auf das Spielfeld. Der steht da unten mit ein paar Fotografen. Sie hatten für den Treffer eine gute Schußposition. Hallo, Chuck?«

»Das stimmt, Ted. Vor mir stehen Pete Cross und Tim Chapman vom *Miami Herald* und Kathy Willens von *Associated Press*. Wie habt ihr das gesehen?«

»Wir haben hier alle auf einen Torschuß gewartet«, sagte ein blonder bärtiger Fotograf.

Die junge Frau unterbrach ihn.

»Dann haben wir gesehen, wie die beiden Spieler mit Volldampf auf uns losrasten und ...«

»Ich habe Kathy zur Seite gerissen«, unterbrach sie ein anderer mit gewölbter Brust. »Sie schoß wie wild drauflos, und ich dachte, die würden sie umrennen.«

»Das kann ja ganz schön gefährlich hier an der Linie sein«, bemerkte der Reporter.

»Kaum gefährlicher als bei einem Krieg oder einer Revolution«, antwortete die junge Frau.

Die Fernsehkamera verweilte auf den Gesichtern der drei Fotografen. Mercedes Barren hörte entspannt zu, sie fragte sich, ob sie einen der Kameraleute schon mal bei einem Mordfall angetroffen hatte. Plötzlich richtete sie sich wie elektrisiert auf.

»O Gott«, sagte sie. Dicht vor dem Fernseher fiel sie auf die Knie.

»Mein Gott, mein Gott.«

»Das war das Spiel von der Linie aus gesehen, nun wieder zurück zu dir, Ted ...«, plauderte der Reporter.

»Nicht umschalten«, schrie sie, »halt.« Sie umklammerte mit beiden Händen das Gerät.

»Nein, halt, ich muß das sehen.«

Die Reporter redeten weiter, die Mannschaften stellten sich gerade für den Sonderpunkt auf.

Mercedes Barren achtete nicht auf das Gebrüll der Zuschauer, als der Ball zwischen den Stangen durchsegelte. Sie rüttelte am Fernsehgerät und schrie: »Nein, nein, schaltet das Bild zurück, zurück mit dem Bild.«

Dann ließ sie sich nach hinten fallen und dachte über ihre Entdeckung nach. Drei Fotografen standen vor der Kamera. Ein leichter Wind bewegte ihre Haare. Und dann der große gelbe Anhänger aus Karton mit dem Aufdruck »Presseausweis«.

Mercedes Barren stürzte hastig durch den Flur zu ihrem

Schreibtisch, blätterte fieberhaft die Akten durch, bis sie auf die Liste der Gegenstände stieß, die am Fundort der Leiche gesammelt worden waren. Dreiunddreißig Beweisstücke waren identifiziert und von den Kriminaltechnikern erfaßt worden. Aber nur das letzte interessierte sie: »Papierrest (gelb), Herkunft unbekannt.«

»Ja«, sagte sie, »ja, das ist es.«

Sie holte Luft.

»Ja.«

Sie setzte sich auf den Boden, hielt die Liste in der Hand und erinnerte sich an das Beweisstück, das sie Monate vorher betrachtet hatte.

»Das ist es.«

Gleich am nächsten Morgen fuhr sie zur Asservatenkammer in Miami. Der Beamte hatte keinerlei Lust, die verstaubten Kartonstapel in dem kellerartigen Gewölbe durchzuwühlen. Er war verärgert, unhöflich und blickte finster, seitdem Detective Barren durch die Tür gekommen war. Er verlangte zunächst eine gerichtliche Genehmigung, dann ein Schreiben ihres Vorgesetzten.

Sie blieb ungerührt von seinem Ärger, lächelte ihn entwaffnend an und beruhigte ihn schließlich mit einer handgeschriebenen Erklärung.

Der Beamte war stiernackig, er schien sich in seiner freien Zeit in einem Bodybuilding-Institut abzuquälen. Er hatte die Hemdsärmel hochgekrempelt, die ein paar kunstvoll tätowierte Drachen freilegten. Als er sich einen Bleistift hinter dem Ohr wegnahm, glaubte sie, er würde ihn mit seinen plumpen Fingern zerbrechen.

Sie ging hinter ihm her, versuchte sich neutral zu verhalten, sich abzulenken, obwohl ihr Herz raste.

Es dauerte fast eine Stunde, bis sie die richtigen Container gefunden hatten.

»Das sind abgeschlossene Fälle«, beschwerte sich der

Mann. »Abgeschlossen heißt, daß die Kartons versiegelt sind, ich brauch' das nicht für Sie zu machen.«

»Ich weiß, ich weiß, Officer, aber das ist ein Spezialfall. Ich kann mich nicht genug über Ihre Hilfsbereitschaft bedanken.«

»Sie wissen, daß ich das nicht machen darf«, sagte er beharrlich.

»Ich habe Verständnis für Sie«, erwiderte sie.

Die Kartons waren mit einer einfachen Zahlenfolge beschriftet. Die ersten Ziffern kennzeichneten das Jahr, in dem das Verbrechen begangen wurde, dann folgte die laufende Nummer des Falls, den die verschiedenen Ermittlungsstellen bearbeitet hatten. Fälle von Raub, Erpressung, Vergewaltigung, Mord und andere Verbrechen folgten in zufälliger Reihenfolge aufeinander.

»Jesus, ich kenn' den Fall, ist beschissen weit oben, ich hol' mal die Leiter.«

Bewegungslos wartete sie ab, bis er den Karton runtergeholt hatte.

»Hier, unterschreiben Sie, daß Sie ihn geöffnet haben.«

Er schob ihr ein Formular hin, das sie unterzeichnete, ohne hinzusehen. Er prüfte ihre Unterschrift.

Sie betrachtete den Karton. Auf einem Zettel, der mit einem Klebeband darauf befestigt war, standen das Inhaltsverzeichnis und die Gerichtsdaten des Falls Rhotzbadegh. Ein großer Stempel auf dem Zettel besagte, daß der Fall abgeschlossen bzw. aufgeklärt war. Wir werden sehen, dachte sie. Mit einem Taschenmesser durchschnitt sie das Klebeband, das den Karton verschloß, und hob vorsichtig, um den Staub nicht aufzuwirbeln, den oberen Teil ab. Mit einem Griff fand sie den gelben Papierfetzen. Sie durchsuchte den Inhalt des Kartons nach anderen Beweisstücken, die sie mitgehen lassen konnte, dann schloß sie ihn wieder.

Sie säuselte dem mürrischen Beamten zu: »Ich danke Ihnen für Ihre Hilfe. Wenn ich noch etwas brauche, komme ich wieder.«

»Aber bitte«, sagte er mit einer Stimme, die das Gegenteil ausdrückte.

Als sie aus dem Gebäude trat, überfiel sie die Morgensonne. Sie erlaubte sich nicht, nachzudenken, zu vermuten oder Schlüsse zu ziehen. Einen Schritt nach dem anderen, sagte sie sich. Einen Augenblick lang fühlte sie sich wie eine Siegerin. Sie dachte nicht an ihre Nichte, nicht an den staubigen Karton oder den gelben Papierfetzen im Plastikbeutel, der an die Ermittlungen erinnerte. Statt dessen beobachtete sie den Verkehrsfluß auf der Schnellstraße. Sonnenlicht glänzte auf den Metallkörpern der Fahrzeuge, durch die Reflexe sahen sie aus wie beschädigt. Die pfeilschnell aneinander vorbeiflitzenden Autos faszinierten sie, gedankenverloren dachte sie an Wirtschaft, Leben und Fortschritt. Über sich beobachtete sie eine große Amsel, die sich von der Morgenbrise tragen ließ. Die Umrisse des Vogels stachen deutlich von dem tiefen Blau des tropischen Himmels ab. Er stieß einen Schrei aus und verfolgte stetig weiter seinen Kurs am Himmel. Detective Barren lächelte fröhlich, ging zu ihrem Wagen und machte sich auf in die City. Im Büro der *Miami Dolphins* am Biscayne Boulevard mußte sie warten.

»Sie haben wirklich Glück, daß Mr. Stark gerade Zeit für Sie hat«, sagte eine junge Sekretärin, die mit allen wesentlichen Attributen ausgestattet war, die eine Empfangsdame haben mußte. Ein angedeutetes Lächeln, eine sanfte Stimme und eine gestylte Frisur.

»Wie kommt das denn?«

»Haben Sie denn keine Zeitung gelesen?« fragte die junge Frau zurück.

»Heute noch nicht.«

»O, dann wissen Sie noch nichts von dem neuen Vertrag?«

Als Detective Barren verneinend den Kopf schüttelte, scholl ein lautes Gelächter aus einem der Räume nebenan.

»Da findet eine Pressekonferenz statt«, sagte die Dame.

»Darf ich zuschauen?«

Die Sekretärin zögerte, sah sich schnell um. Niemand war zu sehen.

»Sind Sie ein Fan?«

Mercedes Barren lächelte.

»Ich habe noch nie ein Spiel verpaßt.«

Die Frau lächelte zurück.

»Dann kommen Sie mit, wir wollen nur mal den Kopf hineinstecken.«

Mercedes Barren folgte dem schwingenden Rock der Dame, die schließlich vorsichtig eine Tür öffnete und mit ihr durch den Spalt schlüpfte.

Mercedes Barren nahm die Szene schnell in sich auf, die ihr aus zahlreichen nächtlichen Sportsendungen bekannt war. Ein halbes Dutzend Fernsehkameras auf Stativen beherrschte das Zentrum des Saals. Eine Menge Zeitungs- und Fernsehreporter war anwesend, sie lümmelten auf Stühlen oder an der Wand und machten sich Notizen. Tonleute und Fotografen krochen in Höhe der Kameras herum. Am Tisch, vor einem Gewirr von Mikrophonen saßen der berühmte Trainer mit seinem vorspringenden Kinn, der Eigentümer und sein aufgeschossener Quarterback mit dem lockigen Haar. Alle hatten fröhliche Gesichter und schüttelten sich gerade die Hände.

Mercedes Barren war augenblicklich fasziniert. Sie fühlte sich wie ein Kind, das den Nikolaus beim Ausladen seiner Geschenke unter dem Weihnachtsbaum überrascht.

»Er ist noch größer, als ich vermutete«, wisperte sie ehrfurchtsvoll wie ein kleines Mädchen, »und sieht viel besser aus.«

»Ja«, antwortete die Sekretärin, »und er hat auch viel mehr Geld. Er verdient mehr als eine Million im Jahr.«

Die junge Frau schwieg einen Moment, und dann fuhr sie bedrückt fort: »Wissen Sie nicht, daß er ausgerechnet sein College-Liebchen heiraten muß?«

Sie sagte das mit unverhüllter Eifersucht, und Mercedes Barren hätte beinahe laut herausgelacht.

Sie beobachtete wieder die Figuren auf dem Podium. Alle drei lachten, weil einer einen Witz erzählt hatte. Das führte zu einem Blitzlichtgewitter.

Mein Gott, dachte sie plötzlich und sah sich aufgeregt um. Er könnte hier sein. Sie griff instinktiv nach ihrer Handtasche, um die Pistole zu fassen, und war erst beruhigt, als sich ihre Finger um den Griff der Waffe schlossen. Wer könnte es sein? Verzweifelt beobachtete sie die Menschen im Raum. Ein muskulöser, bärtiger Mann fummelte an einem Weitwinkelobjektiv herum. Sie starrte auf seine großen Hände und sah sie plötzlich um den Hals ihrer Nichte geklammert. Ein untersetzter Glatzkopf machte zwischen seinen Aufnahmen witzige Bemerkungen. In seinem Mundwinkel lag eine Härte, die sie beunruhigte. Ihr fiel ein anderer asketischer, blonder junger Mann auf. Er wirkte zerbrechlich, ängstlich, sie sah ihn plötzlich, wie er in dem Gewühl des Studentenheims gierige Blicke auf das Haar ihrer Nichte warf.

Um diese Visionen zu vertreiben, schloß sie fest die Augen. Die Geräusche der Pressekonferenz um sie schwollen an, das Gelächter und Gejohle durchdrangen sie, als ob sie sich über ihre Ermittlungen lustig machten. Sie war benommen, fühlte sich elend.

Neben ihr flüsterte plötzlich jemand: »Detective Barren?«

Sie öffnete die Augen. Vor ihr stand ein kleiner Mann in einer sportlichen Leinenjacke.

Sie nickte.

»Ich bin Mike Stark. Ich manage den Laden hier ...«

Er lachte sie an, sie nahm sich zusammen und lächelte zurück.

Nach einem kurzen Rundblick über die Reporter und die Männer im Scheinwerferlicht fragte er: »Was halten Sie davon?«

Mit einem aufgesetzten Lächeln antwortete sie: »Eine Million Dollar im Jahr sind eine Menge Geld.«

»Er ist ein phantastischer Spieler.«

»Sicher ist er das.«

Stark zögerte. Wie zum Gebet faltete er die Hände vor der Brust.

»Sie haben recht, eine phantastische Menge Geld für einen Jungen mit zwei kaputten Knien. Ich hoffe, daß, welcher Gott auch immer für Footballspieler zuständig ist, er wirklich aufpaßt.«

»Er spielt den Ball nicht mit den Knien«, sagte sie.

»Für das Geld, was wir ihm zahlen, müßte er auch dazu in der Lage sein«, erwiderte Stark.

Ihr Gelächter ging in dem allgemeinen Lärm des Saals unter.

Stark sah sich um.

»Ich will hier gleich Schluß machen, warten Sie doch in meinem Büro auf mich.«

Mercedes Barren war einverstanden. Durch große Glasfenster beobachtete sie Motorboote, die weißen Schaum in das Wasser pflügten.

Nach einer Weile kam Stark herein und setzte sich hinter den Schreibtisch in einen Lehnstuhl.

»Und?« fragte er.

Sie nahm den Papierfetzen aus ihrem Notizbuch, hielt ihn einen Moment verdeckt, fragte sich, wie sie anfangen sollte. Dann warf sie den Fetzen wortlos vor ihn auf den Tisch.

Verwundert hob er einen Moment seine Brauen, als er den Plastikbeutel hochnahm und ihn untersuchte. Dann legte er ihn wieder hin.

»Tut mir leid«, sagte er und schwieg.

Die Stille lastete schwer auf ihr.

Er ergriff den Plastikbeutel wieder.

Ihr Herz klopfte wie rasend.

»Nun, vielleicht.«

Er zog eine Schublade heraus und wühlte in einem Aktenordner. Nach kurzer Zeit zog er einen Schnellhefter heraus und öffnete ihn. Vor ihr lag ein kleiner Stoß gelber Presseausweise.

»Die Muster vom letzten Jahr«, sagte Stark.

»In diesem Jahr haben wir sie in Hellblau und Orange drucken lassen, in den Farben des Vereins.«

Er hielt eines der Muster gegen den Fetzen im Plastikbeutel.

»Könnte passen«, meinte er.

Detective Barren verglich die beiden Papierstücke. Sie waren gleich breit.

»Die Farbe stimmt auch«, fuhr Stark fort.

Er fühlte durch die Plastikhaut.

»Scheint auch die gleiche Stärke zu sein, bin mir aber nicht sicher. Ist aber möglich.«

Er zögerte, sah sie eindringlich an. »Worum geht es?«

»Um Mord«, antwortete sie.

Er stieß einen langen Pfiff aus und blickte wieder auf die beiden gelben Papiere.

»Ich vermute, das mußte mal passieren«, sagte er dann.

»Wie bitte?«

»Nun, wir leben in Miami, nicht? Wir sind der Staat der Mörder, vermutlich kommt jeder in Miami mal mit einem Mord in Berührung, oder?«

»Kann sein.«

»Gut«, sagte er, »das könnte wirklich ein Abriß von einem unserer Presseausweise sein. Es könnte auch alles andere sein.«

»Wissen Sie, wer das für Sie druckt?«

»Natürlich, das ist einfach. *Biscayne Druck* in der Achtundsechzigsten Straße. Die können Ihnen sofort sagen, ob es von dort kommt.«

Das kann man auch kriminaltechnisch, dachte sie schnell. »Haben Sie eine Liste, wer die Ausweise bekommen hat?«

»Ja, bei welchem Spiel?«

»Letztes Jahr, achter September.«

»Das habe ich hier irgendwo.«

Er wühlte wieder in der Schublade und zog einen anderen Aktenordner heraus. Sie wollte ihn am liebsten an sich reißen, hielt sich aber zurück.

»Tatsächlich, das Spiel war am neunten, der achte war der Samstag davor.«

Plötzlich kam ihr eine Idee. Ihre Kehle war wie zugeschnürt, sie mußte sich räuspern, bevor sie fragen konnte.

»Hat irgend jemand zwei Ausweise verlangt? Hat vielleicht jemand einen verloren und einen neuen bekommen?«

Stark sah sie überrascht an und nickte.

»Ich verstehe«, sagte er. Er sah in den Ordner.

»Die Liga will von uns genau wissen, wer fotografiert. Teilweise aus Sicherheitsgründen, aber hauptsächlich wollen sie die Fotografen kontrollieren, wegen Werbung. Manchmal habe ich das Gefühl, daß ich für den großen Bruder arbeite.«

Er nahm ein mit Maschine beschriebenes Blatt heraus.

»Wurden 'ne Menge Ausweise für dieses Spiel ausgegeben. Alle wollten Bilder von dem Studenten, der heute seinen großen Vertrag bekommen hat. Er war Anfänger, und keiner hatte von ihm ein Gemälde.«

»Ein Gemälde?«

»So nennen die das. Gott weiß, warum. Ein gutes Foto ist ein Gemälde. Rembrandt würde sich im Grabe herumdrehen, wenn er hören würde, was diese Verrückten damit meinen.«

Sie studierte die Liste.

»Drei kommen in Frage, sie hatten ihren Ausweis verloren. Hoppla, tut mir leid, es waren zwei Männer und eine Frau. Das Mädchen war von der lokalen *A. P.*, der eine Knabe von den *Miami News* und der andere von *S. I.* Er hat einen Vertrag mit *Black Star.* Normalerweise schickt *Sports Illustrated* ihre eigenen Jungens, ich vermute, sie hatten an diesem Tag keinen zur Verfügung. Baseball, Football, wissen Sie?«

Er schob ihr das Blatt zu.

»Reicht eine Kopie? Ich muß das Original behalten.«

Sie nickte, in ihrem Kopf überschlugen sich die Gedanken, trotzdem fragte sie weiter.

»Haben sie Gründe angegeben, warum sie einen neuen Ausweis brauchten?«

»Ja«, erwiderte Stark. »Die Liga paßt wirklich auf, wer einen neuen Ausweis bekommt. Sie will nicht, daß Kreti und Pleti die Seitenlinien belagern. Lassen Sie mich mal sehen. Ach ja, das *A. P.*-Mädchen hatte ihren Ausweis in der Handtasche. Sie verlor sie im Flugzeug. Das kann passieren. Dem Knaben von der *News* wurde der Ausweis von seinem zehn Monate alten Sohn aufgefressen, und der Junge aus der Stadt, lassen Sie mich sehen, verlor seinen bei einer Schlägerei.«

Stark lehnte sich in seinem Sessel zurück.

»Ich kann mich, glaube ich, noch erinnern, wer an diesem Samstagmorgen einen neuen Ausweis von mir wollte. Er hatte eine ziemlich große Beule über dem Auge. Jeder hat ihn auf den Arm genommen. Trotzdem war er ein netter Bursche.«

Detective Barren fühlte, wie sich ihr Magen zusammenzog. Ich habe es gewußt, dachte sie. Sie hat sich gewehrt. So leicht hat sie sich nicht umbringen lassen.

Sie nahm die Liste an sich und las die Namen. Sie versuchte, ruhig zu bleiben, sicher konnte sie erst sein, wenn sie bei der Druckerei gewesen war. Dann würde eine kriminaltechnische Analyse folgen, die ihr Gewißheit geben konnte. Das Verfahren würde eine Zeit dauern. Sie ermahnte sich zur Vorsicht. Mach langsam, sei gründlich, sei deiner Sache sicher. Im Innersten bezweifelte sie, ob sie ihren eigenen Ratschlägen folgen würde. Sie starrte wieder auf die Namen, die Buchstaben schienen ihr entgegenzuspringen, um sie zu quälen. Ich habe ihn, dachte sie. Ich habe ihn.

Der ältere Herr aus Kuba, der hinter dem Ladentisch der Biscayne Druckerei hervorkam, war freundlich und rücksichtsvoll. Sie zeigte ihm ihre Dienstmarke, die ihn in leichtes Erstaunen versetzte; offenbar, weil er sich keine Frau als Polizistin vorstellen konnte. Er nahm jedoch sorgfältig den gelben Abriß aus dem Plastikbeutel und rieb das Papier zwischen seinen Fingern. Er sprach mit leicht gefärbtem Akzent.

»Das sieht so aus wie die Ausweise, die wir für die *Dolphins* drucken. In diesem Jahr haben wir eine andere Farbe.«

»Könnte es sein ...«, begann sie, aber er hob die Hand.

»Aber im letzten Jahr«, sagte er. »Wenn wir dieses Papier mit der Rolle vergleichen, die wir gekauft haben, können wir sehen, ob es paßt.«

Diese Feststellung klang wie eine Frage.

Detective Barren war überzeugt, daß eine technische Analyse die Übereinstimmung beweisen würde. Sie schüttelte den Kopf.

»Nein, vielen Dank. Ich wollte nur ...«

Er gab ihr die Hand.

»Für eine hübsche Polizistin mache ich alles.« Er lächelte ihr mit anzüglicher Freundlichkeit zu.

Sie steckte ihre Papierprobe ein und nahm sich vor, den nächsten Flug nach New York zu buchen.

Sie war nur von einem einzigen Gedanken beherrscht, war völlig unfähig, an etwas anderes zu denken, als an den Namen, den sie ständig wiederholte, in gewisser Weise darüber erschrocken, wie gewöhnlich er klang. Das Dröhnen der Flugzeugmotoren drang nicht zu ihr durch.

Als sie die Fotoagentur betreten hatte, ließ man sie eine Weile im Empfangsraum warten. Sie betrachtete eine Serie gerahmter Fotos, die Kriegsszenen darstellten. Zuerst war sie uninteressiert, dann wurde sie von den Bildern gefesselt. Verschiedene Fotos, die an der Wand hingen, stammten von einem Mann namens Douglas Jeffers, darunter das Bild eines rußverschmierten Feuerwehrmannes, aus dessen Augen Hoffnungslosigkeit sprach, im Hintergrund ein brennender Häuserblock. Die Szene war in Philadelphia aufgenommen worden.

Sie wandte sich um, als der Redakteur auf sie zuging. Sie nahm sich vor zu lügen, klug, überzeugend, unauffällig. Der Redakteur durfte Jeffers nicht anrufen, um ihm mitzuteilen, daß eine Polizistin hinter ihm her sei. Sie zögerte nur kurz, bevor sie die erste Unwahrheit sagte, das aufkommende Schuldgefühl unterdrückte sie schnell. Der Bildredakteur war freundlich, aber zurückhaltend.

»Ich glaube, er ist nicht anwesend, mehr kann ich Ihnen leider nicht sagen. Tut mir leid, aber ...«

Detective Barren nickte, schüttelte dann mit gespielter Enttäuschung den Kopf.

»Junge, die Bande wird traurig sein. Alle wollen den alten Doug sehen.«

»Wie meinen Sie?« fragte der Redakteur.

Er war ein Mann mittleren Alters, trug eine Fliege. Mit seinem lüsternen Gesicht war er die Sorte von Mann, die es immer wieder versuchten und mit ihrem zerknüllten Teddybären-Charme auch häufig erfolgreich waren.

Sie überlegte, wie sie das nutzen könnte. Sie lächelte ihn einladend an.

»Ach, nichts Besonderes. Wir sind eine Truppe, die in Philadelphia zusammen war, als die Bombe hochging. Wir haben damals verabredet, uns wieder zu treffen. Keine große Geschichte. Wissen Sie, wie wir uns kennengelernt haben? Wir waren eine Strecke weit hinter den Feuerwehrleuten und Polizisten, die die Sprengung vorbereiteten. Der alte Doug war Klasse. Konnte nicht warten. Er mußte sein Foto machen, wissen Sie, ganz egal, wie die Knallerei ausgehen würde. Das sieht ihm ähnlich ...«

»Er macht häufig so verrückte Sachen.«

»Nun, es ist nicht so wichtig. Es wäre nett gewesen, wenn Doug hätte dabeisein können. Jeder liebt Kriegsgeschichten, wissen Sie? Deshalb bin ich hier ...«

»Klingt verrückt ...«

»Ja, das letzte Jahr war schlimm.« Sie zwinkerte, warf ihm einen schüchternen Blick zu und errötete. Hoffentlich wollte er nicht mehr über das Unglück in Philadelphia wissen. Sie versuchte, sich an ein paar andere Geschichten zu erinnern, die sie gelesen hatte.

»Tut mir leid«, sagte der Redakteur.

»Keine große Angelegenheit. Es ist nur, Sie kennen doch Doug, er lebt so zurückgezogen. Wir wollten ihn da ein bißchen herausholen, verstehen Sie.«

»Da sagen Sie was, Fotografen sind ein merkwürdiger Haufen ...«

»Der alte Doug ist einer der Besten.«

»Mit Sicherheit.«

»Sie würden wahrscheinlich überrascht sein, wieviel Freunde er hat draußen in der Provinz.«

»Das habe ich immer vermutet. Er macht sich hier sehr rar. Woher kommen Sie?« fragte er.

»Vom *Herold*, bin gerade ein, zwei Tage hier.«

»Alles, was ich weiß, ist, daß er in Urlaub ist, ohne uns seine Pläne mitzuteilen. Er muß in drei Wochen wieder hier sein, wenn Ihnen das hilft. Sie könnten ihm eine Nachricht hierlassen.«

Sie dachte an die Wartezeit. Unmöglich.

»Vielleicht versuchen Sie es bei seinem Bruder?«

»Doug hat nie einen Bruder erwähnt.«

»Er ist Arzt in einem Krankenhaus in New Jersey. Trenton. Doug hat ihn immer als nächsten Verwandten aufgeschrieben, bevor er in Kriegsgebiete fuhr. Warum versuchen Sie es nicht mal bei dem? Vielleicht kann er Doug erreichen. Es wäre schade, wenn er eine interessante Party verpassen würde.«

»Wissen Sie was«, sagte Mercedes Barren, »ich will zuerst mal zu seinem Bruder. Wenn das nicht hilft, hinterlasse ich hier eine Nachricht, O.K.?«

»In Ordnung.«

»Junge«, sagte sie mit ihrer schönsten Mädchenstimme, »Sie waren mir eine große Hilfe. Wenn das alles klappt, trinken wir einen zusammen.«

»Das würde mich freuen.«

»Ich werde Sie anrufen«, erwiderte sie und lächelte ihm zu. »Kann ich Sie hier erreichen?«

Er lächelte vielsagend und hoffnungsvoll zurück.

»Jederzeit.«

In Gedanken war sie schon auf dem Weg nach New Jersey.

6

Beginn einer Reise · Ein Tankwart bleibt am Leben · Tod in New Orleans

DOUGLAS JEFFERS SAH das schwarzblaue Band des Highways auf sich zufliegen. Die Räder seines Wagens rollten in gleichmäßigem Rhythmus darüber hinweg. Hinter ihm zeigte die Dämmerung den Morgen an. Langsam fiel Sonnenlicht in den Wagen. Jeffers nahm die schlafende Gestalt neben sich wahr. Anne Hampton atmete regelmäßig mit leicht geöffnetem Mund. Er musterte ihre dunklen Augenbrauen, die lange, ebenmäßige Nase, die hohen Wangenknochen und die vollen Lippen, versuchte gleichzeitig, auf die Straße vor sich zu achten. Das Licht ließ ihr strohblondes Haar aufleuchten. Er fragte sich, ob sie hübsch war. Für ihn besaß sie eine einfache und ungekünstelte Schönheit. Er spürte das Verlangen, ihr mit dem Finger über das Gesicht zu streicheln, um sie zärtlich zu wecken. Sie hatte eine kleine Schwellung im Gesicht, was er einen Augenblick bedauerte. Er war glücklich, daß er sie nicht hatte umbringen müssen. Jeffers sah den fahlen Umriß des Mondes am Himmel, der immer mehr in dem zunehmenden Blau verschwamm, das den Tag ankündigte. Obwohl das Licht zu dieser Zeit für einen Fotografen heikel war, liebte er den frühen Morgen. Wenn man es richtig einfangen konnte, gab es einem Foto einen geheimnisvollen Glanz. Ein Morgen in Vietnam kam ihm in den Sinn. Er war so tollkühn gewesen, mit einem südvietnamesischen Rangerbatallion loszuziehen. Die Soldaten waren so jung wie er. Die anderen Fotografen, mit denen er zusammenwohnte, hatten das Angebot, ein Gefecht mitzuerleben, entrüstet zurückgewiesen und versucht, ihn von seinem Vorhaben abzubringen. Es waren Mitarbeiter von *ABC-News,* ein Selbständiger, der für *Magnum* fotografierte und jemand vom *Australian.* Das Gelächter, Gejohle und die unkomplizierte Kameradschaft der Soldaten hatten ihn jedoch gefangengenommen. Sie warfen sich in die Brust, spielten den Helden, schwangen ihre Waffen und strahlten voller Selbstvertrauen, als sie auf die olivgrünen Lastwagen kletterten, die sie in das Kampfgebiet bringen sollten. Er war mit ihnen aufgesprungen, lachte, schoß Fotos, lernte Namen kennen und genoß die entspannte Stimmung, die für Menschen, die in den Krieg zogen, ungewöhnlich war. Einen ganzen Tag trotteten sie unter einem freundlichen Himmel durch Reisfelder und Äcker. Auf einer kleinen Anhöhe, die von Bäumen und Sträuchern umgeben war, schlugen sie kurz vor der Dunkelheit ihr Lager auf. Er kroch früh in sein Schützenloch, nachdem er sich ein Maschinengewehr und ein halbes Dutzend Ladestreifen aus einer Munitionskiste besorgt hatte. Auf der anderen Seite hielt er einige Handgranaten bereit und seine Nikon, die er mit hochempfindlichem Film geladen hatte. Er band sich seine Militärjacke um und machte sich nichts aus dem unbequemen Lager. Kurz vor dem Einschlafen machte er sich Vorwürfe, hoffte, die Nacht zu überleben. Der gottverdammte Führungsoffizier hatte nur einen Zug als Wache in den näheren Umkreis stationiert. Ohne Panik oder Furcht zu empfinden, hatte er sich im stillen gefragt, ob sie in dieser Nacht vielleicht getötet werden könnten. Dann war er in einen unruhigen Schlaf gefallen.

Das Lager war ein paar Stunden nach Mitternacht angegriffen worden, die Schießerei hatte bis zum Morgengrauen gedauert, dann hatte sich der Feind siegreich in die Wälder zurückgezogen. Jeffers kroch am Morgen langsam und voller Schmerzen aus seinem Loch. Er war dreck- und blutverschmiert wie ein vorzeitliches Höhlentier. Seine Handgranaten und Munition hatte er in dieser wahnsinnigen Nacht verfeuert. Aber er hatte noch Filme, lud seine Kamera neu, als die Dunkelheit wich, und wartete, daß das Tageslicht die Folgen dieser schrecklichen Nacht aufdekken würde. In der Morgendämmerung sah er die Umrisse der Toten, erstarrt, in grotesken Haltungen. Als dann der Nebel durch eine leichte Brise vertrieben wurde, nahm Jeffers seine Nikon, schoß Aufnahme um Aufnahme, kroch durch die Trümmer von Menschen und Material, um den Schrecken, aber auch den Frieden auf den Gesichtern der Toten einzufangen. Er schlug seine eigene Schlacht, nachdem die wirkliche vorbei war.

Newsweek hatte eines dieser Fotos gebracht, zusammen

mit einem Bericht über die schwache Kampfkraft der südvietnamesischen Armee. Er erinnerte sich an das Bild, ein schmächtiger Soldat, vermutlich kaum vierzehn Jahre alt, lag mit dem Rücken auf einer zerbeulten Munitionskiste, seine toten Augen starrten in den Himmel, als ob er darüber nachdachte, wie kurz er doch gelebt hatte. Ungefähr ein halbes Jahr später fiel Saigon.

Das war vor mehr als zehn Jahren, dachte Jeffers Ich war damals viel jünger. Er lächelte. Leichtathleten reden oft über schnelle Beine, die den ganzen Tag laufen können und noch mehr. Das gleiche gilt auch für Fotografen.

Vor ein paar Monaten war er mit einem Spähtrupp durch buschiges Hügelland in Nicaragua marschiert. Plötzlich gerieten sie in das mörderische Feuer von Rebellen. Mörsergranaten heulten durch die Luft und zerbarsten dumpf, unaufhaltsam näherten sich die Explosionen. Sie krallten sich in den Boden, um Schutz zu finden. Durch das Jaulen der Geschosse drang das Schwirren seines Kameramotors. Er erinnerte sich, wie eigenartig ihm das erschien und wie scharf seine Sinne mitten im Gefecht noch wahrnehmen konnten.

Die Männer um ihn hatten die Nerven verloren und waren weggelaufen. Der Drang loszurennen war ansteckend. Obwohl er keine wirkliche Angst empfand, liefen seine Beine wie von selbst. Er war mit den Männern geflohen. Sie waren wesentlich jünger als er, aber er hatte sie ohne Schwierigkeiten überholt, um sich ab und zu umzudrehen und eines seiner besten Bilder zu schießen, Blende 1,6, 1/1000 Sekunde. Im Hintergrund stieg eine Rauchwolke über einer gewaltigen Dreckfontäne auf, im Vordergrund liefen drei Männer auf die Kamera zu, die gerade ihre Gewehre und Waffengurte wegwarfen. Ein vierter Mann wurde von einem tödlichen Schrapnell zu Boden geschleudert.

Das Foto war bei *Life* in den Weltnachrichten erschienen. Eintausendfünfhundert Dollar für eine Millisekunde

Zeit aus einer ganzen Woche voller Entbehrungen, Furcht und Langeweile. Das war die Quintessenz des Pressefotos.

Er sah wieder zu Anne Hampton hinüber. Sie rührte sich gerade, öffnete ihre Augen und blinzelte in die Sonne.

»Ah, Boswell wacht auf«, sagte er.

Sie rieb sich heftig die Augen und setzte sich aufrecht hin.

»Tut mir leid«, sagte sie, »ich habe gar nicht gemerkt, daß ich eingenickt war.«

»Ist schon gut«, erwiderte er, »du brauchst dein Nickerchen, schon aus Schönheitsgründen.«

Sie wandte sich um und sah nach draußen.

»Wo sind wir?« fragte sie, sah ihn aber sofort ängstlich an. »Sagen Sie es nur, wenn Sie wollen, es ist nicht wichtig, ich bin nur neugierig. Sie müssen nicht antworten, wenn Sie nicht wollen, entschuldigen Sie, Verzeihung.«

»Das ist doch kein Geheimnis«, sagte er, »wir sind bald in Louisiana an der Küste.«

Sie nickte und öffnete das Handschuhfach, um sich einen Schreibblock herauszunehmen.

»Soll ich das aufschreiben?« fragte sie.

»Boswell«, antwortete er, »benimm dich wie Boswell.«

Sie nickte gehorsam und fing an zu schreiben. Mit gezücktem Kugelschreiber sah sie ihn dann erwartungsvoll an.

»Du erinnerst mich an jemanden«, sagte er, »an eine Frau, die ich vor ein paar Jahren in Guatemala gesehen habe.«

Schweigend schrieb sie weiter in das Heft: »Erinnerung an Guatemala, vor einigen Jahren ...«

Er fuhr fort: »Die Geschichte ereignete sich an der Grenze, das Militär hob gerade ein paar Guerillagruppen aus. Es war einer dieser begrenzten Kriege, kein Amerikaner glaubte, darin verwickelt zu sein, obwohl es objektiv so war. Da liefen nämlich Ausbilder der Army und CIA-Leute in Kampfjacken herum, die Augen hinter Sonnenbrillen verborgen. Amerika lieferte hochmoderne Waffen, die US-Marine setzte Zerstörer für Flottenmanöver vor der Küste ein ...«

Er lachte und fuhr fort: »Erinnere mich, daß ich etwas über Selbsttäuschung erzähle. Darin sind wir großartig ...«

Dreimal unterstrich sie das Wort Selbsttäuschung.

»Jedenfalls fiel diese kleine Besonderheit der Situation Guatemalas bei dem ganzen Indianerspielen gegen die Guerillas kaum jemandem auf. Jahrelang, wahrscheinlich sogar über Jahrhunderte mußten die indianischen Ureinwohner die Zeche bezahlen. Beide Seiten, kommunistische Guerillas, rechte Militärs, sogar die Liberalen, die noch nicht von einer der beiden Seiten ermordet worden waren, schlachteten die Indianer immer wieder, uniformiert natürlich, ab. Sie überlegten eben nicht lange, verstehst du? Wenn da ein Indianerdorf zwischen ihren Kampflinien lag, nun, sie ignorierten es einfach.«

»Was meinen Sie mit ignorieren?« fragte sie zaghaft.

Er lächelte zurück. »Gut, sehr gut, Boswell. Fragen, die die Dinge aufhellen, sind immer willkommen.«

Nachdenklich schwieg er eine Weile.

»Wenn beide Seiten bereit zum Angriff waren und dazwischen eine große, bedeutende Farm lag, dann sah die Sache anders aus. Beide respektierten gewisse Gegenden als tabu. Wie Kinder beim Football. Es gab eben Sperrgebiete, die nicht durch Grenzlinien, sondern durch geistige Übereinstimmung bestimmt wurden. Bei Indianerdörfern war das natürlich ganz anders. Sie löschten es einfach aus, jeden, der ihnen in den Weg lief. Das habe ich damit ausdrücken wollen.« Er zögerte. »Verblutete Säuglinge, es gibt nichts Schlimmeres. Es ist völlig nutzlos, sie zu fotografieren, keiner will sich das ansehen. Redakteure sagen dir, daß die Bilder stark sind, wollen sie aber nicht kaufen. Amerikaner wollen kein Kinderblut sehen.« Er sah sie an. »Eine indianische Frau saß da, hielt ihr totes Kind. Als ich sie fotografierte, sah sie auf.

Sie hatte Augen wie du. Du erinnerst mich an sie.« Wieder machte er eine Pause. »Ich stand neben diesem Knaben von der CIA, er hieß Christ, Jones oder South oder hatte uns irgendeinen anderen Namen vorgelogen. Er sah wie ich die Frau und das Kind an und sagte: ›Es wurde vermutlich getroffen, weil die Salven der Guerillas zu kurz lagen.‹« Er machte ein bedeutsames Gesicht und fuhr fort: »Die verdammten Russen bescheißen diese Minirevolutionäre immer mit schlechter Munition. Das ist schlimm, nicht?«

Jeffers überlegte, bevor er weitersprach. »Ich erinnere mich genau an seine Worte. Er war einer dieser Jungen, die nie anwesend waren, wenn wirklich etwas passierte.«

Jeffers fuhr eine Weile schweigend weiter.

»Hast du verstanden, was er gesagt hat?«

»Nicht genau«, antwortete sie.

Ohne zu zögern, nahm Jeffers eine Hand vom Steuer und schlug sie kräftig.

»Wach doch auf, verdammt, paß auf, gebrauche deinen Verstand.«

Sie kauerte sich in den Sitz, kämpfte gegen die aufsteigenden Tränen an. Es war nicht so sehr der Schmerz, der ihr zu schaffen machte, er schlug sonst härter zu, sondern seine unvermutete Reaktion. Sie riß sich zusammen und antwortete mit zittriger Stimme: »Er hat gemeint, sie sind es nicht gewesen.«

»Richtig, und was noch?«

»Er schob die Schuld an dem Mord anderen in die Schuhe.«

»Wieder richtig«, Jeffers lächelte. »Ist es nicht viel einfacher, den Verstand zu gebrauchen?«

Sie nickte.

»Schuldlose Grausamkeit. Selbsttäuschung. Wenn wir nicht da gewesen wären, hätte es kein Gefecht gegeben, und das Kind würde noch leben, vielleicht ein paar Tage oder Wochen länger. Aber wir waren eben in Guatemala. Wir haben seinen Tod verursacht.« Er lachte bitter. »Selbstbetrug, Selbstbetrug ...« Sie schrieb mit. Anne Hampton hatte viele Fragen im Kopf, unterdrückte sie aber.

Nach einer Weile sagte er: »Sterben ist die einfachste Sache der Welt. Die Leute denken, daß es schwer ist, jemanden zu töten. Das wollen sie aber nur glauben. In Wirklichkeit ist es sehr leicht. Wenn du morgens die Zeitung aufschlägst, was siehst du da? Männer töten ihre Ehefrauen, Schwarze töten Weiße. Weiße töten Schwarze. Wir töten im Verborgenen, wir töten unerkannt, wir töten in aller Öffentlichkeit, wir töten absichtlich oder wir töten durch Unfälle. Wir töten mit Pistolen, Messern, Bomben, Gewehren, das sieht jeder. Aber was passiert, wenn wir eine öffentlich subventionierte Schiffsladung Getreide nicht nach Äthiopien auslaufen lassen? Wir töten damit genauso sicher wie mit einer Pistole, die an die Schläfe eines kleinen Kindes mit geschwollenem Bauch gesetzt wird. Verdammt, wenn du darüber eine Weile nachdenkst, beruht unsere ganze nationale Weltanschauung auf dem Problem, wen wir oder wen wir nicht eines Tages umbringen. Und welche Waffen wir dafür nötig haben und welche nicht. Außenpolitik? Daß ich nicht lache. Wir sollten das unsere Todespolitik nennen. Dann könnte ein Regierungssprecher bei einer dieser netten Pressekonferenzen sich hinstellen und bekanntgeben: Der Präsident, das Kabinett und der Kongreß haben heute entschieden, daß indianische Bauern in Guatemala, südamerikanische Demonstranten, gewisse Elemente in Nordirland, beide Seiten wohlgemerkt, und noch verschiedene andere Leute in der Welt zum Tode verurteilt worden sind. Wie ich schon wiederholt mitgeteilt habe, sind die Russen einverstanden. Sie haben keine Lust zu sterben ...« Er starrte nach vorn auf die Straße und lachte. »Ich rede verrücktes Zeug, habe ich dich erschreckt?«

Ihr Herz raste, weil sie nicht wußte, wie sie antworten sollte. Sie schloß die Augen und sagte die Wahrheit.

»Ja.«

»Das ist zu verstehen.« Er fuhr nach einer Weile fort: »Ich wollte nicht über Politik reden. Wenn du mich besser kennen wirst, können wir über anspruchsvollere Dinge reden. Deshalb fahren wir hier lang.«

»Darf ich Sie etwas fragen?« versuchte sie wieder ängstlich.

Leicht verärgert antwortete er: »Du darfst immer fragen, das habe ich dir doch schon gesagt. Ich muß das doch nicht immer wiederholen. Entweder bekommst du eine mündliche Antwort, oder ...«, er ballte eine Faust und entspannte sie wieder, »so eine, je nach meiner Stimmung.«

Er griff ihr plötzlich an den Oberschenkel und kniff sie schmerzhaft.

Sie schluckte.

»Es gibt keine Regeln, das Ganze läuft Schritt für Schritt ab, bis es zu Ende ist.«

Er ließ ihr Bein los. Es brannte. Sie wollte es massieren, um den Schmerz zu lindern, traute sich aber nicht.

»Nun stell schon deine Frage«, sagte Jeffers

»Fahren wir an einen Ort, wo ich Sie besser kennenlernen kann?«

Er lächelte.

»Gescheit, Boswell, ausgezeichnet. Das ist doch naheliegend. Das ist doch der Sinn dieser Reise.«

Als sie hinter Mobile auf die Interstate fuhren, war Anne Hampton in Tagträume versunken. Es war noch früh am Morgen, sie dachte daran, wie schön es war, im Sommer in der Morgendämmerung aufzustehen. Als Kind war sie gern im Hause herumgekrabbelt. In der Frühe war es besonders ruhig, sie war mit ihren Spielsachen allein. Manchmal hatte sie leise die Tür zum Schlafzimmer ihrer Eltern geöffnet und beide in ihren Betten liegen gesehen. Wenn sie sicher war, daß sie sie nicht aufgeweckt hatte, schlich sie durch den Flur in das Zimmer ihres Bruders. Er war immer völlig in sein Bettzeug verwickelt, schlief wie ein Bär und war kaum zu wecken. Ihr Bruder schlief immer weit in den Tag hinein. Selbst eine Bombenexplosion hätte den kleinen Plagegeist nicht wecken können. Sie lächelte bei dieser Erinnerung. Als Tommy starb, verging die Zeit für sie langsamer. Wenn ich einmal sterbe, würde ich mich freuen, wenn sich das Wasser in irgendeinem kleinen Teich kräuselt oder wenn ein Windhauch durch die Bäume weht.

Sie bemühte sich, diese Gedanken aus ihrem Kopf zu vertreiben. Ich denke ständig an den Tod, sagte sie sich. Aber liegt das so fern?

Sie beobachtete Jeffers, der beim Autofahren eine Melodie pfiff, die sie nicht kannte.

»Können Sie nur über den Tod reden?« fragte sie.

Augenblicklich sah er sie an und lächelte.

»Gut, Boswell, du mußt Reporter spielen.« Nach einer Pause fuhr er fort: »Nein, ich will dir auch mal von was anderem erzählen. Du berührst da einen wichtigen Punkt. Mein Problem ist ... eine gewisse Vorbelastung in Angelegenheiten Tod. Fatalismus. Ich mag lieber das Ende als den Anfang.«

Er schwieg und überlegte.

Anne Hampton schrieb so schnell sie konnte mit, war aber über ihre Handschrift verzweifelt. Sie hielt sie für unleserlich und fragte sich ängstlich, ob er das nachprüfen würde.

Jeffers grinste und lachte dann laut heraus. »Ich habe eine Geschichte für dich. Die beste über das Leben, die ich mir denken kann. In den siebziger Jahren habe ich für eine Zeitung aus Dallas, den *Times Herold* gearbeitet. Die Leute nannten ihn den Crimes Herold, aber das ist eine andere Geschichte. Jedenfalls habe ich das alltägliche Nachrichtengeschäft gemacht, die ganze Palette von der Blumenausstellung und Fotos von Industriebossen für den Wirtschaftsteil bis zu Unfällen und Polizeisachen, also alles, was so täglich passiert. Da rief mal jemand an, es war einer dieser Glücksfälle, die keiner erwartet, die einer Zeitung aber trotzdem immer mal wieder zustoßen. Ein Mann berichtete uns, daß ein Ehepaar sich offenbar heftig gestritten habe, zu Hause. Sie wollten sich scheiden lassen, zankten sich gerade darüber, wer das Kind behalten sollte. Einer griff das Baby rechts, der andere links, sie schrien sich an, der Mann versuchte, das Kind seiner Alten zu entreißen, und plötzlich war es weg. Das Baby flog durchs Fenster im vierten Stock. Der Lokalredakteur wurde langsam hellwach, weil das eine verdammt gute Story ist. Er fing an, nach mir zu brüllen und nach einem Reporter, um uns loszuschikken, merkte jedoch plötzlich, daß der Anrufer ihn zurückzuhalten versuchte. ›Die Geschichte geht noch weiter‹, sagte der Mann und wurde langsam wütend. ›Was geht weiter?‹ fragte der Kollege. ›Die Geschichte‹, sagte der Mann, nachdem er sich langsam beruhigt hatte. ›Irgend jemand hat das Baby aufgefangen.‹ ›Wie bitte?‹ fragte der Redakteur. Nun, da ging gerade ein Mann unter dem Fenster vorbei, sah zufällig nach oben, als das Baby aus dem Fenster segelte, wäre ein verdammtes Pech gewesen, wenn er daneben gegriffen hätte!« Jeffers sah Anne Hampton an. Sie lächelte.

»Wirklich? Hat er das Baby wirklich aufgefangen? Ich kann es kaum glauben.«

»Ja, das hat er, Ehrenwort.« Jeffers lachte. »Starke Geschichte. Wie ein Footballspieler, der einen fair catch macht.«

»Was ist ein fair catch?«

»Wenn der Spieler, dem gerade der Ball zugeworfen wird, den Arm hebt, heißt das für die andere Mannschaft, daß er ihn nicht nach vorn bringen will. Dann greifen sie ihn wahrscheinlich nicht an. Es ist eine Form der Selbsterhaltung.«

»Aber wie hat er das ...«

»Das möchte ich auch gern wissen«, Jeffers lachte wieder. »Der Kerl muß eine ungeheure Geistesgegenwart besessen haben. Die meisten Leute wären wahrscheinlich so schnell wie möglich beiseite gesprungen, wenn da irgend etwas aus dem Fenster geflogen wäre. Dieser Mann tat das nicht.«

»Haben Sie mit ihm gesprochen? Was hat er gesagt?«

»Er sagte, daß er nach oben gesehen und irgendwie in Sekundenbruchteilen erkannt hatte, daß es ein Baby war und sich direkt darunterstellte. Er war Mittelfeldspieler in der Baseballmannschaft seiner Highschool gewesen. Natürlich war das keine Erklärung. Baseballspieler haben normalerweise kaum Erfahrung im Auffangen von Babys.«

»Aber haben sie nicht gelernt zu fangen?«

»Ich vermute. Football, Baseball. Für diese Geschichte boten sich eben Begriffe aus dem Sport an.«

Jeffers sah zu Anne Hampton hinüber. Sie schüttelte den Kopf. Dann lächelte sie, grinste breit. Beide fingen an zu lachen.

»Das ist unglaublich und eine wundervolle Geschichte.«

»Im Grunde genommen kommt so etwas bei Fotografen immer wieder vor. Man schießt eine unglaubliche Sache nach der anderen.«

Jeffers zögerte.

»Du schreibst das am besten auf.«

Während Anne Hampton sich hastig Notizen machte, schwieg Jeffers.

Als sie aufsah, fuhr er fort: »Jedenfalls kann dich so eine Aufgabe den ganzen Tag beschäftigen, eine ganze Woche, vermutlich auch einen ganzen Monat. Ich habe den Knaben fotografiert. Er hatte ein irgendwie verzücktes, dämliches Grinsen im Gesicht. Wir waren alle sehr lustig und aufgeregt, Reporter, Fotografen, Fernsehteams, Spaziergänger, Nachbarn, der zuständige Polizist. Sogar der Vater des Kindes, der in Handschellen zwischen uns herumstand, weil die Polizei meinte, irgend jemand müßte doch schließlich verhaftet werden, wenn ein Baby aus dem Fenster geschmissen worden ist. Verrückterweise schien dem Mann das gar nichts auszumachen. Ich schoß auch ein Bild von der Mutter. Kannst du dir jemanden vorstellen, dessen Leben sich so abrupt, so schnell und so häufig aufeinander ändert? In ein paar Sekunden vom Entsetzen zur Verzweiflung, zur Hoffnung, zur Glückseligkeit. Das stand alles in ihren Augen. Es war leicht zu fotografieren. Ich legte ihr das Baby in den Arm, setzte sie neben den Mann, der es aufgefangen hatte, drückte auf den Auslöser, Volltreffer. Da war Gefühl drin und Freude.«

»Unglaublich«, sagte sie. »Sagenhaft. Sie nehmen mich doch nicht auf den Arm, damit ich mich besser fühle?«

»Nein, überhaupt nicht, das wäre das Letzte, was ich täte.«

»Was denn?«

»Leuten helfen, sich besser zu fühlen. Das ist nicht mein Job.«

»Das meinte ich auch nicht ...«

Er unterbrach sie. »Ich weiß, was du gemeint hast, ein bißchen aufmuntern wollte ich dich schon.«

Sie spürte eine seltsame Sympathie für ihn.

»Sie ist hübsch«, erwiderte sie, »eine richtig hübsche Geschichte.«

»Sieh zu, daß du sie aufschreibst.«

Hastig fing sie an, zu kritzeln: »... und das Baby lebte«, waren die letzten Worte. Sie las aufmerksam noch einmal: »lebte«. Ihr war zum Weinen zumute, sie riß sich aber zusammen.

Sie fuhren weiter auf dem Highway. Zum erstenmal spürte sie eine innere Ruhe.

Als die Sonne voll am Himmel stand, kamen sie an Gulfport vorbei. Hin und wieder lief die Autobahn auf den Golf von Mexiko zu. Anne betrachtete das tiefe Blau des Wassers. Diese seltenen Anblicke beruhigten sie ebenso wie die

Möwenscharen, die sich dicht über den Wellen im Winde hielten. Sie sahen wie grauweiße Segelboote aus, schienen im Einklang mit sich selbst und der Natur.

Gegen Mittag sagte Jeffers: »Wir müssen tanken.« Er bog von der Interstate ab und fuhr auf die erste Tankstelle zu, die er sehen konnte. Anne erschien sie sehr baufällig. Das kleine weiße Wärterhäuschen schien im Morgenwind zu schwanken. Es lehnte sich an eine Autowerkstatt an, die aus soliden Ziegelsteinen gebaut war. Zwei Reihen roter, blauer, grüner und gelber Fähnchen flatterten über den altmodischen Zapfsäulen. Jedesmal, wenn vier Liter gezapft waren, fiel ein Ring heraus, ganz anders als bei den modernen computergesteuerten Säulen. Die Station nannte sich *Teds Dixie Gas* und war leer bis auf drei neben der Werkstatt abgestellte Autos. Zwei der Wagen waren beschädigt, ausgeschlachtet und verrostet, kein schöner Anblick. Der dritte, ein roter Sportwagen mit überbreiten Reifen und verchromten Felgen, war hinten hochgebockt. Da hat einer Zeit, Mühe und Geld hineingesteckt, um in seiner kleinen Stadt den Helden zu spielen, dachte Anne.

Sie betrachtete weiter den Sportwagen, erwartete, daß gleich ein Teenager mit angeklatschten Haaren auf sie zukommen würde, um sie zu bedienen.

Jeffers fuhr langsam auf die Tanksäulen zu.

»Immer auf den Kopf zielen«, sagte er. Seine Stimme war plötzlich rauh.

Anne wurde kalt.

»Du kennst die Spielregeln, oder?«

Sie nickte.

»Ich brauch' dir nichts zu erklären, oder?«

Sie schüttelte den Kopf. In seiner Hand sah sie plötzlich eine kurzläufige Pistole, die er gerade in seinen Hosenbund steckte.

Sie blickte ihn entsetzt an, wandte sich dann ab.

»Gut«, sagte er, »das erleichtert die Angelegenheit. Jetzt

bleib ruhig sitzen, bis ich ausgestiegen bin und dir die Tür öffne.«

Sie wartete gehorsam.

»Beeil dich«, forderte er sie auf, als er die Wagentür aufmachte.

Ein Junge kam schlaksig auf sie zu. Seine glatten schwarzen Haare stachen wild unter einer zerknitterten Baseballkappe hervor.

»Volltanken?« fragte er sie schleppend. Seine Aussprache war so gedehnt, daß er für diese Frage genauso viel Zeit brauchte wie für den Weg von der Garage zur Zapfsäule.

»Soviel, wie reingeht«, antwortete Jeffers. »Wo ist die Damentoilette?«

»Wollen Sie nicht lieber auf die für Herren gehen?« gab der Junge grinsend zurück.

Anne Hampton erwartete, daß Jeffers den Jungen sofort erschießen würde. Statt dessen lachte er. Er richtete seinen Finger wie eine Pistole auf den Teenager und sagte: »Peng, das war gut getroffen. Ich denke aber wirklich an die Dame hier.«

Der Tankwart schenkte Anne ein Grinsen, sie lächelte schwach zurück. Er zeigte auf eine Seite der Werkstatt.

»Der Schlüssel hängt innen an der Tür. Der Opa wird es Ihnen zeigen.« Er zeigte auf das Büro.

Anne sah Jeffers fragend an, dieser nickte. Ihr war sehr heiß, als sie die sechs Meter zu dem Gebäude zurücklegte. Es schien ihr, als ob der Wind sich gelegt hätte, aber nur in ihrer unmittelbaren Nähe. Die Fähnchen über ihr flatterten weiter lustig und drehten sich, sie konnte den Wind aber nicht spüren. Ihr war übel, ihr Magen regte sich heftig. Sie trat durch eine Tür. Ein unrasierter alter Mann in einem ölverschmierten Hemd saß an der Kasse und trank Mineralwasser aus einer Blechbüchse. Auf seiner Hemdentasche war der Name ›Leroy‹ aufgenäht.

»Bitte, wo ist der Toilettenschlüssel?« fragte sie.

»Gleich rechts neben Ihnen«, antwortete der Mann.

»Ist Ihnen übel, Miss? Sie sehen aus wie ein Bettlaken. Wollen Sie etwas zu trinken?«

»Nein, nein, eigentlich ja. Warum? Danke, Leroy.«

»Verdammt, das ist das Hemd meines Bruders. Dieser faule Heini hat noch nie was Vernünftiges gemacht. Die Flecken habe ich selbst gemacht. Ich heiße George. Coca-Cola?«

»Ja, bitte.«

Er gab ihr die kalte Büchse, sie preßte sie gegen die Stirn. Er lächelte sie an.

»Ich mache das auch immer, wenn es mir zu heiß wird. Das dringt richtig in den Kopf rein. Obwohl das mit Bier noch einfacher geht.«

»Was schulde ich Ihnen?« Sie mußte plötzlich schlucken, denn sie hatte überhaupt kein Geld. Hilfesuchend drehte sie sich nach Jeffers um.

»Ist schon gut so, ich habe lange nichts für so ein nettes Mädchen spendiert. Macht auch den Jungen eifersüchtig.« Er lachte.

»Ich danke Ihnen.« Sie steckte die Büchse in ihre Handtasche.

»Keine Ursache. Wo geht's denn hin?«

Sie erschrak. Wohin denn, fragte sie sich. Was darf ich ihm denn jetzt sagen?

»Nach Louisiana, wir machen ein bißchen Urlaub.«

»Richtige Jahreszeit«, erwiderte er. »Vielleicht ein wenig zu warm. Hier fährt 'ne Masse Volk durch. Die Leute sollten eigentlich irgendwo hier bleiben. Ist zwar nicht so bekannt hier wie anderswo, aber doch recht schön.«

»Dürfte ich den Toilettenschlüssel haben?«

»Hier. Heute morgen sauber gemacht. Seife und frische Handtücher hinter der Tür. Wenn Sie noch was brauchen, schreien Sie einfach.«

Sie nickte und ging auf die Tür zu. In der Toilette war es kühl, aber sehr eng, die Luft war verbraucht. Sie benutzte schnell das WC, ging zum Waschbecken und wusch sich das Gesicht. Im Spiegel sah sie bleich und mitgenommen aus. Tausendmal habe ich das schon gesehen, dachte sie und griff ein Stück Seife. Sie schrieb das Wort »Hilfe« auf den Spiegel. Dann schrieb sie »Ich wurde ...« Was? Sie wischte es wieder aus. Ihr war heiß, ihre Hand zitterte. Man muß nur die richtigen Worte finden, dachte sie und ahmte in Gedanken den gedehnten Südstaatenakzent des alten Mannes nach.

»Ruft die Polizei«, krakelte sie auf den Spiegel, rieb die Schrift aber gleich wieder weg, weil es zu schnell und unleserlich geschrieben war. Was sollte sie der Polizei sagen? Sie hielt sich am Waschbecken fest, weil ihr übel wurde. Jeffers wird gleich kommen und wird uns alle umbringen, dachte sie. Auch den Jungen, der die Autos repariert. Er wird uns alle erschießen, einen nach dem anderen. Und dann erst wird alles zu Ende sein.

Von draußen hörte sie ein kratzendes Geräusch. Sie erstarrte vor Schreck. O mein Gott, war ihr einziger Gedanke, er steht vor der Tür.

Die Tür klapperte. Er ist überall, dachte sie. Sie ging langsam nach draußen, immer wieder sagte sie sich: Du bist ganz unschuldig. Sie hängte den Schlüssel an den Haken hinter der Tür, ging auf die Zapfsäulen zu und erstarrte voller Entsetzen.

Jeffers stand in der Nähe des Wagens und redete mit einem Polizisten. Beide Männer trugen große Sonnenbrillen, die ihre Augen verbargen. Sie blieb wie angewurzelt stehen. Jeffers erblickte sie und lächelte ihr zu. Er winkte sie zu sich. Sie war bewegungsunfähig. Jeffers winkte wieder. Sie befahl ihrem Körper zu gehen, war aber wie gelähmt. Sie zwang ihre Beine, einen Schritt zu machen und einen zweiten. Der Weg über den sonnenbeschienenen Asphaltplatz war endlos. Die Hitze brannte auf sie ein, als ob sie in Flammen stünde.

Wir müssen alle einmal sterben, dachte sie. Sie sah Jeffers schon seine Pistole ergreifen und hörte den darauffolgenden Knall. Sie sah den Polizisten sterbend langsam zusammensinken und die wild feuernde Waffe in seiner Hand. Sie sah, wie sich der Junge und George in Deckung warfen, als die Tanks explodierten.

Als ihr der nächste Schritt gelang, stellte sie fest, daß nichts geschehen war.

Jeffers winkte ihr wieder.

»Steig ein, Anne, wir müssen uns beeilen.«

Er wandte sich an den Polizisten. »Wenn ich also nach New Orleans komme, teilt sich die Straße, die 16. führt in die Stadtmitte und die 14. geht zur Küste?«

»Genau so«, erwiderte der Polizist. Er lächelte Anne zu und berührte grüßend seinen Mützenschirm.

Diese kleine Höflichkeitsgeste rührte sie tief.

»Großartig«, sagte Jeffers. »Ich frage lieber zweimal. Sie waren eine große Hilfe.«

»War mir ein Vergnügen«, antwortete der Polizist. »Gute Fahrt!«

Er ging auf seinen Dienstwagen zu, auch Jeffers setzte sich hinter das Lenkrad. Als er hinter dem Polizisten herfuhr und langsam beschleunigte, schwieg er zuerst. Dann fragte er sie grob: »Worüber hast du mit dem alten Mann gesprochen?«

»Mir wird übel«, erwiderte Anne.

»Wenn dir schlecht ist«, sagte Jeffers, in einem Tonfall, der sich besser für ein Gespräch über das Wetter oder über Preissteigerungen eignete, »sterben alle.«

Sie biß die Zähne zusammen, preßte die Augen zu und rang nach Luft.

»Wir haben über das Wetter und die Gegend hier geredet«, sagte sie.

Er lenkte den Wagen in die Auffahrt zur Interstate.

»Mir ist wieder gut«, sagte sie und dachte gleichzeitig: Ich muß stark sein.

Jeffers schien entspannt. Er lächelte.

»Gut, Boswell, wenn dir danach ist, schreib alles in dein Heft. Das war aufregend, was? Vor allem die Geschichte mit dem Polizisten. Läßt das Adrenalin steigen.«

Jeffers beschleunigte den Wagen.

Während des Fahrens träumte Douglas Jeffers vor sich hin.

Anne Hampton neben ihm schwieg, sah aus dem Fenster. Sie war immer noch in der Lage, den Bann zu brechen und zu entkommen oder irgend etwas zu tun, was die Reise gefährdete. Aber ihre Kräfte würden mit der Zeit erlahmen. Sie waren jetzt schon nur noch die Hälfte oder ein Drittel wert.

In ein paar Tagen sind sie verschwunden, überlegte er, bis auf einen gefährlichen Rest, auf den es aufzupassen gilt. Selbst die am besten gezähmten, eingeschüchterten und gelehrigen Tiere schlagen zurück, wenn sie in die Enge getrieben werden. Ob er die Anzeichen dafür rechtzeitig erkennen konnte? Er beschloß, wachsam zu sein. Gewiß hatte sie John Fowles gelesen. Kannte sie Rubashow und seinen *Vernehmungsbeamten?* Sollte er ihr etwas über das Stockholmsyndrom erzählen? Das müßte er wohl, vielleicht später einmal.

Er sah zu ihr hinüber, studierte ihr Profil, während sie versunken den Horizont betrachtete. Er versuchte, einen Schimmer von Unabhängigkeit zu entdecken, ein Anzeichen von Entschlossenheit. Nein, sagte er sich, sie nicht. Ich habe es geschafft, wie ich wollte. Sie hat aufgegeben. Ich kann mit ihr machen, was ich will. Beinahe mußte er lachen, unterdrückte jedoch jeden Laut wie ein Schuljunge, der hinter dem Rücken seines Lehrers schmutzige Postkarten ausgetauscht hat. Sie ist wie Wachs. Ich kann sie formen, wie ich will. Er fragte sich, ob sie irgendeine dunkle Ahnung davon hatte, daß ihr Leben völlig verändert war, daß sie nie mehr die gleiche sein würde wie früher und nie mehr zu ihrem alten Leben zurückkehren konnte. Zu sich selbst sagte er: Keiner kommt mehr nach Hause. Er dachte an ihr entsetztes Gesicht, als sie den Polizisten gesehen hatte. Der Schreck mußte ihr in die Glieder gefahren sein. Morgen wird sie so weit sein, daß sie mehr Angst vor einem Polizisten hat als vor mir. Und ich habe überhaupt keine Angst. Ein leises Lächeln stahl sich auf seine Lippen.

Sie gehört mir. Spätestens in vierundzwanzig Stunden wird sie so weit sein. Er dachte an die vielen Möglichkeiten. Wie kann ich sie mir erziehen, fragte er sich. Nicht härter als ich es selbst erleiden mußte.

Plötzlich stand ihm ein Bild vor Augen, aggressiv und unerwünscht. Er sah sich mit sechs Jahren, wie er von dem Apotheker und seiner Frau in der Nacht weggeholt worden war. Er war überrascht, als er ihr Haus vor sich sah. Es war ihm damals riesig und beeindruckend erschienen. Er hatte sich gefürchtet, aber trotzdem hatte er Marty gegenüber nicht zu erkennen gegeben, wie verängstigt er selbst war. Es glich überhaupt nicht den Hotelzimmern und Caravanparks, in denen ihre Mutter mit ihnen herumgezogen war. Meine richtige Mutter, dachte er. Einen Moment lang hatte er den Geruch starken Parfums und Alkohols in der Nase, der immer kam, wenn er sich an sie erinnerte. Er öffnete das Fenster einen Spalt, um frische Luft in den Wagen zu lassen. Er hatte das Gefühl, an all dem Haß, der in seinen Eingeweiden rumorte, zu erstikken. Die Luft verjagte den Geruch, an den er sich erinnerte. Jeffers dachte an den ersten Blick auf die Treppen, die zu ihrem Zimmer führten. Marty hatte seine Hand fest umklammert gehalten. Es war dunkel, die wenigen Lampen, die der Apotheker eingeschaltet hatte, warfen seltsame Schatten. Er konnte sich nicht daran erinnern, wie sie die Treppen hinaufgestiegen waren. Sie waren in einen winzigen Raum halb geführt, halb gestoßen worden. Die Wände waren weiß gestrichen, zwei zusammengeklappte Feldbetten standen herum. Es gab nur eine schirmlose Lampe. Durch das einzige geöffnete Fenster strömte kalte Luft ins Zimmer. Alles war kahl und steril, dachte er. Er zwang sich zu lächeln, nicht aus Vergnügen, sondern voller Ironie. Das war sein erstes Schlachtfeld.

Marty war völlig erschöpft sofort eingeschlafen. Er selbst hatte die Wände angestarrt. Er dachte an die erste Auseinandersetzung am nächsten Morgen.

»Können wir etwas an die Wand hängen?«

»Nein.«

»Warum nicht?«

»Das macht Schmutz.«

»Wir werden aufpassen.«

»Nein.«

»Bitte!«

»Hör auf zu jammern. Ich habe nein gesagt. Dabei bleibt's.«

»Das ist kein Zimmer, das sieht wie ein Gefängnis aus.«

»Ich will dich lehren, so mit mir zu sprechen.«

Er war zum erstenmal geschlagen worden. Und nicht zum letztenmal. Merkwürdigerweise fühlte er überhaupt nichts, wenn er sich an die geschwungenen Fäuste und heftigen Schläge erinnerte, die sein neuer Vater auf ihn niederprasseln ließ. Trotzdem spürte er einen riesigen Haß, wenn er daran dachte, wie seine neue Mutter gelassen dabeigesessen hatte. Sie tat gar nichts, saß einfach da und sah zu. Sie saß immer herum und paßte auf. Sie sagte kein Wort, tat nichts.

Sein Gedächtnis füllte sich wieder mit Bildern, wie ein Becher, den man unter einen Zapfhahn hält. Für den Rest des Tages war er in eine neue Schule abgeschoben worden. Sie war ein weiterer Alptraum für ihn. Der einzige

Lichtblick war der morgendliche Kunstunterricht. Er griff sich immer das größte Blatt Papier, das es gab, und malte schnell und überlegt breite blaue, orange, rote, gelbe und grüne Bänder darauf, bis ein strahlend großer Regenbogen entstanden war. Dann nahm er ein weiteres Blatt und malte ein Dampfschiff, das gegen eine wilde graue See ankämpfte, dann einen Piratenkapitän mit roter Schärpe, schwarzem Bart und einem Piratenwimpel in den Händen. Er ließ die Bilder trocknen und kam nachmittags zurück, um die Lehrerin zu fragen, ob er sie mit nach Hause nehmen dürfe. Als sie zustimmte, hatte er die Bilder ergriffen und war in die Toilette gelaufen. In einer Zelle zog er seine Hose herunter und wickelte sich die Bilder sorgfältig um die Beine. Er erinnerte sich an den staksigen Gang nach Hause. »Warum humpelst du?« fragte seine neue Mutter. »Ich bin in der Schule hingefallen«, erwiderte er. »Ist nicht so schlimm, geht mir schon wieder besser.« Er hüpfte die Treppen hoch in das Kinderzimmer und traf dort Marty an, der auf dem Boden mit einem leeren Schuhkarton zu spielen versuchte. Marty war hingerissen, als Douglas die Malereien herauszog und mit gestohlenen Zwekken aus der Schule an die weißen Wände des Apothekers heftete. Er erinnerte sich an Martys lächelnde Bemerkung, die ihn vergnügt grinsen ließ: ein Boot, das uns zur Mama zurückbringt.

Das ist eine lange Reise geworden, dachte Jeffers. Sie ist noch nicht zu Ende.

Er überholte einen riesigen LKW, dessen Motor ohrenbetäubenden Lärm produzierte, der in die Stille ihres Wagens drang.

Anne Hampton fuhr hoch.

Er lenkte den Wagen wieder auf die rechte Spur, der LKW verschwand hinter ihnen und fuhr stetig weiter. Er versuchte an nichts zu denken, seinen Verstand so bloß und unberührt zu machen, wie diese verdammten weißen leeren

Wände. Er wollte vergessen, was er gesehen, getan und geplant hatte.

Sie rasten am Stadtrand von New Orleans vorbei. Der Himmel verdunkelte sich schon früh am Nachmittag, riesige graue Wolken, die Sturm verhießen, bedeckten den Horizont.

Jeffers schien immer schneller zu fahren, das Wetter verschlechterte sich. Die ersten großen Regentropfen schlugen gegen die Windschutzscheibe. Leicht gereizt drückte er den Schalter für die Scheibenwischer.

Sie schwieg; wenn er sprechen wollte, würde er es schon von selber tun, dachte sie. Nach einer Weile brach er das Schweigen. Sie hatte klug gehandelt, ihm nicht zuvorzukommen.

»Verdammt«, sagte er. »Dieser beschissene Regen macht alles kaputt.«

»Warum?«

»Man kann bei diesem Regen nichts erkennen. Ich bin lange nicht hier gewesen.«

»Sagen Sie mir, wohin wir fahren?«

»Ja.«

Er schwieg.

»Aber nur, wenn Sie es wünschen.«

»Ich werde es erzählen. Wir fahren nach Terrebonne, eine kleine Küstengemeinde. Ein paar Meilen hinter einer Kleinstadt mit Namen Ashland. Ich bin nicht da gewesen seit dem 8. August 1974. Deshalb regen mich schlechtes Wetter oder eine neue Straße auf, weiß Gott, alle Straßen sind hier neu.«

Anne Hampton sah sumpfiges Marschland, durchsetzt mit Kieferngruppen und gelegentlich einer Weide. Die Gegend ängstigte sie, weil sie urtümlich und bedrohlich wirkte.

»Das sieht hier wirklich wild aus.«

»Ja, eine phantastische Gegend. Wie auf einem fremden

Planeten. Einsam. Vergessen. Isoliert. Als ich zuletzt hier war, habe ich mich wohl gefühlt.«

Ihr blieb einen Moment das Herz stehen. Ihre Kehle war wie zugeschnürt, als wenn sie jemand würgte. Sie bekam einen trockenen Mund. Hier wird er mich also umbringen, dachte sie. Sie wollte etwas sagen, schaffte es aber nicht. Ihr war bewußt, daß sie die plötzliche Stille unterbrechen mußte, ihre Gedanken rasten. Schließlich brachte sie etwas heraus, ihre Stimme klang schwach und tonlos.

»Müssen wir hier hin?« fragte sie weinerlich.

»Warum denn nicht?«

»Ich weiß nicht, es scheint mir so abgelegen.«

»Deshalb habe ich die Gegend ja auch gewählt.«

Er blickte zu ihr hinüber.

»Du schreibst ja nicht mit«, sagte er gereizt.

Sie griff das Schreibheft und einen Bleistift, ihre Hände zitterten so sehr, daß die Schrift krakelig und unleserlich wurde.

Er schlug sie heftig, seine Hand schien sich kaum vom Lenkrad wegbewegt zu haben.

Sie schluckte, ließ den Bleistift fallen. Mit aller Kraft, die sie aufbringen konnte, blieb sie ruhig und hob den Bleistift auf.

»Ich bin jetzt bereit«, sagte sie.

»Du hast aufgehört, dich blöd zu benehmen.«

»Ich versuche es.«

»Streng dich an.«

»Das verspreche ich, ich will das auch.«

»Gut, es gibt noch Hoffnung für dich.«

»Danke, es ist, äh, es ist wegen ...« Sie brachte den Satz nicht zu Ende.

Es wurde still im Wagen. Das Dröhnen des Motors verband sich mit dem Schlappen der Scheibenwischer.

Sie fragte sich, was sie empfinden würde, wenn es passierte.

»Ein stummer Boswell«, stellte Jeffers nach einer Weile fest. Er überlegte, ob er ihr sagen sollte, daß er mit ihr etwas vorhatte, besann sich aber. Besser gelegentliche Tränen, als sie Vertrauen fassen zu lassen.

»Du solltest weniger an die Dauer eines Lebens denken, als an seine Qualität.«

Sie nickte.

»Schreib das«, sagte er. »Ein Aphorismus. Jeffers über die Welt. Der Almanach des armen Douglas Jeffers. Die Worte Douglas Jeffers'. Das ist deine Aufgabe.«

»Natürlich.«

»Willst du wissen, wohin wir fahren, Boswell?« fragte Jeffers und antwortete selbst.

»Wir besuchen einen alten Freund. Meinst du nicht auch, daß Erinnerungen wie gute alte Freunde sind? Du kannst sie herbeirufen, als wenn du zum Telefon greifen würdest. Sie betreten dein Bewußtsein und begrüßen dich.«

»Und wenn es schlimme Erinnerungen sind?« erwiderte sie.

»Gute Frage. Ich denke, auf ihre Weise sind sie genauso hilfreich wie die guten. Jeder bewertet sie mit seinen eigenen Maßstäben. Das beste an schlechten Erinnerungen ist, daß sie nur Erinnerungen sind. Sie sind Vergangenheit. Auf zu neuen ... Ich bewerte Erinnerungen nicht. Sie sind für mich Teil eines Ganzen. Wie eine Zeitrafferaufnahme, wie einer dieser fantastischen Filme der *National Geographic,* wo die Kamera das Aufblühen einer Knospe oder das Ausschlüpfen aus einem Ei zeigt.«

Sie schrieb mit. Jeffers lachte höhnisch.

»Wir fahren an den Ort, an dem der neue Douglas Jeffers aus dem Ei schlüpfte.« Er beugte sich in seinem Sitz nach vorn, um den graubedeckten Himmel zu mustern.

»Einer der dunklen Orte auf der Welt.« Er blickte Anne Hampton an. »Weißt du, wer das geschrieben hat?«

Sie schüttelte den Kopf.

»Das hat jemand geschrieben, und in dem Buch sagt es auch jemand. Wer?« Er schnaubte humorvoll.

»Du studierst doch Literatur, los. Du kannst dich doch von einem klapprigen alten Zeitungstypen nicht auszählen lassen. Denk nach.«

Sie prüfte ihr Gedächtnis. »Shakespeare?«

Er lachte. »Zu offensichtlich. Moderne.«

»Melville?«

»Gut geraten, du bist nahe dran.«

»Faulkner, nein, zu neu, Hermingway?«

»Denk an das Meer.«

»Conrad?«

Jeffers lachte, und sie stimmte ein. Nach einer Weile fragte sie:

»Warum fahren wir zu einem der dunklen Orte auf der Welt?«

»Weil ich dort mein Herz entdeckte«, erwiderte Jeffers sachlich. Es wurde wieder still im Wagen. Jeffers' Augen leuchteten auf, als er ein Ausfahrtsschild erkannte.

»Ich glaube, das ist die Straße.«

Er nahm die Ausfahrt, plötzlich waren sie auf einer engen Landstraße. Sie wurde von hohen Bäumen gesäumt, die den Himmel verdeckten und zwischen denen der Regen weiter auf das Autodach trommelte. Sie sausten durch eine Kurve, der Wagen schleuderte leicht. Sie war beunruhigt, als die Hinterräder auf der regennassen Straße durchdrehten.

»Liebe bedeutet Schmerz«, sagte Jeffers. Er machte eine Pause.

»Als ich klein war, hörte ich, wenn die Männer zu meiner Mutter kamen. Sie stolperten und trampelten herum, weil sie keinen stören wollten, machten aber dadurch mehr Lärm, als wenn sie sich normal benommen hätten. Es war immer spät nachts, sie dachte, ich würde schlafen. Aber ich machte nur fest die Augen zu. Im Zimmer war eine kleine rote Lampe, so konnte ich ein bißchen sehen. Ich erinnere mich an ihr Stöhnen und Klagen und zum Schluß an ihr schmerzvolles Schreien. Ich vergesse das nie. Das klingt doch sehr simpel, nicht? Je größer die Liebe, um so größer der Schmerz. Das klingt wie ein Schlager aus den fünfziger Jahren.«

Leise sang er »You always love the one you hurt ...« Er sah Anne an und sang weiter: »You always hit the one you love.« Dann konzentrierte er sich wieder auf die Straße.

»Wir kommen uns näher«, sagte er. Sie konnte ihn kaum verstehen, so sehr fürchtete sie sich.

Sie fuhren weiter zwischen den Baumreihen hindurch in die feuchte Dunkelheit. Ab und an hob sich ein bescheidenes Haus am Straßenrand von einem immer grauer werdenden Himmel ab, sonst gab es keine Anzeichen von Leben. Die Wolken über ihnen wurden immer dunkler, sie erkannte, daß sie auf die Küste zufuhren. Jeffers fuhr schweigend, konzentriert und starrte finster nach vorn. In der Entfernung konnte sie Blitze erkennen, die durch die Wolken züngelten. Ein gewaltiger Donnerschlag ließ sie aufschrecken. Der Regen hatte an Stärke zugenommen, trommelte auf die Karosserie, überflutete die Windschutzscheibe trotz der laufenden Scheibenwischer. Sie betete, daß sie den Wagen nicht verlassen mußte, vermutete aber, daß es bald geschehen würde. Dann dachte sie, daß die Sache vermutlich auch nicht schlimmer würde, wenn sie in den Regen mußte. Sie hatte die merkwürdige Vorstellung, daß sie nicht gern durchnäßt, zitternd und traurig dastehen wollte, wenn es passierte.

Jeffers bog in eine noch engere und einsamere Straße ein. Sie schwieg, versuchte an ihre Familie zu denken, die Mutter; den Vater, ihre Freunde, an Sonne und Sommer, anstatt an das graue, verregnete, stürmische Wetter draußen. Jeffers bog wieder von der Straße ab, die Fahrbahn war ungepflastert und holprig. Er fluchte.

»Wir werden steckenbleiben, wenn wir hier weiterfahren.

Verdammt, es sind nur noch ein paar hundert Meter.« Er fuhr zu einer grasbewachsenen Stelle, hielt an und stellte den Motor ab. Die Stille war erdrückend.

»Douglas Jeffers denkt an alles«, sagte er. Er langte auf die hintere Sitzbank und ergriff einen Matchbeutel. Er machte den Reißverschluß auf und zog einen hellgelben Regenmantel heraus, den er ihr herüberreichte. Dann nahm er sich einen grünen Regenmantel und eine dazu passende Hose.

»Das Beste von Firma Bean«, sagte er.

»Eine wichtige Sache beim Fotografieren ist die Vorsorge. Ich hoffe, das paßt dir, benutz die Kapuze.« Er half ihr den Mantel anzuziehen, dann schlüpfte er in seine Regenkleidung.

»Alles bereit, gehen wir.«

Ein gewaltiges Donnern und starke Schauer begleiteten seine Worte. Jeffers grinste und schwang sich ins Freie. Eine Sekunde später wurde ihre Tür geöffnet. Sie wußte, daß sie nicht zögern durfte.

Die Stärke des Regens nahm ihr einen Moment den Atem, sie stand benommen da. Jeffers ergriff sie mit freundlichem Nachdruck am Arm und zog sie mit sich. Die Straße war weich und sandig. In ihren Sandalen rutschte sie ständig aus, wurde von Jeffers vorwärts gestoßen. Ihr schoß der Gedanke durch den Kopf, daß es ungerecht war, in solch einem schrecklichen Wetter an einem so schlimmen Ort zu sterben. Sie konnte ihn nicht sehen, aber er schien immer in ihrer Nähe zu sein. Mal zog er sie, war an ihrer Seite, dann schob er sie wieder von hinten.

Warum gab er ihr erst einen Regenmantel, um sie dann umzubringen? Was sie am meisten ängstigte, war, daß nichts, was ihr bisher zugestoßen war, logisch erschien. Sie schloß die Augen vor den Blitzen und dem prasselnden Regen und begann, Teile von Gebeten zu murmeln. Sie fand darin eine Beruhigung, ihre Schritte nach dem Rhythmus der Gebete auszurichten.

Vater unser, der du bist im Himmel, geheiligt werde dein Name ... und dann: vergib uns unsere Schuld, wie wir vergeben unseren Schuldigern ...

Jeffers stieß sie heftiger nach vorn, und sie schluckte.

... und ob ich schon wanderte im finsteren Tal, fürchte ich kein Unglück ...

»Los, komm schon«, forderte Jeffers sie auf. »Wir sind gleich da.«

Gelobt seist du Maria, voller Gnaden, gesegnet sei die Frucht deines Leibes. Gelobt seist du Maria voller Gnaden ...

»Verdammt, geh schneller, los.«

Gelobt seist du Maria, voller Gnaden, voller Gnaden, gelobt ...

Mit geschlossenen Augen wankte sie vorwärts, versuchte, an etwas anderes zu denken als an den Regen, den Sturm und den festen Griff um ihren Arm. Sie hatte plötzlich die Vorstellung, daß er ihr eine Augenbinde und eine letzte Zigarette anbieten würde. Wie bei einer militärischen Exekution. Ihre Tränen vermischten sich mit dem Regen, der in ihr Gesicht schlug. Plötzlich versank sie mit ihrem rechten Fuß in ein Loch, glitt aus und fiel hin.

»Igitt«, entfuhr es ihr unfreiwillig, als sie dalag, es klang mehr entrüstet als erschrocken. Sie wandte sich zu Jeffers um, der sich die Hand über die Augen hielt, um die Gegend zu studieren.

»Verdammt«, sagte er und stampfte auf.

Er blickte in alle Himmelsrichtungen, stieß dann zornig die Luft aus.

»Verdammt, verdammt, verdammt!«

Anne traute sich nicht, etwas zu sagen. Er drehte sich um und sah sie daliegen. Ihr stockte der Atem. Doch er lachte. Sein Gelächter verschmolz mit dem Geräusch des Windes und des Gewitters. Er stand über ihr und sagte schließlich, nachdem er sich die Augen ausgerieben hatte:

»Was für ein Reinfall. Wir haben uns verfahren. Ich sagte dir ja, es ist Jahre her. Hier müßte eigentlich eine riesengroße Weide stehen, irgendwo in der Nähe, aber hier ist keine. Ich muß die falsche Straße erwischt haben.« Er half ihr auf die Füße.

»Komm zurück zum Wagen!«

»War das alles?« entfuhr es ihr, sie bedauerte jedoch sofort ihre Frage. Jeffers schien aber keine Notiz davon zu nehmen.

»Das war's«, antwortete er, legte den Arm um ihre Schultern und führte sie zurück zum Wagen.

Im Inneren des Wagens empfand sie Geborgenheit. Jeffers gab ihr ein kleines Handtuch, beide versuchten sich abzutrocknen, so gut es ging. Jeffers lachte leise weiter, als ob er sich über irgend etwas amüsieren würde. Nachdem er das Auto gestartet hatte, fuhren sie zum Highway zurück.

»Das hättest du nicht gedacht, daß mir so ein Reinfall passieren könnte, oder?«

»Nein«, erwiderte sie.

»Normalerweise«, sagte er grinsend, »bin ich stolz darauf, daß ich an alles denke, nichts dem Zufall überlasse, mit einer genauen Planung ans Werk gehe ...« Lächelnd fuhr er fort: »Seltsam ist, daß diese Gegend hier für mich sehr wichtig ist. Zumindest die Erinnerung daran. Ich vermute, es ist zu lange her. Es gibt zu viele neue Straßen.«

»Ich weiß immer noch nicht, wonach wir suchen«, sagte sie.

Er zögerte, zuckte die Achseln.

»Meine erste Verabredung«, antwortete er. »Meine erste große Liebe.«

»Ein Mädchen?«

»Natürlich.« Er schwieg.

»Irgendwo an einer dieser dreckigen Straßen, die alle gleich aussehen, steht eine große Weide. Ein bißchen zurückgesetzt, umgeben von verkrüppelten Sträuchern ...«

Sie nickte.

»Dort habe ich sie begraben.« Seine Stimme klang plötzlich unerwartet bitter. Anne wurde kreidebleich. Heftige Übelkeit überkam sie, sie biß die Zähne zusammen und winkte Jeffers heftig zu. Er begriff sofort, hielt den Wagen an, riß seine Tür auf, zog sie über die Mittelkonsole über seinen Schoß und hielt ihren Kopf in den Regen. Sie erbrach sich heftig.

Als sie zurück nach New Orleans fuhren, wurde es Nacht. Den Rest des Nachmittags hatten sie niedergeschlagen und schweigend verbracht. Jeffers war voller Erinnerungen. Er versuchte, sich an den Namen des Mädchens zu erinnern. Er klang südlich, ähnlich wie Billy Joe oder Bobby Joe. Sie trug ein viel zu kurzes und viel zu enges silbern glitzerndes Kleid, das wenig Zweifel an ihrem Beruf offenließ. Er hatte sie aufgelesen, versuchte sich im Zaum zu halten, weil er wußte, worauf er sich einließ. Er benahm sich großspurig, zückte ein Bündel Banknoten. Sie hatte sich zuerst beschwert, als er aus der Stadt hinausfuhr, aber dann doch die zwanzig Dollar extra angenommen, sie in ihr Dekolleté gesteckt und gemeint, daß das die Mühe wert sei. Mit ihrem singenden Tonfall quatschte sie munter darauf los, seichtes Zeug, das ihn bei seinen ernsten Gedanken störte. Deshalb hatte er an der nächsten einsamen Stelle angehalten und sie erwürgt, als sie sich mit geschlossenen Augen für ihn bereitlegte. Dann war er zu einem Ort gefahren, den er sich vorher auf der Landkarte herausgesucht hatte. Sein Name klang französisch, er hieß »Gute Erde«. Er war allein mit seinen Gedanken durch die dunkle Nacht dorthin gefahren. Es kümmerte ihn wenig, ob sie lebendig oder tot war. Er war allein von seiner Tat beeindruckt.

»Sie war Prostituierte«, sagte er.

Anne Hampton nickte bedrückt.

»Wofür hat sich ihr Leben gelohnt?« fragte er wütend.

Sie antwortete nicht.

»Du hast den Kopf voller verrückter antiquierter Ideen über Recht, Unrecht und Moral«, sagte er. Nach kurzem Schweigen fuhr er fort:

»Du hast mich wirklich nicht verstanden. Ihr war bestimmt, zu sterben, mir ist bestimmt, zu töten. Zufällig begegneten wir uns.«

Sie wandte sich ihm zu, wollte etwas sagen, schwieg dann aber. Er versuchte, ihre Gedanken zu erraten.

»Du meinst, daß es verwerflich ist, jemanden zu töten?«

Sie nickte.

»Und wenn es so wäre, was machte das für einen Unterschied?«

Sie fand darauf keine Antwort.

»Ich sage dir, es gibt überhaupt keinen Unterschied. Die Regierung tötet aus politischen Gründen. Ich töte aus Vergnügen. Wir sind gar nicht so weit voneinander entfernt.«

»Das kann man doch nicht so einfach sagen«, antwortete sie ihm, »das darf man doch nicht!«

»Nein? Meinst du, töten ist schwer? Nun gut. Nun gut.«

Der Regen war in ein Nieseln übergegangen, die Scheinwerfer schnitten helle Streifen in die Dunkelheit. Vor ihnen tauchte das Lichtermeer von New Orleans auf, Jeffers gab Gas und fuhr darauf zu.

Schweigend erreichten sie die Stadt, die von grellen Straßenlampen erleuchtet war. Sie fühlte sich nicht wohl hier, genausowenig wie in der sumpfigen verlassenen Gegend. Sie stellte plötzlich fest, daß Jeffers den Unterschied nicht wahrnehmen konnte. Ihr Magen zog sich zusammen, als sie sein Gesicht musterte. Sie fuhren ziellos durch die Stadt. Jeffers starrte durch die Windschutzscheibe, suchte offensichtlich etwas, sie wußte nicht, was es war. Plötzlich trat er auf die Bremse und beobachtete aufmerksam den Gehweg.

»Du meinst, es ist schwer?« fragte er wütend. »Es ist leicht.«

Er suchte die Straße ab, griff in den Beutel mit seinen

Waffen und zog den kurzläufigen Revolver heraus. Er stieß ihn ihr unter die Nase.

»Schwer? Paß auf, dreh dein Fenster runter.«

Sie gehorchte, im Wagen wurde es feucht und stickig. Sie zitterte, wußte nicht, was geschehen würde. Jeffers stieg aus und kam auf ihre Seite, beugte sich zu ihr nieder.

»Paß ganz genau auf«, sagte er. Sie nickte. Er ging über den Bürgersteig auf den Eingang eines großen Gebäudes zu, in dem eingehüllt in Dunkelheit eine Gestalt hockte. Jeffers beobachtete wieder aufmerksam die Straße, dann stieß er den Penner mit dem Fuß an.

»Wach auf, Alter«, sagte er.

Der Mann hob benommen sein grauhaariges Haupt. Jeffers drehte sich um und sah zu Anne Hampton herüber. Der Alte, der einen prächtigen silbernen Bart trug, war über die Störung nicht ärgerlich, nur überrascht. Annes Augen trafen die von Jeffers, er sah sie bezwingend an. Es war ihr, als wenn sie einen Abgrund hinunterstürzte, von einer unwiderstehlichen Macht angezogen durch die Luft wirbelte. Jeffers wandte sich zu dem Penner zurück, der nach Worten über seine Vergangenheit zu suchen schien.

»Gute Nacht, alter Knabe, tut mir leid, daß es so passieren muß«, sagte Jeffers. Er beugte sich plötzlich hinunter, hielt in einer einzigen fließenden Bewegung den Revolver in den erstaunt aufgerissenen Mund des Alten. Er hob seine linke Hand an die Waffe, um den Rückschlag aufzufangen. Dann drückte er ab.

Sie hörte nur ein leises, gedämpftes Krachen, der Alte zuckte einmal hoch, sank dann in sich zusammen, als ob er weiterschlafen wollte. Anne Hampton wollte schreien, konnte aber nicht.

Jeffers trat beiseite, beobachtete wieder die Straße und kam schnell zum Wagen zurück. Sie fuhren langsam los, ziellos um zahlreiche Ecken, bahnten sich in völliger Einsamkeit ihren Weg durch die Nacht.

»Mach das Fenster wieder hoch«, forderte sie Jeffers auf. Ihre Hand fuhr zitternd zum Griff. Sie atmete schnell und abgehackt. Statt Worten entfuhr ihr nur ein leises Wimmern.

»Nun hast du selbst gesehen, wie einfach das ist«, sagte Jeffers. »Du hast dich geirrt.« Er machte eine Pause. »Wenn du mich nicht herausgefordert hättest, hätte ich diese scheußliche Sache nicht gemacht.« Jeffers sah sie schnell von der Seite an.

»Das war dein eigener Fehler. Als wenn du selbst den Revolver genommen und abgedrückt hättest. Im Grunde genommen hast du den Mann umgebracht, hast sein Lebenslicht ausgeblasen. Siehst du, du bist genauso wie ich. Begreifst du das, du Mörderin?« Anne Hampton nickte mit Tränen in den Augen.

»Wie fühlst du dich als Mörderin?«

Sie fand keine Worte, er zwang sie auch nicht, zu antworten.

Sie fuhren weiter in die Nacht hinein.

7

Martin Jeffers wird herausgefordert · Schachzüge · Unheimliches Spiel

MARTIN JEFFERS EILTE mit fliegendem Kittel durch Block C. Er nahm die Patienten kaum wahr, die ihm ungeschickt aus dem Wege gingen. Sie teilten sich vor ihm, wie auf einem Bauernhof herumirrende Tiere. Patienten, die er kannte, nickte er zu. Sie grüßten zurück mit der üblichen Mischung aus Glotzen, Lächeln, Schnauben, abgewandten Augen und den Standardschimpfworten der Eingeschlossenen. Seine Eile würde einigen Anlaß für Getuschel geben, das war unvermeidlich. In einer Welt festgefügter Routine war jedes abweichende Benehmen Grund für zahlreiche Debatten und Neugier.

Ähnlich unkontrolliert hing er seinen Gedanken nach. Über das Erscheinen der Kriminalpolizistin der Mordkommission stellte er wilde Spekulationen an. Er überlegte, ob einer der Verlorenen Knaben erwähnt hatte, daß er in den letzten Jahren in Miami gewesen war. Oder ob einer der Männer sich auffallend zurückhaltend über einen erst kurz zurückliegenden Vorfall geäußert hatte. In zahlreichen Zusammenkünften, in denen jeder darauf bedacht war, Dinge im Verborgenen zu halten, war Jeffers Experte für geheime Vorbehalte oder Tabus geworden. Obwohl er sein Gedächtnis anstrengte, kam er zu keiner Lösung. Er stellte plötzlich fest, daß er aufgeregt war; irgend etwas in der Bemerkung »eine Beamtin der Mordkommission«, die einen geheimnisvollen und faszinierenden Einfluß auf ihn ausübte, zwang ihn offensichtlich dazu. Er versuchte, sich eine Frau vorzustellen, die in einem Mordfall ermittelte, und vermutete, daß sie irgendwie ungepflegt, kantig und entschlossen wirken mußte. Er fragte sich, warum er die Untersuchung eines Todesfalls für eine männliche Domäne hielt. Blutige und verstümmelte Leichen mußten irgend etwas Männliches an sich haben, Verbrechen gehörten offenbar mehr in das Umfeld von Pokerspielern hinter verschlossenen Türen. Bilder über Verunglückte standen ihm vor den Augen. Er erinnerte sich plötzlich an seinen Bruder, in Anorak und Jeans, der sich anschickte, in irgendein Kriegs- oder Krisengebiet zu fliegen, oder zu irgendeiner anderen Veranstaltung menschlicher Dummheit. Er dachte an die Bilder, die sein Bruder in Saigon, Beirut und Mittelamerika geschossen hatte. Besonders an ein Foto, das in den Nachrichtenblättern erschienen war. Es zeigte einen Fotografen, der in Johnstown, Guayana, mitten in einem Haufen herumliegender Leichen stand. Die grünen und braunen Farben des Dschungels hingen wie ein Vorhang im Hintergrund, der Mann hob sich seltsam verfremdet von dem üppig wuchernden Gewirr ab. Er hatte ein rotes Halstuch über Mund und Nase gebunden. Man wußte sofort, daß er sich vor dem Gestank der in der Sonne verwesenden Leichen schützen wollte. Er sah beinahe so aus, wie man sich einen Gangster aus einem alten Western vorstellt, in Jeans, Stiefeln und kariertem Hemd. Statt eines Trommelrevolvers hatte der junge Mann eine Kamera in der Hand. Seine Augen blickten verwirrt und voller daseinsmüder Trauer. Douglas Jeffers hatte seinen Kollegen in einem Moment erwischt, als dieser überwältigt von der Unmenge von Menschen, die Selbstmord begangen hatten, unentschieden war, welche schrecklichen Bilder er den Toten noch stehlen sollte. Martin Jeffers hatte das Foto bewundert, als es erschien, und bewunderte es noch. Es war das Bild des zivilisierten Menschen in einer prähistorisch anmutenden Welt, der sich das Verhalten von Lebewesen verständlich zu machen versuchte, um sie für den Konsum und zur Faszination einer Gesellschaft aufzubereiten, die sich wahrscheinlich sicherer fühlte, als sie es in Wirklichkeit war. Jeffers dachte im Weitereilen daran, wieviele Fotos seines Bruders den Tod darstellten. Alle waren auf ihre Weise faszinierend. Wir versuchen immer wieder, menschliches Verhalten zu verstehen, dachte er. Was uns am meisten erschreckt, ist der Mord. Was ist daran ungewöhnlich? Sind wir nicht alle dazu fähig?

Jetzt rede ich wie mein Bruder, sagte sich Jeffers Er schüttelte den Kopf, hörte die quietschenden Geräusche, die seine Schuhe auf dem hochglänzend polierten Linoleum des Korridors verursachten. Einige von uns sind dazu eher fähig als andere. Die Gesichter der Verlorenen Knaben standen vor seinem geistigen Auge.

Der Besuch eines Kriminalbeamten war nicht unüblich. Er erinnerte sich an eine Reihe von Vernehmungen in den letzten Jahren, Auge in Auge mit einem dunkeläugigen, einsilbigen Mann, der ständig bohrende Fragen über das eine oder andere Mitglied der Therapiegruppe gestellt hatte. Natürlich war seine Hilfsbereitschaft eingeschränkt durch medizinische Ethik und seine ärztliche Schweigepflicht. Ein besonders beharrlicher Detective hatte ihn nach einem frustrierenden Gespräch ärgerlich lange Zeit angestarrt und dann gefragt, ob der Verdächtige einen Zimmergenossen habe. Jeffers hatte verneint. Ist er mit irgend jemandem befreundet? war er gefragt worden. Ja, hatte Jeffers erwidert, er hat einen Freund. Gut, sagte der Detective, mit dem möchte ich sprechen.

Jeffers erinnerte sich daran, wie der Detective dem Bekannten des Verdächtigen gegenübergesessen hatte. Der Beamte hatte seine Fragen direkt und energisch, jedoch nie aggressiv gestellt.

Jeffers hatte sich damals vorgenommen, die Vernehmungsmethode des Polizisten zu studieren, um sie vielleicht nutzbringend in der Therapie anzuwenden. Er war damals beeindruckt gewesen, daß der Beamte in einer Stunde alle Informationen erhalten hatte, die er brauchte. Der Verhörte war allzu bereit gewesen, die Geschichten seines Freundes gegen das Versprechen einer Straferleichterung zu verkaufen. Jeffers nahm es ihm nicht übel. So laufen letztendlich die Dinge in einer Welt, die von Verlorenen Knaben beherrscht wird, jener Welt der Transaktionen, der Gaunereien und der Lüge. Verrat als Lebensbasis.

Es gelang ihm nur schwer, sich eine Frau als Detective vorzustellen. Bestimmt komplizierte sie die Dinge. Er hatte sehr viel Mühe, den Verlorenen Knaben eine positive Ansicht über Frauen zu vermitteln und ihnen beizubringen, daß das andere Geschlecht nicht für all den Haß verantwortlich war, den sie alle spürten. Die Vorstellung, daß jemand, der ihr Opfer hätte sein können, sich an sie heranpirschte, war besorgniserregend. Eine ihrer tiefsten und verborgensten Ängste würde wie ein Alptraum auferstehen und an die Tür ihres Gruppenraums klopfen.

Das wird uns viel Gesprächsstoff geben, dachte Jeffers. Vielleicht fordere ich sie auf, mit in eine Gruppensitzung zu kommen, überlegte er. Das würde sie erschrecken, sie würde alle verhaften wollen. Es wäre ein Spiel mit dem Teufel. Die Verlorenen Knaben waren in letzter Zeit jedenfalls viel zu selbstgefällig. Sie könnte Realität ins Spiel bringen. Alle würden ein bißchen durcheinandergewirbelt, die Dinge würden sich auf einer neuen Spur einspielen. Er grinste bei dieser Vorstellung und klopfte laut gegen den Eingang des Blocks C, damit der Wärter ihn einließ. Die Tür ging quietschend auf. Alles in der alten Anstalt quietschte oder gab andere Geräusche der Abgenutztheit von sich. Er dankte dem Wärter, der ein mürrisches Gesicht machte. Jeffers eilte den nächsten Korridor entlang und erreichte den Verwaltungsflügel der Klinik. Die Büros sahen netter aus, die Farben frischer, das Sonnenlicht fiel durch Fenster herein, die nicht vergittert waren. Er öffnete die Tür, die zum Büro des Verwaltungsleiters führte. Dr. Harrisons Sekretärin sah auf und deutete wie ein Anhalter mit ausgestrecktem Daumen auf die Tür zum anschließenden Büro.

»Da drin wartet sie«, sagte sie. »Was meinen Sie, wen sie haben will?«

»Vermutlich alle«, erwiderte Jeffers

Über diesen kleinen Scherz lachte sie und winkte ihm zu. Jeffers betrat das Büro. Er sah zuerst Dr. Harrison, der sich langsam aus seinem Stuhl hinter dem riesigen braunen Schreibtisch erhob. Er war ein älterer grauhaariger Mann, der viel zu sensibel für die Leitung einer staatlichen Nervenklinik war, aber zu alt und verbraucht, um sich selbständig zu machen. Jeffers mochte ihn trotz seiner Schwächen als Verwaltungsleiter gut leiden. Dr. Harrison nickte Jeffers zu und wies dann mit einem Blick auf die andere Person, die sich von einem Stuhl erhob.

Jeffers fand keine Zeit, die Frau einzuschätzen. Er sah sofort, daß sie in seinem Alter war, warf einen kurzen Blick auf dunkelbraune Haare, ein konservatives, jedoch modisches Seidenkleid und eine schlanke Figur. Dann fingen ihn ihre Augen ein. Sie erschienen ihm schwarz und fixierten ihn unbeweglich. Das übliche männliche Urteil, ob sie hübsch oder häßlich war, wurde von der eindringlichen Kraft dieses Blickes weggewischt. Er hatte das beunruhigende Gefühl, daß er vor einem Scharfrichter stand, der mit erfahrenem Blick taxierte, wie stark der Hieb sein mußte, der seinen Kopf abschlug. Ihm war plötzlich unbehaglich zumute. Er stammelte:

»Ich bin Dr. Jeffers, was kann ich für Sie tun, Detective?«

Seine Worte froren förmlich in der Luft ein. Die Hand, die er zur Begrüßung ausgestreckt hatte, hing in der Luft, bevor sie die ihre zurückhaltend erhob. Ihr Griff war fest, vielleicht zu fest. Es dauerte eine kleine Ewigkeit, bis ihr starrer Blick ihn entließ. Dann sagte sie mit einer Stimme, die ihn wegen ihrer Beherrschtheit einschüchterte: »Wo hält sich Ihr Bruder auf?«

Als sie die Mischung von Erschrockenheit und Verwirrung auf seinem Gesicht wahrnahm, machte sie sich Vorwürfe. Sie wußte, daß es nicht zu vermeiden war. Auf der Fahrt zur Klinik am frühen Morgen hatte sie Hunderte von Gesprächsanfängen, Dutzende verschiedener Eröffnungszüge überlegt, wußte jedoch im voraus, daß ihr nur eine Frage an den Bruder von Susans Mörder wichtig war und daß sie unfähig war, sie zurückzuhalten. Diese Frage glomm unheilvoll und stetig in ihrem Bewußtsein. Sie zweifelte nicht daran, daß sie die richtige Antwort erhalten würde; wenn man bereit ist, einer Frage das ganze Leben lang nachzugehen, erhält man schließlich eine Antwort. Und wenn ich die habe, waren ihre Überlegungen gewesen, ist alles zu Ende.

Ein hemmungslos optimistischer Teil ihrer Persönlichkeit hatte immer damit gerechnet, daß es schnell gehen würde. Sie wußte, daß ein Frontalangriff häufig eine schnelle, unüberlegte Antwort herausforderte, einen hervorgestoßenen Satz: »Warum, er ist in ...« und den Namen einer Stadt, bevor die Vorsicht wieder einsetzte mit der unweigerlichen Gegenfrage: »Warum wollen Sie das wissen?«

Sie sah, wie der Bruder seinen Mund zu einer Antwort öffnete, seine Lippen Worte zu formen begannen, hing erwartungsvoll an seinen Lippen, wußte aber augenblicklich, daß sie zu unbeherrscht gewesen war. Er schloß seinen Mund wieder und erwiderte ihren Blick kühl. Verdammt, dachte sie. Das wird nicht leicht sein.

Sie haßte ihn in diesem Moment, beinahe so wie den Mann, den sie jagte. Sein Fleisch und Blut, dachte sie. Er steht ihm am nächsten.

Sie sah, wie der Bruder heftig schluckte und den Direktor ansah. Er schien einen Augenblick Zeit gewinnen zu wollen, um die Flut von Gefühlen zu beherrschen, die ihn erfaßt hatte. Sie spürte, daß er sich wieder in den Griff bekam. Er wirkte jetzt kühl und professionell.

Ein unerwarteter Widerstand, dachte sie. Das muß Teil seiner täglichen Routine sein. Er weiß, wie man das anstellt. In diesem Moment sah er sie wieder an und begegnete gelassen ihrem Schweigen. Ohne den Blick von ihr zu wenden, zog er sich einen Stuhl heran und setzte sich sorgfältig hin, als ob er die elektrische Verbindung zwischen ihnen nicht abreißen lassen wollte. Er kreuzte überlegen die Beine und bat sie mit einer unbefangenen, höflichen Geste, auf einem anderen Stuhl Platz zu nehmen. Er spielte die Rolle des Lehrers einem überängstlichen, übereifrigen Schüler gegenüber.

Verdammt, dachte sie wieder. Ich hatte ihn beinahe. Und jetzt hat er fast mich. Sie setzte sich dem Bruder des Mörders gegenuber.

Martin Jeffers bemühte sich sehr, einen interessierten, unbekümmerten Eindruck zu machen. Es machte ihm viel mehr Mühe als gegenüber einem Patienten, der mit irgendeinem schrecklichen Geständnis herausplatzte. Er fühlte, wie sich seine Kehle zusammenzog und sich seine Nackenhaare sträubten. Der Schweiß lief ihm am Körper herunter, seine Handflächen waren feucht, er traute sich nicht, sie an seiner Hose abzureiben. Er begriff den Sinn ihrer Frage nicht, gab sich Mühe, sich nicht auf andere gefährliche Seitenpfade locken zu lassen. Sie sucht Doug, dachte er. Ich wußte es. Aber warum? Er schob alle Bilder beiseite, die sich ungebeten in seine Gedanken hineindrängen wollten. Kindheit, Ängste, Jugendprobleme. Verzweifelt wünschte er, sich an irgend etwas festhalten zu können, um gegen den plötzlichen Andrang seiner Emotionen bestehen zu können. Er wußte aber, daß die Polizistin ihn durchschauen würde, bezwang seine Ängste und seine Neugier, um herauszufinden, was sie wollte.

Er schlug seine Beine wieder übereinander, lehnte sich entspannt und bequem im Stuhl zurück. Er griff in eine Brusttasche, holte ein kleines Notizbuch und einen Bleistift heraus. Mit der Spitze des Stiftes klopfte er mehrfach langsam gegen das Buch, sah auf und lächelte die Polizistin mit aller Schauspielkunst, die er aufbringen konnte, an.

»Entschuldigen Sie, Detective, ich habe Ihren Namen nicht verstanden ...«

»Mercedes Barren.«

Er schrieb den Namen auf, das Kratzen des Stiftes auf dem Papier beruhigte ihn.

»Und von welcher Behörde kommen Sie?«

»Kriminalpolizei Miami.«

»Ah, schön.« Er machte weiter Notizen. »Ich war noch nie in Miami. Obwohl ich das schon immer vorhatte. Palmen, Sonnenschein und Strände. Daß ganze Jahr Wärme. Klingt gut. Trotzdem habe ich es nie geschafft.«

»Ihr Bruder hat es geschafft.«

»Wirklich? Ihn hält es nirgendwo lange. Natürlich gibt es immer eine Menge Neuigkeiten aus Miami zu berichten. Überfälle, Drogen, Schmuggel, Einwandererprobleme und ähnliche Vorfälle. Er könnte also durchaus dort gewesen sein. Manchmal denke ich, er ist schon überall gewesen. Er ist das, was man einen Globetrotter nennt.«

»Er war im letzten Jahr dort, besuchte im September ein Footballspiel.«

»Ein Footballspiel? Wissen Sie, ich glaube, er macht sich nichts aus Sport.«

»Er sollte für eine Agentur Bilder von einem Quarterback machen.«

»Ah, Sie meinen geschäftlich? Nun, das ist möglich.«

Jeffers zögerte, er ließ seine Augen im Zimmer umherwandern, um sich zu sammeln. Er fühlte, daß er diese Frau nicht täuschen konnte. Sie hatte keinen Muskel bewegt, als er sie wieder ansah. Sie wirkt sehr zugeknöpft, dachte er. Er fragte sich plötzlich, warum sie so war. Die meisten Polizisten wollen sich einschmeicheln, ganz gleich in welcher Situation.

»Aber was hat das Footballspiel mit ...?«

»Ermordung einer jungen Frau, Susan Lewis.«

»Oh, ich verstehe«, sagte Jeffers, wußte aber, daß er nichts verstand. Er schrieb Namen und Monat auf seinen Notizblock. Dann fuhr er fort:

»Sie haben wirklich einen weiten Weg hierher gehabt. Was wollen Sie von meinem Bruder?«

Rache, schrie sie innerlich. Sie holte tief Luft, lehnte sich in ihren Stuhl zurück und nahm, bevor sie antwortete, ihr Notizbuch und ihren Bleistift zur Hand. Ich kann mitspielen, dachte sie, und ich werde gewinnen.

»Sie haben ganz recht, Doktor. Ich habe mir die Mühe gemacht, selbst herzukommen.«

Sie sprach gewählt, leicht verdrossen, versuchte ihre Ungeduld zu zügeln. Es gelang ihr sogar ein leichtes, lächelndes Kopfnicken.

»Ich ermittle in einem Mordfall, der im letzten Herbst passierte, genauer am achten September. Wir haben Grund zu der Annahme, daß Ihr Bruder etwas bezeugen kann. Er hat vielleicht von dem Verbrechen Fotos gemacht, die uns weiterhelfen würden.«

Den Gebrauch des Plurals hielt sie für sehr wirksam. Sie war mit der Art ihrer Erwiderung zufrieden, vor allem, was die Fotos betraf. Sie wollte den Eindruck erwecken, daß Douglas Jeffers der Polizei behilflich sein konnte. Vielleicht würde dieser Appell an bürgerliche Pflichten helfen. Wenn er überhaupt einen Sinn dafür hatte. Sie beobachtete das Gesicht des Arztes nach Anzeichen von Mitwisserschaft oder Verdacht. Er schien jedes Wort sorgfältig abzuwägen. Innerlich fluchte sie wieder. Triff ihn in seinen Gefühlen, dachte sie. Das wird ihn hochbringen. Bevor sie weitere Überlegungen anstellen konnte, sagte er: »Ich verstehe Sie immer noch nicht. Douglas hat mir gegenüber nie etwas darüber erwähnt. Vielleicht könnten Sie sich etwas deutlicher ausdrücken?«

Darauf ging sie nicht ein.

»Stehen Sie Ihrem Bruder nahe?«

»Nun, alle Geschwister sind sich irgendwie nahe, Detective. Wenn Sie Familie haben, wissen Sie das.«

Das ist keine Antwort, dachte sie.

»Wann haben Sie ihn zuletzt gesehen?«

»Das ist Jahre her, daß wir uns, wie man das nennt, richtig besucht haben ...«

Dr. Harrison unterbrach ihn.

»Martin, war er nicht letzte Woche bei dir?«

Jeffers wünschte, seinen Kollegen mit Blicken zum Schweigen bringen zu können, wußte aber gleichzeitig, daß dies gefährlich war. Er versuchte mit voller Konzentration zu verstehen, was die Polizistin von ihm wollte. Er glaubte weder ihren Worten noch ihrem Krokodilslächeln und der plötzlichen Lässigkeit. Mit der Gewißheit, die ein Leben voller Bedrohungen und Ängste erzeugt, ahnte er, daß sein Bruder sich in der Klemme befand, und er wollte damit nichts zu tun haben.

»Das stimmt, Jim, aber er kam nur kurz vorbei, um mit mir zu essen und weiterzufahren. Das war kaum ein Besuch, ich habe ihn seit Jahren das erste Mal wiedergesehen. Das wird die Dame bestimmt nicht interessieren.«

»Aber er sagte, wohin er wollte?« fragte Detective Barren. Martin Jeffers' Gedanken waren voller Erinnerungsfetzen über die geheimnisvollen Andeutungen seines Bruders. Er zögerte, dachte nach. Was hatte er wirklich gesagt? Was meinte er damit? Jeffers sah die Ungeduld in den Augen der Polizistin.

»Daran kann ich mich nicht erinnern«, erwiderte Jeffers schnell. Über die Art, in der er diese Worte hervorstieß, ärgerte er sich. Im Büro herrschte Stille. Mercedes Barren lächelte. Sie glaubte ihm kein Wort. Nach einer Weile fragte Jeffers

»Sie waren gewiß bei dieser Fotoagentur? Konnten sie dort ihre Frage nicht beantworten? Ich weiß, daß sie immer genau wissen wollen, wo sich ihre Fotografen aufhalten. Sogar wenn sie irgendwo mit einer Guerillaarmee im Dschungel herumkriechen.«

»Sie wissen nichts über seinen Aufenthalt ...«, begann Detective Barren, brach dann aber mitten im Satz ab. Du Idiotin, dachte sie. Sag ihm gar nichts. Wütend beobachtete sie, wie der Bruder des Mörders ihre Antwort aufnahm. Sie versuchte, ihre Worte zu relativieren:

»Sie konnten es nicht sehr genau sagen, haben mir aber empfohlen, mich bei Ihnen zu erkundigen, deshalb bin ich ja hier.«

Sie fischt im Trüben, dachte Martin Jeffers. Aber was weiß sie?

»Wissen Sie, Detective, das ist alles sehr verwirrend. Sie kommen einfach her und wollen meinen Bruder sehen, mit dem ich wirklich in den letzten Jahren kaum Kontakt hatte, um ihn über irgendein Verbrechen auszufragen. Sie haben überhaupt nichts über den Fall gesagt und warum er etwas darüber wissen könnte. Sie bestehen darauf, ihn sofort zu treffen, ohne irgendeine Erklärung dafür abzugeben. Ich weiß nicht so recht, Detective, ob das alles mit rechten Dingen zugeht. Ich möchte natürlich den Behörden helfen, soweit ich es vermag, aber ich verstehe das Ganze nicht.«

»Das tut mir leid, Doktor. Ich kann Ihnen keine Informationen geben, die vertraulicher Natur sind.«

Das war schwach, sie wußte das sofort. Sie kannte seine Antwort im voraus.

»Nicht? Nun, ich auch nicht.«

Spiel defensiv, dachte er. Sie starrten sich wieder schweigend an. Detective Barren wollte am liebsten losschreien. Ich habe alles versaut, sagte sie sich. Ich bin am Ende. Er hat einen Reisepaß, Geld und einen Bruder, der ihn deckt, ohne zu wissen, was er verbrochen hat. Er wird erfahren, daß ich hinter ihm her bin, und verschwinden.

Martin Jeffers hatte das Verlangen, das Büro so schnell wie möglich zu verlassen. Irgend etwas an der Sache ist nicht in Ordnung, dachte er. Er mußte es herauskriegen, wußte aber nicht, wie er das anstellen sollte. Er mußte weiter mit der Polizistin reden, die Zügel übernehmen, um an Informationen heranzukommen, ohne selbst etwas zu sagen. Er dachte an seine Freunde, alle Psychiater. Sie wüßten das genau. Leg sie auf die Couch und setz dich hinters Kopfende, würden sie sagen. Er mußte fast lächeln.

»Amüsieren Sie sich über etwas?« fragte sie.

»Nein, nein, ich hatte nur einen verrückten Gedanken«, erwiderte er.

»Ich könnte einen Scherz gebrauchen«, sagte sie. »Bitte, warum erzählen Sie ihn nicht.«

»Tut mir leid«, antwortete Jeffers, »das hat nichts zu tun mit dem ...« Sie unterbrach ihn. »Natürlich nicht.«

Sie glaubte ihm bestimmt kein Wort. Jeffers sah ihr in die Augen und fühlte, daß mehr auf dem Spiel stand. Er konnte sich nicht erklären, warum. Vielleicht war es ihre Körperhaltung, die Neigung ihres Kopfes, die Intensität ihrer Blicke. Er wurde von der Energie, die sie ausstrahlte, beinahe erdrückt. Das ist eine gefährliche Frau, dachte er.

Im gleichen Augenblick empfand sie Abscheu. Er weiß etwas, sagte sie sich, etwas, das noch wichtiger ist als der Aufenthaltsort seines Bruders. Er weiß etwas über seinen Bruder, das er nicht in Worte fassen kann. Deshalb verbarrikadiert er sich hinter klugen Bemerkungen und diesen ganzen wohlklingenden Psychotricks. Das soll ihm nicht bekommen, dachte sie. Sie bemerkte, wie Jeffers erst auf die Uhr blickte, dann zu Dr. Harrison. Sie wußte, was jetzt kommen mußte.

»Jim, ich habe den ganzen Nachmittag Termine mit Patienten ...«

Bevor dieser antworten konnte, fragte Sie: »Wann haben Sie danach Zeit?«

»Gegen fünf Uhr«, erwiderte er.

»Soll ich zu Ihnen ins Büro kommen oder in Ihre Wohnung? Oder wollen wir uns in einem Restaurant treffen?«

Sie ließ keine Alternative zu.

»Wird es lange dauern?« fragte er.

Sie lächelte, ohne sich danach zu fühlen. Er ist verdammt schlau, dachte sie.

»Nun, das wird von Ihnen abhängen.«

Er lächelte. Degenfechten, Angriff und Parade.

»Ich sehe immer noch nicht, wie ich Ihnen helfen kann, aber kommen Sie ruhig kurz nach fünf Uhr in mein Büro. Wir können das dann vielleicht klären.«

»Ich werde pünktlich da sein.« Sie standen auf und gaben sich die Hand.

»Kommen Sie nicht zu spät«, sagte er.

»Das passiert mir nie«, erwiderte sie.

Martin Jeffers schloß sorgfältig die dicke Tür hinter sich und sah sich in seinem Büro um, als ob er dort eine Erklärung für die Gefühlsverwirrung finden konnte, in der er sich befand. Er fühlte sich am Rande einer Panik, bereit, unüberlegt zu handeln. Seine Gedanken waren von Erinnerungen an seinen Bruder überflutet. Ich weiß, daß er manchmal bösartig ist, dachte er. Er dachte an einen Nachbarjungen, der mit seinen höhnischen Obszönitäten Doug auf die Nerven fiel. Ein fairer Kampf stand bevor, sie waren beide gleich stark, alle Kinder aus der Nachbarschaft waren sich darüber einig. Aber so kam es nicht. Doug brachte den Jungen sofort zu Fall, warf seinen hilflosen Gegner auf den Rücken, daß er dalag wie eine umgedrehte Schildkröte und prügelte auf den schreienden Jungen ein. Jeffers hatte nie vorher eine solche ungezügelte Wut erlebt. Die Wut eines Killers, dachte er. Er rief sich zur Ordnung, mach dich doch nicht lächerlich. Doug hat nie mehr die Kontrolle über sich verloren. Natürlich wurde er danach von seinem Ziehvater verprügelt, aber damit war zu rechnen. Prügel wegen Prügel. Er sah sich wieder um und dachte: Sei nicht so ein verdammter Narr. Stell keine Hypothesen auf. Urteile nicht, rätsele nicht herum. Vielleicht sagt sie auch die Wahrheit; er sei ein Augenzeuge, hatte sie behauptet. Er erinnerte sich an die Augen der Polizistin. Ich habe keine Chance, dachte er.

Er ließ sich schwer in seinen Schreibtischsessel fallen und sah aus dem Fenster. Draußen fiel die Sonne durch Reihen hoher Bäume, die das Anstaltsgrundstück umsäumten und zeichnete ihre schattigen Umrisse auf wohlgepflegte Rasenflächen. Sie gaben dem Gebäude mehr das Aussehen eines Campus als einer Nervenklinik. Ein Mann auf einem Motorrasenmäher kroch in einiger Entfernung über den Rasen. Jeffers glaubte einen Moment, den Duft des gemähten Grases in der Nase zu spüren. Das Schöne an staatlichen Nervenkliniken ist, daß sie von außen gut erhalten scheinen, dachte Jeffers. Nur drinnen sieht man abblätternde Farben, die aussehen, als hätten sie der allgemeinen Verrücktheit nachgegeben.

Er wandte sich vom Fenster ab und fragte sich: Warum bist du so schnell bereit, deinem Bruder das Schlimmste zuzutrauen? Er beantwortete sich die Frage sehr unwissenschaftlich: Weil er mir Angst macht. Er hat mir immer Angst eingejagt. Er war immer beängstigend und wundervoll zugleich. Was hat er nur angestellt? Jeffers drängte diesen Gedanken beiseite und sagte laut: »Mal sehen, was ich erfahren kann.«

Er rief die diensthabenden Krankenpfleger in drei Abteilungen an und sagte die Termine für seine Einzelsitzungen an diesem Nachmittag ab. Er bat sie, den Patienten auszurichten, daß er eine dringende persönliche Verabredung habe. Er wünschte sich, ihm wäre etwas Besseres eingefallen, denn sogleich würden Gerüchte und Verdächtigungen die Runde machen. Er zuckte die Achseln, dann zog er seinen weißen Kittel aus und nahm sein braunes Sportjakkett von einem Haken an der Tür. Nachdem er abgeschlossen hatte, eilte er schnell die Treppen hinunter zum Ärzteparkplatz.

Detective Barren schaltete die Klimaanlage ihres Leihwagens auf volle Leistung und sah auf die Uhr. Gereizt überlegte sie, daß dies keine fachmännische Überwachung war. Sie beobachtete die Eingangstür der Klinik. Was würde eine Verfolgung bringen, wenn er tatsächlich herauskäme? Darauf hatte sie eine Antwort: Das weißt du nie, bevor du es nicht versucht hast. Unruhig hin- und herrutschend versuchte sie, dem durch die Windschutzscheibe einfallenden Sonnenlicht auszuweichen. Sie musterte die Wagenreihen auf dem Ärzteparkplatz.

Das erste Treffen hielt sie nicht für einen totalen Reinfall. Worüber sie sich jedoch Sorgen machte, war, daß der Bruder des Mörders aufgeschreckt worden sein könnte, Douglas Jeffers zu informieren. Sie vermutete aber, daß das nicht geschehen würde. Er würde sicherlich das zweite Treffen abwarten, um ihr Informationen zu entlocken. Er ist der jüngere von beiden, dachte sie. Er wird sich erst überzeugen wollen, bevor er den Älteren anruft.

Sie schloß die Augen, Schweiß rann ihr über die Lippen. Der salzige Geschmack erinnerte sie an angenehm verlebte Sommertage. Sie fragte sich, wie oft sie mit John Barren in die Umgebung dieser Nervenklinik gefahren war. Merkwürdig, dachte sie, so nah zu Hause zu sein. Sie waren den Delaware entlanggefahren, die Sonne schien durch die überhängenden Äste der Bäume. Sie besuchten Spiele oder Freunde, mit denen sie sich frohen Herzens unterhielt, während sie den Schutz durch Johns Arm auf ihrer Schulter genoß. Die freundliche Erinnerung verschwand. Wenn du Trost brauchst, sagte sie sich, spende ihn dir selber. Sie riß sich zusammen und blinzelte wieder durch das Sonnenlicht auf der Windschutzscheibe nach draußen.

Plötzlich setzte sie sich auf. Sie beobachtete, wie der Bruder des Mörders schnell auf seinen Wagen zueilte. Verdammt, dachte sie. Er macht einen Zug. Sie sah, wie er sich hinter das Steuer setzte, den Motor startete und aus der Parkbucht herausfuhr. Sie unterdrückte das Verlangen, sich sofort wie eine Klette an ihn zu hängen. Statt dessen wartete sie ab, fuhr erst an, als er den Parkplatz verlassen hatte und folgte ihm vorsichtig in einer Entfernung, aus der sie ihn gerade noch sehen konnte.

Martin Jeffers vermutete, daß die Polizistin hinter ihm herfuhr, gab aber nichts weiter darum. Wenn sie ihre Zeit verlieren will, dann bitte sehr. Im Zentrum von Trenton hänge ich sie spätestens ab, so unauffällig, daß sie es gar nicht merkt.

Er fuhr am Delaware entlang, blickte immer wieder auf das Wasser. Der Fluß war dunkel und wirkte mit seinen Stromschnellen und weißumschäumten Felsen gefährlich. Er verließ die Uferstraße, fuhr durch kleinere Gassen zwischen Verwaltungsgebäuden der Stadt hindurch und stellte seinen Wagen in einer leeren Parklücke ab. Er schaute in den Rückspiegel, konnte aber nichts von der Polizistin sehen. Dennoch hatte er das Gefühl, sie sei hinter ihm. Er stieg aus dem Wagen und betrat das große städtische Verwaltungsgebäude. Er ging einen langen Gang entlang bis zur Bibliothek. Am Eingang zeigte er der Aufsicht seinen Personalausweis.

»Suchen Sie etwas Bestimmtes, Herr Doktor?« fragte sie.

»Ich würde gern alle Zeitungen durchsehen, die im letzten September erschienen sind«, sagte er. »Welche haben Sie?«

»Die *Trenton Times,* die *New York Times* und den *Trentonian.* Sie sind alle auf Mikrofilm.«

»Ich würde sie gerne alle drei lesen.«

Die Bibliothekarin erklärte Jeffers das Mikrofilmgerät, und er begann zu lesen.

In der *New York Times* fand er einen Artikel von *A. P.* mit der Schlagzeile: Der Campus-Killer von Miami hat wieder zugeschlagen. Der Text lautete: »Miami, Florida (AP). Am Samstag wurde die Leiche einer neunzehnjährigen Studentin gefunden. Sie ist das fünfte Opfer des sogenannten Campus-Killers von Miami. Susan Lewis, Tochter eines Buchhalters in Ardmore, Pennsylvania und Studentin der Meeresbiologie wurde im Matheson-Hammock-Park gefunden, nur wenige Stunden, nachdem sie eine Party verlassen hatte. Nach Aussagen der Polizei wurde sie geschlagen, erdrosselt und vergewaltigt. Sie soll das fünfte Opfer des Mannes sein, der bereits vier andere Mädchen in verschiedenen Colleges in Florida ermordet hat.«

Mehr stand nicht dort. Jeffers las den Artikel ein zweites Mal, dann sah er die *Trenton Times* durch. Dort fand er die Todesanzeige. »... in tiefer Trauer: Ben und Annie Lewis, Michael Lewis und Mercedes Barren.« Es folgten die Namen anderer Verwandter. »Von Blumen bitten wir abzusehen. Für Spenden an die Cousteau-Gesellschaft sind wir dankbar.«

Aha, dachte Jeffers. Da wird mir einiges klar. Er ging zu der Bibliothekarin zurück und fragte: »Gibt es eine Möglichkeit, herauszufinden, ob zu einem bestimmten Thema weitere Artikel erschienen sind? Kann ich Ihnen ein Stichwort geben, mit dem man das ermitteln kann?« Sie schüttelte den Kopf. »Das kann unser Computer nicht. Die *New York Times* bringt jedes Jahr einen Index heraus, jetzt ist er aber noch nicht abgeschlossen. Was suchen Sie denn?«

»Nichts von größerer Bedeutung, ein Verbrechen in Florida.«

»Um welches handelt es sich?«

»Ein Mann, den man Campus-Killer nennt«, antwortete er.

»Oh«, sagte sie lächelnd. »Den haben sie erwischt. Ich habe es in den Nachrichten gesehen. Wirklich ein übler Kerl. Gut, daß sie ihn haben.«

»Sind Sie sicher?«

»Ja, ich weiß es genau, denn meine Schwester wollte in Florida studieren. Dann hörte sie von der Geschichte und wollte lieber nicht dorthin. Schließlich kam die Nachricht von seiner Festnahme, und jetzt ist sie doch in Miami.«

In einer halben Stunde hatte Jeffers in der *New York Times* die Nachricht von Rhotzbadeghs Festnahme gefunden. Er machte eine Kopie.

Er verabschiedete sich von der Bibliothekarin, die sichtlich enttäuscht war, daß er ihr nicht mehr Beachtung schenkte. Warum, fragte er sich, kommt die Polizistin zu mir, will mit mir über Douglas sprechen, obwohl der Mörder längst gefaßt und verurteilt ist? Was hat Doug damit zu tun?

Obwohl er sich eigentlich über seine Entdeckung hätte freuen können, hatte Jeffers ein unbehagliches Gefühl. Irgend etwas mußte hinter dem Besuch der Polizistin stekken. Er war nervös und ängstlich, ärgerte sich, in seiner Ruhe gestört worden zu sein.

Er eilte zu seinem Wagen in der Hoffnung, die Dame aus Miami endgültig abgeschüttelt zu haben. Er fuhr dennoch über eine belebte Straße und wendete mitten im dicksten Verkehr um hundertachtzig Grad. Als er zurückfuhr, glaubte er, den Wagen der Polizistin in die andere Richtung fahren zu sehen.

Mit dem Gefühl, endlich allein zu sein und in Ruhe nachdenken zu können, fuhr er weiter. Er fragte sich, ob es Sinn hatte, um jeden Preis die Polizistin loswerden zu wollen. Trotzdem kam es ihm sehr gelegen, herauszufinden, wie die Informationen aus der Zeitung auf sie wirkten. Langsam fuhr er zur Klinik zurück. Jetzt konnte sie ihm nicht mehr folgen, denn die kleinen engen Straßen einer Stadt im Nordosten waren für jemand, der nur die großen Prachtboulevards aus Miami kannte, das falsche Terrain. Er ahnte nicht, daß sie nur etwa zwanzig Meter hinter ihm fuhr und vor sich hin fluchte.

Um fünf nach fünf klopfte Mercedes Barren an Martin Jeffers' Bürotür. Er bat sie herein und bot ihr einen Stuhl an. Sie stellte ihre Handtasche ab und legte ein Ledertäschchen auf ihren Schoß. Dann sah sie sich im Zimmer um, das nur spärlich eingerichtet war. An der Wand hingen zwei Poster. Ich lasse mich nicht täuschen, dachte sie. Vielleicht ist er nicht anders als sein Bruder und hat irgendwo eine Waffe versteckt.

Bevor Jeffers zu sprechen begann, kaute er auf einem Bleistift herum. »Also, Detective, da kommen Sie aus Miami den ganzen Weg hier rauf und sagen, Sie müssen unbedingt meinen Bruder sprechen.«

Nach kurzem Zögern antwortete sie: »Ich sagte Ihnen doch schon, daß er ein wichtiger Zeuge in einem Mordprozeß ist.«

»Wieso und warum?«

»Haben Sie ihn heute gesprochen?«

»Antworten Sie bitte auf meine Frage.«

»Bitte antworten Sie zuerst. Sie finden immer wieder neue Ausflüchte. Ich bin Polizistin und untersuche einen Mordfall. Ich brauche mich vor Ihnen nicht zu rechtfertigen. Sie sind verpflichtet, mir zu helfen. Notfalls werde ich mich an Ihre Vorgesetzten wenden.«

Sie hatte gebluff und wußte, daß er sie durchschaute.

»Haben Sie heute mit ihm gesprochen?« wiederholte sie.

»Nein.«

Nach einer Weile fügte er hinzu: »Ich will ehrlich mit Ihnen sein. Ich habe nicht mit ihm gesprochen, und wenn ich es wollte, wüßte ich nicht, wie.«

»Das glaube ich Ihnen nicht«, antwortete sie.

»Bitte, glauben Sie, was Sie wollen.«

Nach längerem Schweigen sagte Mercedes Barren: »Ich glaube, daß Ihr Bruder etwas über einen Mord weiß. Ich weiß aber nicht, wie weit er beteiligt ist. Deshalb wollte ich mit ihm sprechen.«

»Steht er unter Verdacht?«

»Warum wollen Sie das wissen?«

»Detective, wenn Sie Wert darauf legen, daß ich Ihnen Ihre Fragen beantworte, dann beantworten Sie bitte auch einige von meinen.«

Da sie die Mitarbeit des Bruders dringend brauchte, gab sie nach. »Also gut. Ich kann Ihnen im Moment noch nicht sagen, ob er verdächtig ist oder nicht. Ein Beweisstück, das wir bei der Leiche gefunden haben, führt zu ihm. Aber vielleicht kann er uns das erklären, und damit ist die Sache in Ordnung. Vielleicht aber ...«

Martin Jeffers nickte. Er versuchte herauszufinden, ob sie ihm die Wahrheit sagte. Da ist es mit meinen Sexualverbrechern aber entschieden einfacher, dachte er.

»Was für ein Beweisstück ist das?«

Als Antwort schüttelte sie mit dem Kopf.

»Einverstanden, ich will nicht weiter fragen«, sagte Jeffers.

»Es handelt sich um Mord.«

»Und was haben Sie damit zu tun?«

»Ich bin Polizistin.«

Er legte ihr eine Kopie der Todesanzeige vor. Dann sagte er streng: »Ich hasse es, wenn man mich belügt, Detective. Mein Beruf besteht im Grunde in nichts anderem als der Suche nach Wahrheit. Daß Sie hierherkommen und mich belügen, finde ich ungeheuerlich.«

Er war sicher, sie mit diesen Worten beschämt zu haben. Zumindest rechnete er damit, daß sie beleidigt reagieren würde. Aber sie dachte nicht daran.

»Sie finden das ungeheuerlich? Was soll ich denn sagen? Ich komme hierher, und Sie tun alles, um zu verhindern, daß ich Ihren Bruder befragen kann. Na gut. Dann brauchen Sie mir jetzt nur noch zu sagen, daß Ihr Bruder zu diesem hier nicht in der Lage ist.«

Sie schob ihm ein paar Fotos von der Leiche hin.

»Versuchen Sie nicht, mich mit so was zu erschrecken«, sagte er.

»Das tue ich nicht im geringsten«, antwortete sie.

Plötzlich wurde ihm klar, daß sie von dem Mordfall persönlich betroffen war. Er nahm das Bild, schaute es an.

»Es tut mir leid für Sie«, sagte er dann.

Er erschrak, als er das Foto betrachtete. Es erinnerte ihn an Radierungen von Goya, voll schrecklichen, düsteren Horrors. Der Anblick des übel zugerichteten jungen Mädchens ging ihm unter die Haut. Er dachte an die erste Leiche, die er zu Beginn seines Medizinstudiums gesehen hatte. Es war ein sechzehnjähriges Mädchen gewesen, das an einer Überdosis Drogen gestorben war. Beinahe wäre er ohnmächtig geworden. Er hatte sich noch gerade rechtzeitig abgewandt. Noch einmal sah er auf das Foto und sagte dann: »Ich könnte so etwas niemals tun.«

Vorsichtig und leise fragte sie ihn: »Was aber ist mit Ihrem Bruder, könnte er so etwas tun?«

So ruhig und sachlich wie irgend möglich antwortete Jeffers »Ich glaube nicht, daß mein Bruder zu so etwas fähig ist. Wie können Sie nur so etwas von ihm glauben. Das finde ich unerhört!«

»Finden Sie das wirklich?« fragte sie.

»Reden wir nicht drumherum, Detective. Mein Bruder ist ein begabter Fotograf. Er hat verschiedene Preise gewonnen. Er ist einer der begehrtesten freiberuflichen Pressefotografen. Er reist in der ganzen Welt umher. Seine Fotos erscheinen in den renommiertesten Zeitungen. Er ist ein wirklicher Künstler, Detective.«

»Ich habe Sie nicht nach seinem Beruf gefragt, Doktor.«

»Da haben Sie recht. Aber Sie sollten sich darüber im klaren sein, daß Sie es bei meinem Bruder nicht mit ...«

»... daß ich es bei ihm nicht mit einem gewöhnlichen Durchschnittsmenschen zu tun habe?«

»Genau.«

Sie konnte nur mit Mühe ihre Wut zurückhalten. »Sie glauben also, daß nur gewöhnliche Menschen so etwas tun.«

»Nein, da haben Sie mich mißverstanden.«

»Ich glaube, das habe ich nicht. Ganz und gar nicht.«

Jeffers beschloß, in die Offensive zu gehen, denn er fühlte sich an die Wand gedrängt. »Soll das hier eine normale polizeiliche Untersuchung sein?«

»Ja, ich meine, nicht ganz ...«

»Also, was ist es?«

»Es ist keine übliche Polizeiroutine.«

»Kann es ja auch gar nicht, Detective, schließlich ist das Opfer ja Ihre eigene Nichte.«

»Stimmt.«

»Dann erklären Sie mir doch mal bitte, warum Sie herkommen und ein Verbrechen aufklären wollen, das seit langem aufgeklärt ist. Der Täter sitzt doch bereits hinter Gittern!«

Er zog einen weiteren Zeitungsausschnitt hervor und schob ihn ihr hin.

»Der Mord an Susan Lewis wurde nie wirklich aufgeklärt. Man hat ihn einem Mann angehängt, der dafür nicht verantwortlich ist.«

»Können Sie mir das erklären?«

»Nein.«

»Ich habe nichts anderes erwartet.«

»Ich habe das aus verschiedenen Anhaltspunkten geschlossen.«

»Das habe ich mir schon gedacht. Wenn Sie wirkliche Beweise hätten, Sie hätten sie mir längst an den Kopf geknallt.«

Er hatte recht, und sie nickte. »Sie haben richtig geraten, Doktor.«

Jeffers hatte seine Ruhe wiedergefunden. »So, Detective, bitte sagen Sie mir jetzt, was da eigentlich los ist. Die Tante eines Mordopfers kommt zu mir und bringt meinen Bruder mit dem Mord in Zusammenhang. Der Mord ist aber bereits aufgeklärt. Warum sollte ich nicht über Ihr Auftreten überrascht sein?«

»Es ist normal, daß Sie so reagieren. Nur eines wundert mich«, antwortete Mercedes Barren. »Wenn Sie so gar nicht daran glauben, daß Ihr Bruder etwas mit dem Mord zu tun hat, warum haben Sie vorhin versucht, mich abzuschütteln? Sie brauchen mir nicht zu antworten, ich weiß es auch so.

Sie haben deshalb so reagiert, weil es Sie im Grunde kein bißchen überrascht hat. Irgendwie haben Sie sogar damit gerechnet.«

Ihre Worte trafen ihn ins Herz. Um sich nichts anmerken zu lassen, ging er zum Fenster und sah nach draußen. Es wurde langsam dunkel. Nachdem er sich gefaßt hatte, wandte er sich um und sagte: »Was Sie da sagen, Detective, ist alles andere als freundlich. Es ist in höchstem Maße aggressiv und anmaßend. Ich glaube, wir sollten morgen weiter darüber sprechen.«

Er versuchte, Zeit zu gewinnen, sich erst allein mit den Dingen auseinanderzusetzen.

Sie wollte ihm antworten, er aber hob die Hand und sagte: »Heute nicht mehr, morgen können Sie mir sagen, was Sie wollen, jetzt genügt es erst mal.«

Sie nickte zustimmend.

»Bitte kommen Sie gegen zwölf, nach meiner Gruppentherapie.«

»Gut, ich werde mittags kommen«, antwortete sie. Dann sagte Sie: »Aber sagen Sie den Termin nicht wieder ab wie den heutigen. Und rufen Sie auch Ihren Bruder nicht ohne mein Beisein an.«

»Ich habe Ihnen doch gesagt, daß ich ihn gar nicht erreichen kann, Detective!«

Ihr fiel auf, wie sensibel und wenig strapazierfähig ihr Gegenüber war. Sie überlegte, welchen Vorteil sie daraus würde ziehen können.

»Angenommen, er ruft Sie an. Was sagen Sie ihm dann?«

»Er wird nicht anrufen.«

»Wenn er es dennoch tut, was dann?«

»Ich sagte Ihnen doch, daß er bestimmt nicht anrufen wird.«

»Und wenn er es doch tut?«

»Er ist mein Bruder, und ich werde mit ihm sprechen.«

»Was werden Sie ihm sagen?«

Jeffers schüttelte verärgert den Kopf. »Er ist mein Bruder ...«

8

Ein Sohn Amerikas · Unterwegs in die Vergangenheit · Gefälschter Mord

SIE FUHREN AM Mississippi entlang nach Norden. Douglas Jeffers hielt Anne eine Vorlesung über Mark Twain. Er war sichtlich enttäuscht, als sie ihm sagte, daß sie nur *Tom Sawyer* gelesen hätte, im letzten Jahr der Highschool.

»Wie kann man nur so ungebildet sein!« rief er empört. »Wer *Huckleberry Finn* nicht kennt, hat überhaupt keine Ahnung! Huck ist viel schwerer zu verstehen als Tom. Das wirst du schon bald merken. Huck ist der Inbegriff Amerikas. Auch ich bin Amerika.«

Anne schwieg, aber sie schrieb minutiös jedes seiner Worte auf. Er sprach weiter, ohne eine Pause zu machen. Zuerst redete er leise und locker daher, schließlich wurde sein Ton streng und dozierend. Er erklärte ihr, daß der Fluß früher der wichtigste Handelsweg Amerikas gewesen sei, der bedeutendste Meilenstein auf dem Weg nach Westen. »Dieser Fluß trennt das Herz Amerikas genau in der Mitte. Er trägt auf seinem Wasser alles: Politik, Kultur, Zivilisation, Nahrung. Wer den Mississippi nicht kennt, der weiß nicht, wie Amerika entstanden ist. Übrigens ist es mit Menschen nicht anders. Wenn man herausgefunden hat, welcher Fluß durch eine Person fließt, braucht man diesem nur bis zur Quelle zu folgen und weiß alles über sie.«

Anne sah ihn verständnislos an. Daraufhin schrie er sie an: »Ich spreche von mir, verdammt noch mal! Versteh endlich, was ich dir sage! Ich versuche, dir Dinge begreiflich zu machen, die niemand, überhaupt niemand in der Welt weiß außer mir. Sitz nicht so larvenhaft herum!«

Sie zuckte zusammen, sah seine Hand sich zur Faust formen. rechnete damit, daß er sie schlug. Doch mitten im Schlag hielt er inne, und nach einem Moment des Schweigens fuhr er fort, über Amerika zu philosophieren.

Manchmal fuhren sie so nah am Ufer, daß Anne die spiegelnde Wasserfläche des dahinfließenden Stromes beobachten konnte, der sich unaufhaltsam auf die Mündung zu bewegte. Jeffers forderte sie von neuem auf, alles, was er sagte, aufzuschreiben. Sie würde schon eines Tages begreifen, welche Bedeutung seine Äußerungen hatten. Sie würde ihm noch dankbar sein, wenn es ihr gelänge, alles richtig zu erfassen.

Sie verstand seine Worte nicht, spürte aber eine gewisse Erleichterung darüber, daß er – seit einigen Tagen schon – von Zukunft sprach, wenn auch nur in vagen Andeutungen. Hinter den Scheiben des Wagens, mit dem sie durch die Gegend rasten, gab es vielleicht doch eine andere Welt, ein Leben, das Douglas Jeffers nicht beherrschen konnte. Folgsam schrieb sie Buchstaben für Buchstaben, Wort für Wort, so schnell sie konnte. Jede kleinste Korrektur führte sie sofort aus, jeden Zusatz schrieb sie wunschgemäß nieder. Sie tat alles, was er verlangte, denn sie hatte Angst davor, und es wäre ihr seltsam erschienen, ihm das Geringste zu verweigern.

Es waren nun schon mehrere Nächte vergangen – wieviele, fiel ihr schwer zu sagen –, seit er den Mann auf der Straße erschossen hatte. Seit *wir* es taten, dachte Anne bestürzt. Die Nächte verbrachten sie in elenden Motels, deren rote Neonreklamen weit durch die Nacht leuchteten.

Eines Abends sah sie im Flur auf dem Weg zu ihrem Zimmer einen Mann am Getränkeautomaten. Er trug einen braunen Anzug und hatte seine Krawatte wegen der Hitze gelockert. Sie dachte an Willy Loman. Sicher war der Mann Handlungsreisender. Er warf 25-Cent-Stücke in den Automaten und sah Anne dabei an. Dann zog er drei Dosen Orangenlimonade heraus. In der Tasche seines Jacketts trug er eine Wodkaflasche. Der Blick dieses Mannes war ihr unangenehm. Jeffers gab einen knurrenden Laut von sich wie ein Tier, das vor seiner Höhle auf einen Fremden trifft. Daraufhin schlurfte der Mann davon, trug behutsam die Getränke weg, die ihm den Abend versüßen sollten.

Jeffers sagte: »Den umzulegen lohnt sich nur für einen Punk, der fünfzig Dollar braucht. Sein Gesöff macht ihn auch so kaputt, er stirbt nur langsamer als durch die Kugel.«

Seit Jeffers sie in seine Gewalt gebracht hatte, konnte Anne kaum schlafen. Sie warf sich im Bett herum, lag oft aus Angst regungslos da und horchte auf den gleichmäßigen Atem neben sich, ohne zu glauben, daß Jeffers schlief. Er schläft nie, dachte sie, immer ist er wach, stets auf dem Sprung. Sie wagte keinen Laut von sich zu geben, besorgt, daß das kleinste Geräusch ihn alarmieren könnte. Sie fragte sich, ob sie noch lebendig war, faßte verstohlen nach ihrem Herzen, um die Schläge zu fühlen. Das Klopfen war kaum wahrzunehmen, so als sei sie dem Tod ganz nah.

Jeffers versuchte nie, sie zu berühren, doch sie rechnete jede Minute damit. Sie hatte sich schon fast daran gewöhnt, daß sie sich nur in seiner Gegenwart an- und ausziehen und nie die Badezimmertür abschließen durfte. Sie nahm es hin, um am Leben zu bleiben. Sie hätte deshalb sogar mit ihm geschlafen, wagte im übrigen kaum zu hoffen, daß es ihr erspart bliebe.

Seit dem Mord lebte sie in ständiger Angst, nicht nur vor Jeffers, auch vor anderen, sogar vor sich selbst. Wenn sie überhaupt Schlaf fand, wurde sie von Alpträumen heimgesucht, schrecklichen Traumbildern, von denen sie auch der

Morgen nicht erlösen würde. Oft vermischten sich beide in ihrem Bewußtsein. Immer wieder sah sie den Penner aus New Orleans vor sich. Er öffnete die Lippen, um zu trinken, dann aber spürte er nicht den liebgewordenen feuchten Flaschenhals, sondern den harten, trockenen Lauf der Pistole. Wie verwirrt, wie erstaunt er dabei ausgesehen hatte. Der Anblick dieses einsamen Mannes mit dem erwartungsvoll geöffneten Mund, den freudigen Augen, so, als erwarte er geküßt zu werden, war grauenhaft. Manchmal sah sie den Mann vor sich, wie er eine Flasche an die Lippen setzte, der Pistolenlauf aber war auf ihren eigenen Mund gerichtet, und bevor sie ihn schließen konnte, spürte sie den metallenen Geschmack, der Tod bedeutete. Manchmal schrie sie, aber oft brachte sie keinen Laut heraus, was sie in noch größeren Schrecken versetzte.

Als sie Vicksburg, Mississippi, hinter sich gelassen hatten, drosselte Jeffers das Tempo und hielt am Straßenrand. Er forderte sie auf, sich umzusehen. Anne Hampton gehorchte und blickte auf ein großes grünes Feld mit einem grasbewachsenen Hügel in der Mitte. Oben stand eine verwitterte graubraune Eiche mit knorrigen Ästen, deren belaubte Zweige bis zum Boden reichten.

»Ich sehe einen Baum«, sagte Anne.

»Stimmt nicht. Was war früher dort?«

Er stellte den Motor ab. »Los, jetzt gibt's Geschichtsunterricht.«

Er half ihr, über einen baufälligen Holzzaun zu steigen, und sie gingen zusammen zum Hügel hinauf. Jeffers blickte zu Boden, als messe er etwas aus.

»Alles wieder zugewachsen«, sagte er. »Das hätte ich nicht gedacht. Naja, es ist ja auch acht Jahre her.« Mit nachdenklichem Gesicht sagte er: »Ich dachte immer, daß dieser verbrannte Boden so verdorrt ist, daß es Jahrzehnte braucht, bis wieder Gras wächst.

Erinnerst du dich an die Fotos, die deutsche Kriegsreporter im Zweiten Weltkrieg gemacht haben? Bilder aus der Ukraine, alle sehr eindrucksvoll. Riesige, wogende Weizenfelder und mittendrin schwarze Rauchsäulen. Man spürt die Machtlosigkeit, die Feuer zu löschen, das machte diese Bilder so faszinierend. Feuer, die die Russen auf dem Rückzug gelegt hatten, Weizen in hellen Flammen. Zerstörtes Land, Schäden für die Zukunft, um die Gegenwart zu retten.«

Er zeigte auf eine Stelle im Gras: »Siehst du, wie sich hier die Farbe verändert?«

»Eine bestimmte Form zeichnet sich ab«, sagte Anne.

»Verdammt richtig, ein Kreuz.«

»Waren Sie schon einmal hier?« fragte sie. Ihre Stimme zitterte ein wenig. Sie sah auf den Baum und dachte daran, daß sie an der Küste von Louisiana in Wind und Regen auch nach einem Baum gesucht hatten, jedoch vergeblich.

»Genau hier standen sie.« Er zeigte hügelabwärts. »Ein wunderbarer Schuß«, sagte er. »Der Schein des brennenden Kreuzes fiel auf all die lächerlichen Gestalten mit den weißen, spitzen Kapuzen und den Umhängen. Aber nicht deshalb war es so gelungen«, fuhr er fort, »die große Menge von Schwarzen, die zuschaute, sorgte dafür. Ich weiß nicht mal, warum sie dahin gekommen waren. Jedenfalls sahen sie sich alles in tiefem Schweigen an. Alle Gesichter, alle Augen waren auf die Spitze des Hügels gerichtet. Der Schein des Feuers lag auf ihnen, und ich konnte alles festhalten. Ein phantastisches Foto. Daß sie gerade den Baum ausgesucht hatten, lag daran, daß der Klan fünfzig Jahre vorher an dem Ast dort unten drei Männer aufgehängt hatte. Auf Symmetrie kommt es an. Wir sind ein Land, das historische Traditionen pflegt. Der Klan hat dort früher drei Menschen erhängt, der heutige Klan erweckt den Terror von damals zu neuem Leben.

Sie zogen los, in ihren weißen Roben mit Lampen, Hupen und Seidendrachen, schwenkten das Sternenbanner, ein feierlicher Aufzug. Es waren nicht allzu viele, aber heute scheinen sie zahlreicher geworden zu sein. Damals jedenfalls waren genauso viele Reporter und Fotografen da wie Leute vom Klan, sogar doppelt so viele Schwarze.

Ich hatte gedacht, die würden wegbleiben, so tun, als ob gar kein Umzug stattfände. Wer hört sich schon freiwillig jede Menge dummer Hetztiraden an!

Aber sie kamen herdenweise. Und das Interessante war, daß es ungebildete Leute waren. Auch gehörten sie keiner Organisation an. Es waren Bauern und kleine Pächter mit Frauen und Kindern. Sie kamen in Lastwagen, kleineren Autos und sogar mit Mauleselkarren. Was mich am meisten beeindruckte, war ihr Schweigen. Je heftiger die Reden wurden, desto stiller standen sie da. Man glaubt ja immer, Stille sei etwas Passives. Da aber war es anders. Das Schweigen der Leute in jener Nacht wurde immer mächtiger, je länger sie dort standen. Eine ungeheure Kraft kam da zum Ausdruck. Sie bewiesen, wie gut ihr Gedächtnis war, daß sie nichts vergessen hatten. Ihre Würde war vollkommen. Du mußt eines wissen: Ich bewundere wirkliche, echte Kraft. Was ich tue, erfordert völlige Hingabe, Solidarität mit der eigenen Seele.« Sein Lächeln verzerrte sich zu einem ironischen Grinsen. »Solidarität mag ich.« Er ballte die Hand zur Faust. »Solidarität mit dem, was ich tue.«

Anne versuchte erst gar nicht zu antworten.

Er lachte. Sie sah, daß er eine Kamera in der Hand hielt. Er hob sie an sein Gesicht, stellte die Linse ein und fotografierte sie. Er ging in die Knie, um die Perspektive zu verändern, und machte noch ein Bild.

»Und was ich tue, ist natürlich Fotografieren.«

Wieder lachte er, sie stand vor ihm, steif wie ein Soldat, der auf einen Befehl wartet.

»Gehen wir, ich will dir noch vieles erklären.« Er ging

mit großen Schritten den Hügel hinunter, sie folgte ihm stolpernd.

Als sie wieder im Auto saßen, fragte er sie: »Was ist das erste, das man über Amerika wissen muß?«

Sie zögerte mit der Antwort. Zu sehr gingen ihr die Szenen im Kopf herum, die Douglas Jeffers beschrieben hatte, die Männer vom Klan und die vorwurfsvoll schweigenden schwarzen Bauern. Die Bilder verfolgten sie wie dunkle Schatten. Schließlich antwortete sie doch: »Das Recht der freien Meinungsäußerung, wichtigster Artikel der Verfassung.«

Lächelnd sah er zu ihr hinüber: »Boswell, du machst Fortschritte.«

Sie nickte und nahm das Heft, seltsam froh, eine seiner hintergründigen Fragen richtig beantwortet zu haben.

»Kannst du dir eine Form der Freiheit vorstellen, die man noch häufiger mißbraucht?«

Sie erkannte sofort, daß dies weniger eine Frage an sie, als der Beginn einer neuen Ansprache war. »Das Böse, das auf diesem Hügel geschah, wurde durch nichts anderes ermöglicht als durch unser ach so wichtiges Grundrecht der freien Rede. Als die Nazis in Skopje einmarschierten, wer hat sie da unterstützt? Die ACLU, eine Vereinigung jüdischer Anwälte. Aus Prinzip, wie es hieß. Die Leute hatten recht. Prinzipien sind immer wichtiger als das Handeln einzelner. Das ist gerade das Verrückte. Wir sind eine Nation von Heuchlern, weil wir immer irgendwelche strengen Grundsätze haben. Dies gilt als richtig, jenes als falsch. Die freie Meinungsäußerung. Das sogenannte Schicksal ... Wofür kämpft Superman? Für Wahrheit, Gerechtigkeit und den American way of life. Pfadfinder sind vertrauenswürdig, loyal, hilfsbereit, freundlich, höflich, nett, gehorsam, vergnügt, sparsam, tapfer, ordentlich und ehrerbietig. Von den Fähnleinführern, die in kurzen Hosen am Feuer sitzen und Geistergeschichten erzählen und die Knäblein in den

Schlafsäcken befummeln, redet natürlich kein Mensch.« Er seufzte und fuhr dann fort.»Willst du dieses Land verstehen, ganz und gar? Ich kann dir sagen, das ist alles andere als schwer. Du mußt nur begreifen, daß wir uns oft unserer besten Eigenschaften bedienen, um schlimmste Untaten zu begehen. Natürlich nicht immer, aber oft genug. Es muß nur interessant sein.«

Jeffers' Redefluß schien unaufhaltsam. Anne Hampton schrieb so schnell sie konnte.

Er brach plötzlich ab, kicherte und fuhr dann fort: »Von Artikel 1 bis zum schwulen Pfadfinder ...« Er warf den Kopf zurück und schüttelte sich vor Lachen. Dann sah er Anne Hampton an. »Ich muß verrückt sein«, sagte er mit einem Grinsen.

»Ich ... ich glaube, ich verstehe, was Sie sagen wollen ...«

»Falsch!« sagte er. Seine Stimme bekam den harten, herben Ton zurück, das Lächeln verschwand von seinem Gesicht. »Ich bin verrückt, vollkommen. Natürlich sind wir das alle, jeder auf seine Weise. Der beste Zeitvertreib für einen Amerikaner ist Verrücktspielen. Meine Art allerdings ist schlimmer als die anderer Leute, der meisten jedenfalls.«

Er blickte zu Anne hinüber, wandte dann den Kopf und starrte wieder auf die Straße. »Was weißt du eigentlich über den Tod?« fragte er sie.

Als Mädchen hatte sie ihre Großeltern auf dem Bauernhof besucht. Das war, bevor Tommy starb. Es war Sommer, und sie wollten im Teich schwimmen gehen. Aber als sie ans Ufer kamen, sahen sie unendlich viele graue und schwarze Gänsefedern herumliegen. Ihr Großvater nickte und sagte: »Eine Schnappschildkröte war das. Ganz schön groß, das Tier, ich wette, es hat den ganzen Vogel geschnappt.« Sie verzichteten auf das Schwimmen, und der Großvater holte ein Gewehr aus einem Raum, dessen Tür immer sorgfältig verschlossen war. Tommy wurde ins Haus geschickt, sie durfte den Großvater begleiten. Er setzte einige Lockenten auf den Teich, und ging dann etwa hundert Meter in Windrichtung. Dort legten sie sich auf die Lauer.

Das Tier war schwerer als zwanzig Pfund. Als der Schuß krachte, dachte sie, sie würde taub davon. Der Großvater öffnete die blutigen Kiefer mit einem Stock und sagte: »So eine riesige Schildkröte könnte dir ohne weiteres ein Bein brechen.«

Die Schildkröte war tot, kurz danach starb Tommy und zwei Jahre später auch der Großvater. Anne fiel auch der Nachbar von gegenüber ein, der an einem Herzinfarkt gestorben war, an einem heißen Morgen beim Jogging, das er praktizierte, um für jahrelange Bequemlichkeit zu büßen. Das Blaulicht des Krankenwagens fiel in der Morgensonne nur wenig auf. Der Mann lag auf der Wiese, steif und kreidebleich. Einer seiner Schuhe war nicht zugeschnürt, Anne war froh gewesen, daß er nicht mehr darüber hatte stolpern können. Seine Socken waren von verschiedener Farbe, einer blau, der andere grüngestreift. Sie fand das peinlich.

Als man den Eltern die kleine weiße Urne mit Toms Asche überreichte, streckte ihre Mutter die Hand danach aus. Sie zitterte. Die Gäste redeten mit geisterhaft klingenden Stimmen von Tapfersein. Warum, fragte sie sich, soll ich nicht einfach drauflosheulen? Ihre Mutter nahm sich zusammen, verdeckte ihren Kummer mit einem dichten Schleier. Ob sie wohl auch Tommys Kleider verbrannt hatten? Bestimmt hätte er am liebsten den blauen Anzug, den ihm seine Mutter für die Kirche gekauft hatte, in Rauch aufgehen sehen. Wie alle kleinen Jungen haßte er feine Kleider. Wenn sie frisch angezogen waren, sahen sie zwar immer sehr feierlich aus. Aber es dauerte nicht lange, und schon waren sie nur noch eine Mischung aus Dreck, Grasflecken, rausgerutschtem Hemd und aufgescheuerten Knien.

Die Schildkröte war ein Muttertior. Sie hatten die Jungen bald gefunden. Der Großvater steckte sie in einen Sack und erzählte ihr nicht, was mit ihnen geschehen würde.

»Ich weiß nur sehr wenig über den Tod«, sagte sie zu Jeffers. »Mein Großvater ist gestorben und ein Nachbar beim Joggen. Ich hab' ihn da liegen sehen.«

Sie zögerte einen Moment, ob sie auch von ihrem Bruder erzählen sollte. »Auch mein Bruder ist gestorben. Beim Schlittschuhlaufen. Er ist ertrunken. Als kleiner Junge.«

Jeffers antwortete: »Mein Bruder säuft auch ab, aber er weiß es nicht. Bis jetzt jedenfalls noch nicht, aber er wird es schon noch rechtzeitig erfahren.« Eine Viertelstunde fuhr Jeffers, ohne zu sprechen. Anne betrachtete die anderen Autos, in denen Familien, junge Männer, junge Frauen saßen, und versuchte sich vorzustellen, wer sie waren und wohin sie fuhren. Manchmal begegnete sie einem Blick und fragte sich, wie überrascht der andere wohl wäre, wenn er wüßte, auf was für einer Reise sie sich befand.

Die Gegend, die jetzt an ihnen vorbeiraste, war ohne besonderen Reiz, man sah Bauernhöfe, Gemüsefelder, ab und zu einen kleinen Ort inmitten einer braungrünen Landschaft. Sie fuhren in Richtung Norden, Jeffers hatte keine Eile, schien kein bestimmtes Ziel erreichen zu wollen.

Er dachte über seinen Bruder nach und kam zu dem Ergebnis, daß Martin ein gefühlsarmer, wenig impulsiver Mensch war, der es nie lernen würde, irgend etwas in die Tat umzusetzen. Immer beobachtete er nur, nahm alles um sich herum auf, ohne zu reagieren. Genau wie die Schwarzen auf dem Hügel. Sie hatten seltsamerweise nie miteinander gerauft, was doch unter Brüdern eigentlich mehr als normal war. Nie hatten sie sich gestritten, ihre Konkurrenz ausgetragen, um später, nachdem einiges Blut geflossen war, Hochachtung füreinander zu empfinden. Auch wenn es Krach mit dem Stiefvater gab, hatte sich Martin immer vornehm zurückgehalten. Jeffers schnitt eine Grimasse und biß sich auf die Lippen. Er war zornig auf den

Vater, auf den Bruder, auf sich selbst. »Ich hasse Leute, die immer neutral bleiben«, sagte er laut. »Ich verachte es zutiefst.« Im rechten Augenwinkel sah er, daß Anne Hampton bei diesen Worten erschrocken war. Jedenfalls ist es jetzt endgültig vorbei mit seinem distanzierten Getue, dachte er bei sich. Er warf einen Seitenblick auf Anne, auf ihre Arme und Beine, ihren Körper. Dann trugen ihn seine Gedanken zurück in die Kindheit. Er sah die Frau des Apothekers, seine Stiefmutter vor sich, wie sie sich anzog, jeden Morgen, wenn ihr Mann schon im Laden war. Sie ließ immer die Türe offen, damit ihre Söhne ihr zusahen. Er hatte Martin immer zu überreden versucht, sich das Schauspiel anzusehen, aber der hatte sich jedesmal wortlos abgewandt.

»Haben Sie Ihren Bruder gerngehabt?« fragte er Anne Hampton.

»Ja«, antwortete sie, »obwohl er mir manchmal ziemlich seltsam vorkam. Irgendwie geheimnisvoll.«

»Geheimnisvoll, wieso?«

»Ich war nur drei Jahre älter als er. Trotzdem hatten wir nicht viel miteinander gemein. Er liebte richtige Jungenspiele, ich spielte nur mit Puppen. Aber ich mochte ihn.«

»Normalerweise teilt man nur wenig mit seinen Geschwistern«, antwortete Jeffers. »Zwar hat man gemeinsame Erlebnisse, aber die Erinnerungen daran sind doch sehr unterschiedlich.«

Anne stimmte ihm zu, und sie fuhren schweigend weiter.

»Siehst du, es geht doch, jetzt haben wir uns unterhalten wie zwei normale Menschen. War doch erträglich, oder?«

Sie nickte. Nach einer Weile fragte sie: »Was macht Ihr Bruder jetzt?«

»Er ist Arzt, Irrenarzt. Ihm geht's aber genauso mies wie den Typen, die er behandelt. Er lebt allein, ohne zu wissen, warum. Ich lebe auch allein, aber aus gutem Grund.«

Sie nickte. Jeffers sah, daß sie seine Worte aufschrieb.

»Gut so«, sagte er.

Ohne daß sie ihn gefragt hatte, ob er seinen Bruder mochte, sagte er: »Nein, ich liebe ihn nicht. Nicht mehr als jeden anderen Menschen oder Gegenstand. Liebe gibt es für mich schon lange nicht mehr, Glück ebensowenig. Ich rede wie der Held in einer Seifenoper«, sagte er und lachte bitter. »Hast du je eine gesehen?«

»Nein, obwohl meine Freundinnen immer ganz wild darauf waren, mochte ich sie nicht. Ich war immer ein bißchen eigenbrötlerisch. Gelangweilt habe ich mich allerdings mit mir selbst nie.«

»Das hätte ich auch nicht vermutet.«

»Wie ist es mit Ihrer Arbeit, machen Sie die gerne?«

»Und ob«, antwortete er. Auf seinem Gesicht erschien ein feines spöttisches Lächeln. Sie vermutete eine böse Absicht dahinter und erschauerte. Welche Art von Arbeit er wohl macht, fragte sie sich.

»Sie sprechen mit so viel Hochachtung von Fotos ...«

»Ich habe Unmengen von Fotos gemacht, von den verschiedensten Dingen. Meistens Bilder vom Tod. In letzter Zeit fast ausschließlich. Ich mache Schnappschüsse vom Tod, haufenweise. Neulich habe ich für *Life* eine ganze Serie geschossen. Vierundzwanzig Stunden war ich ununterbrochen in der Notaufnahme einer Großstadtklinik.«

»Ich habe sie gesehen, sehr gute Fotos waren das.«

»Und sie handelten alle ausschließlich vom Tod. Auch die Fotos von Ärzten, Schwestern und Krankenwagenfahrern. Ich wollte in meinen Bildern festhalten, daß die verstümmelten Körper, die Gewalt, all das Grauen auch ihnen zusetzen. Daß der Tod auf sie abfärbt. Mir ist es übrigens nicht anders ergangen«, setzte er nach einer Pause hinzu. Sie nickte, und einen Augenblick lang empfand sie eine seltsame Sympathie für ihn. Dann aber blickte sie auf die Straße, sah das trübe Regenwetter und hatte plötzlich das Gefühl, lebendig begraben zu sein. Sie fürchtete zu ersticken.

»Mittlerweile hab' ich den Überblick verloren«, meinte Jeffers beiläufig.

»Welchen Überblick, über was?« fragte Anne Hampton leise stöhnend.

»Wieviele Leute ich schon habe sterben sehen. Früher habe ich noch genau gezählt. Inzwischen fange ich an, sie miteinander zu verwechseln. Einmal habe ich erlebt, wie sie einen Jungen in die Notaufnahme brachten, er war nur ein paar Jahre jünger als du. Er war mit einem Betrunkenen im Auto gefahren. Der kam mit ein paar blauen Flekken und einem Armbruch davon. Den Jungen hatte es voll erwischt. Es war sonderbar, er war bei Bewußtsein, bekam alles genau mit. Er wußte, daß all die Leute, die um ihn herumstanden, all die Kanülen, Spritzen und Apparate ihm nicht helfen konnten. Ich habe seine Augen fotografiert, kurz bevor er starb. Den Redakteuren von *Life* war die Aufnahme zu unscharf, irgendein Idiot hatte mich angestoßen, als ich auf den Auslöser drückte.« Achselzuckend sagte er: »Auch das gehört zum Geschäft. Auf dem Nachhauseweg habe ich mich gefragt, der wievielte Tote dieser Junge wohl gewesen war. Der Tausendste, der Zehntausendste vielleicht? Ich wußte es nicht. Ein Polizeiberichterstatter, den ich gut kenne, zählt bis heute genau mit. Ich habe das eine Zeitlang auch getan, aber dann wurden es einfach zu viele. Vietnam, Beirut, ich war mehrmals dort. Man fragt sich irgendwann, was das Leben noch wert ist. Als die PANAM-Maschine bei New Orleans zerschellte, wurden die Insassen in alle Richtungen geschleudert. Die Rettungsmannschaften holten die Leichenteile von den Bäumen, als handele es sich um verfaultes Obst ...«

»Ja, solche Dinge gibt es«, sagte Anne.

»Müßte es aber nicht«, erwiderte Jeffers verärgert. »Der Junge starb, weil sein Kumpel zuviel getrunken hatte, das Flugzeug stürzte ab, weil der Pilot den Kopiloten hatte starten lassen, obwohl der Tower vor Wind gewarnt hatte. In

Beirut sterben die Kinder beim Spielen auf der Straße, getroffen von aufs Geratewohl abgefeuerten Raketen, die sich mit unheimlicher Treffsicherheit gerade sie aussuchen. Keine Handlung bleibt ohne Folgen. Der Tod ist die banalste von allen.«

Er sah Anne an und fuhr dann fort: »Es ist nämlich so: Wenn ich jemanden töte, tue ich das, weil ich es will. Töten ist für mich das einzige Mittel, um zu erfahren, ob ich noch am Leben bin.«

Ihre Hände zitterten bei diesen Worten. Sie fuhren wortlos weiter, aber sie wußte, daß er das Schweigen gleich brechen würde.

»Es waren mehr als ...«, er nannte keine Zahl. Sie schloß die Augen und versuchte langsam und ruhig zu atmen. Als sie wieder aufschaute, bemerkte sie, daß er über das ganze Gesicht grinste.

Zwei Stunden lang fuhr Jeffers, ohne ein einziges Wort zu sagen. An den Tankstellen wies er mit mürrischer Geste auf den Tank, und wenn er gezahlt hatte, fuhr er schnell, aber lässig davon. So wirkten sie wie ein ganz normales Paar, das mit einiger Eile auf ein bestimmtes Ziel losfuhr.

»Na, Boswell«, sagte Jeffers schließlich, »jetzt willst du's doch sicher genauer wissen. Hunderte von Fragen müssen dich quälen.«

Ich habe auch so schon Angst genug, dachte Anne.

»Ich dachte, ich sollte Sie lieber nicht fragen. Sie haben mir ja auch schon einiges erzählt.«

Jeffers nickte: »Sehr einfühlsam, die junge Dame. Boswell, du wirst doch wissen wollen, warum wir hier so herumfahren!«

Sie nickte: »Ich weiß, daß Sie irgend etwas vorhaben.«

»Ja«, sagte er, »etwas ganz Besonderes sogar.«

Aber er verriet ihr nicht, was. Es gefiel ihm, sie im unklaren zu lassen. »Boswell, sehe ich eigentlich alt aus? Habe ich Falten? Wirke ich frustriert und resigniert, kurz gesagt: Bin ich ein widerlicher alter Kerl? Ich komme mir manchmal so alt vor, Boswell.« Dann fragte er brüsk: »An was für einem Tag haben wir uns kennengelernt?«

Anne fühlte einen Kloß im Hals und versuchte zu schlukken. Sie wußte es nicht. Einerseits war ihr, als sei sie schon immer in diesem Auto mit Jeffers herumgefahren, andererseits erinnerte sie sich genau an ihr Zimmer, die Strohblumen auf dem Fensterbrett, das Bücherregal, den Schreibtisch, die Fotos von ihren Eltern an der Wand und das Aquarell mit den Booten in einem Hafen, das sie von einer Reise an die Ostküste mitgebracht hatte. Es war teuer gewesen, aber irgend etwas an dem Bild hatte sie fasziniert. Vielleicht die Ruhe, die es ausstrahlte, die friedliche Atmosphäre, die über den Schiffen lag, der warme Schein der Abendsonne auf dem Wasser. Sie dachte an die Vorlesungen im College, an die Hitze des Sommers, die sie frühmorgens weckte, und an ihre Eltern in ihrem Häuschen in Colorado. »Ich kann nicht mehr sagen, wie lange es her ist«, antwortete sie schließlich.

»Niemand kann es wissen«, erwiderte Jeffers. »Weil niemand nach dir sucht. Wollte jemand wissen, wo du bist, wüßte er ja nicht mal, wo er anfangen könnte zu suchen. Du bist verschwunden, von dir fehlt jede Spur.«

Anne nickte.

»So ist das im Leben. Das gehört absolut dazu. Leute kommen und gehen wieder, auf Nimmerwiedersehen.«

Sie nickte zustimmend.

»Genau das ist auch mit dir geschehen. Ich bin jetzt deine Gegenwart und deine Zukunft.«

Anne war dem Weinen nahe, beherrschte sich jedoch aus Angst. Sie dachte an die Beerdigung ihres Bruders, die Ermahnungen der Erwachsenen, tapfer zu sein.

Jeffers fuhr fort: »Die Suchbilder von Kindern, das ist alles für die Katz. Deprimierend, was? Die Kinder sind weg, geraubt für immer. Wir sind eine Nation der Rattenfänger von Hameln. Wir spielen Melodien, um andere vom rechten Weg abzubringen. Dir ist es genauso ergangen wie den anderen.«

Wieviele es wohl gewesen sind, fragte sie sich. O Gott, ich bin die nächste, durchfuhr es sie plötzlich. Sie wollte schreien, aber dann wurde ihr bewußt, daß diese Angst nichts Neues für sie war, daß sie sich eigentlich schon daran gewöhnt hatte. Sie überlegte, ob sie sich vielleicht auch schon mit dem Tod abgefunden hatte wie manche Flugzeuginsassen vor einem Absturz. Sie hatte irgendwo gelesen, daß ihre Schreie sehr bald einem Schweigen weichen, einem stillen Sich-Fügen, einem inneren Frieden.

Jeffers summte eine Melodie. »Ich wüßte zu gerne, was der Rattenfänger von Hameln damals auf seiner Flöte gespielt hat. War es dieselbe Melodie für Kinder und Ratten?«

Nach kurzer Pause fuhr er fort: »Schon als ich klein war, habe ich mich gefragt, warum die Eltern ihren Kindern eigentlich nicht zu Hilfe gekommen sind. Statt dessen haben sie herumgestanden wie die Toren. Ich hätte bestimmt ...«

Er brach ab, und nachdem er eine Weile geschwiegen hatte, fragte er: »Was weißt du eigentlich über Mord?«

Sie dachte augenblicklich an den Säufer in New Orleans und antwortete: »Nur, was ich neulich nachts gelernt habe.«

Jeffers lächelte: »Mutige Antwort, Boswell, du bist doch nicht so ängstlich, wie du manchmal tust.«

Er trat heftig aufs Gaspedal, der Wagen machte einen Sprung nach vorn. Dann ließ er im Tempo nach und fuhr wieder dieselbe regelmäßige Geschwindigkeit wie vorher.

»Wie du gesehen hast, Boswell, ist Mord wunderbar einfach. Schuldgefühle und Skrupel, Zögern, das gibt es alles nur in Hollywood. In Wirklichkeit ist es ganz leicht und geht schnell. Es gibt Streit, und dann peng! Letzten Endes besteht kaum ein Unterschied zwischen einer militärischen

Operation und den Raubüberfällen auf der Straße. Am Anfang steht immer irgendein Streit. Wenn ich wollte, brauchte ich nur etwas nachzuforschen, und ich würde auch herausfinden, was letzten Endes der Grund dafür ist, daß ich morde. Ein nie gelöstes Problem, unbändiger Haß auf irgend etwas. So würde mein Bruder das nennen. Was aber soll dieses Problem sein? Vielleicht nur ein Konflikt zwischen den verschiedenen Seiten meines Wesens. Leben ist doch allgemein nichts anderes als der Wettstreit zwischen dem Guten und Bösen in uns. Die finsteren Kräfte verleiten uns, zu viele Süßigkeiten zu essen. Genau wie im Zeichentrickfilm, wo Donald Duck, Goofy oder sonst eine Figur verführt wird, im letzten Moment aber der kleine Engel auftaucht, der sie auf den richtigen Weg zurückbringt.« Bevor er fortfuhr, lachte Jeffers einmal laut auf. »Warum war unser Verbrechen so besonders gemein? Na, weil wir einfach so blindlings drauflos gemordet haben. Wir sehen eigentlich nicht aus wie Leute, die darauf aus sind, runtergekommenen Subjekten das Hirn rauszupusten. Auch sind wir nicht sensationslüstern. Ein Pressefotograf, der schon Preise gewonnen hat, und eine brave Studentin können mit so etwas nichts zu tun haben. Niemand hat uns gesehen, keiner verdächtigt uns. Es war eine kleine, einfache, beiläufige Geschichte. Jedenfalls wird das die Polizei vermuten. Es ist ja auch kaum etwas passiert. Wieviel Zeit wird ein überarbeiteter, unterbezahlter Beamter für einen Penner opfern, dessen Identität er nicht mal kennt? Zehn Minuten, eine Stunde, vielleicht einen Tag. Mehr auf keinen Fall. Gerade soviel Zeit, um ein Formular auszufüllen, kurz mit dem Chef zu sprechen, dann den Fall ad acta zu legen. Richtigen Aufwand treibt er nur bei interessanten Fällen, einer Sache mit Frauen vielleicht, etwas, das Schlagzeilen macht, Mord in der besseren Gesellschaft, eine Dreiecksgeschichte mit blutiger Rache. Wer kann ihm einen Vorwurf machen, wenn er sich um belanglose Dinge nicht weiter kümmert? Es ist doch nur der ungeklärte Tod eines unbekannten Herumtreibers, ein Niemand verschwindet. Sie prüfen, ob es vorher ähnliche Fälle gab. Damit ist der Fall erledigt – für die Beamten. Hätten die unser Wissen, bestimmt könnte einer von ihnen damit Karriere machen. Na ja, wie auch immer, Boswell, für uns war das ganze keine unwichtige Sache, oder?«

»Aber«, sagte Anne zögernd, »es kann doch unmöglich immer so, wie soll ich sagen, einfach sein?« Das Wort war ihr zuwider, aber sie wußte, daß Jeffers es tatsächlich so erlebte. Sie empfand es als Lüge, einen Mord einfach zu nennen. Nie werde ich so sein wie er, niemals, sagte sie sich und war zugleich erstaunt über ihre eigene Entschiedenheit.

»Natürlich läuft es nicht immer so glatt. Sonst wäre ja auch gar nichts mehr dabei. Alles Abenteuer dahin. Hast du jemals das Buch *Das gefährliche Spiel* gelesen?«

»Ich glaube nicht«, gab sie zur Antwort.

Er schnaubte verächtlich. »Also wirklich, Boswell, wo bleibt denn deine Bildung?«

»Ich habe eine Menge Bücher gelesen«, sagte sie heftig. »Und zwar Bücher, von denen Sie wahrscheinlich noch nie haben läuten hören. Kennen Sie zum Beispiel *Middlemarchs?*« Sie war erstaunt über ihren Mut, dann legte sie die Hände vors Gesicht, schloß die Augen und erwartete, daß er sie schlug. Er lachte jedoch.

»Eins zu eins, aber jetzt zu meiner Frage: Was ist das gefährlichste Spiel?«

»Mord ist kein Spiel!«

»Ach, findest du? Na gut, ich will nicht ganz so zynisch sein. Mord ist also kein Spiel. Aber ein Hobby ist er auch nicht gerade. Mord ist viel mehr, es ist eine Art zu leben, meine Art zu leben.«

»Ich kann nicht verstehen, wie Sie …«, begann Anne, er jedoch unterbrach sie mit einem Lachen.

»Na endlich fragst du mich nach dem Wie. Es wurde aber auch wirklich höchste Zeit. Jetzt erzähle ich es dir.«

Anne Hampton war zumute wie jemandem, der in verbotenes Terrain eingedrungen ist. Sie wußte, daß sie von Jeffers Dinge erfahren würde, deren Kenntnis gefährlich war und die sie immer mehr in das dunkle Geschehen hineinziehen würden, bis es kein Entrinnen mehr für sie gab. Tiefe Verzweiflung überkam sie, und am liebsten hätte sie wie ein Kind geweint.

Jeffers war begierig, sich mitzuteilen. Er wartete jedoch, bis Anne von bösen Vorahnungen über den Inhalt seiner Geschichte innerlich förmlich zerrissen wurde. Endlich habe ich sie soweit, dachte er, und dann brach seine Erzählung wie ein reißender Strom aus ihm heraus.

»Nach dem ersten Mal überkam mich ein ungeheures Glücksgefühl. Ich gabelte eine Prostituierte auf, nahm sie in einem Mietwagen mit, erschlug sie im Auto, so, daß ihre Blutspuren auf dem Rücksitz zu sehen waren. Dann brachte ich sie in eine mir unbekannte Gegend und ließ sie liegen. Natürlich hätte mich jemand dabei beobachten, etwas von der Sache spitzkriegen können. Jemand, der zufällig vorbeikam, ein Zuhälter vielleicht. Oder ein Lastwagenfahrer, der von der Höhe seiner Kabine aus alles beobachten konnte. Ich hinterließ sorglos Fußspuren und Fingerabdrücke; jede Routineuntersuchung hätte mich schnell als Täter identifizieren können. Reste von Fasern, Schmutz, Haare. Sogar die Schaufel, mit der ich das Mädchen begrub, kaufte ich mit der Kreditkarte. Man hätte es nicht dilettantischer machen können, ungeheuer leichtsinnig von mir ...«

Nach einer kurzen Pause fuhr Jeffers fort:

»Weißt du, wie ich mich danach fühlte? Eine wunderbare Furcht überkam mich, es war ein unglaublicher Reiz, sich der Gefahr bewußt zu werden, in der ich mich befand. Manchmal steigerte sich diese Angst zum Horror. Ich lebte in einer Art Schizophrenie, glaubte, den Verstand zu verlieren, fürchtete jeden Augenblick, daß ein Polizist mit Haftbefehl zu mir käme, und das nur wegen solcher Dummejungenstreiche. Ich lebte in ständiger Spannung. Meine Fotos wurden immer besser, schärfer, leidenschaftlicher. Komisch, nicht? Die Angst machte mich kreativ. Einmal konnte ich nach einem solchen Mord mehrere Nächte nicht schlafen. Ich war einfach zu aufgeregt. Eines Nachts beschloß ich, durch die menschenleere Stadt zu fahren. Ich hörte unterwegs Polizeifunk. Das ist nichts Besonderes. Alle Journalisten tun das. Man weiß ja nie, ob es nicht gerade eine Sensation gibt, aus der man eine Story machen kann. Gerade in dieser Nacht passierte etwas. Ich hörte eine Stimme sagen: ›Erbitte Hilfe, einen Streifenwagen zu …‹, dann nannten sie eine Adresse.

Es war nur ein paar Straßen von mir entfernt. Ein Polizist, der eine Verkehrskontrolle durchführte, hatte ein Auto anhalten wollen, das ohne Rücklicht fuhr. Er bekam die Kugel einer Achtunddreißiger in die Brust. Die Insassen hatten nämlich gerade einen Spirituosenladen leergeräumt. Ich war als erster an der Stelle. Keine Bullen, kein Rettungswagen. Nur ich, meine Kamera und der Junge, der das Ganze gesehen und die Polizei benachrichtigt hatte. Er hatte gerade einen Reifen gewechselt und dann plötzlich den Schuß gehört. Als ich dort ankam, lag der Kopf des Polizisten auf seinem Schoß. Klick! und nochmal klick! ›So helfen Sie doch‹, rief der Junge, ›was machen Sie denn da?‹ Klick! und wieder klick! ›Bitte, sehen Sie doch!‹ Nach dreißig Sekunden half ich ihm dann. Ich fühlte dem Beamten den Puls, erst war er noch deutlich zu spüren, dann wurde er immer schwächer, bis er ganz verschwand. Dann hörte man überall Sirenen, Scheinwerfer leuchteten. Mein Gott! Das waren wundervolle Fotos!« Jeffers schwieg eine Weile, dann begann er wieder zu sprechen, etwas langsamer, bedächtiger.

»So kam es, daß ich begann, den Mord zu studieren. Ich konnte einfach nicht anders.«

Anne hielt ihren Bleistift fest in der Hand, versuchte, ihre Angst abzuschütteln und sich auf Jeffers' Geschichten zu konzentrieren. Es ist wie in der Vorlesung, sagte sie sich. Ich muß genauso zuhören wie an der Uni.

In Jeffers' Kopf jagte eine Erinnerung die andere. Er überlegte, ob er Anne noch mehr erzählen sollte. Als er sah, wie sie bleich, zitternd und voller Angst dasaß, aber auch voller Erwartung und Spannung, stellte er nicht ohne ein Gefühl der Dankbarkeit fest, daß er sie für sich gewonnen hatte.

»Obwohl mir mein Beruf mit den täglichen Reizen überaus gefiel, wollte ich mich nicht nur damit begnügen. Ich verbrachte meine kostbare Zeit in Bibliotheken. Ich las belletristische und wissenschaftliche Werke, Kriminalgeschichten, medizinische Berichte, Geständnisse von Mördern und Knastmemoiren. Erinnerungen berühmter Detektive und Pathologen, bekannter Strafverteidiger und Staatsanwälte, lauter großer Persönlichkeiten. Ich beschäftigte mich mit Physiologie, Waffenkunde, ich zog sogar einen weißen Kittel an und nahm an Anatomievorlesungen an der Columbia University teil. Ich wollte um jeden Preis und zwar bis ins kleinste Detail wissen, wie Menschen sterben. Ich las in Tageszeitungen und Zeitschriften alles, was ich über das Thema finden konnte. Ich abonnierte *The Detective* und *Police*. Stundenlang las ich die Veröffentlichungen bekannter Gerichtspsychiater, die von Lustmördern, Massenmördern, Berufsmördern, Kriegsverbrechern berichteten. Ich beschäftigte mich mit Massakern und Morden. De Sade, Blaubart, Albert de Salvo und Charles Whitman wurden meine engsten Bekannten. Ich wußte alles über My Lai und die Flüchtlingslager im Shatillah. Ich versetzte mich in Raskolnikow, Mengele, Idi Amin und Billy the Kid. Auch die PLO, die Roten Brigaden, die Action Directe und die RAF kenne ich genau. Ich weiß alles über Charles Manson, Elmer Wayne, Henley, Lucky Luciano und Al Capone. Ich bin bestens im Bilde über 007 und MI 5. Ich kann dir genau erklären, warum Bruno Richard Hauptmann wahrscheinlich kein Mörder war, daß Gary Gilmore ein Gescheiterter war, der nur durch Zufall mordete. Auch er wurde ja hingerichtet. Auch da kenne ich mich aus. Ich habe alles gelesen von Camus' Essay über die Todesstrafe bis zu McLendons Roman *Deathwork,* auch den *Warren Report* und den Untersuchungsbericht des Kongreßausschusses über das Phoenixprogramm in Vietnam. Und was es an interessanten Einzelfällen gibt! In Nord-Florida bin ich der Geschichte eines gewissen Gerald Stano nachgegangen. Ein interessanter Mensch, intelligent, freundlich, aufgeschlossen. Kein introvertierter Einzelgänger; er war fest angestellt als Mechaniker, arbeitete gut und zuverlässig. Alle mochten ihn, selbst die Mitglieder der Mordkommission empfanden Sympathie für ihn. Er hatte nur eine Schwäche ...« Jeffers legte eine effektvolle Pause ein, »wenn er mit einem Mädchen ausging, gab er ihr zum Abschied nicht etwa einen Kuß.«

Jeffers lachte herzlich: »Mister Stano verabschiedete sich von seinen Mädchen, indem er sie umbrachte. Er schlitzte sie auf und schnitt sie in Würfel. Er machte das ungefähr vierzigmal. Für soviel Ausdauer und Konsequenz kann man den Kerl nur bewundern. Er behandelte sie übrigens alle gleich.«

Anne Hampton blieb ruhig sitzen und wartete, daß Jeffers weitersprach.

Er holte tief Luft und sagte: »Jetzt weißt du, was ich für einer bin. Erst wurde ich Mordexperte, dann wurde ich selbst zum Mörder. Kein Dilettant, der ab und zu mal eine Hure um die Ecke bringt, sondern eine systematisch vorgehende, perfekte, präzise Mordmaschine. Nicht einer, der für miese kleine Gangster oder kolumbianische Drogenhändler arbeitet. Ich bin ein autonomer Täter, der nur im eigenen Interesse mordet.«

Nachdem er seinen Bericht beendet hatte, befand Jeffers, daß Anne Hampton nun genug Stoff zum Nachdenken hätte. Er hatte noch entschieden mehr auf Lager, was er ihr später erzählen wollte, um etwas für ihre Bildung zu tun. Anne war froh, daß er schwieg. Sie gab sich alle Mühe, an harmlose, banale Dinge zu denken, zum Beispiel daran, wie ein Apfelkuchen riecht, der im Ofen bäckt, an das Gefühl, das Seidenstoff auf der Haut verursacht, dennoch gelang es ihr nicht, sich der Faszination von Jeffers grausigen Gedanken zu entziehen.

Mitten in der Nacht überquerten sie in Memphis den Fluß. Anne sah, wie sich die Lichter der Stadt im tiefschwarzen Wasser spiegelten. Jeffers erzählte ihr, wie er in Cleveland den Erie-See hatte brennen sehen. Giftmüll auf der Wasseroberfläche hatte Feuer gefangen. Jeffers hatte Aufnahmen von den Feuerwehrleuten gemacht, die auf Löschbooten der Flammen Herr zu werden suchten – eine prachtvolle Silhouette vor dem Hintergrund des lodernden Feuers. Sie fuhren an einem Schild vorbei, auf dem zu lesen war: »Sie verlassen jetzt Memphis, kommen Sie bald wieder.« Jeffers sang das Lied: »Ohhh, momma, can this really be the end? Tobe stuck inside of mobile with the Memphis Blues again ...« Er sah zu Anne herüber. »Kennst du es nicht? War zu meiner Zeit ein großer Hit. Bin wohl schon sehr alt ...«

Sie verbrachten die Nacht in Arkansas, erst nach Mitternacht erreichten sie das *Howard Johnson's Hotel*. Die Farben der Leuchtschrift fand sie entsetzlich. Früh am nächsten Morgen fuhren sie weiter. Erst nach zwei Stunden machten sie halt, um zu frühstücken. Jeffers hatte einen Riesenhunger, und er zwang Anne, auch viel zu essen: Eier, Pfannkuchen, Würstchen, Toast, Saft und mehrere Tassen Kaffee.

»Warum muß ich soviel essen?« fragte sie.

»Wir haben einen langen Tag vor uns heute. Es wird spät.

In St. Louis gibt es ein Baseballspiel, fängt erst um acht an. Wird sicher spannend, also iß schon auf.«

Nach dem Frühstück fuhr Jeffers nicht sofort zum Highway zurück, sondern zu einem riesigen Einkaufszentrum.

»Warum halten wir hier?« fragte Anne.

Er kniff sie mit Daumen und Zeigefinger in die Backe.

»Bleib in meiner Nähe, halt den Mund und benimm dich!« zischte er.

Erst als sie nickte, ließ er ihre Backe los.

»Sieh dich um, beobachte genau, dann kannst du was lernen«, sagte er.

Jeffers ging eilenden Schrittes auf einen Laden zu und verschwand in der Menge der übrigen Kunden. Anne bemühte sich, das Tempo zu halten. Sie rannte an den hellerleuchteten Schaufenstern vorbei, für einen kurzen Moment konnte sie sich im Spiegel einer Boutique erkennen. Um sie herum war Stimmengewirr, Kinder schrien, Eltern riefen nach ihnen: »Jennifer, kommst du jetzt sofort her! Laß das endlich sein!« Aber keines der Kinder dachte daran, zu gehorchen. Paare überlegten, was sie kaufen sollten, Teenager unterhielten sich über Mädchen, Jungen, Schallplatten. Diese Eindrücke ganz normalen Lebens kamen Anne seltsam unwirklich vor, als hätte man sie in eine andere Zeit versetzt. Einige Sekunden später als Jeffers betrat sie ein Sportgeschäft, in dem er zwei rote Baseballkappen der *St.-Louis-Cardinals* kaufte. Er zeigte spöttisch lachend auf die Plastikschirme. »Beim Spielen in der Uni von Arkansas tragen sie immer diese lächerlichen Mützen. Offenbar gewinnt man leichter, wenn die Fans solche Dinger aufhaben.« Er zahlte in bar, dann rannte er weiter durch die Ladenstraße. »Wir müssen nur noch eine Sache erledigen.«

Zielstrebig ging er auf die Schreibwarenabteilung von *Sears* zu, kaufte Schreibmaschinenpapier und ein paar längliche Umschläge. Dann ging er zu einem Tisch, auf dem eine

Musterschreibmaschine stand. »Paß gut auf, komm ganz nah!« rief er. Dann zog er flink ein Paar Operationshandschuhe über, nahm ein Blatt Papier aus der Packung, spannte den Bogen ein. Er sah sich vorsichtig um, und dann schrieb er über die Maschine gebeugt:

Ihr Typen seid so dumm, das hat schon Sammlerwert.
Grad' hab ich schon wieder 'nen Schwulen erwischt.
Gruß und Kuß,
Ihr wißt schon, wer.

Er zog das Blatt aus der Maschine, faltete es zweimal, steckte es in den Umschlag. Er tat ihn in seine Tasche, sah sich wieder nach allen Seiten um, und ohne ein Wort zu sagen, ging er schnell davon. Anne rannte hinter ihm her, sie war völlig verwirrt.

Als sie wieder im Auto saßen, redete Jeffers kein Wort. Er zeigte nur ungeduldig auf ihren Sicherheitsgurt. So fuhren sie ununterbrochen bis zum Abend. Jeffers achtete peinlich genau auf die Geschwindigkeit. Anne fragte sich, woher er den Weg und die notwendige Fahrzeit so genau kannte.

»Nach dem zweiten *inning* sind wir beim Spiel«, sagte er. Dann aber fanden sie keinen Parkplatz, mußten ein großes Stück zu Fuß gehen und kamen erst an, als das dritte *inning* schon begonnen hatte. Beide trugen sie die roten Mützen mit dem Plastikschirm. Am Drehkreuzeingang präsentierte Jeffers zwei Eintrittskarten. Anne fragte sich überrascht, wann er sie wohl gekauft hatte.

»Ist wohl ein gutes Spiel heute«, sagte Jeffers zu dem Kontrolleur.

»Ja«, antwortete der, »nur probieren sie es schon eine ganze Weile, sie werden mit dem Kerl einfach nicht fertig!«

Der Mann war schon älter, aus seinen Ohrmuscheln wuchsen weiße Haare, hinter einem Ohr steckte ein Hörgerät, in dem zweiten ein Hörknopf, der an ein Transistor-radio angeschlossen war. Der Mann beachtete die beiden nicht weiter und wandte sich den anderen Spätankömmlingen zu.

Eilig liefen sie durch die Ränge zu ihrem Platz, stießen dabei Leute an, wichen im letzten Moment Getränkeverkäufern aus. Anne fühlte sich unwohl inmitten dieser Riesenmenge Menschen und in all dem Lärm. Ihr war, als schwebe sie gewichtslos im Raum, fortgetragen von den immer lauter werdenden Schreien. Sie hielt sich ganz in Jeffers Nähe, und als eine Gruppe von Teenagern sich zwischen sie drängen wollte, faßte sie nach seiner Hand.

»Hör mal«, sagte Jeffers zu ihr, als sie endlich auf ihren Plätzen saßen, »ich habe Hunger, geh mal ein paar Hot dogs kaufen!«

Ungläubig starrte sie ihn an.

»Das kann ich nicht!« schrie sie, um den Lärm zu übertönen.

»Wieso denn nicht?« brüllte er zurück.

Plötzlich fühlte sie, wie er ihr die Hand auf den Oberschenkel legte, dann kniff er mit aller Kraft hinein.

Am liebsten hätte sie geschrien vor Schmerz, aber sie sagte nur: »Ich kann einfach nicht!« Tränen liefen ihr übers Gesicht.

»Was ist denn bloß los?« schrie Jeffers

Anne schüttelte nur den Kopf. Sie wußte keine Antwort außer der, daß dieser Krach, die vielen Menschen, diese ganz fremde Welt, die er in ihr Leben eingelassen hatte, ihr angst machten.

»Bitte nicht«, bat sie.

Er hörte ihr nicht zu.

Aber er verstand auch so, was sie meinte.

»Na gut, aber nur dieses eine Mal«, sagte er.

Endlich ließ er ihr Bein los, und sie nickte ihm dankbar zu.

»Ein typisches Bang-bang-Spiel«, sagte er.

»Was ist denn das, Bang-bang?«

»Ganz einfach: Es geht alles ganz schnell. Der Catcher fängt den Ball, bang! Er hat's geschafft, bang! Oder er fliegt raus, bang! Das mochte ich schon immer.«

Er winkte einem Erdnußverkäufer. Er reichte Anne die Tüte, und als sie die Schalen öffnete und zu essen begann, nahm er seine Nikon aus der Fototasche, drehte sich zu Anne um und sagte: »Lächeln!« Dann machte er mehrere Fotos von ihr.

»Aber wie sehe ich denn aus, diese blöde Mütze ...«

Er wies auf das Spielfeld und sagte: »Schau dir lieber das Spiel an, präg dir ein, was da unten passiert, vielleicht nützt es dir später!«

Seine Worte erschreckten sie, aber sie bemühte sich, das Spiel genau zu verfolgen. Ich kenne mich im Baseball aus, sagte sie aufmunternd zu sich selbst. Ich weiß, was *Sqeezeplay* und *pitch-out* und *hitting behind the runner* ist. Auf der Highschool war ich schließlich *short-runner* im Softballteam. Ich kenne doch sogar die Regeln ...

Dennoch verstand sie nichts von dem, was da unten auf dem Rasen vor sich ging.

Vorsichtig blickte sie zu Jeffers hinüber, der konzentriert dem Match zu folgen schien. Aber sie wußte genau, daß er an ganz andere Dinge dachte; woran, wagte sie sich erst gar nicht vorzustellen. Ihr fröstelte trotz der feuchtwarmen Luft. Ihr wurde schwindelig, und sie konnte kaum schlukken. Als sie ihn nach der Tasche, die zu seinen Füßen lag, greifen sah, spürte sie ein Würgen im Hals. Nach dem Seitenwechsel fragte sie ihn mit einer Stimme, die ihr selbst fremd erschien, so kehlig klang sie: »Warum, bitte, sind wir eigentlich hier?«

Jeffers sah sie erstaunt an, lachte laut und sagte: »Weil das hier Amerika in Reinkultur ist, unser kollektiver Zeitvertreib. Der Hauptgrund ist natürlich, daß ich Baseballfan hin.«

Wieder lachte er laut und sah Anne an: »Wie du siehst, töten wir heute mal ausnahmsweise nicht, abgesehen von der Zeit, die wir hier totschlagen. Der Rest kommt später.«

Anne hütete sich, weitere Fragen zu stellen.

Plötzlich erhob sich Jeffers, nahm Anne bei der Hand und zog sie hinter sich her aus dem Stadion, das sie zusammen mit einigen vom Spielverlauf enttäuschten Fans verließen. In ihrer Nähe ging ein Pärchen mit Kofferradio. »Home-run von Jack Clark!« Jeffers nickte. »Die Leute sollten wissen, daß Dinge nie vorbei sind, bis sie wirklich vorbei sind«, sagte er. »Das hat ein berühmter Amerikaner gesagt.«

»Wer war es?« fragte Anne.

»Caryl Chessman*«, erwiderte Jeffers.

Als er sich vergewissert hatte, daß Anne angeschnallt war, ging Jeffers zum Heck des Wagens und öffnete den Kofferraum. Eine Weile wühlte er in seinem, wie er ihn nannte, Gemischtwarenbeutel und zog dann zwei Nummernschilder aus Missouri heraus. Er hatte zwei Metallklemmen daran angebracht, so daß er sie mühelos an den anderen Schildern befestigen konnte. Darüber legte er einen Rahmen aus einem Spezialladen, und von den gelben New Yorker Schildern war nichts mehr zu erkennen. Aus einer anderen Tasche nahm er eine fünfundzwanziger Automatik. Er griff sich ein paar Kugeln und legte sie in seine Fototasche. Außerdem holte er eine lederne Brieftasche heraus, dann verschloß er den Kofferraum. Im Auto knipste er das Licht an, dann zog er einen gelben Umschlag aus der Brieftasche. Er enthielt Ausschnitte von Zeitungen und Magazinen und eine mit Schreibmaschine geschriebene Liste mit verschiedenen Begriffen. Anne konnte von der Seite nur ein paar Wörter lesen. *Zugang, Ausgang, Notdienst, Rechtsanwalt, Nachrichtendienst.* Unter jedem die-

---

* Mörder, der durch seine Memoiren großes Aufsehen erregte.

ser Wörter standen wieder andere, einige davon waren angestrichen, andere mit Farben markiert, wieder andere mit handschriftlichem Kommentar versehen. In dem gelben Umschlag befanden sich außerdem zwei Karten, eine davon handgezeichnet, die andere schien der Ausschnitt aus einem Stadtplan zu sein. Jeffers studierte die Liste mit den Begriffen genau. Anne sah, daß einer der Zeitungsausschnitte aus *Time* stammte. Die Überschrift lautete: *Geheimnisvoller Homosexuellenmörder verbreitet Terror in St. Louis.* Die übrigen Ausschnitte stammten aus der *St. Louis Post Dispatch.*

»Alles in Ordnung, es kann losgehen«, rief Jeffers mit Erregung in der Stimme. »Bist du bereit?«

Anne wußte nicht, was sie antworten sollte.

»Ob du bereit bist, habe ich dich gefragt!«

Sie nickte.

»Also gut, die Jagd beginnt.«

Er fuhr in das Dunkel der Stadt hinein. Schon nach wenigen Augenblicken hatte Anne jede Orientierung verloren. Waren sie gerade noch über eine Durchgangsstraße gefahren, vorbei an einer Reihe Hochhäuser, kurvten sie plötzlich durch kleine, finstere, häßliche Gassen, die von trüben Laternen nur schwach erleuchtet wurden. Nach etwa dreißig Minuten, jedenfalls erschien es ihr so lange, fuhr Jeffers langsamer. Anne schaute aus dem Fenster und sah draußen mehrere Gruppen von Männern beieinanderstehen, vor Bars und Restaurants. Sie unterhielten sich lebhaft und schienen die laue Sommernacht zu genießen. Jeffers sagte kein Wort.

Er weiß sicher genau, wo er hin will, dachte Anne. Sie versuchte, an gar nichts zu denken. Eine halbe Stunde fuhren sie kreuz und quer durch eine Siedlung, dann steuerte Jeffers den Wagen durch eine kleine Seitenstraße in das angrenzende Viertel; hier standen alte Bürgervillen, die zu Apartmenthäusern umgebaut worden waren. Auf beiden

Seiten der Straße wuchsen Ahornbäume. Anne bemerkte, daß sie nur wenige Meter von der großen Durchgangsstraße entfernt waren. Jeffers ging vorsichtig um den Wagen herum und öffnete Anne die Tür. Er bewegt sich wie ein Raubtier, dachte sie. Er zog sie aus ihrem Sitz hoch und ging Arm in Arm mit ihr den Bürgersteig entlang. Seine Muskeln waren äußerst angespannt, vor Aufregung ganz verkrampft, wie ihr schien.

»Du sagst kein Wort, und du schaust auch niemanden an, bevor ich nicht meine Wahl getroffen habe«, raunte Jeffers ihr zu, »du lächelst und machst ein Gesicht, als wärest du sehr glücklich!«

Anne gab sich alle Mühe, hatte aber eher den Eindruck, daß sie wirkte wie ein gequältes Tier. Sie versuchte, mit sicheren Schritten zu gehen. Sie ahnte, was geschehen würde; der Mord an dem Stadtstreicher in New Orleans war nur der erste einer ganzen Serie. Sie wußte, daß ihr nichts anderes übrigblieb, als diesen Alptraum weiter über sich ergehen zu lassen. Schau dir den Himmel an, sagte sie sich, achte auf die Lichter, auch wenn es nur wenige sind. Sie sah den Mond, wie er durch die Zweige der Bäume schien, und dachte an ein Lied aus ihrer Kindheit.

»Der Fuchs lief hinaus in die finstere Nacht
und sagte: ›Ach, Mond, gib mir Licht!‹
Er lief viele Meilen durch dunkle Nacht,
bis er kam zu der Stadt, zu der Stadt ...«

Dreimal gingen sie um den Häuserblock. Als sie wieder in die Nähe des Wagens kamen, fühlte Anne plötzlich, daß Jeffers vor Anspannung zuckte. Seine Muskeln wurden hart, und er griff nach seiner Fototasche.

»Das könnte der richtige sein«, sagte er. Eiligen Schrittes kam ihnen ein Mann entgegen. »Langsamer, Boswell, ich will genau hinter diesem Baum stehen, wenn er hier vorbeikommt.« Tatsächlich stand genau auf der Mitte zwischen ihnen und dem Mann ein riesiger Baum, dessen Schatten die Nacht noch finsterer machte.

»Lächeln«, sagte Jeffers, »vergiß das nicht!«

Anne fühlte sich plötzlich, als würde sie von einem starken Sog ins offene Meer gespült. Sie packte seinen Arm, aus Angst zu stolpern oder ohnmächtig zu werden.

Jeffers war absolut Herr seiner Sinne. Er suchte mit den Augen die Gegend ab, stellte fest, daß niemand in der Nähe war. Er lauschte auf verdächtige Geräusche, schnupperte nach besonderen Gerüchen. Er war wie verzückt. Jeder Nerv in seinem Körper war bis zum Äußersten angespannt. Das Metall der Pistole in seiner Hand fühlte sich glühend heiß an. Er bemaß seine Schritte, um genau im richtigen Moment an der dunkelsten Stelle der Straße mit dem Mann zusammenzutreffen. Ein wahrer Todesmarsch, dachte er.

Sie kamen einander näher. Jeffers schätzte die Entfernung, es waren noch ungefähr fünfzig Meter. Es wurden zwanzig, dann zehn. Er nickte dem Mann zu und lächelte. Dieser war noch jung, etwa fünfundzwanzig. Wer er wohl war? Ob er gerne gelebt hatte? Der Mann trug sein blondes Haar kurz geschnitten. In einem Ohr steckte ein kleiner goldener Knopf. Er hatte ein einfaches Sporthemd an, dazu lange Hosen. Seinen Pullover hatte er lässig über die Schultern geworfen. Jeffers nickte ihm erneut zu, der Mann erwiderte seinen Gruß mit einem feinen, aber ein wenig nervösen Lächeln. Jeffers kniff Anne heftig in den Arm, auch sie lächelte daraufhin. Der Mann war jetzt mit ihnen auf gleicher Höhe. Dann ging er an ihnen vorbei. Von der Seite sah Jeffers ihn aus seinem Gesichtskreis verschwinden. Er nahm die Waffe aus der Tasche, legte den Finger an den Abzug. Ruhig bleiben, sagte er sich. Dann machte er eine schnelle Drehung, sprang mit einem Satz dem Mann hinterher, richtete den Lauf auf seinen Kopf und feuerte zwei Schüsse ab. Das Krachen hallte in der Straße wider.

Der Mann fiel nach vorne, schlug auf der Bordsteinkante auf.

Anne stand wie versteinert da. Entsetzt starrte sie auf den Mann am Boden. Jeffers beugte sich gerade über ihn. Unter dem Kopf hatte sich eine Blutlache gebildet, die zusehends größer wurde. Jeffers richtete sich auf und schoß den Mann in den Rücken, um sein Herz zu treffen. Dann legte er die Pistole in die Tasche zurück und nahm die Nikon heraus. Er hob sie ans Gesicht. Anne hörte das Surren der Kamera bei jeder Aufnahme. Schließlich legte Jeffers auch die Nikon in die Tasche zurück. Er griff nach Annes Arm und führte sie zum Wagen. Er öffnete die Wagentür und schob sie schnell hinein. In Sekunden war er um das Auto herumgelaufen und hatte sich auf den Fahrersitz geschwungen. Er setzte das Fahrzeug in Bewegung, ohne mit den Reifen zu quietschen und fuhr dann langsam die menschenleere Straße entlang, vorbei an der Leiche auf dem Bürgersteig. Anne drehte sich um und blickte fassungslos auf den Toten, der mit der Entfernung immer kleiner wurde. Jeffers fuhr genau nach Plan. Er war ungeheuer konzentriert und gefaßt. Nach etwa einer Viertelstunde erreichten sie ein leeres Grundstück in einem Kaufhausviertel. Jeffers hielt an und stieg schweigend aus. Entgegen seiner sonstigen Gewohnheit ließ er Anne nicht aussteigen. Zuerst entfernte er die Schilder aus Missouri, wischte sie mit einem Tuch ab und steckte sie in einen schwarzen Plastikbeutel. Diesen warf er in einen Müllcontainer, an dessen Seite er hinaufkletterte, um den Sack mit anderem Müll zuzudecken.

In einer Nebenstraße machten sie vor einer Parfümerie halt. Im Schein der Schaufensterbeleuchtung zog Jeffers sich wieder die Operationshandschuhe über. Dann nahm er den Umschlag mit dem präparierten Brief, öffnete den anderen, in dem sich die Zeitungsausschnitte befanden sowie ein weiterer Umschlag, der einzelne Wörter enthielt, die ebenfalls aus Zeitungen stammten. Mit dem Inhalt einer kleinen Plastiktube klebte Jeffers mehrere Wörter auf den Umschlag. Dann schloß er ihn, wozu er ebenfalls den Kleber benutzte.

»Man kann gar nicht sorgfältig genug sein. Fingerabdrücke finden sie keine, aber mit diesen neuen FBI-Methoden, die ich inzwischen auch alle kenne, ist es möglich, aus dem Speichel Enzyme zu identifizieren. Deshalb bloß keine Spukke! Hätte ich den Umschlag mit der Zunge befeuchtet, könnten sie meine Blutgruppe ermitteln. Sogar meine Sozialversicherungsnummer würden sie schließlich wissen. Vorsicht, kann ich nur sagen.«

Er redet mit der Begeisterung und dem Stolz eines Jungen, der eine Heldentat begangen hat, dachte Anne.

»Keine Sorge«, fuhr er fort, »wir haben es geschafft. Nur ein paar kleine Tricks, und keiner kann uns was anhaben.«

Jeffers fuhr zu dem riesigen Postgebäude, sprang aus dem Auto und steckte den Umschlag in einen Briefkasten. »Wir müssen uns noch um die Pistole und um die Kugeln kümmern«, sagte er, als sie wieder im Auto saßen. »Aber das können wir morgen in aller Ruhe machen.«

Er befand sich in einem wahren Rausch und raste deshalb zurück auf den Highway. Anne Hampton sah durch die Rückscheibe die Lichter der Stadt langsam verschwinden. Sie zitterte, und Jeffers fragte sie: »Kalt?«

Sie nickte.

»Müde?«

Wieder nickte sie.

»Hungrig?«

Plötzlich wurde ihr übel.

»Ich hab' einen Bärenhunger«, sagte Jeffers

Wird das denn nie ein Ende haben? Werde ich nie mehr aus dieser Hölle herauskommen? dachte Anne.

Nach einer Weile redete Jeffers weiter: »Das Komische ist, daß der Fanatiker, der in St. Louis all die Schwulen umlegt, ich glaube, es waren sieben, jedenfalls bis heute abend, seine Briefe immer in Reimform abfaßt. Zumindest hat es so in der *PostDispatch* gestanden. Die Zeitungen haben ihm noch keinen Spitznamen gegeben, das wundert mich sehr«, sagte er kopfschüttelnd. »Normalerweise kriegen die Serientäter immer sehr bald Namen wie Schwulenkiller, Homomörder oder sonst was. Meistens dämliche Namen, immer ziemlich aggressiv.«

Jeffers blickte zu Anne hinüber.

»Weißt du, was gerade passiert ist?«

»Ja«, sagte sie teilnahmslos.

Er schlug sie auf die Wange. Ganz schön kaputt ist die, dachte er bei sich.

Der Schmerz weckte Anne aus dem Zustand der Apathie und Gleichgültigkeit, in dem sie sich seit dem Mord befand.

»Was wirklich geschah, weißt du es?«

Sie schüttelte den Kopf.

»Also: Wir haben Verbrechen, die in dieser schönen Stadt seit etwa anderthalb Jahren verübt werden, nachgespielt. Es ist uns wirklich gut gelungen. Polizisten hassen so was, weil es sie bei den Ermittlungen völlig durcheinanderbringt. Monatelang forschen sie nach der Persönlichkeit des Täters. Sie verschweigen der Presse bestimmte Dinge, die das Spezifische des Täters ausmachen. Dann kommt plötzlich einer daher, der macht fast haargenau dasselbe, ist aber nicht derselbe. Das verwirrt sie total. Sie strampeln sich ab, und da kommt so ein Kerl, der ihnen die ganze Arbeit versaut. Sie brauchen unendlich viele Arbeitsstunden, um die Morde genau zu klassifizieren. Wenn sie anfangen, nach dem Täter zu suchen, sind wir verschwunden, ohne Indizien, ohne Beweise. Ganz ohne Risiko ist das Ganze natürlich nicht für uns. Es könnte uns ja jemand aus einer Wohnung beobachtet haben. Vielleicht haben wir am Tatort irgend etwas verloren, wir wissen es nicht genau. Etwas, worauf sich ein verbissener Detective stützen kann. Das aber macht die Sache ja erst richtig spannend, daß man nie weiß, ob nicht vielleicht doch eines Tages die Polizei an der Tür klopft.«

Anne konnte seinen Reden nur noch mit Mühe folgen. Sie fühlte sich angewidert, ihr war unendlich übel.

»Ich habe das bei meinen Studien herausgefunden«, fuhr Jeffers ungerührt fort, »im allgemeinen findet die Polizei Mörder, weil zwischen Täter und Opfer irgendeine Beziehung besteht. Sie brauchen dem nur nachzugehen. Es funktioniert in sehr vielen Fällen. Dann gibt es die Serienmorde, die alle auf die gleiche Weise verübt werden. Die sind besonders schwer aufzuklären, weil die Mörder sich an unterschiedlichen Orten aufhalten, mal hier, mal dort. Sobald sie den Bundesstaat wechseln, ist eine andere Polizei zuständig. Dann sind sich die verschiedenen Behörden gegenseitig im Weg. Trotzdem habe ich ganz schön Respekt vor den Bullen. Sie haben mehr Serienmorde gelöst, als man denkt. Oft nur deshalb, weil der Mörder sich eines anderen Verbrechens schuldig gemacht hat. Es braucht nur eine kleine Sache zu sein. Aber man soll den Instinkt von Kripoleuten nicht unterschätzen. Wie die Haie können sie hinter einem her sein. Alles in allem: Am schwersten aufzuklären sind natürlich Morde, die spontan verübt werden und keinem bestimmten Muster folgen. Genau so etwas hatte ich ursprünglich vor. Ich wollte in irgendeine Stadt fahren und x-beliebige Leute, die mir so gerade über den Weg liefen, umlegen. Aber dann wurde mir klar, daß ja auch das ein bestimmter Typ von Mord wäre und daß mich irgendein Bulle dabei erwischen könnte. Er könnte gewissermaßen die Stecknadel im Heuhaufen finden. Was also blieb mir zu tun übrig?«

Anne stöhnte leise, sie wußte, daß die Frage rein rhetorisch war und daß er gleich seinen unerträglichen Monolog fortsetzen würde.

»Irgendwie mußte ich meinen Wunsch, spontan drauflos zu morden mit einem bestimmten Typus von Mord zusammenbringen. Ich dachte intensiv nach, stellte Berechnungen an, versuchte, mir alles im voraus genau vorzustellen. Weißt du, was das Ergebnis war?«

Anne schwieg.

»Ich entwarf einen Plan, der zwar ganz einfach ist, aber dessen Schönheit mich begeistert. Ich ahme die Morde anderer nach. Ich sehe sie mir so lange an, bis ich jedes Detail kenne. Ich weiß, wie ein Mörder auf freier Wildbahn, wie ein Campus-Mörder vorgeht. Die Presse, die die Killer immer mit so schönen Namen etikettiert, hilft mir ganz enorm dabei. Ich mache alles so, wie sie schreibt. Und die Polizei sucht nach dem Falschen. Sie wissen nicht, was sie mit so einem Bastard von Mord anfangen sollen. Sie ignorieren ihn, sind hilflos, schieben ihn beiseite, in die Schublade, zu den Akten.«

Jeffers seufzte tief und selbstgefällig.

»Die meisten Mörder werden gefaßt, weil sie immer ihre Handschrift hinterlassen müssen. Nur, um sich selbst zu bestätigen. Ich bin da bescheidener. Für mich ist die Tat als solche wichtiger als das Bekenntnis zu ihr. Um morden zu können, nehme ich einfach eine falsche Identität an, versetze mich in eine andere Person und vollbringe trotzdem ein eigenes kleines Meisterwerk. Ich tauche auf, töte, verlasse den Schauplatz wieder. Klüger könnte man's nicht anstellen. Ja, ich bin absolut vollkommen. Zu vorsichtig, zu schlau, zu perfekt für die Bullen. Keine Schläge gegen die Tür, kein Haftbefehl. Ich bin tüchtig und vertraue auf mich.«

Plötzlich schien es Anne, als klänge Traurigkeit aus seiner Stimme.

»Leider hat es dadurch alle Spannung verloren. Um offen zu sein, es ist viel zu einfach geworden. Das ist auch der Grund, weshalb du hier bist, Boswell.«

Jeffers sagte das mit der größten Selbstverständlichkeit. »Du sollst mir helfen, Boswell, mein Werk zu einem sauberen, ordentlichen und zugleich vulkanhaft explosiven Ende zu führen. Du kannst jetzt übrigens schlafen, wenn du willst. Ich fahre die Nacht durch, ich bin viel zu aufgeregt, um müde zu sein.«

Jeffers fühlte eine wohltuende Erleichterung. Endlich habe ich es jemandem erzählt, und bald wird die Welt es erfahren, dachte er.

»Wir können jetzt in aller Ruhe zurück nach Hause fahren, gute Nacht, Boswell.«

Anne erschrak bei den Worten »nach Hause«. So sehr sie sich bemühte, gelang es ihr nicht, sich ihr Zuhause und ihre Eltern vorzustellen. Alles war so weit weg, so unwirklich.

Jeffers fuhr in schnellem Tempo, sie schloß die Augen, in Erwartung eines neuen Alptraums.

9

Kindheit ohne Liebe · Mercedes Barren hat den Schlüssel · Douglas Jeffers' Privatgalerie

MARTIN JEFFERS WAR allein in seiner Wohnung. Er fand keinen Schlaf. In seiner Einsamkeit kamen ihm tausend Erinnerungen. In der Kindheit hatten sie die Sommerferien immer am Cape Cod verbracht. Eines Tages hatte sein Bruder einen Falken gefunden, dessen einer Flügel gebrochen war. Das war für sie der Sommer des Falken gewesen, aber auch der Sommer, in dem der Badeunfall geschah. Warum kam ihm zuerst der Falke in den Sinn, obwohl sich in jenem August viel wichtigere Dinge ereignet hatten? Eine Flut von Bildern stürzte auf ihn ein. Doug fand den Vogel auf einer schmutzigen Straße, wo er elend umherhüpfte, vom Wind hin- und hergeworfen. Zwei Wochen lang verbrachte sein Bruder fast jede Minute im Wald. Er suchte unter verwitterten Baumstämmen und moosbedeckten Steinen nach Asseln, Käfern, kleinen Schlangen und Schnecken. Die brachte er dem Vogel, der sie sogleich verschlang und nach mehr schrie. Sie hatten ihn »Schreihals« getauft. Die wenige freie Zeit, die ihnen blieb, verbrachten sie in der Leihbücherei, schleppten zahllose Bände über Vogelhaltung, Falknerei und Tiermedizin nach Hause. Nach zwei Wochen hatte der Falke gelernt, auf Dougs Schulter zu fliegen, wenn er zu fressen haben wollte. Martin Jeffers erinnerte sich, wie stolz sein Bruder aussah, wenn er mit dem Vogel auf der Lenkstange seines alten Fahrrads in den Ort und wieder nach Hause fuhr.

Martin Jeffers legte die Hand an seine Stirn und dachte voll Schaudern an seinen Stiefvater. Ein altes Ekel, das Doug zu Recht so gehaßt hatte. Er hatte von ihm verlangt, den Vogel abzuschaffen. Doug hatte sich geweigert, den Falken in einen Käfig zu sperren, daraufhin hatte das Tier den ganzen Vorratsraum, in dem Doug ihn untergebracht hatte, verdreckt. Der Apotheker wurde wütend und forderte die Brüder auf, entweder das Tier einzusperren oder freizulassen, ansonsten ... Sie wußten, was ansonsten bedeutete. Doug versuchte, den Stiefvater umzustimmen, und erklärte ihm, daß der Vogel verloren wäre, wenn man ihn mit einem kranken Flügel freiließe. »Ein Raubvogel gehört nicht in den Käfig!« hatte er plötzlich geschrien, rot vor Zorn. »Da geht er ein!« Dann war er vor lauter Wut in rasendem Tempo davongelaufen, und Martin war ihm gefolgt, hatte jedoch mit seinen kurzen Beinen kaum mithalten können.

Mein Bruder machte immer sehr schnelle Bewegungen, wenn er in Zorn geriet, aber er verlor nie die Selbstkontrolle dabei, dachte er.

Der Falke saß auf Dougs Schulter, hatte sich durch das Hemd im Fleisch festgekrallt, den Raubvogelkopf stolz im Wind. Doug ruderte über den Weiher, der zwischen ihrem Haus und dem Weg zum Meer lag. Er ruderte ans Ufer, zog das Boot an Land und schlug einen kleinen, festgetretenen Weg ein. Sie gelangten zu einem Feld, das mit schmutzigem Sand bedeckt und von hohem Gras und niedrigem Gebüsch bewachsen war.

Der Ozean lag dreihundert Meter entfernt hinter hohen Sanddünen. Martin Jeffers hatte noch das Rauschen der Wellen im Ohr wie ein tief im Gedächtnis hallendes Echo. Der frische Wind wehte das Gras gegen ihren Körper, Doug, der vor ihm ging, sah aus, als schwimme er durch eine starke Strömung. Die Sommersonne brannte heiß auf ihren Köpfen. Martin sah zu, wie Doug den Falken hochhob wie in einem mittelalterlichen Falkenbuch. Dann stieß er den Vogel nach oben, und hastig flatternd bewegte der Falke seine Flügel, versuchte hinaufzugelangen, fiel aber herunter und landete wieder auf Dougs Arm.

»Er kann es unmöglich schaffen mit diesem Flügel, das wußte ich gleich«, sagte Douglas.

Schweigend gingen sie den beschwerlichen Weg zum Boot zurück. Doug ruderte schnell, nahm alle Kraft zusammen, als könne er dadurch etwas ändern.

Am nächsten Morgen war Doug vor Martin aufgestanden und erschien am Bett seines Bruders, das Haar zerzaust, Wut im Gesicht.

»Schreihals ist tot«, sagte er.

Das alte Ekel hatte den Vogel wohl umgebracht, während sie schliefen. Er war in den Vorratsraum gegangen, hatte den arglosen Raubvogel geschnappt und ihm den Hals umgedreht. Martin Jeffers fühlte erneut den Schmerz, den er damals als Kind gespürt hatte.

»Dieser grausame, hartherzige Mensch! Wie froh war ich, daß er die gerechte Strafe erhielt; es hätte ihn ruhig noch härter treffen können.« Diese Worte hatte Jeffers während seiner Lehranalyse zu seiner Therapeutin gesagt, die ihn mit so ruhiger Stimme, daß er ganz zornig wurde, gefragt hatte, ob er dies wirklich so meine.

»Natürlich! Schließlich hat er Schreihals getötet! Er haßte uns. Von Anfang an. Darin war er zuverlässig. Das war aber auch das einzige. Es hätte mich nicht gewundert, wenn er nachts in unser Zimmer geschlichen wäre, um auch uns zu erwürgen.«

Kein Wunder, daß wir einen solchen Haß auf unseren Stiefvater hatten, dachte er. Angeboren war dieser Haß nicht, er war die Furcht vor jahrelang ertragener Grausamkeit und Vernachlässigung, die Folge eines Lebens ohne jede Liebe und Zuneigung. Martin hatte es seiner Lehranalytikerin klarzumachen versucht. »Wenn Sie so einen Vater hätten, würden Sie da nicht auch gern anderen Menschen helfen wollen? Was glauben Sie, weshalb ich diese Ausbildung mache?«

Wie immer hatte die Therapeutin geschwiegen.

Abends, beim Essen, hatten alle so getan, als ob nichts geschehen sei. Die Mutter sah Doug an und sagte:

»Es tut mir leid für euch zwei, daß der Vogel entflogen ist.«

Beide starrten sie sie ungläubig an, bis sie wegschaute.

»Sie hatte von überhaupt nichts eine Ahnung«, sagte Martin Jeffers der Lehranalytikerin. »Sie dachte nur an sich und ihr Aussehen, wollte immer mit uns rumschmusen und gab uns unangenehm feuchte Küsse. Nie wußte sie Rat. Wenn man mal mit ihr reden wollte, ging sie einfach weg.«

Der Vater hatte sich an dem Abend schweigend das Essen in den Mund geschoben, dieses Schwein.

Martin Jeffers lehnte sich zurück. Wieder dachte er an den Morgen, an dem ihn die Stimme seines Bruders aus tiefem Schlaf geweckt hatte und er als erstes den toten Vogel in Dougs Händen gesehen hatte. Die Hände! Mein Gott! Obwohl ihn niemand hören konnte, rief er laut: »Mein Gott! Nein, das nicht!«

Ihm war ein Gedanke gekommen, der jede Erinnerung

an das Erlebnis auslöschte, sich wie ein Gewicht darüberlegte.

»Nein, nein, nein!« rief er wieder. Ihn überkam ein Gefühl von tiefer Trauer und Entsetzen. Ihm war klar geworden, wer den Vogel wirklich getötet hatte.

Was für ein schüchterner Mensch ist aus mir geworden, dachte Martin Jeffers Wir haben doch all das gemeinsam erlebt. Ich wurde still, in mich gekehrt, einsam und nahm alles hin. Er ist zum ... Jeffers fürchtete sich, den Gedanken zu Ende zu denken. Er sah seinen Bruder vor sich mit seinem entspannten, frischen, munteren Gesicht. Wenn er in Wut geriet, war sein Gesicht allerdings entsetzlich anzusehen, und er konnte mit seinem Schweigen eine unheimliche Stimmung verbreiten. Er hatte Martin damit oft Angst gemacht. Wie oft hatte er seinen Bruder angefleht, doch bitte wieder mit ihm zu sprechen. Ihm kam die Polizistin in den Sinn, die ihm die Fotos von ihrer ermordeten Nichte gezeigt hatte, und er versuchte, beides miteinander in Zusammenhang zu bringen. Er schüttelte jedoch den Kopf. Nein, so etwas würde Doug nicht tun. Oder vielleicht doch?

Martin Jeffers lebte im Erdgeschoß eines alten Hauses in Pennington, New Jersey, einem kleinen Ort zwischen Hopewell und den Außenbezirken von Trenton. Er dachte voller Mißbehagen daran, daß sein Bruder schon in ihrer Kindheit immer, wenn von Hopewell die Rede war, die Leute daran erinnerte, daß dieses Nest, so verschlafen es war, traurige Berühmtheit erlangt hatte. Es war der Ort, wo das Lindbergh-Baby entführt worden war.

Ein Jahrhundertverbrechen, dachte Martin Jeffers. Ihm war kalt, er ging zum Fenster und legte die Hand gegen die Scheibe. Er spürte die warme Sommerluft von draußen. Trotzdem fröstelte ihn.

Man hatte das Kind im Wald gefunden, schon verwest. Es war erstaunlich, welch großes Wissen Douglas über Kriminalität besaß. Einmal hatte er ihm ausführlich von dem Mörder in Camdon erzählt, der an einem warmen Tag im frühen September des Jahres 1949 mit einer Luger aus Deutschland, einem Kriegssouvenir, dreizehn Menschen erschossen hatte. Mit Begeisterung hatte er damals gehört, daß sein Bruder diesen Mann gut kannte, daß dieser von den Zeitungen als Wahnsinniger bezeichnete Mensch friedlich in der psychiatrischen Klinik von Trenton lebte, sogar anderen Patienten als Beispiel für gute Führung vorgehalten wurde und sich fünfundzwanzig Jahre lang ohne Widerrede von den Wärtern seine Dosis Thorazin, Mellorit oder Haldol – von den Insassen Vitamin H genannt – verabreichen ließ.

Doug interessierte sich so sehr für solche Dinge, daß es schon auffällig war. Aber das hatte auch der Reporter aus Philadelphia getan, der seine Story über die Klinik schreiben sollte. Auch war dieser berühmte Fall Thema auf jedem Fortbildungsseminar und auf nahezu allen Kongressen. Eine Menge Leute erinnerten sich an dieses Verbrechen. Kriminalität hatte nun mal eine faszinierende Wirkung, und warum sollte sein Bruder ihr nicht erliegen wie andere auch? Zumal er jahrelang mit seiner Kamera hinter Bullen und Ganoven hergejagt war. Dennoch – sein Interesse war übertrieben groß. Martin Jeffers schüttelte den Kopf. Ich will es einfach nicht wahrhaben, lächerlich ist das. Ich kenne meinen Bruder doch.

Er nahm den Kopf in beide Hände, unfähig zu weinen. Er war durcheinander und verzweifelt. Er dachte an die Jungs aus der Therapiegruppe und stellte sich vor, wie es wäre, wenn auch sein Bruder dort säße.

Er ging im Zimmer auf und ab, als ob ihn dies auf andere Gedanken brächte. Dann begann er laut zu fluchen.

Im Büro seiner Lehranalytikerin hing ein Kandinsky mit farbenfrohen geometrischen Formen und Punkten, die auf dem schneeweißen Untergrund zu schweben schienen. Gegenüber hing ein Gemälde von Andrew Wyeth, es stellte eine Scheune dar, in Grau- und Brauntönen, im matten Licht eines frühen Abends. Amerikanischer Realismus in Reinkultur. Der Kontrast dieser beiden Bilder hatte ihn immer überrascht, aber er hatte sich nie getraut zu fragen, warum sie gerade diese Bilder ausgewählt hatte.

»Haben Sie Ihre leiblichen Eltern geliebt?« fragte sie eines Tages.

»Sie waren Zirkusleute. Er soff, sie ging auf den Strich. Erst liefen sie sich gegenseitig davon, dann ließen sie auch uns im Stich. Ich war erst drei oder vier und kannte sie kaum. Wie soll man jemanden lieben, der einem unbekannt ist?«

Auch darauf gab sie keine Antwort. Er hätte sie ohnehin erraten. Liebe klammerte sich an das kleinste Detail, an den Schatten einer Erinnerung, den Hauch eines Gefühls. Aber so war es nicht nur mit der Liebe, sondern auch mit dem Haß.

Martin Jeffers ging zu seinem Schreibtisch im Wohnzimmer, das wie er jetzt feststellte, eigentlich gar keines war. Es war vollgestopft mit Zeitungen, Paperbacks, Klassikern, medizinischen Fachbüchern, Magazinen; ein paar Stühle standen herum, ein Sofa, ein Fernseher und ein Telefon. Alles billiger Kram, dachte er, die ärmliche Einrichtung eines Menschen, der ein mieses Leben führt. Auf dem Schreibtisch ganz oben lag ein Umschlag mit der Aufschrift *Schlüssel zu Dougs Wohnung*. Sein Bruder hatte ihm den Schlüssel beiläufig in die Hand gegeben und gesagt: »Ich gehe auf Erinnerungstour.«

Das alles konnte kein Zufall sein. Bewußt oder unbewußt vollzogen, ordneten sich doch letztlich alle Handlungen zu einem logischen Ganzen. Er nahm den Schlüssel aus dem Umschlag und wog ihn in der Hand. Dann schüttelte er den Kopf. Nein, ich glaube es nicht. Ich will keine vorschnellen Schlüsse ziehen. Zugleich wußte er, daß er sich etwas vormachte. Er warf den Umschlag auf den Schreibtisch und setzte sich in einen Sessel. Die Uhr zeigte nach Mitternacht. Ich sollte mich besser schlafen legen, dachte er, aber er wußte, daß er keine Ruhe finden würde.

Er dachte an die Polizistin und fragte sich, welche Kraft sie wohl vorwärtstrieb. Sie war wohl so eine Art Heilige, beseelt mit einem ausgeprägten Sinn für Gerechtigkeit. Deshalb wollte sie Rache üben. Soviel leuchtete ihm ein. Durfte sie aber soweit gehen, einen Menschen zu töten?

Er wußte keine Antwort. Er sah das Gesicht der Polizistin vor sich. Ihr Blick war ernst und voller Entschlossenheit, ihr Haar war streng nach hinten gekämmt. Was ihn beunruhigte, war, daß sie nicht auftrat wie ein Mann. Sie verleugnete ihre Weiblichkeit keineswegs. Wäre sie doch besser eine typische sture Beamtin mit einem kantigen, wie aus Granit gehauenen Gesicht, mit Händen wie eine Bäuerin und einem simplen Weltbild gewesen. Aber Mrs. Barren trug feine Nylonstrümpfe und keine festen Schuhe. Um so bedrohlicher erschien sie ihm. Welche Frau jagte schon ihr Opfer durch ganz Amerika und raste, angetrieben von verletzter Eitelkeit, sinnlos durch die Gegend. Frauen hatten einfach mehr Feingefühl ...

Martin Jeffers mußte über sich selber lachen. Hatte er nicht in der ersten medizinischen Vorlesung gelernt, daß es grundfalsch war zu verallgemeinern?

Besessenheit und Zwanghaftigkeit, das war es. Er dachte an seinen Bruder, an die Polizistin und an sich selbst. Daß die Furien in der griechischen Mythologie Frauen waren, wunderte ihn nicht. Auch ich würde, um die Wahrheit herauszufinden, alles daransetzen, auch wenn ich dabei wie Ödipus mein Augenlicht verlöre, dachte er.

Martin Jeffers starrte ins Leere. Er hatte Angst vor der Nacht, hoffte, daß es bald Morgen würde und er zur Tagesroutine zurückkehren könnte. Erst eine Dusche, dann Kaffee, ins Krankenhaus fahren, auf Morgenvisite gehen, danach zur Sitzung der Therapiegruppe, dann Einzelgespräche mit den Patienten, die immer voller Erwartung an die Tür seines Sprechzimmers klopften. Nichts wünschte er mehr als die Rückkehr zur Normalität, doch zugleich war ihm klar, wie kindisch dieser Wunsch war. Er legte sich eine warme Jacke um die Schultern, löschte das Licht und blieb regungslos in der Dunkelheit sitzen, im Zweifel darüber, ob er lieber schlafen oder wachbleiben sollte, denn beides erschien ihm gleichermaßen furchterregend.

Mercedes Barren sah vom Auto aus, daß Jeffers das Licht ausgeschaltet hatte. Sie wartete eine Viertelstunde, um sicherzugehen, daß er die Wohnung nicht verließ. Dann stellte sie ihren Sitz zurück und deckte sich mit einem kleinen Plaid zu, das sie aus dem Hotelzimmer mitgenommen hatte. Sie prüfte, ob die Türen verriegelt waren. Durch das Fenster drang kühle Nachtluft in den Wagen. Pennington ist ein sicherer Ort, dachte sie. Hier wohnen friedliche, nette Familien, die in ihren Gärten gemeinsam Grillabende veranstalten. Sie war oft hier gewesen, von der Highschool aus, auf Football-Wochenenden. Er hat keine Ahnung, daß ich mich hier ebenfalls auskenne. Sie öffnete den Gürtel ihrer Jeans, legte sich entspannt nach hinten, warf noch einen Blick auf die dunklen Fenster und legte die Hand an den Griff ihrer Pistole, die unter der Decke auf ihrem Bauch lag. Das Gewicht der Waffe gab ihr ein Gefühl der Sicherheit. Sie war zuversichtlich und schob den Gedanken, der sie die meiste Zeit des Abends beschäftigt hatte, beiseite. Sie wußte, daß sie als Polizistin die Gesetze achten mußte. Aber es war nur dieses eine Mal. Der einzige Ausweg in so einer Lage. Sie schloß die Augen und schlief ein, ihre Träume waren jedoch unerquicklich. Es kamen darin verschiedene Personen vor, die sie miteinander verwechselte: ihren Mann und Sadegh Rhotzbadegh, die beiden Jeffers-Brüder, ihre Vorgesetzten und ihren Vater. Als sie kurz vor Morgengrauen durch die Scheinwerfer eines Streifenwagens geweckt wurde, war sie erleichtert. Er fuhr vorbei, und sie sah die Schlußlichter und die roten und blauen Streifen am Dach. Sie fragte sich, wie verschlafen Polizisten sein mußten, die eine Person, die in einer bürgerlichen Wohngegend allein in einem PKW übernachtete, so einfach übersahen. Wozu fahren sie ihre Runden, wenn ihnen ungewöhnliche Dinge nicht auffallen? Natürlich war sie froh darüber, obwohl sie mit ihrer Dienstmarke ihren nächtlichen Autoaufenthalt leicht hätte rechtfertigen können. Sie sah den roten Lichtern nach, in einiger Entfernung bog der Kollege gerade in eine Seitenstraße. Das Bremslicht leuchtete auf, dann war der Wagen verschwunden. Sie reckte sich und sah sich um. Sie blickte in den Rückspiegel und brachte ihr Haar in Ordnung. Dann nahm sie ihre Thermoskanne. Der Kaffee war lauwarm, aber sie trank ihn in kleinen Schlukken, als wäre er dampfend heiß, und aß dazu den Rest eines Blätterteighörnchens.

Die Zweige der Bäume zeichneten sich immer deutlicher gegen den Morgenhimmel ab, die ersten Vögel begannen zu zwitschern. Im frühen Licht wirkten die Häuser kahl und öde. Mercedes Barren befühlte die Schußnarbe an ihrem Bauch. Die vorbeifahrende Streife, die Stille der Frühdämmerung erinnerten sie an den Tag, an dem man auf sie geschossen hatte; es war noch dunkel gewesen, kurz vor Tagesanbruch. In ihrer Erinnerung war manches blitzschnell passiert, anderes im Zeitlupentempo. Während des Streifendienstes hatten sie auf der gegenüberliegenden Straßenseite zwei Jugendliche gesehen, die so auffallend und schnell gingen, daß sie jedem Polizisten mit nur fünf Minuten Berufserfahrung sofort ins Auge fallen mußten.

»Mit den beiden stimmt was nicht«, sagte sie zu ihrem Kollegen. »Sie haben Turnschuhe an, als gingen sie zu einem Spiel, seltsam ist das, um fünf Uhr früh spielt doch kein Mensch Football.«

Er schaute zu den Jungen hinüber und nickte.

»Man riecht, daß das nicht koscher ist«, sagte er.

»Komm, die schnappen wir uns.«

Sie sprach in ihr Walkie-talkie: »Hier 14-0-1. 56. Straße, Ecke Flagler und Northwest 21. Zwei Jugendliche. Einbruchsverdacht. Wir bitten um Verstärkung.«

Der Kollege wendete den Wagen und fuhr von hinten auf die beiden zu. Einen Moment lang war der Funk unterbrochen, dann hörte sie den Kollegen am anderen Ende der Leitung, der bestätigte, daß ein zweiter Wagen unterwegs sei. Sie waren nur wenige Meter hinter den Teenagern. Diese gingen weiter, ohne sich umzudrehen. Für einen Augenblick schaltete der Kollege das Fernlicht ein. »Die sollen mal wach werden!« sagte er. Die beiden erschraken und blieben wie versteinert stehen. Mercedes Barren sah, daß sie kaum älter als elf Jahre waren.

»Mein Gott, das sind ja noch Kinder!« sagte ihr Kollege. Sie stiegen aus dem Wagen und gingen auf die beiden zu.

»Ich möchte wissen, was die geklaut haben«, sagte er noch, als sie die Pistole bemerkte. Sie waren jetzt kaum mehr als einen Meter von den Jungen entfernt. Sie sah, wie der Kollege beide Arme nach vorne warf, um den Schuß abzuwehren, sie versuchte, den Dienstrevolver zu ziehen. Der Schuß ging los, der Beamte fiel hintenüber. Dann drehte sich die Waffe langsam, bis sie auf sie gerichtet war. Später glaubte sie, genau gesehen zu haben, wie die Kugel den Lauf verließ und auf sie zugeflogen kam. Das nächste, woran sie sich erinnern konnte, war, daß sie am Boden lag, nach oben sah und feststellte, daß es bald Tag sein würde, Schichtende. Sie wollte nach Hause gehen, frühstücken und dabei Zeitung lesen. Dann erst faßte sie an ihren Leib und merkte, daß warmes Blut aus einer Wunde strömte. Die beiden Jungen beugten sich über sie, starrten sie entsetzt an. Der eine hob die Pistole, und sie dachte an ihre Familie und ihre Freunde. Statt zu schießen ließ der Junge jedoch die

Waffe fallen und rannte davon. Sie hörte noch das Geräusch seiner Schritte auf dem Pflaster. Es wurde schwächer und schwächer und schließlich übertönt vom Klang der Notarztsirene. Das könnte meine Rettung sein, dachte sie.

Detective Barren kehrte in die Gegenwart zurück. Draußen kurvte ein Zeitungsjunge auf seinem Fahrrad vorbei, ab und zu hielt er an und schob mit geübter Handbewegung die Blätter in die Briefkästen. Er erblickte sie, sah sie erstaunt an, dann kam er auf sie zu. Sie drehte das Fenster herunter und fragte: »Gibt's was Neues?«

»Und ob. Der alte Mr. Macy am Ende der Straße ist auf Urlaub. Wollen Sie seine Zeitung kaufen?«

Sie zog einen Dollarschein aus dem Portemonnaie.

»Hier, stimmt so.«

»Danke sehr.«

Winkend radelte er davon.

Bombenexplosion in Beirut, las sie. Auf dem nebenstehenden Bild waren Sanitäter zu sehen, die Leichen aus den Trümmern eines Hauses zogen. Darunter war ein Artikel über das neue Steuergesetz. Außerdem wurde vom Beginn eines Prozesses gegen einen Gangsterboß berichtet und von einem Verbrechen, das sich in der näheren Umgebung ereignet hatte: Ein Hausbesitzer hatte einen Einbrecher überrascht und erschossen. Der Staatsanwalt war unentschlossen, ob er den Fall zur Anklage bringen oder dem Täter eine Medaille verleihen sollte.

Sie blätterte weiter bis zum Sportteil. Im Trabsport liefen die großen Rennen, und auch die Footballsaison trat in die entscheidende Phase. Sie schaute im Innenteil nach, ob die *Dolphins* vielleicht einen ihrer Lieblingsspieler ausgewechselt hatten, aber das war nicht der Fall. Dafür hatten die *Patriots* einen ihrer *linemen* abgelöst. Er war kräftig gebaut, stammte aus dem Mittleren Westen und hatte immer ungeheuer gut gegen die *Dolphins* gespielt. Im Lauf der Jahre war sie sein Fan geworden, bewunderte seine Ausdauer, seine Art, ohne viel Aufhebens Schmerzen auszuhalten. Seine aggressive Spielweise machte mächtig Eindruck auf sie. Die Nachricht von seinem Verkauf machte sie betroffen, erinnerte sie daran, wie wechselhaft das Leben war. Sie nahm sich fest vor, seinen Nachfolger erst mal kräftig auszubuhen.

Sie schaute zu Martin Jeffers' Apartment herüber und erschrak, als sie sah, daß dort Licht brannte. Sie sah eine Gestalt am Fenster und ließ sich unwillkürlich nach unten gleiten. Los, Doktor, raff dich auf, mach dich auf die Socken! Vor Aufregung wurde ihr ganz heiß. Sie öffnete das Wagenfenster und atmete tief die Morgenluft ein, als hätte sie Angst, an ihren Gedanken zu ersticken.

Martin Jeffers war sicher, geschlafen zu haben, dennoch fühlte er sich genauso elend und müde wie am Abend zuvor. Er nahm eine eiskalte Dusche, um seinen Organismus in Gang zu bringen. Heute muß ich besonders in Form sein, dachte er. Dann machte er zwanzig Liegestütze, setzte sich in den Schneidersitz, richtete sich, die Hände am Hinterkopf, auf, und setzte sich wieder. Das machte er fünfundzwanzigmal hintereinander; Doug sagte immer, diese Übungen seien das einzige, was sie wirklich könnten. Doug schaffte sie spielend, kräftig wie er war.

Martin Jeffers betrachtete sich im Spiegel. Nicht schlecht, dachte er, obwohl ich bei der Arbeit so viel sitzen muß. Wenn ich regelmäßig joggen oder Tennis spielen würde, wäre ich ganz schnell wieder in Hochform.

Dann zog er sich eilig an, blickte zur Uhr. Er dachte an die Detective und ihre Verabredung. Er hatte ihr keine Uhrzeit genannt, war aber sicher, daß sie sehr früh in der Klinik auftauchen würde.

Es gibt keine Beweise, das heißt alles noch gar nichts. Und Brüder übertreiben immer, im Guten wie im Schlechten. Doug hat einen Vogel getötet, und ich dachte immer, der Stiefvater war's. Na gut, aber deshalb ist Doug noch lange kein Mörder. Er band seine Krawatte, hielt aber plötzlich inne, die Arme angewinkelt auf Schulterhöhe. Er schloß die Augen, als ob er dadurch Klarheit in seine widersprüchlichen Gedanken bringen könnte. Dann sagte er laut zu sich selbst: »Was immer Doug getan hat, du hast keinen Beweis. Was immer diese Frau dir erzählt, er ist und bleibt dein Bruder!«

Zugleich war er sich als Psychiater bewußt, daß er wie viele seiner Patienten versuchte, die Wahrheit zu verdrängen. Und das ärgerte ihn ganz besonders.

Hin- und hergerissen zwischen Abwehr und Annahme der Wahrheit, voller Skepsis gegenüber seinen Erinnerungen und allem, was er in seinem Beruf gelernt hatte, fuhr Martin Jeffers in die Klinik. Die Polizeibeamtin, die ihn von der anderen Straßenseite aus beobachtete, bemerkte er nicht.

Sie wartete noch zehn Minuten, um sicherzugehen, daß er nicht zurückkäme. An seinem schnellen Schritt und seinem entschlossenen Gesichtsausdruck hatte sie jedoch sofort erkannt, daß er ins Krankenhaus fuhr, um sie dort zu treffen – sicher hatte ihm ihr Gespräch in der letzten Nacht eine Menge Kopfzerbrechen bereitet.

Wir werden uns schon treffen, aber nicht so früh, wie du erwartest, dachte sie.

Sie hatte einige Skrupel, zu tun, was sie vorhatte. Einerseits sagte sie sich: Du weißt genug, bestimmt ist er kooperativ und hilft dir. Auf der anderen Seite war sie nüchtern genug zu zweifeln, ob der Arzt sie bei der Suche nach seinem Bruder unterstützen würde, es sei denn, absolute Notwendigkeit zwänge ihn dazu. Sie brauchte einen Trumpf, vielleicht könnte sie ihn in seiner Wohnung finden. Möglicherweise wußte er ja seit Jahren schon von all dem und hatte Schweigen bewahrt. Als sie Martin Jeffers zum erstenmal von ihrer Suche nach dem Mörder ihrer Nichte erzählte, hatte er sie erstaunt angesehen, dann aber seine Gesichtszüge sofort wieder unter Kontrolle gebracht. Vielleicht war auch er ein Mörder, wer konnte das mit Sicherheit sagen? Nur Fakten machen stark, sagte sie sich, vage Vermutungen verunsichern nur. Ich muß mehr über ihn erfahren, ich brauche Beweise.

Sie stieg aus dem Wagen, sah sich schnell um und überquerte vorsichtig die Straße. Sie ging nicht direkt auf die Eingangstreppe zu, sondern schlich um das Haus herum. Eines der Fenster von Jeffers' Wohnung stand halb offen.

Sie nahm einen Mülleimer und stellte ihn gegen die Hauswand. Sie sprang hinauf, durchstieß mit der Faust das Fliegengitter und öffnete mit einer fließenden Bewegung das Fenster. Mit einem Hechtsprung war sie in der Wohnung, landete auf dem Wohnzimmerboden wie ein unbeholfener Wasservogel. Sie sprang auf die Füße und schloß schnell das Fenster hinter sich.

Der Gedanke, zum erstenmal mit Erfolg in eine Wohnung eingebrochen zu sein, gefiel ihr. Sie dachte an die vielen Dutzend Einbrecher und Räuber, die sie verhaftet hatte, und stellte sich vor, daß sie alle nebeneinander hinter ihr stünden und ihre applaudierten. Jetzt bin ich einer von ihnen, dachte sie.

Sie begann, sich in der Wohnung umzusehen. Der Anblick wild durcheinandergeworfener Kleidung war ihr zuwider. Aber nur für einen Moment. Er erinnerte sie an ihre Besuche bei John Barren, als er im ersten Semester war und sie noch nicht zusammenlebten. Damals lagen seine Socken in der Ecke herum, seine Unterwäsche hatte er achtlos in einen grauen, metallenen Aktenschrank geworfen, zwischen Vorlesungsmitschriften und Bücher. Er lebte in einer Riesenunordnung, als sei sein Geist sich zu schade, mit Dingen des täglichen Lebens belastet zu werden. Seine Mutter hatte immer alles hinter ihm hergeräumt, und er hauste, als käme jeden Augenblick eine Fee vorbei, um seine ungewaschenen Socken aufzusammeln und im Nu in frische zu verwandeln. Sie durfte die Fee spielen. Wir haben uns geküßt und umarmt, wenn sein Zimmergenosse nicht da war, und dann bin ich zum nächsten Waschsalon gegangen. Wir Frauen sind auch wirklich unbelehrbar. Fast hätte sie laut gelacht, doch dann hörte sie ein Geräusch im Hausflur und erstarrte vor Schrecken. Sie wußte nicht, ob es der Klang einer Stimme, das Öffnen einer Tür oder Schritte waren. Sie lauschte angestrengt, hörte aber nichts als das Klopfen ihres Herzens.

Er kann unmöglich zurückgekommen sein, dachte sie. Sie zog die Neunmillimeter aus dem Haltegurt, wartete regungslos. Ich bin verrückt! Weg mit der Knarre. Wenn er es tatsächlich ist, rede ich mit ihm. Er wird zwar wütend sein, aber er wird mich verstehen.

Sie richtete die Pistole auf die Tür, denn ihr war ein schrecklicher Gedanke gekommen: Vielleicht war es der Bruder, beide steckten unter einer Decke, und er hatte ihm Unterschlupf gewährt.

Bleich vor Angst ging sie in die Hocke, versuchte, ihre zitternde Hand ruhig zu halten. Dann nahm sie alle Kraft zusammen, zwang sich, ruhig und regelmäßig zu atmen. Sie richtete den Lauf der Pistole leicht nach unten, wie sie es auf dem Schießstand gelernt hatte.

Ich muß ihn gleich mit dem ersten Schuß treffen. Zuerst schieße ich ihn in die Brust, dann in den Kopf. Sie kniff ein Auge zu, holte tief Luft, dann hielt sie den Atem an. Sie lauschte, aber nichts war zu hören. Sie blieb schußbereit stehen. Dreißig Sekunden verstrichen, eine Minute. Es blieb unheimlich still.

Schließlich sagte sie sich: Nein, da ist niemand. Ich muß den Verstand verloren haben. Ich muß suchen, ein Beweisstück finden, damit ich hier endlich wegkomme. Sie warf einen flüchtigen Blick ins Schlafzimmer, dann durchsuchte sie es, ohne bestimmten Plan. Unter dem Bett fand sie zwei Ordner mit privaten Papieren. Sie zog sie hervor, öffnete sie und las sie durch, so schnell sie konnte. Es waren Steuerbescheide, Darlehensanträge, Zeugnisse von der Medizinischen Hochschule. Sie blätterte, bis sie auf den Brief eines katholischen Wohlfahrtsverbandes stieß, der sechs Jahre alt war. *Leider können wir ihnen keine weiteren Informationen über Ihre leibliche Mutter geben. Alle diesbezüglichen Unterlagen sind beim Brand des St.-Steven-Krankenhauses im Jahr 1972 vernichtet worden,* las sie.

Mercedes Barren starrte auf das Blatt. Es erschien ihr interessant, ohne daß sie hätte sagen können, warum. Sie fand einen weiteren Brief, der von einer Frau geschrieben sein mußte. *Lieber Marty, es tut mir sehr leid, aber ich glaube, das klappt nicht so ganz mit uns beiden ...* Es folgten rührselige Selbstvorwürfe einer gewissen Joanna. Mercedes Barren durchschaute die Taktik: Ich nehme alle Schuld auf mich, obwohl ich gar nichts dafür kann. In ihrer Jugend hatte sie einem Dutzend Freundinnen geholfen, solche Briefe zu verfassen. Sie war plötzlich traurig, denn sie mußte an Susan denken, die sie eines Tages – damals sechzehnjährig – angerufen hatte, um sie in einer ähnlichen Lage um Rat zu fragen.

Nach weiterem Suchen fand sie eine vergilbte Zeitung, eine *Vineyard Gazette* von einem Tag im August vor zwanzig Jahren. Ganz oben stand: *Fangrekord mit 21 Schwertfischen.* Daneben las sie in etwas kleinerer Schrift: *Sommergast bei Badeunfall ums Leben gekommen. Robert Allen starb am Dienstag. Er war am frühen Abend vom Südstrand ins Meer hinausgeschwommen, geriet in eine Strömung und wurde einen Kilometer hinausgetrieben. Der Geschäftsmann aus New Jersey kämpfte vergeblich gegen die Wellen. Polizei und Küstenwache gaben als Todesursache Erschöpfung an.*

Die Erwähnung von New Jersey machte sie stutzig, der Name des Mannes allerdings sagte ihr nichts, und so las

sie weiter: *Stadtrat von Tisbury lehnt Antrag der Konser-*
vativen auf Gesetzesänderung ab, lautete die Schlagzeile nebenan. Vielleicht finde ich etwas auf der Innenseite, dachte sie, aber dort fand sie nur Kleinanzeigen, Reportagen
über Ereignisse in der Provinz, Besuche von Lokalgrößen,
Hochzeiten, kleine Artikel über die Sorgen der Bauern und
vorsichtige Schätzungen, wieviel Zecken dieses Jahr in den
Wäldern waren. Sie blickte erneut auf die Titelseite und
betrachtete das Bild vom Fang der Schwertfische. Es stand
kein Fotografenname darunter. Ob es von ihm stammt?
fragte sie sich. Die strahlenden Augen des erfolgreichen
Fischers standen in seltsamem Kontrast zu den trübe gebrochenen Augen der Opfer. Das wäre genau sein Stil, dachte sie.

Sie legte die Zeitung zurück in den Ordner, ergebnislose
Suche. Sie ging ins Wohnzimmer, fand seine Steppdecke
auf einem Sessel. Hier hat er also geschlafen, wenn er überhaupt ein Auge zugetan hat.

Auf dem Boden um den Sessel herum waren Zeitschriften zerstreut. Damit hat er sich wohl ablenken wollen, na
ja, das wird ihm kaum gelungen sein.

Sie kniete sich hin, betrachtete die Zeitschriften genauer. Eine davon fiel ihr besonders ins Auge, es war eine vor
sechs Monaten erschienene Nummer von *Life.* Sie wußte
schon, bevor sie sie öffnete, was sie darin finden würde. Sie
blätterte, bis sie den Hinweis: *Fotos von Douglas Jeffers*
fand. Sie blickte auf das körnige Grau eines Fotos, das bei
näherem Hinsehen einen Notarzt auf einer Intensivstation zeigte. Er machte einen erschöpften Eindruck. Mercedes Barren war erstaunt, wie ungeheuer plastisch der Fotograf die Wirklichkeit eingefangen hatte. Ich weiß, wonach
Martin Jeffers gesucht hat, dachte sie. Sie sah ihn vor sich,
wie er verzweifelt versuchte, etwas aus den Bildern herauszulesen. Sie blätterte sämtliche Zeitschriften durch, sah
sich alle Fotos von Jeffers an. Manche beeindruckten sie so

sehr, daß sie bei ihrem Anblick erschrak. Aber sie sagten ihr nichts Neues. Dieser Mann gehört wirklich zu den ganz Großen. Aber das ist auch alles, was ich hier über ihn erfahren kann. Man sieht ungeheuer viel, aber die Bilder verraten nichts über Jeffers' Geheimnis. Enttäuscht legte sie die Zeitschriften wieder so hin, wie sie sie vorgefunden hatte.

Sie ging zum Schreibtisch und sah dort einen Umschlag liegen, mit der Aufschrift: *Schlüssel zu Dougs Wohnung.*

Es dauerte eine Weile, bis sie begriff, was sie dort gefunden hatte. Dann aber griff sie blitzschnell danach, fühlte den Schlüssel und war fast außer sich vor Freude. Sie stopfte eilig den Umschlag in die Tasche, dann hob sie beide Arme hoch wie ein Sportler nach einem Sieg. Aber gleich darauf rief sie sich, verärgert über sich selbst, zur Ordnung.

»Ich brauche die Adresse«, sagte sie laut. Neben dem Telefon fand sie ein schwarzes Büchlein. Die Seite mit Douglas Jeffers' Adresse riß sie heraus und steckte sie ein. Dann ging sie zur Tür, blickte sich kurz um, und verließ die Wohnung.

Auf der Straße begegnete sie einer älteren Dame, die einen Hund an der Leine führte und sich mit einem Regenschirm vor der Sonne schützte.

»Guten Morgen«, sagte die Dame freundlich.

»Schöner Tag heute«, antwortete Mercedes Barren.

»Viel zu heiß im Sommer, viel zu kalt im Winter, aber so ist das Leben nun mal.«

Beide lächelten. Mercedes Barren nickte der Dame zu und ging über die Straße. Die Wärme der Sonne und diese Begegnung gaben ihr für einen Augenblick die Illusion einer friedlichen Welt ohne Sorgen.

Doch dann fühlte sie nach dem Schlüssel in ihrer Tasche. Ich bin einen großen Schritt weitergekommen, dachte sie. Dann verließ sie in eiligem Tempo das friedliche Pennington mit dem Ziel New York.

Das Gespräch kam nur mühsam in Gang. Martin Jeffers hatte die heutige Sitzung mit einer simplen Frage begonnen: »Sie alle haben Verwandte. Was, meinen Sie, denken die von Ihnen? Haben sie mit Ihrer Tat irgend etwas zu tun?«

Eine Weile herrschte betretenes Schweigen. Jeffers war sich im klaren darüber, daß er ein heißes Eisen anfaßte. Natürlich interessierte diese Frage auch ihn selbst. Zunächst versuchte er, sich ein Bild seines Bruders zu machen, dann aber hörte er aufmerksam den Antworten seiner Patienten zu. Einige wiesen energisch zurück, daß ihre Verwandten auch nur das geringste mit ihren Verbrechen zu tun hätten. Für Jeffers war damit das Gegenteil bewiesen. Was die Verlorenen Knaben besonders heftig bestritten, kam im allgemeinen der Wahrheit am nächsten. Er wartete, bis sich alle geäußert hatten, um dann eine Art Zwischenbilanz zu ziehen. Er hatte jedoch heute Mühe, sich zu konzentrieren, und war froh, daß die Männer mit so viel Eifer bei der Sache waren. Das Gespräch lief ganz von selbst. Ungeduldig sah er auf die Uhr. Wo sie nur bleibt, dachte er.

»Was das Irrste war«, sagte Meriwether mit seiner dünnen, piepsigen Stimme, »als sie mich erwischten und wieder hier in die Sommerfrische schickten, war meine Alte viel trauriger als ich. Ich dachte: Jetzt läßt sie sich scheiden, oder sie erschießt mich auf der Stelle. Die ist doppelt so schwer wie ich und hätte sich auch einfach auf mich stürzen können ...«

Die Männer lachten.

Ob sie ihn verhaften will? fragte sich Jeffers. Ihr Blick war von unglaublicher Kälte gewesen.

»Aber sie tat nichts von alldem. Sie heulte und rang die Hände. Und als ich abgeholt wurde, selbst da wollte sie es noch nicht glauben. Für sie hatte ich nicht das Kind der Nachbarn verführt, sondern umgekehrt. Sie wollte sich ihre

gute Meinung von mir einfach nicht kaputtmachen lassen.«
Meriwether zögerte: »Das Kind war gerade erst elf ...«

Jeffers mußte unwillkürlich an seinen Bruder denken. Immer hat er mich in alles mit reingezogen. Überallhin nahm er mich mit, wollte nichts ohne mich machen, auch wenn ich nur zuschaute. Und ich habe immer getan, was er sagte. Welcher kleine Bruder schlägt dem älteren schon etwas ab?

»Verdammt sonderbar, die Frau. Zweimal pro Woche kommt sie auf Besuch. Und der Gnadenstelle rennt sie wegen Haftverkürzung die Türen ein.«

Er sah in die Runde: »Weiß einer von euch eine Erklärung dafür?«

Erinnerungstour hatte sein Bruder es genannt. Was, zum Teufel, hatte er bloß damit gemeint? Wo war er hingefahren? Was haben wir schon an schönen Erinnerungen? fragte er sich. Ob er nach Princeton, zu unserem Haus in dieser trostlosen Straße gefahren ist? Zur Apotheke, die heute einer Ladenkette gehört? Was will er da bloß? Es ist genau wie früher. Damals hat er mir auch nie verraten, was er vorhatte.

Wassermann antwortete Meriwether auf seine Frage.

»Mit meiner Mutter ist es genauso. Jede Woche schickt sie mir ein Päckchen. Sie kann es einfach nicht glauben, daß ich zu so was fähig bin. Ich könnte vor ihrer Nase ein Mädchen vergewaltigen und umbringen. Sie würde zusehen und hinterher sagen: ›Liebling, du bist ein bißchen sehr grob zu ihr gewesen. Vor Schrecken hat sie einen Herzinfarkt bekommen, und jetzt ist sie im Himmel.‹«

Jeffers fiel auf, daß Wassermann, der normalerweise stotterte, flüssig und ohne Mühe gesprochen hatte.

Immer sagte Doug mir nur das, was ich nach seiner Meinung wissen sollte. Und jetzt sitze ich hier, ohne die geringste Ahnung. Oder ob ich nicht doch vielleicht ...? Die Männer lachten und johlten.

»Ma-manchma-mal da-dachte ich, Ma-ma-mam wä-wäre no-noch ve-verrückter als ich.«

Die anderen nickten.

Pope sagte mit Überzeugung in der Stimme: »Keiner will es wahrhaben. Wenn du eine Tafel Schokolade klaust nicht und bei schlimmeren Sachen noch weniger. Und wenn du wegen Sitte geschnappt wirst, dann am allerwenigsten.«

»Nicht immer«, warf Miller, ein ausgekochter Schwerkrimineller, ein. Alle sahen zu ihm hin, er blickte durch den Raum, als suche er ein verlorenes Schmuckstück.

»Denkt mal nach, ihr habt doch alle jemand, egal ob Vater, Mutter oder sonstwen, der wußte, wozu ihr fähig seid, und der euch deswegen haßte. Ihr wurdet verprügelt, bestraft, und wenn ihr Glück hattet, wurdet ihr diesen Menschen auf irgendeine Weise los. Natürlich denkt unser guter Doktor und die Justiz anders darüber.«

Miller hatte die anderen mit seiner Äußerung beeindruckt, was er sichtlich genoß. Er fuhr fort: »Es gibt immer jemanden, der genau weiß, wie es bei dir drinnen aussieht. Das ist ja auch nicht weiter schlimm, aber natürlich kann man solche Leute nicht so behandeln wie die anderen.«

Die Männer redeten leise untereinander, dann schwiegen sie. Jeffers versuchte, eine Frage, die ihn bedrängte, zurückzuhalten. Er fürchtete sich vor diesen Leuten, die leicht die Selbstbeherrschung verloren, manchmal blind ihrem zerstörerischen Trieb folgten. Er fragte dennoch:

»Was würden Sie tun, wenn Sie erführen, daß jemand, den Sie gern haben, ein enger Verwandter vielleicht, zum Verbrecher geworden ist?«

Die Männer zögerten einen Moment, dann antworteten sie alle auf einmal.

Detectice Barren nahm die Washington-Bridge, statt durch den Holland-Tunnel zu fahren, trotz aller Eile machte sie diesen Umweg, denn Tunnel waren ihr von Kindheit an unheimlich. Die Vorstellung unendlicher Wassermassen über ihrem Kopf schreckte sie. Von der Brücke aus warf sie einen schnellen Blick auf den Hudson, der in der Sonne glitzerte. Weiße Segel waren zu erkennen, mit denen der Wind spielte. An Tagen mit solchem Wetter verstand sie, warum Henry Hudson, als er zum ersten Mal den Fluß erreichte, überzeugt war, die Nord-West-Passage entdeckt zu haben. Dachte man sich alle Gebäude und Schiffe weg, und stellte man sich die ursprüngliche Landschaft vor, hätte man wirklich glauben können, daß ein oder zwei Flußabbiegungen weiter China begann. Sie betrachtete die Skyline, all die hochaufragenden Bauwerke, die ihr erschienen wie eine Armee in Alarmbereitschaft. Sie konzentrierte sich wieder auf die Fahrt, sah starr geradeaus und fuhr zielbewußt auf Douglas Jeffers' Wohnviertel zu. Sie war überrascht, nur einen Block von seiner Wohnung entfernt einen Parkplatz zu finden. Sie stellte den Wagen ab, ging in einen Feinkostladen und kaufte ein paar Lebensmittel. Dann ging sie mit der Einkaufstüte zu dem mittelgroßen Backsteingebäude in der West End Avenue. Ein altmodisch gekleideter Portier öffnete ihr die Tür.

»Zu wem wollen Sie?«

»Ich wohne bei meinem Vetter und sehe mir New York an. Er ist auf Reisen«, sagte sie freundlich. »Doug Jeffers, der bekannte Fotograf ...«

»Vier F«, antwortete der Mann.

»Ich weiß Bescheid«, sagte sie mit einem Lächeln.

Sie betrat den Aufzug und fuhr hinauf. Auf dem oberen Flur war zu ihrer Erleichterung niemand zu sehen. Vor der Wohnungstür stellte sie die Einkaufstüte ab, nahm den Schlüssel in die linke Hand und zog mit der rechten die Neunmillimeter aus der Tasche. Sie lauschte, aber hinter der dicken schwarzen Tür war kein Laut zu vernehmen.

Sie steckte den Schlüssel ins Schlüsselloch, spürte, wie

das schwere Schloß nachgab, schob die Tür auf und schlüpfte hinein. Sie hob die Pistole in die Höhe, zielte, nahm ihre Umgebung über den Lauf hinweg wahr. Sie drehte die Waffe nach rechts, dann nach links, in die Mitte, konnte aber niemanden sehen. Sie wartete, vernahm aber keinen Laut. Sie ließ die Pistole sinken, nahm die Lebensmitteltüte und stellte sie in der Wohnung ab. Sie schloß die Wohnungstür, drehte den Schlüssel herum und legte die Kette vor. Dann machte sie sich an die Durchsuchung der Wohnung.

»Es ist, als sähe ich alles leibhaftig vor mir«, sagte sie laut. Die vielen hundert Verbrechen, die sie im Lauf ihrer Karriere gesehen hatte, kamen ihr in den Sinn, die vielen blutüberströmten, verstümmelten Leichen, alle nacheinander, wie in einem Marionettenstück. Ihr makabrer Anblick, der oft unerträgliche Geruch, sie sah es vor sich und roch es buchstäblich, und einen Moment lang dachte sie, in der Wohnung sei eine Leiche.

Sie schüttelte den Kopf, um sich so von diesen Eindrücken zu befreien und sagte laut: »Mal sehen, was wir hier finden.«

Sie ging von Raum zu Raum, immer mit gezückter Pistole.

Als sie sicher war, daß sich niemand sonst in der Wohnung befand, sah sie sich alles genauer an. Sie war erstaunt, alles so wohlgeordnet und sauber vorzufinden. Der Unterschied zur Wohnung des Bruders sprang ins Auge. Das Apartment war nicht sehr groß: Es bestand aus einem Schlafzimmer für eine Person, einem Bad, einer kleinen Küche, einer Eßdiele und einem großen, quadratisch geschnittenen Wohnzimmer. Ein Teil dieses Raumes war offensichtlich abgetrennt und in eine Dunkelkammer verwandelt worden. Die Möbel waren geschmackvoll und bequem, aber nicht uniform von einem Möbelhaus eingerichtet, sondern von einer Person, die viel Geschmack und einen sicheren Blick für Besonderes hatte. Einige Stücke waren antik, in allen Zimmern standen auf Regalen und Tischen irgendwelche Souvenirs herum. Mercedes Barren nahm eine Granathülse in die Hand, die offensichtlich von einem Mörser stammte. Daneben standen kleine Statuetten, eine schien aus Mittelamerika zu stammen, eine andere war afrikanischer Herkunft und stellte eine Fruchtbarkeitsgöttin dar. In einer durchsichtigen Plastikhülle fand sie einen riesigen Haifischzahn und in einer zweiten einen Stein. Darauf stand: *Olduvai Gorge, Zwei Millionen Jahre alt.* Jeffers besaß einen großen Arbeitstisch und ein Zeichenbrett, die in Fensternähe standen. Auf dem Tisch lag Fotografenzubehör: Negative, Filme, Fotopapier. An einer Wand des Wohnzimmers war ein riesiges Bücherregal angebracht. Die Tapete in dem Raum war weiß, zwei gerahmte Poster hingen an der Wand. Das erste stammte von einer Fotoausstellung des Museums of Modern Art, das zweite von einer Ansel-Adams-Retrospektive in der Horne Gallery.

Alle übrigen Bilder schienen Werke von Douglas Jeffers zu sein. Es waren Dutzende, in allen Formaten und Größen, in verschiedenen Rahmen. Sie sind genau wie die in den Illustrierten, dachte sie. Sie verraten alles, und trotzdem schweigen sie. Ein kleineres Bild in einer Ecke fiel ihr besonders auf. Es war ein Mann mittleren Alters darauf zu sehen, der sich eine erstaunliche Jugendlichkeit bewahrt hatte. Er trug olivgrüne Hosen und einen blauen Kittel, hatte mehrere Kameras und Objektive umgehängt. Im Hintergrund war eine dschungelartige Landschaft zu sehen. Sie sah Kletterpflanzen, die sich um Tausende ineinander verschlungener Äste rankten. Er saß auf Kisten, die mit Nummern versehen waren und offensichtlich Munition enthielten, und grinste in die Kamera. In der rechten Hand umfaßte er die Kamera wie ein Schütze seine schußbereite Pistole. Links unten auf dem Rahmen klebte ein kleiner

Zettel, auf dem mit Schreibmaschine *Selbstporträt, Nicaragua, 1984* geschrieben war.

»Hallo, Mister Jeffers«, sagte sie. Sie nahm das Foto von der Wand und hielt es hoch. »Ich bin Ihr Verderben.« Sie hängte das Bild zurück an die Wand. Dann sah sie sich den Schreibtisch an. Genau in der Mitte lag ein großer weißer Umschlag, auf dem in Druckbuchstaben stand: *Für Marty*. Eilig griff sie danach.

Die Verlorenen Knaben hatten so heftig diskutiert wie lange nicht. Weingarten hatte mit seiner weinerlichen Stimme gesagt: »Was kann man da schon tun? Soll man ihn auffordern aufzuhören? Die Leute machen ja doch, was sie wollen. Man kann sie zu nichts zwingen. Mich könnte ja auch keiner dazu bringen, Schluß zu machen.«

Pope hingegen hatte unverblümt gesagt: »Wenn einer aus meiner Sippe so was täte, ich würde das Schwein sofort abknallen. Dadurch bliebe ihm 'ne Menge erspart.«

»Ach nee, geht es dir so schlecht, du Ärmster?« hatte Steele ihn gefragt. »Wenn ich dich so sehe, kann ich mir das kaum vorstellen.«

»Nimm dich in acht, du schwule Sau, ich murks' dich ab!« rief Pope.

Angesichts dieser Drohung brachen alle in lautes Gelächter aus. Einen Mann wie Steele umzubringen, war reine Zeitverschwendung. Darüber waren sich alle einig, und sie machten daraus keinen Hehl.

Mehr war bei dem Gespräch nicht herausgekommen. Martin Jeffers war verzweifelt, denn er hatte gehofft, bei ihnen, die die Sache besser kannten als jeder andere, Rat zu finden. Nun saß er allein in seinem Büro, draußen war Nacht, es herrschte eine Stille, die nur ab und zu durch kurzes Stöhnen oder Schreie von Patienten unterbrochen wurde. Die Nacht weckt unsere Ängste, dachte er, und der Tag mildert sie.

Erneut dachte er an die Worte der Verlorenen Knaben. Parker hatte gesagt: »Sie müssen das tun, was richtig ist. Aber was ist schon das Richtige? Das sieht jeder anders. Wenn Sie zur Polizei gehen, wollen die sofort alles genau wissen. Mit denen freunden Sie sich bestimmt nicht an, Bullen wollen immer nur eines: festnehmen. Und Sie liefern denen doch nicht Vater, Bruder, Schwester oder sonstwen aus, oder? Nichts ist so eng wie Blutsbande.«

Knight unterbrach ihn: »Wenn man die Schnauze hält, macht man sich mitschuldig.«

Darüber waren die Männer geteilter Meinung.

»Es müßte einen Extraknast für Mitwisser geben, die die Schnauze halten«, sagte einer.

Er hat nicht unrecht, dachte Jeffers. Beim Holocaust haben die Leute auch geschwiegen, obwohl sie von den Verbrechen wußten. Eines der Hauptprobleme bei den Nürnberger Prozessen war, die Mitläufer – Politiker, Ärzte, Rechtsanwälte, Geschäftsleute – dingfest zu machen.

Jeffers war erstaunt, mit welcher Energie die Männer heute diskutiert hatten. Offenbar hatten sie sich schon alle irgendwie mit der Frage beschäftigt, was ihre Kriminalität für die Angehörigen bedeutete. Sie hatten um zwanzig Minuten die Zeit überzogen.

Die Männer standen auf, redeten in kleinen Gruppen miteinander, bewegten sich langsam zum Ausgang. Plötzlich drehte sich Miller zu Jeffers um und fragte: »Warum haben Sie uns das eigentlich gefragt? Hatten Sie einen besonderen Grund dafür?« Die Männer blieben stehen und sahen Jeffers an. Er schüttelte den Kopf, gab sich nach außen hin sicher und ausgeglichen, spielte den wißbegierigen Intellektuellen, der selbst nicht betroffen ist und alles mit ironischer Distanz betrachtet. Ohne weiter zu fragen, verließen die Verlorenen Knaben den Raum.

Das nimmt mir keiner ab, nicht einen Augenblick lang, dachte er.

Jetzt starrte er aus dem Fenster seines Büros in die Dunkelheit. Ich will einfach nicht glauben, daß mein Bruder ein Mörder ist. Sie haben doch den Täter schon. Also, warum macht diese Polizistin mich verrückt? Wo sie wohl jetzt steckt?

Bis zwölf hatte er auf ihren Anruf gewartet und schließlich im Hotel angerufen, aber sie hatte nicht abgenommen. Die Telefonzentrale sagte ihm, daß sie noch nicht abgereist sei. Jeffers versuchte sich zu entspannen. Ich muß abwarten, was geschieht, sagte er sich. Sie wird mir sicher einiges zu erzählen haben. Allerdings ist sie nicht die einzige, die mir eine Erklärung schuldet.

Er zerknüllte ein Blatt Papier, nahm einen Bleistift und brach ihn entzwei. Er hätte gerne mit der Faust gegen etwas geboxt, fand aber kein geeigneten Gegenstand. So schlug er heftig mit der flachen Hand auf die weiße Wand. Der Schmerz tat ihm wohl, denn er befreite ihn für einen Moment von seinen quälenden Gedanken.

Wo in Teufels Namen steckte dieses Polizistenweib?

Mercedes Barren saß in Douglas Jeffers' Wohnung auf dem Boden, um sie herum eine unbeschreibliche Unordnung. Sie hatte sämtliche Lampen eingeschaltet. Es war spät, und sie war ungeheuer müde. Sie hatte alles durchsucht, sämtliche Räume, alle Gegenstände, sogar die Negative in der Dunkelkammer. Gefunden hatte sie nichts. Keinerlei Hinweis auf eine Reise nach Miami. Tränen der Wut stiegen in ihr hoch. Sie war sicher, daß irgendwo in dieser Wohnung etwas sein mußte, das Jeffers mit dem Verbrechen in Verbindung brachte. Sie wußte, daß sie ganz kurz vor dem Ziel stand. Dieses Gefühl hatte sie schon an Hunderten von Tatorten gehabt. Und es hatte sie bisher nicht getäuscht. Sie war überzeugt, das Jeffers der Mörder war. Seine Bücherregale quollen über von Literatur über Kriminalität, Romane, Sachbücher, Reportagen. Viele kannte sie, aber bei weitem nicht alle; dieser Mann war ihr weit überlegen. Ein absoluter Profi in Sachen Verbrechen.

Aber natürlich reichten diese Bücher als Beweis nicht aus. Würde sie die Bibliothek dem Bruder zeigen, gäbe er sicher zu, daß diese Sammlung nicht gerade einem normalen Hirn entsprungen, aber schließlich nicht ganz so ungewöhnlich sei für jemanden, der so oft Leichen fotografierte. Sie blickte auf die Fotos an der Wand und fragte sich, wie ein Mensch es aushalten konnte, ständig solche Horrorszenen vor Augen zu haben.

Ich habe nichts in der Hand, aber auch rein gar nichts, dachte sie und trommelte mit beiden Fäusten auf den Boden. Schließlich nahm sie den Brief, den Doug Jeffers an seinen Bruder geschrieben hatte und las ihn – wahrscheinlich zum hundertsten Mal.

Lieber Marty,

Wenn Du diese Nachricht erhältst, wird eine von verschiedenen möglichen Situationen eingetreten sein. Sicher erwartest Du eine Erklärung von mir. Aber die brauchst Du gar nicht, weil Du alles sowieso schon weißt. Es tut mir leid, daß ich Dir Unannehmlichkeiten bereitet habe, aber es ließ sich nicht anders machen. Wir sehen uns in der Hölle wieder,

Dein Dich liebender Bruder Doug.

P.S. Na, wie findest Du die Bilder, ganz schön beeindruckkend, was?

Sie legte den Brief zur Seite. Er gab ihr nicht den kleinsten Hinweis. Unbändiger Haß überkam sie und schnürte ihr die Kehle zu. Sie wünschte, dem Mörder ins Gesicht spukken zu können, ihm die Hände an die Gurgel zu legen und ihn zu erwürgen, so wie er es mit ihrer Nichte getan hatte.

»Nein, ich gebe nicht auf«, sagte sie laut. »Ich erwische dich noch, das schwör' ich dir!« Dann sagte sie noch seufzend: »O Susan«, doch in ihrer Stimme lag weniger Trauer als Zorn. Unwillkürlich blickte sie auf Jeffers' Selbstporträt. Dann sprang sie auf, näherte sich dem Bild, sah das ironische Grinsen, das sich über ihren Mißerfolg zu amüsieren schien. In einer spontanen Geste nahm sie den plastikverpackten Stein aus dem Olduvai Gorge und schleuderte ihn in blinder Wut auf das Foto. Als sie das Glas zersplittern hörte, kam sie zur Vernunft. Sie blickte auf die Wand und stellte fest, daß der Stein nicht das Selbstporträt, sondern ein anderes Bild getroffen hatte. Immer noch grinste Douglas Jeffers auf sie herunter, unangreifbar. Sie bückte sich, um das andere Bild aufzuheben, dessen Rahmen zerbrochen und dessen Glas in tausend Stükke zersplittert war.

»Na, abreagiert?« fragte sie sich selbst spöttisch. »Jetzt ist das Chaos hier noch ein bißchen größer.«

Sie hatte nicht vor, die Wohnung wieder instandzusetzen. Sie gab dem Foto, der Farbaufnahme eines Straßenkampfes, einen verächtlichen Tritt. Im Hintergrund waren Rauch und Feuer zu sehen, vorne Polizisten, Feuerwehrleute und Fahrzeuge, deren Scheinwerfer hypnotisierend wirkten. »Guter Schnappschuß, nicht dein bester, aber trotzdem«, sagte Mercedes Barren laut. An einer Ecke war das Foto zerrissen. Sie hätte es nicht bemerkt, wäre nicht die Stelle von auffallend trübem Grau gewesen. Sie legte das Bild unter die Schreibtischlampe, betrachtete es genau und berührte die Stelle mit der Hand. Offenbar war das ganze Foto auf ein Blatt Papier geklebt. Vorsichtig zog sie die obere Schicht ab. Immer mehr wurde von dem schwarzgrauen Untergrund sichtbar. Sie sah genauer hin und bemerkte, daß es sich ebenfalls um ein Foto handelte. Vorsicht! ermahnte sie sich. Sorgfältig zog sie weiter an dem oberen Bild und fühlte sich wie ein Kind, das ein altes Pflaster von einer Wunde abreißt. Erst tut es weh, aber wenn alles vorbei ist, spürt man große Erleichterung. Als das untere Foto freigelegt war, sah sie den nackten Körper einer jungen Frau.

Ihre Hände begannen zu zittern, Schweiß trat ihr auf die Stirn. »Susan!« rief sie, doch die Beine der Frau waren zu stämmig, das Haar zu kurz. Auch hatte Susan ganz anders dagelegen. Der Strauch, der im Scheinwerferlicht zu erkennen war, wuchs in Florida nicht.

»Es ist doch nicht Susan«, sagte sie laut.

Irgendeines seiner verdammten Leichenfotos, dachte sie enttäuscht. Dann aber fiel ihr auf, daß das Bild in aller Eile aufgenommen war, ohne besondere Sorgfalt, ohne Rücksicht auf Proportionen und Tiefenschärfe. »Wenn du nicht Susan bist«, sagte sie zu der Frau auf dem Foto, »wer bist du dann?«

Auf der Brust sah sie einen großen dunklen Fleck. Das konnte nur Blut sein. Spuren von polizeilichen Untersuchungen waren auf dem Foto nicht zu erkennen.

Einer plötzlichen Eingebung folgend nahm sie ein weiteres Bild von der Wand, die Silhouette eines Bauern mit einem Büffelpaar vor einem fernöstlichen Abendhimmel. Sie warf das Bild zu Boden. Wieder zerbrachen Rahmen und Glas. Auch dieses Foto war auf ein zweites geklebt. Sie löste es vorsichtig mit einem Federmesser. Als das untere Bild langsam zum Vorschein kam, sah sie zuerst ein nacktes Bein, dann einen Arm, dunkel gemasert. Sie hatte oft genug Fotos von Gewaltverbrechen gesehen, um sofort zu wissen, daß es sich um Blut handelte. Sie blickte auf die Wand und sagte dann voller Entsetzen und Verzweiflung: »Susan, du bist auch hier irgendwo.«

Ihr wurde übel. Sie sah Douglas Jeffers vor sich, wie er hier saß und seine Bilder betrachtete, in Wirklichkeit aber innerlich die Leichen sah, die sich hinter den anderen Fotos verbargen. Die Gesichter an den Wänden wurden ihr unheimlich. Eine ungeheure Angst überkam sie. Doch dann sagte sie sich: Ich habe einen Kopf. Ich muß nachdenken, auf Fakten achten und logische Schlüsse daraus ziehen. Ich bin hier, um zu arbeiten, so wie ich es seit Jahren gewohnt bin. Sie zitterte. Ich habe Angst, ich will mir nichts vormachen. Dann rief sie laut: »O mein Gott, ihr seid alle hier, alle! Ich weiß nicht, wer ihr seid, aber er hat euch alle hierhergebracht.« Ein Schrecken durchfuhr sie. Könnte ich die nächste sein?

10

Fragwürdige Idole · Zwei Mädchen für Playboy · Schüsse im Wald

ANNE HAMPTON SASS im Wagen, Jeffers kontrollierte Öl und Kühlwasser. Die Nacht hatten sie im *Sweet Dreams Motel* verbracht, in Youngstown, Ohio, nicht weit von der Autobahn. Ihr Blick fiel auf den Stapel von Heften, die sie in einem Fach neben ihrem Sitz aufbewahrte. Inzwischen waren es schon elf. Sie nahm eines heraus und öffnete es. Sie las die Geschichte von Charles Starkweather und Carill Ann Fugate, die im Jahr 1958 in Lincoln, Nebraska und Umgebung zahlreiche Morde begangen hatten. »Das waren Mörder ohne Sinn und Verstand, die einfach drauflos töteten. Ein amerikanischer Alptraum par excellence. Charlie gab sich wild und unbeherrscht wie James Dean. Er brachte zehn Leute um, sogar seine kleine Schwester. Neunundfünfzig wurde er hingerichtet. Sie waren ein Liebespaar, aber am Ende lief sie ihm davon. Sie war auch erst vierzehn.«

Wenn ich schnell schreiben muß, habe ich die reinste Kinderklaue, dachte sie. An der Uni habe ich viel erwachsener, kleiner und schöner geschrieben. Es kam ihr vor, als sei sie schon seit ewigen Zeiten mit Jeffers unterwegs, als liege alles andere Jahre zurück. »Am Ende lief sie ihm davon.« Jeffers hatte diese Worte in bitterem Ton gesprochen, so als sei dies das eigentlich Böse an der Geschichte. »Am Ende lief sie ihm davon«, flüsterte Anne. »Sie wollte gern am Leben bleiben.«

Die kleine Carill wußte, daß ihr Leben kostbar war, daß sie noch so viel zu erleben hatte. Sie wollte sich ihre Zukunft nicht zerstören lassen durch all das Grauen, das sie erfahren hatte. Sie war erst vierzehn. Irgend etwas muß ihr die Kraft gegeben haben, an die Zukunft zu glauben. Wenn ich diese Kraft doch auch hätte.

Sie blickte auf die blau linierten Blätter. Jeffers hatte sie neulich beim Schreiben beobachtet und ihr gesagt, sie schriebe genau wie die Journalisten, mit denen er arbeite, sie hätten alle ihr eigenes Stenosystem, hieroglyphenhaft, für niemanden lesbar, für sie selbst aber klar und deutlich wie Druckschrift. Dann hatte er ihr angekündigt, daß er die Hefte lesen wolle. Das hatte ihr einen Riesenschrecken eingejagt. Es war am späten Abend, sie waren gerade in einem Motel angekommen, müde und erschöpft von zehn Stunden Autofahrt. »Bring mir die Notizen«, hatte er unwirsch gesagt. Sie holte die Hefte, brauchte ihren ganzen Mut dazu. »Her damit!«

Sie ließ sich in einen Sessel in der Ecke sinken, versuchte an etwas anderes zu denken, was ihr jedoch nicht gelang. Er wird es nicht lesen können, nichts verstehen und sich sagen, daß ich überflüssig bin. Und dann bin ich verloren. Sie schloß die Augen, hörte das schnelle Umblättern der Seiten. Nach ein paar Minuten legte Jeffers die Bücher weg, räkelte sich und sagte: »Jesus, was bin ich müde. Die Dinger sind übrigens in Ordnung. Ich kann fast alles lesen, bis auf die Stellen, die du auf der Straße in Michigan geschrieben hast, wo die vielen Frostlöcher waren. Aber sonst machst du das wirklich gut. Das habe ich allerdings auch nicht anders erwartet.«

Sein Lob gefiel ihr mehr, als ihr lieb war.

Er gab ihr die Hefte zurück und streichelte ihr kurz das

Haar, so wie man ein Tier tätschelt oder einen schnellen Segen erteilt. Die Berührung tat ihr gut. Als er aber ins Bad gegangen war, kam ihre Angst zurück.

Ich bin allein, und so ein Lob bedeutet gar nichts. Genausogut hätte er mich schlagen können.

An diesem Abend lag sie noch lange wach, bis der Schlaf sie von ihrer Angst erlöste.

Am nächsten Morgen erklärte er ihr, sie solle nicht alles wortwörtlich mitschreiben. Manchmal genüge ein Stichwort, ein Datum oder eine Ortsangabe, um alles andere beim Lesen ins Gedächtnis zurückzurufen. Sie war ihm fast dankbar für diesen Rat, denn in den folgenden Tagen stellte sie fest, daß ihr Gedächtnis auf diese Weise eine hervorragende Schulung erhielt. Trotz aller Konzentration war es nicht immer einfach, Jeffers' Logik zu folgen. Für ihn hatten Ortsnamen eine bestimmte Bedeutung, standen in einem festen Zusammenhang, der ihr ebenso verschlossen und unerklärlich war wie seine plötzlichen Stimmungswandel. Sie waren weit nach Norden bis Hibbing, Minnesota, gefahren, westlich bis Omaha, Nebraska, so daß sie beinahe die Rokies hätten sehen können. Das erinnerte sie an ihre Familie, an ihr Zuhause, das so wenig greifbar war wie die Silhouette der Berge. Sie waren nach Kansas City, Iowa City, Chicago, Fort Wayne, Ann Arbor, Cleveland und Akron gefahren, ein wahres Durcheinander von Stadt und Land, Straßen und Natur, das sie nur auseinanderhalten konnte, weil sie so genau Tagebuch führte.

Jeffers summte, während er nach dem Motor sah. Das tat er immer, wenn er kleine Handgriffe erledigte.

Als sie in Chicago waren, hatte Jeffers ihr eine Theorie erklärt, nach der Mörder bestimmte angeborene Eigenschaften hatten und auch ein bestimmtes Aussehen: klein, knochig, voller Pickel, mitten in der Entwicklung stehengeblieben. Jeffers hatte sich geschüttelt vor Lachen. In einem Vorort hatten sie das Haus von Wayne Gacy besichtigt, einem Clown, der dreiunddreißig Knaben umgebracht und in seinem Keller begraben hatte. Es war ein einfaches weißgestrichenes Holzhaus. Er ließ Anne aussteigen, sagte: »Lächeln« und fotografierte sie. »Nicht so ernst«, hatte er gesagt, als sie sich hilfesuchend an einem Baum festhielt.

Die Weizenfelder in Nordminnesota waren reif und golden. Sie wogten im Wind, als winkten sie zum Gruß. Ähnlich wie das Meer, als sie die Küste verließen. Sie wußte nicht mehr, welchen Ort sie dort besucht hatten, erinnerte sich aber noch an die Geschichte von einem Bauern, der so verrückt war, seine Opfer auszuweiden und hinterher auszustopfen. Er hatte sogar einen Regisseur inspiriert, aber Jeffers hatte den Film – er hieß *The Texas Chainsaw Massacre* – heftig kritisiert. »Immerhin hat der Regisseur es verstanden, Angst in Bilder umzusetzen.«

Anne fragte ihn nicht, was das bedeuten sollte. Sie hatte sich angewöhnt, ihn ohne Unterbrechung drauflos reden zu lassen, wenn er *ex cathedra* sprach, was ziemlich häufig der Fall war.

In Madison, Minnesota, zeigte Jeffers Anne eine Fußgängerzone. Dort hatte er ein junges Mädchen mit Namen Irene entführt. Den Mord schrieb man später einem Lustmörder zu, der in den späten siebziger Jahren fast ein Jahr lang Geschäftsstraßen unsicher gemacht hatte.

In Ann Arbor zeigte er ihr eine Ausfallstraße in der Nähe der Universität. Eine Reihe junger Studentinnen wären hier zu ihrer letzten Tramptour aufgebrochen. Einer der Morde ginge auf sein Konto, keine besonders schwierige Sache übrigens. Er fuhr einige Meilen durch Wald und zeigte ihr einen Weg.

»Nicht weit von hier hier habe ich sie abgeladen. Das war 1982. Man nannte den Mörder Campus-Killer, genau wie jetzt den Kerl in Miami.«

Als sie nach South Bend fuhren, dachte Anne, auch hier hätte der vermeintliche Campus-Killer sein Unwesen getrieben. Sie fuhren zu einer Häuserzeile in einer Reihenhaussiedlung, die Straße war zu beiden Seiten von Lindenbäumen gesäumt. Überall sah man Schilder mit der Aufschrift *Zu verkaufen.* »Ich wollte mal sehen, was sich inzwischen getan hat«, sagte Jeffers. »Es ist jetzt ein halbes Jahr her. Es war eine normale Durchschnittsfamilie: Vater, Mutter, fünf Kinder und ein Bernhardiner. Einer der Söhne nahm Drogen, deshalb kam öfter Polizei ins Haus. Kurios, einerseits lauter Pfadfinder, die am Heldengedenktag die Flagge tragen, andererseits ein einziger mißratener Sohn. Sonst läuft alles normal, bis eines Tages, als alle brav zur Schule und zur Arbeit gegangen sind mit Lunchpaket und Abschiedskuß auf der Backe, ein Verrückter, noch ziemlich jung, mit der Knarre seines Vaters ins Haus kommt. Zuerst knallt er den Bernhardiner ab, schleppt ihn in den Keller. Buffy hieß das Tier. Dann nimmt er sich nacheinander die Familienmitglieder vor, die ahnungslos nach Hause kommen. Dann verschwindet er spurlos. Weißt du, was die Leute am meisten aufgeregt hat? Natürlich abgesehen davon, daß sie fürchteten, der Mörder könnte auch sie mit einem Besuch beehren, war es der Tod des Hundes. Drei Bilder wurden in der Zeitung veröffentlicht. Eines von vorne, eins von der Seite. Aber das größte zeigte den Hund, wie er von Sanitätern auf einer Bahre herausgetragen wird. Die Leser wollten den Hundemörder lynchen. Was mußte das für ein Ungeheuer sein, das einen wehrlosen, lieben, schönen ... Du kannst dir ja ungefähr denken, was in den Leserbriefen stand. Erst nach Wochen fand die Polizei heraus, daß der Mörder ein Nachbar war, der die Leute in seiner Straße, die er allesamt für Spießer hielt, schon immer gehaßt hatte. Er hatte sich abreagiert. Warum auch nicht? Er fühlte sich wohl danach, und Hunde hatte er sowieso nicht gemocht.« Das

Zuschlagen der Motorhaube brachte sie in die Gegenwart zurück. Jeffers sprang in den Wagen und sagte: »Höchste Zeit, daß wir fahren, heute wird's ein langer Tag. Magst du Autorennen?«

»Ich weiß es nicht, ich hab' noch nie eines erlebt.«

»Dort ist es ganz schön laut, Motorengeheul, quietschende Reifen. Überall riecht es nach Motoröl, Diesel, Sonnencreme, Bier und Popcorn. Das wird dir sicher gefallen.«

Die Autobahn war fast leer. Jeffers fuhr mit regelmäßiger Geschwindigkeit. Sie kamen an einem mit Radar ausgerüsteten Polizeiwagen vorbei, worauf Jeffers beschloß, bei der nächsten Fahrt einen Empfänger mitzunehmen, mit dem man Polizeifunk abhören konnte. Ein Reporter, der in Kolumbien gewesen war, um eine Drogengeschichte zu recherchieren, hatte ihm von einem Laden in Miami erzählt, der auf solche Geräte spezialisiert war. Dort kauften Leute aus der Szene. Es gab dort die neuesten, modernsten computergesteuerten Überwachungsgeräte. Apparate, mit denen man feststellen konnte, ob das Telefon abgehört wurde, und sogar solche, die bis zu einer Entfernung von fünfzehn Metern Autos sicherten, besonders gedacht für Leute, die verhüten wollten, daß sie beim Anlassen ihres Motors von einer Bombe zerfetzt wurden. Außerdem gab es in dem Laden tragbare hochempfindliche Empfangsgeräte; Ferngläser, durch die man im Dunkeln sehen konnte. Jeffers war gespannt, was er dort alles finden würde. Ich muß auf dem neuesten Stand sein, sagte er sich, die Polizei ist ja auch ganz modern ausgerüstet. Dann fiel ihm ein, daß er mit einem solchen Sicherheitsdenken gegen sein vornehmstes Prinzip verstieß: Er war immer davon ausgegangen, daß die Polizei ihn nie finden würde. Ich bin unsichtbar, unauffindbar. Niemals wird mir jemand auf die Spur kommen.

Er sah zu Anne hinüber, sie war offensichtlich eingenickt. Er rief leise: »Boswell«, doch als sie keine Antwort gab, beschloß er, sie schlafen zu lassen. Sie soll Kräfte sammeln, dachte er, wenigstens eine Weile noch.

Während er so vor sich hinfuhr, überlegte er sich, was für eine faszinierende Anlage doch die Highways waren, ein riesiges, aus Tausenden von Kilometern bestehendes Netz von Verbindungswegen, ähnlich dem Blutkreislauf des Menschen. Es gibt bei beiden weder Anfang noch Ende, dachte er.

Vor ihm tauchte eine Reklamewand auf, die für das Autorennen warb. Heute wird sie wieder einiges lernen, dachte Jeffers voller Vorfreude.

Anne Hampton wachte auf, als Jeffers anhielt, um Autobahnzoll zu zahlen.

»Sind wir schon angekommen?«

»Bald, ein paar Kilometer noch. Wir brauchen nur den Hinweisschildern und den Rennwagen zu folgen.«

Ein feuerroter Chevrolet fuhr an ihnen vorbei. Die Windschutzscheiben waren mit der Aufschrift *Chevy* verklebt, die aus großen bunten Buchstaben bestand.

»Der Fahrer kann ja gar nichts sehen«, sagte Anne erstaunt.

Jeffers lachte: »Natürlich sieht er nichts, aber das ist heutzutage auch nicht mehr so wichtig. Ein gut aufgemachtes Auto gilt mehr als Sicherheit.«

»Warum läßt die Polizei ihn so fahren?«

»Hauptsächlich, weil die meisten Polizisten, als sie jung waren, auch so durch die Gegend gefahren sind. Und obwohl sie heute Knüppel und Knarre mit sich rumtragen, haben sie das nicht vergessen. Sie drücken ein Auge zu.«

Der Parkplatz war von ungeheurem Ausmaß. Unendliche Reihen bunter Wagen standen dort. Der Boden war staubig, grau und schmutzig. Jeffers parkte in der Nähe einer Telefonzelle. Er stieg aus und machte sich im Kofferraum zu schaffen.

Irgend etwas hat er vor, dachte Anne. Ihr wurde angst und bange, sie dachte an den Penner in New Orleans, an den Mann in St. Louis. Sie fürchtete, daß heute Ähnliches passieren könnte. Es war zwar schon grauenhaft genug, die Schauplätze zu besichtigen, an denen Jeffers seine Heldentaten verübt hatte, aber es war weitaus schlimmer, wenn er vor ihren Augen mordete.

Beim Aussteigen verlor sie fast das Gleichgewicht, und sie wäre gestürzt, wenn Jeffers sie nicht aufgefangen hätte.

»Na, du scheinst ja schon gemerkt zu haben, daß wir nicht hier sind, um das Rennen zu sehen.«

Er nahm sie beim Arm und führte sie zum Heck des Wagens. Er nahm zwei khakifarbene Jacken aus dem Kofferraum, zog eine an, warf die andere zu Anne hinüber.

»Hier, zieh das an, dann siehst du wie eine echte Fotografin aus.« Er steckte ihr mehrere Filme in die Taschen und hängte ihr eine Kamera um. Dann reichte er ihr ein Weitwinkel- und ein Teleobjektiv.

»Du gibst mir nachher die Sachen rüber, wenn ich dich darum bitte, klar?«

Sich selbst hängte Jeffers zwei Kameras um, die eine hing unterhalb des Kinns, die andere baumelte weiter unten.

»Gut so weit«, sagte er und zog einen Stoß Visitenkarten aus seiner Fototasche. Er steckte sie Anne in die Brusttasche und sagte: »Die verteilst du gleich.« Eine Karte zog er wieder heraus und gab sie ihr zu lesen:

John Corona
Fotograf
PLAYBOY, PENTHOUSE und
andere Zeitschriften
1313 Hollywood Boulevard
Beverly Hills
213-536-6646

»Du nennst mich Mr. Corona oder John, wie's am besten paßt. Ich werde dich den Leuten als meine Assistentin vorstellen. Achte auf das, was passiert, dann wirst du schon sehen, was du zu tun hast. Bist du bereit?«

Anne nickte.

»Ich will deine Antwort hören!«

»Ich bin bereit«, sagte sie schnell.

»Du sollst nicht reden wie ein verhuschtes Vorstadtmädchen!«

Sie schluckte und sagte dann mit fester Stimme: »Ich bin bereit.«

»So ist es besser. Ich wundere mich, daß ich dir solche Dinge noch immer sagen muß.«

»Ich werde mir alle Mühe geben.«

»Das mußt du erst mal beweisen«, antwortete Jeffers barsch. Anne nickte. Jeffers setzte sich eilig in Bewegung, und sie folgte ihm eifrig.

Auf halbem Weg zum Stadion begann Jeffers einen seiner Monologe: »Ich habe mich schon immer gefragt, warum sich manche Tiere so seltsam verhalten. Lemminge, die sich in den Ozean stürzen, Wale, die freiwillig an Land schwimmen, um dort elend zugrunde zu gehen. Da nützt es auch nichts, daß Umweltschützer sie ins Meer zurückbringen. Es sind kluge Tiere, gesunde Tiere. Ich habe in North-Carolina für GEO welche fotografiert. Mein Geld habe ich bekommen, aber die Bilder sind nie erschienen. Warum bringen sich diese Tiere um? Haben sie Wahnvorstellungen? Ist es Massenhysterie? Sind sie lebensmüde? Es ist ein ungelöstes Rätsel. Mit Menschen ist es nicht anders. Sie tun Ähnliches wie die Wale. Ich meine nicht Depressive und Einsame. Ich meine Leute, die den Tod ohne Protest hinnehmen. In Reih und Glied gingen die Juden in die Gaskammern. In der Schlacht an der Somme verloren die Engländer am ersten Tag sechzigtausend Mann. Was taten sie tags darauf? Sie rannten in eine Mauer von Maschinengewehren. All das geschah in unserem Jahrhundert. Man möchte es nicht für möglich halten. Gefangene in der Todeszelle werden in der Nacht vor ihrem Tod sorgfältig bewacht. Fast in allen Staaten ist das so. Man hat wohl Angst, daß sie ihrer Hinrichtung zuvorkommen. Regierungen lassen sich nicht gerne foppen. Ich frage mich, was der Unterschied ist, eigentlich ist es doch völlig egal, wie die Leute umkommen. In meinen Augen ist der Selbstmord noch die bessere Lösung, es ist ein Akt der Freiheit. Die Wale machen es vollkommen richtig, sie nehmen ihr Leben oder besser gesagt ihren Tod selbst in die Hand. Wissenschaftler begreifen das nicht. Wie dumm von ihnen.

Boswell, die heutige Lektion wird unheimlich interessant. Erinnerst du dich an den Fotografen in Florida? Wilder hieß er. Auf einem Autorennen in Miami kidnappte er ein Mädchen, danach eines in Daytona, dann überall in Amerika. Er tötete sie alle, immer auf die gleiche Weise. Er fuhr zu großen Sportveranstaltungen oder ging in Einkaufszentren. Dort fotografierte er irgendwelche Mädchen. Es dauerte nie lange, und schon hatte sich ihm eine an den Hals geworfen. Er fuhr mit ihr weg, und dann, na ja, den Rest kannst du dir denken. Das Irrste an der Sache war, daß sie es alle wußten: die Polizei, das FBI, die Zeitungen, die Fernsehanstalten. Überall hingen Fahndungsbilder herum. Jedermann redete von ihm, es gab kein Abendessen, keine Bierrunde, kein Pausengespräch in der Schule, bei dem er nicht vorgekommen wäre. Und weißt du, was passierte?«

»Ja, ich weiß es, er kam ums Leben.«

»Aber erst, nachdem er noch mindestens sechs Frauen in sein Auto gelockt und umgebracht hatte. Eine beachtliche Leistung. Der Mensch hat nicht mal seinen Bart rasiert, obwohl ihn jeder leicht daran erkennen konnte.«

»Er starb im Nordosten, oder?«

»Ja, in New Hampshire. Da fahren wir auch bald hin.«

»Er wurde von einem Polizeibeamten erschossen, und das letzte Mädchen wurde gerettet.«

»Nur, weil er dumm war und nicht aufpaßte«, antwortete Jeffers brüsk.

Das letzte Mädchen brauchte nicht zu sterben, dachte Anne. Als sie die Haupttribüne erreichten, sagte Jeffers: »Bleib in meiner Nähe, da kannst du mein Zauberwerk bewundern.«

Es funktionierte. In der Nähe der Haupttribüne, inmitten einer Riesenmenge Menschen bewegte sich Jeffers mit größtem Geschick. Er suchte sich Mädchen, fotografierte sie einzeln, zu zweit oder in Gruppen, zuerst aus größerer Entfernung, dann aus der Nähe. Wenn er auf die Mädchen zukam, begrüßten sie ihn freudig und posierten sogar für ihn. Anne war baß erstaunt, mit welch perfekten Gesten, mit welchem Lächeln die Mädchen vor Jeffers' Kamera traten. Immer wieder hörte sie ihn dieselbe Geschichte erzählen, sie verteilte währenddessen seine Visitenkarten. Jeffers behauptete, daß er im Auftrag von *Playboy* Probefotos für eine Geschichte mit dem Titel »Mädchen auf Autorennen« mache. Zu diesem Zweck seien er und ein paar Kollegen von ihm in ganz Amerika unterwegs; er hoffe sehr, daß er der Glückliche sei, der die geeigneten Mädchen fände. Die endgültige Wahl jedoch träfen die Redakteure in Chicago.

Er ließ Anne Namen und Adressen einiger Mädchen notieren, sie tat es nur widerwillig. Die Menge auf den Tribünen jubelte laut den Rennfahrern zu, das Geräusch der Motoren jedoch übertönte alles.

»Boswell«, hörte sie plötzlich Jeffers Stimme durch den Lärm rufen, »einen neuen Film bitte. Meine Damen, das ist meine Assistentin, Anne Boswell, sag guten Tag, Annie!«

Anne nickte zwei Mädchen zu, die ungefähr so alt sein

mußten wie sie. Die eine war blond, die andere brünett. Sie trugen enganliegende Tops und Jeans mit abgeschnittenen Hosenbeinen. Anne fand sie nicht besonders hübsch, die Blonde hatte schiefe Zähne und die Brünette eine Himmelfahrtsnase.

Diese Mädchen müssen Mütter haben, die ihnen ständig sagen, wie hübsch sie aussehen, dachte Anne. Sie haben nichts als ihre Schönheit im Kopf, und wenn sie aus dem College kommen, werden sie sich einen Mann suchen, um mit ihm nach Ohio oder Pennsylvania zu ziehen. Sie werden in Reihenhäusern wohnen und jeden Abend fernsehen. Einmal in der Woche werden sie zur Kosmetikerin gehen, weil Geburten und Schwangerschaft ihre Schönheit arg in Mitleidenschaft gezogen haben.

Anne dachte an ihre Mutter, die ihr immer liebevoll das lange Haar bürstete, weil es schön glänzen sollte, und die so enttäuscht war, als sie in den ersten Semesterferien mit einer Kurzhaarfrisur erschien. Ich habe immer versucht, meinen eigenen Kopf durchzusetzen, dachte Anne.

Eine Stimme riß sie aus ihren Gedanken: »Das muß ein toller Job sein!« Es war die Blonde.

»Was haben Sie gesagt?« fragte Anne, »ich habe Sie nicht verstanden.«

»Es muß wahnsinnig aufregend sein!« Das Mädchen gestikulierte wild durch die Luft. »Mit einem Fotografen zusammenzuarbeiten, meine ich. Da erlebt man wenigstens was. Bei uns in der Bank, was passiert da schon? Wie sind Sie an den Job rangekommen?«

»Ich habe sie aus Hunderten von Bewerberinnen ausgewählt«, mischte sich Jeffers ein. »Sie macht es richtig gut, was Annie?«

Anne nickte.

»Ein beneidenswert spannender Job«, sagte das Mädchen wieder. »Langweilig ist es wirklich nicht«, antwortete Anne. Die Brünette untersuchte eine von Jeffers' Kameras. Anne bemerkte, daß er ihr eine Visitenkarte in den Ausschnitt gesteckt hatte.

»Es wäre mein Traum, einmal *in Playboy* zu sein. Auch Vicky«, sie zeigte auf die Blonde, »kann sich nichts Schöneres vorstellen. Wie mein Freund das wohl fände, und meine Eltern erstmal! Sie würden sterben vor Freude.«

Anne sah Jeffers lächeln. »Na ja«, sagte er, »was wir hier machen, sind erst Probefotos. Aber warum sollten zwei so hübsche Mädchen wie ihr beiden es nicht schaffen?«

»Haben wir wirklich Chancen? Können wir irgendwas tun, damit ...«, fragte Vicky. »Vielleicht könnten Sie noch ein paar mehr Bilder von Sandy und mir machen?«

Jeffers sah die beiden Mädchen interessiert an.

»Also, garantieren kann ich für nichts. Stellt euch noch mal etwas näher zusammen, nur einen Augenblick ...« Er dirigierte die Mädchen mit den Armen, dann hob er die Kamera ans Gesicht. Anne hörte den Motor surren, während Jeffers eine Serie von Aufnahmen schoß. Er ging um die Mädchen herum, beugte sich nach vorn, ging in die Knie, richtete sich wieder auf, fotografierte sie von allen Seiten.

»Gut macht ihr euch, gar keine Frage«, sagte er, »aber die in der Redaktion wollen ein bißchen mehr sehen, versteht ihr, was ich meine?«

Anne sah, wie die Mädchen miteinander tuschelten. Es ist nicht wahr, dachte sie, es darf einfach nicht wahr sein. Dann hörte sie Jeffers fortfahren: »Also, ich könnte schon etwas für euch tun und ein paar Bilder schießen, auf denen man mehr sieht. Das könnte Eindruck machen, ein paarmal hat's schon geklappt, aber garantieren kann ich natürlich für nichts.«

Die Mädchen lachten sich zu und nickten.

»Wenn ihr wirklich interessiert seid«, sagte Jeffers in lockerem Ton, »könnt ihr in einer halben Stunde zu meinem Auto kommen. Parkeinheit 13 a. Aber sprecht mit niemandem darüber. Ich habe allen anderen gesagt, daß ich nichts für sie tun kann. Sie sollen es nicht unbedingt erfahren.«

Die beiden schüttelten den Kopf.

»Gut, wenn ihr es für euch behaltet, in einer halben Stunde also. Dann sehen wir weiter. Boswell, das Teleobjektiv, bitte.«

Zu den Mädchen gewandt sagte er: »Ich mache noch ein paar Bilder von dem Rennen, damit die Redaktion sieht, was für ein geeigneter Ort das hier ist. Damit sie Lust bekommen, die Bilder hier machen zu lassen.«

Die Mädchen nickten. Jeffers winkte ihnen zu. Dann arbeitete er sich durch die Menge. Anne warf einen Blick auf die Mädchen, die aufgeregt miteinander sprachen. Sie mußte Jeffers folgen, es war unmöglich, die beiden zu warnen. Zu ihrer Überraschung hatte er ihnen eine falsche Parkplatznummer genannt.

»Wie sollen sie das Auto finden?« fragte sie.

»Sie finden es nicht. Die angegebene Stelle ist etwa hundertfünfzig Meter entfernt.«

»Aber, wieso denn ...«.

»Boswell«, fiel er ihr ins Wort, »streng deinen Kopf an! Wenn sie quatschen und jemanden mitbringen, kann ich unbemerkt den Parkplatz verlassen. Im Grunde ist der Aufwand überflüssig. Mit den beiden wird es keine Probleme geben, die erzählen niemandem was. Die werden schon kommen, sie sind zu allem bereit, glaubst du nicht?«

Anne nickte.

»Lemminge«, sagte Jeffers.

Nach einer Weile fuhr er fort: »Boswell, sag mir bloß, wie wir Amerikaner mit solchen Widersprüchen fertig werden. Die Leute sind einerseits religiös, streng, selbstgerecht, auf der anderen Seite lassen sie sich im Nu dazu überreden, ihre Kleider auszuziehen.« Bevor sie zum Ausgang kamen, schoß Jeffers noch ab und zu ein Foto, dann ging er zielstrebig auf den Parkplatz zu. Als sie den Wagen erreichten, sagte er: »Wir tun sie da hinten rein.«

Anne reichte ihm Fototasche und Jacke, die er in den Kofferraum legte.

»Steig ein und warte«, sagte er. Seine Stimme klang hart. Anne gehorchte. Sie wurde fast wahnsinnig bei dem Gedanken, daß die Mädchen gleich auftauchen würden. Wenn sie wüßten, was ihnen bevorstand! Sie bemühte sich, an etwas anderes zu denken und schloß die Augen.

»Hallo, da sind wir«, hörte sie plötzlich die Stimmen der beiden Mädchen. Sie öffnete die Augen, die Sonne blendete. »Sollen wir hinten einsteigen?«

»Wenn's euch nichts ausmacht«, hörte Anne Jeffers antworten. »Leider ist's ein bißchen eng.«

»Oh, das macht gar nichts! Mein Freund hat einen Firebird, der ist auch so klein. Die meiste Zeit verbringen wir sowieso auf dem Rücksitz.«

Vicky und Sandy lachten. »Mein Freund wird ganz schön überrascht sein«, sagte Vicky.

Die Mädchen saßen eingezwängt hinten im Wagen, sie waren rot vor Aufregung, lachten und kicherten ununterbrochen.

Jeffers ließ sich in seinen Sitz fallen und sagte: »Ich kenne einen schönen, großen Park, es ist fast schon ein Wald, ganz in der Nähe. Wir können dort hinfahren, und an einer schönen Stelle mache ich ein paar Schnappschüsse. Danach fahren Boswell und ich euch hierher zurück.«

»Hört sich gut an«, sagte Vicky fröhlich.

»Einverstanden, aber ich muß um sechs zurück sein«, meinte Sandy.

»Das schaffen wir mühelos«, sagte Jeffers Die Mädchen antworteten mit einem Lachen, und Jeffers fuhr los.

Anne hätte am liebsten den Mädchen zugerufen: Warum stellt ihr keine Fragen? Woher er diesen Park kennt, weshalb er so mit der Gegend vertraut ist. Merkt ihr denn nicht, daß er alles geplant hat und ihr ihm in die Falle geht?

Jeffers sagte zu Anne: »Nimm dein Heft, Boswell!«

Sie nahm ihr Schreibzeug zur Hand, und Jeffers begann in freundlichem, umgänglichem Ton: »Also, ihr zwei, seid nicht so nervös. Das Ganze ist keine einfache Sache. Seid ihr eigentlich volljährig?«

»Ich bin neunzehn«, sagte Sandy, »und Vicky ist zwanzig.«

»Nur noch bis nächste Woche«, sagte diese.

»Also dann meinen herzlichen Glückwunsch, eine Woche im voraus. Wer weiß, vielleicht gibt's bis dahin einen besonderen Grund zum Feiern.«

»Oh ja!«

»Mr. Corona«, fragte Sandy zögernd, »ich will nicht aufdringlich sein, aber ich wüßte gerne ...«

»Na los, keine Angst, heraus mit der Sprache«, sagte Jeffers mit gezwungener Freundlichkeit.

»Zahlt *Playboy* für die Bilder etwas?«

Jeffers lachte. »Aber natürlich. So eine Foto-Session ist eine ganz schöne Tortur. Erst das Make-up, dann die verschiedenen Stellungen, das grelle Licht, meistens geht noch irgend etwas schief, und es dauert länger als vorgesehen, manchmal braucht man Stunden, bis die Bilder richtig gut sind. Neulich haben, wenn ich mich recht erinnere, ein paar Mädchen tausend Dollar gekriegt.«

»Das ist ja 'ne Menge. Was man damit alles machen könnte!«

»Mit heute nachmittag ist es was anderes«, fuhr Jeffers fort. »Ich glaube nicht, daß sie dafür mehr als ein paar hundert zahlen.«

»Daß wir sogar Geld bekommen! Das ist ja wunderbar!« Aufgeregt tuschelten die beiden miteinander. Anne saß vorne auf ihrem Sitz, sie fühlte sich elend, weil sie nichts tun konnte. Jeffers sagte mit ruhiger Stimme zu ihr: »Boswell, streng dich an, schreib genau auf, was hier vorgeht.«

Nach einer Weile sagte Jeffers mit gespielter Freude: »Jetzt sind wir gleich da!«

Er lenkte den Wagen in einen Park. »Ich kenne eine Stelle, die genau richtig ist für uns.«

»O Gott«, sagte eines der Mädchen schwärmerisch, »ist das alles wirklich wahr, oder träume ich?«

Denk an gar nichts, ermahnte sich Anne. Wenn du nicht tust, was er verlangt, bringt er dich um.

»So, da wären wir«, sagte Jeffers, »jetzt brauchen wir bloß noch ein kleines Stück zu fahren, dann sind wir in der Nähe der Stelle im Wald.«

Sie fuhren über eine enge Straße durch dichte Bäume, deren Äste tief herabhingen und dunkle Schatten auf die Fahrbahn warfen. Schließlich erreichten sie einen kiesbedeckten Parkplatz. Dort war ein Schild angebracht, auf dem zu lesen war: *Von Sonnenaufgang bis Sonnenuntergang geöffnet.* Nach etwa einem Kilometer bogen sie in einen Waldweg. Einige Minuten holpriger Fahrt, und sie erreichten eine kleine, sonnenbeschienene Lichtung. Quer über den Weg hing eine Kette, daran war wieder ein Schild befestigt mit der Aufschrift: *Zugang nur für Befugte.*

»Zum Glück habe ich eine Sondererlaubnis«, sagte Jeffers grinsend, »als Pressefotograf kriegt man sie ohne Mühe. Nur einen Augenblick, meine Schönen, ich mache eben die Kette auf.«

Er sprang aus dem Auto, die Mädchen kicherten aufgeregt auf der Rückbank, Anne starrte vor sich hin.

Jeffers machte sich ihretwegen Sorgen. Sie macht einen verlorenen Eindruck, dachte er. Obwohl er dem Auto den Rücken zuwandte, sah er sie genau vor sich, steif vor Angst, unfähig sich zu bewegen, als hätte er sie gefesselt. Er fragte sich, ob sie sich genügend in der Gewalt hatte, oder ob sie vielleicht außer Kontrolle geraten könnte. Ich möchte sie noch nicht verlieren, jetzt noch nicht, dachte er. Ich hätte sie gerne bis zum Schluß in meiner Nähe. Nur ungern würde ich sie hier mit den anderen zurücklassen. Ob sie sich im klaren darüber ist, welche Gefahr ihr droht? Als er sich jedoch ihren Zustand vergegenwärtigte, ihre an eine Schaufensterpuppe erinnernde Starre, ihre mechanischen Bewegungen, die denen einer Marionette glichen, war er wieder zuversichtlich. Ich habe sie in der Hand. Boswell tanzt wie eine Puppe, ich bewege die Fäden, und sie gehorcht. Zufrieden lächelte er.

Die Kette war in dem gleichen Zustand wie vor einem Monat, als er die Örtlichkeiten in Augenschein genommen hatte. Sie war in einen Pfosten aus morschem Holz eingeschraubt, er brauchte nur ein paar Späne zu entfernen, und schon ließ sie sich herausziehen. Er führte sie über die Straße und verwischte seine Fußspuren.

»So, jetzt geht's weiter, die Straße ist frei«, sagte er. Nach einem knappen Kilometer Fahrt über holprigen Boden bogen sie um eine Ecke, dann hielt Jeffers.

Hier kann uns kein Mensch sehen, dachte Anne.

»So, alles aussteigen, da wären wir«, sagte Jeffers energisch. »Wenn wir uns ein bißchen beeilen, können wir noch das letzte Rennen sehen. Also schnell!«

Er hatte seine Fototasche umgehängt und ging zielstrebig auf den Wald zu, die beiden Mädchen folgten ihm auf dem Fuß.

Wie können sie nur so blind sein! dachte Anne. Daß sie ihm einfach so hinterherlaufen! Dann aber spürte sie, wie auch ihre Beine vorwärtsgingen, schließlich rannte sie, um die anderen einzuholen.

»Mensch, ist das aufregend«, sagte Sandy oder Vicky. Anne konnte die beiden nicht auseinanderhalten.

»So was ist immer aufregend, in vielfacher Hinsicht«, sagte Jeffers. Die beiden Mädchen kicherten erneut, Anne wurde übel. Sie bekam kaum noch Luft, ihr wurde schwindlig, die Hitze war ihr unerträglich. Vicky oder Sandy hörte sie keuchen und wandte sich um: »Rauchen Sie? Nein? Na, dann geht's ja noch. Aber wie kommt es dann, daß Sie so außer Atem sind? Bei einem so harmlosen Spaziergang?«

»Ich war krank«, antwortete Anne leise.

»Sie sollten mehr Vitamine essen. Ich nehme jeden Tag welche. Und Gymnastik und Aerobic mache ich auch. Ich würde zu gern Aerobic-Lehrerin in einem Fitness-Center sein«, sagte sie schwärmerisch. »Geht's Ihnen jetzt besser?« Anne nickte. Sie wagte nicht zu sprechen, aus Angst, sich zu verraten.

»Vielleicht wäre auch Jogging was für Sie«, fügte das Mädchen hinzu. »Erst langsam anfangen, dann einen bis zwei Kilometer, dann jeden Tag ein bißchen steigern, Sie würden sich tausendmal besser fühlen!«

Douglas Jeffers blieb plötzlich stehen. »Na, gefällt's euch hier?« Er stand unter einer Kiefer am Rand einer kleinen Lichtung. Anne gefiel dieser Ort trotz ihrer Angst. In der Mitte der Lichtung stand ein großer Findling. Das helle Grün der Wiese ringsum wirkte in der Sonne golden. Die Lichtung war von Kiefern umstanden, die sich gegen den blauen Himmel abzeichneten wie eine Reihe von Wachtposten.

Anne betrat die Wiese mit dem Gefühl, in ein stilles, friedliches Zimmer zu kommen, dessen Türen sich hinter ihr schlossen.

»Ihr beiden stellt euch da an den Felsen, Anne, du kommst hierher zu mir.«

Die Mädchen posierten vor dem Stein, gaben sich alle Mühe, elegant und attraktiv zu wirken. Jeffers schaute zu dem sonnenbeschienenen Himmel auf. »Ein heiterer, warmer Sonnentag. Himmlisches Wetter«, sagte er.

Er ging schnell auf die Mädchen zu, in der Hand hielt er den Belichtungsmesser. Er stellte die Kamera ein und begann in schneller Folge Bilder zu schießen. Dabei redete er permanent auf die Mädchen ein.

»Gut so, jetzt lächeln, und jetzt einen Schmollmund, aber

nicht zu sehr, den Kopf leicht nach hinten, noch mehr, ja gut, sehr gut, nun bewegt euch langsam, weiter so, ja.« Anne sah zu und fragte sich: Wo hat er die Pistole? Oder nimmt er ein Messer? Sicher hat er eins in der Fototasche. Wie wird er es wohl machen, schnell oder genüßlich langsam? Was wird er ihnen antun? Bestimmt nimmt er sich Zeit. Hier ist es so still und einsam, nichts zwingt ihn, sich zu beeilen.

In der Hitze wurde ihr schwindlig, sie fürchtete, ohnmächtig zu werden. Sie kniff die Augen zu. Ich muß es schaffen, dachte sie, muß durchhalten, ich darf jetzt nicht aufgeben, sagte sie immer und immer wieder vor sich hin wie ein Mysterienpriester seine Litanei.

Sie sah wieder zum Stein, Sandy und Vicky setzten inzwischen alles daran, verführerisch auszusehen.

»Das ist gut«, hörte sie Jeffers sagen. »Vielleicht ein bißchen zu verkrampft, ein wenig lockerer bitte.«

Die Mädchen sahen sich an und lachten. Offensichtlich amüsierten sie sich köstlich. Anne fühlte sich elend. Was da vor ihren Augen geschah, erfüllte sie mit Grauen. Sie fühlte sich schuldig, weil sie den Mädchen nicht half. Sie schloß die Augen wieder.

»Ja, viel besser so!« hörte sie Jeffers rufen. »Das wird den Redakteuren gefallen.«

Als Anne die Augen öffnete, hatten Vicky und Sandy ihre Kleider abgelegt, ihre Körper waren geschmeidig und braungebrannt. Sie drehten und wendeten sich vor der Kamera. Und falls sie je so etwas wie Schamgefühl besessen hatten, war jetzt davon nichts mehr übrig. Jeffers lief um sie herum, als wolle er sie mit der Kamera streicheln, der Motor schwirrte unaufhörlich. Jeffers dirigierte die Mädchen so lange, bis sie ganz nah beieinander standen, engumschlungen. Anne starrte auf die Körper, die so voller Jugend und Leben waren.

»Boswell, komm her«, rief Jeffers plötzlich.

Sie zögerte einen Moment, dann ging sie zu ihm. »Los, stell dich dazu, ich will euch alle drei auf einem Bild haben.«

Sie ging zu dem Findling und stellte sich zwischen die beiden Mädchen.

»Mensch, ich habe mich noch nie so frei gefühlt!« sagte Vicky oder Sandy. »Es ist ein wundervolles Erlebnis.«

»Ich bin total high«, sagte die andere, »ich wünschte, mein Freund wäre hier.«

»Ob Mr. Corona für die Bilder eine Gegenleistung erwartet?«

»Mr. Corona ist immer fair. Fotografieren macht ihm Spaß, und das genügt ihm«, antwortete Anne.

»Boswell, komm wieder her!« rief Jeffers. »Vicky, leg die Hand auf Sandys Brust, streichel ihr dann den Oberschenkel. Gut, ausgezeichnet! Ganz schön aufregend, was?«

Die Mädchen stimmten ihm zu. Sie fuhren fort, sich zu streicheln, obwohl die Kamera schon nicht mehr surrte. »Wartet, es wird noch spannender, ich lege nur einen neuen Film ein«, rief Jeffers Er griff in seine Fototasche.

Jetzt ist es soweit, dachte Anne. Großer Gott!

Am liebsten wäre sie davongelaufen, aber sie stand da wie angewurzelt, unfähig sich zu bewegen. Trotz der heißen Sonne fror sie.

Es tut mir so leid! Es ist so schrecklich! Könnte ich doch bloß hier weg. Ich möchte es nicht mitansehen müssen.

Jeffers hatte die Kamera inzwischen in die Tasche gelegt, in der Hand hielt er den Kolben der Pistole.

Könnte ich doch etwas tun! Vicky und Sandy, egal, ob ich euch mag oder nicht, ich kann euch nicht helfen, und das tut mir unendlich leid! dachte Anne, dann schaute sie weg.

Sie hörte die Mädchen kichern, hörte Vogelrufe und dicht neben sich den schnellen Atem von Jeffers.

Dann war alles still um sie herum. Sie wartete auf die entsetzten Schreie der Mädchen. Werden sie stöhnen, weinen, um Hilfe rufen? Aber sie hörte nichts Derartiges. Statt dessen erklang aus nicht allzu großer Entfernung ein seltsames Geräusch durch den Wald.

Sie öffnete die Augen und sah, daß Jeffers neben ihr aufmerksam lauschte. Nach einer Weile sagte er im Kommandoton: »Ihr bleibt hier!«

Erstaunt blickten die Mädchen ihn an.

»Wahrscheinlich ist es gar nichts, aber ich muß wissen, woher dieses Geräusch kommt.«

Zu Anne sagte er leise: »Sie sollen sich anziehen. Du tust, als ob nichts wäre. Warte hier auf mich. Und wage nicht, irgend etwas zu unternehmen. Und du hältst den Mund, verstanden?«

Er nahm die Fototasche, winkte den Mädchen zu, lächelte und verschwand zwischen den Kiefern. Es ist, als hätte ihn das Dunkel verschluckt, dachte Anne. Die Mädchen blickten enttäuscht hinter Jeffers her. Sie hielten einander immer noch umarmt.

Lauf! sagte Anne zu sich selbst. Du siehst doch, was hier geschieht. Das ist die Gelegenheit!

Aber sie sagte, genau wie Jeffers befohlen hatte: »Zieht euch am besten an, ich glaube, wir sind so gut wie fertig.«

»Oh!« sagte die Blonde enttäuscht, »ich könnte den ganzen Nachmittag so weitermachen.«

Anne Hampton hätte gerne darauf geantwortet, aber ihr versagte die Stimme. Sie sah auf ihre Hände und dachte: Ich müßte etwas tun. Aber sie war dazu einfach nicht in der Lage, so sehr war sie von Angst gelähmt.

Douglas Jeffers spürte im Nacken die Kühle des Waldes. Die ersten Meter ging er langsam. Als er außer Sichtweite war, begann er zu laufen. Er rannte immer schneller, sprang wie ein Hürdenläufer über dicke Steine, querliegende Baumstämme und Unebenheiten. Mit der einen Hand hielt er die Fototasche, mit der anderen schob er Äste zur Seite.

Seine Schritte machten auf dem mit Kiefernnadeln bedeckten Waldboden ein leises, knackendes Geräusch. Als er aus dem Wald herauskam, blendete ihn die Sonne. Neben seinem Auto sah er einen grünen Jeep stehen. Daneben saß auf einem Baumstamm ein Förster.

Er hat keine Waffe und ist allein. Bring es schnell hinter dich, sagte sich Jeffers.

Er sah sich um, stellte fest, daß tatsächlich niemand in der Nähe war. Der Jeep besaß keine Funkantenne, der Förster trug auch kein Funkgerät bei sich.

Er ahnt nichts Böses, es wäre ganz einfach, dachte Jeffers Als er naher kam, bemerkte er, daß der Mann noch sehr jung war. Wahrscheinlich ein College-Student, der Semesterferien hat und ein Praktikum macht. Jeffers faßte in die Tasche und fühlte den harten Metallauf seiner Automatic. Ich könnte es tun, ohne daß ihn je einer finden würde.

Dann aber sagte er sich: Nimm dich zusammen! Du bist doch kein Anfänger, der die einfachste Gelegenheit wahrnimmt! Also zog er seine Nikon heraus und winkte dem Förster zu. Dieser winkte zurück.

»Hallo«, sagte Jeffers. »Ich habe Ihre Hupe gehört. Sie haben mich beim Fotografieren aufgeschreckt.«

»Das tut mir leid«, antwortete der junge Mann.

Er trug eine Nickelbrille, wirkte freundlich und aufgeschlossen. Er war von schmächtiger Gestalt.

»Sie dürfen hier nicht mit dem Wagen herein, haben Sie das Schild nicht gesehen?«

»Doch, aber Forstmeister Wilkerson sagte mir, ich darf hinein, bis ich das Eulennest gefunden habe.«

»Ich verstehe nicht ganz.«

»Förster Wilkerson ist auf Bundesebene zuständig für Sondergenehmigungen. Alle Fotografen, die in Naturschutzgebiete wollen, verhandeln mit ihm. Letztes Jahr habe ich ein Adlernest gefunden.«

»Hier in der Nähe?«

»Ein Stück weiter weg«, antwortete Jeffers und deutete in eine unbestimmte Richtung. »Ich war sehr überrascht von dem Fund und brachte die Fotos bei *Wildlife Magazine* unter. Hier war danach ein Riesenrummel. Tier- und Umweltschützer zogen in Scharen durch den Wald. Haben Sie das denn gar nicht mitbekommen?«

»Nein, ich bin in diesem Jahr zum erstenmal hier.«

»Trotzdem müßten Sie davon gehört haben.«

»Haben Sie eigentlich eine Erlaubnis, den Park zu betreten?«

»Aber natürlich«, antwortete Jeffers. »Wahrscheinlich liegt sie bei Ihrer Forstverwaltung in meiner Akte.«

»Da muß ich aber mal nachsehen. Ich wußte gar nicht, daß wir so eine Kartei haben.«

»Schauen Sie bitte unter meinem Namen nach. Ich heiße Douglas Jeffers«

»Sind Sie Berufsfotograf?«

»Nein«, antwortete Jeffers, »natürlich habe ich ein paar Bilder verkauft, eines sogar an *National Geographic*. Aber Fotografieren ist mein Hobby, von Beruf bin ich Versicherungsagent.«

»Also, da muß ich in der Kartei nachsehen.«

»Selbstverständlich. Bitte sagen Sie mir doch auch Ihren Namen. Wenn es Schwierigkeiten gibt, rufe ich gerne Forstmeister Wilkerson an.«

»Ich heiße Ted Andrews. Forstassistent Ted Andrews.« Er lächelte. »Wenn ich mich an diesen Titel gewöhnt habe, ist mein Praktikum hier längst vorbei.«

Jeffers lächelte ebenfalls. »Ich war mit den Aufnahmen schon fast fertig. Ich gehe nur schnell zurück und sehe nach, ob ich keine Filmrollen oder sonst was habe liegen lassen. Verunreinigung der Wälder hasse ich.«

»Das höre ich gerne. Sie können sich gar nicht vorstellen, was die Leute hier alles wegwerfen. Ich muß den Dreck dann hinterher aufsammeln.«

»Wenn man Praktikant ist, werden einem immer die niederen Arbeiten zugeschoben, stimmt's?«

»Ja«, sagte der Forstgehilfe und lachte.

»Sie brauchen nicht extra auf mich zu warten. Sehen Sie in den Unterlagen nach, nächstes Mal komme ich vorher in der Forstverwaltung vorbei und sage Bescheid.«

»Ja, das wäre schön«, sagte Ted Andrews. Er ging zu seinem Jeep und fuhr langsam davon.

Jeffers sah ihm nach. Ich könnte es tun, ohne jede Mühe, dachte er. Nur ein paar Meter. Niemand würde den Schuß hören. Keiner würde es je erfahren. Er griff nach der Pistole, zog aber die Hand sogleich wieder aus der Tasche und winkte dem Förster nach.

So ein verdammter Zufall! sagte er sich. Daß das passieren mußte! Eine ungeheure Wut überkam ihn. Er zwang sich, ruhig zu atmen, war bemüht, die Selbstbeherrschung nicht zu verlieren. Irgend jemand wird dafür büßen, dachte er. Aber jetzt bleibt mir nichts anderes übrig, als die beiden Mädchen laufen zu lassen.

11

Beweise, die keine sind · Martin Jeffers steigt ein · Verlassen

DETECTIVE MECEDES FUHR in schnellem Tempo über den Highway. Die Beleuchtung wirkte in der Dunkelheit des frühen Morgens grünlich-grau. Es war fast drei Uhr, und sie war so gut wie allein auf der Straße. Nur ab und zu fuhr sie an riesigen Lastwagen vorbei, deren Motoren in die Nacht hinausheulten wie wilde Tiere. Sie trat auf das Gaspedal, als würde dadurch dem Wagen, aber auch ihr, neue Kraft gegeben. Sie war erschöpft. Die Bilder in der Papiertüte, die sie scheinbar lässig auf den Beifahrersitz geworfen hatte, gingen ihr nicht aus dem Kopf. Noch lange würden sie sie verfolgen und ihr nachts den Schlaf rauben. Immer wieder sah sie Douglas Jeffers' Apartment vor sich, die zerbrochenen Bilderrahmen. Die Reste von Jeffers' Galerie lagen zerrissen am Boden. Schließlich hatte sie noch die Einkaufstüte, mit der sie den Portier überlistet hatte, darüber ausgeleert und die Fotos hineingestopft. Als sie die Wohnungstür hinter sich geschlossen hatte, war es ihr vorgekommen, als erwache sie aus einem Alptraum.

Als sie die grellen Lichter des Flughafens und des Hafens von Newark hinter sich gelassen hatte, wurde sie ruhiger und fühlte sich besser. Sie blickte zum Himmel auf und sah den Mond hinter den dunklen Silhouetten von Bäumen und Häusern hervorscheinen.

»Hallo, lieber Mond«, begann sie laut zu deklamieren und fuhr fort mit einem Kinderreim, der ihr unwillkürlich ins Gedächtnis kam:

»Gute Nacht, kleines Zimmer
Gute Nacht, Mondes Schimmer
Gute Nacht, lieber Bär,
Wieg dich hin, wieg dich her
Gute Nacht, graue Maus
in dem dunklen Haus ...«

Wie oft hatte sie dieses Lied ihrer Nichte vorgesungen und sie dabei in den Schlaf gewiegt. Und jetzt hatte sie ihr Foto gefunden, auf der Rückseite eines Bildes von drei an Hunger sterbenden Kindern in Afrika, mit aufgedunsenen Bäuchen und großen traurigen Augen. Es war das fünfzehnte, vielleicht das zwanzigste Bild, dessen Rahmen sie zerbrochen hatte. Sie hatte sich dabei mit einem Glassplitter in den Daumen geschnitten, frisches Blut war auf das Bild von Susan getropft. Zuerst hatte sie gar nicht erkannt, daß es ihre Nichte war. Zu viele Ermordete hatte sie auf den anderen Fotos gesehen. Aber an den schlanken Gliedern und dem hellblonden Haar hatte sie gesehen, daß es Susan war. Das Bild hatte sie weniger erschreckt als die Aufnahmen der Polizeifotografen. Ihre klinisch genauen Aufnahmen von der Toten, wenige Stunden, nachdem sich Jeffers im Dunkel der Nacht auf und davon gemacht hatte, entstanden, hatten etwas Hartes und Grausames, auf dem Bild von Jeffers aber sah Susan aus, als schliefe sie friedlich. Mercedes Barren war fast dankbar dafür gewesen. Sie wußte nicht mehr, wie lange sie das Bild betrachtet hatte, ohne zu weinen, aber mit dem Gefühl, daß in ihr selbst etwas gestorben war. Sie hatte das Bild mit besonderer Sorgfalt zur Seite gelegt, um dann weitere Bilderrahmen auseinanderzubrechen und weiteres Beweismaterial zu entdecken.

Eine seltsame Ruhe war in ihr gewesen, als sie Susans Bild zu den anderen legte, und doch hatten ihre Hände heftig gezittert. Wie sie nun so durch die Dunkelheit fuhr, dachte Sie: Ich weiß nicht, wer ihr alle seid, aber ich tue für euch, was ich kann. Ich bin auf eurer Seite. Ich weiß, was geschehen ist, und ich werde dafür sorgen, daß der Mörder seine gerechte Strafe bekommt.

Sie packte das Lenkrad fester und fuhr in den Morgen hinein.

Martin Jeffers fand keinen Schlaf, wollte es aber auch gar nicht. Er saß in einem Sessel, seine Wohnung war nur von einer kleinen Schreibtischlampe beleuchtet. Er fragte sich, ob es besser sei, die Wahrheit über seinen Bruder zu wissen oder nicht. Würde er, wenn sein Bruder eines Tages wieder bei ihm auftauchte, überhaupt in der Lage sein, ihm unbefangen zu begegnen? Würde sein Leben je so sein können wie vorher?

Er stellte sich das Gespräch vor, daß er mit Douglas über dessen Leben führen würde. Er sah sich in der Rolle des Überlegenen. Vorwurfsvoll, ernst, unnachgiebig und streng, ganz als sei er der Erstgeborene, wollte er mit ihm reden, ihn ausfragen und beschimpfen, schonungslos, bis Douglas ihm endlich die Wahrheit sagte.

Aber was würde danach geschehen? Niemals würde sein Bruder voll Reue und unter Tränen ein Verbrechen zugeben. Das einzige, was er sagen würde, wäre: »Tut mir ja leid, Marty, aber ich traf die Kleine, und es lief ja auch alles ganz normal, bis sie plötzlich überraschend nein sagte. Da hab' ich ein wenig die Selbstbeherrschung verloren. Gut, vielleicht bin ich tatsächlich etwas rauh mit ihr umgegangen. Plötzlich hat sie nicht mehr geatmet, aber ich kann nichts dafür. Sie hat schuld. Und weißt du, Marty, die Polizei hat schon einen Mann verhaftet, der der Mörder sein soll. Ob er's nun war oder nicht, ist doch egal. Ist doch alles Schnee von gestern. Ich frage mich sogar, ob es überhaupt geschehen ist.«

Martin Jeffers erhob sich aus dem Sessel und ging in dem düsteren Raum auf und ab. Ich wußte es, dachte er, immer war Doug so grob, er glaubte, tun zu können, was ihm gerade paßte. Er war so anders als ich, immer ungeduldig, unruhig, hektisch bis zur Unerträglichkeit. Und er hat nie, überhaupt kein einziges Mal, auf mich gehört. Er hat dieses Mädchen mit Sicherheit getötet. Ich bin fest davon überzeugt. Und er sollte dafür büßen. Nur, wozu wäre das gut? Die Polizistin ist wieder weg. Sie war sowieso nicht ganz normal im Kopf. Und warum habe ich ihr nur das alles, die schlimmen Dinge, die sie über Doug gesagt hat, geglaubt?

Wahrscheinlich nur deshalb, weil die Arbeit mit den Verlorenen Knaben mir jeden Sinn für Realität geraubt hat. Zu viele Lügen, Verleumdungen und Ausflüchte habe ich gehört, nur ganz selten ist es mir gelungen, zur Wahrheit vorzustoßen. So viele schreckliche Dinge habe ich erfahren, daß ich immer gleich mit dem Schlimmsten rechne. Ich sollte wohl besser schlafen gehen, um einen klaren Kopf zu bekommen. Irgendwie wird sich das alles schon von selbst regeln.

Er mußte über sich lachen. Da studiere ich Medizin, vier Jahre lang. Ich mache meinen Facharzt in Psychiatrie, und mir fällt nichts besseres ein, als zu hoffen, daß alles schon von allein wieder in die Reihe kommt. Wie kann ich nur so naiv sein? Weder Freud noch Jung noch sonst jemand hat je einen solchen Unsinn geäußert. Jeffers' Lachen klang hohl in der nächtlichen Stille. Nach einer Weile beruhigte er sich und kam zu dem Schluß, daß es vielleicht doch nicht so falsch sei, wenn sich die Dinge von selbst entwickelten. Ich bin doch eigentlich mit dieser Methode ganz gut gefahren, dachte er. Mal sehen, was die Polizistin zu sagen hat, falls sie je wieder hier auftaucht. Mal sehen, was Doug selbst zu sagen hat. Erst dann kann ich wirklich etwas unternehmen. Beruhigt und mit dem Gefühl, einen vernünftigen Beschluß gefaßt zu haben, schickte Martin Jeffers sich an, schlafen zu gehen. Es war inzwischen vier Uhr morgens, höchste Zeit, um Kraft für den nächsten Tag zu sammeln. Aber Jeffers kam nicht zum Schlafen. Es klingelte an der Tür.

Wer kann das sein? Wer zum Teufel kommt um diese Zeit vorbei? fragte er sich.

Es klingelte ein zweites Mal, schrill und anhaltend. Jeffers ging zur Tür und warf einen Blick durch den Spion. Draußen stand die Polizistin aus Miami. Sein Herz klopfte heftig, er spürte, wie ihm schwindelig wurde. Dennoch öffnete er.

Als sie hörte, daß jemand öffnete, griff Mercedes Barren nach ihrer Neunmillimeter, die im Gürtel ihrer Jeans steckte. Sie hielt die Waffe schußbereit, versteckte sie jedoch hinter der Papiertüte. Als Jeffers öffnete, streckte sie die Hand aus und hielt ihm die Waffe direkt vors Gesicht. Sie sah, wie er bleich wurde und schnell einen Schritt zurück ging.

»Keine Bewegung!« sagte sie mit einer Stimme, die gefühllos und routiniert klang. »Als erstes will ich wissen, ob er hier ist. Wenn Sie mich belügen, erschieße ich Sie.«

Martin Jeffers schüttelte den Kopf. Mit vorgehaltener Waffe trat sie in die Wohnung. Sie sah sich um, spürte, daß kein Dritter anwesend war, wollte aber sicher gehen und durchsuchte das Apartment.

»Bitte, Detective, legen Sie die Waffe weg. Er ist nicht hier. Ich habe keine Ahnung, wo er sich aufhält.«

»Ich glaube Ihnen erst, wenn ich mich selbst davon überzeugt habe.«

Sie forderte Jeffers auf, sich zu setzen.

»Ich kann einfach nicht glauben ...«, begann er.

»Was Sie glauben oder nicht, interessiert mich nicht im geringsten.«

Es folgte ein längeres Schweigen, bis Martin Jeffers sagte: »Wir hatten uns für gestern früh in der Klinik verabredet. Nicht jetzt und nicht hier. Was ist eigentlich los? Und bitte, legen Sie doch endlich die Waffe weg. Sie erschreckt mich.«

»Das soll sie auch. Im übrigen stecke ich sie weg, wann ich will.«

Sie sahen sich eine Weile feindselig an, ohne zu reden. »Wo ist er?« fragte sie.

»Ich habe Ihnen doch schon gesagt, daß ich es nicht weiß. Jedenfalls ist er nicht ...«

»Ich habe nicht viel Zeit, wissen Sie, also sagen Sie mir endlich mehr über ihn.«

Jeffers tat, als überhöre er ihre Worte, und sagte laut und energisch: »Was wollen Sie hier so mitten in der Nacht? Erst kommen Sie nicht zu unserer Verabredung, dann tauchen Sie plötzlich hier auf, um vier Uhr morgens! Was, zum Teufel, ist denn eigentlich los?«

Statt einer Antwort zog sie den Umschlag mit Douglas Jeffers Wohnungsschlüssel aus der Tasche' und warf ihn zu Jeffers hinüber

»Wo haben Sie den her?«

»Von Ihrem Schreibtisch.«

»Sind Sie vielleicht hier eingebrochen? Das sind ja saubere Methoden.«

»Freiwillig hätten Sie mir den Schlüssel sicher nicht gegeben.«

»Darauf können Sie Gift nehmen.«

Wütend sprang er auf. Sie hob die Pistole, worauf er sich schnell wieder setzte.

»Es ist kindisch, mir zu drohen«, sagte er.

»Ich war in der Wohnung Ihres Bruders.«

»Und?«

Die Tüte mit den Fotos stand vor ihr. Sie zog die Aufnahme von Susan heraus und hielt sie Jeffers hin. Er warf einen kurzen Blick darauf.

»Es ist meine Nichte«, sagte sie bitter.

»Gut, aber was ...«

»Ich fand das Bild in der Wohnung Ihres Bruders.«

Jeffers erschrak. Er schöpfte nach Atem und sagte dann: »Vielleicht gibt es irgendwelche Erklärungen, möglicherweise hat er gar nichts damit ...«

»Die gibt es allerdings«, unterbrach sie ihn scharf.

»Wahrscheinlich hat er ...«

»Hören Sie mit diesen verdammten Ausflüchten auf!«

»Er kann aber aus vielen Gründen im Besitz dieses Fotos sein. Schließlich ist er von Beruf Fotograf und ...«

Sie gab ihm keine Antwort, sondern langte in die Tüte und nahm ein weiteres Bild heraus. Sie reichte es ihm.

»Es ist nicht dieselbe Person«, sagte er. Dann gab sie ihm ein drittes Foto. Er betrachtete alle drei aufmerksam und sagte dann: »Das verstehe ich nicht. Dies ist ja schon wieder ...«

Sie warf ihm ein viertes Foto zu. Er nahm kaum Notiz davon und lehnte sich in seinem Stuhl zurück.

Mercedes Barren war außer Atem, als hätte sie einen langen, erschöpfenden Lauf hinter sich. Sie zog ein Bild nach dem anderen aus der Tüte, bis sie schließlich Jeffers den Rest in den Schoß schüttete.

»Begreifen Sie denn immer noch nicht?« fragte sie.

Jeffers blickte sich nach allen Seiten um, als suche er nach einem Halt.

»Also, jetzt sagen Sie mir endlich, wo Ihr Bruder ist!« Mercedes Barren konnte ihre Wut kaum bändigen. »Wo, in Teufels Namen, ist er?«

Martin Jeffers bedeckte sein Gesicht mit den Händen. Sie ging auf ihn zu und packte ihn bei den Schultern, schüttelte ihn heftig und rief: »Wenn Sie jetzt auch noch anfangen zu heulen, bringe ich Sie um!«

Sie war sich nicht sicher, ob sie die Drohung ernst meinte. Aber der Gedanke, daß der Bruder des Mörders auch nur eine einzige Träne für diesen vergießen könnte, anstatt um die Opfer zu weinen, machte sie rasend.

»Ich weiß es wirklich nicht, glauben Sie mir doch!« sagte Martin Jeffers. Seine Stimme war heiser.

»Sie wissen es sehr wohl!«

»Nein, ich habe absolut keine Ahnung, wo er ist!«

Mercedes Barren sah Jeffers eindringlich an. Dieser wich ihrem Blick aus und starrte auf die Fotos.

Schließlich gelang es ihr, ihre Wut zu zähmen, und sie fragte: »Glauben Sie, daß Sie ihn finden könnten?«

Jeffers zögerte mit der Antwort.

»Vielleicht«, sagte er schließlich, »ich könnte es versuchen.« Sie ließ sich auf einen Stuhl fallen. Am liebsten hätte sie selbst geweint. Lange Zeit saßen sie sich gegenüber, starrten ins Leere und sprachen kein Wort.

Als es Tag wurde, saßen sie immer noch dort. Martin Jeffers brach als erster das Schweigen: »Jetzt werden Sie wohl als erstes Ihre Vorgesetzten von der Sache unterrichten.«

»Nein, das werde ich nicht tun«, antwortete sie.

»Oder gehen Sie gleich zum FBI? Hier in Trenton gibt es ein Büro. Ich kenne sogar einige von den Leuten. Die werden alles tun, um ...«

»Nein«, sagte Mercedes Barren.

Jeffers sah sie an. Er konnte seine Wut nicht mehr zurückhalten, er war einfach zu erschöpft.

»Detective, bilden Sie sich nicht ein, daß ich Ihnen dabei helfe, Ihre privaten Rachegelüste an meinem Bruder auszulassen. Sie täuschen sich, wenn Sie das von mir erwarten. Und jetzt gehen Sie bitte.«

»Ich glaube, Sie verstehen mich falsch«, antwortete Mercedes Barren in ruhigem Ton.

»Da gibt es nicht viel zu verstehen«, gab Jeffers zurück. »Seit Stunden bedrohen Sie mich mit Ihrer verdammten Pistole. Aber damit werden Sie nicht weit kommen! Wenn Sie der Meinung sind, daß mein Bruder ein Verbrecher ist, können Sie ihn ja aufspüren. Die Polizei kennt genügend Methoden. Also versuchen Sie es ohne mich.«

Obwohl er laut und eindringlich sprach, hatte Jeffers das Gefühl, daß seine Worte nicht das geringste bewirkten.

»Das ist unmöglich.«

»Warum?«

»Meinetwegen.« Sie seufzte tief und merkte erst jetzt, wie erschöpft sie war. Jeffers sah sie erstaunt an. Was war nur los mit dieser Frau? Er versuchte, die Situation mit den Augen des Psychologen zu sehen, und beschloß zu warten, bis sie ihm die Hintergründe ihres seltsamen Verhaltens erklärte.

»Meinetwegen«, wiederholte sie. »Ich bin so gut wie unfehlbar, wissen Sie? Ich war immer erfolgreicher als die anderen. Nur ein einziges Mal habe ich einen schweren Fehler begangen. Danach nie mehr. Ich habe es überlebt, habe mich wieder ganz erholt. Selbst in den schwierigsten Situationen habe ich gesiegt. Immer habe ich alles herausgefunden, was ich wissen mußte. Meine Beweisführung war immer von bestechender Logik. Eine ganze Reihe spektakulärer Festnahmen ist mir gelungen. Wenn ich mit einem Fall betraut war, wurde der Täter unter Garantie gefaßt und landete hinter Gittern. Selbst wenn er die besten Anwälte und die scheinbar sichersten Alibis hatte. Das war ein Glück für mich, denn im Privatleben habe ich alles verloren, was ich besaß. Ich habe mein persönliches Unglück durch berufliche Erfolge wettgemacht.«

Sie schwieg eine Weile, blickte hinaus auf den hellen Morgenhimmel, sah Martin Jeffers an und sagte: »Ich habe keine Beweise.«

Er schüttelte den Kopf. »Das verstehe ich nicht. Sie haben doch all die Fotos.«

»Sie existieren nicht.«

»Was sagen Sie da? Sie liegen doch alle hier!«

Er nahm den Packen Bilder und fuchtelte damit in der Luft herum. »Sie kommen hierher. Sie erzählen mir, daß mein Bruder all diese Menschen auf den Fotos getötet hat. Und jetzt behaupten Sie, all das sei nicht wahr.«

»Die Bilder existieren nicht.«

»Was, zum Teufel, meinen Sie bloß damit?«

Als sie nicht antwortete, sagte er verärgert: »Ich erwarte eine Erklärung von Ihnen. Was hat dies alles zu bedeuten?«

»Wissen Sie, bisher habe ich immer gehandelt wie ein Profi. Dieses Mal nicht. Erst bin ich bei Ihnen eingebrochen, dann habe ich den Schlüssel gestohlen und bin auch noch in die andere Wohnung gegangen. Das ist illegal, ich hatte keinerlei Recht dazu und ...«

»Gehen Sie doch zum FBI. Sie haben doch die Fotos.«

»Das ist unmöglich. Ich kann da nicht einfach hineingehen und sagen: ›Sehen Sie mal, was ich für Bilder gefunden habe!‹ ›Um welchen Fall handelt es sich denn?‹ werden sie fragen. Und die einzige Antwort, die ich darauf geben kann, ist: ›Ich habe im Moment Krankheitsurlaub.‹ Also informieren sie meinen Vorgesetzten und der wird ihnen sagen: ›Es ging ihr nicht gut in letzter Zeit. Sie war psychisch ziemlich daneben. Ich hoffe, daß sie nicht ganz durchgedreht ist.‹ Keineswegs wird er sagen: ›Sie können ihr glauben, sie ist absolut zuverlässig.‹ Er wird ihm erzählen, daß ich seit dem Tod meiner Nichte nicht mehr dieselbe bin, daß man ihren Mörder längst gefaßt hat, daß er lebenslänglich im Bunker sitzt, und daß solche Fotos gar nichts besagen, weil ich durch meinen Beruf mit Hunderten solcher Bilder in Berührung komme und sie mir jederzeit beschaffen kann. Er wird sagen, daß ich spinne, und das ist das Ende.«

»Wenn ich nun sagen würde, daß Sie ...«

»Was wollen Sie schon sagen? Daß ich Sie davon überzeugt habe, daß Ihr Bruder ein Mörder ist? Dann werden die sagen, daß wir alle beide verrückt sind. Im besten Fall geht er der Sache nach, läßt sich ein Dossier über Ihren Bruder machen. Und da wird er herausfinden, daß Douglas Jeffers Zutritt zum Weißen Haus hat, daß er sicherheitsüberprüft ist. Ich weiß das, weil ich selbst nachgeforscht habe. Es liegt nichts gegen ihn vor, im Gegenteil, er hat einen ausgezeichneten Ruf.«

»Und die Leute in Ihrer Abteilung?«

»Die halten mich für nicht ganz normal. Und sie haben vielleicht nicht mal unrecht.«

»Was wollen Sie tun?« fragte Jeffers.

»Ich will ihn finden.«

»Um Ihre Nichte zu rächen? Um ihn zu erschießen?«

»Ja.«

»Schlagen Sie sich das aus dem Kopf.«

»Ich hätte Ihnen das nicht zu sagen brauchen, aber ich wollte ehrlich sein.«

»Das spricht für Sie.«

Sie warfen sich feindselige Blicke zu, dann sagte Mercedes Barren: »Bitte sehen Sie sich die Bilder noch einmal genau an. Denken Sie eine Weile darüber nach. Vielleicht finden wir gemeinsam eine Lösung, was zu tun ist.«

Jeffers' Antwort erfolgte überraschend schnell:

»Wir suchen ihn, halten ihn fest, zeigen ihm die Bilder. Dann wird er alles zugeben.«

»Den Teufel wird er tun!«

»Detective, Sie können mir glauben, ich habe viel Erfahrung mit Schwerkriminellen. Es ist für sie Ehrensache, sich zu ihren Taten zu bekennen.«

Er schwieg. Ich spreche von Doug, meinem Bruder, dachte er betroffen. Er stand auf, ging mit unsicheren Schritten durchs Zimmer.

»Diese ganze Geschichte ist mehr als verrückt«, sagte er.

»Das habe ich doch schon längst zugegeben.«

»Immerhin handelt es sich um meinen Bruder. Er ist einer der besten Fotografen Amerikas. Er ist ein großer Künstler. Nie würde er so etwas tun. Er war niemals gewalttätig.«

»War er das wirklich nicht?«

Ihre Blicke begegneten sich. Beide waren sich der Tatsache bewußt, daß sie sich etwas vormachten, einander mit großem Mißtrauen begegneten.

Dies ist meine letzte Chance, dachte Mercedes Barren. Ohne den Bruder finde ich ihn niemals. Er wird nie wieder seine Wohnung betreten. Er wird verschwinden, irgendwohin, ohne die geringste Spur zu hinterlassen. Sie versuchte, sich nicht anmerken zu lassen, wie verzweifelt sie war. Auch Jeffers verbarg seine Gefühle so gut, wie er nur konnte. Ich werde diese Frau nie wieder los, dachte er. Und wenn, wird sie alles tun, um Doug zu töten. Sie schafft das auch ohne mich.

Was ihn noch mehr bewegte, war der Wunsch, Gewißheit darüber zu haben, ob sein Bruder ein Mörder war oder nicht. »Wenn ich Ihnen helfe, ihn zu finden, damit wir diese Sache auf vernünftigem Weg bereinigen, müssen Sie mir eines versprechen.«

»Und das wäre?«

Jeffers zögerte eine Weile und sagte dann: »Daß Sie nicht schießen. Daß Sie ihn nicht töten. Er ist mein Bruder. Verstehen Sie doch!«

Sie antwortete nicht sofort, damit er glaubte, daß sie sorgfältig nachdachte.

»Ich verspreche es. Ich gebe Ihnen eine Chance, mit ihm zu reden. Danach wird geschehen, was geschehen muß.« Sie sagte dies mit fester Stimme, so, daß es vertrauenserweckend klang.

»Also gut«, sagte er nicht ohne Dankbarkeit, »das finde ich fair.« In Wirklichkeit glaubte er ihr kein Wort. Inzwischen war es heller Tag geworden, und die Sonne schien warm.

»Wo fangen wir an?« fragte Mercedes Barren. »Wohin wollte er fahren? Was hat er Ihnen beim Abschied gesagt?«

»Nicht viel, nur, daß er auf Erinnerungstour gehen wollte, *sentimental journey* nannte er es. Ich sagte ihm daraufhin, daß es für ihn und mich eigentlich nicht viel Grund gäbe, um schöne Erinnerungen zu pflegen.«

»Er hat doch bestimmt noch mehr gesagt.«

Jeffers schloß einen Moment die Augen. Er sah seinen Bruder vor sich, wie er ihm in der Kantine gegenübergesessen hatte, mit jenem seltsamem Lächeln, das für ihn so typisch war. »Er sagte, er wolle Erinnerungen auffrischen, aber welche hat er mir nicht verraten.«

»Was könnte es Ihrer Meinung nach sein?« fragte Detective Barren.

»Ich bin mir nicht ganz sicher.«

»Sie müssen sich ja nicht gleich sicher sein, stellen Sie einfach ein paar Vermutungen an.«

»Wenn Sie mit Ihrem Verdacht recht haben, dann kann es sich nur um zwei Arten von Erinnerungen handeln. Einmal die aus unserer Kindheit, und dann die an diese schrecklichen ...« Er zeigte auf die Fotos. »... Ereignisse.«

Jeffers ärgerte sich, daß er mit soviel Ruhe über diese Dinge reden konnte.

»Vielleicht ist es eine Mischung aus beidem«, sagte Mercedes Barren. Sie hatte ihren Mut wiedergefunden, fühlte sich stark und tatkräftig.

»Im allgemeinen versuchen wir bei der Polizei uns immer vorzustellen, warum und wie etwas geschehen ist. Meistens gehört beides zusammen. Nur sehr selten spekulieren wir wild drauflos, aber in diesem Fall ...«

»Das ist in meinem Beruf nicht anders«, gab Martin Jeffers zurück. Sie nickte.

»In diesem Fall müssen wir es tun.« Sie sahen sich an, und sie merkte, daß er ihr zustimmte.

»Angenommen, wir wollten herausfinden, welchem Schauplatz dieses oder jenes Bild zuzuordnen ist, würden wir Monate dafür brauchen.«

»Allerdings, zumal wir nicht wissen, welcher Tatort ihm am wichtigsten war. Denn den würde er ja vermutlich zuerst aufsuchen.«

»Also fangen wir anders an. Gehen wir von der Persönlichkeit des Täters aus.«

»Das ist auch nicht viel einfacher. Woher sollen wir wissen, was ihm am wichtigsten ist und welche Route er geplant hat?« wandte Jeffers ein.

»Vielleicht können Sie ein paar Vermutungen anstellen.«

»Es sind Spekulationen, nicht mehr.«

»Es ist immerhin etwas«, gab Mercedes Barren zurück. Jeffers nickte.

»Er wird mit ziemlicher Sicherheit nach New Hampshire fahren. Das ist nämlich der Ort, an dem sie uns im Stich ließen.«

»Was meinen Sie damit?« fragte Mercedes Barren.

»Na, was glauben Sie wohl? Allein gelassen, auf die Straße gesetzt. Nach dem Prinzip: Weg mit den lästigen Blagen. Was denn sonst?«

»Entschuldigen Sie bitte«, sagte sie sanft, »ich konnte das ja nicht wissen.«

»So etwas passiert häufiger als man denkt«, sagte Jeffers. »Unsere Mutter war zu Hause das schwarze Schaf. Sie brannte mit einem Mann durch, der gerade seinen Job verloren hatte. Sie arbeiteten beim Zirkus. Geheiratet haben sie, soweit wir wissen, nie. Zuerst kam Douglas auf die Welt, dann ich. Sie haben sich nie sehr viel aus Kindern gemacht, glaube ich. Erst verschwand unser Vater auf Nimmerwiedersehen, sie suchte uns daraufhin Pflegeeltern; irgendwelche Verwandte von ihr erklärten sich bereit, uns aufzunehmen. Sie wohnten hier, in New Jersey. Auf dem Weg dorthin verlor unsere Mutter irgendwann die Lust. Sie ließ uns allein in New Hampshire, genauer gesagt in Manchester, und haute einfach ab. Ich kann mich noch sehr genau daran erinnern. Wir saßen auf der Polizeiwache herum und warteten. Es war ziemlich düster dort, die Wände waren schmutzig und mit Plakaten vollgeklebt. Ich konnte nichts darauf entziffern, aber mir war beim Anblick all dieser Buchstaben nicht sehr wohl zumute.«

»Und was war mit Ihrem Bruder?«

»Er hat sich um mich gekümmert. Er hat mir Mut gemacht. Ohne ihn wäre ich mit der Situation nie fertig geworden.«

»Und wie ist er selbst damit klargekommen?«

»Er hatte einen ungeheuren Haß auf unsere Mutter, weil sie uns im Stich ließ und uns nie geliebt hat. Aber unsere neuen Eltern haßten uns fast genauso, obwohl sie uns sogar adoptierten. Doug sagte immer, es seien schlechte, böse Eltern.«

»Und Sie?«

»Auch ich hatte Haßgefühle, aber nicht so starke wie Doug.«

»Was für ein Mensch ist Doug durch diese Erfahrungen geworden?«

»Das, was Sie hier sehen. Also, unsere neuen Eltern lebten in Rocky Hill bei Princeton. Sie hatten eine Apotheke. Unser Adoptivvater war ein tüchtiger Geschäftsmann. Der Laden lag in der Nassau Street. Er verkaufte ihn für eine Riesensumme an eine große Gesellschaft. Ein solider, aber gerissener Kleinbürger war er.«

»Das klingt ja nicht gerade ...«

»Ich mochte ihn nicht, aber Doug noch viel weniger. Stellen Sie sich vor, nachdem sie uns adoptiert hatten, durften wir nicht seinen Namen tragen. Jeffers ist der Mädchenname unserer Mutter. Für Kinder ist das nicht leicht, wenn man sie immer fragt, warum sie anders heißen als ihre Eltern.

Dieser Mensch hat uns nie etwas geschenkt. Für alles, was er uns gab, mußten wir arbeiten.«

»Aber Sie sind damit fertig geworden.«

»Glauben Sie?«

Jeffers klang verbittert. Mercedes Barren fragte sich, wo er mit all seinem Haß, seinem Zorn und seiner Bitterkeit geblieben war. Was bei seinem Bruder offensichtlich war, war bei ihm nie an die Oberfläche gelangt.

»Was würden Sie davon halten, nach Manchester zu fahren?«

»Wozu soll das gut sein?«

»Ich weiß es nicht«, sagte sie scheinbar leichthin, »es ist immerhin besser, als auf seinen Telefonanruf zu warten. Zumal es gar nicht sicher ist, ob er überhaupt anruft.«

»Vielleicht schon.«

»Glauben Sie das im Ernst?«

»Ja, Erinnerungen von früher sind mit mir verknüpft. Sicher wird er ab und zu etwas von mir wissen wollen. Oder er will mir Dinge mitteilen, die ihm plötzlich in den Sinn kommen. Erinnerungsstücke, irgendwelche Assoziationen. Natürlich nichts, was mit diesen Fotos zu tun hat.«

»Ich habe keine Lust, hier zu sitzen und zu warten.«

Jeffers nickte. »Ich verstehe Sie. Heute ist Samstag, und ich brauche erst am Montag wieder in der Klinik zu sein.«

»Fahren wir doch nach New Hampshire! Wir können dort den Leuten sein Foto zeigen, ein paar Erkundigungen einziehen.«

Nach einer Pause fragte sie: »Wo sind Ihre Pflegeeltern jetzt?«

»Sie sind beide tot«, antwortete Jeffers ohne Betroffenheit. »Wo unser leiblicher Vater ist, weiß ich nicht. Wahrscheinlich tot oder in irgendeiner Anstalt. Unsere Mutter? Vermutlich in einem Pflegeheim. Es sei denn, es wäre Doug gelungen, sie zu töten.«

Sie fuhren langsam durch die Nassau Street in Princeton, entlang der efeubewachsenen Fassade der Universität. Der Campus war wie ausgestorben. Martin Jeffers erzählte seiner Begleiterin, daß in wenigen Wochen das Semester beginnen und damit Leben und Heiterkeit in den Ort einziehen würden. Sie wollte sich nicht anmerken lassen, daß sie die Gegend bestens kannte, deshalb schwieg sie. Sie betrachtete die Hörsaalgebäude und Wohnheime und dachte an ihren Mann. Wie wohl er sich hier gefühlt hatte, und wie hart es für ihn gewesen war, die idyllische Atmosphäre der Universität aufzugeben und gegen ein Schlachtfeld einzutauschen. Er hatte hier in einer heilen Welt gelebt, die mit der Wirklichkeit nicht viel zu tun hatte. Sie bestand aus nichts als Literatur, Theater, Mathematik, Politischen Wissenschaften. Auch ihr Vater hatte in so einer Welt gelebt. Sie selbst hatte es nie getan.

Bevor sie mit Jeffers hierher gefahren war, hatte dieser im Wagen gewartet, während sie sich im Hotel umzog. Es machte ihr nichts aus, die ganze Nacht nicht geschlafen zu haben. Ihr einziger Gedanke war, daß sie ihrem Ziel näher kam, und der machte sie hellwach. Sie nahm eine kleine Reisetasche mit Waschzeug und legte die Neunmillimeter hinein, das Selbstporträt von Douglas Jeffers im Dschungel und einen Vorrat an Munition.

Martin Jeffers hatte unbedingt mit seinem Wagen fahren wollen. Sie war sehr einverstanden gewesen. So würde er ein Gefühl der Sicherheit haben und überzeugt sein, daß er die aktivere, wichtigere Rolle bei ihrem Unternehmen spielte. Nachdem sie an der Apotheke der Zieheltern vorbeigefahren waren, kurvte Jeffers durch enge Straßen, die von Linden gesäumt waren. Sie hatten den Ort verlassen und kamen an ein paar Bauernhöfen vorbei. Dazwischen standen einzelne Wohnhäuser. Jeffers hielt vor einem der Häuser und zeigte darauf: »Hier haben wir gewohnt. Zehn Jahre bin ich nicht mehr hier gewesen.« Das Haus war grau und weiß gestrichen, besaß zwei Stockwerke. Daneben lag eine Garage, der Rasen im Vorgarten war frisch gemäht. »Als wir hier wohnten, war das Haus braun, von einem dunklen, schmutzigen Braun«, sagte Jeffers. »Auch innen war es düster. Immer unwirtlich, alle Türen waren geschlossen. Man konnte sich unmöglich heimisch fühlen.«

»Immerhin war es ein Zuhause«, gab Mercedes Barren zurück. »Es ist Ihnen besser gegangen als so manchen Straßenkindern.«

»Solche Äußerlichkeiten wie ein Dach über dem Kopf bedeuten gar nichts. Für Kinder zählen ganz andere Dinge.«

»Was meinen Sie damit?«

»Zuneigung, Liebe, Hilfe, Selbstbewußtsein. Damit kann man überleben und sogar Blüten treiben mitten im größten Dreck. Geld, Familie, Erziehung und was sonst noch alles, sind ohnedies ziemlich nutzlos. Das Kind aus dem Schwarzen-Getto, das sich durch die Schule arbeitet und Anwalt wird, vergleichen Sie es mal mit einem Kennedysprößling, der irgendwann allein in einem Hotel an einer Überdosis Drogen stirbt. Verstehen Sie, was ich meine?«

»Ja«, sagte Mercedes Barren. Sie mußte an ihre Nichte denken, und ihr wurde traurig zumute.

»Sie sagten, daß Ihre Adoptiveltern beide tot sind?«

»Ja, unser Vater starb, als wir noch Teenager waren, durch einen Unfall. Und unsere Adoptivmutter ging an Alkohol, Tablettenmißbrauch, ungesunder Ernährung, Rauchen und Bewegungsmangel ein. Sie hatte ein schwaches Herz, und das alles war zuviel für sie.«

»Wo sind sie begraben?«

»Sie sind beide verbrannt worden. Leuten wie ihnen richtet kein vernünftiger Mensch ein Denkmal auf.«

Er schwieg, denn er mußte an seinen Bruder denken. Doug tut alles, um sich Denkmäler zu setzen, dachte er bitter.

Mercedes Barren öffnete die Wagentür. »Warten Sie einen Moment?«

»Ich komme mit«, sagte Jeffers.

Sie gingen auf das Haus zu. Sie klingelte. Nach ein paar Minuten hörte man kleine, schnelle Schritte und eine Kinderstimme, die rief: »Da kommt er, da kommt er, das ist bestimmt Jimmy!«

Die Tür flog auf, und ein Kind von sechs oder sieben Jahren mit einem Handtuch auf dem Kopf schaute heraus. Es sah die beiden an und rief hörbar enttäuscht: »Mami, da sind zwei Erwachsene!« Dann fügte es leise hinzu: »Hallo!«

»Sind deine Eltern zu Hause?« fragte Mercedes Barren.

Bevor das Kind antwortete, erschien eine Frau, die ungefähr so alt sein mußte wie sie selbst, Jeans trug und eine Hacke in der Hand hielt.

»Entschuldigung, aber ich war im Garten, und wir dachten, es wäre ein Spielkamerad. Suchen Sie etwas?«

»Guten Tag«, sagte Mercedes Barren und hielt ihre Dienstmarke hoch. »Ich bin Detective Barren. Wir suchen diesen Mann hier. Haben Sie ihn vielleicht gesehen?«

Sie hielt der Dame Jeffers Foto hin. Sie sah es sich an.

Sie war sichtlich überrascht, an einem Samstagmorgen einer leibhaftigen Polizistin gegenüberzustehen.

»Nein«, sagte sie. »Sollte ich ihn kennen? Was ist mit ihm?«

»Nichts Aufregendes«, antwortete Mercedes Barren. »Der Mann ist ein Verwandter meines Begleiters. Er hat früher hier in der Gegend gewohnt. Da wir nicht wissen, wo er sich aufhält, dachten wir, er sei vielleicht irgendwann hierhergekommen.«

»Ach so«, sagte die Frau, warf erneut einen Blick auf das Bild und sagte: »Nein, gesehen haben wir den Mann bestimmt nicht.«

»Ich will auch das Bild sehen«, rief der Junge.

»Nein, laß das, Billy, geh spielen!« sagte die Mutter.

»Ich will es aber auch sehen!«

Die Mutter sah Mercedes Barren an: »Er langweilt sich ohne seinen Freund.«

Die Polizistin beugte sich zu dem Kind herab und zeigte ihm das Bild: »Hast du diesen Mann hier irgendwo gesehen?«

Der Junge schaute lange Zeit auf das Foto und sagte: »Ja, das kann sein, vielleicht war er hier.«

Mercedes Barren zuckte, Martin Jeffers trat einen Schritt näher.

»Billy!« sagte die Mutter streng. »Erzähl keinen Unsinn! Das ist eine ernste Sache!«

»Ich habe ihn wahrscheinlich gesehen, vielleicht ist er auch hergekommen«, sagte Billy.

»Wo hast du ihn denn gesehen?« fragte Mercedes Barren freundlich.

Das Kind zeigte auf die Straße.

»Hat er etwas zu dir gesagt? Was hat er da auf der Straße gemacht?«

Das Kind erschrak. »Oh, nichts«, sagte es.

»Hatte er ein Auto dabei, war er vielleicht in Begleitung?«

»Nee.«

»Und wann war das?«

»Das ist 'ne Weile her.«

»Und was passierte?«

»Gar nichts, vielleicht habe ich ihn gesehen«, wiederholte Billy.

Mercedes Barren hörte ein Auto über den Kiesweg fahren.

Billy strahlte. »Da kommt er!« rief er. »Darf ich hin?«

Die Mutter sah Mercedes Barren an, und als diese nickte, sagte sie: »Natürlich, mein Kleiner.«

Der Junge rannte an ihnen vorbei. Seine Mutter nickte der Mutter des Freundes zu, die in einem großen Karavan saß.

»Ich weiß nicht, ob man Billy glauben kann«, sagte sie zögernd.

»Keine Sorge«, sagte Mercedes Barren, »ich glaube nicht, daß er den Mann gesehen hat. Vielen Dank für Ihre Mühe.«

Sie gingen zum Wagen zurück. Mercedes Barren winkte dem Jungen zu. Aber er war so in sein Spiel vertieft, daß er sie gar nicht wahrnahm. Als sie wieder im Auto saßen, fragte Martin Jeffers: »Was glauben Sie wirklich?«

Nach einigem Zögern meinte Sie: »Er ist wohl kaum hier gewesen.«

»Das glaube ich auch«, sagte Jeffers. Nach einer Pause fügte er jedoch hinzu: »Wer weiß, vielleicht war er doch hier.«

»Das kann man nicht wissen.«

»Er war hier, er war bestimmt hier, ich weiß es«, sagte Jeffers schließlich.

»Ehrlich gesagt, ich bin auch ziemlich sicher«, sagte Mercedes Barren.

Martin Jeffers war es nicht entgangen, mit welcher Selbstverständlichkeit sie die Mutter angelogen hatte. Er fuhr davon und ließ das Haus, mit dem ihn so viele Erinnerungen verbanden, hinter sich. Auf dem Weg nach New Hampshire sprachen sie nur wenig.

Hinter New Haven fragte Martin Jeffers: »Sind Sie eigentlich verheiratet, Detective?«

Sie hätte ihm gern irgendeine Geschichte erzählt, aber sie war zu müde, sich etwas auszudenken, und sagte nur: »Nein, ich bin Witwe.«

»Oh, das tut mir leid«, sagte er ohne große Anteilnahme.

»Es ist viele Jahre her. Ich habe sehr früh geheiratet. Er starb im Vietnamkrieg.«

»Kaum jemand ist von diesem verdammten Krieg verschont geblieben.«

»Waren Sie in Vietnam?«

»Nein, ich habe Glück gehabt. Als ich alt genug war, um eingezogen zu werden, nahmen sie nur die, auf die das Los fiel. Sonst bin ich immer ein großer Pechvogel, aber dieses eine Mal habe ich Glück gehabt.«

»Und Ihr Bruder?«

»Er war öfter dort, für Zeitungen oder Magazine. Warum er nie eingezogen wurde, weiß ich gar nicht.« Nach einer Weile sagte er: »Sie sind noch jung. Sie hätten sich wieder verheiraten können.«

Sie lächelte, ohne es zu wollen. »Wir waren schon befreundet, als wir noch in die Highschool gingen. Mit ihm kommt so schnell keiner mit. All die Erinnerungen an die Zeit, als wir noch Teenager waren ...«

»Da haben Sie recht«, sagte er. »Seit wann sind Sie bei der Polizei? Und warum haben Sie diesen Beruf gewählt?«

»Eigentlich war es Zufall. Als ich nach Miami kam, machten sie gerade eine Werbekampagne für die Gleichberechtigung der Frau in Männerberufen. Ich sah die Anzeige in der Zeitung, sie suchten dringend Polizistinnen. Ich habe hingeschrieben, eigentlich mehr aus Spaß. Ich wurde gleich genommen, und nachdem ich nur kurze Zeit da war, merkte ich, wie sehr mir diese Arbeit lag. Was ist mit Ihnen? Warum sind Sie Psychiater geworden?«

»Das hat zwei Gründe. Erstens sehe ich nicht gern Blut, ein normaler Arzt hat jeden Tag damit zu tun. Zweitens war mir der Gedanke, daß meine Patienten sterben, einfach zuwider. Wenn man dem ausweichen will, muß man sich schon ziemlich spezialisieren. Aber es gibt auch einen positiveren Grund: mein Interesse an der Seele des Menschen.«

»Das kann ich verstehen. Haben Sie bisher noch keine Frau gefunden, die das mit Ihnen teilen will?«

»Bisher nicht. Warum, weiß ich nicht genau. Es muß unter anderem daran liegen, daß mir mein Beruf sehr wenig Zeit für mein Privatleben läßt. Er spielt sich weitgehend in der Stille ab. Auch muß man sich in dem Beruf ständig weiterbilden. Nein, bisher habe ich niemanden.«

Sie nickte. Es gibt noch mehr Gründe, weshalb du keine Freundin hast. Du hast Angst davor, dich zu binden, und du hast Angst vor dir selbst.

Mercedes Barren war froh, daß sie nach allem, was geschehen war, so gut miteinander auskamen. Ihr war bewußt, daß sie Eindruck auf den Doktor machte. Er blieb jedoch ruhig und reserviert. Sie hatte mit vielen intelligenten Männern zu tun gehabt, Kriminellen, die, wenn sie nur unter den geringsten Streß gerieten, sich öffneten wie eine Blüte in der Sonne. Mit Jeffers war es anders.

Sie fragte sich, ob er mit der Behauptung, sein Bruder würde alles zugeben, wenn man ihn mit seinen Morden konfrontierte, recht hatte. Wenn er tatsächlich ein Geständnis ablegte – mochte es noch so egoistisch und selbstherrlich sein –, könnte sie ihn vielleicht doch vor den Kadi bringen. Sie sah ihre tote Nichte vor sich liegen, im Schatten dunkler Palmen. Er brauchte gar nicht alle Morde zu gestehen, nur einen oder zwei, das würde reichen. Sie hatte allerdings schon erlebt, wie Männer, die wegen Diebstahls festgenommen worden waren, im Lauf der Verhöre ganze Mordserien gestanden. In Texas hatte ein Mann behauptet, zwei- bis dreihundert Menschen getötet zu haben. Sie hatte sein Foto in der Zeitung gesehen, neben sich einen Polizisten, im Hintergrund eine Karte vom Südosten Amerikas. Der Mann hatte ein unangenehmes Lächeln. Mörder sind oft genauso eitel wie Künstler, dachte sie. Deshalb ist es gut möglich, daß Douglas Jeffers, froh über das Echo in der Öffentlichkeit, sich zu seinen Morden bekennt.

Sie stellte sich vor, wie er vor den Kameras posierte und die für Amerika typische perverse Berühmtheit der Kriminellen genoß. Hatte nicht Charles Manson während seiner Verhandlung den Geschworenen stolz die *Los Angeles Times* entgegengehalten, mit der riesigen Schlagzeile *Manson schuldig, sagt Nixon.* David Berkowitz hatte während seiner Verhandlung plötzlich laut im Sitzungssaal gegröhlt: »Stacy war 'ne Hure!« Die Angehörigen seines Opfers hatten versucht, ihn zum Schweigen zu bringen, wollten sich auf ihn stürzen, und am nächsten Tag war eine detaillierte Zeichnung der turbulenten Szene in der *New York Times* erschienen. Sie und ihre Kollegen hatten ihren Augen nicht getraut. Mercedes Barren erinnerte sich an viele andere Kriminelle, die die Presse berühmt gemacht hatte. Der Aristokrat Claus von Bülow hatte sich in einem schwarzen Lederanzug neben seinem Liebhaber fotografieren lassen, gleich nachdem man ihn von der Anklage, seine Frau mit einer Insulinspritze in ein lebenslanges Koma versetzt zu haben, freigesprochen hatte. Sie sah Bernhard Goetz vor sich, wie er in mehrere Mikrophone auf einmal sprach, sich von Hunderten von Blitzlichtern fotografieren ließ und sagte, daß er sich im Recht fühlte, die vier Teenager in der U-Bahn erschossen zu haben. Zu so etwas wäre auch Douglas Jeffers fähig, dachte sie voller Grauen. Ihr wurde bei diesem Gedanken ganz übel, sie drehte ihr Fenster herunter.

»Wollen Sie ein wenig Pause machen und Luft schnappen?« fragte Jeffers.

»Oh nein, danke, erst wenn wir am Ziel sind.«

Als sie sich Manchester näherten, war es schon dunkel. Sie hatten zwischendurch einmal getankt, und Mercedes Barren hatte im Restaurant zwei Becher Kaffee und in Plastik verpackte Sandwiches gekauft, eines mit Schinken, eines mit Thunfisch.

»Suchen Sie sich etwas aus.«

»Ich nehme das giftige«, antwortete er und biß in das Schinkenbrot.

Sie lachten beide. Jeffers hatte lange keine Frau mehr so unbefangen lachen hören. So schnell wird sie es nicht wieder tun, dachte er, schließlich machen wir ja keine Vergnügungsreise. Wer weiß, was geschieht, wenn sie auf Doug trifft. Ich muß sehr viel vorsichtiger sein. Nicht jedes Lachen bedeutet Vertrauen und nicht jedes Lächeln Sympathie.

Jeffers fuhr weiter durch die Dunkelheit, obwohl er erschöpft war. An der Straße tauchte die grüne Leuchtschrift eines *Holiday Inn Hotels* auf.

»Was halten Sie davon?« fragte Jeffers, »heute abend werden wir ohnehin nicht mehr viel tun können, da wir letzte Nacht überhaupt nicht geschlafen haben.«

Sie nickte, einerseits froh über ein wenig Ruhe, andererseits voller Bedauern, an diesem Tag nicht weitergekommen zu sein. »Eine gute Idee«, sagte sie.

Zur Überraschung des Hotelangestellten nahmen sie zwei Einzelzimmer. Als er ihnen die Schlüssel gab, zog Mercedes Barren das Foto von Douglas Jeffers aus der Tasche und zeigte es ihm.

»Haben Sie ihn gesehen?« fragte sie. »War er in der letzten Zeit hier?«

»Kann mich nicht erinnern«, antwortete der Mann.

»Sehen Sie im Register nach«, forderte Martin Jeffers ihn auf. »Unter Douglas Jeffers. Er ist mein Bruder.«

»Das kann ich nicht«, antwortete der Mann.

Detective Barren zog die Dienstmarke hervor. »Das können Sie sehr wohl«, sagte sie.

Der Mann blickte auf die Marke. »Wir haben kein Register. Hier läuft alles über Computer. Jeden Monat werden die alten Namen gelöscht.«

»Probieren Sie es trotzdem«, bat Martin Jeffers.

Der Angestellte nickte, tippte auf ein paar Tasten und sagte:

»Kein Douglas Jeffers«

»Haben Sie Verbindung mit den Computern Ihrer anderen Hotels hier in der Gegend?«

»Ja, ich kann es gerne mal da versuchen.«

Er fingerte am Computer herum und sagte schließlich: »Auch da hat er nicht gewohnt, jedenfalls nicht in den letzten Wochen.«

»Danke für Ihre Mühe«, sagte Mercedes Barren.

»Ist er in Schwierigkeiten?« fragte der Mann.

»Es ist gut möglich«, sagte sie, »im Moment wollen wir jedoch nur herausfinden, wo er sich aufhält.«

Martin Jeffers trug ihr die Tasche. Sie ließ es geschehen, wollte nicht darauf bestehen, sie selbst zu tragen, um ihn nicht auf die Idee zu bringen, daß sie eine Waffe dabei hatte. Als sie an Mercedes Barrens Zimmer angekommen waren, sahen sie sich an.

»Soll ich Ihnen etwas zu Essen besorgen?« fragte er.

»Nein, vielen Dank.«

Sie standen sich eine Weile gegenüber und schwiegen. Dann sagte Jeffers: »Bitte versprechen Sie mir eins.«

»Und das wäre?«

»Daß Sie hier nicht einfach ohne mich abhauen.«

Sie mußte lächeln, denn genau diese Angst hatte auch sie gehabt.

»Wenn Sie mir dasselbe versprechen.«

Sie nickten beide und verabredeten sich auf acht Uhr am nächsten Morgen.

Das Stadtbild von Manchester war stark von der dort ansässigen Industrie geprägt. Überall Fabriken, Häuser aus Backstein, dazwischen Bäume im Spätsommerlicht, welche die Häßlichkeit der Stadt jedoch nur zum Teil wettmachten.

Mercedes Barren und Martin Jeffers frühstückten zusammen und machten sich auf den Weg. Die einzigen Passanten an diesen Tag waren einige Kirchgänger. Sie sprachen kaum miteinander, auch folgten sie keinem festen Plan. Sie fuhren aufs Geratewohl durch die Straßen, hielten an Imbißstuben, Tankstellen, Motels, überall da, wo Douglas Jeffers möglicherweise vorbeigekommen war, und die Leute wirklich den Mann auf dem Foto wiedererkennen konnten. Mercedes Barren war sich nicht sicher, ob ihnen das etwas nützen würde, aber sie gab Martin Jeffers recht, der der Meinung war, schon aus einem einzigen Anhaltspunkt könnten sie Schlüsse auf den weiteren Reiseweg seines Bruders ziehen. Skeptisch waren sie beide, aber zugleich waren sie überzeugt davon, daß es besser sei, etwas zu unternehmen, als nur herumzusitzen. Sie hofften auf den kleinsten Anhaltspunkt, der sie Douglas Jeffers näher bringen konnte. Selbst wenn die Chancen, ihn zu finden, äußerst gering waren, machte Mercedes Barren sich gerne daran, ihn zu suchen. Im Unterschied zu ihren Kollegen hatte sie es nie gehaßt, überall geduldig die immer gleiche Frage zu stellen, den Heuhaufen nach der Stecknadel zu durchsuchen, bevor sie irgendwelche Schlüsse zog. Sie wußte sehr genau, daß ein großer Teil ihres Erfolges auf ihrer Hartnäckigkeit beruhte, dem ausdauernden, beharrlichen Fragen, Suchen, dem tausendfachen Wieder- und Wiederprobieren.

Jeffers erging es in seinem Beruf nicht viel anders. Auch er mußte immer dieselben Erinnerungen, dieselben Tatsachen und Umstände in Betracht ziehen, bis sich irgendwann ein Sinnzusammenhang ergab.

Es war schon später Nachmittag, als Jeffers sagte: »Wir könnten es doch mal bei der Polizei versuchen. Vielleicht war er dort.«

»Das wollte ich mir eigentlich bis zum Schluß aufheben«, antwortete sie.

»Aber wir wissen doch nicht weiter. Wenn er hier war, hat er sich so unauffällig wie möglich bewegt.«

»Ich glaube nicht, daß er hier war«, entgegnete sie. »Aber er könnte jeden Moment hier auftauchen.«

Jeffers nickte. »Nur habe ich leider auch noch meinen Job. Ich muß bis New Jersey acht Stunden fahren. Wenn Sie Zeit haben, können Sie ja hier auf ihn warten.«

»Oh nein«, sagte sie, »wir sollten gemeinsam vorgehen, bis wir ...«

»... bis wir Klarheit in die Sache gebracht haben«, unterbrach er sie.

»Bis dahin.«

»Also gehen wir doch erst mal zur Ortspolizei.«

An einer Tankstelle fragte Jeffers nach der Polizeistation, Mercedes Barren zeigte das Foto herum, wie immer ohne Erfolg. Der Tankwart wies ihnen den Weg zur Polizei, und sie fuhren durch öde, verlassene, schmutzige Straßen. Sie kamen in das vermutlich häßlichste Viertel der Stadt, in einem großen Backsteingebäude fanden sie die Wache.

Sie gingen hinein und begrüßten den korpulenten Polizisten in der Eingangsloge. Mercedes Barren zeigte ihre Dienstmarke.

»Aha, Miami, wie interessant! Mein Schwager besitzt ein Restaurant in Fort Lauderdale. Ich hab' ihn dort mal besucht. Aber es waren zu viele Leute da, und es war entsetzlich heiß. Also, was suchen Sie, Kollegin aus Miami? Was interessiert Sie hier in Manchester?«

»Zwei Dinge«, antwortete sie. »Haben Sie diesen Mann gesehen? Und gab es früher ein anderes Polizeigebäude im Zentrum von Manchester?«

Der Beamte warf einen Blick auf das Foto. »Nein, ich glaube nicht, daß ich ihn gesehen habe. Soll ich das Bild vervielfältigen und in der Stadt aushängen? Wenn er gesucht würde, wüßten wir natürlich davon. Was meinen Sie?«

Mercedes Barren dachte angestrengt über das Angebot nach. Nein, lieber nicht, ich will ihn ganz allein finden. »Wissen Sie, das wäre verfrüht, ich habe noch nicht genug Beweismaterial. Ich muß ihn erst hören.«

»Das müssen Sie wissen«, antwortete der Polizist. »Ich wollte Ihnen nur behilflich sein.«

»Ich danke Ihnen sehr herzlich«, sagte sie, der Beamte lächelte.

»Was das Polizeigebäude betrifft, es gab früher mehrere. Mitte der sechziger Jahre kamen wir alle in dieses Zentralgebäude hier. Die alten Stationen wurden zum Teil abgerissen, in einer wurde ein Anwaltsbüro eingerichtet. Eine andere wurde zu einem Wohnheim umgebaut. Es liegt drüben, da, wo die Stadt angenehmer und freundlicher ist.«

»In welchem Gebäude war früher die Hauptwache untergebracht?«

»In der Nähe des Gerichts steht es.«

»Wie kommt man dort hin?«

»Durch Rechtsbruch.«

»Wie bitte?« fragten beide einstimmig.

»Es war nur ein Scherz. Wenn Sie zum Gericht wollen, brauchen Sie nur kriminell zu werden und schon ... War wirklich nur ein kleiner Witz von mir. Am besten fahren Sie diese Straße weiter, nach sechs Blocks biegen Sie links in den Washington Boulevard. So kommen Sie hin, ganz ohne Rechtsbruch.«

Sie bedankten sich bei dem Beamten und verließen das Polizeigebäude.

»Zurück in die Vergangenheit«, sagte Detective Barren, und Jeffers nickte zustimmend.

Sie fanden das Gebäude ohne Schwierigkeiten. Jeffers blickte an der Fassade hoch. »Kommt mir bekannt vor«, sagte er. Seine Stimme war von einer falschen Entschlossenheit, als ob er sich damit Mut machen könnte.

Es war windig an dem Abend und dunkel, außerdem regnete es. Das Gebäude war abstoßend und häßlich, ganz als hätte über der Tür gestanden: »Laßt alle Hoffnung fahren, ihr, die ihr eintretet.«

Ohne auf sie zu warten, sprang er aus dem Wagen, lief die breite Freitreppe hinauf, faßte nach der Türklinke und rüttelte daran. Mercedes Barren war ihm gefolgt.

»Abgeschlossen. Heute ist Sonntag. Da ist alles zu.«

»Gott sei Dank«, sagte er. »Wissen Sie, was es bedeutet, als kleines Kind alleingelassen zu werden? Kinder können mit konkreter Angst, mit Schmerzen, Kummer und sogar mit dem Tod eines geliebten Menschen fertig werden. Aber nicht mit dem Ungewissen. Sie haben keinerlei Erfahrungen, wissen nicht, wie sie es einordnen sollen, und so sind sie zutiefst verletzbar. Meine vielleicht eindrücklichste Erinnerung an diese Nacht ist, neben allen anderen Schrekken, daß meine Schuhe zu klein waren. Die Zehen taten mir weh, und ich dachte: Jetzt wirst du keine neuen Schuhe bekommen, und du kannst nie groß werden, und deine Füße müssen ganz klein bleiben.

Ich saß bewegungslos neben Douglas auf der Bank, zu ängstlich aufzustehen und herumzulaufen. Doug hat sich um mich gekümmert. Ich weiß nicht, warum, aber er wußte genau, welchen Kummer ich hatte. Er wußte sogar, was ich dachte, bevor ich mir selbst dessen bewußt war. Wahrscheinlich haben jüngere Kinder eine Art telepathischer Ausstrahlung auf ältere Geschwister. Ich wagte nicht, zur Toilette zu gehen, aber Doug brachte mich hin und sagte nur, ich solle keine Angst haben, er bleibe immer in meiner Nähe. Seine Worte haben mir gutgetan. Er nahm mich bei der Hand, und mit einemmal war meine Angst verschwunden.«

Mercedes Barren überlegte sich, daß Kindsein im Grunde nichts anderes bedeutete, als Angst zu überwinden, Schutz zu suchen, solange, bis man selbst groß genug war, die Schrecken des Lebens zu ertragen. Alle, bis auf diejenigen, die man nie loswerden würde.

Martin Jeffers blickte auf das Gebäude: »Er ist mein Bruder. Wir sind jetzt erwachsen, und er tut entsetzliche Dinge. Ich muß ihn daran hindern, weiterzumachen. Aber in jener Nacht hat er mir das Leben gerettet. Das weiß ich genau. Und jetzt sollten wir so schnell wie möglich weg von hier.«

Er packte Mercedes Barren am Arm und zog sie vorsichtig die Treppe hinunter. Sie ließ es geschehen.

»Schnell, zurück nach New Jersey«, sagte er.

Sie nickte. Es entging ihr nicht, daß er mit sich kämpfte. Sie empfand Mitleid mit beiden, dem verlassenen Kind, das sein Leben lang nach der verlorenen Mutter suchen würde, und dem erwachsenen Mann, der so schreckliche Dinge über seinen Bruder erfahren hatte.

Wenn ich ihn bei anderer Gelegenheit kennengelernt hätte, würde er mir sogar gefallen, dachte sie voll Bedauern. Dann ging sie schnell zum Wagen und stieg ein. Martin Jeffers, ging es ihr durch den Kopf, es tut mir mehr als leid für dich, und ich verstehe deine Qualen. Aber du mußt mich zu deinem Bruder führen.

Sie hatte darauf vertraut, daß Jeffers dies tun würde. Vor der Polizeistation hatte er jedoch sein Gesicht abgewandt, um seine Tränen zu verbergen. Das war ein sicheres Zeichen dafür, daß er seinen Bruder nie verraten würde.

Kurz vor Mitternacht überquerten sie die George-Washington-Bridge. Sie hatten die ganze Fahrt hindurch kaum geredet. Zu ihrer Linken sahen sie die Lichter von New York, die schnell hinter ihnen verschwanden. Mercedes Barren hatte die Augen geschlossen, Martin Jeffers glaubte, daß sie schlief. Der Nachtverkehr war dicht und schnell, die Lichter der entgegenkommenden Fahrzeuge blendeten ihn. Die Wagen selbst konnte er kaum erkennen, er stellte sich jedoch vor, daß sein Bruder ihm gerade entgegenfuhr. Ich weiß, daß du da bist. Ich bin ganz sicher.

Und er hätte am liebsten nach Douglas gerufen. Er sagte sich jedoch, daß er wohl übermüdet sei und deshalb auf so seltsame Gedanken kam. Hätte er gewußt, wie recht er mit seiner Vermutung hatte!

12

Boswell behauptet sich · Der geplante Ausstieg · Einsames Haus

DIE STRICKE SASSEN zu fest. Die Nylonfäden schnitten ihr in die Handgelenke. Sie hatte es aufgegeben, gegen den Schmerz anzukämpfen oder sich zu befreien. Bei der geringsten Bewegung schnitten die Fesseln immer tiefer in die unteren Hautschichten. Sie versuchte ruhig zu atmen, einzuschlafen, aber die Schmerzen waren zu stark. So blieb sie trotz körperlicher und seelischer Erschöpfung hellwach. Der Knebel auf ihrem Mund machte ihr das Atmen zur Qual. Ihr wurde übel, aber sie wußte, daß sie ersticken würde, wenn sie sich übergab. Vielleicht will er mich jetzt doch töten, dachte Anne.

Sie wußte nicht, warum Jeffers sie an diesem Abend so mißhandelt und gefesselt hatte, vermutete aber, daß es mit dem verfehlten Mord an den beiden Mädchen zusammenhing. Jeffers war ganz anders gewesen als sonst. Er hatte kaum geredet, sich ganz in sich selbst zurückgezogen.

Eigentlich hatte sie es kommen sehen. Als sie die Rennbahn verlassen hatten, war er unkontrolliert und unbeherrscht Auto gefahren. Er hatte kein Wort gesagt, und das war ihr schlimmer vorgekommen, als die grausamsten Reden, die er manchmal führte. Bis Mitternacht war er gefahren, ohne anzuhalten, weit über New York hinaus bis Bridgeport, Connecticut. Wie üblich waren sie in einem kleinen Motel abgestiegen. Sobald sie in dem Zimmer waren, schloß Jeffers die Tür ab und begann auf sie einzuschlagen. Zuerst hatte sie noch schützend die Hände vor das Gesicht gehalten, dann aber aufgegeben und die Schläge so hingenommen, wie sie sie trafen. Vielleicht hatte sie ihn enttäuscht, weil sie nicht zurückschlug. Das aber traute sie sich nicht, um nicht an Stelle der beiden Mädchen getötet zu werden. Sie wollte nicht der Preis für ihr glückliches Entkommen sein. So ließ sie sich einfach zu Boden fallen und war Jeffers' willenlose Zielscheibe.

Seine Wut war bald vorüber. Er hob sie auf, ließ sie wieder zu Boden fallen und fesselte sie am ganzen Körper. Sie versuchte, ihm in die Augen zu sehen, um zu erraten, was sie wohl als nächstes erwartete, er aber versetzte ihr einen Tritt, daß sie auf die Seite rollte, ging zur Tür und sagte nur: »Ich komme wieder.«

Es war entsetzlich für Anne, gefesselt zu sein. Zu sehr erinnerte sie das an den Tag, an dem Jeffers sie entführt hatte. Sie fürchtete, daß ihr mit Mühe erreichtes Einvernehmen vorbei sein könnte, sie war nicht mehr seine Partnerin, sondern nur noch sein Besitzstück. Anscheinend war sie ihm nichts mehr wert. Das bedeutete, daß er sie über kurz oder lang loswerden wollte. Jeffers hätte bestimmt nicht Boswell getötet, aber ein wehrloses, gefesseltes Mädchen am Boden, das Zeugin seines Versagens gewesen war, auf jeden Fall. Sie sah sich in dem Zimmer um. An einer der Wände stand ein altmodisches Doppelbett mit einer bräunlichen, fadenscheinigen Decke darüber, daneben eine Kommode mit einem blinden Spiegel. Ein furchtbarer Ort, um zu sterben, dachte Anne.

Douglas Jeffers fuhr ziellos durch dunkle Straßen. Er überlegte, ob er vielleicht in die Innenstadt fahren und einfach den ersten besten Menschen, der ihm begegnete, erschießen sollte. Eine Prostituierte oder einen Tankwart. Überfälle auf Tankstellen waren eine reine Routineangelegenheit, in den Zeitungen wurden sie stets nur mit ein paar Zeilen bedacht. Für einen Profi wie ihn war so etwas ein Klacks. Gerade diese Überlegung hinderte ihn, es zu tun. Er konnte es gleich bleiben lassen, was für einen Sinn hatte es so kurz vor dem Ende?

Er konnte es sich nicht verzeihen, die beiden Mädchen und den Forstgehilfen nicht umgebracht zu haben. Er war äußerst verärgert darüber, daß er nicht alle Zwischenfälle vorausgesehen hatte.

Ich habe doch sonst immer alles perfekt geplant, dachte er, nie ist mir ein Detail entgangen. Mein Versteck war schlecht gewählt. Warum mußte es unbedingt diese Lichtung sein? Natürlich war es reizvoll dort, so ein Hintergrund, und diese ideale Beleuchtung! Aber ich habe den Platz mit den Augen des Fotografen und nicht mit denen des Killers ausgewählt. Deshalb war alle Arbeit umsonst.

Jeffers versuchte über seinen Ärger hinwegzukommen, indem er sich sagte, daß der Besuch des Försters in keinem Fall vorhersehbar gewesen war. Da er sich aber normalerweise über jeden Zufall erhaben glaubte, ärgerte er sich um so mehr.

Die Ereignisse des Nachmittags zogen vor ihrem inneren Auge vorbei. Vicky und Sandy hatten sich nur widerwillig angezogen. Jeffers hatte gelächelt, Witze gemacht, hatte sich verhalten, als sei nichts geschehen. Aber Anne war nicht entgangen, daß Jeffers' Plan vereitelt war. Er hatte den Mädchen in ironischem Ton Komplimente über ihr gutes Aussehen gemacht, hatte gesagt, er sei sicher, daß sie ausgewählt würden für die Fotos im *Playboy*. Auf der Rückfahrt riefen die Mädchen immer wieder: »Was haben wir doch für ein Glück!« Anne hatte beinahe lachen müssen über die Wahrheit dieses Satzes.

Daß Jeffers sie nicht ermordet hatte, war für Anne fast unheimlicher, als wenn er es getan hätte. Den Grund wußte sie nicht, ahnte nicht, welche Panne, welcher Zufall ihm dazwischengekommen war. An der Rennstrecke hatte Jeffers die beiden mit einem freundlichen Lächeln verabschiedet, dann war er in wilder Fahrt über den Highway gerast.

Anne überlegte angestrengt, was sie bei Jeffers' Rückkehr tun sollte. Er muß merken, wen er vor sich hat, dachte sie, das aber ist nur möglich, wenn ich von diesen Fesseln loskomme. Ich werde alles versuchen, ihn dazu zu bringen, mir die Stricke abzunehmen.

Noch nie war ich dem Tod so nah wie jetzt; deshalb muß ich ihm irgendwie das Gefühl geben, daß er auf mich angewiesen ist.

Früher war ich perfekt, dachte er verbittert. Plötzlich fiel ihm ein, daß Anne Hampton gefesselt in ihrem Hotelzimmer lag.

Soll sie leiden, soll sie sich quälen, soll sie doch sterben. Irgendwie war ihm jedoch unheimlich bei dem Gedanken. Er fuhr in eine Seitenstraße, hielt an, lehnte sich in seinem Sitz zurück. Er fühlte sich plötzlich sehr müde.

Sie konnte nichts dafür, es war allein mein Fehler. Sie hat meine Anweisungen genau befolgt. Mein Plan war einfach nicht perfekt genug. Niemand ist vollkommen, dachte er dann, aber ich bin es – beinahe.

Er dachte an die Mädchen, die sich ohne Kleider vor ihm produziert hatten. Ich brauche sie gar nicht zu töten. Sie sterben von selbst, und zwar bald, aus Langeweile. Dieser Nachmittag war vermutlich das aufregendste Ereignis ihres Lebens. Wenigstens einmal sind sie mit einem Genie zusammengetroffen. Sie waren in höchster Gefahr, sie haben überlebt. Aber leider waren sie zu dumm, es zu merken. Jeffers fühlte sich müde und beschloß, ins Motel zu fahren und zu schlafen. Am nächsten Tag wollte er nach New Hampshire und danach Anne den Mount Monadoch oder den Winnipesaukeesee oder sonst eine schöne Landschaft zeigen. Die Nacht könnten sie in einem kleinen Ort in Vermont verbringen. Weit abgelegen, aber schön und nicht weit von New Hampshire, wo er noch ein paar Kleinigkeiten zu erledigen hatte, bevor er weiter zum Cape fuhr.

Wieder dachte er an seine Gefangene. Sie mußte am Rand der Panik sein. Er zuckte die Achseln. Das war ganz in Ordnung so, die Vorsicht gebot geradezu, daß er sie ab und zu aus dem Gleichgewicht brachte. Dennoch fühlte er sich nicht ganz wohl bei dem Gedanken.

Ich brauche sie noch, sie soll besser noch nicht vor die Hunde gehen.

Auf der Fahrt überlegte er sich, ob und wie er sich bei Anne entschuldigen sollte. Plötzlich sah er etwa hundert Meter vor sich einen Lieferwagen stehen. Da sich in der Straße mehrere Warenhäuser befanden, wußte er sofort, daß dort Einbrecher am Werk waren. Es war nach Mitternacht, Polizeistreifen fuhren um diese Zeit nicht durch das Einkaufsviertel. Es war nicht schwer, unter so günstigen Umständen einen Bruch zu machen. Jeffers lachte plötzlich laut. Ohne Licht rollte er langsam auf den Lieferwagen zu. Er war von unauffälliger Farbe, ein älteres Modell. Jeffers konnte niemanden sehen, aber vorsichtshalber zog er den Revolver. Als er unmittelbar hinter dem Wagen stand, konnte er im schwachen Schein einer Straßenlaterne die Autonummer lesen. Er sah nach der Hausnummer des Ladens, dann fuhr er rückwärts, schaltete die Scheinwerfer aber erst ein, nachdem er um die Ecke gebogen war. Dies geschah nicht etwa aus Angst vor den Einbrechern, sondern, um die Überraschung nicht zu gefährden. An der nächsten Tankstelle rief er bei der Polizei an.

»Polizeidienststelle Bridgeport«, meldete sich der Beamte mit einer gelangweilten Stimme, die gegen alle Arten von Unglücksfällen immun zu sein schien.

»Ich möchte einen Einbruch melden«, sagte Jeffers

»Findet er gerade in diesem Augenblick statt?« fragte der Beamte.

»Natürlich, wann denn sonst«, gab Jeffers leicht entrüstet zurück. Dann gab er dem Polizisten die Autonummer des Lieferwagens und den Namen der Straße.

»Danke, wir fahren gleich hin. Wie heißen Sie?«

»Ich möchte anonym bleiben, ich bin nur ein besorgter, wachsamer Bürger«, gab Jeffers zur Antwort. Dann hängte er ein.

Ein besorgter, wachsamer Bürger, wie gut sich das anhörte! Wenn die wüßten, dachte Jeffers. Er stellte sich vor, wie die Einbrecher plötzlich vom Licht des Polizeiwagens überrascht würden. Er hörte sie fluchen und wütend an den Handschellen zerren, während die Polizisten sich triumphierend die Hände rieben. Wenn sie wüßten, wer ihnen den Tip gegeben hat, dachte er und brach in schallendes Gelächter aus.

Anne Hampton hörte, wie sich der Schlüssel im Schloß drehte, und zuckte zusammen. Sie konnte die Tür von ihrem Platz aus nicht sehen, hörte aber, wie sie sich knarrend öffnete. Sie hob den Kopf, stieß einen dumpfen Laut aus und sah Jeffers mit wütenden, herausfordernden Blikken an. Dieser schien überrascht. »Was ist los?« fragte er, »Boswell scheint böse zu sein.«

Er beugte sich zu ihr herunter und riß ihr das Pflaster vom Mund.

»Besser so?« fragte er.

»Viel besser«, sagte sie in leicht verärgertem Ton.

Douglas Jeffers lachte: »Boswell ist böse auf mich.«

»Nein«, sagte Anne, »aber ich fühle mich nicht besonders wohl.«

»Das hab' ich mir fast gedacht. Bist du verletzt?«

Sie schüttelte den Kopf. »Nur ein wenig steif.«

»Dagegen können wir sicher etwas tun.«

Er zog ein Messer hervor, die Klinge blitzte im Licht der Nachttischlampe.

Er hat mich Boswell genannt, dachte Anne, ich bin außer Gefahr, jedenfalls im Moment.

Jeffers legte das Messer gegen ihre Backe.

»Ist dir je aufgefallen, wie schwer zu entscheiden ist, ob ein Messer heiß ist oder kalt? Es kann glühend sein oder wie Eis, je nachdem, welche Art von Angst man hat.« Anne machte keine Bewegung, und nach einer Weile nahm Jeffers das Messer weg. Dann schnitt er die Fessel auf und befreite die Handgelenke.

»Ich hätte dich nicht schlagen sollen«, sagte er, »du konntest nichts dafür.«

Anne schwieg.

»Ich bin nur einen Augenblick schwach geworden, passiert mir nur ganz selten.«

Er half ihr aufzustehen.

»Na siehst du, es geht ja schon wieder. Geh ins Badezimmer und wasch dich erst mal.«

Anne wankte und tastete sich an der Wand entlang. Sie schaute als erstes in den Spiegel und sah Blutspuren auf Mund und Nase. Sie wusch sich das Gesicht, dann wurde ihr schwindelig, und sie klammerte sich mit beiden Händen am Waschbecken fest.

Als sie ins Zimmer zurückkam, hatte Jeffers schon die Bettdecke zurückgeschlagen. Als sie im Bett lagen und Jeffers das Licht gelöscht hatte, fragte er: »Boswell, hast du dir je überlegt, wie zerbrechlich Leben ist?«

Anne antwortete nicht.

»Nicht allein der tägliche Lebenskampf, sondern das Leben überhaupt. Eine Mutter dreht sich nur einen Moment um, und schon rennt das Kind über die Straße. Ein Familienvater legt ein einziges Mal seinen Sicherheitsgurt nicht an, und genau dann passiert's. Unfälle, Krankheiten, Pech. Der Tod bedeutet Ende des Lebens. Aber er bedeutet ja nicht nur das. Er macht den Menschen das Leben zur Hölle, bringt sie aus dem Gleichgewicht, nimmt ihnen die innere Mitte. Denk mal an alle Leute, die dich kennen und gern haben. Was würde wohl dein Tod für sie bedeuten?«

Anne schloß die Augen. Am liebsten hätte sie geweint. Sie merkte, wie sie der Mut verließ.

»... oder überleg mal, was ihr Tod für dich bedeuten würde. Innere Leere. Ein paar Erinnerungen. Übrig bleiben vielleicht ein paar Fotoalben, ein Grabstein, einige Friedhofsbesuche. Was sind wir als Einzelwesen schon wert? Ohne die anderen verlieren wir das Gleichgewicht. Was sind Söhne ohne Väter, Töchter ohne Mütter, Geschwister ohne einander. Alle diese Verbindungen sind wichtig, aber so zerbrechlich wie Porzellan. Das ist das, was ich am meisten am Leben hasse. Daß man sich nicht aussuchen kann, wer man ist, sondern immer abhängig ist von anderen. Ich verabscheue das über alles.«

Jeffers lag auf dem Rücken, die Hände zu Fäusten geballt. Dann sagte er: »Alle sind sie Opfer, einer wie der andere. Es gibt nur eine Ausnahme, und die bin ich.« Am nächsten Morgen fuhren sie nach Norden in Richtung Massachusetts. Jeffers machte einen ruhigeren Eindruck auf

Anne als am Vortag. Er sah auf seine Uhr und rechnete die Fahrzeit aus.

Am frühen Nachmittag erreichten sie das südliche Vermont. Anne fragte sich, ob sie vielleicht nach Kanada unterwegs seien. Sie versuchte, sich an berühmte Verbrechen zu erinnern, die dort vielleicht stattgefunden hatten, ihr fiel jedoch nichts ein.

»Hier in der Nähe gibt es eine hübsche, kleine Stadt, die du kennenlernen solltest«, unterbrach Jeffers ihre Gedanken. Mehr sagte er nicht, sondern fuhr mehrere Stunden schweigend vor sich hin. Noch einmal ließ er alle seine Pläne Revue passieren. Er überlegte, ob er noch einmal den Brief der New Hampshire Bank lesen müßte, kam aber zu dem Entschluß, daß dies nicht notwendig sei. Sie erwarten mich morgen, dachte er, und alles wird laufen wie geplant.

Als sie auf die kleine Stadt Woodstock zufuhren, fragte er: »Ist dir aufgefallen, daß es in fast allen Neuenglandstaaten ein Woodstock gibt? In Vermont, in New Hampshire, in Massachusetts. Vielleicht sogar in Rhodes Island. Das eigentliche Woodstock liegt natürlich im Staat New York. Dort fand das berühmte Festival statt. Erinnerst du dich daran?«

»Ich war noch zu klein damals.«

»Ich bin dagewesen«, sagte Jeffers.

»Wirklich? Und war es tatsächlich so phantastisch, wie es immer heißt?«

Jeffers lachte. »Ich war gar nicht wirklich dort.«

Anne sah ihn verwirrt an.

»Es gibt Ereignisse, die so wichtig sind, daß sie allgemeines Erinnerungsgut werden. Ich habe den Journalisten gekannt, der aus Woodstock den Riesenmythos machte. Er war noch ganz jung, arbeitete bei der *New York Daily News*. Es war Sommer, er wurde zu dem Festival geschickt, für den Fall, daß dort vielleicht etwas Besonderes passierte.

Sie ahnten nicht, was für eine Menge von Menschen dorthin kam. Er fuhr schon am Vortag hin, um die Vorbereitungen zu beobachten, und er tat recht daran. Schon morgens hatte sich eine Schlange von zwanzig Kilometern gebildet. Die Leute strömten in Scharen ein. Langhaarige, Hippies, College-Studenten. Du hast den Film doch sicher gesehen. Die Geschichte wurde ganz groß aufgemacht, es wurde eine Titelstory. Mein Bekannter telefonierte mit der Redaktion, und die Leute dort fragten ihn, wieviele denn da wären. Natürlich hatte er keine Ahnung, wieviele es waren. Überall waren Leute, Hubschrauber, Lastwagen, Bands, die laut Musik machten. Der Chefredakteur brüllte ins Telefon: ›Wir brauchen die offizielle Schätzung der Polizei!‹

Daraufhin lief der Kollege weg, um einen Polizisten zu fragen. Der antwortete ihm: ›Woher soll ich das so schnell wissen?‹ Dem Chefredakteur, der plötzlich die große Story witterte, tat es schon leid, einen Anfänger nach Woodstock geschickt zu haben. Aber es war zu spät, jemand anderen zur Unterstützung hinfahren zu lassen, weil alle Straßen blockiert waren. Auch konnte er keinen Helikopter mehr bekommen, weil die schon alle von den Fernsehstationen gemietet waren. Mein Kollege hatte eine irre Eingebung. Er beschloß, einfach irgendeine imponierende Zahl zu nennen. ›Die Polizei vermutet, daß es mehr als eine halbe Million Menschen sind. Innerhalb von ein paar Stunden ist Woodstock zur drittgrößten Stadt im Staat New York geworden.‹

Der Chefredakteur war begeistert. Nach der *News* brachte die *Times* eine Titelstory. *A. P.* brachte die Nachricht in die ganze Welt. Die Lüge meines Kumpels hat Geschichte gemacht.«

Er schnippte mit den Fingern.

»Nur einfach so. Alle waren mit seiner Zahl zufrieden, alle glaubten sie. Nur weil der Mann jemanden angelogen hatte, der angelogen werden wollte. Ich lüge eben auch manchmal. Ich sage einfach, ich war da, auch wenn es nicht stimmt. Wer kann das schon nachprüfen?«

Anne nahm ein Heft und machte sich ein paar Notizen.

»So läuft das im Zeitungsgeschäft mit den Erinnerungen. Wer kann nachprüfen, ob jemand wirklich in Vietnam war? Oder in Beirut, oder in Mexico City, als dort das Erdbeben war. Oder als die TWA-Maschine entführt wurde. Die Entführer gaben eine Pressekonferenz, man stelle sich vor, wie absurd. Da kriegen Verbrecher auch noch Publicity.«

Nach einer Pause fuhr Jeffers fort. »Mit den Nachrichten ist das eine ganz seltsame Sache. Dinge, von denen keiner berichtet, sind überhaupt nicht passiert. Tausend Indianer sterben in den Regenwäldern. Keiner schreibt über sie. Es hat so gut wie gar nicht stattgefunden.«

Jeffers lachte laut auf. »Wie hältst du bloß mein langweiliges Gequatsche aus, Boswell? Daß du mich nicht schon längst umgelegt hast!«

Wieder lachte er: »Kein Grund zum Grübeln, Boswell, es war nur ein Witz. Oder vielleicht nicht? Anne Boswell, manchmal findest du mich wohl nicht besonders lustig. Ich bin dir nicht böse, aber ein wenig lächeln könntest du ruhig, wenn ich scherze.«

Anne verstand seine Worte als Aufforderung und bemühte sich zu lächeln.

»Haha, Boswell, ich lache, also bin ich, was? Ganz richtig: Boswell ist noch am Leben. Wenn das kein Grund zum Lachen ist. Aber Douglas Jeffers lebt auch noch.«

Anne schauderte.

Jeffers verließ die Autobahn und fuhr auf eine kleine Straße. Um sie herum lag die liebliche Vermonter Landschaft mit ihren braunen und grünen Hügeln, hinter deren Silhouette der blasse Schein der Abendsonne leuchtete. Sie fuhren durch den Queechee-Canyon nach Woodstock. Fasziniert schaute Anne in die tiefe Schlucht hinunter. Dann fuhren sie an kleinen weißen Holzhäusern vorbei, die inmitten schöner Blumengärten lagen.

Jeffers zeigte auf eine kleine Kirche, die sich mit ihrem leuchtenden Weiß deutlich gegen die grüne Landschaft abhob. »Sieht das nicht idyllisch aus? Hier herrscht wirklicher Frieden.«

Jeffers hielt, stieg aus, nahm Anne an der Hand und führte sie in ein Restaurant. Es war gemütlich dort, auf den Tischen brannten Kerzen, die ein warmes Licht gaben. Es roch nach guten Speisen.

Was machen wir wohl hier? fragte sich Anne. Was sollen wir in so einer hübschen Stadt, in einem so angenehmen Restaurant? Ihr erschien alles seltsam unwirklich, und ihr war alles andere als behaglich zumute.

»Einen Bärenhunger habe ich«, sagte Jeffers.

Nach dem Essen führte er Anne durch den Ort. Die Luft war kühl, beinahe schon herbstlich.

»Ruhig ist es hier und friedlich«, sagte Jeffers.

Anne hätte ihn am liebsten in den Arm gekniffen und geschrien: »Was passiert als nächstes?« Aber sie blieb still. Sie gingen zurück zum Wagen, und bald waren sie wieder auf der Autobahn. Jeffers fuhr langsamer als sonst. Er war müde vom vielen Wein und dem guten Essen. Plötzlich fuhr ein Auto so dicht an ihnen vorbei, daß es sie beinahe von der Straße gedrängt hätte.

»Vorsicht!« schrie Anne. Dann hörte sie laut johlende Stimmen und sah vor sich einen Jeep, der mit greller Farbe gestrichen und mit vielen Extras versehen war. Zwei Jugendliche hingen aus den Fenstern und fuchtelten mit den Armen in der Luft herum.

»Teenager«, sagte Jeffers, der sich offensichtlich ärgerte. »Das ist ihre letzte Ferienwoche, und sie machen eine Sause. Beinahe hätte es geknallt. Das hätte gefährlich werden können. Wir hätten die Böschung hinunterstürzen und tot sein können. Verdammte Idioten! Hast du dich von dem Schock erholt?«

»Ja, mir geht's wieder gut, ich habe nur ziemliche Angst gehabt.«

»Es war mein Fehler, ich hätte sie eher sehen müssen. Tut mir leid. Ich habe mich auch erschrocken, sieh mal meine Hand. Ich zittere richtig. Diese Idioten von Teenagern. Kurven hier rum mit einem Auto, Gottvertrauen und einem Vollrausch. Sie tun, als gehöre ihnen die ganze Welt. Ich komme mir dagegen richtig alt vor.«

Als sie an eine Tankstelle kamen, sahen sie den Jeep an der Zapfsäule stehen.

»Ach, da sind sie ja«, sagte Jeffers.

Die Jungen holten sich gerade am Automaten etwas zu trinken. Sie hatten einen schlacksigen Gang, trugen Baseballmützen und strahlten Unbekümmertheit aus. Jeffers fuhr an der Tankstelle vorbei. Nach etwa einem halben Kilometer sagte er mit Erregung in der Stimme: »Ich hab' eine Idee. Hier ganz in der Nähe zweigt eine Straße ab, die durch eine enge Schlucht führt.«

In wenigen Minuten waren sie dort. Jeffers fuhr etwa fünfzig Meter in die Schlucht hinein, dann parkte er rechts am Straßenrand.

»Mal sehen, ob wir Glück haben. Bleib du ganz ruhig sitzen.« Seine Stimme klang fordernd, Anne wagte nicht, sich zu rühren.

Jeffers sprang aus dem Wagen und öffnete den Kofferraum. Er nahm die Luger Halbautomatik heraus. Er suchte, bis er den Streifen mit den länglichen Patronen fand, lud die Waffe. Dann holte er eine lange, zylinderförmige Ledertasche aus dem Kofferraum, lief die Straße entlang und spähte, ob auch niemand in der Nähe wäre. Er hörte nichts, auch kein Geräusch näher kommender Wagen. Nur der Wind rauschte leise in den Bäumen, und der Bach platscherte. Jeffers öffnete die Ledertasche und holte sein Fernglas heraus, das speziell für den nächtlichen Sternenhimmel angefertigt war. Die Landschaft wirkte grün-grau. Wenn mich jetzt jemand sähe, würde er mich für einen Matrosen halten, der verzweifelt nach Land Ausschau hält, dachte er und grinste.

»Oh!« sagte er plötzlich laut. »Wir bekommen Gesellschaft.« Er sah die Jungen mit dem Jeep näher kommen.

»Es gibt doch immer noch Wunder«, sagte er laut. Er sah die beiden mit fliegenden Haaren, die Köpfe zurückgelehnt, lachend durch die Dunkelheit fahren. Sie werden mich nicht sehen, dachte er. Erstens hören sie laut Musik, und zweitens sind sie benebelt vom Alkohol. Schnell lief er zum Wagen zurück, um nachzusehen, ob Anne ihn auch beobachtete.

Er umklammerte fest seine Waffe und dachte: Nichts gibt einem mehr Sicherheit als eine Knarre in der Hand. Er lief zu der Stelle zurück, an der er eben gestanden hatte, wie ein Soldat, der sich vor dem Feind verbirgt.

Er vergewisserte sich ein letztes Mal, ob auch niemand ihn beobachtete, dann hob er das Gewehr ans Kinn und zielte zwischen die Vorderlichter des Jeeps. Er streichelte mit dem Finger den Lauf des Gewehrs, sagte »Gute Nacht, Jungs« und schoß siebenmal. Ihm war, als schösse nicht er, sondern als käme ein Geschoß von einem fernen Stern herangeflogen. Der Jeep kam ins Schleudern, Jeffers hörte das Echo der Schüsse, das ihm klang wie eine vertraute Schlagermelodie. Er dachte an einen Tag in Nicaragua – oder war es vielleicht Vietnam gewesen? –, an dem ein Jeep von einem Geschoß getroffen worden war. Der Wagen war explodiert, er hatte mit der Kamera den hellen Feuerschein und die durch die Luft fliegenden Wagen- und Körperteile festgehalten. Er hatte keinerlei Schreie gehört. Er hob das Gewehr, aber dann wurde ihm bewußt, daß es keine Kamera war. Inzwischen war der Jeep umgestürzt, er rutschte über den Asphalt und verschwand in der Dunkelheit der Schlucht. Jeffers war über die Maßen erleichtert und zufrieden. Als ihn die Druckwelle der Explosion erreichte, drehte er sich nicht einmal um. Anne Hamptons Gesicht war schreckerfüllt. Sie sah hinter Jeffers riesige Flammen aufsteigen. Dann kam er mit ruhigen Schritten auf den Wagen zu. Er warf das Gewehr in den Kofferraum, schlug die Klappe zu, setzte sich hinter das Steuer und fuhr in langsamer Fahrt durch die dunklen Kurven. Anne Hampton zitterte.

»Wir sind eine Nation von Killern«, sagte Jeffers. »Denk nur mal an Lee Harvey Oswald. Wir töten gerne aus dem Hinterhalt. Das hat Tradition in diesem Land.«

»Die beiden konnten ...«

»Das ist es ja gerade. Die hatten keinerlei Chance.«

»Wohin fahren wir jetzt?« fragte Anne.

Sie wußte die Antwort schon: Wir fahren, bis alles zu Ende ist.

»Gut, daß unser Abenteuer in Vermont stattgefunden hat. Bis das hier entdeckt wird, sind wir längst über alle Berge. Nie wird einer erfahren, wie das hier passiert ist. Was für ein Schuß! Man wird ein paar Bierbüchsen in den Trümmern finden, und das wird den Leuten als Erklärung reichen. Wer würde schon so ein nettes Touristenpärchen wie uns verdächtigen?«

Die Morgensonne leuchtete hell und blendete Anne. Sie schloß die Augen. Einen Moment dachte sie, sie sei in Florida, in der Nähe von Palmenbäumen, die im leichten Wind hin- und herschaukelten. Vor ihr lag jedoch die Hauptstraße von Jaffrey, New Hampshire, und sie fragte sich, ob sie die Ereignisse der letzten Nacht vielleicht nur geträumt hatte. Es war tatsächlich ein Alptraum gewesen. Erst die Angst, als der Jeep sie beinahe von der Straße gedrängt hatte, dann die Dunkelheit der Schlucht, Jeffers, der mit dem Gewehr in der Hand in der Nacht verschwand, der Knall der Explosion, auf den schließlich jenes dumpfe, röhrende Geräusch gefolgt war.

Anne blickte durch die Scheibe des Lebensmittelladens. Jeffers zahlte gerade. Mit lässigen Schritten verließ er dann den Laden. Anne war überrascht, daß er weder Furcht noch irgendwelche Schuldgefühle zu haben schien.

»Für dich habe ich die mit Marmelade genommen«, sagte er, als er in den Wagen stieg. »Und zu trinken gibt es Kaffee und Saft. Hübsches Städtchen hier, findest du nicht? Es wimmelt von Antiquitäten- und Geschenkläden. Im *Yankee Magazine* sind regelmäßig Fotos von Jaffrey. Darauf sieht man verwöhnte weiße Damen, die bewundernd vor den Auslagen der feinen Geschäfte stehen. Jaffrey ist eine Baumwollstadt, im Winter gibt es auch Wolle zu kaufen. Es wird heute übrigens sehr heiß. Der Spätsommer hier ist sehr wechselhaft. Es braucht nur ein wenig Wind aus Kanada herüberzuwehen, und schon schneit es. Dann kommt plötzlich warme Luft aus dem Süden, und der Schnee verschwindet wieder.«

Er zog seine Sonnenbrille aus der Tasche und machte sie mit seinem Hemd sauber. Von draußen kam warme Luft herein. Anne trank ihren Kaffee, Jeffers blätterte eine Zeitung durch.

»Nichts, nein wieder nichts, aha, da ist ja was.«

Erst las er leise, dann laut: »Zwei Jugendliche bei Unfall in Vermont getötet. Montag nacht kamen zwei Teenager ums Leben, weil sie eine Kurve verfehlten, auf einer Straße, sechs Kilometer von Woodstock entfernt. Daniel Wilson (17) und Randy Mitchell (18) hatten, wie die Polizei meldet, Alkohol getrunken.«

Jeffers sah zu Anne hinüber: »Ich könnte weiterlesen. Da steht noch mehr.«

Anne reagierte nicht. Sie trank den Kaffee, der ihr bitter schmeckte.

»Nein? Willst du nicht? Das wundert mich aber!« Er legte ihr die Zeitung auf den Schoß und sagte: »Hier, lies selbst!« Anne richtete sich auf. Jeffers' Stimme hatte wieder den unerbittlichen, fordernden Ton.

»So, jetzt habe ich zu tun. Du wartest hier im Auto.«

Anne nickte eifrig.

»Es ist gleich zehn, es wird ungefähr eine Stunde dauern«, sagte er, nahm seine Brieftasche und ging. Er überquerte die Straße und betrat die *New Hampshire National Bank*. Anne erschrak bei dem Gedanken, daß er vielleicht einen Bankraub verüben könnte. Dann aber sagte sie sich, daß eine so spektakuläre Tat wohl kaum in seinem Sinne wäre. Obwohl mehrere Polizeiwagen an ihr vorbeifuhren, kam Anne nicht auf die Idee, zu fliehen. Es wäre viel zu einfach gewesen, und sie glaubte, nach allem, was passiert war, nicht an ein banales Ende. Sie fühlte sich machtlos, lebte in dem Bewußtsein, daß Douglas Jeffers alle Fäden in der Hand hatte.

Sie überlegte, was als nächstes geschehen würde, und versuchte, ein wenig Kraft zu sammeln.

In der Bank war es kühl und weniger hell als draußen. Jeffers nahm seine Sonnenbrille ab. Das Gebäude stammte aus dem neunzehnten Jahrhundert, hatte hohe Decken und glänzende Parkettböden, auf denen die Schritte hallten. Jeffers ging zum Informationsschalter.

»Ich möchte Miss Mansor sprechen. Mein Name ist Douglas Allen.«

Die Dame nickte und griff zum Telefon. Dann kam eine Frau mittleren Alters auf ihn zu und bot ihm einen Stuhl an.

»Mr. Allen, wir sind nicht besonders froh darüber, daß ein langjähriger Kunde wie Sie uns verläßt. Wie lange sind Sie eigentlich schon bei uns?«

»Zehn Jahre.«

»Was kann ich für Sie tun? Wollen Sie vielleicht in einer unserer Filialen ein neues Konto eröffnen?«

»Mein Geld soll von Atlanta aus transferiert werden nach ...«

»Ich werde das alles gerne für Sie regeln.«

»Das ist sehr nett von Ihnen, vielen Dank! Aber die meisten Dinge erledigt die Einwanderungsbehörde für mich.«

»Sie haben uns geschrieben, daß Sie Ihr Konto auflösen und alles Geld in Form von Reiseschecks an sich nehmen möchten. Wir haben alles vorbereitet. Sie brauchen nur noch zu unterschreiben und den Inhalt Ihres Safes an sich zu nehmen.«

Als Jeffers seine Unterschrift leistete, dachte er: Zehn Jahre lang bin ich hier in New Hampshire Douglas Allen gewesen. Jetzt wird es keine Beschränkungen und keine falschen Aussagen mehr geben. Ich weite meinen Horizont.

»Bitte zählen Sie nach«, sagte Miss Mansor. »Es sind schließlich mehr als zehntausend Dollar.«

Meine Ersparnisse aus zehn Jahren, sorgfältig zusammengetragen, dachte er.

Er folgte der Dame zum Tresorraum, und sie reichte ihm die Schlüssel. »Wenn Sie fertig sind, Mr. Allen, bringen Sie mir bitte beide Schlüssel zurück. Ich bin drüben an meinem Schreibtisch.«

Jeffers nickte zum Dank. Eine Angestellte brachte ihm die verschlossene Kassette und schloß die Tür hinter sich. Jeffers überdachte noch einmal kurz seinen Plan, dann öffnete er die Kassette.

»Goodbye, Douglas Jeffers«, sagte er.

Ganz obenauf lag die Nummer der *New York Times,* die ihn auf die Idee gebracht hatte. Er blätterte die vergilbten Seiten um, bis er auf den Artikel stieß. Welche Ironie des Schicksals, daß er ausgerechnet durch die politischen Umtriebe der späten sechziger und siebziger Jahre gelernt hatte. In den Untergrund zu gehen und eine neue Identität anzunehmen, war viel weniger schwierig, als er gedacht hatte, besonders im Staat New Hampshire, wo mehr als anderswo auf die Unabhängigkeit des einzelnen Wert gelegt wurde. Er hatte im Grunde nichts anderes getan, als genau die Hinweise des Artikels zu befolgen. Er hatte sich eine Sozialversicherungsnummer besorgt, ein Postfach angelegt, ein Konto unter falschem Namen eröffnet, sich Kreditkarten beschafft, dann ebenfalls unter falschem Namen die Führerscheinprüfung abgelegt. Sein größter Triumph war es gewesen, eine Geburtsurkunde auf den neuen Namen herzustellen. Das war ihm perfekt gelungen. Wie froh war er an dem Tag, als sein Paß eintraf, ein echtes, nicht einmal gefälschtes Dokument auf den Namen Douglas Allen.

Jeffers nahm die Dokumente aus dem Safe. Jetzt bin ich frei, dachte er. Nicht ganz. Nach Albanien oder Nordvietnam kann ich nicht reisen. Er grinste. Dann stopfte er sein Bargeld, mehrere tausend Dollar in zwanziger und hunderter Scheinen, in seine Hosentaschen. Auch ein Ticket lag in der Kassette, *one way* New York – Tokyo. Von dort konnte er jederzeit irgendwo im Fernen Osten untertauchen. Sydney, Perth, Melbourne. Als letztes nahm er einen Revolver aus dem Safe und steckte ihn in die Jackentasche. Er hatte ihn vor mehreren Jahren in Florida erstanden, kurz bevor dort das Waffengesetz verschärft worden war. Nach dem Kauf hatte er die Waffe der Polizei als gestohlen gemeldet.

Meine Notfallausrüstung. Gut, daß ich sie beisammen habe. Australien ist ein schönes Land für einen Neuanfang. Er summte eine Melodie und ging dann zu Miss Mansor.

»Alles geregelt?« fragte sie.

»Alles in bester Ordnung«, antwortete Jeffers

Er mußte noch einige Papiere unterschreiben und setzte ohne Mühe seinen neuen Namenszug darunter.

Das Sonnenlicht draußen blendete ihn, er brauchte eine

Weile, bis er Anne Hampton im Auto erkennen konnte. Sie saß im Wagen und wartete, geduldig wie immer. Auch das ist bald vorbei, Boswell, dachte Jeffers. Als er die Straße überquerte, summte er wieder. Er nickte einer älteren Dame, die ihm entgegenkam, freundlich zu, sagte zwei sechs- oder siebenjährigen Jungen guten Tag, die die letzten Ferientage genossen und ein Schokoladeneis aßen.

»Laß uns an den Strand fahren«, sagte er zu Anne, als er wieder in den Wagen stieg.

Douglas Jeffers fuhr durch Massachusetts nach Cape Cod. Anne döste die meiste Zeit vor sich hin. Jeffers schien voll unbekümmerter Lebenslust zu sein. Er schaltete das Radio ein und hörte Rockmusik aus den frühen sechziger Jahren. Es war die einzige Musik, die man seiner Meinung nach hören konnte. Er erzählte Anne von einem Rockkonzert, bei dem er Aufnahmen gemacht hatte.

»Es war das einzige Mal in meinem Leben, daß ich wirklich Angst hatte. Wir standen gleich vorne an der Bühne, und als die vier in Leopardenkostüm, Glittermake-up und Federboas erschienen, rannten die Zuschauer begeistert nach vorne. Beinahe wären wir von einem zu Tränen gerührten Schwarm Jugendlicher erdrückt worden. Wir bekamen kaum noch Luft. Oben auf der Bühne stand der Sänger mit dem hüftlangen blonden Haar. Er ermunterte das Publikum, weiterzumachen. Ich bin dem Tod durch Rockmusik mit knapper Not entkommen.« Jeffers fuhr, als seien sie unterwegs in die Ferien. Er schien keine Eile zu haben, hatte aber offenbar ein festes Ziel im Auge. Am späten Nachmittag erreichten sie die Straße nach Cape Cod. Anne war nie dort gewesen und betrachtete kritisch die vielen Andenkenläden, Schnellrestaurants, Modegeschäfte zu beiden Seiten der Straße.

»Ich dachte, Cape Cod sei so schön«, sagte sie spöttisch.

»Das ist es auch. Nur hat nie jemand behauptet, auch

der Weg dahin sei es. Den Weltrekord für Häßlichkeit hat er verdient.«

Als sie über die Bourne Bridge fuhren, war es schon fast finster. Weit unten sah Anne einige Lastkähne, und einen Schwenkkran. Sie aßen in Falmouth zu Abend, ohne sich jedoch lange aufzuhalten, und fuhren dann zur Fähre von Woods Hole. In der Dunkelheit konnte man eines der weißen Boote der Küstenwache erkennen. Die Fähre wurde durch Straßenlampen und Autoscheinwerfer hell beleuchtet. Eine lange Autoschlange wartete vor der Zufahrt. Ein Junge mit Baseballkappe und Walkman lief daran entlang.

Jeffers drehte das Fenster herunter: »Ich habe einen Platz auf der Achtuhrdreißig-Fähre reserviert.«

»Ist in Ordnung«, sagte der Junge, »fahren Sie gleich hinter dem Lieferwagen da vorne auf das Schiff.«

Er sieht aus wie einer der Jungen von gestern abend, dachte Anne.

Jeffers fuhr den Weg zur Anlegestelle hinunter. »Weißt du, was ich an dieser Fähre immer so gern gemocht habe?« fragte er. »Daß sie so funktional aussieht. Es gibt kein Vorne und kein Hinten. Du fährst in Woods Hole drauf und in Vineyard wieder runter. Die Fähre ist wie ein Yo-yo zwischen den beiden Anlegestellen.«

Anne sah, wie eine Menge von Menschen auf die Fähre ging, zahlreiche Radfahrer mit riesigen Satteltaschen fuhren hinterher. Dann winkte einer der Fährleute die Autos heran. Anne konnte das Meer nicht sehen, roch aber die salzig-herbe Luft.

»Wohin ...«

»Zur Insel Martha's Vineyard«, unterbrach Jeffers sie. »Sommerfrische für Betuchte, die alle Jeans und Proletarierhemden tragen. Dort wurde auch der Film *Der weiße Hai* gedreht.« Jeffers summte die Titelmelodie. »Es wimmelt auch von Kennedys dort. Weiß du noch, wie Teddy von Chappaquiddick nach Edgartown schwamm? Jedenfalls hat er das behauptet. Jackie hat dort ein Haus, auch Walter Cronkite, die halbe *New York Times* hält sich im Sommer dort auf. Es gibt mehr Dichter und Schriftsteller pro Quadratmeter, als man zählen kann. Es ist eine begnadete Insel, vollgestopft mit den Geistesgrößen der Ostküste. Ruhig und angenehm ist es hier. Das einzige, worüber sich die Leute hier aufregen, ist die Anzahl von Mofas auf den Straßen und der Preis für Schwertfischfilet. Alles in allem eine Welt voll schöner Menschen, die hier in intellektueller Harmonie und Eintracht leben. Von Anfang Juni bis September.«

Nach einigem Zögern fügte Jeffers hinzu: »Hier ist der ideale Ort für ein Festival des Grauens.«

Zunächst fuhr Jeffers wie wahnsinnig auf der Insel hin und her, meistens durch enge, finstere Straßen. Im Lichtkegel der Scheinwerfer bildeten herabhängende Zweige und leichter Dunst unheimliche Gestalten und Formen.

Sie begegneten einem riesigen Uhu, der sich an einem Kaninchen gütlich tat, das im falschen Moment über die Straße gelaufen war. Der Vogel breitete die Flügel aus und gab einen lauten Schrei von sich. Er sah gespenstisch aus, und Anne fürchtete sich. Sie war müde und vermutete, daß Mitternacht schon lange vorüber war.

Jeffers zeigte nicht die geringste Müdigkeit. Unternehmungslustig fuhr er mal hierhin, mal dorthin und erzählte Anne, was er an diesem oder jenem Ort erlebt hatte, welche Bedeutung ein bestimmter Baum, eine Wegkreuzung oder ein Waldpfad für ihn hatten.

Sie versuchte, sich Notizen zu machen, was ihr aber kaum gelang. Zu sprunghaft waren Jeffers' Geschichten, zu schnell fuhren sie von einem Ort zum anderen. Nichts von dem, was Jeffers ihr erzählte, hatte mit Tod oder Sterben zu tun. Er sagte ihr, wo man die schönsten Blaubeeren finden konnte, wo es kleine Wege zu den besten Stränden der

Insel gab. Er fuhr mit ihr sogar zur Gay-Head-Klippe, von der aus man weit unten das Wasser liegen sah. Anne erkannte den weißen Schaum der Brandung und die Bewegung der Wellen auf dem schwarzen Wasser. Die frische Luft tat ihr gut, zugleich aber wurde ihr schwindelig am Rand der hohen Klippe. Sie stellte sich vor, wie es wäre, wenn sie jetzt herunterstürzen und so alles vergessen würde. Sie fühlte plötzlich seine Hand auf ihrem Arm. Er zeigte auf den Ozean und sagte: »Dort draußen liegt eine Insel, die ›No man's Land‹ heißt. Die Navy testet dort alle möglichen Waffen. Bei klarem Wetter kann man die Insel sehen, kann auch Explosionen hören. Seit meiner Kindheit wollte ich schon immer einmal dorthin. Nicht etwa, weil mich die Manöver der Navy interessierten, nur um einen Eindruck davon zu bekommen, wie ein Land aussieht, das man jahrelang bombardiert hat. Es muß einer Horrorvision ähnlich sein. Ich habe es nie geschafft, hinzukommen. Als Kinder sind wir einmal ganz in der Nähe gewesen, um zu angeln. Als die Fische gerade so schön anfingen anzubeißen, hat uns der Hubschrauber der Küstenwache aufgefordert, umzukehren.« Er lachte. »Wir haben sogar gehorcht.«

»Sind Sie oft auf dieser Insel gewesen?« fragte Anne.

»Viele Sommer, in meiner Kindheit. Als Jugendlicher nicht mehr. Alles hier hat sich verändert, und doch erkenne ich es wieder. So ist es häufig. Dinge verwandeln sich und bleiben doch dieselben.«

Mit mir ist es nicht anders, dachte er.

Sie bestiegen wieder den Wagen, und Jeffers fuhr langsam auf die Mitte der Insel zu. Anne wagte nicht, Jeffers zu fragen, was er als nächstes vorhätte.

Zu seinem eigenen Erstaunen war Jeffers in bester Stimmung. Ihm war, als hätte er eine Menge guten Wein getrunken. Er wollte den letzten Akt des Dramas voll auskosten. Er hörte sein Herz schlagen und hatte plötzlich das

Gefühl, daß ihm der Abschied von seiner alten Identität nicht ganz so leicht fallen würde, wie er es sich vorgestellt hatte.

Sie erreichten New Tisbury, ein hübsches, kleines Städtchen. Jetzt ist es nicht mehr weit, dachte er. Als Anne zu ihm herübersah, bemerkte sie, daß er sich leicht nach vorn beugte. Er schien angespannt. Gleich wird etwas geschehen, dachte sie voller Angst. Zu oft hatte er in letzter Zeit davon gesprochen, daß bald das Ende da wäre. War es jetzt soweit?

Jeffers bog in eine enge, nicht asphaltierte Nebenstraße. Sie fuhren durch wildes Gestrüpp und einen dichten Wald knorriger Bäume wie durch einen finsteren Tunnel. Anne war es, als verließen sie die Gegenwart und kehrten in die Urzeit zurück. Der Wald wurde zunehmend dichter, und nach einiger Zeit erreichten sie eine Stelle, an der sich vier Waldwege kreuzten. Mehrere bunte Hinweisschilder waren dort angebracht. Die Wege waren eng und finster.

»Die verschiedenen Schilder weisen den Weg zu Sommerhäusern«, erklärte Jeffers. »Wenn man die richtige Farbe nicht kennt, verirrt man sich und landet auf der falschen Seite des Weihers.«

Jeffers bog nach links. Der Wagen schaukelte auf dem holprigen Weg, der Motor heulte. Anne sah durch die Zweige der Bäume den Mond schimmern.

Nach etwa zehn Minuten, in denen sie kaum mehr als zwei Kilometer gefahren sein konnten, kamen sie aus dem Wald heraus. Jeffers schaltete die Scheinwerfer aus und fuhr im Mondlicht weiter. Auf der rechten Seite erblickte Anne eine riesige, glitzernde Wasserfläche.

»Das ist der Weiher«, sagte Jeffers. »Eigentlich ist das ein völlig falscher Name, denn in Wirklichkeit ist es ein ziemlich großer See mit einer ganz schönen Tiefe.«

Er hielt und öffnete das Wagenfenster, Anne hörte in der Ferne das Rauschen der Brandung.

»Der Weiher liegt zwischen den Häusern und dem offenen Meer. Früher hatten wir ein kleines Motor- und auch ein Ruderboot. Viele Leute segeln auch. Sieh mal da rüber, dort liegt eine große Wildnis, in der nur ein Mensch lebt, der Schäfer Johnson. Er ist nicht ganz normal im Kopf. Im Sommer stiehlt er Leuten, die er nicht mag, den Außenbordmotor. Er schießt auf Personen, die mit Autos in die Dünen fahren. Er hat sogar schon Fallen aufgestellt, um zu verhindern, daß Touristen, meistens Kinder, bei ihm vorbeilaufen. Mich hat er mal mit seinem Gewehr verjagt. Vor ungefähr zwanzig Jahren. Er kann sich seitdem nicht groß geändert haben. Das ist günstig, denn man wird glauben, er sei der Urheber dessen, was wir tun werden. Wenn man diese Straße hier achthundert Meter weiter fährt, kommt man auf eine kleine Landzunge. Finger Pomt heißt sie. Dort steht ein Haus. Sieh genau hin, das Dach kannst du erkennen. Es ist das einzige Haus hier. Ein Feriendomizil für Einsame. Da gehen wir jetzt hin.«

Jeffers fuhr das Auto rückwärts ein paar Meter in einen Hohlweg. Dann stellte er den Motor ab.

»So, da wären wir. Du wartest hier.«

Jeffers nahm die Tasche mit den Waffen aus dem Kofferraum und zwei schwarze Overalls. Er zog einen über und steckte sich seine Pistole in den Gürtel.

»Komm aus dem Wagen und zieh deinen Overall an!«

Anne gehorchte.

»Gut, du siehst perfekt aus. Jetzt brauchst du nur noch das hier.« Er warf ihr eine schwarze Skimütze zu.

»So mußt du das machen«, sagte er und zog sie ihr über den Kopf. Dann zog auch er eine Mütze über.

»Eine echte Horrorshow, Boswell!« sagte er dann und ging in schnellem Tempo auf die Straße zu. Anne bemühte sich, mit ihm Schritt zu halten.

13

Kundige Ratgeber · Bruderliebe · Die Verlorenen Knaben
spielen mit

DETECTIVE BARREN WARTETE ungeduldig in Martin Jeffers' Büro. Sie hatte das Gefühl, jede Minute, die sie hier verbrachte, zu vergeuden, fürchtete, daß der Mörder sich immer mehr entfernte und eine schreckliche Mordtat nach der anderen beginge.

Nie werde ich die Bilder seiner Opfer vergessen, dachte sie.

Sie erinnerte sich an den Vortrag eines FBI-Agenten, den sie während ihrer Ausbildung gehört hatte. Verbrechensstatistik in den USA war sein Thema gewesen. Seine Beispiele hatten sie beeindruckt: Zehn Uhr morgens: Messerstecherei im Getto. Elf Uhr: In der Vorstadt artet ein Ehestreit in eine Schießerei aus. Mitternacht: Douglas Jeffers macht sich an eine Frau heran und nimmt sie in seinem Auto mit. Es machte sie wahnsinnig, daran zu denken, und sie wartete mehr als ungeduldig auf die Konfrontation mit Jeffers. Nur so würde sie Ruhe finden. Sie fühlte sich wie ein Krieger, der sich auf eine Schlacht vorbereitet. Sie dachte an Achilles, der vor dem Kampf mit Hektor seinen Körper eingeölt hatte. Es war ihm bestimmt zu gewinnen, aber nur kurze Zeit später traf das Schicksal auch ihn. Genau das wollte sie nicht erleben. Sie dachte an die Ritter im Mittelalter, die vor dem Kampf gebetet hatten. Sie selbst wußte, was sie zu tun hatte, ohne den Himmel zu fragen.

Ob wohl John am Tag seines Todes vorausgesehen hatte, was ihm drohte? Sicherlich hatte er sich gesagt: Los, vorwärts, ich habe keine Angst vor solchen bösen Vorahnungen. Genau das würde er auch zu ihr sagen: Los, voran! Du mußt tun, was du vorhast, nur Mut!

Sie blickte auf ihre Hände, ballte sie zu Fäusten. »Ich bin bereit, sobald ich dich finde«, sagte sie laut und streckte einem imaginären Douglas Jeffers die Fäuste entgegen. Sie schaute auf die Uhr. Martin Jeffers mußte jetzt bei seiner Therapiegruppe sein. Ich sitze hier herum, vertrödele meine Zeit und warte auf einen Telefonanruf, der nie kommen wird, oder auf eine Postkarte, auf der steht: »Hallo, wie geht's? Ich verbringe eine herrliche Zeit hier. Schade daß du nicht da bist.«

Erneut wurde ihr klar, wie sehr sie auf den Bruder des Mörders angewiesen war, wenn sie ans Ziel gelangen wollte. Dieser Gedanke erfüllte sie mit ungeheurer Wut. Der schwerste Teil der Aufgabe fiel im Moment ihr zu, und er bestand in diesem nervenaufreibenden, nicht enden wollenden Warten.

Martin Jeffers sah auf die Männer, die um ihn herumsaßen. Er hatte unrecht gehabt, sie wegen ihrer Schwächen und perversen Handlungen zu bemitleiden; er selbst war doch mit seiner Schwäche und seiner Unfähigkeit zu handeln entschieden bedauernswerter als sie.

Er gab sich Mühe, genauso gelassen und ruhig zu wirken wie immer. Aber er wußte, daß ihm das nicht gelang. Alle mußten ihm ansehen, daß er Sorgen hatte.

Die Verlorenen Knaben waren heute unruhiger als sonst. Sie rutschten auf ihren Stühlen herum, und es kam kein vernünftiges Gespräch zustande. Dies lag nicht zuletzt daran, daß ihm schon am Tag zuvor die Dinge aus der Hand geglitten waren. Nach seiner Rückkehr aus New Hampshire war es ihm sehr schwergefallen, sich zu konzentrieren, seinen Leuten genau zuzuhören. Er hatte gehofft, daß die Arbeitsroutine ihn von seinen Problemen ablenken würde, aber er konnte an nichts anderes als an seinen Bruder denken.

Jetzt sah er ihn wieder vor sich, wie er so oft gewesen

war: grinsend, lässig, sorglos. Dieses Bild jedoch wandelte, verfinsterte sich. Douglas Jeffers' Blicke waren böse, zielgerichtet, todbringend, er hatte die Augen eines Jägers auf der Pirsch, die Augen eines Killers.

Wie konntest du nur so werden, Doug? Wie kannst du so etwas immer wieder tun, ohne dir das Geringste anmerken zu lassen? Alle diese Fragen würde er ihm stellen, wenn sie wirklich zusammenträfen. Nur mit größter Mühe konnte er die Wut auf seinen Bruder verbergen, die ihn plötzlich überkam. Er wandte sich den Männern zu, die ihn erwartungsvoll ansahen. Er mußte das Gespräch eröffnen, sonst würden sie noch länger schweigen, ihm fiel jedoch kein geeignetes Thema ein. Immer wieder dachte er an New Hampshire, versuchte sich den Augenblick ins Gedächtnis zu rufen, an dem er zum letzten Mal seine Mutter gesehen hatte. Ihr schmales, blasses Gesicht, das durch ein Autofenster schaute, sich zu ihm umwandte, bevor es endgültig aus dem Leben verschwand, er sah es plötzlich vor sich, als sei das alles erst gestern geschehen. Noch nie hatte er jemandem die Szene beschrieben, nicht einmal seiner Therapeutin. Er wußte, daß er damit das Vertrauensprinzip zwischen Arzt und Patienten durchbrochen hatte, dessen Einhaltung er von seinen eigenen Patienten forderte.

Ich bin unfrei, dachte er, ich glaube nicht, daß ich je frei sein werde. Was haben wir unserer Mutter bloß getan? Nichts, gar nichts. Man weiß heute, daß die Fehler der Eltern an den Kindern haften bleiben. Daß die Eltern, nicht die Kinder die Schuldigen sind. Sie haben uns im Stich gelassen, und danach wurden wir grausam und lieblos behandelt. Wen wundert's also, daß Doug selber grausam wurde und sich gewissermaßen an der Welt, die ihm so viel Böses angetan hat, rächt? Aber warum macht nur er es so? Warum nicht auch ich? Und wo ist er jetzt bloß?

»He, Doktor, was ist los heute? Sie sehen aus, als ob Sie mit einem Fuß im Grab stünden!«

»Genau, sagen Sie, wie fühlt man sich da, können wir mit?«

Plötzlich lachten alle. Martin Jeffers sah auf. Bryan und Senderling hatten gesprochen. Aber alle Männer sahen ihn fragend an. Zuerst wollte er die Frage einfach übergehen, das Gespräch in eine andere Richtung lenken. Schließlich sollten die Männer sich mit sich selbst und nicht mit ihrem Therapeuten befassen.

Warum soll ich nicht von dem üblichen Weg abweichen, wo sie schon so fragen? dachte er schließlich.

»Sehe ich wirklich so schlecht aus?« fragte er.

Zuerst schwiegen die Männer erstaunt. Mit so einer Frage hatten sie nicht gerechnet. Dann aber rief Miller von hinten: »Allerdings. Irgend was ist los mit Ihnen.« Er lachte laut auf und fuhr fort: »Vorher war das Gegenteil der Fall.«

Nach kurzer Stille stotterte Wasserman los: »We-wenn Sie-sie si-sich ni-nicht so-so gu-gut fühlen, da-dann ko-kommen wi-wir eben mo-morgen wieder.«

Jeffers schüttelte den Kopf. »Körperlich geht es mir gut.«

»Was is es dann, Doc? Haben Sie 'ne Gefühlsgrippe?«

Senderling hatte das gesagt, und Bryan schüttelte sich vor Lachen.

Kein schlechtes Bild, dachte Jeffers. Gefühlsgrippe. Das nehme ich in meinen Wortschatz auf.

»Ich mache mir Sorgen um einen Freund«, gab er dann zur Antwort.

Miller rief laut: »Sie machen sich doch nicht nur einfach Sorgen! Es ist viel mehr als das, Sie sind ganz krank vor Kummer. Ich bin kein Arzt, aber das sieht doch 'n Blinder mit Krückstock!«

Jeffers antwortete nicht. Er blickte in die Runde und sah zwölf Augenpaare auf sich gerichtet. Wie Geschworene, die darauf warten, daß der Angeklagte sich durch eine unvorsichtige Äußerung verrät. Er schaute zu Miller und sagte mit fester Stimme: »Erzählen Sie, wie bei Ihnen alles angefangen hat.«

»Was meinen Sie damit?« fragte Miller zurück. Wie die meisten Sexualverbrecher verabscheute er es, daß man ihm direkte Fragen stellte, weil er dadurch zu schnell die Kontrolle über den Gesprächsverlauf verlor.

Sie sind alle erstaunt über meine Direktheit, dachte Jeffers.

»Ich möchte gerne wissen, wie Sie dazu gekommen sind, kriminell zu werden.«

»Ach, Sie meinen ...«

»Ja, was Sie mit Frauen gemacht haben. Erzählen Sie mir davon.«

In dem Raum herrschte vollkommene Stille. Jeffers hatte die Männer mit seiner Frage vor den Kopf gestoßen. Sie waren nicht daran gewöhnt, so direkt angesprochen zu werden. Ihm waren alle Regeln der Gesprächsführung, alle beruflichen Gewohnheiten plötzlich gleichgültig.

»Los, erzählen Sie schon!« rief er so laut, wie er noch nie in diesem Raum gesprochen hatte.

»Ja, aber ich weiß nicht ...«

»Sie wissen es sehr wohl, Sie alle wissen es!« rief Jeffers und sah sie alle nacheinander eindringlich an.

»Versuchen Sie an das erste Mal zu denken. Was ging in Ihnen vor? Was bewegte Sie, so zu handeln?«

Er wartete eine ganze Weile, dann brach Pope das Schweigen. Jeffers sah ihn an. Pope war kaum älter als er selbst und betrachtete Jeffers mit unverhohlener Abneigung, weil dieser versuchte, in seine Erinnerungen einzudringen. »Es war die Gelegenheit, es hat sich eben so ergeben«, sagte Pope.

»Erklären Sie das genauer«, forderte Jeffers ihn auf.

»Wir wußten alle, wozu wir in der Lage sind. Vielleicht gestanden wir uns es nur nicht ein. Aber wir warteten auf den günstigen Augenblick, die gute Gelegenheit. Irgendwie weiß man, was man tun wird. Und so wartet man nur noch auf den günstigen Moment.«

Die anderen Männer nickten zustimmend.

»Bei manchen ist es auch so«, sagte Knight voll Eifer, »daß es sie, wenn sie einmal erkannt haben, was mit ihnen los ist, lawinenartig überkommt. Man sucht nach einem Opfer. Es geht alles ganz einfach. Und wenn man gefunden hat, was man sucht ...«

»I-ich ha-habe mi-mich ge-geha-haßt deswegen«, tief Wasserman aufgeregt dazwischen.

»Ich habe mich zwar auch gehaßt«, unterbrach ihn Weingarten, »aber das änderte nicht das geringste an der Sache.«

»Genau«, pflichtete Pope ihm bei, »da war nichts mehr zu machen.«

Parker rief: »Wehe, wenn sie losgelassen ...«

Meriwether sagte: »Ob man solche Dinge verabscheut oder nicht, ob man sich selbst haßt oder nicht, das macht keinen Unterschied. Es passiert in jedem Fall.«

Martin Jeffers hatte intensiv zugehört.

»Wie ist es denn beim ersten Mal? Können Sie nicht ...«

Pope fiel ihm ins Wort: »Sie verstehen uns nicht. Beim ersten Mal passiert doch nur, was in unserer Phantasie schon hundert-, tausend-, millionenfach geschah.«

»Wer waren die Opfer?« fragte Jeffers

»Jeder.«

Jeffers dachte angestrengt nach. Die Männer saßen nach vorne gebeugt, erwartungsvoll, gespannt, was Jeffers als nächstes fragen würde. So lebendig und interessiert, so voller Neugierde hatte er sie noch nie gesehen. Sie sahen ihn an wie hungrige Raubtiere, und er mußte an ihre Opfer denken, all die Menschen, die diese gierigen Blicke gesehen hatten, bevor sie geschlagen, erwürgt oder vergewaltigt wurden. Irgend etwas muß geschehen sein, vielleicht war es auch nur ein bestimmter Moment, irgendein Wort oder

Ereignis, das sie zu dem gemacht hat, was sie sind, dachte Jeffers. Er sah die Männer scharf an. »Irgend etwas gab Ihnen das Gefühl, daß Sie es tun dürfen.«

Es herrschte Schweigen, die Männer überlegten. Schließlich stotterte Wasserman: »Me-meine Mu-mutter sa-sagte i-immer zu mir, nie wü-würde ich ein ri-richtiger Mann wie mein Vavater! Da-das habe ich nie ve-verge-gessen. Und als i-ich es zu-zum ersten Ma-mal tat, ko-konnte ich an nichts anderes dedenken.« Er sah sich in der Runde um und fügte ohne jedes Stottern hinzu: »Und ich schwöre euch, daß ich mindestens so gut war wie er.«

»Also, bei mir war das ganz anders«, sagte Senderling. »Ich konnte einfach nicht länger warten. Das eine Mädchen im Büro, sie machte mich total verrückt. Sie ließ jeden ran, und da habe ich mir auch meinen Anteil genommen.«

Bryan schnaubte verächtlich: »Du willst wohl sagen, mit dir wollte sie nicht, und da hast du's mit Gewalt getan.«

»Nein, so war es nicht, du Idiot!«

Die Männer begannen zu johlen.

»Sie hat dich abblitzen lassen, und dann hast du in der Tiefgarage auf sie gewartet. Das hast du mir doch selbst erzählt!«

»Sie war eine Hure, und sie hat nichts Besseres verdient!«

»Warum, nur weil sie nein gesagt hatte?« fragte Martin Jeffers.

»Genau deswegen.«

»Warum haben Sie es gerade bei diesem Mädchen getan? Andere hatten Ihnen doch sicher auch schon einen Korb gegeben, oder?«

»Weil, weil«, er machte eine Pause, »weil ich allein war. Meine Schwester und mein Schwager, dieser Schwachkopf, waren endlich ausgezogen, und ich brauchte für diesen arbeitsscheuen Sack und für sie nicht mehr aufzukommen.

Alles, was diese zwei konnten, war zu ficken wie die Kaninchen. Ich mußte Geld verdienen, damit wir zu beißen hatten. Schließlich schmiß ich sie aus der Wohnung. Und dann wollte diese Hure nicht mit mir kommen. Verdammt! Sie hat es nicht anders verdient.«

»Haben Sie sich danach frei gefühlt?«

»Ja, endlich konnte ich tun, was ich wollte.«

»Und Sie, die anderen, hatte es auch für Sie etwas mit Freiheit zu tun?« Jeffers sah von einem zum anderen. Sie nickten alle.

»Erzählen Sie mir mehr davon.«

Er sah, wie sie zögerten.

Knight sagte: »Es ist sowieso bei jedem anders.«

Martin Jeffers seufzte. Ich werde es nie herausfinden, dachte er. Dann fragte er die Männer: »Und wie ist es, wenn man noch Schlimmeres tut als Sie?«

»Da gibt es nur eins, was schlimmer ist, Sie wissen ja, was«, sagte Pope.

»Warum haben Sie das nicht auch getan?« fragte Jeffers.

»Manche haben es ja getan«, antwortete Meriwether, »ich nicht, ich würde nie so etwas tun, aber die anderen vielleicht.«

»Gibt es etwas, das zum Töten berechtigt?« fragte Jeffers weiter. Niemand antwortete, aber er wartete geduldig.

»Warum wollen Sie das unbedingt wissen?« fragte Meriwether.

Jeffers zögerte mit der Antwort, um nichts Unpassendes zu sagen.

»Ich muß jemanden finden.«

»So einen wie uns?«

»Ja, so einen wie Sie.«

»Ist er noch schlimmer als wir?« fragte Senderling.

Jeffers zuckte die Achseln.

»Jemand, den Sie gut kennen?« Wieder fragte Senderling.

»Ja, ich kenne ihn sehr gut.«

»Und jetzt glauben Sie, er hat sich verdünnisiert, und Sie wissen nicht, wo er ist?« fragte Parker.

»Ja, so ungefähr.«

»Ist er ein enger Freund oder Verwandter?« wollte Senderling wissen. Statt zu antworten, sah Jeffers ihn starr an.

»Und Sie glauben, daß wir Ihnen weiterhelfen können, oder?« fragte Weingarten.

»Ja, das glaube ich«, sagte Jeffers.

Weingarten lachte: »Worauf Sie sich verdammt verlassen können.«

»Dieser Jemand«, fragte Parker, »ist er im Moment schwer aktiv?«

»Ja.«

»Und Sie wollen an ihn ran, damit er aufhört?«

»Ja.«

»I-ist e-es wi-wirklich so-so wi-wichtig?« fiel Wasserman ein.

»Ja, sehr.«

Miller lachte laut heraus und sagte: »Verflucht, Doktor, *das* wirft ein ganz neues Licht auf die Sache.«

»Ja«, sagte Jeffers und sah Miller durchdringend an.

Dieser hörte auf zu lachen. »Können Sie uns mehr darüber erzählen, Doc?«

»Ich glaube, er besichtigt gerade die Orte, an denen er seine Verbrechen verübt hat«, sagte Jeffers.

Miller lachte wieder, aber diesmal weniger böse. »Sie wollen sagen, der Täter kehrt an den Ort des Verbrechens zurück?«

»Ich vermute, daß es so ist.«

Miller grinste. »Das ist ein verdammtes Klischee, Doktor. Aber die Idee ist gar nicht so dumm. Auch Verbrechen sind Erinnerungen. Und welcher Mensch frischt nicht gern schöne Erinnerungen auf?«

»Wieso sagen Sie schön?« fragte Jeffers.

Die Männer lachten. »Das müßten Sie doch bei uns inzwischen gelernt haben«, sagte Miller mit unverhohlenem Sarkasmus.

Jeffers reagierte nicht auf die Bemerkung, und Miller fuhr fort: »Für Menschen wie uns verkehren sich die Dinge in ihr Gegenteil. Was wir haßten, lieben wir, Schmerz wird zur Freude, Liebe tut nicht wohl, sondern verletzt. Daß Sie das nicht begriffen haben!«

Plötzlich verstand Martin Jeffers, was Miller meinte. Dieser fuhr fort: »Deshalb müssen Sie sich überlegen, welche schmerzliche Erfahrung dieser Jemand gemacht hat, irgendein Erlebnis, das ihn ganz besonders beeindruckte.«

Die anderen nickten zustimmend.

Jeffers holte tief Atem. Er fürchtete sich vor den Gedanken, die auf ihn einstürmten. Er blickte auf, denn Pope, dieser grauhaarige, überall tätowierte, verbitterte und für immer mit dem Leben zerstrittene Mann sagte mit unheimlich klingender Stimme: »Tod, Abschied. Irgend so etwas. Das sind Dinge, die einen tiefen Eindruck hinterlassen. Da stirbt ein Mensch, und man wird plötzlich frei. Man kann endlich man selbst werden. Es ist im Grund so verdammt einfach. Sie sollten sich fragen, wann einmal jemand gestorben ist, zu einer Zeit, als es Ihren Jemand besonders aufgerüttelt hat.«

Zuerst mußte Martin Jeffers an jene dunkle Nacht in New Hampshire denken, an den Abschied für immer von seiner Mutter. Ich war dort, aber es ist kein Ort, an dem eine kostbare, wichtige Erinnerung geweckt werden kann. Vielleicht, wenn Doug dagewesen wäre. Nicht einmal ihn habe ich dort wiedergefunden. Das kann es also nicht sein.

Er dachte an einen anderen Abend, an dem kein Abschied stattgefunden, sondern sich ein Tod ereignet hatte. Er stützte den Kopf auf beide Hände, vergaß die Männer um sich herum, die ihn betroffen anstarrten.

Ich weiß, wohin Doug unterwegs ist, wie konnte ich das

nur übersehen? Es liegt doch auf der Hand! Ich war einfach blind!

Wut, Trauer, Hoffnung und Verzweiflung überkamen ihn nacheinander. Aber er wußte, daß er auf der Stelle dorthin fahren mußte. Hoffentlich reichte die Zeit. Er sah zu den Männern hinüber, die ihm neugierige Blicke zuwarfen. Er stand auf und sagte: »Vielen Dank. In den nächsten Tagen finden keine Sitzungen statt. Sie können am Schwarzen Brett sehen, wann wir wieder anfangen. Und ich danke Ihnen.«

Die Enttäuschung auf ihren Gesichtern entging ihm nicht. Wie neugierig sie doch sind, dachte er. Sie mögen Tratsch genau wie normale Leute.

Er entschuldigte sich nicht und überhörte das unzufriedene Gemurmel der Männer.

Ich weiß es, ich weiß es ganz sicher, dachte er aufgeregt. Dann fiel ihm die Polizistin ein, die in seinem Büro auf ihn wartete. Sie wird es mir ansehen, sich an den kleinsten Strohhalm klammern, der sie ihrem Ziel näherbringt. Ihn überkam tiefe Traurigkeit.

Er wandte sich um und verließ den Raum. Als er die Tür schloß, hörte er die lauten Stimmen der Männer. Er verstand nicht, was sie sagten. Er dachte nur noch an das, was sich in den nächsten Stunden ereignen würde. Ich muß sehr stark sein, und ich darf mir nicht das geringste anmerken lassen, dachte er.

Schnellen Schrittes ging Jeffers über die Stationen zu seinem Büro. Zum Schluß rannte er, ungeachtet der fragenden Blicke des Klinikpersonals und der Patienten. Kurz vor seinem Zimmer jedoch verlangsamte er seinen Schritt. Bis er zu seiner Tür gelangte, überlegte er, wie er der Polizistin entwischen könnte.

Detective Barren blickte aus dem Fenster, als Martin sein Büro betrat.

»Gibt's was Neues?« fragte er.

Sie zögerte: »Das wollte ich gerade Sie fragen.«

Er schüttelte den Kopf, wich ihrem Blick aus. Nur nicht zu auffällig, sagte er sich. Nachdem er sich an den Schreibtisch gesetzt hatte, sah er sie an.

»Leider gar nichts. Ich habe in der Zentrale gesagt, daß sie mich aus der Sitzung holen sollen, falls ein Anruf kommt. Aber es war ganz ruhig.«

»Was ist mit Ihrem Telefon zu Hause?«

»Ich habe den Anrufbeantworter eingeschaltet.«

Er zog ein kleines schwarzes Gerät aus der Schublade.

»Damit kann ich feststellen, ob zu Hause jemand angerufen hat.«

Er wählte seine Privatnummer und legte das Gerät an den Hörer. Nach einigen Piepgeräuschen hörte man zwei Anrufe, den eines Installateurs und einen telefonischen Werbespot. Mehr war nicht auf dem Band.

»In der Post war auch nichts. Vielleicht finde ich zu Hause etwas, die Briefe werden erst um vier ausgeliefert.«

»Das mit der Post können wir gleich vergessen. Er ist doch nicht der Typ, der Ansichtskarten schickt.«

»Früher hat er es manchmal getan.«

»Was nützt uns eine Karte? Er hat doch vier bis fünf Tage Vorsprung.«

»Ja, aber vielleicht erfahren wir etwas über seine Reiseroute«, wandte Jeffers ein.

Sie wußte, daß er recht haben konnte, sagte aber: »Lassen wir das mit der Post. Ich habe mehr Vertrauen in Ihr Gedächtnis.«

»Ich war sicher, daß er in New Hampshire sein würde. Das ist der Ort, an dem er am ehesten hätte anfangen müssen.«

»Denken Sie nach, es muß noch etwas anderes geben«, bohrte die Polizistin.

Jeffers lehnte sich zurück. »Sind Sie nicht auch erschöpft?

Was haben wir nicht schon alles versucht? Wollen Sie sich nicht lieber erst mal ausruhen?«

»Das mache ich, wenn alles vorbei ist. Nicht vorher«, antwortete Mercedes Barren energisch.

Martin Jeffers nickte. Diese Frau gibt erst Ruhe, wenn mein Bruder ... Er wagte nicht, weiterzudenken.

»Sie haben recht«, sagte er laut, »ich mache auch weiter.«

Er sah ihr an, daß sie erleichtert war. Nach einer Weile sagte sie: »Das sollte man sich wirklich vornehmen.«

»Was?«

»Daß man jederzeit wissen muß, wo sich der eigene Bruder aufhält. Oder die Schwester, je nachdem.«

»Als Kind vielleicht«, antwortete Jeffers. »Früher wußte ich immer genau, wo Doug war. Dann aber wurden wir erwachsen, jeder führte sein eigenes Leben, unabhängig von dem anderen. Je mehr Menschen eine eigene Persönlichkeit entwickeln, desto weniger sind sie jemandes Schwester oder Bruder.«

Sie schüttelte den Kopf. »Was Sie da sagen, stimmt keineswegs. Sie wissen doch genau, daß in jedem Erwachsenen alle Wünsche und Sehnsüchte aus der Kindheit stecken, auch wenn sie verborgen sind hinter Moral, Vernunft, Verantwortlichkeit. Also machen Sie doch endlich den Schritt zurück in die Vergangenheit. Versuchen Sie, zu denken und zu fühlen wie früher, als Sie ein Kind waren.« Sie sah ihn eindringlich an, war voller Spannung und zugleich müde und erschöpft.

Sie hat recht, vollkommen recht mit dem, was sie da sagt, dachte Jeffers.

Er stand auf, ging im Zimmer hin und her.

»Ich versuche es ja«, sagte er dann. »Es gibt bestimmt mehrere Möglichkeiten. Aber Brüder teilen so viele Erlebnisse miteinander. Ich weiß nicht, was Douglas so sehr umtreibt.«

»Sie wissen es genau. Sie mauern nur.«

Jeffers lächelte unwillkürlich. »Das könnte ich zu einem meiner Patienten gesagt haben.«

»Tut mir leid, manchmal gehe ich zu hoch ran. Das wollte ich nicht.«

Jeffers war von so viel Einfühlungsvermögen überrascht. »Sie haben wahrscheinlich sogar recht«, sagte er.

Sie lächelten sich zu. Jeffers überlegte, wie verzweifelt diese Frau sein mußte. Am liebsten hätte er sie umarmt und zusammen mit ihr geweint, um alle Toten, um alle, die noch am Leben waren, um alles Leid, das sie selbst erlebt hatten. Er hätte sie gerne berührt, war verärgert und traurig, daß sie beide aus solchem Anlaß zusammen in dem kleinen Raum saßen, daß es immer noch sein Bruder war, der sein Schicksal in der Hand hatte. Er wollte seinen Arm nach ihr ausstrecken, hielt sich aber im letzten Moment zurück, indem er schnell die Hand in die Tasche seines Arztkittels steckte.

»Detective, was wollen Sie tun, wenn all dies vorbei ist? Unabhängig davon, wie es enden wird.«

Sie lachte. »Daran habe ich überhaupt noch nicht gedacht«, sagte sie. »Ich werde vermutlich zu meiner Arbeit zurückkehren. Ich habe sie immer gerne gemacht und habe sehr nette Kollegen. Es gibt keinen Grund, für immer aufzuhören.«

In Wirklichkeit hatte sie manchmal das Gefühl, ein anderer Mensch geworden zu sein, unfähig, wieder da weiter zu machen, wo sie aufgehört hatte.

»Und Sie, Doktor?« fragte sie schließlich.

»Dasselbe«, antwortete er.

Wir machen uns beide etwas vor, dachte sie bei sich.

»Das Leben bietet schließlich nicht tausend Möglichkeiten, oder?« fuhr der Psychiater fort.

»Nein, leider nicht«, bestätigte sie ihn.

Beide dachten plötzlich an Douglas Jeffers Er war ein

Mensch, der sich alle Möglichkeiten offenhielt, der keine Grenzen und keine Rücksichten kannte.

Mercedes Barren empfand Mitleid mit Martin Jeffers. Sie konnte seine Lage gut verstehen. Er hatte dunkle Ringe unter den Augen und war blaß. Er litt offensichtlich unter der Situation.

Dennoch will ich Gerechtigkeit, dachte sie entschlossen, bemüht, hart zu bleiben und ihrem Mitgefühl nicht nachzugeben.

Martin Jeffers war erleichtert, daß die Spannung zwischen ihnen ein wenig nachgelassen hatte, er wußte aber, daß dies nur von kurzer Dauer sein konnte. Auch war er weiterhin auf der Hut, fest entschlossen, die Polizistin zu überlisten.

»Wissen Sie«, sagte er langsam, »Sie sehen die Dinge ganz richtig. Wir müssen wirklich so lange überlegen, bis wir wissen, wohin er gegangen ist. Vielleicht sind weitere Menschenleben in Gefahr, wir wissen es nicht. Also machen wir weiter!«

Detective Barren nickte zustimmend. »Ich schlage folgendes vor«, sagte er. »Es ist jetzt bereits später Nachmittag. Ich fahre Sie bei Ihrem Hotel vorbei. Da ruhen Sie sich ein wenig aus, etwa eine Stunde. Ich dusche bei mir zu Hause und ziehe mich um. Ich suche alte Bilder und Briefe heraus, und dann überlegen wir gemeinsam, wo er sein könnte. Natürlich werde ich Ihnen viel aus meinem Leben erzählen müssen, aber wer weiß, vielleicht sage ich unbewußt Dinge, die Sie auf die richtige Spur bringen. Und vielleicht ruft er ja sogar an.«

Mercedes Barren gefiel der Gedanke, warmes Wasser auf ihrem Körper zu spüren. Eine innere Stimme warnte sie, und sie sah zu Martin Jeffers hinüber.

Er schaukelte leise in seinem Sessel und schien weder aufgeregt noch besonders nervös. Er hatte schon hundert Gelegenheiten gehabt, ihr davonzulaufen. Er würde es bestimmt nicht jetzt tun, erst dann, wenn sein Bruder Kontakt zu ihm aufnähme.

»Wir fangen noch mal ganz von vorne an, und wenn wir etwas erfrischt sind, wird es bestimmt viel besser gehen«, sagte Jeffers freundlich.

»Gut«, sagte sie, »ich bin um halb sieben bei Ihnen.«

»Kommen Sie ruhig schon um sechs«, sagte er. »Wir machen dann so lange weiter, bis wir einen Anhaltspunkt haben, bis wir die Richtung finden, die zu gehen sich lohnt. Und dann machen wir uns auf den Weg. Das Krankenhaus kommt auch ein paar Tage ohne mich aus.«

»Schön«, sagte sie. Ihr war wohl bei dem Gedanken, daß sie endlich etwas tun würde, anstatt immer nur zu warten. Ich bin Douglas Jeffers auf der Spur, und ich werde ihn finden, dachte sie

Vor lauter Freude darüber entging ihr gänzlich, daß der Bruder des Mörders wegschaute, um ihrem Blick nicht begegnen zu müssen.

Martin Jeffers hielt vor dem Eingang des Hotels.

»Was für Sandwiches möchten Sie essen?« fragte er. »Auf dem Nachhauseweg kaufe ich schnell welche, und nachher essen wir sie zusammen.«

»Ich mag alles«, antwortete sie, »Roastbeef, Schinken, Käse, Thunfisch. Kein Cornedbeef, keinen Senf, viel Mayonnaise.«

Er lachte.

»Und vielleicht ein bißchen Salat, wenn sie so was haben.«

»In Ordnung.« Er sah auf die Uhr. »Dann also bis sechs. Wäre doch gelacht, wenn wir nicht weiterkämen. «

Sie nickte. »Also gut, bis gleich.«

Er sah sie in der Hotelhalle verschwinden.

Das Schwierigste an meinem Plan war, daß es so auf der Hand liegt, daß ich abhauen will. Sie war so auf ihre Beute fixiert, so sicher, daß Doug die Inkarnation des Bö-

sen ist, daß sie gar nicht auf den Gedanken kommen konnte, daß ich mich aus dem Staub mache. Ihre Besessenheit
und Erschöpfung haben sie in die Falle gehen lassen. Es
tut mir leid, sie so betrügen zu müssen. Aber sie ist eine
Bedrohung für Doug und damit auch für mich. Sie könnte
ja unter Umständen auch mich töten wollen. Also nichts
wie weg!

Er fuhr auf die Straße zurück und beschloß, erst gar nicht
mehr zu Hause vorbeizufahren.

Vielleicht bekomme ich noch die letzte Fähre, überlegte
er. Er stellte sich das Gesicht der Polizistin vor, wenn sie
merkte, daß er sie hinters Licht geführt hatte. Aber er recht-
fertigte sich mit dem Gedanken, daß er nichts anderes tun
wollte, als Blutvergießen zu vermeiden.

Vielleicht erreiche ich gerade das Gegenteil, dachte er
dann. Wenn ihre Wut so groß ist, daß sie mich tötet ... Daß
sein Bruder ähnliche Absichten haben könnte, kam ihm erst
gar nicht in den Sinn.

Martin Jeffers quälte sich durch den Berufsverkehr.

Mercedes Barren genoß die warme Dusche, trocknete sich
ab, legte sich aufs Bett. Die Ruhe tat ihr gut. Sie schloß
die Augen und schlief fast ein. Schnell richtete sie sich
auf. Sie durfte erst Ruhe finden, wenn alles vorbei war.
Sie zog Jeans und ein Hemd an, kämmte sich das Haar
und legte ein wenig Make-up auf, um nicht allzu erschöpft
auszusehen. Es war noch früh, sie würde eher da sein als
verabredet. Um so besser, dann fangen wir eher an, dachte sie.

Sie fuhr durch kleine Vorstadtstraßen nach Pennington
zur Wohnung des Arztes. Sie dachte daran, wie John Barren vom Staat New Jersey gesprochen hatte, mit sehr viel
Sympathie. Nirgendwo gäbe es soviele Gegensätze auf kleinem Raum. Die Armut in Newark, der Reichtum in Princeton, der Ashbury Park, das Ackerland in Flemington. Ein

Staat mit vielen schönen, aber auch sehr häßlichen Gegenden. Sie fuhr durch ein sanftes grünes Hügelgebiet, eine liebliche Landschaft.

Als sie nach Pennington kam, sah sie auf den Straßen Väter, die von der Arbeit kamen, spielende Kinder, Mütter, die sie hereinriefen.

Wie idyllisch, dachte sie, viel zu schön. Die Wirklichkeit ist doch ganz anders!

Zwei Mädchen im Teenageralter standen an der Straßenecke und tuschelten zusammen.

Ihr seid in Gefahr! dachte sie plötzlich. Am liebsten hätte sie gehalten und den Leuten zugerufen: Seid vorsichtig! Ihr alle seid bedroht!

Sie fuhr jedoch weiter bis zu der Straße, in der Jeffers wohnte. Sie achtete nicht mehr auf die friedlichen, sommerlichen Stimmungsbilder draußen.

Als sie aus dem Wagen stieg, hatte sie das Gefühl, daß sich irgend etwas Besonderes ereignet hatte. Vielleicht ist er hier, dachte sie. Sie blickte sich aufmerksam um, konnte aber niemanden entdecken.

Ich werde langsam verrückt. Ich bilde mir tausend Dinge ein.

Dennoch prüfte sie, ob sie nicht aus irgendeiner Ecke ein Augenpaar beobachtete. Aber da war niemand. Langsam ging sie auf das Haus zu, legte ihre Umhängetasche über die rechte Schulter, öffnete sie und faßte nach der Neunmillimeter. Sie entsicherte die Waffe. Ihr sträubte sich das Haar, und sie bekam eine Gänsehaut. Ich komme mir vor wie ein Hund, der eine Gefahr wittert, aber nicht weiß, welche.

Sie sah zu Martin Jeffers' Fenstern hin. Dann bemerkte sie, daß sein Auto nirgendwo zu sehen war.

Vielleicht ist er noch nicht vom Einkaufen zurück, dachte sie.

Sie ging ins Haus bis zu Jeffers' Wohnungstür. Bei dem,

was sie dort sah, blieb ihr fast das Herz stehen. Vor der Tür lag, unberührt, die gesamte Post.

Das darf nicht sein! dachte sie. Dann schlug sie mit der Faust gegen die Tür. Aber sie bekam keine Antwort. Sie wartete, klopfte wieder. Alles blieb still. Sie verließ das Haus, sah aufmerksam auf die Fenster, aber dort war nichts zu sehen. Drinnen war es dunkel. Wieder lief sie zur Wohnungstür und hämmerte dagegen.

Er hat mich ausgesperrt. Ich hätte es wissen müssen. Schließlich ist er sein Bruder.

Sie ließ sich auf die Treppe sinken. Er ist auf und davon. Und er weiß, wohin er fahren muß. Mercedes Barren überkam tiefe Verzweiflung.

Auf der Autobahn in der Nähe von Mystic, Connecticut, war ein riesiger Lastwagen verunglückt, dahinter hatte sich ein kilometerlanger Stau gebildet. Martin Jeffers rutschte ungeduldig auf seinem Sitz herum, die grellen Lichter der Polizei- und Rettungswagen blendeten ihn. Immer wieder leuchteten die roten Bremslichter der vorderen Wagen auf. Jeffers haßte Staus, aber heute abend noch viel mehr als sonst, denn immer wieder wurde er aus seinen Gedanken gerissen. Erinnerungen aus einer Zeit, die er und Douglas gemeinsam verlebt hatten. Nächte, in denen sie draußen im Zelt geschlafen hatten, Sommer, in denen sie Baumhäuser gebaut hatten, in denen sie mit Mädchen spazierengegangen waren.

Mit sechs oder sieben hatten ihn eines Winters mehrere Jungen aus der Nachbarschaft mit Schneebällen beworfen. Als er Doug davon erzählte, zog dieser Gummistiefel und einen Wintermantel an und lief hinaus. Martin folgte ihm, sie liefen um den Häuserblock, die letzten fünfzehn Meter krochen sie auf die schneebedeckte Hecke zu, hinter der die anderen spielten. Gemeinsam fielen die beiden Brüder aus dem Hinterhalt über die anderen her. Sie bombardierten sie mit Schneebällen in einem Überraschungsangriff und verjagten sie.

Auch damals hatte Doug schon gewußt, wie man an seine Beute herankommt.

Plötzlich sah Martin Jeffers das orangefarbene Blinklicht eines Polizeiautos. Der Beamte winkte lebhaft die Fahrzeuge vorwärts. Trotzdem fuhren die Leute langsam, um die Unfallstelle besser besichtigen zu können. Daß Menschen Unglück so fasziniert, dachte Jeffers. Was tun wir nicht alles, um dem Grauen zu begegnen.

Auch er selbst fuhr langsamer, als er an der Unfallstelle vorbeikam. Am Boden sah er einen leblosen Körper liegen.

Im Mittelalter wäre ein Mensch, der so dem Tod begegnet wäre, auf dem Absatz umgekehrt und hätte dem Himmel für dieses Zeichen der Warnung gedankt. Ich bin ein Mensch von heute, und ich bin frei von solchem Aberglauben. Er fuhr unbeirrt weiter. Ein Blick auf seine Armbanduhr sagte ihm, daß er die letzte Fähre nach Woods Hole verpassen würde.

Also nehme ich gleich die erste um sechs, falls es die noch gibt, sagte er sich. Früher fuhr sie immer um diese Zeit.

Er kannte ein Hotel gleich am Hafen und überlegte, ob er von dort aus nicht Mercedes Barren anrufen sollte, nicht etwa, um ihr zu sagen, wo er war, sondern, um sich zu entschuldigen, ihr zu erklären, daß er nur tat, was er seinem Bruder schuldig war. Er wünschte sich, daß sie ihm verzeihen könnte, und nicht nur ihm, sondern auch sich selbst.

Hoffentlich ist mein Ziel der richtige Ort, dachte er. Mit New Hampshire habe ich mich geirrt. Vielleicht ist auch Finger Pomt ein Irrtum. Es kann passieren, daß ich ihn dort auch nicht finde. Wenn ich an die Tür klopfe und eine harmlose Familie, die dort gerade Ferien macht, öffnet die Tür, kann das schön peinlich werden. Sie müssen mich für vollkommen verrückt halten.

Mercedes Barren verschwand mehr und mehr aus seinen

Gedanken, dafür nahm sein Bruder den zentralen Platz darin ein. Martin Jeffers wußte nicht, was ihm lieber war, ihn zu treffen und zur Rede zu stellen oder ihn überhaupt nicht zu finden.

Inzwischen war es draußen stockdunkel. So einsam wie jetzt hatte er sich seit der Nacht damals in New Hampshire, vor mehr als dreißig Jahren, nicht gefühlt.

Als es dunkel wurde, saß Mercedes Barren noch immer auf der Treppe vor Martin Jeffers' Apartment. Sie dachte an ihren Mann, an ihre Nichte. Nicht an die tote Susan, die man erdrosselt im Park gefunden hatte, sondern an die lebhafte junge Susan, die abends zu ihr zum Essen kam, laut Musik hörte und dazu tanzte, wild und lustig, so voller Lebenslust, daß sie kaum zu bändigen war. Und sie dachte an das kleine Mädchen Susan, das ihr mit ausgestreckten Armen entgegenlief und ihr das Gefühl gab, geliebt zu werden, ganz und gar. Sie dachte an John Barren, wie er sie manchmal nachts zärtlich weckte, und an das wunderbare Gefühl seiner Nähe. Hätte ich damals doch gewußt, wie kostbar diese Augenblicke sind! Erst jetzt weiß ich, wie kurz die Zeit ist, erst jetzt könnte ich sie wirklich ganz auskosten.

Dann sah sie sich selbst als Kind, wie sie die Hand ihres Vaters festhielt und drückte. Das einzige, worin mein Vater mir Vorbild war, ist sein scharfer Verstand. Ich sollte ihn gebrauchen, gerade jetzt in dieser scheinbar ausweglosen Lage.

Was würde er jetzt tun?

Zuerst würde er sachlich und nüchtern die Tatsachen betrachten, ohne auch nur ein Detail zu übersehen.

Durch das Vorbild ihres Vaters ermutigt, ging sie die Ereignisse genau durch. Jeffers sagte, wir treffen uns bei ihm zu Hause. Das war eine Lüge. Gut hat er das gemacht, besonders das mit den Sandwiches. Er hat es ausgenützt, daß wir uns in den letzten Tagen ein wenig nähergekommen sind.

Wann hatte er angefangen, sie zu betrügen? Bei ihrem letzten Treffen in seinem Büro hatte sie ihm nichts Besonderes angemerkt. Er hatte seine Post nicht gelesen, hatte keinen Telefonanruf bekommen. Er mußte schon in der Klinik den Entschluß gefaßt haben, ohne sie wegzufahren. Einen Fingerzeig von Douglas Jeffers konnte er nicht erhalten haben. Also wußte er schon vorher etwas, was er ihr vorenthalten hatte. Was hatte er heute unternommen? Zuerst hatte er Einzelgespräche mit mehreren Patienten geführt, dann war er zu der Gruppe der Sexualverbrecher gegangen. Langsam stand sie auf. Ich hab's! Ich fahre ins Krankenhaus und lasse mir die Namensliste der Verlorenen Knaben geben. Ganz offiziell, als Detective aus Miami. Wenn sie sie mir nicht geben, besorge ich sie mir selbst.

Sie sah wieder Susan vor sich, ihren Mann, ihren Vater. Sie lächelte. Aber jetzt an die Arbeit! ermunterte sie sich selbst. An die Stelle der drei geliebten Menschen traten vor ihr inneres Auge die Brüder Douglas und Martin Jeffers Ich komme! Wartet nur! Ich bin schon unterwegs.

Martin Jeffers stand im fahlen Morgenlicht am Bug der Fähre. Ein frischer Wind wehte. Er stellte den Kragen seines Mantels hoch und sah auf den Ozean, der graugrün im ersten Licht der Sonne vor ihm lag. In der Ferne zeichnete sich die Insel ab, erst nur als dunkler Streifen, dann immer deutlicher, bis Jeffers die weiße Linie des Strandes, die Reihe der Sommerhäuser, den Hafen von Vineyard und schließlich die Anlegestelle der Fähre erkennen konnte. Er sah weiße Öltanks und kleine Segelboote, die auf den Wellen schaukelten. Er hörte das leise Schwappen der Wellen gegen die Wand des Bootes. Wie oft waren sie als Kinder mit dem Boot unterwegs gewesen!

Die Fähre näherte sich in schneller Fahrt dem Hafen.

Bevor sie anlegte, stieß die Schiffssirene einen kurzen, heiseren Laut aus. Einige Passagiere schreckten auf. Dann wurde der Landungssteg heruntergelassen, und die Leute verließen das Boot. Eine Menge Autos wartete darauf, zurück ans Festland befördert zu werden. Die Schlange reichte bis hinauf zur Straße. Der Sommer war so gut wie zu Ende, alle kehrten aus den Ferien zurück.

Es sieht doch anders aus als früher, dachte Martin Jeffers. Neue Läden, mehr Häuser. Aber dennoch fühle ich mich zu Hause hier. Dabei hatte ich gedacht, ich würde nie mehr hierherkommen.

Er überlegte, wie lange er nicht mehr auf der Insel gewesen war. Das Haus ist sicher noch da, auf der Landzunge, die in den Weiher reicht, hinter den Dünen. Es wird sicher noch dort sein, einsam, von Wind und Wasser umgeben. Dieses Haus ist der schönste und zugleich schrecklichste Ort auf der Welt.

Während er zum Autoverleihbüro ging, überlegte Jeffers, daß er mit Hilfe der Verlorenen Knaben den richtigen Ort gefunden haben mußte. Hier war es geschehen, hier hatte Doug sein erstes Erlebnis gehabt, hier begann die lange, unendliche Spur eines Mörders.

Der Angestellte frühstückte gerade, als Jeffers das Büro betrat.

»Was wünschen Sie?« fragte er.

»Martin Jeffers ist mein Name. Ich habe gestern einen Leihwagen bestellt.«

»Ja, richtig. Für ein paar Tage, nicht? Machen Sie Ferien bei uns?«

»Nein, ich bin geschäftlich hier. Dauert wahrscheinlich nicht lange, aber wenn ich Pech habe, zieht es sich schon ein paar Tage hin.«

»Bis Freitag können Sie den Wagen auf jeden Fall haben, dann brauchen wir ihn aber zurück. Am Wochenende kommen auch jetzt noch viele Leute auf die Insel.«

»Das schaffe ich bestimmt«, sagte Jeffers.

»Haben Sie eine Adresse?«

Er zögerte. »Ja, Chilmark, bei Quanson.«

»Das ist der schönste Strand, den wir haben.«

»Da haben Sie recht.«

»Leider komme ich nicht oft hin«, erzählte der Mann, während er die Formulare ausfüllte. »Ich bin kein guter Schwimmer, und manchmal haben wir hier gefährliche Strömungsverhältnisse. Ich habe Angst davor. Die Surfer sehen das anders. Sie sind ganz begeistert. Surfen Sie auch?«

»Nein.«

»Um so besser. Wissen Sie, was diese Leute machen? Sie fahren mit unseren Autos auf den Strand, weil sie keinen Meter zu Fuß laufen wollen, dann bleiben sie stecken. Das ist immer ein Riesenärger.«

Der Mann nahm einen Schlüsselbund von der Wand.

»Brauchen Sie eine Karte?«

»Nein, es sei denn, alles wäre in den letzten Jahren ganz anders geworden.«

»Alles ändert sich. So ist das Leben nun mal. Die Straßen sind allerdings noch immer die gleichen.«

Er schob Jeffers das Formular zum Unterschreiben hin.

»Danke! Da draußen steht der Wagen, es ist der weiße Chevrolet. Bitte bringen Sie ihn mit vollem Tank wieder. Bis Freitag also.«

»Bis dann.«

Martin Jeffers fuhr in schnellem Tempo auf sein Ziel zu. Was soll ich den Leuten in dem Haus erzählen? fragte er sich. Haben Sie vielleicht einen Mann gesehen, der Ähnlichkeit mit mir hat? Oder soll ich lieber sagen, daß mein Bruder verschwunden ist, daß ich ihn suche, daß er im Kopf nicht mehr ganz beieinander ist und möglicherweise das Gedächtnis verloren hat?

Auch diese Möglichkeit verwarf Jeffers. Vielleicht sollte er den Leuten einfach nur sagen, daß er früher in dem Haus oft Ferien gemacht hatte, und daß er glaubte, seinen Bruder dort anzutreffen.

Es ist ganz gleich, was ich ihnen erzähle, dachte er schließlich, das ist ein harmloses Problem, verglichen mit dem, das mich erwartet, wenn ich Doug begegne.

Er fuhr durch eine kleine, von Kastanienbäumen gesäumte Straße und freute sich über alles, was er wiedererkannte. West Tisbury war ein kleiner Ort geblieben und hatte seinen Charakter nicht verloren. Den Weg nach Finger Point fand Jeffers ohne Mühe. Er führte über eine nicht asphaltierte Straße voller Schlaglöcher. Die Anlieger hatten dafür gesorgt, daß sie in diesem Zustand blieb, um Touristenströme abzuhalten. Das Wagenheck schlug mehrmals heftig auf den steinigen Boden, dornige Zweige hinterließen Kratzer im Lack. Nach mehreren Kilometern abenteuerlicher Fahrt erreichte er die Kreuzung. Sie sah noch aus wie früher, und ohne Zögern bog Jeffers in einen der vier Wege ein. Und ich glaubte, ich würde nie mehr hierher kommen, dachte er etwa zum hundertstenmal. Er kam an die Stelle, wo keine Bäume mehr wuchsen. Rechts von der Straße lag der Weiher, weiter hinten glitzerte der Ozean in der Sonne. Auf dem Weiher waren noch ein paar Segelboote. Am anderen Ufer des Weihers sah er die Farm von Johnson. Er lächelte. Ob er wohl immer noch auf die Autos schießt, die in die Dünen fahren? Er hielt den Wagen an, lauschte dem Rauschen der Brandung. Daß ein so heftiges und regelmäßig wiederkehrendes Geräusch eine so beruhigende Wirkung haben kann, dachte er. Dann blickte er die Straße hinunter und erkannte das Haus.

Er schloß für einen Moment die Augen, überlegte, was er wohl sagen könnte, und beschloß, spontan drauflos zu reden. Hauptsache, ich wirke ruhig und gelassen, dachte er.

Er fuhr die letzten dreihundert Meter, bog dann in die schmale Einfahrt. Er stieg aus dem Wagen, sah auf das Haus. Das Dach war neu gedeckt worden, einige Fenster hatte man erneuert. Das Haus hatte nur ein Stockwerk, die Eingangstür lag zur Straße, die hintere zum Weiher. Finger Point! Genau der richtige Name, die Landzunge weist zum Ozean. Und der Finger zeigt auf jemanden, der sich hier aufhält. Der Wind wogte durch das Seegras, Jeffers erinnerte sich, wie oft er von hier bis zu Johnsons Farm gelaufen war und kaum gemerkt hatte, wie ihn das harte Gras in die Haut schnitt, weil er nicht wollte, daß sein Bruder ihm davonlief. Jeffers spürte die wunderbare Wärme der Morgensonne. Er genoß sie eine Weile. Als ihm bewußt wurde, was ihn möglicherweise erwartete, wäre er am liebsten wieder in sein Auto gestiegen und zurückgefahren.

Er ist bestimmt nicht hier, er ist irgendwo auf dem Kontinent. Er tut schlimme Dinge, er ist für immer verloren. Was soll ich hier? Ich sollte ihn vergessen, so tun, als hätte es ihn nie gegeben.

Dann aber sagte er sich, daß er die Suche nach Douglas nicht begonnen hatte, um so kurz vor dem möglichen Ziel aufzugeben. Das wäre einfach lächerlich.

Also ging er zur Eingangstür und klopfte an.

Hoffentlich wecke ich die Leute nicht, dachte er. Dann hörte er Schritte, und die Tür wurde geöffnet.

Er sah eine etwa zwanzigjährige Frau mit hellblondem Haar in einem schwarzen Overall. Er war überrascht, daß sie an einem warmen Sommertag so gekleidet war.

»Entschuldigen Sie bitte«, begann Martin Jeffers »Ich weiß, es ist noch sehr früh, und es tut mir wirklich leid, Sie zu stören, aber ...«

Er sprach nicht weiter, denn die junge Frau starrte ihn mit weit aufgerissenen Augen an, als sei er ein Geist. Sie schien sein Gesicht aufs Genaueste zu mustern.

»Es tut mir leid«, sagte er wieder.

»Aber warum denn?« ertönte eine furchtbare, spöttische und doch vertraute Stimme in seinem Rücken.

Die Verlorenen Knaben gingen langsam einer nach dem anderen in den Sitzungsraum und nahmen ihre gewohnten Plätze ein. Sie taten es aus reiner Gewohnheit, und obwohl sie wußten, daß Martin Jeffers nicht da war. Sie erwarteten, daß sie sich mit irgendeinem seiner Kollegen herumlangweilen würden, und waren fest entschlossen, den Mund nicht aufzutun. Sie rauchten, unterhielten sich untereinander, fragten sich, was wohl heute geschehen würde. Sie hatten mit allem gerechnet, nur nicht damit, daß sie heute den Besuch einer Dame erhalten würden.

Mercedes Barren betrat den Raum und warf den Männern einen unfreundlichen, harten Blick zu. Sie sind meine natürlichen Feinde, dachte sie und fühlte, wie sie eine Gänsehaut bekam.

Es war totenstill in dem Raum. Sie wartete einen Moment, dann ging sie auf die Männer zu. Sie fühlte ihre Augen auf sich gerichtet und hatte das Gefühl, daß alle sie haßten, ohne zu wissen, wer sie war. Aber auch sie haßte diese Männer.

Nachdem sie ihnen eine ganze Weile wortlos gegenübergestanden hatte, zog sie ihre Dienstmarke hervor und hielt sie in die Höhe. Die Sonne schien darauf, und das goldene Metall blinkte.

»Ich heiße Mercedes Barren, und ich bin Detective bei der Miami Police.« Nach einer Pause fuhr sie fort: »Wenn Sie es mit mir zu tun gehabt hätten, wäre es Ihnen schlimm ergangen.«

Es blieb still in dem Raum. Offensichtlich hörten die Männer ihr genau zu. Diese Situation muß ich nutzen, sagte sie sich.

»Ich weiß, daß normalerweise Doktor Martin Jeffers Ihre Gruppe leitet. Er verließ gestern nachmittag plötzlich die Klinik, gleich, nachdem er mit Ihnen zusammen war.« Sie machte eine Pause und fragte dann: »Wo ist er?«

Alle redeten auf einmal los, und sie konnte kein Wort verstehen. Sie hob die Hand, und die zwölf Männer schwiegen. »Wo ist er hin?«

Wieder redeten alle durcheinander, dann aber wurde es plötzlich still. Die Männer sagten nichts mehr und sahen sie feindselig an. Schließlich sagte ein großer Mann mit einem pockennarbigen Gesicht: »Fick dich doch selber, Alte!«

»Wie heißen Sie?« fragte Mercedes Barren.

»Miller.«

»Möchten Sie nach diesen Ferien hier vielleicht noch ein bißchen in die Kiste, Mister Miller? Es gibt da einen wunderschönen Hochsicherheitstrakt.«

»Mit dem werde ich auch noch fertig«, antwortete Miller.

»Ich will es zu Ihren Gunsten hoffen.«

Wieder herrschte Stille im Raum, bis ein kleiner, rundlicher Mann auf Mercedes Barren zeigte. Sie nickte ihm zu, und er sagte mit zynischer und zugleich weibischer Stimme: »Warum sollten gerade wir Ihnen helfen, Detective?«

»Wie ist Ihr Name?«

»Ich heiße Steele, und meine Freunde nennen mich Pet.«

»Wenn du welche hättest«, sagte eine andere Stimme.

Mercedes Barren wußte nicht, woher sie kam, und sie hatte Mühe, nicht zu lächeln. Die Männer kicherten.

»Steele, ich will Ihnen sagen, warum ich um Ihre Hilfe bitte. Weil Sie alle Kriminelle sind. Und wer hilft der Polizei, wenn nicht Sie? Gauner wissen immer, wo ihre Kollegen sind.«

»Wollen Sie etwa behaupten, der Doktor sei ein Gauner?« fragte Bryan.

»Keineswegs. Ich weiß nur, daß er hinter einem ganz üblen Kerl her ist.«

»Wer ist es?« fragten Knight und Senderling wie aus einem Mund.

Sie überlegte. Warum soll ich es ihnen nicht sagen?

»Wenn Sie mir helfen, verrate ich es Ihnen. Aber sie müssen mir versprechen, daß Sie es auch tun.«

Die Männer redeten wieder miteinander. Schließlich sagten Senderling und Knight: »Gut, wir helfen Ihnen. Wir haben nichts zu verlieren.«

»Do-do-doch!« rief Wasserman. »Das Vertrauen von unserem Do-doktor!«

»Das nützt uns doch auch nichts«, sagte Miller. »Aber wir haben auch nichts davon, wenn wir Ihnen helfen.«

»Vielleicht doch«, sagte Mercedes Barren. »Sie erfahren ja etwas von mir, und Wissen ist immer nützlich.«

»Sie sind nicht besser als andere Bullen, immer wollen die was, aber man selbst kriegt nichts von ihnen«, sagte Meriwether.

Mercedes Barren antwortete nichts darauf.

»Hören Sie mal«, sagte Parker, »wenn wir Ihnen ein bißchen helfen, können Sie dann versprechen, daß dem Doktor nichts passiert? Ich meine, nicht nur körperlich, sondern, daß ihm auch die Justiz nichts anhaben kann?«

»Ich bin nicht hinter Doktor Jeffers her«, antwortete Mercedes Barren, »sondern hinter einem Mann, den er sehr gut kennt. Ich will verhindern, daß er Schwierigkeiten bekommt. Reicht das?«

»Bullen glaube ich kein Wort«, sagte Miller verächtlich.

»Sagen Sie, ist der Doktor in Gefahr?« fragte Bryan.

Möglicherweise war er es, vielleicht aber auch nicht. Sie wußte es nicht, und deshalb log sie: »Ja, er ist in großer Gefahr. Aber er weiß es nicht.«

Die Männer redeten leise miteinander.

»Ich schlage vor, Sie sagen uns, wer dieser miese Typ ist, und wir sagen Ihnen dann, ob wir etwas für Sie tun können.«

Detective Barren wußte, daß ihr Gespräch mit den Männern auf keinen Fall im Sande verlaufen durfte. Wenn sie mauerte, würden die Männer es auch tun. Deshalb sagte sie: »Er ist sein Bruder.«

Nach kurzer Stille sprang Steele auf, klatschte in die Hände und hüpfte durch den Raum: »Ich wußte es, ich wußte es! Ich hab' die Wette gewonnen! Zwei Pack Tabak von dir, Bryan, und drei von dir, Miller. Ihr blöden Säcke! Warum habt ihr auch gegen mich gewettet? Ich habe euch doch gleich gesagt, daß es ein Verwandter war. Es konnte doch gar nicht anders sein!«

Die Männer fluchten.

Mercedes Barren fragte laut: »Also, wo ist er hin?«

»E-er ha-hat ni-nichts gesagt!« rief Wasserman.

»Er hat nichts Genaueres gesagt«, warf Weingarten ein, »nur, daß der Typ, hinter dem er her ist, noch schlimmer wäre als wir. Er soll unterwegs sein, um Erinnerungen aufzufrischen. Wir haben gar nicht viel zu ihm gesagt, aber plötzlich sprang er auf und haute einfach ab.«

»Irgendwie wühlte er in der Vergangenheit 'rum«, sagte Miller. »Er wußte nicht, was für Erinnerungen der andere meinte. Wir haben ihm ein bißchen auf die Sprünge geholfen und ihm gesagt, daß die schlimmste Erinnerung bei so was immer die richtige ist, nämlich weil sie für die Leute, die so sind, die schönste Erinnerung ist.«

»Was haben Sie genau zu ihm gesagt?« fragte Detective Barren und beugte sich vor.

»Schwer zu sagen, wir haben ziemlich viel gequatscht.«

»Das kann ja sein, aber eine Sache, die Sie sagten, muß ihm ein Licht aufgesteckt haben.«

»Wir haben 'ne Menge gequatscht«, wiederholte Miller.

»Also los, was hat er gesagt? Erzählen Sie mir die Szene genau!«

»Er wollte wissen, was uns dazu gebracht hat, mit dem Zeug anzufangen. Wie wir so frei geworden sind, es zu tun.«

»Was? Ich verstehe nicht ganz.«

»Er fragte, was für eine Sache das Ganze bei uns ins Rollen gebracht hat.«

Mercedes Barren verstand. Er hatte die Männer nach dem Schlüssel gefragt, und sie hatten ihn ihm gegeben.

»Was haben Sie gesagt, bevor er aufstand und den Raum verließ?«

Die Männer warfen ihr böse Blicke zu. Sie spürte ihren Haß, den sie gegen sie als Polizistin, aber noch mehr gegen sie als Frau hegten. Sie gab sich alle Mühe, dem Blick der Verlorenen Knaben standzuhalten.

Dieses Schweigen wird nie ein Ende finden, dachte sie und hätte am liebsten laut geschrien.

Schließlich sagte eine tiefe Stimme: »Ich weiß es wieder. Ich weiß wieder, was wir gesagt haben«, wiederholte Pope.

»Und was war das?«

»Ich sagte: ›Tod, Abschied. Das sind Dinge, die wirklich Eindruck machen. Da stirbt ein anderer, und man wird plötzlich frei, zu sein, wer man will. Alles fängt mit dem Tod an.‹«

Mercedes Barren lehnte sich zurück. Abschied, das war in New Hampshire, dachte sie. Aber da waren wir schon. »Mehr haben Sie ihm wirklich nicht gesagt?« fragte sie, und sie gab sich Mühe, ihre Enttäuschung zu verbergen.

»Ja, das war es. Er stand daraufhin einfach auf, und weg war er.«

»E-entschu-schuldigung, De-te-tective ...«

Mercedes Barren sah die Männer an und fragte sich, wieviel Menschen sie alle zusammen wohl auf dem Gewissen hatten. Sie überlegte angestrengt, welcher Mord, welcher Tod in Jeffers Leben eine besondere Rolle gespielt haben konnte. Wie ein Hurrikan, erst in weiter Ferne, dann immer näher und gewaltiger kam ihr die Erleuchtung. Martin Jeffers hatte ihr vor ein paar Tagen gesagt: »Das Ekel hat uns nicht mal seinen Namen gegeben. Er starb an einem Unfall.« Sie legte die Hand an die Stirn, sah die Männer an, stand auf, ohne zu wissen, daß sie dasselbe tat wie Martin Jeffers.

»Danke! Vielen Dank. Sie wissen nicht, wie sehr Sie mir geholfen haben.«

Endlich, endlich weiß ich es, sagte sie sich. Vielleicht auch nicht, aber möglich ist es schon. Der Zeitungsausschnitt, den ich unter Jeffers' Bett gefunden habe!

Nur einen Augenblick machte sie es sich zum Vorwurf, nicht von selbst darauf gekommen zu sein. Sie hätte es wissen können seit dem Tag, an dem sie in Jeffers' Apartment eingebrochen war.

Sie drehte sich um und verließ grußlos den Raum.

14

Ein idyllischer Ort · Kain und Abel · Schwarze Wasser

HOLT OVERHOLSTER, DREIUNDSECHZIGJÄHRIGER Leiter der Polizeidienststelle in West Tisbury und einziger Beamter, der das ganze Jahr über dort Dienst tat, erledigte gerade den Papierkram und ärgerte sich über die Sommergäste, die Jahr für Jahr auf die Insel kamen und die Geschwindigkeitsbeschränkungen nicht beachteten. Fast den ganzen Nachmittag hatte er in seinem Radarwagen verbracht. Einen Kilometer vor der Stadtmitte hatte er Schilder mit der Aufschrift »Höchstgeschwindigkeit 30 km« aufstellen lassen. Auf das vorgeschriebene Tempo kam niemand bis zu der Kirche, an der er mit seinem Wagen stand, herunter. Er winkte die Autos zur Seite und überreichte den Fahrern Strafzettel über fünfundzwanzig Dollar. Ausgefüllt hatte er sie längst vorher.

Overholster brachte auf diese Weise der Kommune eine beträchtliche Geldmenge ein. Im Vorjahr hatte es sogar für einen neuen Dienstwagen, einen Ford Branco mit Vierradantrieb in Polizeiausführung, gereicht. Dieses Jahr wollte er gerne neue Walkie-talkies anschaffen. Solche, die man am Gürtel trug, das Mikro an der Schulter, so wie die Polizisten in den TV-Serien. Von denen hatte er sich eine Menge abgeguckt, man konnte fast sagen, er hatte einen Teil seiner Ausbildung am Fernsehen genossen. Leider waren in letzter Zeit die Polizeiserien sehr in Mißkredit geraten. Ihr Ruf hatte gelitten, und es konnte viele Jahre dauern, bis wirklich wieder gute Kriminalserien produziert würden. Genau siebenundvierzig Protokolle hatte Overholster in knapp vier Stunden verteilt. Das lag gerade unter seinem Rekord.

Er räkelte sich und blickte durch das enge Bürofenster nach draußen. Es war dunkel geworden, ein warmer Spätsommerabend ging zu Ende, nur im äußersten Westen war noch ein schmaler Streifen Rot am Himmel zu sehen. Er war nie weiter nach Westen gekommen als bis Albany, damals beim Erntedankfest im Haus seiner Schwester. Aber er sehnte sich dorthin, denn er hatte Unmengen von Romanen und Reiseberichten über Amerikas Gelobtes Land gelesen. Manchmal träumte er davon, in der guten alten Zeit zu leben, weit draußen im Westen in einer kleinen Stadt für Ruhe und Ordnung zu sorgen, allseits beliebt, das Herz auf dem rechten Fleck, ein zuverlässiger Kumpel, dafür aber ein Mann, den man sich besser nicht zum Feind machte, der sich überdies im Kampf durch besondere Tapferkeit auszeichnete.

Freilich hatte er in den dreiunddreißig Jahren Polizeidienst in Martha's Vineyard nie einen Kampf erlebt. Mit den paar Betrunkenen, die ab und zu randalierten, wurde er auch so fertig.

Overholster lehnte sich zurück und schloß die Augen. Heute abend sollte es Forellen und dazu frisches Gemüse aus dem eigenen Garten geben. Er beschloß, die Schreibarbeit bis morgen liegen zu lassen, gähnte, nahm sein Funkgerät, um die Zentrale über seinen Weggang zu informieren. Heute hatte dort Lizzy Barry Dienst. Er ärgerte sich über sie, weil sie nie die richtigen Code-Worte benutzte.

Gerade packte er seine Sachen zusammen, als eine Dame sein Büro betrat.

»Gerade wollte ich hier dichtmachen, Madam. Womit kann ich dienen?«

»Ich brauche nur ein paar Informationen«, sagte Mercedes Barren.

»Aber gerne«, sagte Overholster und musterte sie eindringlich. Trotz Jeans und sportlicher Bluse sah sie nicht aus wie ein Feriengast. Sie mußte eine Großstädterin sein, vielleicht eine Geschäftsfrau, aus dem Immobilienbereich.

»Ich suche nach einem Ort, an dem sich vor zwanzig Jahren ein Unfall ereignet hat.«

»Was für ein Unfall?« Overholster setzte sich und bot ihr den Stuhl gegenüber an. Er war neugierig geworden. »Vor zwanzig Jahren ertrank ein Geschäftsinhaber aus New Jersey – er hatte eine Apotheke – in South Beach. Ich muß wissen, wo es passiert ist.«

»Wissen Sie, South Beach ist dreiunddreißig Kilometer lang und zwanzig Jahre, das ist 'ne lange Zeit. Da müssen Sie mir schon ein bißchen mehr erzählen.«

»Erinnern Sie sich denn noch daran?«

»Es tut mir leid, aber hier im Sommer ertrinken pro Saison zwei bis drei Leute. Man erinnert sich nicht mehr an jeden einzelnen. Dafür ist auch die Küstenwache zuständig. Ich erledige nur die Schreibarbeit.«

»Ich habe den Zeitungsbericht von damals dabei.«

Der Beamte lehnte sich nach vorne, als Mercedes Barren den Zeitungsausschnitt aus der Tasche zog. Er sah ihre Pistole und fragte: »Sie tragen ja eine Waffe bei sich!«

»Ja«, sagte Mercedes Barren und zog ihre Dienstmarke hervor. »Ich hätte mich lieber gleich vorstellen sollen. Ich bin Deteetive Barren von der Miami Police.«

Overholster war hoch erfreut.

»Oh, hier kommen nicht jeden Tag Kollegen aus der Stadt vorbei. Sind Sie hinter jemandem her?«

»Nein, nein, ich will Freunde besuchen.«

»Ach so«, sagte er enttäuscht, »aber wozu brauchen Sie dann eine Waffe?«

»Reine Gewohnheit.«

»Wollen Sie sie mir vielleicht in Verwahrung geben?«

»Wissen Sie, Inspektor, ich muß morgen schon sehr früh wieder weg, deshalb ist es praktischer, wenn ich sie behalte. Drücken Sie bei einer Kollegin mal ein Auge zu!« Er lächelte ihr zu und nickte.

»An sich habe ich es nicht gerne, wenn hier Waffen auf der Insel sind. Damit kann immer etwas schiefgehen.«

»Bei uns in der Stadt ist das genauso. Wir sehen es auch nicht gerne.«

Sie schob ihm den Zeitungsausschnitt hinüber. Er las ihn flüchtig und sagte dann: »Ja, ich erinnere mich dunkel. Das ist tatsächlich hier passiert. Der Mann geriet in einen Strudel. Er hatte wohl keine Chance. In Miami gibt es diese Art Strudel wohl nicht, oder?«

»Nein.«

»Also, solche Strudel entstehen bei auflaufender Flut. Der Grund wird aufgewirbelt, es bildet sich eine Art Loch, das Wasser strömt hinein, wird dann mit Macht nach draußen gesogen. Es strömt etwa hundert Meter ins offene Meer. Das Verrückte ist, daß die meisten Leute wie wild gegen diese Ströme ankämpfen, sich dabei völlig verausgaben. Dabei wäre es viel besser, sie ließen sich treiben und schwimmen erst zurück, wenn der Sog vorbei ist. Was man auch machen könnte, wäre einfach parallel zum Strand schwimmen. Zu dumm, daß die Leute immer den Kopf verlieren. Sie übernehmen sich, und dann ist es aus. Für mich bedeutet das lästigen Papierkram, die Küstenwache muß eine Leiche mehr suchen. Passiert ein- oder zweimal pro Jahr am South Beach.«

»Leider gibt die Zeitung die Stelle nicht genau an.«

»Die Familie wohnte in West Tisbury«, sagte Overholster.

»Ich weiß, aber ich dachte, Sie wüßten es vielleicht noch genauer.«

Er schüttelte den Kopf, warf erneut einen Blick auf die Zeitung. »Was hat das alles eigentlich mit dem Besuch bei Ihren Freunden zu tun?«

Mercedes Barren lachte: »Also, Inspektor, das ist eine lange Geschichte. Ich mach's so kurz wie möglich: Meine Freunde haben ein Sommerhaus gemietet und dort diesen Zeitungsausschnitt gefunden. Sie dachten, er könnte mich interessieren und schickten ihn mir zusammen mit der Wegbeschreibung nach Miami. Stellen Sie sich vor, ich habe die Wegskizze verloren, den unnützen Zeitungsartikel natürlich nicht. Ich versuche, mit seiner Hilfe den Weg zu finden.«

»Ich könnte vielleicht irgendwelche Immobilienfritzen anrufen, möglicherweise hat einer von ihnen damals das Haus verkauft. Das kann allerdings 'ne Weile dauern. Hier gibt's inzwischen eine ganze Menge Makler. Haben Sie schon bei der *Gazette* nachgefragt?«

»Dort war niemand mehr.«

Overholster überlegte eine Weile. »Ich habe eine Idee, ich probier's einfach mal.«

Er rief über Polizeifunk Lizzy Barry an.

»Hallo Holt, Sie sollten doch längst zu Hause sein. Ihr Essen wird kalt!«

In förmlichem Ton antwortete der Polizist: »Hier ist eine Dame bei mir, die den Weg zum Sommerhaus ihrer Freunde nicht findet. Ich kann jetzt nicht alle Einzelheiten erzählen, diese Leute wohnen jedenfalls in dem Haus in South Beach, in dem ein Mann namens Allen lebte. Er ist ertrunken, vor zwanzig Jahren allerdings. Vielleicht erinnern Sie sich noch.«

»Aber klar, Holt, das war in diesem wahnsinnig heißen Sommer, der Mann ging abends nochmal schwimmen, an demselben Abend starb mein Hund an Hitzschlag. Deshalb weiß ich's noch so genau. Sie wissen doch, mein Hund ...«

458

»Ja, ja, der Setter.«

»Nein, der Spaniel.«

»Lizzy, wo wohnte dieser Mann?«

»Ich glaube, es war an dem großen Weiher. Finger Point heißt die Stelle. Aber vielleicht irre ich mich.«

»Vielen Dank, Lizzy!«

Zu Mercedes Barren gewandt sagte Overholster: »Gute, alte Lizzy, ein wandelndes Lexikon. Sie erinnert sich an nahezu alles, was hier passiert. Natürlich nur, wenn es auch aufregend genug ist. Naja, selbst jetzt ist alles nicht so einfach, wie Sie vielleicht denken. Es ist verdammt schwer, nachts den Weg nach Finger Point zu finden. Am besten, Sie übernachten irgendwo im Hotel und fahren erst morgen früh dorthin.«

»Sicher haben Sie recht, aber zeigen können Sie mir den Weg ja schon heute.«

Holt Overholster zuckte die Achseln und ging zu der Wand, an der die große Landkarte hing. Er zeigte auf die Straße, die nach Finger Point führte, die Gabelung, an der sie abbiegen mußte, eine weitere Kreuzung, von der verschiedene Wege abgingen, und den Weg, der zum Haus auf Finger Point führte. Er sei bestimmt seit zwanzig Jahren nicht mehr dort gewesen, erklärte er ihr. »Der Weg ist wirklich schwer zu finden, es gibt dort keine Straßenbeleuchtung, Sie können sich leicht verirren. Es wäre tatsächlich besser, Sie führen erst morgen.«

»Ich danke Ihnen vielmals, Inspektor. Das ist ein guter Tip. Ich fahre runter zum Hafen und suche mir dort ein Hotel. Haben Sie Dank für Ihre Mühe.«

»Gern geschehen.« Holt Overholster begleitete sie nach draußen.

»Schön warm heute nacht«, sagte er. »Neulich war es schon viel kälter, unter zehn Grad. Es wird früh Herbst dieses Jahr, und der Winter wird kalt. Ich fühle es in den Knochen. In meinem Alter ist der Winter hart.«

»So sehen Sie aber gar nicht aus«, sagte sie lachend. »Sie halten bestimmt eine Menge aus, Sie sind doch in bester Form.«

»Ihr da unten in Miami wißt nicht, was kalte Winter sind«, antwortete er.

»Da haben Sie recht. Also vielen Dank für Ihre Mühe!«

»Kommen Sie vorbei, wenn Sie Zeit haben, und erzählen Sie mir von Ihrer Arbeit in Miami.«

»Gute Idee!«

Er sah sie ins Auto steigen, aber er bemerkte nicht, daß ihr Gesicht abrupt seinen freundlichen Ausdruck verlor, und daß ihre Züge hart, ihr Blick starr wurden. Als sie davonfuhr, kamen Overholster seine Forellen in den Sinn, und obwohl ihm nicht entging, daß die Polizistin aus Miami nicht in Richtung Hafen fuhr, sondern auf den dunklen Wald zusteuerte, freute er sich auf seinen behaglichen Feierabend.

Mercedes Barren fuhr vorsichtig durch die finstere Nacht. Sicher, die Dunkelheit machte es ihr nicht leicht, das Haus zu finden, aber sie bot ihr Schutz vor Jeffers, denn sie machte sie unsichtbar. Sie wollte ihm keine Chance geben, zu entkommen, die erste Gelegenheit zum Schuß wahrnehmen. Aufmerksam fuhr sie in die schwachbeleuchtete Straße, bedacht, die Abzweigung nach Finger Point nicht zu verpassen. Es kam ihr vor, als sei die Begegnung mit den Verlorenen Knaben Wochen her, zugleich aber sah sie die Männer vor sich, wie sie im Halbkreis um sie herumsaßen, sie ansahen, beinahe die Selbstbeherrschung verloren. Sie war mit sich zufrieden. Sie hatte im richtigen Augenblick genau die passenden Worte gebraucht. Erstaunlich, was man mit Suggestion erreichen konnte. Sie war dort mit der Gewißheit weggegangen, daß Martin Jeffers seinen Bruder an der Stelle suchte, an der sein Stiefvater umgekommen war. Es war ihr ein Leichtes gewesen, erneut in die Wohnung des Psychiaters einzubrechen, um den Zeitungsartikel zu holen. Der war zwar nicht sehr aufschlußreich, aber der Dorfpolizist funktionierte um so besser. Die Fahrt von New Jersey bis Vineyard war aufreibend gewesen. Erst der dichte Verkehr, dann das lange Warten auf die Fähre. Die Überfahrt war ihr trotz des atemberaubend schönen Sonnenuntergangs viel zu lang erschienen.

Als sie aber ankam und der Mann im Leihwagenbüro ihr bestätigt hatte, daß Martin Jeffers mit der Morgenfähre angekommen war, wurde ihr wohler.

»Er sagte, er hätte auf der Insel geschäftlich zu tun. Ein Freund von Ihnen?«

»Sagen wir eher ein Konkurrent.«

»Dann kann es sich nur um Immobilien handeln. Ihr macht das ja alle so. Einer versucht dem anderen zuvorzukommen.«

Sie hatte ihm nicht widersprochen. »Ist ein faires Spiel.«

»Nicht hier bei uns. Ihr seid alle Banditen.«

Er warf einen Blick auf ihren Führerschein. »Aus Florida kommen nur selten welche. Meistens sind es Leute aus New York, Washington oder Boston.«

»Ich arbeite für eine große Firma. Wir haben überall Filialen.«

»Also ich finde, hier wird schon viel zu viel gebaut.«

»So, finden Sie? Meine Firma ist spezialisiert auf Altbaurenovierung. Nicht wie die von Jeffers. Er verkauft Baugrund für Motels und große Freizeitzentren.«

»Verflucht! Hätte ich ihm doch bloß keinen Wagen vermietet!«

»Was für eine Marke war es?«

»Ein weißer Chevrolet mit der Nummer 8-1-7-JJJ. Achten Sie mal darauf, vielleicht treffen Sie ihn.«

»Ja, mach' ich. Hat er gesagt, wohin er fahren wollte?«

»Nein, hat er nicht.«

»Ich finde ihn auch so, und ich werde schon fertig mit ihm.«

461

Die Straße war leicht abschüssig. Alle zweihundert Meter tauchte rechts eine Seitenstraße auf. Jedesmal fragte sie sich, ob das wohl der Weg nach Finger Point sei.

»Bei einer Sandkuhle geht es rechts ab«, hatte der Inspektor gesagt. Ein Wagen kam ihr entgegen, der Fahrer blinkte, damit sie ihr Fernlicht ausschaltete. Das Auto fuhr so dicht an ihr vorbei, daß sie erschrak. Danach war wieder alles dunkel.

Im Schrittempo fuhr sie weiter geradeaus. Wo bin ich bloß? fragte sie sich. Sie war allein, der Dunkelheit ausgeliefert, kaum in der Lage, die Umrisse der Bäume zu erkennen.

Ich bin ganz in der Nähe. Es muß hier irgendwo sein. Sie bekam kaum Luft, fürchtete, vor Anspannung zu ersticken. Sie biß die Zähne aufeinander, umklammerte fest das Steuerrad, bis ihre Knöchel ganz weiß wurden. »Los, weiter«, rief sie laut, wie um sich Mut zu machen und die Angst zu vertreiben.

Dann tauchte plötzlich rechter Hand eine Sanddüne auf; gleich dahinter bog der Weg ab.

Anne saß am Tisch, das Heft mit den Aufzeichnungen vor sich. Sie las die Worte: »Ich tue, was ich tue, weil ich es tun muß, weil ich es will. Jeder Mensch hat eine innere Stimme, die ihm sagt, was er zu tun hat. Gehorcht er ihr nicht, wird sie ihn treffen.«

Darunter stand die Antwort des jüngeren Bruders: »Das muß nicht sein, es gibt immer einen Ausweg.«

Anne schüttelte den Kopf. Etwas Falscheres hätte Martin Jeffers nicht sagen können. Wieder las sie das Geschriebene durch. Sie hatte es vor wenigen Stunden notiert. Vielleicht würde dem Doktor ja noch etwas Besseres einfallen. Sie hatte allerdings gewisse Zweifel. Er kam ihr irgendwie verloren vor, seltsam unfähig, seinen Bruder zu verstehen. Er ließ sich provozieren, war kaum in der Lage, einen zusammenhängenden Gedanken zu formulieren, so aufgeregt war er. Nie würde er es schaffen, Douglas dazu zu bewegen, die Pistole aus der Hand zu legen. Sie schloß die Augen. Ich hätte ihm gleich sagen können, daß es keinen Ausweg gibt, daß die Geschichte so endet, wie Douglas Jeffers es vorgesehen hat, damals, vor langer Zeit, als ich noch Studentin war und Eltern hatte. Das ist Jahrmillionen her, damals schrieb ich noch nicht die Memoiren für einen Mörder.

Sie fragte sich, was jetzt wohl mit ihr geschehen würde. Aber sie war seltsam unbeteiligt, so, als handele es sich um eine andere Person. Es war, als ob sie neben sich stünde, als Zuschauerin eines Dramas. So hatte sie sich oft gefühlt, wenn Jeffers tötete und auch während der ersten Stunden in dem Motel. Wie lange war das her? Sie wußte es nicht. Wie unzuverlässig doch die Erinnerung war, sie bestand aus nichts als ein paar Momentaufnahmen, kleinen Filmsequenzen. Ich sehe mich durch eisige Kälte rennen, ich sehe, wie es schmerzt, aber fühlen kann ich es nicht, dachte sie. Sie sah den Säufer vor sich, den Homosexuellen auf der Straße und die beiden Mädchen, die so ungeheures Glück gehabt hatten. Wie hießen sie nur? Sie dachte an die Teenager in dem Auto. Sie hätte sie so gerne gerettet. Ich konnte es nicht! Ich durfte es nicht! Ich wollte ihn retten, lieber Gott! Mein armer, kleiner Bruder!

Sie war dem Weinen nahe, hütete sich aber, es sich anmerken zu lassen, denn das hätte Jeffers schwer geahndet. »Boswell!«

Seine Stimme riß sie aus ihren Gedanken. Sie sprang auf. »Bring unseren Gästen Wasser!«

Sie nickte und lief zur Küche. Sie füllte einen Krug mit Wasser, trug ihn vorsichtig über den Flur, vorbei an den beiden Brüdern, die sich am Wohnzimmertisch gegenübersaßen. Sie schwiegen jetzt, nach einem langen Tag ununterbrochener, erregter Gespräche. Anne öffnete die Tür zum

Schlafzimmer im Untergeschoß, ging vorsichtig hinein. Vielleicht schliefen sie, und sie wollte niemanden wecken. Vier Augenpaare starrten sie voller Panik an.

Ein elendes Gefühl der Hilflosigkeit überkam sie. »Schon gut, schon gut«, flüsterte sie. Dabei wußte sie genau, wie lächerlich der Versuch war, die Leute zu trösten. Über kurz oder lang würden sie tot sein.

Wer sie waren, interessierte Jeffers überhaupt nicht. Wichtig war ihm nur, daß sie sich in diesem Haus aufhielten. Ein paar Sekunden, bevor sie früh am Morgen eingebrochen waren, durch eine Seitentür, die die Leute offengelassen hatten, um die schöne warme Sommerluft hereinzulassen, hatte Jeffers gesagt: »Ich will dieses Haus mit Geistern füllen.«

Freundlich legte Anne der Frau den Arm auf die Schulter. »Ich bringe Ihnen ein wenig Wasser. Wenn Sie etwas trinken möchten, dann nicken Sie. Mrs. Simmons, Sie zuerst.« Anne nahm der Frau den Knebel aus dem Mund.

»Ich habe Angst«, sagte Mrs. Simmons mit zitternder Stimme. »Bitte helfen Sie uns! Sie sehen so freundlich aus, und Sie sind doch kaum älter als unsere Zwillinge!«

Anne wollte darauf antworten, aber da ertönte Jeffers' Stimme aus dem Wohnzimmer: »Es wird nicht gesprochen! Einmal trinken, sonst nichts. Oder soll ich auch das noch verbieten?«

»Oh, bitte«, flüsterte die Frau.

»Es tut mir so leid«, flüsterte Anne zurück. Sie steckte ihr vorsichtig den Knebel in den Mund. Als sie den Zwillingen zu trinken gab, ermahnte sie Anne, ja nicht zu sprechen. Der Vater zerrte an dem Seil, mit dem sie alle zusammengefesselt waren, und bat leise um Hilfe, aber sie sagte nur: »Es tut mir so leid.«

Leise ging sie hinaus, schloß die Tür und kehrte zu den Brüdern zurück.

»Na, wie geht's denen da unten?« fragte Douglas Jeffers.

»Sie haben große Angst.«

»Das sollen sie auch.«

»Doug, bitte, laß sie doch laufen! Sie haben dir nichts getan«, sagte Martin Jeffers.

»Hast du es denn immer noch nicht begriffen, Marty? Das ist es doch gerade. Sie sollen nichts getan haben. Versteh doch endlich, daß nie der Schuldige bestraft wird, sondern immer nur der Unschuldige. So ist es nun mal in der Welt. Unschuldige und Machtlose. Sie sind die Klasse der Opfer. Das ist doch wirklich nicht so schwer zu begreifen«, sagte Douglas Jeffers kopfschüttelnd.

»Ich gebe mir alle Mühe, wirklich, Doug.«

»Noch lange nicht genug«, antwortete Douglas Jeffers und sah seinen Bruder scharf an. Danach herrschte Schweigen. Douglas Jeffers spielte an seiner Automatic herum. Sein Bruder saß bewegungslos da. Anne Hampton setzte sich auf ihren Platz und schlug eine neue Seite auf.

»Alles aufschreiben, Boswell, ist das klar?«

Sie nickte, und während sie wartete, daß die beiden ihr Gespräch fortsetzten, sagte sie sich: Ein Wahnsinn ist das alles hier. Überall nichts als Tod, Krankheit, Irrsinn und Schmerz. Und ich bin ein Teil davon, bin darin gefangen. Sie nahm den Stift zur Hand und schrieb: »Keiner wird am Leben bleiben.« Sie war über sich selbst erstaunt. Zum erstenmal hatte sie einen eigenen Gedanken in das Heft geschrieben. Sie bekam Angst vor ihren eigenen Worten. Sie versuchte, die Gedanken an den Tod zu verdrängen, indem sie sich vergegenwärtigte, was heute alles geschehen war. Sie begriff nicht ganz, warum Douglas Jeffers die Familie Simmons nicht gleich getötet hatte, nachdem er sie alle aus den Betten gezerrt, gefesselt, ihnen die Augen verbunden und ihnen Taschentücher in den Mund gesteckt hatte. Gemeinsam hatten sie sie in das untere Zimmer gebracht, dort zusammengebunden und eingeschlossen. Jeffers hatte sich danach zuerst auf der Couch im Wohnzimmer niedergelassen, den Sonnenaufgang genossen und danach Frühstück gemacht.

»Wenn sie erst mal einen Tag im Käfig bleiben, bekommt das Spiel ein bißchen mehr Farbe«, hatte er nur gesagt. Anne stellte fest, daß Jeffers nichts überstürzte. Er genoß jeden Augenblick und tat so, als sei ihre Lage absolut ungefährlich. Die genußvolle Ruhe, mit der er die Situation auskostete, entsetzte sie. Jetzt kommt bald das Ende, dachte sie, die letzten Szenen in diesem Horrorstück. Er spielte sie aus, inszenierte ein Finale voller Pathos. Was wird er nur mit dieser armen Familie machen, und was wird aus mir?

Douglas Jeffers hatte Spiegeleier und Speck gebraten. Aber sie hatte keinen Bissen herunterbekommen. Als Jeffers zu Ende gefrühstückt hatte, bog ein Auto in die Einfahrt und fuhr auf das Haus zu. Sollte ihm doch jemand auf die Spur gekommen sein? Als sie aber die Ähnlichkeit zwischen dem Fahrer und Jeffers bemerkte, geriet sie in Panik. Sicher war auch dieser Mann ein Mörder! Als sich dann herausstellte, daß er ganz anders war als sein Bruder, war sie verwirrt.

Jetzt sah sie beide Brüder an. Sie saßen dicht beieinander, und doch lagen Welten zwischen ihnen. Ihr war elend zumute. Am liebsten hätte sie laut geschrien: Ich will nicht sterben! Statt dessen saß sie bewegungslos über ihrem Heft und wartete auf weitere Anweisungen. Zunächst hatten die beiden sich verhalten wie ganz normale Brüder. Sie sprachen von früher, frischten Erinnerungen auf. Am Nachmittag aber war ihr Gespräch von dem unerbittlichen Druck der Situation vergiftet worden. Jetzt saßen sie sich gegenüber, sprachlos.

Anne blätterte in den letzten Seiten des Hefts. Martin Jeffers hatte zu seinem Bruder gesagt: »Doug, ich kann nicht glauben, daß wir deswegen hier sind.«

»Es bleibt dir gar nichts anderes übrig, als es zu glauben.«

Anne wußte nicht, was sie von Martin Jeffers halten sollte. Ob er mich retten kann? fragte sie sich.

»Doug, warum tust du das?«

»Einspruch! Das sagen die Anwälte, wenn sie ihren Mandanten schwierige Fragen ersparen wollen. Also: Einspruch. Frag etwas anderes.«

»Es gibt für mich aber nur diese eine Frage.«

»Nein, Marty, sicher wäre es interessant für dich zu wissen, warum, aber das Wann und das Wie sind genauso wichtig. Du kannst mich ja fragen, was ich jetzt zu tun beabsichtige.«

»Also gut«, sagte Martin Jeffers, »was hast du als nächstes vor?«

»Frag mich das nicht!« Douglas Jeffers brach in schallendes Gelächter aus. Es klang geisterhaft, seltsam unwirklich in dem kleinen Raum. Dieses Lachen war Anne Hampton wohlvertraut. Es hatte die furchtbarsten Augenblicke ihres Zusammenseins mit Jeffers begleitet. Sie hoffte, der jüngere Bruder könnte darauf in der richtigen Weise antworten.

Es gelang ihm in der Tat. Er saß einfach ganz ruhig da und wartete. Nach einer Weile fragte der ältere Bruder, unsicher geworden: »Sag mir, was du über mich weißt.«

»Ich weiß alles.«

»Das gefällt mir nicht, ganz und gar nicht!« Er zögerte einen Moment und fuhr dann fort: »Aha! Du warst also bei mir zu Hause. Ich dachte, du würdest warten, bis alles vorüber ist, ich wollte, daß du so lange wartest.«

»Ich war gar nicht dort, es war jemand anderer.«

»Wer?« fragte Douglas Jeffers scharf.

Martin Jeffers schwieg. Er wußte plötzlich nicht, was er sagen sollte. Das war ihm noch nie passiert. Normalerweise blieb er bei allen Gesprächen mit Kriminellen Herr der Lage, wußte genau, was er sagen, wie er sich bewegen, wie er sich verhalten mußte. Aber diesmal war er vollkommen hilflos. Er starrte seinen Bruder an, sah auf die Pistole, die dieser immer noch in den Händen hielt. Dieser Mann war für ihn immer noch ein Kind, genau wie er selbst für ihn, er, der jüngere Bruder. Der Kleine, dem man nichts verriet, der immer zum Schluß drankam. Unbändiger Groll stieg in ihm hoch. Immer tat Douglas nur, was er wollte, dachte er. Nie hat er sich nach mir gerichtet, nie auf mich gehört. Wie ein unerwünschtes Anhängsel hat er mich behandelt. Er hatte immer die Fäden in der Hand, er war der große Macker, ich war ein Nichts für ihn.

Martin Jeffers hatte sich in eine solche Wut gesteigert, daß er sich über die Gelegenheit freute, seinen Bruder zu verletzen.

»Eine Polizistin war es«, sagte er. Der Satz ging ihm leicht über die Lippen. Aber kaum hatte er ihn ausgesprochen, als er es schon bereute.

»Weiß sie auch alles über mich?«

Martin Jeffers bemerkte die nervöse Spannung, die seinen Bruder ergriffen hatte, er sah, wie er innerlich kämpfte, bemüht, sich nichts anmerken zu lassen. Seiner Kehle entwich jedoch ein rauher, gräßlicher Ton, wie Martin ihn noch nie von ihm gehört hatte, aber doch genau als das erkannte, was es war: der Schrei eines Mörders.

»Eure Lebensuhr wird nur um so schneller ablaufen«, sagte Douglas Jeffers drohend.

Mercedes Barren hatte Schwierigkeiten mit dem großen, weichgefederten Straßenkreuzer, dessen Heck nach jeder kleinen Bodenwelle aufzuschlagen drohte. Zweige streiften den Wagen, schlugen gegen die Windschutzscheibe. Ohne sicher zu sein, ob sie den richtigen Weg gefunden hatte, fuhr sie weiter. Sie hätte nie zugegeben, daß sie nicht mehr weiterwußte. Seit sie über den kleinen Waldweg fuhr, kam es ihr vor, als hätte sie Mut und Selbstsicherheit auf der Straße zurückgelassen, als stiege sie in eine Art Unterwelt hinab, in der die Gesetze des Todes herrschten. Im Licht der Scheinwerfer sah sie Schatten, Gespenster, Todesengel mit dem Gesicht von Douglas Jeffers. Sie stöhnte angstvoll, fuhr aber stetig vorwärts, die Pistole auf dem Lenkrad. Sie erreichte eine Kreuzung. Sechs Schilder wiesen in verschiedene Richtungen. Wohin? Sie wußte es nicht, stieg aus dem Wagen, versuchte, sich die Landkarte im Büro des Inspektors ins Gedächtnis zurückzurufen. Vergeblich. Schließlich stieg sie wieder in den Wagen und bog entschlossen in einen der Wege ein. »Hier geht es lang, ich spüre es«, sagte sie aufmunternd zu sich selbst. Die Idee, daß sie, die Pistole im Anschlag, an einem ganz anderen Ferienhaus auftauchen könnte, schreckte sie nur für einen Moment. »Ich muß weiter, schnell«, sagte sie mit einer Stimme, die ihr selbst dünn und kümmerlich erschien. Nach sechzig Metern gabelte sich der Weg erneut. Wild entschlossen, ans Ziel zu gelangen, nahm sie die linke Abzweigung. Sie wollte den Weiher finden und wußte, daß der Weg zu ihrer Beute beschwerlich und schmal war. Sie drehte die Scheiben herunter, hielt Ausschau nach Wasser, aber sie sah nichts als dunkle Nacht. Sie fuhr durch ein hölzernes Tor, fuhr durch Krüppelkiefern und Gestrüpp, bis sie ganz von dichtem Unterholz eingehüllt schien. Sie hatte Angst zu ersticken, atmete schnell und flach. Sie nahm allen Mut zusammen und fuhr weiter. Plötzlich lichtete sich vor ihr der Wald. Sie war erleichtert, gab mehr Gas. Der Wagen machte einen Satz nach vorn, schlug auf der Straße auf. Sie schrie vor Schreck laut auf. Dann hörte sie ein Mahlgeräusch, merkte, daß die Vorderräder durchdrehten. Sie sprang aus dem Wagen, sah, daß sie in einem Graben gelandet war. Sie stieg wieder ein, versuchte, rückwärts herauszufahren, jedoch ohne Erfolg. Sie stellte den Motor ab, schaltete die Scheinwerfer aus. Den Rest schaffe ich auch zu Fuß, dachte sie, ich wollte das Auto ohnehin irgendwo stehen lassen. Bald hatten ihre Augen sich an die Dunkelheit gewöhnt. Die Pistole in der Rechten, begann sie zu laufen. Sie gelangte an eine Wiese, die von Mondlicht beschienen war. Sterne leuchteten am Himmel. Sie war froh, endlich den finsteren Wald hinter sich gelassen zu haben. Zu ihrer Linken sah sie die mondglitzernde Wasserfläche des Weihers. Sie blieb stehen und lauschte. Weiter entfernt hörte sie die Brandung des Ozeans. Etwa einen Kilometer entfernt erkannte sie die schwarze Uferlinie von South Beach. Ich hab's gefunden. Jetzt bin ich endlich da, dachte sie. Dann sah sie sich nach dem Haus um, aber es war nirgends zu sehen. Rechts von sich sah sie nichts als dunklen Wald. Also bin ich doch nicht an der richtigen Stelle. Natürlich, Finger Point ist eine Landzunge, auf beiden Seiten von Wasser umgeben. Sie ging ans Ufer und blickte über den Weiher. Das Mondlicht glänzte auf den windbewegten Wellen. Sie starrte quer über das Wasser in die Nacht. Dann sank sie in die Knie und rief: »Oh nein, bitte, bitte nicht!«

Vor sich sah sie eine Landzunge, die weit in den Weiher hineinreichte. An ihrer Spitze erkannte sie das Haus, den Ort, an dem die Brüder Jeffers auf sie warteten. Neben dem Haus konnte sie den weißen Wagen sehen, den Martin Jeffers benutzt hatte.

Verzweifelt hämmerte sie mit den Fäusten in den Sand. Jetzt bin ich die ganze weite Strecke gefahren, um am falschen Ende des Weihers anzukommen. Sie versuchte, gegen ihre Enttäuschung und Wut anzukämpfen. Schließlich fand sie ihre Selbstkontrolle wieder. »Ich lasse mich nicht unterkriegen«, sagte sie laut und sah zu dem Haus hinüber, »verlaßt euch drauf!« Als sie sich anschickte, den Weg zurückzulaufen, hörte sie von der anderen Seite des Weihers her einen unverkennbaren Laut: den Schuß einer Pistole.

Holt Overholster lehnte sich zurück, blickte auf den zweiten Teller Forellen und sagte: »Zum Teufel noch mal.«

»Was hast du denn?« fragte besorgt seine Frau. »Ist etwas mit dem Fisch nicht in Ordnung?«

Er schüttelte den Kopf. »Heute ist etwas Seltsames passiert. Es läßt mir keine Ruhe.«

»Erzähl es mir, dann wird dir leichter«, sagte sie, während sie die Teller abspülte.

»Was war es denn? Hast du Sorgen? Das ist nicht gut für den Magen.«

Mrs. Overholster hatte ein einfaches Weltbild. Alle Probleme waren ihrer Meinung nach zu lösen, wenn die Leute sich richtig ernährten. Araber und Juden brauchten nur mehr Körner zu essen, und schon wäre die Nahostkrise zu Ende, Terroristen aßen zu wenig Fisch und zu viel rohes Fleisch, wäre die russische Küche gesünder, wäre der Weltfrieden nicht mehr bedroht. Republikaner waren deshalb so hartherzig und konservativ, weil sie zu fett aßen. Sie wählte deshalb immer die Demokraten.

»Also, kurz bevor ich den Laden dichtmachte, besuchte mich eine Polizistin aus Miami.«

»Sicher ein aufregender Fall, nicht?«

»Sie sagte mir, sie sei privat hier.«

»Oh, warum hast du sie nicht zum Essen mitgebracht?«

»Sie hatte eine Automatic dabei. Sie erzählte mir eine merkwürdige Geschichte, irgend etwas stimmt da nicht.«

»Und was willst du jetzt machen?«

Er dachte angestrengt nach. »Ich fahr mal eben eine Runde. Mach dir keine Sorgen. Ich bin wieder zurück, wenn *Magnum* läuft.«

Er legte das Pistolenhalfter um und stieg in seinen Dienstwagen.

Martin Jeffers saß steif im Sessel, beobachtete seinen Bruder, der ärgerlich im Zimmer auf und ab lief. Er versuchte, Annes Blick zu begegnen, sie aber saß unbeweglich vor ihrem Heft, die Augen gesenkt, die Feder schreibbereit. Er versuchte sich vorzustellen, was sie durchgemacht hatte. Sie befand sich in einer Art Trance, einem Zustand, den Leute nur erreichten, wenn sie sehr schlimme Dinge erlebt hatten.

Er war erfreut über diese Feststellung. Offenbar gelang es ihm doch, sich auf seine beruflichen Kenntnisse zu besinnen. Bald aber wurde ihm klar, daß er hier weder Arzt noch Psychologe war, sondern der jüngere Bruder eines gefährlichen Mörders.

»Wie seltsam«, sagte Douglas Jeffers plötzlich ohne eine Spur von Humor in der Stimme, »dieses Treffen hier ist so emotional geladen, diese Situation schreit nach tausend Erklärungen. Und doch gibt es so gut wie nichts zu sagen. Was hast du jetzt vor, kleiner Bruder, willst du mir erzählen, daß ich nicht so sein darf, wie ich bin?« Er lachte laut auf. »Reden wir lieber über wichtigere Dinge. Ich möchte mehr über dieses Bullenweib wissen.«

»Was möchtest du hören?«

Douglas Jeffers richtete die Pistole auf seinen Bruder. »Glaube bloß nicht, daß ich nur einen Moment zögere, nur weil du mein Bruder bist. Du bist freiwillig hergekommen. Du wußtest über alles Bescheid. Du wußtest auch, daß hier das Schlimmste auf dich wartet. Ich warne dich, versuche nicht, mich hinzuhalten!«

Martin Jeffers nickte. »Sie kommt aus Miami. Sie glaubt, du hast ihre Nichte getötet.«

Am liebsten hätte er hinzugefügt: Und das hast du tatsächlich getan, du hast sie alle umgebracht! Statt dessen fuhr er fort: »Sie ist in deine Wohnung eingebrochen, dort hat sie Bilder gefunden.«

»Wo ist sie jetzt?«

»Ich habe sie in New Jersey sitzenlassen.«

»Warum?«

»Weil sie fest entschlossen ist, dich zu töten.«

Douglas Jeffers lachte. »Aus ihrer Sicht ganz verständlich.«

»Doug, bitte, laß uns doch ...«

»Laß uns was? Bist du denn immer noch so ein Träumer? Erinnerst du dich noch an die Bücher, die ich dir vorlas, als du klein warst? Phantastische Abenteuerromane voller Helden, die für die gute Sache kämpfen. Du liebtest Bücher, in denen das Gute siegt. Weißt du was? Die Wirklichkeit ist anders. Das Gute siegt keineswegs. Sobald es sich mit dem Bösen einläßt, muß es sich auch nach den Gesetzen des Bösen richten. Dabei erniedrigt es sich. Und das ist eine Niederlage, die schlimmer ist, als vom Bösen besiegt zu werden.«

»Das ist nicht wahr, Doug!«

Douglas Jeffers zuckte die Achseln. »Glaub, was du willst, Marty, es ändert sowieso nichts. Ist diese Frau eine gute Polizistin? Wie heißt sie überhaupt?«

»Mercedes Barren. Ich glaube schon, daß sie tüchtig ist. Immerhin hat sie den Weg bis zu mir gefunden.«

Douglas Jeffers knurrte wütend: »Glaubst du, sie findet auch hierher?«

Martin Jeffers nickte. Sein Bruder lachte rauh, böse. »Sie hat nicht die geringste Chance. Außer du hast ihr verraten, wo sie mich finden kann. Aber das hast du nicht. Du bist mein Bruder. Oder?«

Martin Jeffers schüttelte den Kopf. Sein Bruder sah ihn finster an. »Das glaube ich dir nicht, zum Teufel! Du hast es ihr gesagt, ohne daß es dir bewußt war. Ich kenne dich, Marty! Genauso gut wie mich selbst. Wenn man älter ist, hat man eine schwere Last zu tragen: Immer muß man Verständnis haben. Jüngere Geschwister dagegen sind zwischen Ehrfurcht und Eifersucht hin- und hergerissen. Selbst wenn du der Meinung bist, dieser Frau nichts erzählt zu haben, hast du ihr sicher irgend etwas verraten, was ihr den Weg weist. Bestimmt ist sie schon unterwegs. Vielleicht ist sie schon vor der Tür.« Martin Jeffers blickte durch die Schiebetür aus Glas nach draußen. Sein Bruder lachte, drohend diesmal.

»Vielleicht ist sie noch ein paar Stunden von hier entfernt.«

Jetzt lächelte er, ohne jede Spur von Freundlichkeit. »Wenn der heutige Abend vorüber ist, bin ich weit, weit weg. Finger Point ist der ideale Ort, um neu geboren zu werden. Nicht im naiv-religiösen Sinn natürlich. Mit diesem Ort sind Erinnerungen verknüpft, unendlich viele. Es ist wie in einem Spiel. Hier ist für mich der Ausgangspunkt. Ich bin frei wie ein Vogel.«

»Wie stellst du dir das vor, Doug?«

Douglas Jeffers zeigte auf seine Fototasche. »Ein paar Kleinigkeiten brauche ich nur, sie sind alle hier in meiner Tasche, sie sind mein neues Ich.«

»Ich verstehe immer noch nicht, was du meinst«, sagte sein Bruder.

»Ich sage dir das einzige, was für dich von Belang ist, Marty: Mein neues Ich hat keinen Bruder.«

Die Worte trafen Martin Jeffers wie ein Schlag. Er hatte Angst, ohnmächtig zu werden, klammerte sich an den Armlehnen fest.

»Das wirst du nicht tun«, sagte er. »Ich glaube nicht, daß du das übers Herz bringen würdest.«

»Sei nicht albern«, sagte Douglas Jeffers verärgert.

»Boswell kann dir versichern, daß ich noch nie Hemmungen hatte, jemanden umzubringen. Stimmt's, Boswell?«

Beide wandten sich Anne Hampton zu. Sie nickte.

»Warum sollte ich zögern, meinen Bruder zu töten? Kain hat Abel doch auch umgebracht. Und das tiefste Geheimnis, das Brüder in sich verbergen, ist der Wunsch, einander zu ermorden. Du mußtest das wissen, du bist doch der Seelenklempner, nicht ich. Mord ist der beste Weg zu Vollkommenheit und Frieden. Wenn du am Leben bliebest, müßte ich mir immer sagen, daß es eine feste, unerschütterliche Verbindung zu meiner Vergangenheit gibt. Stell dir vor, wir begegnen uns zufällig auf der Straße, oder du siehst irgendwo ein Foto von mir. Du würdest den Mund nicht halten. Ich wäre nie sicher, solange du existierst. Das Verrückte ist: Eigentlich wollte ich das sogar in Kauf nehmen. Bis zu dem Moment, in dem du hier aufgetaucht bist. Als ich dich sah, war mein erster Gedanke, wie falsch es wäre, dich am Leben zu lassen. Wenn ich in Ruhe weiterleben will, verstehst du das oder nicht? Wenn du nicht mehr da bist ... ich glaube, das ist die vernünftigste Lösung.«

»Doug, aber du bist doch kein, bitte, sei doch nicht, was hast du ...«, ihm versagte die Stimme. Er war verwirrt und zugleich erstaunt. Dabei bin ich eigentlich hergekommen, um ihn zu retten, sagte er sich.

Plötzlich sprang Douglas Jeffers quer durch den Raum auf seinen Bruder zu. Er hielt ihm seine Waffe an die Kehle und sagte: »Na, fühlst du den Tod? Riechst du ihn? Kannst du ihn schmecken? Ich habe immer allen Gelegenheit gegeben, ihn vorher kennenzulernen, und wenn es nur ein kurzer Augenblick war.«

»Doug, bitte, bitte ...« stammelte Martin Jeffers.

»Weißt du was? Ich verabscheue Schwäche.« Douglas Jeffers trat einen Schritt zurück. Er sah seinem Bruder verächtlich ins Gesicht. »Ich hätte dich damals doch schwimmen lassen sollen. Dann wärst du ertrunken wie er.« Martin Jeffers schüttelte den Kopf. »Oh nein, ich war ein guter Schwimmer, nicht schlechter als du und besser als er. Ich hätte ihn retten können.«

»Er verdiente es aber nicht, gerettet zu werden.«

Die beiden Brüder sahen sich in die Augen. Dieselben Erinnerungen wurden in ihnen lebendig.

»Es war genau wie heute abend«, sagte Martin.

»Ja, ich weiß es noch«, antwortete sein Bruder. Der drohende Ton war aus seiner Stimme verschwunden. »Es war heiß, und er wollte sich abkühlen. Er nahm uns mit an den Strand. Du sagtest, er sollte lieber nicht ins Wasser gehen.

Die Strömung sei zu stark wenige Tage nach dem großen Sturm. Ich fürchtete, daß du die Strudel im Dunkeln nicht sehen würdest.«

»Und deshalb wolltest du nicht, daß ich schwamm.«

Douglas Jeffers nickte. »Der alte Sack nannte uns Angsthasen. Aber er bekam, was er verdiente.«

Martin Jeffers zögerte: »Wir hätten ihn retten können, Doug. Der Strudel war ungefährlich. Es war dumm von ihm, dagegen anzukämpfen. Wir waren stärker als er, viel, viel stärker. Und wir hätten ihn da rausholen können. Aber du wolltest nicht. Du hieltst mich fest und sagtest: ›Laß ihn in seinem eigenen Dreck schwimmen.‹ Das weiß ich genau. Er schrie um Hilfe, aber du hast mich erst losgelassen, als er aufgehört hatte zu rufen.«

Douglas Jeffers lächelte. »Ja, das war wohl mein erster Mord. Mein Gott, war das einfach!«

Er sah seinen Bruder an: »Weißt du, eigentlich waren sie alle einfach, jeder auf seine Weise.«

»Ist das der Grund, weshalb du zum Mörder wurdest?«

Douglas zuckte die Schultern: »Da mußt du Boswell fragen. Sie hat alles aufgeschrieben.«

»Ich will es aber jetzt von dir wissen, jetzt sofort!«

»Warum?«

»Weil ich es wissen muß.«

»Nein, Marty, das mußt du nicht.«

»Dann sage mir wenigstens, was du jetzt vorhast.«

»Ich habe es dir schon gesagt, Marty, ich hätte dich auch schwimmen lassen sollen. Dann wäret ihr beide ertrunken. An diesem denkwürdigen Abend habe ich zum letztenmal Mitleid empfunden. Mitleid mit dir. Natürlich weißt du das nicht. Egal, wie wild er brüllte, egal, wie fest du an mir zerrtest, ich wollte einfach nicht, daß du den Scheißkerl rettest. Ich habe dir damals das Leben gerettet. Du verdankst mir alle deine guten, schlechten, traurigen Jahre. Aber jetzt ist deine Zeit abgelaufen. Das Spiel ist aus. Jahrelang habe ich dich aufgehalten, aber heute abend lasse ich dich in den Tod rennen.«

Nach kurzem Zögern räumte er ein: »Vielleicht hättest du ihn ja sogar gerettet. Er hätte es nicht verdient. Für dich wäre es ein Erlebnis gewesen, eine gute Tat vollbracht zu haben ... Aber dieses Glück wurde dir nicht zuteil. Es wird dir nie zuteil werden.«

Er richtete den Revolver auf seinen Bruder und sagte mit Gleichgültigkeit in der Stimme:

»Du wirst, romantisch wie du bist, jetzt glauben, daß es mir schwerfällt. Aber da irrst du dich.«

Dann schoß er.

Als Mercedes Barren den Schuß hörte, lief sie zurück zum Seeufer, horchte in die tiefschwarze Nacht und schaute zum Haus hinüber. Nur dort konnte der Schuß abgefeuert worden sein.

Kleine Wellen schwappten über ihre Schuhe. Ihre Eingeweide zogen sich zusammen. Eine innere Stimme sagte ihr: Zu spät! Oh, wenn ich doch nur schwimmen könnte, dachte sie. Vielleicht ist es ja nicht tief, überlegte sie, aber im Grunde wußte sie, daß dies nicht wahr sein konnte. Sie setzte einen Fuß ins Wasser, angsterfüllt, es war, als erstickte sie. Ihr wurde übel, und sie trat zurück. Ich bin jetzt hundert Meter vor dem Ziel, aber es ist, als wäre ich eine Million Kilometer entfernt. Ich will dahin, um jeden Preis, und ich schaffe es. Aber sie wußte nicht, wie. Sie suchte die Uferlinie ab. Der Mond warf ein fahles Licht auf das Wasser, es bildeten sich seltsame Formen und Figuren dort. Etwa fünfzig Meter entfernt sah sie einen länglichen Schatten, der auf dem Wasser zu schaukeln schien. In wildem Tempo rannte sie über den sandigen Strand darauf zu. Als sie näher kam, erkannte sie, daß es ein Boot war.

Das war die Lösung! Welches Glück! Sie sprang auf das Boot zu, zog es zu sich heran. Sie wurde starr vor Schrekken, als sie bemerkte, daß es weder Motor noch Ruder, sondern nur einen Mast ohne Segel besaß. Verzweifelt und enttäuscht kletterte sie zurück an Land. Sie kämpfte mit den Tränen, überzeugt, das alles, überhaupt alles in ihrem Leben schiefgegangen war.

Daß mir auch das noch passieren muß! Ich war doch schon so weit gekommen, ich habe so hart gekämpft!

Sie blickte zu den Lichtern des Sommerhauses hinüber. Jetzt entwischt er mir! Jetzt, wo ich ihn beinahe geschnappt hätte. Ich wußte, daß etwas dazwischenkommen würde. Ich habe verloren. Es ist aus!

Als der Mond hinter einer dunklen Wolke hervorkam, sah sie vorne im Boot einen weißen Gegenstand. Sie faßte danach, zog ihn heraus. Es war eine Art Kissen aus Plastik. An den Seiten waren Schnallen aus Metall angebracht: eine Schwimmweste! Noch einmal blickte sie zu dem Haus hinüber, den Ort, den Douglas Jeffers jeden Augenblick verlassen würde, um für immer aus ihrer Reichweite zu verschwinden.

Dies ist meine letzte Chance, dachte sie. Vor sich sah sie das schwarze, vom Wind gekräuselte Wasser. Sie dachte an ihre Nichte, wie sie spielerisch, anmutig und ohne jede Angst durch das blaue Wasser ihres Swimmingpools geglitten war. Dann aber kam ihr die Erinnerung an den wild tobenden grünen Ozean, an die Wellen, die ihr als kleinem Mädchen fast den Atem genommen und sie beinahe erdrückt hatten. Sie dachte an ihren Schwur, nie wieder zu schwimmen, an den sie sich ihr Leben lang gehalten hatte. Sie schüttelte sich bei dem grauenvollen Gedanken, in dieses Wasser zu gehen.

»Ich kann es nicht!« rief sie laut. Dann aber fiel ihr ein, wie ihr Vater sie getröstet hatte, wenn sie in der Nacht Alpträume bekam. Er nahm ihre Hand, streichelte sie, erzählte von lauter schönen Dingen und sagte: Weg mit euch, ihr bösen Träume! Genauso hatte sie Susan getröstet, als sie klein war. Und nun versuchte sie, sich selbst Mut zu machen. Es ist kein Alptraum! Ich werde es bestimmt schaffen!

Sie steckte die Pistole in das Halfter und zog die Schwimmweste über. Bald fühlte sie Wasser an ihren Fußgelenken. Schon jetzt war ihr, als zöge es sie in einen tiefen Abgrund. Vorsichtig tastete sie sich weiter vorwärts. Als sie keinen Grund mehr spürte, geriet sie in Panik. Dennoch begann sie, mit Armen und Beinen zu rudern. Ich kann es schaffen, sagte sie sich immer wieder. Eine Welle schwappte ihr ins Gesicht, sie geriet aus dem Rhythmus, fürchtete unterzugehen. Als sie sich wieder sicherer fühlte, bekam sie erneut eine Welle ins Gesicht. Sie schluckte Wasser und konnte vor Angst kaum atmen. Wild fuchtelte sie mit Armen und Beinen herum, sie zerrte an der Schwimmweste, die sich daraufhin losmachte. Die nächste Welle flutete ihr über den Kopf. Nun fühlte sie, wie sie nach unten gezogen wurde, sie strampelte verzweifelt, um wieder nach oben zu gelangen.

Das Wasser überwältigte sie wie ein Liebhaber aus der Unterwelt, es nahm ihr den Atem, zerrte sie immer tiefer in das Dunkel, das finsterer war als die Nacht oberhalb des Weihers. Sie schlug um sich, kämpfte gegen das Wasser, das sie in die Dunkelheit hinabzog.

Ich darf nicht sterben, nicht so kurz vor dem Ziel! Ich muß es schaffen, ich darf nicht aufgeben.

Als sie an die Wasseroberfläche gespült wurde, faßte sie mit letzter Kraft nach der Schwimmweste, klammerte sich daran fest, fühlte, wie sie getragen wurde.

Vorsichtig arbeitete sie sich mit Armen und Beinen weiter vorwärts. Das Haus kam langsam näher.

Ich schaffe es, Susan! Bald bin ich dort!

Vor ihr erhoben sich ein paar Schwäne in die Luft, sie waren von gespenstischem Weiß. Sie flogen auf das Haus zu, so, als wollten sie ihr den Weg zeigen, dann schwebten sie eine Weile in der Luft und verschwanden am dunklen Nachthimmel.

Mercedes Barren wußte nicht, ob sie wach war oder träumte, ob sie nicht vielleicht tot war oder in einer Art Delirium schwebte. Sie ruderte jedoch beständig mit Armen und Beinen dem Ufer zu, dem Ort, an dem sie Sicherheit finden, zugleich aber neuen Gefahren ausgesetzt sein würde.

»So, jetzt weißt du's«, sagte Douglas Jeffers.

Martin Jeffers saß da, mit vor Angst weit aufgerissenen Augen. Er roch den Pulverrauch, der Knall hallte ihm in den Ohren, betäubte sein Gehör. Er wagte nicht, sich umzusehen. Die Kugel mußte zwanzig, dreißig Zentimeter über seinem Kopf eingeschlagen sein.

»Jetzt zweifelst du hoffentlich nicht mehr daran, oder?« fragte Douglas. Dann ging er langsam zur Tür. Er versuchte seine Augen an die Dunkelheit zu gewöhnen. Aufmerksam blickte er über den Weiher.

Sein Bruder beobachtete ihn. Doug hat recht, dachte er, er hat tatsächlich keine andere Wahl.

»Ich würde nie mit irgend jemandem darüber sprechen«, sagte er.

»Aber natürlich würdest du das tun!« Douglas lachte grimmig. »Es bliebe dir gar nichts anderes übrig. Sie würden dich dazu zwingen, wenn du es nicht freiwillig tätest. Darauf kannst du Gift nehmen.«

»Ich unterliege der beruflichen Schweigepflicht ...«

»Das hier ist keine berufliche Angelegenheit«, unterbrach ihn Douglas.

»Es gibt in unzähligen Familien dunkle Geheimnisse, die nie ans Licht kommen. In wieviel Romanen, wieviel Schauspielen kommt so etwas vor! Warum sollten wir nicht auch ...«

»Marty! Glaub doch nicht an den Weihnachtsmann!«

Nach einer Pause fuhr Douglas fort: »Außerdem darfst du nicht vergessen, was es für deinen weiteren Lebensweg bedeuten würde. Kein Mensch kann es ertragen, eine solche Bestie zum Bruder zu haben. Es würde dich vollkommen fertigmachen, würde an dir nagen wie tausend Ratten. Du müßtest es jemandem erzählen, und sehr bald würden sie mich finden.«

»Aber wie?«

»Das würden sie schon schaffen. Man soll nicht vergessen, wozu Verrücktheit und Rachedurst in der Lage sind.« Martin schwieg, denn er wußte, daß sein Bruder recht hatte. Nach längerem Schweigen sagte er, unfähig, diese vernichtenden Worte zurückzuhalten: »Da wird dir wohl nichts anderes übrigbleiben, als mich umzubringen.«

Douglas blickte hinaus in die Nacht. Er antwortete mit beredtem Schweigen.

»Was aber ist mit Boswell?« fragte Martin.

Erneut schwieg Douglas.

Anne Hampton sah die beiden Brüder an und dachte: Jetzt ist es aus. Er hat meine Aufzeichnungen. Er hat eine neue Existenz. Er braucht mich nicht mehr. Er braucht niemanden. Sie wollte weglaufen, sich in Sicherheit bringen, aber sie war unfähig, die geringste Bewegung zu machen. Sie biß die Zähne aufeinander, ballte die Hände zu Fäusten. Als sie den Druck fühlte, sagte sie sich: Ein Glück, ich bin noch am Leben, ich heiße Anne Hampton, bin zwanzig Jahre alt und studiere an der Florida State University. Ich stamme aus Colorado, und ich studiere Anglistik, weil ich Bücher liebe. Ich existiere noch, bin noch am Leben.

Martin Jeffers sah den kommenden Augenblicken voller Angst entgegen. »Doug, warum bist nur du so geworden, warum nicht auch ich?« fragte er.

»Wer weiß? Vielleicht, weil ich älter bin. Schon wenige Monate Unterschied machen enorm viel aus. Man erlebt die Dinge ganz anders, nimmt die Welt unterschiedlich wahr. Laß mal zehn Leute über dasselbe Ereignis berichten. Jede Version ist ein bißchen anders. Ich bin eine andere Version als du.«

»Leider«, sagte Martin.

»Armer, kleiner Bruder! Glaubst du, ich bin nicht froh, so zu sein, wie ich bin?«

Er sah Martin tief in die Augen: »Ich gehöre zu den Größten der Weltgeschichte. Sie«, er zeigte auf Anne, »kann es bezeugen. Dich wird man bald vergessen haben, von mir aber wird man noch lange reden.«

Douglas Jeffers war Opfer widerstreitender Gefühle. Um keinen Preis wollte er es sich anmerken lassen, und so verbarg er den Krieg in seinem Innern mit den grausamsten Worten, die er für seinen Bruder finden konnte. Hunderte von Erinnerungen aus der Kindheit jagten ihn. Er dachte an die Nacht in New Hampshire, an überhaupt alle Nächte, in denen er sich ans Bett seines Bruders gesetzt hatte, um seine Tränen zu trocknen. Ob Martin sich wohl noch daran erinnern konnte? Ob er noch all die Kinderlieder im Ohr hatte, mit denen er ihn in den Schlaf gesungen hatte? Bestimmt weiß er noch, wie ich ihn damals in den Sand gedrückt habe, damit er nicht hinausschwamm in den sicheren Tod. Dieser Mann hätte uns beide umgebracht, wenn er nur gekonnt hätte. Aber ich habe Marty beschützt, immerzu, jahrelang. Selbst wenn ich ihn demütigte und verspottete, auch als ich schon wußte, was für ein Mensch ich bin. Ich sorgte für ihn, weil er mein zweites Ich, mein gutes Ich, war.

Fast mußte er lachen. Die Leute haben unrecht, wenn sie behaupten, daß Wahnsinnige keine normalen Regungen haben. Auch wir sind empfindsame Menschen, man muß nur tief genug graben. Jeffers wog das Leben seines Bruders gegen das seine auf. Einer von uns wird sich heute nacht verabschieden müssen. Einer wird sterben, es gibt

keine andere Lösung. Ohne seinen Blick von der Wasserfläche zu wenden, sagte er: »Weißt du, all die Sommer, die
wir hier verbrachten, habe ich in bester Erinnerung. Sie
waren so aufregend, so rauh, so schön.«

Dann sah er, wie sich etwas Weißes im Wasser bewegte,
sich in die Luft erhob und auf das Haus zuflog, er erkannte
eine Schar von Schwänen.

»Hast du auch schon bemerkt, daß sich im Leben alles
wiederholt? Sieh dir die Schwanenfamilien da draußen an.«

»Nichts ist mit irgend etwas vergleichbar«, antwortete
Martin, aber sein Bruder hörte nicht hin. Seine Aufmerksamkeit war auf etwas anderes gerichtet. Ihm war, als hätte man ihn mit einer glühenden Nadel ins Mark gestochen.
Er spähte in die Dunkelheit, fixierte die Gestalt, die durchs
Wasser ruderte. Was, zum Teufel, war das? Sekunden später wußte er es. Er drehte sich abrupt um, richtete die Pistole auf seinen Bruder und rief: »Boswell! Das Seil und
das Klebeband, schnell!«

Anne Hampton gehorchte.

»Marty, versuch nicht wegzulaufen! Streck deine Hände
aus, damit ich dich fesseln kann.«

Martin Jeffers tat, was von ihm verlangt wurde, gehorsam wie ein kleiner Bruder. Das Seil um seine Handgelenke schmerzte. Er wollte sich beklagen, aber bevor er etwas
sagen konnte, hatte sein Bruder ihm mit dem Band den
Mund zugeklebt. Er suchte Douglas' Augen, um ihm mit
Blicken zu sagen, daß er nicht sterben wollte wie ein elendes Schlachttier, aber sein Bruder war längst mit anderem
beschäftigt.

»Boswell! Du stellst dich hierhin! Egal, was passiert, du
machst keine Bewegung!«

Anne blieb steif stehen und erwartete schicksalsergeben
die kommenden Ereignisse. Douglas Jeffers blickte sich um,
schlüpfte durch die offene Verandatür. Einen Augenblick
blieb er stehen, blickte suchend auf die Stelle, an der er die

Gestalt gesehen hatte. Einer plötzlichen Idee folgend sprang er hinaus und verschwand in der Dunkelheit.

Als sie Grund unter den Füßen spürte, war Mercedes Barren erleichtert. Sie watete vorwärts zum Ufer, das Wasser tropfte an ihr herunter. Sie bewegte sich so leise wie irgend möglich, kroch an Land, ließ den trockenen Sand durch ihre Finger gleiten, als wäre es Gold. Einen Augenblick empfand sie nichts als Erleichterung und Freude. Dann aber sagte sie sich: Das dicke Ende kommt erst.

Sie sah um sich, versuchte sich zu orientieren. Vorsichtig kroch sie über den Sand, versteckte sich dann hinter dichtem, üppigem Strandgewächs. Von ihrem Versteck aus konnte sie die Lichter im Haus sehen, aber keine Personen erkennen. Sie zog die Waffe aus dem Halfter und bewegte sich weiter vorwärts, indem sie durch das Gestrüpp robbte. Die Nacht um sie herum war voller Leben. Ein kleines Tier huschte in ihrer Nähe vorbei, ein Stinktier oder eine Bisamratte. Sie hörte das laute Schrillen der Zikaden, aber sie wußte, daß es das Geräusch ihrer Bewegungen nicht tarnen konnte. Als sie sich dem Haus näherte, kroch und robbte sie abwechselnd. Einmal hielt sie kurz an, um sich zu vergewissern, daß ihre Pistole schußbereit war. Nicht zögern! sagte sie sich. Bei erster Gelegenheit schießen! Sie horchte auf Stimmen oder Geräusche im Haus, aber alles blieb still. Weiter bewegte sie sich vorwärts, ruhig und beständig. Der Tod hat keine Eile, dachte sie, er folgt seinem eigenen Rhythmus.

Sie erreichte die Veranda, richtete sich auf, blickte ins Haus. Sie sah ein paar Liegestühle auf der Veranda und dahinter die geöffnete Wohnzimmertür. Vorsichtig kroch sie die Verandatreppe hoch, fürchtete, daß ihre Bewegungen lauter wären als Glockengeläut. Schnell sprang sie auf die Füße, hielt die Pistole fest in beiden Händen. Sie war überrascht, so wenig Angst zu haben. Ich bin so ruhig, weil ich den Tod bringe, dachte sie. Langsam bewegte sie sich Zentimeter um Zentimeter auf die Tür zu.

Was sie im Innern sah, verwirrte sie. Martin Jeffers gefesselt und geknebelt, nur wenige Meter von ihm eine junge Frau, die wie versteinert dastand. Wo aber war Douglas Jeffers? »Hinter Ihnen, Detective!«

Sie hatte keine Zeit, Angst zu haben. Ich bin tot, dachte sie nur. Dann aber drehte sie sich schnell um, richtete die Waffe auf die Stelle, von der die Stimme kam. Sie sah den Mann nur schemenhaft vor sich, setzte zum Schuß an. Dann schien alles um sie zu explodieren. Douglas Jeffers hatte zuerst geschossen.

Die Kugel drang in ihr rechtes Knie, sie wurde ins Wohnzimmer geschleudert und fiel auf den Boden, wo sie sich in unerträglichen Schmerzen wand. Die Pistole war ihr aus der Hand gefallen, glitt über den Teppich, quer durch den Raum.

Sie kniff die Augen zu und dachte: Ich habe wieder versagt. Dann hörte sie Jeffers' Stimme über sich: »Ist sie das, Marty? Boswell! Reiß ihm das Band vom Mund, damit er antworten kann.«

Er beugte sich zu ihr herab und sagte: »Hut ab, Detective, schade, daß ich keinen besitze.«

Fluchend fuhr Holt Overholster mit seinem großen Ford den unebenen, dunklen Weg entlang. Er hatte zwischendurch gehalten, beinahe aufgegeben, als er die Kreuzung mit den vielen Abzweigungen erreichte. Verdammt! Welcher Weg ist es bloß? Er beschloß, in Zukunft alle Besitzer von Sommerhäusern aufzufordern, den Weg zu ihrem Grundstück besser auszuschildern.

»Bin ich noch bei Sinnen, hier mitten in der Nacht rumzukurven! Ich mache mich ja lächerlich!«

Sein Geschimpfe tat ihm gut. Er fuhr weiter. Als er das Ende des Waldes erreicht hatte, atmete er auf. »Na ja, es ist noch nicht so spät. Selbst wenn nichts passiert ist, wird sie mir dankbar sein. Schließlich sind wir Kollegen«, sagte er laut.

Er hielt an, stieg aus, um sich zu orientieren. Gerade wollte er wieder in den Wagen steigen, da hörte er einen Schuß.

Was ist da los? Was zum Teufel geht da vor?

Schnell fuhr er weiter, seinem Ziel entgegen.

Martin Jeffers fragte Mercedes Barren nicht danach, wie sie den Weg zu ihnen gefunden hatte. Er sagte nur: »Es tut mir leid, Merce.« Erst dann merkte er, daß er sie beim Vornamen genannt hatte. »Es tut mir sehr, sehr leid, daß Sie uns gefunden haben.«

Douglas Jeffers sagte: »Verdammt clever! Wie sind Sie nur darauf gekommen?«

»Einer von ihnen hat es mir gesagt«, antwortete sie unter Stöhnen.

»Was heißt das, von ihnen?«

Martin Jeffers sagte: »Sie muß mit den Leuten aus meiner Therapiegruppe gesprochen haben. Die Idee, daß du hier sein könntest, kam von ihnen.«

Douglas Jeffers sah seinen Bruder an: »Wir alle sind Verlorene Knaben«, und mit einem Blick auf Mercedes Barren sagte er: »Wirklich äußerst clever.«

Sie wand sich vor Schmerzen. Am liebsten hätte sie voller Verachtung auf Jeffers herabgesehen, aber sie brauchte alle Kraft, um die körperlichen Qualen zu ertragen. Sie fühlte Tränen in ihren Augen und dachte: Ich habe getan, was ich konnte. Douglas Jeffers richtete seinen Revolver auf ihren Kopf. »Es ist, als ob ich auf ein verletztes Pferd schieße. Sie sollen ein paar Sekunden haben, um dem Tod ins Antlitz zu sehen.«

Sie schloß die Augen und dachte an Susan, ihren Vater, an John. Sie hoffte, daß es einen Himmel gäbe, daß die anderen sie dort erwarten und in die Arme nehmen würden.

Dann explodierte der Schuß. Sie sah nur noch Rot und Schwarz vor Augen, ihr wurde schwindelig. Ich sterbe, dachte sie. Dann aber wurde ihr bewußt, daß sie noch am Leben war. Sie öffnete die Augen und sah Douglas Jeffers vor sich stehen, noch immer die Waffe auf sie gerichtet. Langsam, ganz langsam trat er zurück.

Sie sah sich im Raum um und erblickte das Mädchen, in der Hand ihre Dienstpistole.

»Boswell«, sagte Douglas Jeffers erstaunt, »ich kann es nicht glauben!«

Er sah an sich herunter. Auf seinem Hemd zeichnete sich ein roter Fleck ab. Die Kugel war an der Seite durch ihn durchgeschlagen, hatte ihn oberhalb der Hüfte getroffen. Er wußte, daß dieser Schuß nicht lebensgefährlich war, aber für ihn den Tod bedeutete. Ich kann mich in keinem Krankenhaus behandeln lassen. Ich bin verloren. Es ist aus; Ich sterbe an einem dilettantischen Schuß eines verstörten Kindes. »Boswell«, sagte er beinahe freundlich, »du hast mich getötet.«

Dann hob er seine Waffe, richtete sie auf Anne. Sie stöhnte laut und ließ die Pistole fallen. Sie stand da, immer noch wie versteinert und in Erwartung des sicheren Todes.

Mercedes Barren beobachtete, wie sie die Arme kraftlos nach unten fallen ließ, in stiller Hinnahme ihres Schicksals. Sie sah Douglas Jeffers dastehen, schußbereit. In diesem Moment sah sie ihr ganzes Leben vor sich, alle Schmerzen, alles Leid. Sie nahm alle Kraft zusammen und schrie: »Nein! Susan! Lauf weg! Ich werde dich retten!« Sie war überzeugt, daß es ihr diesmal gelingen würde. Mit letzter Kraft arbeitete sie sich vorwärts auf den Mörder zu. »Los! Lauf!« schrie sie, erneut entschlossen, allen Schmerz, der ihr je widerfahren war, in diesem Moment zu rächen. Verbissen streckte sie die Arme nach dem Mann aus, den sie viele Monate gejagt hatte. Sie wollte ihm das Gleichgewicht nehmen, ihn zu Fall bringen.

Martin Jeffers riß mit einem Ruck seine Fesseln los und brüllte: »Nein, nein, nein!« Er stolperte, stürzte, richtete sich auf und lief auf Anne zu. Er stellte sich vor sie hin, sah seinen Bruder an und sagte dann: »Nein, Doug, es sind genug.«

Die Augen der beiden Brüder trafen sich. Martin bemerkte den Zorn im Gesicht seines Bruders. Sekunden später senkte Douglas den Blick.

»Bitte«, sagte Martin.

Douglas trat zurück, zielte auf Anne, dann auch auf Martin. Er sah kurz auf die Polizistin am Boden.

»Bitte«, wiederholte Martin.

Er hörte die Stimme seines Bruders, die Stimme von damals, als er ihn gerufen hatte, weil er Beistand und Hilfe brauchte. Er zögerte, sah an sich herunter, sah den Blutfleck größer werden. Noch einmal hörte er Martin um ihr Leben bitten. Er wandte sich um und verschwand durch die Tür.

Holt Overholster kam den Weg, der nach Finger Point führte, heruntergefahren. Er sah einen Mann um das Haus herumlaufen. Er schaltete Blaulicht ein und bremste scharf. Erst da bemerkte er, daß der Mann eine Waffe auf ihn richtete.

»O mein Gott«, schrie er, duckte sich, und schon zersplitterte die Windschutzscheibe. Er griff nach seinem Dienstrevolver und schickte tausend Gebete zum Himmel, daß er auch geladen sei. Er sprang aus dem Wagen und gab vier Schüsse in Richtung auf den Mann ab, der fluchtartig davonrannte. Der erste Schuß ging in die Motorhaube, der zweite schlug zwanzig Meter vor dem Wagen in den Boden ein, der dritte schlug im Haus ein, dessen Insassen er retten wollte, der vierte verschwand im Dunkel der Nacht.

»Gott im Himmel«, sagte er laut. »Wie war das noch?«

Dann stellte er sich vorschriftsgemäß hin, nahm die Waffe in beide Hände und wußte mangels Gegners nicht, worauf er zielen sollte. Er lief auf das Haus zu. In West Tisbury gab es keinerlei Rezept für solche Situationen. Auf gut Glück ging er vorwärts, die Pistole schußbereit. Was er im Innern sah, brachte ihn völlig aus der Fassung. Martin Jeffers und Anne Hampton waren dabei, Mercedes Barren auf das Sofa zu heben.

»O Jesses!« rief er überrascht.

Anne zeigte auf die Treppe, die nach unten führte: »Dort unten sind die Simmons! Helfen Sie ihnen!« Er lief dorthin, sah die gefesselten und geknebelten Leute, band den Vater los und sagte: »Schnell, befreien Sie die anderen!«

Dann lief er zurück ins Wohnzimmer. Anne Hampton und Martin Jeffers kümmerten sich um das verletzte Bein. Overholster ging zum Telefon und rief Lizzy Barry an. Ihre Stimme war so ruhig, daß er beinahe wütend wurde. »Mein Gott! Ich könnte tot sein! Hier ist geschossen worden.«

»Wo bist du denn, Holt?« fragte sie.

»Auf mich geschossen hat er! Daß ich noch lebe! Ich bin hier unten in Finger Point! Jesus Krücke!«

»In Ordnung, ich schicke Verstärkung und einen Krankenwagen.«

Anne Hampton und Martin Jeffers rahmten Mercedes Barren auf dem Sofa ein.

»Können Sie es noch aushalten? Es kommt gleich Hilfe«, sagte Anne.

Mercedes legte ihren Kopf auf Annes Schulter. Sie nickte. »Hast du das mitgekriegt, Boswell?« fragte Martin Jeffers, »er hat Jesus Krücke gesagt!«

»Ja, ich hab' es auch gehört«, sagte sie.

Martin Jeffers lachte und legte seine Arme um beide Frauen.

Die drei sahen sich an. »Ich glaube, jetzt ist es vorbei«, sagte Anne. Dann begann Martin Jeffers zu weinen, und die beiden Frauen folgten seinem Beispiel. Sie weinten nicht aus Schmerz, sondern aus unbeschreiblicher Erleichterung.

Holt Overholster sah die drei Leute auf dem Sofa und dachte, sie seien verrückt. Wenn keine Hilfe kommt, wird die Frau für immer ein Krüppel, dachte er. Diese Riesenwunde. Er wußte nicht, welche Verletzungen die beiden anderen davongetragen hatten.

Douglas Jeffers kümmerte sich nicht um die Schüsse, die der Polizist auf ihn abgab. Er lief über den Sand zu der Stelle, an der die Bewohner von Finger Point ihre Boote liegen hatten. Dort fand er zwei Jollen und ein Schlauchboot mit Außenbordmotor. Er band es eilig los, und wenige Sekunden später tuckerte er in Richtung South Beach.

Das Motorengeräusch durchbrach die nächtliche Stille. Ich bin verloren, dachte er. Genauso sicher wie früher steuerte er das Boot an die Stelle, an der der Sandstreifen zwischen dem Weiher und dem offenen Meer am schmalsten war.

Ich hätte sie alle töten können, dachte er. Sie wissen es. In seiner Neunmillimeter waren noch sieben Schuß. Sie hatte die gleiche Waffe wie ich, irgend etwas verbindet uns.

Das Geräusch der Brandung wurde immer stärker, er sah die Sanddünen vor sich auftauchen. Die Stelle, an der er landen wollte, war nur noch ein paar Meter entfernt. Er stellte den Motor ab, ließ das Boot auf den Sand gleiten. Er stieg aus, schaute auf die Brandung, stand bewegungslos da. Das Meer sah aus wie immer. Es ist so beständig, so voller Kraft. Wie klein man doch dagegen ist! Dann packte er das Schlauchboot am Bug und zog es über den Sand. Seine Wunde schmerzte ihn, und ihm wurde erneut bewußt, daß es Anne Hampton war, die ihn verletzt hatte. Das hätte ich ihr wirklich nie zugetraut, dachte er. Daß sie zu so etwas fähig ist! Er empfand fast so etwas wie Stolz.

Mühsam zog er das Boot weiter über den Sand. Hunderte von Erinnerungsbildern aus seinem Leben tauchten vor ihm auf. Alle Schauplätze, an denen er Fotos geschossen hatte. Ich war unverletzlich, dachte er. Meine Bilder waren immer die besten. Ganz gleich, ob es sich um Farbe oder um Schwarzweiß handelte. Sie waren lebendig, erzählten etwas.

Er sank vor Anstrengung in die Knie, seine Wunde tat ihm weh, ihm wurde schwindelig.

Marty, es tut mir weh, meine Wunde schmerzt, Marty. Dann nahm er alle Kraft zusammen. Schließlich gelangte er zum Wasser. Nachdem er das Boot durch die Brandung geschoben hatte, fuhr er über das schwarze Wasser, auf den Wellen schaukelnd, immer weiter auf das offene Meer hinaus. Niemandsland, dachte er. Immer wollte ich dorthin. Der Mond spiegelte sich auf dem dunklen Wasser, er erschien ihm wie ein Freund.

»Eule und Katze fuhren aufs Meer in dem schönen grasgrünen Boot«, sang er vor sich hin. Er lächelte und sang dann weiter: »Hand in Hand tanzten sie auf dem Sand, beschienen vom freundlichen Mond ...«

Er dachte an seinen Bruder. Marty mochte diese Verse immer so gerne. Er dachte an seine Mutter, fragte sich, was wohl aus ihr geworden war. Auch sie war in einer Nacht fortgegangen und für immer verschwunden, genau wie er jetzt.

Dann erschien sein Stiefvater vor seinem inneren Auge. »Ich komme, du Hund, warte nur, ich komme!«

Er dachte an seinen Tod im Kampf gegen den Strudel, der ihn so erbarmungslos hinausgezogen hatte. Er muß vollkommen erschöpft gewesen und in einen tiefen, schmerzlosen Schlaf gefallen sein. Er fühlte Blut aus seiner Wunde tropfen, es schmerzte immer mehr. »Es tut weh«, sagte er laut. Dann sagte er sich selbst zum Trost: »Es wird schon gut werden.«

Das Land war nun schon weit entfernt. Er schloß die Augen. Das regelmäßige Brummen des Motors und das Schaukeln der Wellen sangen und wiegten ihn in den Schlaf. Wie bin ich müde, so wohlig müde, dachte er. Ein Gefühl von Harmonie und Ruhe überkam ihn. Wieder fiel ihm ein Lied aus der Kindheit ein:

»Schlaf ein, kleiner Fisch in der friedlichen See
Vergiß alles Leid, deinen Kummer, dein Weh.«

Er war todmüde.

Wie schön, daß sie mich nicht erwischt haben. Es wäre ihnen nie gelungen. Dieser Gedanke erfüllte ihn mit tiefer Befriedigung.

Er stellte den Motor ab und horchte auf das Rauschen der Wellen um sich herum. Dann nahm er seine Pistole und richtete sie auf den Boden des Bootes.

Sieben Schüsse feuerte er ab. Das Boot schlingerte. Schwarzes Wasser strömte hinein.

Wie warm es ist, dachte er und freute sich wie ein Kind. So warm! Dann ließ er sich über den Bootsrand fallen und umarmte die schwarze See.